튀일리궁 서재에서의 나폴레옹 황제

코르시카 의용군 부사령관 시절의 청년 나폴레옹

아르콜레 다리 위의 나폴레옹(1796년)

알프스를 넘고 있는 나폴레옹(1800년)

나폴레옹의 대관식(1804년)

트라팔가 해전(1805년)

러시아에서 철군하는 프랑스군(1812년)

워털루 전투(1815년)

1821년 5월 5일 오후 5시 49분, 나폴레옹은 유형지인 세인트헬레나에서 세상을 떠났다. 공식적인 사인은 위암이라고 알려져 있다. 유해는 1840년 5월에 프랑스에 반환되어, 현재 파리의 앵발리드에 안치되어 있다.

나폴레옹의 아버지,
카를로 보나파르트(1746~1785)

나폴레옹의 어머니,
레티치아 보나파르트

나폴레옹의 첫 번째 부인,
조제핀 드 보아르네(1763~1814)

나폴레옹의 두 번째 부인,
마리 루이즈(1791~1847)

마리 루이즈와
나폴레옹의 적자(나폴레옹 2세)

조제프 보나파르트(1768~1844)
나폴레옹의 형. 나폴리의 국왕,
스페인의 국왕을 지냈다.

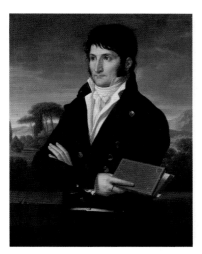

뤼시앵 보나파르트(1775~1840)
나폴레옹의 첫째 남동생

엘리자 보나파르트(1777~1820)
나폴레옹의 여동생, 루카와 피옴비노의 여공작

루이 보나파르트(1778~1846)
나폴레옹의 남동생, 네덜란드의 국왕을 지냈고
나폴레옹 3세의 아버지이다.

폴린 보나파르트(1780~1825)
나폴레옹의 여동생, 과스텔라 여대공

카롤린 보나파르트 (1782~1839)
나폴레옹의 여동생. 나폴리 국왕 조아킴 뮈라와 결혼

제롬 보나파르트(1784~1860)
나폴레옹의 남동생. 베스트팔렌 국왕

나폴레옹 2세(1811~1832)
나폴레옹과 마리 루이즈의 아들
21살에 폐결핵으로 사망

나폴레옹 3세(1808~1873)
나폴레옹의 동생 루이 보나파르트의 아들

나폴레옹

NAPOLEON
BONAPARTE

나폴레옹

에밀 루트비히 지음   이형석 옮김

Vitamin
비타민북 Book

머리말

 어떤 인물의 생애를 기술하는 것과 어느 한 시대의 역사를 기록하는 것은 전혀 별개의 일이어서 둘을 양립시키는 데 도전한 사람들의 시도는 헛된 노력으로 그치고 만다. 플루타르크는 역사를 전했고, 칼라일은 인류의 영웅을 탐구했다. 두 사람은 최고의 지성을 동원하여 저마다의 목적을 충분히 이룰 수 있었다. 더욱이 플루타르크의 업적은 타의 추종을 불허하는 것이어서, 그 이후로 영웅들의 마음이 갔던 길을 플루타르크만큼 사실에 입각해 서술하려 시도한 예는 다시 없다고 할 수 있다.

 사람 마음의 궤적을 더듬어 간다는 것은 본디 역사가가 할 일은 아니다. 역사적 사실의 추구에 필요한 것은 묘사력이 아닌 다른 재능이기 때문이다. 그러면 소설가가 역사적인 인물을 묘사하는 경우는 어떤가. 어떤 이는 인물상을 멋대로 변조하고 또 어떤 이는 역사적 사실에서 벗어나 함부로 펜을 놀린다. 괴테는 이런 작가들을 일러 모든 것을 엉망으로 만드는 무리라고 평한 바 있다.

남긴 업적이 아니라 거기에 이르기까지의 행위에서 이채를 띠는 위대한 인물의 생애를 엮을라치면, 일은 더욱 어려워진다. 카이사르, 프리드리히 대왕, 나폴레옹을 예로 든다면 그들의 주된 행위는 전장戰場에서의 활동이며 전투에서 이룬 승리가 업적이라면 업적이 될 것이다. 그런데 그들이 치른 전투에 대한 관심은 시간이 흐름에 따라 엷어진다. 파르살로스(BC 48년 카이사르가 폼페이우스를 격파한 그리스의 도시), 로스바흐(1757년 프리드리히 2세가 프랑스군을 격파한 독일의 마을), 아우스터리츠(1805년 나폴레옹이 러시아-오스트리아 연합군을 격파한 체코의 도시)에 관심을 표하는 사람은 전사戰史를 공부하는 사관생도 외에는 거의 없을 것이다. 이들 세 사람조차도 크라수스(고대 로마의 정치가), 자이들리츠(7년전쟁에서 활약한 프로이센의 장군), 마세나(1758~1817, 프랑스의 원수)와 같이 단지 명장이기만 했다면 후세 사람의 주목을 끌지는 못했을 것이다. 그들을 그만큼 높게 올려, 한 나라의 명운을 좌우하게 한 것은 정치적 수완이다.

필자는 여기에서 나폴레옹의 내면을 살펴보려 시도했다. 그의 개성은 정치적인 행위 하나하나에 두드러지게 나타난다. 정치가와 입법자로서의 견해, 정통성을 주장하는 세습왕정과 혁명 사이에서 취한 입장, 사회 및 유럽 문제에 대한 태도, 어느 것에서나 그의 됨됨이를 엿볼 수 있다.

전황이나 어지럽게 변하는 각국의 정치 판도는 필자에게 중요하지 않다. 형제간이나 아내와의 갈등, 사색에 잠겨있을 때나 기쁨에 차 있을 때, 노여움이나 동요, 적이나 아군을 대하는 술수나 선의, 휘하 장수나 여자들에게 던진 말, 편지나 신빙성 있는 자료에 기술된 대화. 필자에게는 이런 것들이 마렝고 전투, 뤼네빌 조약, 대륙봉쇄 문제보다 훨씬 중요하게 생각되었다. 따라서 역사적 사실은 최소한으로 줄였다. 반면 역사책에 빠진 내용을 상당 분량 넣었다. 프랑스인들이 즐기는 사생활 이야기뿐 아니라 총체적 인간상을 알 수 있을 것이다.

같은 날 일어난 정치적 일과 연애 사건이 어깨를 나란히 하는 경우도 있어 새로운 의문이 일기도 한다. 두 가지 일이 같은 원인에서 나타난 것이 아닐까? 둘 사이에 상관관계가 있는 것은 아닐까? 엄청난 계획이 사소한 정신적 동요 때문에 시작되는 예도 드물지 않아서, 대국적 상황을 상세히 규명하기보다 당사자의 심적 동요에 주목하는 편이 이해하기 쉬운 경우도 있다.

필자는 나폴레옹의 인간상을 그리는 데 있어서 국가와의 관계보다 도의道義와의 관계에 무게를 두었다. 옳고 그름을 가리지 않고, 그가 평생 헤쳐 나간 국가와 사회적 상황보다는 그가 품었던 도덕관과 추구한 대의를 중시한 것이다. 그러나 그를 기적의 인물로 간주하지는 않았으며 개성을 분석한다면서 섣불리 재단하지도 않았다. 인생살이 중에 마주치는 갖가지 장면에서의 심정과 세인트헬레나에 도달하는 영혼의 승화 과정을 더듬어 가는 일에 공을 들였다.

내적 동기를 모두 관찰하여 감정의 연쇄작용을 재구성하려고 시도했다. 감정의 연쇄야말로 삶 그 자체이고 이것을 논하는 것이야말로 본서의 목적이다.

휘하의 장성이 중요한 역할을 다하고 있지 않은 듯 보이는 것은 이 때문이다. 본서는 나폴레옹의 심정을 해명할 수 있는 일을 다루는 것이 첫째라고 생각했다. 이처럼 파란만장한 인생을 묘사하기 위해서는 그의 격변하는 인생과 보조를 맞출 필요가 있다.

무엇보다 그의 발언을 최대한 존중해야 할 것이다. 그가 얘기한 의미심장한 말처럼 가치 있는 것은 없다. 설혹 기만이나 거짓이 있을지라도, 이미 역사적 사실로 전체적인 추이를 파악하고 있는 후세 사람들 앞에 그의 실상을 비춰주는 단서가 되기 때문이다.

필자도 그가 종말에 이르는 우여곡절을 잘 알고 있다. 하지만 여기서는 잠시 잊기로 했다. 그가 인생의 여정에서 맛보는 희로애락을 파악하기 위해, 그 자리에 함께 있었던 것처럼 수시로 일어나는 감정의 기복을 있는 그대로 묘사하려고 힘썼다. 이러한 감정의 흔들림이 종장을 준비하고 있었다는 사실에는 눈을 감았다.

사람의 마음속을 파고든다는 것은 공감한다는 의미다. 따라서 필자는 이 책의 마지막 장에서만 분석을 시도했다. 사물의 근본 동력은 그것이 정지했을 때에만 제대로 보이기 때문이다.

가능한 한 대상에 밀착하려 노력했기에 묘사에 기복이 많아졌다. 그래서 '혹시 상상의 산물이 아닐까' 하고 의심하는 사람도 있겠지만, 여기에 상상은 전혀 개입되지 않았다. 엄연한 사실에 입각해 있다는 점이야말로 본서의 특징이기 때문이다. 모든 일은 논리적 추이를 따르는 것이어서 거기에 우연이 끼어들 여지는 없다고 믿는 사람은 어떤 세부사항에도 수정을 삼가는 법이다.

생각 부분을 제외하고 본서에 가공의 발언은 하나도 없다. 부리엔(1769~1834, 외교관이자 정치가)의 《회상록》에는 괴테가 내린 평가가 실려 있는데 여기에 옮겨본다.

'저널리스트, 역사가, 시인들이 나폴레옹을 장식한 모든 영광과 환영幻影은 본서의 가공할 현실 앞에 소멸했다. 그렇다 해서 영웅이 왜소화되는 것은 아니다. 반대로 더 위대한 인물로 부각된다. 여기서 우리가 배우는 것은 차라리 진실을 이야기함으로써 위대성의 특성을 파악하는 단서를 얻게 된다는 것이다.'

자기만의 생각을 삼가고 숙명을 믿는 사람만이 나폴레옹의 생애와 운명의 신이 엮은 장대한 서사시의 의미를 이해하게 될 것이다.

독자 여러분의 눈앞에서 있는 그대로의 비극이 되살아나기를 바란다. 자신의 능력을 자각한 한 남자가 용기, 정열, 상상력, 노력, 의지의 힘으로 쟁취한 것이 무엇인가를 나폴레옹 보나파르트는 보여주었다.

전 유럽인 중에서도 전대미문의 충격을 일으키고 평생 이를 이어간 이 남자는 불타는 정열을 품은 젊은이의 친구이자 위대한 본보기이면서 동시에 경종을 울리는 자가 될 수도 있다.

1924년 여름
에밀 루트비히

차 례

NAPOLEON

1

작은 섬 코르시카

출생에서 조제핀과의 결혼까지

나폴레옹의 전설은 요한계시록과 같은 것이다.
배후에 무엇인가 감춰져 있다는 것은 누구나 느끼지만
그것이 뭔지는 아무도 모른다!

— 괴테 *Johann Wolfgang von Goethe* —

I

숄을 걸친 젊은 여자가 텐트 구석에 앉아 아기에게 젖을 물리고 있다. 멀리서 우르릉거리는 굉음이 들린다. 밤이 깊었는데 아직도 전투를 하고 있나? 아니면 가을 비바람에 실려 험한 산에 메아리치는 천둥소리, 아니면 그저 숲이 수런거리는 소리일까? 떡갈나무와 소나무가 어울리는 주위의 삼림은 예로부터 야생 돼지와 여우의 은신처였다. 하얀 가슴을 숄로 반쯤 가린 채, 여인은 어두운 천막 안에서 생각에 잠긴다. 집시처럼 보이지만 정작 그날의 운명이 어떨지는 모르는 것 같다.

문득 말발굽 소리가 들린다. 그 사람일까? 분명 오겠다고 약속했지만 전선은 너무 멀고 안개도 짙다.

텐트의 입구가 휙 젖혀지고, 밀려 들어오는 밤공기와 함께 화려한 군복 차림의 청년이 성큼성큼 여자 쪽으로 걸어온다. 스무 살쯤 돼 보이는 훤칠하고 몸놀림이 민첩한 장교다. 벌떡 일어선 여인은 아기를 하녀에게 맡긴다.

와인이 들어온다. 머릿수건을 푼 여인은 청년 앞에서 매끄럽고 하얀 이마와 갈색 고수머리를 보여준다. 아름다운 입술에서는 연달아 간절한 질문들이 쏟아진다. 불빛에 두드러져 보이는 그녀의 긴 턱과 매부리코에서 강인한 기운이 넘치고, 엉덩이에는 이 산속으로 들어온 이후 한시도 몸에서 떼놓지 않은 단검이 빛나고 있

15

다. 단호하고 활력 넘치는 고대 종족의 딸, 사랑스러운 아마조네스의 모습이다.

아마조네스를 연상케 하는 강한 모습에서 이 아름다운 여인이 그곳에 연고를 둔 귀족의 후예임을 금세 눈치채게 된다. 남편의 가문과 마찬가지로, 지도자이자 전사였던 그녀의 가문은 몇 세기 전부터 계속 투쟁해 왔다. 처음엔 바다 건너 이탈리아에서, 다음엔 산이 높고 험한 이 섬, 코르시카Corsica(프랑스 니스에서 170㎞ 떨어진 섬. 1세기 중엽부터 700년간 이탈리아의 지배를 받았다)에서.

험준하기 그지없는 깊은 산속까지 남편을 따라온 열아홉 살의 용감한 부인에게서 아무도 예전의 면모를 떠올리지는 못할 것이다. 성당을 가득 메운 사람들의 시선을 한몸에 받던 청순한 소녀의 모습을 말이다. 이 고장에서 고귀한 혈통을 증명하는 것이라면 자부심과 용기뿐이다.

새로운 소식을 연달아 말해주는 장교는 늠름하고 활기차다. 적은 이미 격파되어 해안 쪽으로 패주했다. 이제 그들은 끝났다. 오늘 파올리Paoli(1725~1807. 코르시카의 애국자로 제노바의 코르시카 지배에 저항해 독립운동을 했다)에게 사자를 보냈다. 내일은 휴전협정이다. 레티치아! 우리는 승리자다. 섬은 해방되었다!

코르시카 사람이라면 누구나 많은 자손을 갈망한다. 코르시카인은 모욕을 받으면 지체 없이 복수하고 복수를 신성하게 여긴다. 이곳 코르시카는 가문 사이의 불화가 수십 년, 수백 년도 이어지는 곳이다. 지금 이 남자 역시 자신의 일족을 이어가기 위해 많은 아이를 원한다. 여자는 할머니와 어머니로부터 아이들이 명예의 증표라고 배웠다. 그녀는 열다섯 살에 엄마가 되었고, 방금 젖을 먹인 아기가 그녀의 첫 번째 아들이다.

장교는 코르시카 인민의 지도자인 파올리의 부관이었기에 해방이 되었다는 생각에 감회가 더 새로웠다. "우리 아이들은 더 이상 프랑스의 노예가 아니다!"

II

봄이 되자 섬의 주민은 허탈감에 빠졌다. 적이 지원군을 섬에 상륙시켰기 때문이다. 청년들은 다시 무기를 들어야 했다. 젊은 아내는 다시 남편을 따라 전장에 동행한다. 지난 가을 폭풍우 속에서 임신한 아이를 태중에 품은 채. "종종 전황을 알기 위해 산속 은신처를 나와 전장으로 숨어들곤 했어요. 총탄이 귓가를 스쳐도 전혀 두렵지 않았죠. 성모님의 가호를 믿었으니까요." 그녀의 말이다.

1769년 5월 코르시카인은 패배했다. 울창한 숲과 험준한 바위산을 넘는 아찔한 후퇴가 이어졌다. 일행 중에 여자는 레티치아뿐이었다. 무거운 몸으로 한 살이 된 아이를 안고 나귀 등에서 흔들리며 해변에 도착했다. 6월, 패배한 파올리는 100여 명의 측근과 함께 이탈리아로 피할 수밖에 없었다. 7월이 되자 파올리의 부관인 레티치아의 남편은 섬의 대표로 정복자 앞에서 항복문서에 조인했다. 40년을 이어온 코르시카의 독립운동은 종말을 고하고, 주민들의 긍지도 무너졌다.

그리고 8월이 되었고, 훗날 그들의 한을 풀어줄 아기가 세상에 나온다. 레티치아는 아기의 이름을 나폴리오네Napolione(나폴레옹의 이탈리아식 이름)라고 지었다.

항쟁 중에는 여장부 같던 젊은 아내도 지금은 해변의 저택에서 세심하고 알뜰한 주부가 될 수밖에 없다. 기질적으로 공상가인 그녀의 젊은 남편은 늘 많은 계획을 세웠지만 수입은 여의치 않았다. 남편의 상속 관련 소송이 긴 시간 지속되고 있었지만, 정작 당사자는 피사에 유학 중이었다. 방탕한 생활을 하는 그를 그곳 사람들은 부오나파르테Buonaparte(보나파르트의 이탈리아식 이름) 백작이라 불렀다. 차남이 태어났지만 그는 아직도 학업 중이었다.

엄중한 시기에 어떻게 생계를 꾸려야 할까? 1769년 11월 피사 대학에서 법학박사 학위를 받은 카를로 보나파르트는 결심했다. 시류에 몸을 맡겨 정복자와 타협하는 길밖에 없다고. 마침 프랑스가 코르시카의 귀족을 보호한다는 정책을 내세웠다. 섬의 민심을 달래기 위한 방책이었다.

그는 신설된 아작시오Ajaccio(나폴레옹이 태어난 곳) 왕립재판소의 배석판사로 임명되었고, 동시에 프랑스 국왕 루이 15세가 소유한 수목원을 관리하게 된다. 새로운 영토에서 수입을 얻는 데 열심이 었던 국왕이 뽕나무 재배를 원했기 때문이다.

카를로는 섬에 부임한 총독 마르뵈프를 부오나파르테가에 초 대하기도 했는데, 늘 아낌없이 주머니를 털어 환대했다. 산악지 대에서 방목하는 양떼와 해안을 따라 조성된 포도밭 정도가 그 의 재산의 전부였다. 그러나 대성당 부사제를 맡고 있는 숙부 뤼 시앵 부오나파르테는 자산가였다. 아내의 동생인 조세프 페쉬 (1763~1829, 성당 집사였으나 리용 대주교를 거쳐 추기경에 올랐다) 역시 사 제였지만, 노련한 상인의 아들로 태어난 만큼 세속적인 면에도 수 완을 발휘했다.

용감하고 아름다운 아내가 서른 살이 될 무렵, 이미 다섯 아들 과 세 딸이 있었다. 경쟁과 복수가 최고의 덕목인 섬사람들의 생 각과 잘 부합되는 상황이다. 하지만 여덟이나 되는 자녀를 양육 하는 것은 예삿일이 아니다. 아이들은 늘 돈 문제로 고민하는 부 모를 보며 자랐다. 아버지는 궁핍을 타개할 방도를 간신히 찾아냈 다. 어느 날 그는 아홉 살과 열 살이 된 두 아들을 데리고 프랑스 로 떠났다. 그는 툴롱을 거쳐 베르사유에 도착한다.

카를로는 코르시카 총독이 준 추천장 덕분에 이탈리아 귀족 '드 부오나파르테'임을 인정하는 증서를 받을 수 있었다. 덕분에 10년 간 프랑스 왕국의 관리로서 충성을 바친 데 대한 보상으로 국왕 루이 16세로부터 200루블을 하사받았을 뿐 아니라, 세 아이에 대한 장학 혜택도 받았다. 딸 하나와 아들 둘을 귀족학교에 보낼 수 있게 된 것이다. 아들 중 하나는 성직자, 다른 하나는 군인이 된다는 조건부였다.

III

정원 한쪽 구석에서 소년이 책을 읽고 있다. 작은 체구에 우울하고 외로워 보인다. 소년은 브리엔(프랑스 샹파뉴 지방의 도시)에 있는 왕립군사학교 정원에서 자신에게 배당된 땅에 울타리를 쳐놓았다. 사실 울타리를 친 땅의 3분의 1만이 자기 몫이었으나, 소년은 양쪽 이웃의 땅도 자기 울타리 안에 넣어 놓았다. 소년은 양쪽 땅의 임자가 들어오면 아무 말도 하지 않지만, 다른 사람의 침입은 몹시 경계해서 폭력도 불사했다. 며칠 전에도 불꽃놀이를 하다가 화상을 입고 피해 들어온 동급생 몇 명을 곡괭이를 휘둘러 쫓아냈다.

소년에게는 징벌도 효과가 없었다. 교사들은 골치 아픈 아이라고 고개를 내저으며 방치했다. 한 교사는 분노로 날뛰는 제자를 보고 '분출하는 화산 같다'라고 표현했다. 얼마 후 소년은 아버지에게 편지를 보냈다.

'학교에서 괄시받는 예술가보다 차라리 공장 책임자가 나을 것입니다.'

이미 플루타르크의 한 구절을 읽었던 걸까? 그가 플루타르크에 열광한 것은 틀림없는 사실이다. 위인전 중에서도 로마의 영웅전에 소년의 가슴이 부풀었다. 학교에서 소년의 웃음소리를 들은 사람은 아무도 없었다.

동급생들이 보기에 그는 성격이 비뚤어진 놈, 괴짜 외국인이었다. 괴팍한 이탈리아 꼬마는 프랑스어를 거의 못 할 뿐 아니라, 적국의 말 따위는 절대 배우고 싶어 하지 않는 듯했다. 이름은 괴상하고, 정장 상의는 너무 길었다. 늘 주머니가 비어서 아무것도 사지 못하는 주제에 무슨 일에나 자신이 귀족 출신이라고 떠벌린다. 프랑스 귀족 아이들은 대놓고 그를 비웃었다.

"코르시카 귀족이란 도대체 어떤 녀석들이야? 그토록 용감한데 왜 우리 군대에 진 거지?"

소년은 분노하여 소리쳤다.

"우리는 한 사람이 열 사람을 상대했단 말이야. 두고 봐, 내가크면 프랑스 놈들을 보기 좋게 해치워 버릴 테니까."

"네 아버지라고 해 봤자 그저 하급 관리잖아!"

큰 고함소리와 함께 동급생에게 달려든 소년은 근신 처분을 받았다. 그는 편지를 통해 아버지에게 간청한다.

"가난 따위는 전혀 신경 쓰지 않는 척하지만, 모두가 멸시하는

21

웃음을 보이는 것을 더 이상 견딜 수 없습니다. 저보다 부자라는 것만으로 그들은 내게 심술을 퍼붓습니다. 하지만 저를 움직이는 고귀한 감정에 비한다면 그들의 품성은 아주 천박합니다. 당신의 아들이 계속 무례하고 역겨운 귀족 녀석들의 비웃음거리가 되어야 할까요? 물질적인 즐거움만 추구하며 가증스럽게 설치는 녀석들, 저의 궁핍을 웃음거리로 삼는 녀석들의 표적으로 말입니다."

그러나 돌아온 대답은 이랬다.

"집에는 돈이 없다. 그러니 거기 머물도록 해라."

소년은 거기서 5년을 머문다. 굴욕 하나하나가 소년의 반항심과 자존심을 키웠고 동급생들에 대한 모멸감을 키웠지만, 교사와의 관계는 괜찮았다. 교사는 전원 성직자였다. 소년의 성적이 뛰어나게 좋은 과목은 수학, 역사, 지리 등 꼼꼼한 기질과 파고들기 좋아하는 성격에 부합되는 과목이었다. 패자 특유의 굴절된 분노를 만족시키는 과목이기도 했다.

소년은 고향 섬을 잊지 않았다. 프랑스인과 친하게 지내는 아버지를 남몰래 비난하기도 했지만, 자기를 손님으로 대우하여 학업을 계속하게 해주는 프랑스 국왕에게서 '얻을 수 있는 것은 모두 얻으리라' 마음먹었다. 장차 국왕과 대결해야 할 때, 지금 배우는 것이 소용될 것이 틀림없다. 언젠가 자신이 코르시카의 해방자가 될 것이라는 예감이 희미하게나마 가슴 속에 싹트고 있었다. 그러나 당장 14세 소년이 할 수 있는 것은 조국에 관한 책이나 자료를 보는 일이 고작이었다. 조국의 존속을 바란다면 먼저 역사를 알아야 했다. 그는 볼테르, 루소, 프로이센(독일 북부의 왕국)의 프리드리히 대왕이 지은, 코르시카의 해방을 주장하는 책들을 열심히 탐독했다.

고독에 몸을 맡기고 반항심과 불신 속에서 대업을 꿈꾸는 소년이 가려는 길은 도대체 어떤 것이었을까? 나이는 어리지만 소년은 이미 사려 깊고 성숙하며 사람의 마음을 읽는 기술마저 터득한 어엿한 남자였다. 성직자의 길을 택한 장남이자 형인 조제프Joseph(1768~1844, 훗날 동생 나폴레옹 덕분에 나폴리와 스페인의 왕관을 얻지만 통치 능력 부족으로 동생을 곤혹스럽게 한다)가 뜻을 바꾸어 군인이 되고 싶다는 말을 꺼냈을 때, 그는 외삼촌에게 이런 편지를 보냈다.

"첫째, 그는 전쟁터에서 위험에 몸을 던질 용기를 가지고 있지 않습니다. 수비대의 사령관 정도는 될 수 있겠지요. 풍채가 좋고 경솔한 데다 마음에도 없는 아첨이나 추종은 잘합니다. 그런 재간이면 세파를 헤쳐 나갈 수야 있겠지만 실제 전투에선 어떨까요? 둘째, 진로를 바꾸기에는 너무 늦었습니다. 그는 부유한 성직자가 될 수 있을 거예요. 그러면 가족들에겐 엄청난 이익입니다. 셋째, 군대에 간다면 어떤 군대에 간다는 말일까요? 해군일까요? a) 형은 수학 지식이 전혀 없고, b) 그의 건강은 바다에서의 삶을 결코 견딜 수 없습니다. 포병 장교가 되려 하면 지속적으로 필요한 일을 해야 할 텐데 그러기엔 형의 성격이 너무 가볍습니다."

이것이 형에게 부족한 자질을 나름의 눈으로 보고 있는 열다섯 살짜리 관찰자의 모습이다. 이미 놀라운 통찰력을 갖춘 그는 아버지 카를로 보나파르트를 닮은 형의 성격을 완벽하게 묘사한다.

나폴레옹은 아버지로부터 다재다능함과 왕성한 상상력을 물려받았고, 어머니로부터 자부심과 용기, 치밀한 성격을 물려받았다. 가족을 끔찍하게 생각하는 마음은 양친 모두로부터 받았다.

IV

'이 검대劍帶는 프랑스의 것이지만 칼날은 나의 것이다!' 소년이 평생 처음 검대를 몸에 두르며 한 생각이다. 1785년 9월, 16세의 그는 포병 소위로 임관했다. 파리의 육군사관학교에 입학한 지 11개월 만이었다. 이후 그는 죽을 때까지 군복을 벗는 일이 거의 없었다. 사관학교에 다니는 동안에도 브리엔 유년학교 시절과 마찬가지로 항상 독서에 힘썼다. 스파르타인처럼 엄격하게 생활하는 청년에 대한 동급생들의 모욕은 브리엔에서 당하던 것 이상으로 가혹했다. 두드러지게 자기중심적인 성향은 특수한 상황을 일반화하게 만드는 듯하다. 그는 자신이 처한 특수한 상황이야말로 절대적이고, 동급생들의 안일한 생활은 미래의 병사로 어울리지 않는다고 지탄하기에 이른다. 그는 가족의 궁핍을 잘 알고 있었다. 부친의 죽음(1785년 2월) 이후 이탈리아인 특유의 가족을 생각하는 마음은 더욱 두터워졌고, 아직 소년이었지만 어머니를 위해 절약을 시작한다.

그는 최종 시험을 꽤 괜찮은 성적으로 통과했는데 그의 상관은 그를 다음과 같이 평가했다.

"신중하고 근면하며 온갖 종류의 오락 이상으로 공부를 좋아하고 양서良書를 가까이하며 추상 과학에 강한 관심을 보인다. … 조용하여 고독을 좋아하지만 변덕스럽고 거만하며 극도로 이기적인 성향이 있다. 말수는 적지만 대답은 단호하고 명쾌하게 핵심을 찔러 논쟁에 탁월하다. 자기애가 심각한 데다 야심 덩어리다."

발랑스(프랑스 남동부 도시)의 연대에 합류하기 위해 새 제복 차림으로 길을 떠난 젊은 소위는 가난 탓에 여정의 대부분을 걸어서 가야 했다. 세 가지 강렬한 충동이 젊은 가슴을 휘젓는다. 텅 빈 머리에 가식과 위선으로 살아가는 인간들을 경멸하며 이용하고 싶다. 궁핍의 질긴 손아귀에서 벗어나고 싶다. 그리고 사람을 지배하기 위해 필요한 것들을 익히고 싶다. 수단과 목표는 둘이 아니다. 우선은 코르시카의 항쟁 중에 지도자가 되고, 언젠가는 그 섬의 주인이 되리라.

주둔 생활은 지루하기 짝이 없었다. 사교계에 얼굴을 내밀려면 댄스부터 배워야 한다. 배우려 시도하지만 곧바로 포기한다. 자존심 강한 청년은 궁핍한 처지를 들키고 싶지 않다.

신참 장교들은 부르주아나 변호사, 상인들의 모임에서 파리의 청년 귀족들이 알아차리지 못한 놀라운 화제를 접한다. 볼테르, 몽테스키외, 레이날(프랑스의 역사가)의 정신은 이미 지방의 쁘띠 부르주아 계급에까지 침투되어 있었던 것일까? 계몽 운동은 도도하게 진행 중이고, 어쩌면 혁명은 우리 눈앞까지 와 있는지도 모른다!

온갖 책들이 소리 높여 혁명을 외치고 있었다. 고맙게도 독서에는 돈이 들지 않는다. 도서관의 책을 닥치는 대로 독파하면서, 한편으론 빠듯한 생활비를 한푼 두푼 절약해 새 책을 사기도 한다. 카페 건물 2층에 하숙을 구했는데 하필 옆방이 당구장이어서 소음이 성가셨다. 그러나 이사하는 일은 더 피곤할 것이다. 일단 결정한 것은 여간해서는 바꾸지 않는다. 생활 습관이란 면에서 그는 보수적이다.

당시 젊은이들의 최대 관심사는 '국가와 사회'였고 그도 예외가 아니었다. 동료들은 근무가 끝나기 무섭게 놀거리를 찾아 거리로 흩어지지만, 창백한 얼굴의 가난한 소위는 당구장 옆 작은 방에서 혼자 책 속에 고개를 파묻고 언젠가는 필요할 지식을 쌓는다. 결코 틀린 적 없는 직감이 이끄는 대로.

포병대의 기본 방침과 역사, 포위 전술의 원칙, 플라톤의 국가론, 페르시아, 아테네, 스파르타의 헌법, 영국사, 프리드리히 대왕의 군사행동, 프랑스의 재정, 타타르인과 투르크인의 국민성과 습관, 이집트 및 카르타고의 역사, 인도의 상황, 현대 프랑스에 관한 영국의 보고서, 미라보, 뷔퐁, 마키아벨리, 스위스, 중국, 인도, 잉카의 헌법, 귀족계급의 역사, 귀족의 범죄, 천문학, 지리학, 기상학, 재생산의 법칙, 사망자 통계….

그는 빠르게 훑어보기보다는 주의 깊게 집중해서 읽는 타입이었다. 나폴레옹이 주석을 달고 메모한 내용 전부가 복사본으로 보존되어 있다. 이 메모들의 대부분은 읽기 어려울 정도로 휘갈겨 쓴 손글씨다. 나폴레옹의 메모를 다시 편집해 출간한 400쪽 분량의 책 안에는 그가 그린 도표들도 여럿 있다. 3세기 동안 재위한 국왕 목록이 첨부된 영국의 색슨계 7왕국의 지도, 고대 크레타의 다양한 달리기 경기, 소아시아에 있는 그리스 요새들의 목록, 이슬람 최고지도자 칼리프 27인의 연표와 각 칼리프가 보유한 기병 규모 및 그 비妃의 불륜 기록까지 담겨 있다.

그중에서도 특히 이집트와 인도에 관한 자료를 보자면, 거대한 피라미드의 치수와 바라문 종파의 일람표가 모두 기록돼 있다. 다음은 레이날이 쓴 《동인도와 서인도의 역사》(1780)의 한 쪽을 발췌한 것이다.

"지정학적으로 보면 이집트는 두 바다 사이, 실제로 동양과 서양 사이에 위치한다. 알렉산더 대왕은 제국의 중심을 이동시켜 이집트를 세계 상업의 중심지로 만든다는 생각을 품었다. 대왕은 자신이 정복한 영토 전체를 하나의 국가로 통합하기 위해 불가결한 것이 이집트임을 깨달았다. 즉 아프리카와 아시아를 유럽과 연결하는 유일한 지점이 이집트임을 알고 있었다."

그는 30년 후에도 이 대목을 외우고 있었다. 그만큼 자주 되풀이해서 읽었다는 말이다. 이 무렵부터 그는 창작물을 집필하기 시작한다. 10여 편의 초고 및 개략적인 구상이 지금까지 남아 있다. 포砲의 배치, 자살, 왕권, 인간의 불평등과 같이 다양한 분야인데, 무엇보다 코르시카를 주제로 한 것이 많다.

당대 최고의 인기를 얻은 장 자크 루소마저 현실 지상주의의 관점에 입각한 소위의 비판에 박살이 난다. 칸트의 《인류 역사의 개략적 기원》(1786)에서 발췌한 문장은 "단호히 그렇게 생각하지 않는다"라는 말로 자주 끊겨 있고, 발췌 뒤에는 늘 반론이 기재돼 있다. "인간은 단독으로 살아온 것도 아니고 방랑을 계속해 온 것도 아니다. … 인구 과다만 아니면 인간은 행복하게 저마다 타인과 거리를 유지하며 살았을 것이다. … 그러나 인구가 증가한 시점에서 상상력은 사라져 버리고 … 자기애, 격정적 성향, 교만이 생겨나고 그것을 알아차렸을 때는 바람을 피우고 매춘부 꽁무니나 따라다니는 철부지 야심가가 나타났다."

놈들은 무시하자! 놈들은 프랑스인이다! 그의 시선은 늘 외딴섬 코르시카에 꽂혀 있다. 따라서 목하 구상 중인 새로운 국가 개념은 그 섬의 해방을 꿈꾸는 것으로, 여기서 그는 다음과 같이 기록하고 있다.

"여러분은 믿고 있는가? 숭고한 법을 형성하는 총체적 자위책의 불합리성이 왕위 찬탈자의 압제를 떨쳐버리는 일은 결코 없음을. 누군가 왕위 찬탈을 노리고 정통 왕위 계승자의 암살을 교묘히 꾀하여 성공하면 그는 즉시 앞서 말한 그 법의 보호를 받겠지만, 실패로 끝나면 대역 죄인으로 단두대에 올라 참수형에 처해질 것이다. 이 법의 논거는 인민을 구하려는 것이 될 수 없고, 특히 코르시카인에겐 도움이 되지 않는다. 코르시카 인민은 온갖 정의의 법칙에 따르면서도 제노바의 굴레에서 벗어날 수 있었으니 프랑스의 굴레에서도 벗어날 수 있을 것이다. 신이시여, 그렇게 되게 해주소서!"

날아오를 준비가 된 이 천재 작가는 날개의 힘을 시험하기 위해 코르시카를 소재로 한 장편소설의 초고를 쓰고, 단편도 몇 개 구상한다. 하나 같이 프랑스에 대한 증오에 힘입은 것이다. 하지만 완성된 것은 한 편도 없다. 그러는 동안에도 본업인 군 경력에 필요한 지식과 기술은 계속 익히고 있었다. 가난과 열정, 감상感傷이 그런 노력을 가능케 한 원동력이었다. 상상력이 세상을 지배하지만, 그 상상력이 찾아낸 목적을 실현하기 위해서는 대포大砲가 필요하다.

"이 점에서는 뼈를 깎는 노력 외에 다른 길이 없다. 일주일에 한 번 이상 속옷을 갈아입을 수가 없다. 건강이 좋지 않아 잠도 잘

29

오지 않는다. … 식사는 하루 한 번뿐."

　전쟁에 필요한 대포와 군수품을 연구하면서 그는 항상 모든 요소를 수치화한다. 그런 그를 보고 사람들은 타고난 수학 천재라고 말한다. 이제는 초고 옆에 포를 배치하고, 참호를 파고, 병력을 주둔시킬 섬의 모든 지역 상세도를 그린다. 코르시카 전역을 상정한 부대 배치도에는 대포의 포진을 표시하는 제2의 배치도가 기입되어 있고 대포는 작은 십자 표시로 되어 있다. 준비는 다 됐는데 아직은 실행할 힘이 없다!

　시끄러운 자신의 방으로 돌아오면 숫자로 바꿀 수 있는 과제를 닥치는 대로 다시 검토하고 런던의 의회 연설문을 베낀다. 그 끝에는 '세인트헬레나, 대서양에 있는 작은 섬. 영국 식민지'라고 적혀 있다.

　어머니의 편지가 도착한 것은 그런 때였다. 부오나파르테 가문의 강력한 보호자였던 코르시카 총독이 사망했다는 소식이었다. 일가에 대한 보조금은 중단되고 수목원에서의 수입은 기대할 수 없게 되었다. 장남인 조제프는 안정된 일자리를 갖지 못한 상태이니 지금 어머니는 차남에게 도움을 청하는 것이다. 바로 휴가를 얻어 조국을 향해 뱃길을 떠나는 나폴리오네, 수많은 계획과 꿈의 원천인 고향 섬으로 돌아가는 그를 인정받지 못한 정복자로 생각해야 할까? 일기에는 이렇게 적혀 있다.

　"인간 사회에서 늘 고립돼 있던 내가 지금 고향으로 돌아간다.

꿈에 내 몸을 맡기고, 요즘엔 온통 죽음에 경도된 우울에 몸을 맡긴다. 하지만 내가 있는 곳은 인생의 문턱에 지나지 않고 앞으로 계속 살아갈 가능성도 있다. 고향을 떠난 지 벌써 육칠 년, 가족과 다시 만나게 되는 것은 기쁘다! 어떤 악마가 나를 자멸로 몰아가는가? … 성공으로 이끌어 주는 것은 아무것도 없는 인생을 왜 참고 견뎌야 할까? 늘 불행이 따라다녀 즐거울 일 하나 없는 인생을. 조국의 현실은 얼마나 비극적인가! … 동포는 자신을 억압하는 무리의 손에 입을 맞추고 있다! … 자신의 가치를 느끼고 자랑스러워하며 고양된 정신을 가진 코르시카인은, 낮에는 조국에 봉사하고 밤에는 사랑하는 아내의 품에서 행복을 누리고 있었다. 섬의 아름다운 자연과 주민의 친절함이 코르시카인을 신성한 행복으로 채우고 있었다. 그 같은 절정의 행복은 외부인에게 자유를 빼앗긴 시점에서 꿈처럼 사라졌다. 프랑스인이여, 너희는 우리에게서 가장 위대한 미덕을 빼앗았을 뿐 아니라 우리의 품행까지 오염시켰다! 이것이 내가 조국을 보는 방식이다. 하지만 나에게는 아직 조국을 도울 힘이 없다. 이것은 증오의 대상을 찬미해야 하는 생활을 끝낼 이유로 충분하지 않은가? 누군가를 없애 조국이 해방된다면 나는 곧바로 행동에 옮길 것이다! 인생은 무거운 짐이다. 있는 것이라곤 고통뿐. 내 열정을 쫓아 사는 것도 불가능하니, 이제 내겐 모든 것이 혐오스럽다."

V

금전 문제에 부대끼며 가족을 돌보느라 암울하게 보낸 섬 생활 일 년이었다. 휴가가 끝날 때까지도 청년의 기분은 여전히 절망적이었다. 1787년 11월, 그는 발랑스로 복귀하지 않고 오손에 주둔한 부대로 갔다. 아무려면 어떤가? 그런다고 바뀔 것은 아무것도 없다.

그런데, 마침내 그에게도 햇살이 비치기 시작한다. 새로 부임한 장군이 그의 지식을 높이 사서 열아홉 살짜리 소위에게 연병장의 훈련을 지휘하도록 명한 것이다.

"어려운 계산이 필요한 일이었다. 나는 임무를 위해 마지막 열흘 동안은 200명의 선두에서 아침부터 밤늦게까지 바쁘게 움직였다. 하지만 상례를 벗어난 등용이 상급자들의 반감을 샀다. 이처럼 중요한 임무가 자기들이 아닌 일개 소위에게 맡겨지는 것은 말도 안 된다면서, 그들은 맹렬히 분노했다."

오래된 우울증이 재발한다. 정말이지 승진은 절망적으로 느리다. 이러다가는 겨우 대위로 퇴역하여 받던 봉급의 절반을 연금으로 받게 될 것이다. 고향으로 돌아갈 것이고, 프랑스 정부의 연금을 받는다는 이유로 고향 사람들의 손가락질을 당할 것이다. 먼 훗날 그는 결국 태어났던 곳에 묻히게 될 것이다. 그나마 고향 땅에 묻힌다는 것이 위안거리다. 프랑스가 그에게서 절대 빼앗을 수 없는 최소한의 특권이다!

그가 읽은 책들에서 계시처럼 예고됐던 조국의 해방도 허황된 꿈, 물거품에 불과했을까? 프랑스 스스로가 귀족의 멍에, 공금횡령이나 연고 채용으로부터 해방되는 일이 불가능한 것처럼 힘없는 코르시카가 프랑스로부터 해방되는 일은 현실적으로 있을 수 없는 일이 아닐까?

새로운 계획이 청년의 일기를 메운다. 이 얄팍한 노트가 혹시라도 상관의 손에 들어간다면 심각한 문제가 될 것이다.

"역대 국왕의 권력에 관한 비망록 개요. 오늘날의 유럽 12개국 군주가 휘두르고 있는 권력은 어차피 부당하게 얻은 이익이라는 특성을 가진다. 이들 중 폐위당해 마땅하지 않은 국왕은 한 명도 없다."

그러나 아무리 일기에서 비분강개해도 밖으로 한 발만 나가면 왕후 귀족들의 행사에서 "국왕 만세!"를 외쳐야 한다.

다시 일 년, 맥없이 반복되는 지루한 임무 수행 중에 젊음의 한 해가 또 흘러간다. 어쨌거나 나폴레옹은 상상력 넘치는 글쓰기와 수학 공부에 에너지를 나눠 쓰며 평온한 가운데 때를 기다린다.

드디어 운명의 한 해가 시작되었다. 낙후된 지방의 더없이 궁벽한 지역에도 격변의 전조를 알리는 트럼펫 소리가 울려 퍼진다. 1789년 6월, 울적한 나날을 보내고 있던 중위는 설욕의 때가 다가오고 있음을 느낀다. 오랫동안 자신을 모욕해 온 오만한 자들이 지금 자기들끼리 서로를 파괴하고 있다. 몇천의 입에서 터져 나오는 '해방'의 외침, 이것이야말로 조국 코르시카의 구호가 아닌가? 청년은 자신이 쓴 글을 〈어느 코르시카인의 편지〉라는 제목으로 정리하여 망명 중인 영웅, 경애하는 파올리에게 보낸다.

"장군님! 저는 조국이 멸망할 때 태어났습니다. 그때부터 이미 죽어가는 사람의 그르렁거리는 소리, 압정에 시달리는 자의 신음, 절망의 눈물이 저의 요람을 둘러싸고 있었습니다. 장군님은 섬을 떠나셨고 행복에 대한 희망은 그렇게 사라졌지요. 우리가 복종한 대가는 노예가 되는 것이었습니다. 조국을 배신한 자들은 자신들을 정당화하기 위해 당신에 대한 중상과 비방을 더했습니다. 그것들을 읽다가 피가 끓어오른 저는 안개를 흩어버리겠다고 단호하게 결심했습니다. 대의를 배반한 놈들을 치욕의 펜으로 말살하고자 합니다. 여론이라는 법정에 현 통치자들을 소환하여 놈들의 음모를 갈파하고 싶습니다. 파리에서 생활할 수 있는 자금이 있으면 아마도 다른 수단을 택했을 것입니다. 아직은 어리고 힘없는 처지라 이 결심이 무모한지도 모르겠습니다. 하지만 진실과 조국과 동포에 대한 애정과 행동에 끌리는 열의가 저를 지탱해 주겠지요. 장군님이 이 임무를 인정해 주신다면, 어린 저에게 용기를 주신다면, 저는 감히 이 일이 성공적으로 완결되리라고 예측합니다. 저의 어머니 레티치아가 코르테(코르시카 중북부의 도시)에서의 세월을 회상하며 새삼 인사드린다고 하셨습니다."

이 편지에서 새로운 어투가 눈에 띈다. 당시 사회에 고동치고 있던 과도한 비장감, 폭군을 암살한 자와 같은 격앙된 말투, 거창하고 과장된 표현이 그것이다. 아무튼 이제까지 그의 일기에서는 찾아볼 수 없는 표현이며, 파올리의 호응을 기대한 과격한 발언이다. 지금까지는 없었던 강렬한 어조, 듣는 자를 거북하게 만드는 특유의 음색이 느껴진다. 첫머리의 '저는'이라는 말, 거기 배어있는 단호한 울림은 세계를 정면으로 마주한 것이다. 태어나서 처음으로 그는 거대한 자존심을 드러냈다. 이것은 출신이 아니라 업적만이 승리하는 새로운 시대의 도래를 알리는 최초의 진군나팔이었다. 넘기 어려웠던 유일한 장애물이 제거되었다. 이후로는 그의 유별난 야심에 제동이 걸리는 일은 없다. 말미에는 고백하는 어조로 보호를 호소하는 듯한 공손한 표현으로 돌아간다. 〈어느 코르시카인의 편지〉에 적힌 문장은 실로 능란하고 예의 바르지만 아직은 인격이 확립되지 않은 난폭한 젊은이의 표현이다.

세대를 달리하는 파올리는 문맥에서 풍기는 불손한 어투에 심기가 불편했지만 젊은이가 역사를 논한다는 점이 기특해 점잖게 응수해 준다.

이 편지를 보내고 4주 후인 1789년 7월 4일, 젊은이들이 바로 그 '역사'를 100년 만에 만든다. 바스티유를 공격한 것이다. 신호의 굉음이 울리고 프랑스는 무장봉기로 폭주한다. 그가 속한 오손의 주둔 지구는 민중에게 약탈당하고, 부르주아가 결집해 군대를 재집합시켜 지원할 때까지 그 상태가 지속된다. 지금 그 거리에서 대포 옆을 지키고 있는 젊은 사관, 그가 바로 부오나파르테다. 국왕군 장교의 명령에 따라 발포했겠지만, 그가 진심으로 군중을 향해 발포했으리라는 것은 의심의 여지가 없다. 귀족을 경멸하는 것과 마찬가지로 민중도 경멸하고 있었으니 말이다.

그러나 마음 깊은 곳에서 지금 일어나는 모든 일에 위화감이 느껴졌다. 서로를 죽이는 프랑스 놈들이 대체 나와 무슨 상관인가! 뇌리에서 떠나지 않는 것은 오직 '코르시카에 기회가 왔다'라는 생각뿐이다. 고향 섬을 향한 뜨거운 마음, 열정에 들떠 다시 휴가를 얻은 그는 혁명이라는 새로운 흐름이 만들어내는 혼란 속에서 서둘러 고향으로 돌아간다!

VI

1789년 9월 궁벽한 땅에 새로운 율법을 알리려는 선지자처럼 부오나파르테 중위는 섬에 상륙했다. 자유, 평등, 박애를 약속하는 빨간 모자 장식을 최초로 섬에 퍼뜨린 것도 그였다. 산이 깊고 험한 땅, 이 섬에서 사람들은 오랫동안 자유롭게 살고 있었다. 그런데 지난 20년간 그들은 정복자의 압제하에 고통받았다. 귀족과 교회를 앞세워 그들을 억압하는 굴레에 속박당한 채 말이다.

젊은 자코뱅주의자가 이제껏 살아올 수 있었던 것은 조상이 물려준 귀족 칭호 덕분이었다. 덕분에 국왕의 하사금으로 양육된 것이 사실이다. 그런데 그래서 어쨌단 말인가! 요컨대 인민이 인민의 손으로 인민을 통치하는 것이 자유 아닌가? 프랑스가 자유를 선언하고 있는 이상 코르시카도 자주독립을 선언하여 프랑스의 사슬을 끊어버려야 한다. 시민들이여, 압제의 시대는 끝났다! 무기를 들라! 파리처럼 국민군을 결성하자! 군대로부터 권력을 탈취하자! 내가 그대들을 이끌리라!

약관 20세, 창백한 얼굴에 청회색 눈동자를 한 청년이 냉정한 시선으로 군중을 둘러보며 열변을 토한다. 작은 아작시오 거리에서 부오나파르테의 아들을 모르는 이는 없다. 청년은 거리를 뛰어 돌아다니고 시시각각으로 불어나는 군중이 그 뒤를 따른다. 어떤 사람은 자유를 원하고, 다른 이는 변화를 원한다. 광장의 군중을 앞에 두고 고대 로마의 웅변가처럼 뜨거운 희망에 충만한 그가 일어선다. 다소 동양적인 기질을 가진 군중이나 다혈질 가족이 모인 가운데 '인간의 마음을 배우는 귀중한 시간이었다'라고 후일 그는 술회했다.

그러나 사태는 예상 밖으로 전개된다. 그가 기다리던 국민의회로부터의 원군은 나타나지 않고 정규군이 오고 말았던 것이다. 혁명주의자들은 즉각 체포되고 몇 시간 만에 무장해제된다. 그러나 감금당하지는 않았다. 이 또한 실망이었다. 순교자가 되지 못하고 패잔병의 지도자에 머문다면 그것도 웃음거리다. 게다가 그의 피는 아직도 끓고 있어서 뭐가 됐든 할 수 있는 것을 다 해보지 않고는 견딜 수 없다. 파리의 국민의회 앞으로 보내는 갖가지 진정서, 자유를 찬미하는 유행가를 모방한 격문, 항의, 탄원서가 빗발치듯 뿌려진다. 국왕 폐하의 졸개를 교수대로! 인민이여 무장하라! 위원회는 즉시 그와 함께 그 문서에 서명한다.

몇 주일이 지났다. 파리는 뭐라고 응답할 것인가? 드디어 사자가 도착했다. 미라보(프랑스의 혁명가)의 제안으로 코르시카는 프랑스의 한 지방으로 편입되며 본토와 동일한 권리를 부여받는다는 결정이 내려진다. 이에 따라 파올리를 비롯해 코르시카의 해방을 위해 싸운 사람 전원이 귀환을 허락받게 되었다. 그러나 중위는 주저한다. 그렇다면 코르시카 주민이 프랑스인이 된다는 것인가? 신사상新思想에도 불구하고? 신사상 때문에? 이 얼마나 기괴한 자유인가? 그러나 이미 코르시카 정부 당국자가 이끄는 군중 행렬이 파리의 결정을 축하하기 위해 교회로 행진하고 있었다. 부오나파르테는 새롭게 열린 이 길에 재빨리 합류했다. 열렬한 성명문으로 동향인에게 호소하여 새로운 클럽에 합류할 동지를 찾고, 형 조제프를 시의 참사회에 진출시킨다. 한편으로 그는 〈코르시카의 역사〉를 편집해 그 일부를 어머니에게 들려주기도 했다.

"이 자가 내가 동경한 영웅인가?" 20년의 망명 생활 끝에 주민의 환호 속에 돌아온 파올리를 보고 부오나파르테는 생각한다. 얼마나 온화한 눈초리인가, 얼마나 절도 있는 발언인가? 이 사람은 내가 상상한 투사가 아니다. 그러나 앞으로 코르시카섬 의용군 최고사령관으로서 지휘봉을 휘두를 사람은 그다. 영리하게 처신할 필요가 있다. 부오나파르테는 자기가 태어나기 전부터 아버지의 상관이었던 남자 곁에서 잠시 함께한다.

어깨를 나란히 하고 말을 타고 갈 때, 야심만만한 젊은이는 새로운 프랑스로부터 섬을 무력으로 되찾기 위한 전략을 열심히 설득했다. 60대 중반으로 접어드는 노인은 젊은이에게 만족과 우려가 교차하는 시선을 던진다. 문제의 편지 발신자는 혹시 악마가 깃든 것이 아닌가 싶을 정도로 활력이 넘쳤다. 늙은 애국자는 청년의 머릿속에 악마가 붙은 것이 틀림없다고 생각한다. 그는 고개를 저으며 말한다.

"호오, 나폴리오네. 자네는 전혀 현대적이지 않군. 완전히 플루타르코스 시대 사람이야."

청년은 드디어 자신이 인정받았다고 느낀다. 그의 마음속에 로마 영웅의 혼이 깃들어 있다고 최초로 인정한 사람이 파올리인 것이다. 파올리로부터 어떤 성명문 작성을 부탁받은 날, 흥분한 청년은 그 날짜를 '밀레리의 내 집무실에서 혁명 2년 1월 23일'이라고 기록한다. 이 행위가 기발한 것인지 숭고한 것인지는 제쳐두자. 고압적인 성명문을 작성한 다음날, 청년은 소속 부대의 주둔지로 돌아가야만 했다. 이미 여러 차례 갱신한 휴가 기간이 끝을 보이고 있었다. 지금까지 쌓아 올린 경력을 포기할 필요가 있을까? 게다가 최고 지위는 이미 다른 사람이 점유하고 있는 이 섬에서 도대체 무엇을 해야 좋을까?

VII

"현재 한 가난한 시골집에 머물고 있습니다. 이곳에서 숙부님께 편지 올리게 된 것을 기쁘게 생각합니다. 이곳의 용감한 사람들과 무릎을 맞대고 장시간 토론한 지금이 오후 4시입니다. 온난한 고장이라고 하지만 공기는 상쾌해서 도보여행을 즐기고 있습니다. 아직 눈이 오지는 않지만 머잖아 내리겠지요. 도처에서 확고한 의견을 가진 농민을 만났습니다. 그들은 헌법을 유지하기 위해서라면 죽을 각오가 되어 있더군요. 여자는 모두 왕당파지만 놀랄 일은 아닙니다. '자유'는 그녀들의 존재를 무색케 할 만큼 아름다운 미녀이니까요. 드피네 지방의 사제는 모두 '공민의 선서'를 했고 이것을 저지해야 한다는 사제들의 절규는 무시되고 있습니다. 소위 상류사회는 영국 헌법의 심정적 공감자라는 가면을 쓰고 있습니다. 페레티가 미라보를 단검으로 위협한 것은 확실하며 이것은 코르시카의 명예가 되지 않습니다. '애국동맹'은 코르시카의 민족의상 한 벌, 훈장 걸이, 조끼, 반바지, 긴 양말, 휴대용 탄창,

단검, 권총과 소총 1정을 미라보에게 증정해야 하지 않을까요. 이것은 효과가 있을 것입니다."

성직자인 숙부 앞으로 보낸 이 편지에는 정치가의 기본적 자질이라 할 수 있는 뛰어난 관찰력과 기민함이 드러난다. 기후, 국가, 도보여행, 권력자의 신망을 얻는 방법, 대중 행동의 동기가 고려되고 있다.

인간의 약점은 흔히 허영심과 금전욕이라고 한다. 그도 이 시기에 라이벌을 이렇게 규탄한다.

"자네는 본질적으로 도덕주의자이고 열광이 무슨 일을 초래하는지 충분히 알 만한 사람이다. 그런 자네가 루블 금화가 내는 광채의 양으로 사람의 가치를 재고 있다."

그러나 정작 자신의 마음속 어둠을 그는 어떤 빛으로 비추고 있을까? 금화의 광채가 아닌 것은 확실하다. 1791년 6월, 13세가 되는 아우 루이를 데리고 발랑스에 중위로 부임했을 때 두 사람이 가진 돈은 85프랑뿐이었다. 음식, 의복, 동생 양육비 일체를 그 돈으로 감당해야 했다. 형제는 자기 옷은 각자 손질하는 생활을 시작한다.

돈이 필요하다. 놀기 위한 돈이 아니다(그는 건달을 경멸한다). 비약의 발판이 될 돈이 필요했다. 때마침 리용의 아카데미가 '인류의 행복을 육성하는 데 가장 중요한 진리와 감정이란 무엇인가?'라는 제목의 논문을 모집하고 있었는데, 최우수 작품에는 1,200

프랑의 상금을 준다고 했다. 그 돈이면 코르시카섬 절반을 무장시킬 수도 있다. 이것이다! 중위는 미소지었다. 우선 첫머리에서는 자연이나 우정, 사색에 잠기는 시간을 찬미하고, 잘 알지 못하고 당연히 경의를 품고 있지도 않지만 콩쿠르를 마련한 루소의 제자, 즉 아카데미 회원에 대한 입에 발린 인사를 한다. 그리고 이야기를 정치 쪽으로 옮겨가서 느닷없이 소유권 및 재판권을 취득하기 위한 온갖 자유를 요구하고, 동시에 역대 국왕을 공격한다. 이어서 나폴레옹을 쏙 빼닮은 야심가를 등장시킨다.

"냉소를 띄운 창백한 야심가, 그에게 범죄는 이미 게임일 뿐이고 음모는 수단일 뿐이다. 최고 권력의 자리까지 올랐을 때 그는 민중의 칭송에 싫증이 난다. 과거의 위대한 야심가들 모두 처음엔 행복을 추구했다. 하지만 찾아낸 것은 영광이었다."

절묘한 예감이고, 플루타르크 위인전에 등장하는 어떤 영웅에게도 어울릴 만한 결론이다. 이윽고 작가는 그 자신을 좀 더 담백하게 표현한다. 그의 이상理想은 스파르타다! 용기와 힘이야말로 최고의 미덕이니까.

"스파르타인은 자신의 힘을 충실하게 느끼는 사람으로 살아갔다. 그들은 자신의 본성에 부합하는 삶을 살았기에 행복했다. 강한 사람만이 선이고, 약한 자는 악이다."

어쨌거나 다음의 말은 또 하나의 예감으로 빛난다.

"진정으로 위대한 사람들은 유성流星이다. 자신을 태워 빛남으로써 시대의 어둠을 밝히는 유성인 것이다."

이 논문은 아카데미가 보기엔 상당히 과격해 '선발할 가치가 없다'라는 판정이 내려진다. 다시 실망이다. 돈이 없으면 영광도 없다. 그러나 굴하지 않고 부오나파르테는 코르시카를 주제로 한 소설과 연애에 관한 대화편의 집필을 계속한다.

사실이었을까? 그의 어두운 청춘을 정말 연애가 비춰주고 있었을까? 22세의 중위가 연애에 대해 뭐라고 하는지, 루소 취향의 진심 어린 토로에 귀를 기울여 보자.

"당신에게 연애의 정의를 물을 생각은 없다. 전에 나는 연애를 했다. 그것은 일을 혼란하게 만드는 형이상학적 정의 등 쓸모없는 추억으로 가슴에 새겨져 있다. 존재를 부정하지는 않으나 연애란 사회와 인간의 개인적 행복을 해치는 것이라고 나는 확신한다. 요컨대 연애는 선보다 악을 위하는 것이니 우리의 연심戀心을 저지하여 세계를 연애에서 해방시키는 일이야말로 우리를 지켜주는 신의 은혜가 될 것이다."

정치가이자 시인이기도 한 청년의 사색은 파리에서 일어난 돌발 사건으로 중단된다. 국왕이 감금되고 국민이 승리하면서 혁명은 확대되었다. 바스티유 함락 2주년을 맞아 혁명파인 중위는 프랑스혁명 지지자를 위해 건배한다. 얼마 후 고향에서도 폭동의 외침이, 그리고 무정부주의를 주장하는 과격한 격문이 잇달아 도착한다. 파리에서 해방된 강물에 던져진 무수한 돌멩이가 그 파동을 먼 해변까지 전파한 것이다. 코르시카도 시민전쟁 일보 직전이었다. 운이 어떨지 시험 삼아 한 번 더 돌아가 보자!

VIII

1791년 9월, 고향으로 간 중위는 이곳을 무대로 콜리오라누스(BC 5세기 로마의 전설적 장군)를 연기한다. 여론과 민중을 내 편으로 만들어야 한다! 민중이 주인이 되었으니 그들의 인망을 얻을 필요가 있다. 자산가인 숙부 뤼시앵이 죽고 그 유산 덕에 일가의 생활은 좀 나아졌다. 어머니의 동생인 성직자 페쉬는 자코뱅 클럽 가입에 성공하고, 형 조제프도 지역 의회에서 위세가 있었다. 무엇보다 젊은 포병 중위 이상으로 포대砲臺를 조립할 줄 아는 섬 주민이 누가 있겠는가? 아마도 프랑스 국민군 사령부는 코르시카 의용군의 지휘 권한을 그의 손에 맡기게 될 것이다. 하지만 그러려면 선거에 입후보해야 한다. 정규군 장교는 선거로 선출되지 않는 한 의용군에 들어갈 수 없기 때문이다. 과연 선거에서 이길 수 있을까? 게다가 이번 휴가는 새해가 되면 끝난다. 큰일이다! 그는 직속상관인 대위 앞으로 편지를 쓴다.

"긴급사태로 본의 아니게 장기간의 코르시카 체류가 이어지고 있습니다. 정말 죄송하오나 저에게는 피치 못할 일 때문이며, 지금까지보다 더 숭고하고 중요한 의무감에 이곳에 머물러야 한다고 판단했기 때문입니다."

'이러면 면직되는 일은 없겠지?'라고 생각했지만 회신은 오지 않는다. 어쨌거나 남겠다고 작심한 그는 선거운동에 들어간다.

부오나파르테 가문의 친척은 섬 여러 곳에 있다. 본가의 식탁에는 선거운동 봉사자를 위한 식사가 어머니의 손으로 준비되고 산에서 내려온 사람들은 이 집에 묵는다. 이렇게 해서 일가는 우호적인 분위기를 만들어간다.

"당시 그는 조용히 사색에 잠기는가 하면, 봉사자 한 사람 한 사람의 비위를 맞추며 대화를 나누기도 하고 도움이 될 인물을 찾아 자기편으로 만들려고 했다"라고 당시의 동지는 기록하고 있다. 국민공회(대혁명 이후 국가를 통치했던 의회. 과격파인 자코뱅파와 온건한 지롱드파의 주도권 쟁탈전이 극심했다) 의원이 방문했을 때는 집에 억류하는 등, 라이벌의 선거 운동원들을 목록에서 차례로 지워나갔다. 이 같은 수법에다 섬의 관습에 편승한 일련의 전술이 주효하여 그는 목적을 달성한다. 마침내 선거에 승리하여 의용군 중령이 되고 부사령관으로 임명된 것이다.

그렇다면 그는 프랑스 국민군 포병 중위의 자리를 포기할 요량이었을까? 결코 스스로 퇴로를 끊어서는 안 된다. 이것이 우수한 군인의 기본원칙이다. 그는 발랑스에 다시 편지를 보낸다.

"제가 아직 조국에 머무는 것은 이번과 같은 난국이 왔을 때 선

45

량한 코르시카인은 조국에서 명예로운 입장을 찾아야 한다는 제 친족의 의견을 존중한 것입니다. 군인의 의무를 소홀히 하는 것은 저의 본의가 아니지만 사표 제출을 고려하고 있습니다."

그러나 편지와 달리 그는 사표를 내는 대신 미지급된 봉급을 청구한다. 게다가 상관에게 보내는 편지에 프랑스를 '귀국貴國'이라 칭한 것도 문제가 되어 당국은 그를 직위 해제한다.

이리하여 그는 든든한 배경을 잃고 일찌감치 용병이 된다. 국민군 중위로서의 권리는 아직 남았지만, 체제 전환과 함께 언제 면직돼도 이상할 게 없으니 없는 것이나 마찬가지였다.

뭔가 행동을 해야 한다! 섬에 주둔한 프랑스 정규군과 시민 사이의 보이지 않는 알력을 부추겨서, 그 결과로 발생하는 혼란을 타고 영웅으로 등장하는 것이 좋겠다. 위협적으로 우뚝 솟은 저 요새들은 아직도 프랑스 정규군에 점령된 상태다. 프리드리히도 카이사르도 우선 이 요새에 공격을 가하지 않았는가? 요새 사령관과 우둔한 귀족을 공격해 내쫓을 필요가 있다. 그리고 섬을 프랑스의 억압에서 일거에 해방하는 것이다. 현재 내전 중인 프랑스 본토가 섬을 탈환할 수는 없을 것이다. 그렇게 되면 우리가 이 섬의 주인이 되고 늙은 파올리는 전설이 되어 사라질 것이다.

전투는 1792년의 부활절에 발발했다. 정규군과 시민 중 어느 쪽이 먼저 손을 썼을까? 확실한 것은 부오나파르테가 의용군의 선두에서 요새 탈취를 시도했다는 사실이다. 그러나 점령군인 프랑스 병사들은 두려움 없이 그를 물리쳤다. 보고를 받은 파리 당국은 부오나파르테를 반란죄로 고발하였고 그는 반란죄로 재판을 받게 될 위기에 몰린다.

빈말을 늘어놓은 그의 성명서에 속는 자는 없었다. 파올리마저 체제에 대한 지지를 보이기에 급급하여 친구의 아들을 해임한다. 노장은 당초부터 이 격정적인 젊은이에게 경계심을 품고 있었다.

"파올리여, 당신이 내 편이 아니라면 내가 당신의 적이 되리라." 부오나파르테의 독백이다. "당신이 무슨 일을 하든 조심하는 것이 좋을 것이다. 파리로 가자, 서두르자, 괜히 파리가 아니다. 파리에서 혁명이 일어나는 데는 다 이유가 있다!"

우리의 모험가는 프랑스의 수도 파리, 더운 여름날의 거리를 방황한다. 모든 일이 꼬였다. 돈도 없고 지위도 없다. 프랑스에서는 거의 반역자이거나 탈영한 장교, 코르시카에서는 해임된 의용군 중령일 뿐이다. 굶주림과 신변의 위험에 직면한 그는 최후의 희망을 혁명 급진파에서 찾기 위해 로베스피에르(1758~1794, 프랑스 혁명기의 정치가로 자코뱅당의 지도자로 활약했으며 파리코뮌의 대표로 추대되었다. 산악파의 거두로서 독재 체제를 완성하고 공포정치를 추진하다가 공화파의 반격으로 처형된다)파에게 접근한다. 위기를 벗어날 방법은 왕권 타도, 체제의 완전 전복밖에 없었다.

날은 덥고 파리 생활에는 돈이 든다. 시계를 전당포에 잡혔다. 빚만은 피해 왔는데 스물세 살 평생 처음으로 식당에 15프랑의 빚을 지고 말았다. 유년학교의 동창 부리엔에게 함께 부동산 중개업을 해보자고 제안한다. 그는 권력의 자리에 있는 사람들을 부러워했을까? 아니다, 오히려 경멸하고 있었다.

"권력을 휘두르는 자들은 우리가 그들의 호의에 호소할 가치가 없는 패거리다. 그들을 가까이해 보면 금방 알 수 있다. 아마도 그들은 훨씬 더 비열하고, 아무 거리낌 없이 다른 사람을 중상 비방하는 패거리일 것이다. 열광은 열광일 뿐 프랑스는 너무 낡았다. 누구라 할 것 없이 모두가 자기의 이익과 출세만을 추구한다. 야심이 모든 것을 약화시킨다. 자신과 가족을 위해 조용한 삶을 사는 것, 그것이야말로 4~5천 프랑의 고정 수입으로 누릴 가치가 있는 유일한 몫이다. 상상력이 괴롭히는 것을 멈추기만 하면 사람들은 조용해질 것이다!"

이처럼 활기찬 상상력에 시달리는 청년에게 재앙 있으라! 파리라는 들끓는 솥 속에서 그야말로 엄청난 가능성이 식어가는 중일 수도 있고, 그 엄청난 가능성이 거대한 혼란을 뚫고 솟아오르는 중일 수도 있다! 그는 이방인인 이탈리아인이기에 프랑스인들의 운명을 차분히 숙고할 수 있고, 그 위에 모험가 특유의 냉정함을 최대한 발휘하여 그들의 재산을 자신의 계좌로 옮길 수도 있을 것이다.

이미 자코뱅파(프랑스 혁명기의 급진파 조직. 1791년 7월 입헌왕정파가 탈퇴하여 푀양클럽을 창설하자 남아 있던 로베스피에르, 페시옹 등이 계속적으로 반란을 노렸다)가 세력 범위를 넓히고 있었다. 민중이 튈르리궁에 돌격한 것은 부오나파르테가 파리에 도착하고 두 달 반 만의 일이었다. 이때 그는 구경꾼 틈에 있었다. 지금 놓여 있는 불안정한 상황도 있어서 "이것으로 우리도 다시 자유의 몸이 되었다"라고 자기도 모르게 소리쳤으나 금세 정신을 차린다. "시민들이 병사들을 위협하는 것을 두 눈으로 보았다. 충격이었다. 이때 국왕이 말을 타고 나타나기라도 했다면 승리는 그의 것이었을 텐데, 이것이 그날 아침의 여론이었다"라고 기록했다. 몇 주 전 국왕이 빨간 보닛을 쓰고 나타났을 때는 "얼마나 어리석은 짓인가! 시민 4~5백 명을 대포를 쏘아 겁주면 나머지도 뒤따라 도망갔을 텐데"라고 기록했다.

아무튼 그는 안도한다. 적대파가 무장 해제되었던 것이다. "저희에 대해서는 걱정하지 마십시오, 어떻게든 궁지에서 빠져나갈 것 같습니다"라고 숙부에게 썼다. 지롱드당 신 내각은 반역자를 복직시켰을 뿐 아니라 포병 대위로 임명하고(1792년 7월 10일) 즉각 동부전선에 주둔하고 있는 연대로 합류할 것을 명했다. 그러나 부오나파르테에게 모젤 강변에 있는 프로이센 국왕이나 프랑스의 전쟁이 무슨 상관이겠는가? 그는 아직도 코르시카인이다. 이렇게 해서 그는 다섯 번째 귀향을 하게 된다.

IX

바닷바람이나 산의 맑은 공기가 사상 투쟁을 왜곡하는 파벌 싸움을 쓸어낼 수 있을까? 지금 코르시카섬은 중상모략이 횡행하는 무정부 상태다.

1792년 9월에 성립된 국민공회의 코르시카 대표인 살리체티 Salicetti(1765~1809, 코르시카 출신의 정치가)는 파올리의 숙적이다. 지금은 반 파올리파인 부오나파르테 가문의 편이라고 하겠다. 자코뱅 파에서는 의견이 갈려 급진파 쪽이 우세했다. 섬에서 청렴결백한 인물은 파올리뿐이지만 중도적 행동을 취한다는 이유로 배신자로 간주되고 있었다.

그러면 도대체 누가 권력을 잡고 있는 것인가? 전원이 권력을 쥐고 있는 것 같았으나, 실은 누구도 잡지 못하고 서로 불신하고 있었다. 파리에서는 기요틴(단두대)이 고안되어 1793년 1월 21일에는 국왕 루이의 목을 날렸다. 내일은 또 누가 지배자가 될 것인가?

섬에서는 산악과 도시를 불문하고 모두 무장해 본국의 명령은 암벽에 부서졌다. 모두가 스스로의 왕이고 누구든 자기들 복수의 대상이었다. 이제 잃을 것이 없는 모험가는 더 나은 활동의 장을 찾을 수 있을까? 섬의 지배자가 되기 위해 그는 세 번째 도박에 나선다.

반 파올리파가 부오나파르테 일족 주위에 결집했다. 조제프, 뤼시앵, 숙부 페쉬는 동지였다. 실력행사를 위해 포砲를 다룰 줄 아는 사람을 필요로 하는 살리체티의 지원으로 나폴레옹은 반 파올리파의 조직 편성에 성공하고 자코뱅파도 이에 가담한다. 20년 동안이나 영국에서 손님 대접을 받고 있던 파올리를 프랑스에 대한 국가반역죄로 기소할 수는 없을까? 그가 우리를 영국에 팔아넘기려 하는 것은 아닐까? 뤼시앵Lucien(1775~1840, 상당한 능력과 정치적 야심의 소유자로 나폴레옹의 쿠데타 당일 형을 위기에서 구하지만 이후 가까워질 수 없는 인물이 되고 만다)은 마르세유로 가서 이를 국민공회 위원에게 귀띔하고, 살리체티는 서둘러 이 일을 국민공회에서 호소한다. 작은 섬은 이미 음모의 온상이고, 소수의 가족이 섬의 명운을 쥐고 있다.

얼마 후 국민공회에서 대표단이 파견되고 파올리와 아무런 상의 없이 코르시카 의용군 소속 장교들의 임명과 강등을 단행했다. 프랑스에서 신 정부군의 포병 대위로 복귀해 있던 부오나파르테는 다시 코르시카 의용군 소령으로 복귀하게 된다. 그의 뛰어난 실력과 병사들이 보내는 신뢰로 인해 지위 탈환이 가능했다. 그의 성공 가능성이 점점 높아지고 있다.

그런데 '파올리를 체포하라'라는 가공할 명령이 파리로부터 도착한다. 반 파올리파의 공작이 지나쳤던 것이다. 민중이 늙은 영웅 주위에 결집하고 파올리는 파리의 명령을 무시한다.

젊은 부오나파르테는 어찌할 바를 모른다. 평소처럼 민중의 마음에 귀를 기울여 본다. 그들에 대한 애정 때문이 아니라 그가 통찰력을 갖춘 관찰자여서다. 당장은 시간을 벌어야 하므로 중립을 취하기로 한다. 국민공회가 내린 파올리 체포 결정의 타당성은 인정하지만, 이 건에 대해서는 파올리 측을 지지한다고 표명한다. 국민공회는 경계심을 품고 이번에는 부오나파르테를 체포하려 한다. 파올리도 그 이중성을 경계한다. 파올리 일파에게 배부된 격문에는 다음과 같이 적혀 있었다.

"부오나파르테 형제가 국민공회 위원을 결집하여 사기꾼들을 도왔기에 코르시카섬 주민이 여론—비록 개인적인 원한에 사로잡혀 있다고는 하나, 형제는 도민島民에게 영원한 증오와 불명예의 대상이라는—에 입각해 그들을 대우하는 것은 존엄성에 문제가 되지 않는다."

파올리파의 한 그룹이 부오나파르테 가를 습격하여 약탈을 자행했다(1793. 5. 23). 섬의 혁명위원회로 달아나 숨지 않았더라면 일족은 몰살되었을지도 모른다.

그러나 이 사건은 부오나파르테의 입장을 유리하게 만드는 계기로 작용한다. 즉 이 약탈 사건 덕분에 혁명정부로부터 '혁명정신을 가진 자'라는 신뢰를 회복하게 된 것이다.

어쨌거나 1년 전 코르시카에서 반정부군 지도자였던 그가 이제는 정부군을 지휘하여 반도叛徒와 싸우고 있다. 그에게 대포를 주어라! 그러나 반 부오나파르테파가 가장 유리한 요충지를 점령하고 있는 것은 확실했다. 게다가 파올리의 지도력도 얕볼 수 없었다. 좋아 파올리, 당신과 나의 일대일 싸움이다!

노병은 섬의 민중을 우군으로 하고 있을 뿐 아니라 요새의 주인이기도 하다. 젊은 부오나파르테는 두 번이나 요새를 탈취하려 시도하지만 실패한다. 부오나파르테파는 패했다. 코르시카인민평의회에 의해서 부오나파르테 일가의 추방이 결정된다. 일족은 집과 땅을 빼앗기고 전원이 몇 시간 안에 섬을 떠나야 했다.

가련한 어머니는 집안에서 입고 있던 옷 그대로 해안을 향해 도피행을 계속했다. 24년 전 프랑스인의 눈을 피해 다녔던 깊은 숲길을 이제는 프랑스인들에게 보호받으며 간다. 전 재산은 적대파의 손에 넘어갔다.

23세의 포병 장교는 일가를 툴롱으로 나르는 범선 위에서 무더운 6월의 황혼 속으로 사라져가는 섬을 바라보고 있었다. 봉우리 모두가 너무나 낯익은 섬. 이 섬에 자유를 가져오기 위해 세 번에 걸친 정복을 시도했다. 그러나 이번엔 프랑스인으로서 추방당하는 몸이다. 심중에 끓어오르는 증오와 복수심, 하지만 머지않아 섬의 지배자가 되어 돌아올 것이다. 프랑스의 승리를 배경으로.

X

"저 아가씨들의 초라한 옷차림 좀 봐!"

알뜰한 쇼핑을 마치고 집으로 돌아가는 두 처녀를 보면서 레티치아는 중얼거렸다. 40대를 맞이한 자존심 강한 그녀는 지금 국가가 몰수한 구 귀족의 저택에 살고 있다. 집주인은 단두대에서 목이 잘렸다. 위의 아들 셋은 독립했지만, 맨 아래 둘은 아직 코르시카의 친척 집에 맡겨두었다. 이곳 마르세유에서는 '박해받는 동포'로서 식품 일부를 요새 사령관에게 의지하는 형편이지만, 강인한 레티치아는 약한 소리를 하지 않는다.

여행 도중 부오나파르테는 알고 지내는 유력자를 통해 아우 뤼시앵이 군용품 수주를 취급할 수 있게 했다. 숙부 페쉬는 성직을 포기하고 사업에 전념하게 됐고, 아버지를 닮아 우아한 형 죠제프는 마르세유에서 견직물상을 경영하는 부유한 집의 딸 쥘리 클라리를 아내로 맞았다. 그럭저럭 일가의 생활도 안정되고 나폴레옹은 쥘리의 동생 데지레를 아내로 삼을 계획을 세운다.

1793년 여름 그는 소속 연대와 함께 니스, 론 계곡, 툴롱 등 각지를 돌아다니고 있었다. 그러는 동안에도 군인다운 눈과 포병으로서의 지식을 구사하여 각지의 지세를 조사하고 방어진지 구축에 적합한 지점을 검토하는 일을 게을리하지 않았다. 이렇게 축적한 노력이 결실을 볼 날도 그리 멀지 않을 터였다.

한편으로 틈을 내서 정치에 관한 글도 꾸준히 썼는데, 그중 한 편은 국가 경비로 출간되었다. 이들 논문에서는 상인이 중요한 지위를 차지한다. 이 시기 툴롱 상인들의 주목할 만한 움직임 때문이었다. 자기들도 마르세유 상인과 같은 운명을 밟게 되지 않을까? 로베스피에르의 손에 재산을 박탈당하거나 참수당할까 두려움에 떨던 그들은 몰락한 왕조에 미련을 두고 조국의 적에게 도움을 청한다. 즉 해군의 남은 선단을 영국에 전부 넘긴 것이다. 그 대가로 영국은 그들을 지켜주겠다고 약속했다.

그러지 않아도 늘고 있는 반란 세력 탓에 온통 위협에 노출된 신생 프랑스에게는 경천동지할 사건이었다. 이미 벨기에를 잃었고, 스페인군은 프랑스로 향해 진격을 시작하였으며, 방데 지방에서는 부르봉가의 지배력이 막강해진 판에 공황에 빠진 툴롱의 상인들이 선단을 적에게 팔아넘긴 것이다. 프랑스 공화국은 모든 남자를 징집했고 여자까지 동원했다. 전국이 요새로 변하고 전장에서 할 일을 아는 자라면 누구나 환영받았다.

툴롱에서 영국군 추방 작전을 진행하고 있던 프랑스군의 총지휘를 화가畫家인 카르토에게 맡긴다. 화가의 혁명에 대한 신념이 군사기술로 바뀔 것이라 믿은 것이다. 부오나파르테는 탄약 조달차 가 있던 아비뇽에서 돌아오는 길에 그 화가 장군과 마주쳤다. 식사 후 해안으로부터 4킬로미터 지점에 설치된 24구경 포 옆에 급히 집합한 장교들은 그 포의 위력을 의기양양하게 설명했다. 이

포의 사정거리는 그들의 예상을 훨씬 밑돈다고 지적한 부오나파르테는 4발을 쏘아 포탄이 도저히 바다에 이르지 못한다는 사실을 증명해 보였다. 장교들은 망설인 끝에 이 포술의 달인을 툴롱 포위전의 포병대장으로 임명한다(1793. 9).

이번에는 절호의 기회를 뿌리치지 않았다. 부오나파르테 포병대장은 연안 일대에 설치되어 있던 모든 대포를 끌어모아 6주 후에는 100문 가량의 대포를 한 곳에 집중시킨다.

툴롱항의 외항과 내항 사이에 서쪽으로 뻗어나온 곳이 있다. 외항과 내항이 모두 내려다보이는 이 곳의 높은 곳에 위치한 레기에트 요새를 점령하여 포병 중대를 배치함으로써 적의 함대를 봉쇄한다는 것이 그의 전략이었다. 후방 지원이 없는 영국군 사령관은 이 덫에 걸리면 반드시 집중포화를 맞을 것이므로 무기고를 폭파하고 병력을 철수할 것이다. 동료들은 동화 같은 순진한 발상이라고 비웃었다. 부오나파르테는 전령을 통해서 국민공회에 항의하고 전체 전략과 상세한 지침을 첨부한 작전 계획을 파리로 보냈다.

"공격을 분산시키는 것이 아니라 한데 모아야 합니다. 돌파구가 열리면 적은 균형을 잃고 저항이 헛수고가 되어 싸우기도 전에 승패가 결정됩니다. 살아남기 위해서는 분산시키고, 싸우기 위해서는 집결시켜야 합니다. 지휘권의 통일 없이 승리는 없습니다. 긴급을 요합니다"라고 약관 24세의 포병대장은 소신을 밝혔다.

그는 오귀스탱(1763~1794, 로베스피에르의 동생인 정치가)과 친분이 있었고, 오귀스탱은 내란을 기회로 출현하는 유능한 인재들을 권력자인 형에게 추천할 수 있는 입장이었다.

"형님, 언젠가는 민중에 대항하는 강력한 군대가 필요할 때가 올 겁니다. 그때는 젊은 부오나파르테를 기용해야 합니다"라고 자주 진언했으며, 공포정치 아래에서 부오나파르테가 국민군의 지휘권을 부여받을 가능성이 타진되기도 했다. 그러나 그는 몸조심을 위해 거절하고 있었다.

작전 계획이 승인되고 화가畫家 장군이 소환되었다. 이번에는 본업이 의사인 신임 장군이 구체제 지지파의 음모를 캐는 데 정신이 팔려 귀중한 곳을 허무하게 적의 손에 넘겨주고 말았다.

그러는 동안 파리로부터 소위 '유망한 인재'가 도착했다. 최단 기간에 툴롱을 탈환하려는 혈기 넘치고 사기충천한 젊은이들이었다. 부오나파르테는 일체의 방비를 배제한 포대로 그들을 데려간다. 그리고 적으로부터 날아오는 포탄을 피해 도망치는 그들에게 차가운 얼굴로 말한다.

"도망갈 곳은 없다. 애국심이 그곳을 메울 것이다."

추상적 의견이 아닌 실질적 행동을 좋아하는 차가운 두뇌의 포병은 또다시 항의했고 다른 장군이 부임했다. 이번에는 베테랑, 진짜 군인 출신이다. 도착하자마자 이 인물은 부오나파르테를 대대장으로 임명하고 그의 작전대로 곳을 점령하고 적을 격퇴하려

했다.

드디어 자신의 전략이 인정받고 실행되려는 바로 그때, 그가 타고 있던 말이 죽고 적의 창에 장딴지를 찔렸다. 나폴레옹에게는 최초의 그리고 드문 부상이었다. 이 전투는 공식적으로 대대장에 임명된 것은 아니었지만 그가 처음으로 승리한 전투였다. 숙적 영국에 이긴 것이다. 부오나파르테의 예측대로 적군은 자국의 함대로 도망쳐서 무기고를 불사르고 하룻밤 만에 도주했다. 1793년 12월 19일이었다.

죽음, 타오르는 불길, 조국을 배신한 시민이 이리저리 도망 다니는 아비규환의 항구, 무수한 시체를 뒤덮은 포연, 물에 빠져 죽어가는 사람들의 원망, 그리고 약탈을 자행하는 병사들의 고함 속에서 전화戰火에 붉게 물든 밤하늘의 끝 수평선 위로 새로운 별이 떠올랐다. 나폴레옹이라는 이름을 한 영광의 별이었다.

XI

툴롱의 해방, 북부 및 동부 전선에서의 오랜만의 승리였다. 이를 축하하기 위해 파리에서 개최된 축제에서 부오나파르테의 이름이 널리 퍼져나갔다.

3일 후인 12월 22일, 그는 준장으로 진급했다. 상관은 작전의 발안자인 그를 칭찬했지만, 상관이 작성한 보고서에는 감탄과 우려가 공존했다. 그리고 놀라운 내용이 첨언되어 있다.

"국민공회가 그를 무시할지라도, 그는 어떻게든 전선을 향해 나아갈 것이다."

명성을 얻은 시점에서 〈모니퇴르〉(1789년 창간된 의회 신문으로 이후 정부 기관지가 되었다)는 그 외에도 5명의 이름을 공훈자로 나란히 기록하고 있다. 부오나파르테는 그들과 같은 수준으로 취급되는 것이 달갑지 않았을 것이다. 출세의 길은 그렇게나 험하다.

그러나 툴롱의 밤 '영광스러운 별'의 존재를 인정하고 운명에 따를 것을 맹세한 무명의 젊은 사관들이 있었다. 부오나파르테는 그들을 직속 부하로 삼고, 마르몽과 쥐노를 16세인 친동생 루이 Louis(1778~1846, 나폴레옹이 돌본 동생으로 조제핀의 딸 오르탕스와 결혼하고 네덜란드 왕위에 오르지만 나폴레옹과 갈등을 빚는다. 후일 왕위에 오른 나폴레옹 3세의 부친이다)와 함께 부관으로 삼았다. 이렇게 해서 그는 작은 사령부의 장군이 되었다.

얼마나 놀라운 일인가! 국민공회가 툴롱에서 니스에 이르는 해안지대의 방위를 그에게 일임했다. 코앞에 제노바가 있다. 코르시카의 숙적인 제노바! 제노바를 장악하는 것은 코르시카를 장악하는 것과 같다. 제노바에는 각국의 외교관과 정보요원이 차고 넘친다. 먼저 그곳에 가서 중립적 입장으로 인맥을 만들자. 눈을 바로 뜨고 귀를 곤두세우면 무수한 정보를 얻게 될 것이 틀림없다.

부오나파르테는 국경 문제를 조정한다는 구실로 국민위원회로부터 위임을 받는 동시에 제노바 당국에 제시할 소개장도 챙겼다.

이것이 실질적으로 부오나파르테 외교의 첫걸음이었다. 온갖 부류의 공작원, 밀정들과 접촉하여 프랑스 대표를 감시하는(자코뱅파인지 확인하는 것) 동시에 대포의 정확한 위치를 기록했다. 그러나 보고서 작성을 위해 니스로 돌아온 순간 체포된다. 그가 없는 동안 로베스피에르가 실각하여 동생 오귀스탱과 함께 목이 잘린 것이다(1794. 7. 28). 그들과 내통하던 자들은 일제히 종적을 감춘다. 폭군에 동조했다고 말하고 싶지 않은 것은 누구나 마찬가지일 것이다. 저마다 신변의 안전을 위해 희생양을 찾는다. 희생에 알맞은 것은 부재자다. 서둘러야 한다, 놈들이 우리를 배신하기 전에. 그렇지, 제노바에서 밀명을 수행하고 돌아온 부오나파르테는 어떨까? 놈을 체포하라! 놈은 로베스피에르와 손잡고 우리 남방군을 궤멸시키려고 했다. 놈을 파리로 연행하여 재판에 회부하라!

8월 부오나파르테는 니스의 감옥에 갇히고 서류는 모두 압수됐다. 독방의 쇠창살 너머로 보이는 바다, 몸을 내밀면 코르시카의 해안이 보일 것이다. 얼마나 많은 시도와 좌절이 있었던가! 젊은 야심가에게 또다시 고난의 나날이 이어질 것인가?

해임되고 추방되고 코르시카에서는 고립된 처지가 되었다. 모든 계획이 붕괴될 위기에 처한 이제는 프랑스의 죄인이다. 어쩌면 다음 주에는 병영 마당에서 벽을 등지고 서서 스무 발의 총알을 기다리는 신세가 될지도 모른다. 어떻게 해야 할까? 도망을 권하는 부관 쥐노에게 대답하는 그의 어조는 감정적이다. 그것은 6만 통에 이르는 나폴레옹의 편지 중에서도 좀처럼 볼 수 없는 분위기를 풍기는데, 쥐노의 우정에 감사하면서도 이렇게 매듭을 짓는다.

"놈들은 나를 부당하게 취급할지도 모른다. 하지만 결백하기만 하면 문제 될 것은 없다. 내 행동에 한 점 거리낌이 없다는 것은 내가 잘 안다. 스스로 아무리 돌이켜봐도 이 자각은 흔들리지 않는다. 그러므로 아무 일도 하지 말게. 오히려 위험에 말려들 수도 있으니까."

순교자인 양하는 이 편지에서 본심을 내보이는 것은 마지막 구절뿐이다. 쥐노가 납득할 만한 이유를 들고 있지만 실은 자기를 위험에 노출하고 싶지 않은 것이었다. 로베스피에르와의 관계에 대해서 확실한 증거는 아무것도 없다. 도주한다면 오히려 사실을 자백하는 셈이 된다.

독방에서 그는 한 거물 외교관에게 편지를 썼다.

"저는 로베스피에르의 아우 오귀스탱의 몰락에 남다른 감회가 있습니다. 그에게는 호감을 가지고 있었으며 순수한 사람이라고 믿었습니다. 그러나 그가 저의 부친이었다 해도 그러한 폭정을 열망했다면 내 칼로 베어버렸을 것입니다."

고대 로마의 고결한 무사와 같은 말투 아닌가? 국민공회 앞으로 간 편지는 더욱 교묘하다.

"본인의 양심에 비추어 부끄러운 것은 전혀 없지만, 위원회가 어떤 결정을 내리든 한마디의 불평도 하지 않을 것입니다. 그러나 이제 제 말을 좀 들어주십시오. 저를 둘러싸고 있는 억압을 배제하여 애국자에 대한 존경심을 회복시켜 주시기를 부탁드리는 바입니다. 가령 1시간 후에 악의를 품은 무리가 내 목숨을 바란다 해도 아까워하지 않겠습니다. 저는 죽음이 두렵지 않습니다. 이미 전장戰場의 참호 속에서 수없이 나라에 바쳤던 목숨이기 때문입니다. 이 몸이 아직 조국에 쓸모가 있을 것이라는 일념으로 괴로움을 기꺼이 견디고 있습니다."

1주일 후 부오나파르테는 석방된다. 동향인 살리체티가 국민공회에 중상을 했지만, 당초 품었던 공포도 진정되고 신변의 안전도 느끼게 되자 그의 무죄를 보증한 것이다. 이 음모가는 "우리 군은 그를 필요로 하고 있습니다"라고 무의식적으로 부오나파르테의 승리를 예언하는 말을 덧붙이기까지 한다.

XII

왜 사람들은 이토록 그를 경원하는가! 잘 아는 실력자에게 장문의 편지를 여러 차례 보냈지만 아무 회답이 없다. 급작스럽게 소식이 온 것은 섬이었다. 늙은 파올리가 영국에 지원을 요청해 영국군을 코르시카로 불러들였던 것이다. 프랑스를 위해 코르시카를 구해야 한다! 여론을 만들기 위해 파리로 돌아간다. 코르시카 원정이 결정되었고, 그는 자신이 원정대를 지휘하게 되기를 간절히 원한다. 2주 후 원정 함대는 툴롱으로 돌아왔다. 패배한 것이다. 새로운 실망감, 그들은 왜 나에게 원정을 맡기지 않았을까? 내가 툴롱을 탈환하지 않았는가! 코르시카와의 전투에 대비해 해안을 요새화한 것도 나 아닌가!

한편 정부 내에서 그에 대한 반감은 점점 커지고 있었다. 정부 수뇌부는 그를 견제하기 위해 왕당파가 계속 저항 중인 방데 지역의 포병 사령관 자리를 약속했다. 그러나 임명된 곳은 보병부대 임시 사령관이었다. 베테랑 포병에게는 이 또한 굴욕이다. 이건 지나치다! 국민위원회의 군사 담당관에게 사유를 따지자, "자네는 너무 젊으니까"라는 답이 돌아왔다. 원정 경험이 전혀 없는 담당관을 쏘아보며, "전장에서는 금방 나이를 먹지요. 저도 곧 그렇게 될 겁니다"라고 쏘아붙였다. 3년 전과 같이 복종을 거부한 그는 파국을 기다렸다.

어떻게 할까? 꾀병을 부릴까? 휴가를 낼까? 실직한 젊은 사령관은 파리에 머물기로 한다. 어쨌거나 파리는 세계의 중심이다. 행동을 함께하고 있는 마르몽과 쥐노는 돈도 없고 외출도 못한 채 그의 옆에 머물러 있었다. 부리엔, 그는 한창 시행착오 중이었지만 아시냐(혁명 중 국유재산을 담보한 지폐)의 가치가 하락하고 있다.

"장군, 지난번 코르시카 탈환 작전은 준비 부족이었습니다."

"자네들은 쿠데타나 포격이라도 바라는 건가?"

그러는 사이 살리체티가 위기에 빠져 코르시카의 애인 집에 잠복했다. 이번에는 대역죄 혐의를 받게 된 것이다. 부오나파르테는 그에게 편지를 쓴다.

"내 말 잘 듣게, 살리체티. 이번에는 내가 자네를 음해할 수도 있고 비열한 방법으로 복수할 수도 있어. 내가 모욕을 한 것도 아닌데 자네는 나를 곤경에 빠뜨렸었으니까 말이야. 하지만 이참에 어딘가 애국심을 회복할 수 있는 장소로 피신해 마음을 진정시키도록 하게. 자네 이름은 결코 입 밖에 내지 않을 테니 개과천선하게. 내가 왜 이런 태도를 취하는지 그 점을 차분하게 생각해. 나에게는 그만한 가치가 있어. 내 정신은 고상하고 관대하니까."

고귀한 영혼이 거만으로 빛을 잃고 있다. 여름의 몇 주 동안은 별일이 없었고, 파리에서의 자극적인 생활은 그의 신경을 피폐하게 만들었다.

연극 〈오시앙〉에서 받은 충격은 강렬했다. 스코틀랜드의 전설적 영웅에 얽힌 뜨겁고 슬픈 이야기에 크게 감동한 나머지 비극의 여운이 깨지지 않도록 연극이 끝나기 전에 극장을 나왔을 정도였다.

"한 여자를 행복하게 만들기 위해 비극인 〈폴과 비르지니〉를 희극으로 만들다니, 이 새로운 오페라는 어리석음의 극치다"라고 밝힌 그에게 한 여성이 물었다.

"그러면 행복이란 뭐죠?"

"그것은 자신의 재능을 최대한으로 발전시키는 것이죠."

무위도식을 견딜 수 없고 울적함이 심해지자 막연한 분노가 그를 감싼다. 극장에서 친구 아내의 농담에 모두가 웃을 때도 부오나파르테만은 웃지 않았다. 잠시 어디로 갔나 하면 관람석 반대쪽에서 어두운 얼굴로 돌아온다.

거리를 종종걸음으로 배회하는 그를 만나기도 한다. 야위고 누런 얼굴, 허약하고 신경질적으로 보이는 그가 경직된 걸음걸이로 걷는다. 조잡한 중산모를 깊숙이 눌러 쓰고 귀 양옆으로 내민 머리카락을 예복 옷깃 밖으로 늘어뜨렸는데, 비듬투성이 머리칼은 빗질도 하지 않았다. 장갑을 끼지 않은 긴 손은 힘줄이 드러나고 더러웠다. 장화는 질이 나쁜 데다 제대로 닦지도 않았다.

선동가 바라스Barras(1755~1829, 정치가로 총재정부에서 고위직을 두루 거치며 파리 민중 봉기 진압에 큰 역할을 했고 후일 나폴레옹의 부인이 된 조제핀의 정부情夫이기도 하다)는 파리의 수다쟁이들을 이용할 목적으로 호사스런 생활을 하며 미녀를 거느리고 있었다. 그런 바라스가 총애하던 여자가 탈리앙 부인이었다. 당시 프랑스에서는 살롱에 모여 사교의 시간을 보내며 정치적 거래를 하는 것이 상류계급의 일상화된 문화였다. 탈리앙 부인은 총재정부의 최고 실세인 바라스의 정부情婦이자 사교계의 여왕으로 그녀의 살롱에는 프랑스 제일의 명사들과 권력에 기생하는 여자들이 모여들었다. 부오나파르테 역시 바라스의 소개로 탈리앙 부인의 살롱에 몇 번 얼굴을 비췄다. 재치가 있지만 살롱 분위기에 익숙해지지 못하는 그를 탈리앙 부인이나 레카미에 부인은 '괴짜'로 불렀다. 항상 외톨이였던 그는 형제에게 보낸 편지에서만 느긋하고 편안했다. 함께 살고 있던 동생 루이에 대해서 그는 이렇게 말했다.

"루이는 품행이 단정한 아이입니다. 제가 지도한 덕분이지만 열의, 재치, 건강, 재능, 예절, 선량한 성격을 겸비했습니다. 네 형제 중 가장 자질이 좋은 것은 역시 루이라고 생각합니다. 형제 중 그 누구도 좋은 교육을 받은 자가 없는 것도 이유이긴 하지만…."

막내 제롬Jerome(1784~1860, 나폴레옹의 막내동생으로 허영심이 많고 경솔한 성격이었다. 후일 베스트팔렌의 왕이 된다)까지 파리로 부를까도 생각했지만, 제롬은 뤼시앵과 사이가 좋지 않았다. 재능이 뛰어난 뤼시앵은 기본적으로 형과 경쟁하여 우위에 서려고 했지만 형의 가치를 인정하기도 했다. 그는 형과 마찬가지로 사람의 심리를 읽는 통찰력을 갖춘 청년이었다. 뤼시앵은 17세 때 큰형 조제프에게 이런 편지를 썼다.

"나폴리오네가 야심을 품고 있는 것을 예전부터 알고 있었습니다. 꼭 이기주의자는 아니지만 자기애自己愛를 공익보다 우선시하는 야심을 갖다 보니 자유주의 국가에서는 위험인물입니다. 그에게는 폭군 기질이 있는 것 같아요. 국왕이라도 된다면 분명 폭군이 될 것입니다. 후세 사람이나 애국자들이 이름만 들어도 겁을 먹을 정도의 폭군이 되겠죠."

탁월한 예언이다. 농담으로 한 말이 아니었다. 뤼시앵 자신도 이런 혼란기라면 프랑스에서 출세할 수 있으리라는 야망을 품고 있었던 만큼, 범상치 않은 형을 더 잘 알 수 있었던 것이다.

한편 당사자인 나폴레옹은 실의에 빠져 있었다. 돈과 행복을 모두 손에 넣어 독립까지 이룬 조제프가 부러웠다. 하지만 필요한 추천장을 얻어주기도 하고, 화폐가치의 하락을 이용해 싼값으로 토지를 사도록 충고하기도 하는 등 형에게 최선을 다했다. 형을 생각하는 동생으로서 그는 이렇게 썼다.

"형의 편지는 지나치게 무뚝뚝합니다. 조금 다른 방식으로 쓰는 것을 배워야 할 것 같아요."

그도 형 조제프처럼 가정을 이루고 싶어 했다. 형에게 보내는 편지마다 형수의 동생 데지레 클라리의 동의를 얻어달라고 간절하게 부탁한다. 부유하고 아름다운 그녀는 1년 동안 나폴레옹에게 마음이 있는 듯한 편지를 보냈지만, 항상 결정적 순간에는 확답을 피했다. 형도 자신의 동료 하나도 지금은 행복한 결혼생활을 하고 있다. 동년배들은 모두 중요한 자리에 있다. 일자리도 없이 건강을 해칠 만큼 사색이나 탐욕스러운 기획에 시간을 쏟고 있는 사람은 나폴레옹뿐이었다. 그는 조제프에게 편지를 쓴다.

"오랫동안 떠나 있을 것 같으면 형의 초상화를 보내주세요. 내가 얼마나 형을 생각하는지는 누구보다 잘 알 겁니다. 이렇게 쓰면서 오래 보지 못한다 생각하니 지금까지는 없었던 감정이 북받칩니다. 더이상은 쓰지 못하겠군요, 내내 안녕하시길."

그는 감상적感傷的이 되었다가 극도로 낙담하기도 한다. "위를 향해서 한 걸음 한 걸음 기어오르는 것, 이는 모험가와 같고 행복을 만들려고 하는 사람과 같다"라고 적는가 하면 "인생은 사소한 꿈, 덧없이 사라져간다…"라고 적기도 한다.

XIII

갑자기 모든 상황이 급변한다. 교체되어 새로 취임한 육군 장관은 이탈리아 전선에 변화를 가져오고 싶어 했다. 이 작전을 맡길 장군을 찾던 중 부오나파르테가 어떨까 하는 의견이 나온다. 육군부에 소환된 그는 즉각 이탈리아 북부에서의 대對 오스트리아-사르데냐 전에 관한 상세한 작전 계획을 털어놓았다. 오랫동안 국경지대에 눈독을 들여 온 그의 계획은 알프스 고개들의 위치, 기상, 파종기, 과일, 행정, 여론, 지방의 특색 및 주민의 성격에 관한 정확한 지식이 뒷받침되어 있었다. 모든 면에서 이미 깊은 검토를 마친 상태였다.

"2월에서 7월 사이에 롬바르디아 지방에서 전투를 종료한 후, 오스트리아로부터 만토바를 빼앗아야 합니다. 이어서 북방으로 진군하여 티롤(알프스 산맥 동부 산악지대) 지방에서 라인 방면군과 합류하여 비엔나를 위협함으로써 프랑스의 모든 야망을 충족시키는 강화조약을 적에게 강요하는 것입니다."

젊은 장군의 머리에서 폭포처럼 쏟아지는 계획에 놀란 육군 장관은 "준장, 자네의 착상은 대담하고 훌륭하군. 즉시 검토할 만하다. 국민공회 앞으로 건의서를 작성하게. 시간은 충분히 잡아도 상관없고."

"아닙니다, 준비는 이미 갖춰져 있습니다. 곧 건의서를 제출하겠습니다."

내용을 검토한 고관들은 말했다.

"매우 뛰어난 계획이지만 실현은 무리다."

"어쨌거나 이 자에겐 작전국이 어울린다."

이렇게 해서 1795년 8월, 나폴레옹 장군은 작전국으로 입성하여 출세의 문을 열게 된다. 그리고 이날부터, 분화를 시작한 화산처럼 폭발적인 인생길을 걷게 된다.

26세를 맞이하고 얼마 되지 않은 이날을 기점으로 20년에 걸쳐 시종 변하지 않는 목표를 향해 파란만장한 인생을 매진한다. 그 20년 동안, 높은 지성과 강한 의지로 뒷받침된 지칠 줄 모르는 에너지는 가장 강력한 그의 무기가 된다.

활동을 개시한 나폴레옹은 최대의 결과를 낼 수 있도록 종합적 계획과 세부내용까지 신경 쓰면서 경이로운 활력으로 모든 안건의 책임을 혼자 짊어진다. 이렇게 해서 프랑스군 관련 모든 극비 문서를 접하는 동시에, 다방면의 민간 지도층과의 빈번한 교류가 세력을 키우는 데 주효해서 어느새 실력자로 주목받게 되었다.

그가 가장 먼저 얻고자 하는 것은 무엇인가? 방데 주둔군의 지휘권도 아니고 라인 군의 지휘권도 아니다. 그가 원하는 것은 군 지휘권이지만 현실적이고 구체적인 군대 지휘권이 아니다. 전선에 대한 생각의 중심에 있으면서 그를 매혹시키는 군통수권은 아직 그의 상상 속에만 존재한다. 현실에 존재하지 않지만 지금도 원하고 향후 17년 동안 만들고 싶어 하게 되는 군대는 먼 곳의 전장을 노리고 있다. 그 전장은 아시아다! 작전국에서 직무를 개시하자마자 그는 러시아 및 오스트리아에 대한 효과적인 대응책을 검토한 다음, 투르크(튀르키예) 군사화의 중요성을 강조하고, 보스포러스 해협에 포병과 근대적 전쟁 전술을 도입할 것을 강력하게 주장했다. 이때 그는 이미 술탄의 궁전에 있는 자신의 모습을 상상하고 있었다. 공화국의 감시에서 벗어나, 모호하고 폐쇄적이지만 무엇이든 할 수 있는 나라, 자유라는 교리가 아직 힘을 얻지 못한 나라에서 술탄과 대화하는 자신의 모습을….

작전국에 들어간 지 2주 만에 투르크로의 전출을 신청하지만 기각된다. 그러는 동안 이미 부오나파르테의 존재에 위협을 느끼고 있던 적대파의 실력자들이 그의 추방을 모의하기 시작했다. 그래, 전선으로 보내 버리자!

그러나 그는 전에 없이 강경하게 반발했다. 마치 자신의 마음속에 숨겨져 있는 모든 성공을 예견한 것처럼 그는 강력한 성명을 발표한다.

"국가 위기에 당해서 포병을 지휘하여 승리를 거둔 부오나파르테 장군은, 군사위원회가 그를 적임이라 생각하는 위치에 둠으로써, 그의 진로를 항상 방해하는 무리들이 다시는 그의 지위를 빼앗는 일이 없게 되기를 바라는 바입니다. 최악의 전황에서 포병대를 지휘하여 가장 혁혁한 승리로 공헌했음에도 불구하고 이들 수뇌부의 면면이 장군을 원래 직무로 복귀시키는 일이 없도록 그리고 장군에게 정신적 고통을 주지 않도록 바랍니다. 또 후방에 머물며 승리에는 전혀 관여하지 않은 자들, 포병대에서 승리에 공헌할 무공을 세울 생각도 없었던 자들, 우리 포병대의 승리의 열매를 빼앗으려고 이 시기에 뻔뻔스럽게 출두하는 자들에게 장군의 직위를 강탈당하는 일이 없기를 기대합니다."

로마의 역사가들이 즐겨 사용한 3인칭 어법을 따른 강경한 어조였다. 그러나 항의는 허사였다. 고집쟁이 준장은 다시 제적 처분을 받았다. 작전국에서 밀려나기는 했지만 그의 시대가 다가오고 있음을 스스로 알고 있었다. 이제 그의 마음에 걸리는 것은 아무엇도 없었다. 현장을 지휘할 장성들과의 사이도 좋았다. 다음에 올 정권교체의 시기를 동생에게 알리는 편지에서도 "시국은 지극히 희망적이다. 설사 희망적이지 않더라도 인간은 현재를 살아가야만 한다. 용기 있는 자는 미래를 두려워하지 않고 경멸한다"라고 적었다. 그가 미래를 경멸하고 안중에 두지 않았기에 미래는 그에게 머리를 숙이고 힘을 빌려준다. 마찬가지로 그는 뭇 인간을 경멸하고 안중에 두지 않았기에 사람들도 그의 지휘에 따르고 힘을 바치게 된다.

이런 희망적인 예감을 기록하고 2주 후인 1795년 10월 5일, 왕당파의 지원을 받은 온건파와 국민공회 정부와의 사이에 충돌이 일어난다. 3년 전처럼 시외지구가 전투의 무대가 되었다. 소위 방데미르(포도의 달) 13일 사건이다. 민중으로 이루어진 적군은 정부군의 약 5배 규모다. 어떤 이유에서인지 정부군의 지휘관은 적군과 휴전 교섭을 하다가 반역죄로 체포되었다. 국민공회는 공황상태에 빠진다. 여러 가지 이유로 힘을 합친 좌파와 우파 혁명가들의 공세에 겁을 먹은 국민공회 정부는 어쩔 줄 모르고 거의 무방비 상태에 놓인다.

그날 밤, 부오나파르테는 국민공회의 방청석으로 급히 달려간다. 누구를 정부군의 후계 지휘관으로 지명할까? 라이벌의 이름이 차례로 거명되는 것을 들으며 심장이 맹렬히 뛴다. 과연 그의 이름이 언급될까? 만일 지휘관으로 지명되면 그 임무를 받아들여야 할까? 로베스피에르 밑에서는 거절했던 일인데?

민중은 민중을 적대시하는 자를 미워한다. 민중을 타도한 자는 더 말할 것도 없다. 별로 좋은 역할이 아닌 것은 분명했다.

"부오나파르테를 지명합니다!" 그렇지, 드디어 그의 이름이 나온다. "나는 거의 반 시간 가까이 이 문제를 숙고했다. 이 임무는 명예를 가져올 리 없지만 권력을 가져다줄 것이다." 그는 위원회의 지명을 받아들였다. 자정이 넘은 시각이었다. 폭동은 아침 일찍부터 시작될 것으로 예상된다. 몇 시간 내로 대응 준비를 끝내야 한다.

이러한 상황에서 그는 시민 감시로부터의 절대적 자유를 요구한다. 혁명 이념에 비춰 생각하면 말도 안 되는 요구다. 혁명의 새로운 원칙은 위협이 되는 군부대를 감시하는 일에 특히 방점을 두고 있었다. "당신들이 나를 임명하면 나는 책임을 갖게 되고, 그렇다면 자유 재량권도 가져야만 한다. 오늘날 장군이 이렇게 위태로운 처지에 놓이게 된 것은 다 인민 위원들의 탓이다. 당신들은 인민이 인민에 대한 발포를 허가할 것이라 기대하는가?"

그가 지휘권을 나눠 가질 유일한 인물은 바라스다. 바라스는 지도자들 가운데 가장 힘 있는 인물이지만 나폴레옹의 손안에 있었다. 무엇보다 사태가 절박하여 선택의 여지가 없다. 이렇게 해서 그는 제적된 지 2주 만에 복귀하여 혁명정부의 보호를 위임받았다.

지난 7년 동안 파리 시민은 매번 급조된 적과 대치해 왔다. 그래서 대혁명 때도 민중이 우위에 설 수 있었던 것이다. 하지만 이번 전투를 준비하고 지휘하는 것은 부오나파르테이고 그는 전투 준비의 달인이다. 하룻밤 만에 의회를 요새화하고, 불안에 떠는 의원들에게도 무기를 지급한다. 의원들은 대포라는 말을 듣자 더욱 겁에 질린다.

이때 파리 교외에 있던 대포 40문을 가지고 돌아오는 임무를 맡은 것이 젊은 기병대원 뮈라(1767~1815, 이탈리아와 이집트 원정에서 나폴레옹 부관. 나폴레옹의 여동생 카롤린과 결혼하여 나폴리 왕이 된다)였다. 이날 이후 뮈라는 부오나파르테 장군과 함께 화려한 출세길을 달리게 되는데, 시외로 나간 그가 마주친 것은 역시 대포를 구하고 있는 상대편 민중이었다. 포가 없이는 부오나파르테가 의회를 방어할 수 없으리라. 뮈라와 동료들은 말 덕분에 먼저 대포를 탈취할 수 있었다.

뮈라와 대포들이 돌아오기를 기다리는 긴장된 몇 시간 동안 부오나파르테는 태연하게 얼마 안 되는 휘하 병력을 배치하는 일에 몰두했다. 그리고 마침내 새벽 5시 부오나파르테 장군의 귀에 그의 오랜 친구인 대포들의 바퀴 구르는 소리가 들린다. 대포에는 뮈라의 부하들이 타고 있었다. 대포 획득에 성공한 것이다. 앞으로 두 시간 내에 모든 준비를 마쳐야 한다.

잘 무장된 군중이 자치구별로 대열을 만들고 다가온다. 위협적인 군중의 모습에 의회 법률가들은 겁에 질려 벌벌 떤다. 연단에 선 발언이 이어진다. 교섭을 촉구하고 군대 철수를 주장하는 발언들이다. 쇄도하는 의원들 무게로 연단이 휘었다. "교섭을 개시하라! 정부군을 철수시켜라!" 대낮의 강렬한 햇살 속에 상황은 흉흉하기 짝이 없으니 결국 일부 시민들이 자신감을 잃는다. 정오에 가까워지자 일부 병력이 군중들과 친한 체를 한다. 해가 지기 시작한다. 지금 아니면 영영 기회는 없다. 지휘관은 군중의 승리를 허용할 것인가? 몇 년 전 같은 상황에서 부오나파르테 장군은 루이 16세의 심약함을 비웃었더랬다. 발포를 명할 권한이 있는 장군이 나약한 인간을 연기할 이유가 있을까?

최초 발사된 일발은 부오나파르테의 명령에 의한 것일 가능성이 높다. 혹은 바라스에게 명령을 받은 것으로 왜곡됐을 수도 있다. 그러나 그의 전투 보고서에는 반대자들이 그들의 양심에 따라 '프랑스 국민에 반하는 죄'를 지었다고 선언했다.

어쨌든 포격이 시작된다. 대포가 이긴다. 피가 흘러 포도鋪道를 적시고 군중은 사방으로 흩어진다. 2시간 만에 거리는 텅 비어 인적을 찾을 수 없다. 그날 밤 부오나파르테는 형에게 편지를 썼다.

"드디어 끝났습니다. 제일 먼저 형님에게 소식을 전하고 싶었어요. 튈르리궁에 병력을 배치하자 적이 공격해왔습니다. 많은 적을 사살했지만 우리 측 사망자는 30명, 부상자는 60명뿐입니다. 자치구를 무장 해제시키고 이제 모두 평온합니다. 여느 때처럼 저는 다친 데가 없습니다. 육군 준장 부오나파르테. 추신, 행운은 내 편입니다. 데지레와 쥘리에게 안부 전해 주세요."

이것은 나폴레옹 최초의 승전 보고다. 적敵은 프랑스인, 전투 장소는 파리. 범죄자는 혁명주의자, 사망자의 대다수가 적. 덧붙여서 직함을 서명 앞에 쓴다는 이례적인 조치. 효과적으로 연출하기 위해 모든 것을 계산했지만 추신이 언뜻 속마음을 드러내고 있다. '행운'이란 글자와 두 명의 여자 이름이.

XIV

1795년 10월 26일 밤, 부오나파르테는 국민공회 의회의 단상에서 있었다. 젊은 구세주는 갈채를 보내는 의원들의 환영을 받으며 부관들에게 둘러싸여 있었지만, 자신에게 쏟아지는 찬사에 거의 반응하지 않았다. 순간의 승리에 따라오는 찬양에 그가 감격하는 일은 앞으로도 결코 없을 것이다.

냉정한 눈으로 의사당을 둘러보며 그는 생각한다.

'그래, 그대들이 소위 국가의 지도자구나. 대포 소리를 듣고 겁에 질려 벌벌 떨었지! 그렇게 떠는 법을 잊어선 안 될 것이다. 이제 나는 너희들의 보호자가 된 것이다. 너희가 공손한 종이 되어 내게 복종할 때까지 너희들을 계속 지켜주마.'

당연한 일이지만 그는 국내군 총사령관으로 지명되었다. 이제 그는 많은 추종자를 거느리게 되었다. 면직되거나 강등된 상태에서 부오나파르테의 전례에 따라 현직에 복귀하거나 승진하기를 기대하는 장교들과 시민 봉기를 두려워하는 관료들이다. 다들 이번 사태가 종결된 후 안도의 한숨을 내쉬었을 부류들이다. 하지만 민중은, 몇백이나 되는 무고한 비무장 시민, 구경꾼, 여자를 살육한 자를 증오하는 법을 배우게 될 것이 틀림없다. 하지만 그것이 어쨌다는 말인가? 그는 사랑받기를 바라지 않는다. 돈에는 더욱 흥미가 없다. 갑자기 쏟아져 들어온 금품, 하인, 마차 등을 모두 친족에게 나눠주었다. 아우들에게는 좋은 자리가 주어졌고 어머니는 평온한 생활을 되찾아 맘 편히 살며 저축도 할 수 있게 되었다. 형인 조제프에게는 몇 가지 공직 제의가 들어왔고, 결국 외교부의 한 자리를 차지했다. 아주 먼 친척에게도 자리를 줄 수 있었다. 이제 그는 편지 쓰는 일이 드물어졌고 무엇보다 편지글의 어투가 달라졌다.

　"너희를 돕기 위해서라면 내가 할 수 있는 무슨 일이든 할 것이고, 너희들 행복에 도움이 되는 일이면 뭐가 됐든 노력을 아끼지 않을 작정이다."

　형제 중의 하나이던 처지에서 한 집안의 수호자이자 대들보가 된 것이다. 그리고 첫 성공의 기쁨을 맛보고 있던 이때, 그는 평생 다시 없을 사랑의 열정에 불타오르게 된다. 따라서 데지레는 기회를 놓쳤다. 수주일 전까지 그는 그녀로부터 원하는 답을 들으려고 조제프에게 중개를 요청하고 있었다.

"나는 가정을 갖고 싶은 열망에 불타고 있습니다."

그러나 실력을 인정받은 후에는 살롱의 단골인 미인 앞에서도 별로 주저하지 않게 되고, 그녀들에 대한 온갖 견해를 피력하게 되었다. 때마침 사교계에서 최전성기를 자랑하던 미모의 30세 여자가 그의 앞길을 가로질러 갔다. 바로 직전에 그는 두 여인—한 사람은 어머니의 친지인 코르시카 귀족의 딸, 또 하나는 조제프 드 쉐니에(1764~1811, 프랑스의 극작가이자 정치가로시인 앙드레 쉐니에의 동생이다)의 애인—에게 연달아 청혼했다. 둘 다 그보다 훨씬 연상이었고 모두 거절을 당했다. 그럼에도 그는 살롱의 분위기를 능란하게 띄우고 '연애 경험이 많은 두 여자에게 매료되어 그들에게 입맞춤을 했다. 한 사람에게는 입술에다 또 한 사람에게는 볼에'라고 기록했다. 지금까지 여자와는 거의 인연이 없는 생활을 해온 그의 마음은 아주 쉽게 두근거리곤 한다.

신임 국내군 사령관은 즉시 무기 소지 금지령을 포고하고 많은 이들을 조사해 무기를 압수했다. 14세 소년이 집무실로 들어와 자기 아버지의 유품인 검을 돌려달라고 탄원한 것이 바로 이때였다. 사령관은 그 소원을 들어주었다. 그러자 얼마 후 소년의 어머니가 고맙다는 인사를 한다는 구실로 그를 찾아왔다.

우아하고 교만하고 매혹적인 여자였다! 30대로 보이는 그녀는 아름답다기보다 매혹적이고, 우아한 말투와 크리올(서인도제도 식민지에서 태어난 순수 백인) 특유의 까무잡잡한 피부가 매우 이국적이었다. 말티닉섬에서 태어나 파리에서 자란 그녀는 공포정치 시대에 여자의 매력을 무기 삼아 세상 살아가는 법을 배웠다.

그녀의 아담한 집을 방문한 사령관은 역경으로 얻은 통찰력으로 그녀의 생활이 매우 검소함을 눈치챘다. 그러나 그런 일로 망설일 그가 아니었다. 생애 처음으로 지위에 걸맞은 행동을 하게 된 27세의 사령관은 돈의 소중함을 인정하고 있었지만, 부자에게 경의를 표하는 사람은 아니었다. 지금까지 그는 업적으로만 남자를 평가했으며 여자에 대해서는 미모나 행동거지 같은 매력으로만 평가했다.

조제핀 드 보아르네(Josephine De Beauharnais(1763~1814, 총재정부 시기에 미모와 매력으로 사교계의 꽃이 되었고 1796년에 나폴레옹과 재혼한다)는 타고난 매력보다 훨씬 더 자신을 돋보이게 하는 능력이 있었다. 그것은 남편의 죽음으로 전 재산을 잃은 그녀에게 꼭 필요한 수단이었다. 오랫동안 떨어져 생활하고 있던 남편 보아르네 자작이 프랑스로 돌아와 단두대의 이슬로 사라질 때까지 함께 지낸 그녀는 그 후 3개월 동안 감옥에 갇혀 있다가 로베스피에르의 실각으로 간신히 죽음을 면할 수 있었다. 부오나파르테가 투옥된 그날, 그녀는 자유의 몸이 되었다. 파산으로 인해 하루하루를 걱정하는 생활, 친구들의 도움을 받으며 딸 오르탕스와 아들 외젠 남매를 간신히 양육하고 있었다.

빈곤 속에서도 우아한 생활을 포기할 수 없었던 조제핀은 드디어 여자로서의 매력을 활용하기 시작했다. 돋보이는 성적 매력과 강렬한 쾌락을 추구하던 그녀는 선동가 바라스의 정부情婦가 되었다. 미녀 틸리앙 부인이 돈 많은 은행가에게 푹 빠지기 전까지 조제핀과 탈리앙은 바라스를 두고 경쟁하는 사이였다. 그녀들은 바라스를 공동으로 통제했고, 혁명기의 공안위원회가 마차를 지급해 줄 정도로 위세가 당당했다.

조제핀은 온화한 성정으로, 매력적인 저녁 파티를 여는 방법을 알고 있었고 파벌을 가리지 않고 교제했다. 물론 그녀의 집을 자주 드나드는 백작과 후작들은 자신의 아내를 집에 둔 채 그녀의 집을 찾았다. 조제핀은 혁명이 낳은 모험가였던 것이다.

부오나파르테도 모험가 외에는 아무것도 아니지 않은가? 우호적인 흐름이 급변하면 그것이 아무리 사소한 일일지라도 몰락할 수밖에 없으니…. 뮈라가 대포 탈취에 성공하지 못했더라면 장군은 총살당했을 것이다. 따라서 그와 그녀는 비슷한 부류다. 둘 다 불안정한 인생을 살고 있었다.

그는 유년학교 교사가 "화산과 같다"라고 평했을 만큼 격렬한 기질의 소유자다. 그런 기질을 가진, 말수 적고 순진한 청년의 이성을 잃게 하는 것쯤은 조제핀에게는 얼마나 쉬운 일이었겠는가.

난생처음 여자를, 그것도 연애에 능숙한 여자를 손에 넣은 그는 크리올 미녀에게 완전히 사로잡혔다. 조제핀에게는 행운이었다. 남자의 마음을 사로잡은 다음 냉정하게 결혼을 고민한다.

"저의 집에 오셨을 때 부오나파르테 장군을 만나보셨지요? 실은 알렉상드르 드 보아르네가 남긴 아이들의 아버지와 미망인의 남편이 되고 싶어 하는 사람이 바로 그이예요. 장군은 용감하고 지식도 풍부하고 훌륭한 분이죠. 하지만 한편으로 그가 가진 지배력 같은 것을 생각하면 어쩐지 두려운 생각이 들어요. 주위 사람들에게 그 영향력을 미치려고 하는 것 같아서. 속속들이 꿰뚫어 보는 듯한 눈에는 설명하기 어려운 뭔가가 있어요. 총재님에게 마저 명령하는 듯한 특별한 뭔가가 있는 듯 느껴져요. 결혼을 승낙할 기회는 많았지만, 그때마다 대답을 주저한 것은 열과 성의를 의심하지 못할 만큼 저돌적으로 다가오는 그의 열정 때문이었어요. 이젠 그다지 젊지도 않은 제가 광기와도 같은 그의 애정을 앞으로도 잃지 않고 살 수 있을지는 모르겠네요."

사교계의 세례를 받은 미인은 자신을 정신적으로 압박하고 있는, 분명하지 않지만 맹렬한 힘의 희생이 되는 것은 아닌가 하는 막연한 불안을 느끼고 있었다. 그는 자기가 꼭 끌어안고 있는 것을 팔 안에서 조여 부숴버릴 수 있는 남자다. '전부全部 아니면 전무全無'라는 선택지만 가진 이 남자는 한번 욕심이 동하면 무조건 모든 것을 빼앗아야 직성이 풀린다. 모든 것을 손에 넣기까지 허투루 힘을 낭비하는 일도 하지 않았다.

"당신 생각으로 가득 차서 잠에서 깨어났소. 당신의 초상화와 만취한 어제 저녁의 일이 마음을 동요시키오! 다정하기 그지없는 조제핀! 내 심장에 무슨 짓을 한 거요? 화가 난 거요? 슬퍼하고 있는 거요? 무슨 고민거리라도 있소? ⋯ 당신이 마음에 걸려서 내 마음은 편안할 틈이 없소. 나를 지배하는 이 뜨거운 생각에 몸을 맡기고 당신의 입술에서 당신의 가슴에서 몸을 불사르는 듯한 불길을 다 태울 때 내 마음이 편안한가 하면, 그것도 아니오. 내 마음은 더욱 혼란스럽소. 아, 오늘 밤 나는 알았소. 당신의 초상화는 당신이 아니라는 것을. 당신이 정오에 출발하니까 앞으로 3시간 후면 만나게 되겠지. 그때까지 사랑스러운 당신, 당신에게 천 번의 키스를! 하지만 내게 키스를 보내지는 마오. 당신의 키스에 내 피가 불타버릴 테니까."

야망을 고백하지는 않지만, 그는 그 이상을 조제핀에게 누설하고 있었다.

"총재들은 내가 자기들의 보호를 필요로 한다고 멋대로 생각한다. 그들은 언젠가는 내 것이 된 나라를 지키며 행복을 느끼게 될 것이다. 나는 칼을 써서 나의 길을 헤쳐 나갈 것이다."

조제핀이 쓴다. "당신은 어떻게 생각하나요? 일개 준장이 정부의 최고 실력자를 보호한다니요. 이것이야말로 과잉 자존심의 증거가 아닐까요? 하지만 어쩐지 이 터무니없는 확신이 그럴듯하게 생각되기도 해요. 이 남자라면 자신이 원하는 것은 무엇이든 얻을 것 같고, 나를 주인공의 자리로 밀어 올려줄 수도 있겠다고 말이죠."

우리는 마치 뜨겁게 타오르는 인간의 마음을 지켜주는 철문 앞에 서서 열쇠 구멍을 통해 영혼의 불타는 용광로를 바라보고 있는 것만 같다.

그는 왜 이 여자를 아내로 삼으려 하는가? 이미 자기 것으로 만들었고 이제는 무엇 하나 거절하지 않는 여자인데? 독점하기 위해서인가? 그러기에는 그의 자존심이 너무 강하다. 무엇보다 그녀를 독점하는 것은 도저히 불가능하고 또 그런다고 무슨 득이 될 것인가? 게다가 그에겐 돈과 힘이 있지 않은가? 아직은 코르시카인에 불과한 그를 프랑스의 상류사회에 소개하기 위해서라면 그녀가 쓸모 있을지도 모른다. 그러나 귀족 출신 여자와의 결혼을 갈망하는 것은, 이탈리아인의 가족 감정(대대로 내려오고 심지어는 그를 지배하는 느낌)을 가지고 있는 코르시카인으로서는 당연한 것이다. 그리고 결정적으로, 극도로 자기중심적인 이 남자는 자기 에고의 영원한 지속을 열정적으로 원할 것이 분명하지 않은가?

나폴레옹이 이 세상에서 다른 사람의 도움 없이는 절대로 만들 수 없는 유일한 것이 후계자인데, 이 후계자는 반드시 좋은 재료로 만들어져야 한다. 그는 서민 출신이 아니다. 그는 오래된 가문들의 투쟁 와중에 세상에 태어나 존재하게 되었고, 지금은 그가 하나로 융합하고자 하는 별 두 개가 달린 문장紋章 아래에 있게 되었다. 그가 프랑스혁명을 지지한 것은 인도주의적 감정 때문이 아니다. 에너지를 행동으로 분출하는 원초적인 기쁨에 열중했을 뿐이지 자기의 피를 서민의 피와 섞을 생각은 털끝만치도 없었다. 따라서 그가 이 여자를 아내로 삼은 것은 쌍방의 선조가 오랜 귀족 가문이기 때문이었다. 갖은 스캔들과 모호한 처신에도 불구하고, 그녀가 어느 살롱에서나 호의적으로 환영을 받았던 것도 좋은 혈통이 매력을 더해주는 요소로 작용하기 때문이다.

총재정부(1795년 10월 5인의 총재로 성립한 정부) 제일의 실력자 바라스는 방데미르 13일 이후 부오나파르테를 자신의 지지자로 간주하고 있었다. 내각 개혁을 획책하고 있던 그는 부오나파르테에게 자신의 애인 조제핀을 넘김으로써 자기편에 묶어두려 한다. 고리타분한 선입견을 가진 무리에게는 웃음거리가 될 일이지만, 도덕관념 없는 관능적인 자유의 왕국, 파리의 상류사회에서는 드문 일도 아니다. 그곳에는 이미 기사knights와 귀부인ladies 같은 고귀한 인격은 없고 마음 내키는 대로 붙었다 떨어지는 수컷과 암컷들이 있을 뿐이다.

이전부터 이탈리아 원정군의 지휘권을 부오나파르테에게 주려고 생각하고 있던 바라스는 문제의 자작부인에게 이를 약속한다. 게다가 이 겁나는 남자를 가장 위험한 전선으로 보내는 것이 상책이다. 때마침 나폴레옹이 수립한 이탈리아 원정계획, 즉 참모본부의 현재 직위로 오는 길을 열어준 문제의 위대한 작전 계획이 니스에서 돌아왔다. "그런 말도 안 되는 계획이라니 미친 짓이다. 입안 당사자가 그곳에 직접 부임해 직접 실행해 보라고 하라"라는 사령관의 촌평과 함께였다.

회답을 기다리고 있던 총재정부는 즉시 사령관을 강등하고 '미친 짓 입안자'를 후계자로 앉힌다. 그렇게 정식으로 임명된 시점 (1796. 3. 2)에 그렇게 신중하던 조제핀의 망설임도 끝이 난다. 공증인으로부터 마르티니크섬이 봉쇄 중이라 출생증명서를 받을 수 없다는 편지가 도착한다. 때문에 당국은 28세라는 부인의 주장을 믿을 수밖에 없다. 게다가 다섯 살이나 젊어진 그녀를 위해 용감한 신랑은 자기 나이를 한 살 추가한다. 그렇게 결혼은 두 번의 날짜 위조로 시작된다. 재산 분할을 포함하는 혼인 합의서가 체결되지만, 백작 부인은 빚 말고는 아무것도 없고, 장군은 그의 유일한 재산이 그의 옷, 즉 제복뿐이라고 선언한다.

결혼반지에는 '운명에게!'라는 어구가 새겨졌다.

이틀 후, 신랑은 파리를 떠난다. 그가 임지로 가는 동안 잠시 멈춘 11개의 장소들에서 11개의 미친 연애편지가 그녀에게 날아온다. 그는 니스에서 그의 군대에 합류하고, 그를 유럽의 국경 너머로 인도할 사령부를 인수한다.

때는 강풍의 계절 추분이다. 포탑에서 그는 적 해안을 바라보며 생각한다. '내가 출발점으로서 항상 갈망해 온 곳이 여기다. 내 뒤에는 파리가 있고, 거울이 걸린 그녀의 침실이 있다. 그것이 행복이고 행복은 내 것이다. 저쪽, 산 너머, 그 적대적인 땅에서 명성이 기다린다. 명성은 내 욕망의 목표다.'

눈길을 돌리자 어렴풋이 푸른 빛으로 반짝이는 산맥의 연봉이 눈에 들어온다. 그 산들은 이제 더이상 그의 주의를 끌지 못한다. 그것은 잃어버린 조국, 코르시카섬이다.

NAPOLEON

급류처럼

이탈리아 원정에서
브뤼메르(안개의 달) 18일의 쿠데타까지

신성한 계몽은 늘 젊음 및 생산성과 연결된다.
사실대로 말하자면, 나폴레옹은 역사상 가장 생산적인 사람이었다.

— 괴테 *Johann Wolfgang von Goethe* —

I

우뚝 솟은 봉우리들이 새하얀 톱니 모양의 능선을 이루며, 아침의 푸른 빛 속에 뻗어 있다. 그가 감행한 모험만큼이나 위험한 알프스는 끊임없이 내리는 눈으로 반짝이며, 만灣을 얕보듯 위협적으로 내려다보며 거기 우글거리는 사람들을 조롱한다. 이곳에서 자연은 완강하고 상징적인 방식으로 지휘관에게 멈출 것을 명한다. 자연은 선조들의 나라 이탈리아와 새로운 조국 프랑스 사이에 장벽을 설치했던 것이다.

결코 무력만을 믿지 않으며 항상 신중함으로 무력을 능가하는 그는, 훌륭한 목적을 가지고 알프스를 넘는다는 오래된 문제를 숙고하는 중이다. 한니발은 알프스를 넘었고, 나폴레옹은 우회하려한다. 아펜니노산맥이 알프스산맥을 가까이서 압박하고, 약간의 저기압이 진입을 용이하게 하는, 가장 약한 지점에서 적과 맞붙게 된다면 여름까지 기다릴 필요가 없다. 시기가 이를수록 눈은 더 단단하고, 따라서 눈사태의 위험도 줄어든다. 전진, 내 선조들의 땅으로!

지체遲滯는 치명적이다. 적이 그에게 위험하다는 것이 아니다. 롬바르디아 동쪽에는 오스트리아인들이, 롬바르디아 평원 서쪽에는 사르데냐인들이 동계 야영지에서 휴면하고 있다. 또한 이탈리아의 일부인 수많은 소공화국과 공국公國들도 해빙기가 되기 전에 공격받으리라곤 꿈에도 생각하지 못한다. 하지만 프랑스 군인들은 굶주리고 있다. 붕괴 직전인 파리는 통화 가치 하락으로 휴지나 다름없는 아시냐 지폐만 보낼 수 있게 되었고, 그나마도 탐욕스러운 군납업자들의 손아귀로 하릴없이 사라졌다. 장군들 중 한 사람은 보나파르트가 도착하기 직전에 집으로 보낸 편지에서 '여기서 얼마나 많은 사람이 기아와 질병으로 죽어가고 있는지 모두가 알게 되면 프랑스는 두려움에 떨 것이다'라고 말했다. 신임 사령관이 돈도 빵도 가져오지 않으면 어떻게 될까?

"병사들이여, 제군은 굶주리고 헐벗은 상태다. 정부는 제군에게 기대하는 바 크지만, 제군에게 아무것도 해줄 수가 없다. 그대들의 인내심과 용기는 찬양받아 마땅하다. 하지만 그것만 가지고는 영광과 이익을 획득할 수 없다. 나는 제군을 세계에서 가장 비옥하고 식량이 풍부한 평원으로 인도할 것이다. 그대들은 곧 번창하는 도시들과 풍요로운 농촌을 보게 될 것이다. 거기에서 제군은 명예와 영광과 부富를 얻게 될 것이다. 이탈리아 원정대 병사들이여, 용기와 결의에 있어서라면 그대들에게 부족할 것이 무엇인가?"

새 지휘관이 첫 번째 열병식에서 부하들에게 이렇게 말하자, 부대원들은 희미한 환호로 답했다. 하지만 막사로 돌아왔을 때, 한 병사가 다른 병사에게 말했다. "그 젊은 친구 말이야. 안색도 나쁘고 건장하지도 않은 주제에 헛소리는 아주 능숙하더군. 그러니까 그 옥토에 갈 수 있게 신발부터 좀 달란 말이지." 모세가 약속의 땅을 말했을 때, 분명 이스라엘 백성들도 같은 식으로 불평했을 것이다. 신임 사령관은 반발에 부딪힌다.

3년 동안 이 산악지대에 발이 묶여 있는 군대에서 누가 그를 알겠는가?

현재 병사의 4분의 1은 야전병원에 입원 중이다. 다른 4분의 1은 죽거나 포로가 되거나 탈영했다. 장교가 있지 않느냐고? 장교들이라고 이 잘난 젊은이의 명령에 기꺼이 따를 이유가 있을까? 수동적인 저항으로 맞서는 것이 너무나 당연할 것이다.

당사자인 총사령관은 책상 앞에 죽치고 앉아 계산이나 서류작성에 여념이 없다. 비듬투성이 머리카락은 이마 가장자리를 따라 잘랐지만, 머리 뒤쪽으로 길게 늘어져 어깨를 덮는다. 수가 거의 놓이지 않은 간소한 군복 차림으로 실내를 왔다갔다하며, 아직까지도 부정확한 프랑스어로 명령을 받아쓰게 한다. 부임할 때 데리고 온 서너 명 측근 말고는 그에게 우호적인 참모는 한 명도 없다. 당시의 한 측근은 훗날 이렇게 술회한다. "그들은 그를 수학자나 선지자로 여겼다."

그런데 만약 그가 수학자인 동시에 선지자이며, 그렇기 때문에 천재라면 어떨까?

처음엔 계산기처럼 보이던 그가 드디어 군사 작전과 아울러서 파리의 총재들에게 편지 공세를 시작했다.

"총재들께서는 내게 기적을 행하라고 요구하고 있는데, 그것은 불가능합니다. … 신중함과 선견지명이 있어야만 위대한 목표를 달성할 수 있습니다. 성공과 실패가 종이 한 장 차이라는 것도 사실입니다. 사소한 일이 중대사의 성패를 결정짓는 일이 간혹 있는데, 저 역시도 그런 경우를 가끔 경험합니다."

총재 가운데 한 사람인 라자르 카르노(1753~1823, 프랑스의 군사 전문가이자 정치가)는 보나파르트의 솔직한 고백을 받은 극소수의 인물 중 한 명이다. 위대한 육군 조직자인 카르노에게 그는 이를 악물고 이렇게 썼다. "믿기 어려우시겠지만 이곳에는 공병 장교가 한 명도 없고 포위전 참가 경험자도 전무全無합니다! … 포병이 없다는 것에 제가 얼마나 화가 났는지 이해하시기 어려울 겁니다." 그가 실제로 가지고 있는 자원은 총 24문의 산악포, 영양실조 상태의 말 4,000필, 은화 30만 프랑, 30,000명의 병사들에게 정량의 반씩 배급해서 한 달 정도 버틸 수 있는 정도의 식량뿐이었다. 이 형편없는 장비로 이탈리아를 정복해야 한다!

이런 오합지졸로 이탈리아를 정복하라고 요구하는 정부는 제정신인가? 하지만 어차피 모험에 발을 내디딘 이상 현재 가용한 자원을 써서 최선의 타개책을 끌어내는 수밖에 없다. 쇠약해진 이 가련한 무리, 벌써 국왕 찬가를 부르기 시작한 병사들마저 있는 한심한 부대를 일으켜 세우기로 한 그는 지칠 줄 모르는 에너지로 폭풍처럼 일을 해나갔고, 결국 그들을 영광스러운 프랑스공화국

군대로 변모시킨다.

도착한 지 사흘째 되는 날 그가 한 일은 이렇다.

도로 건설을 위해 노무자 110명 파견, 여단의 반란 진압, 2개 포병사단의 숙사 할당, 말 도난 건으로 2명의 장군에게 명령 발송, 장군 2명이 제출한 지휘권 신청에 대한 회답, 툴롱 주둔 장군에게 니스로의 부대 이동 명령, 다른 장군에게 국가방위군 소집 명령, 반역 행위가 빈발하는 여단에서 유능한 장교를 찾아내라고 장군에게 명령 하달, 참모부 훈시, 일령(전군에 하달되는 매일의 명령)과 이에 따른 군단 열병식.

최초 20일 동안 서면으로 작성된 명령서 중 보급과 관련된 것만 123통이었다. 그중에는 공금횡령, 부정 계량, 조악한 보급품에 대한 수많은 불만이 포함되어 있었고, 이 명령서들은 여섯 차례의 교전과 교전 사이에 행군하면서 12개의 다른 사령부로부터 내려진 것이다.

좁은 험로 통과를 눈앞에 둔 지점에서 그는 적의 연합군을 공격하여 분산시켰다. 아군을 집결시켜서 먼저 한쪽의 적에게 전군을 투입하여 격파한 후, 다른 한쪽의 적을 공격한다는 새로운 전법을 사용한 것이다. 두 번의 전투를 통해 그는 적 연합군을 물리치고 분리했다. 사실 어느 것이나 전위 간의 접전으로 결판이 난 이 전투는, 프랑스인의 기질에도 맞고 공개된 전선에서의 대규모 이동에 대해 아는 것이 없는 군대의 사전 교육 훈련으로도 적합한 것이었다. 이때, 작전 이상으로 아군의 승리에 공헌한 것은 보나파르트 장군의 신속하고 대담한 행동이었다.

깊은 협곡의 길을 따라 맹렬한 기세로 진군을 계속하고 있던 어느 날, 피아의 포탄이 날아다니는 와중에 갑자기 조제핀의 미니어처(군복 안주머니에 넣고 다니며 수백 번 키스했다)를 덮고 있던 유리가 산산조각난다. 창백해진 그는 말을 세우고 부관 부리엔에게 말했다.

"유리가 깨졌다. 아내가 병이 난 것이 틀림없다. 아니면 부정을 저지르고 있는지도 몰라. 전진!"

모든 것은 그의 첫 번째 오래된 약속의 이행에 달려 있다. 이번 한 번만 약속한 대로 이행할 수 있다면 병사들은 그를 믿게 될 것이고 나중에는 우러러보게 되리라. 실제로 약속한 지 2주가 지났을 때, 내리막에서 최초의 승리를 거뒀던 프랑스군은 마지막 고지에 도달했다. 모두가 환호하며 기뻐 날뛰었다. 좁은 골짜기에서 위험하고 답답한 날들을 견디며, 눈과 얼음 속을 행군해 온 그들은 마침내 피에몬테 평원을 발아래 두게 되었다. 끝 모르게 펼쳐진 푸른 들판은 따스하고 상쾌한 봄의 대기 속에서 꽃을 피워올리며, 오랫동안 그들에게 결핍됐던 모든 것을 제공했다. 포강¹을 비롯한 여러 강이 지평선을 향해 흐르고 있었고, 마침내는 하얀 눈의 세계로 사라졌다.

그들을 다른 세계와 차단하던, 넘기 어려운 경계처럼 보였던 거대한 장벽을 마술처럼 넘을 수 있었다.

"이 모든 것이 제군, 그대들의 것이다!" 그들의 사령관은 이미 한 쪽의 적 사르데냐의 국왕 비토리오아메데오 4세(재위 1773~1796)에게 휴전을 강요하여, 그 영토의 생산물 전량을 확보하고 있었다. 보나파르트는 원정 중 최초로 체결한 이 휴전협정을 속임수와 허세를 통해 획득했다. 실체가 없는 거대한 군대의 맹렬한 공격력을 연출하여 적을 위협했던 것이다. 마치 양측에서 동시에 공격하는 것처럼 적의 눈을 속여 병사들을 감탄하게 만들었다. 그는 약속을 지킬 수 있는 남자다. 2주 후에 그는 약속을 이행했다.

이날부터 병사들은 '보나파르트Bonaparte'에게 진심으로 충성하게 된다. 부오나파르트가 아니라 보나파르트다. 이 원정 최초의 편지에서 그는 이렇게 서명하기 시작했다. 이탈리아를 적으로 돌린 시점에서 이탈리아 성姓을 프랑스식으로 바꾼 것이다(그리고 일족 전원이 이에 따른다).

머지않아 다시 개명하게 되지만….

II

왜 그는 승리자가 되었을까? 어떻게 그렇게 연승을 거두었는가? 비밀은 무엇일까? 무엇보다 먼저, 젊음과 건강이다. 어떠한 강행군에도 피로를 모르는 육체, 언제 어디서나 곧 잠들 수 있는 능력, 어떤 거친 밥도 먹고 소화하는 위장, 만사를 빠짐없이 내다보는 눈, 그러나 27세 젊은 나이에 전군을 장악하여 제약 없이 전권을 휘두를 수 있는 것은 뭐니 뭐니 해도 혁명 덕분이다. 청렴하다고 말하기 어려운 과거를 가진 남자가 젊은 나이에 남의 위에 설 수 있는 것은 평등이라는 새로운 개념 덕분이었다. 이미 출신은 문제가 아니고 실적만이 말을 하는 시대였다.

적장 카를 대공(1771~1847, 오스트리아 왕자로 합스부르크 일족 특유의 홀쭉한 코를 가진 얌전한 남자다)이 어떻게 보나파르트와 겨룰 수 있겠는가? 시련은 겪어 본 적이 없고 책으로만 배운 대공이 어떤 역경에도 덤덤할 정도로 단련된 코르시카인과 어떻게 경쟁할 수 있을 것이며, 어떻게 보나파르트와 같은 확신을 가지고 병사의 심리를 판단할 수 있겠는가? 더구나 오스트리아군의 장군은 노인뿐이다. 72세 볼리외 장군이 27세인 보나파르트에게 어떻게 맞서겠는가? 콜리 장군은 통풍을 앓고 있어서 부축 없이는 걷지도 못하고, 알빈치 역시 70세 가까운 노장이다. 또 한쪽의 적인 사르데냐 국왕도 노인이다. 왕년의 명장이라고는 하나 역시 70이 넘어 귀가 먹고 움직임이 둔해진 오스트리아의 장군 '부름저'가, '시간이 전부'라고 입버릇처럼 말하며 언제라도 참모본부를 이동할 수 있는 남자와 대결이 되겠는가?

보나파르트의 측근 가운데 최고령은 42세 베르티에

Berthier(1753~1815, 프랑스 대육군 참모총장. 작전 책임자로 나폴레옹의 두터운 신임을 받았다)다. 이탈리아에 관한 풍부한 지식을 사서 장군이 현지 채용한 이 남자는 헌신적인 참모총장으로서 그 후 20년간 그에게 충성을 다하게 된다. 열정적인 기질의 마세나 Massena(1758~1817, 영웅적인 기개를 갖췄으나 여자와 재물을 밝혔다)는 장군의 부임 후 몇 주 만에 지휘관으로 임명되었다. 어려서 상선의 선실 사환과 부랑자 생활을 했고, 장교가 될 가망도 없이 부르봉가를 위해 14년간 군에 복무했던 남자다. 허풍이 심한 데다 군을 탈영한 경력이 있고 길거리의 좀도둑이었던 오제로 Augereau(1757~1816)도 있다. 다들 하층계급 출신으로 보나파르트보다 연상이었으나, 젊은 장군은 그들을 순식간에 영웅, 사령관으로 만들었고 나중에는 국왕이나 대공으로 밀어 올린다.

보고서에서 보나파르트가 제언하는 것은 용감한 활약을 한 자들의 승진뿐이었다. 어느 척탄병은 세 차례 전투 후에 연대장이 되더니 다시 승진을 거듭한다. 반대로 보나파르트가 지휘권과 함께 넘겨받은 많은 장성들에 대해서는 "사무 쪽에나 쓸만하지 전투에 대해선 아무것도 모른다"라는 퉁명스런 비난과 함께 해임해 버렸다. 그러나 전투에서 패한 지휘관들이 패배했다는 이유만으로 보나파르트의 노여움을 사는 일은 없었다.

"마세나, 무운武運은 날마다 변하는 거야. 자네들이 오늘 잃은 것을 우리가 내일 탈환할 걸세."

전선을 이탈한 사단을 질타하며 사단 깃발에 불명예스러운 글을 넣겠다고 위협하면, 병사들은 "반드시 내일까지 지원부대를 조직하겠습니다!"라고 일제히 외친다. 그리고 다음날에는 병력이 100여 명 증가되어 있다. 승리를 획득한 자들에게는 일령 때, "동지여! 내 친구여!"라고 불렀다. 이렇게 그는 인민의 아들들을 이끌어간다.

그가 지휘하고 있는 것은 인민의 군대다. 그리고 그것이 혁명 덕분이라고 할 제2의 성공 이유다. 적측인 독일제국은 용병을 고용해야 하는 형편이었다. 용병은 경비가 드는 데다 결원을 보충하기도 어렵다. 게다가 용병의 출신국은 당시 독일제국을 형성하고 있던 연방국가 수를 넘어, 6가지의 다른 언어를 사용하는 나라들이다. 이래서는 어떠한 개념이 있어도 그들을 결집시키기 어렵다. 때마침 3천만의 국민을 가진 신생 공화국 프랑스가 단호하게 싸워나갈 결의를 굳힌 것이다. 설사 20년을 계속한다 해도 단호히 싸워나가겠다고.

프랑스군은 어떤 대의를 내걸고 싸우려 하는가? 새로운 자유를 세계에 가져오기 위해서이다. 그들이 바라는 것은 세계적 규모의 혁명이며 다른 의도는 없다.

그렇다고는 하지만 그들에게 국경 너머로의 진격을 재촉하는 것은 이상理想이 아니다. 간신히 쟁취한 자유를 지키기 위해서다. 프랑스공화국 타도를 목표로 일어서는 주변 제국의 제후, 귀족으로부터 자유를 지키기 위해서이며, 역대 프랑스 왕을 배출한 부르봉가를 지키기 위해서가 아니라 자기 자신을 지키기 위해서였다.

자국민이 프랑스 대혁명을 따라 하는 것을 우려하는 군주나 황제들에게 포위되어 부득이하게 군사적 공세를 감행한 프랑스가 국경을 넘어 진출을 시도했다. 그리고 우연히도 큰 승리를 얻은 것이다.

이렇게 되면 자유라는 대의 아래에서 자유의 패자霸者로서의 권리를 선언할 수 있다. 나아가서는 이것이 새로운 성공을 끌어낼 수 있지 않을까?

롬바르디아를 시작으로 이탈리아를 정복해 가는 중에 나폴레옹은 전쟁 첫날부터, 이 싸움은 15세기 이후 신성로마제국을 세습하는 오스트리아의 합스부르크 왕가, 사르데냐 국왕, 제 대공大公 및 귀족들이 만든 원로원으로부터 민중을 해방시키기 위해서라고 계속 표명해 왔다. 그러자 온갖 유형의 불만분자가 그의 연설에 혹해 행동을 개시하게 된다. 사법관이나 대공, 지방행정관의 압제에서 해방되기를 원치 않는 인민이 어디 있겠는가? 이미 혁명의 이상理想은 국경을 넘어 이탈리아 도시들에서 전제 체제에 대한 학생과 부르주아의 울분을 부추기고 있었다. 그런 가운데 헛되이 자유를 부르짖는 젊은이들도 있었다. '통일 이탈리아'를 꿈꾸는 사람들이었다. 군주의 궁전 주변에는 반란의 기운이 슬금슬금 차오르고 새로운 사상에 자극받은 젊은이들은 질풍처럼 돌진해 오는 프랑스군의 고매한 사명을 믿고 있었다.

이름도 혈통도 이탈리아, 모국어도 이탈리아아어인 장군을 그들은 프랑스 군인이 아닌 '자유'와 '평등'의 선구자로 여기고 있었다. 이 위대한 두 단어는 보나파르트가 사용하는 모든 편지지에 표제어로 사용되고 있다. 그런데 이렇게 매력적인 말을 하는 이방인 침입자가 어쨌거나 결국엔 허울 좋은 압제자인 것으로 드러나면, 젊은이들은 얼마나 실망하고 환멸을 느낄 것인가? 여기에 생각이 미쳤을 때 보나파르트는 즉시 사태의 심각성을 깨닫는다. 그러나 가련한 원정군 병사들, 오랫동안 온갖 결핍을 강요당한 주둔지에서 이제 막 벗어난 군대에게 규율의 준수를 강요하는 일이 제대로 될 리가 없었다. 그래서 파리로 보고서를 보낸다.

"약탈은 진정되고 만사가 궁핍했던 프랑스군의 당초 욕구는 채워졌습니다. 불행한 자들의 행위는 너그럽게 봐줘야 할 것입니다. 알프스의 산중에서 3년 동안이나 인내한 자들이 간신히 약속의 땅에 도달하여 이를 즐기기를 원했다 해도, … 빵도 받지 못하던 병졸이 인륜을 저버린 광란의 발작에 몸을 맡겼다 해도, … 저에게 남겨진 선택지는 규율을 만회하거나 폭도의 지휘를 포기하는 것입니다. 내일 교회에서 항아리를 훔친 여러 병사와 하사 1명을 총살합니다. 3일 이내에 질서는 정연히 확립될 것이고 이탈리아는 우리 군의 용맹성과 마찬가지로 우리 군의 모범적 태도에도 경의를 표하게 될 것입니다. 이번 소행은 저에게 커다란 고통과 참기 어려운 인내를 강요합니다. 병사들은 저를 분노로 떨게 할 정도의 파렴치한 행위를 저질렀습니다. 아무튼 이것이 피에몬테군이 퇴각할 때 정도가 아니었던 것은 다행입니다." 그는 병사들의 자긍심에 호소했다.

"제군은 내게 약속해야 한다. 제군이 해방시킨 민중을 존중하는 것, 이것 없이 제군은 민중의 해방자일 수 없다. 그들에게 증오의 대상이 되면 제군의 승리, 용기, 성공, 전사한 동포의 피, 모두를 잃게 될 것이다. 명예와 영광마저도…. 그리고 나를 비롯해 제군의 신임을 받고 있는 장군들은 무질서한 군대를 지휘하는 것을 수치로 여기게 될 것이다."

규율에 관한 엄격한 조치로 간신히 난관을 돌파했다. 그러나 약탈행위를 완전히 근절하기는 어렵다. 이리하여 그는 이탈리아 원정 내내 약탈 문제로 골머리를 앓았다. 말이나 나귀를 비롯해서 도난품을 24시간 이내에 반환치 않은 자는 예외 없이 총살을 명한다는 포고문을 각 지휘관에게 몇 번씩 되풀이해서 내리는 동시에 모반자나 반역자와도 결연히 맞서야 했다.

반란과 반격도 있다. 제공諸公의 대리인인 성직자와 귀족들이 마을에 저항을 부추겼다. 그는 정복 지역 내의 누구라도 새로운 주인인 나폴레옹군에 저항하게 되면, 그때마다 무자비한 총격을 가하고 가혹하게 보복했다. 그러나 이런 과격한 수단은 곧 불필요해졌다. 보나파르트가 너그러운 관리체제를 대대적으로 전개하는 동시에 부르주아 계급에 은혜를 베푸는 조치로 그들을 장악했기 때문이었다.

그는 이탈리아어를 할 줄 안다. 덧붙여 역사적인 명언이나 사건, 인명을 필요할 때마다 인용했으므로 이것이 더 큰 성공의 원인이 되었다. 정에 호소하여 국민을 움직이는 방법도 습득하고 있었다.

"이탈리아 국민 여러분, 프랑스군은 여러분의 사슬을 풀어주려고 왔습니다. 프랑스 국민은 이탈리아 국민의 친구임을 뜻합니다. 안심하고 맞아주셨으며 합니다. 이탈리아 국민의 소유지, 종교, 관습은 금후도 존중될 것입니다"라고 호소하고 아테네, 스파르타, 고대 로마에 관해 말했다.

역사가 그의 뇌리에서 떠나는 일은 없었다. 지난날 플루타르크를 읽고 온갖 시대의 역사를 배우면서 얻은 지식이 날마다 도움이 되고 있었다. 어떤 지방을 누가 통치하고, 스스로 전복시킨 정부가 어떻게 조직되었는지를 알고 있었다. 각 지방을 저마다 다른 수법으로 통치하게 되는 것은 그 때문이었다. 자신이 비교되거나 능가하기를 바라는 고대의 영웅들을 늘 상기하면서, 자신의 행동이 후세에 어떻게 평가될 것인가를 생각하고 있었다. 그래서 자신의 행동의 역사적 의의를 군과 이탈리아에 제창하고, 날마다 유럽 전역에 제창하게 되었던 것이다.

그가 사용하는 언어의 마술은 이탈리아 원정 초기 그저 조금 큰 규모의 탐색전에 지나지 않았던 가벼운 교전에서의 승리를 본격적인 전투에서의 혁혁한 승리로 변모시키고 점점 더 중요성을 부여함으로써 나중에는 역사상 획기적 사건으로까지 격상시켰다. 점령국의 국민에게는 그들이 얻을 자유를 설파하고, 자신의 병사에게는 그들이 모든 것을 획득했다고 일렀다.

"병사 제군! 제군은 아펜니노산맥의 고지에서 격류처럼 밀고 내려갔다. 밀라노는 제군의 것이다. 우리는 전 국민의 친구이고 그리고 무엇보다도 마르쿠스 브루투스, 스키피오 일족 등 예로부터 우리가 본보기로 한 위인들 후예의 친구다. 카피톨리노 언덕(로마 7언덕 중의 하나, 신전을 중심으로 한 성역)을 복원시키고 이 도시의 이름을 드높인 영웅의 동상을 세워, 수 세기에 걸친 예속 상태에 의해 이완된 로마인을 각성시키는 일, 이것이 우리 승리의 열매이다. 이런 열매들은 분명 역사상 획기적인 것이 되고 제군은 유럽 굴지의 도시를 일변시켰다고 하는 후대까지의 영예를 얻게 될 것이다. 집으로 돌아가는 새벽에는 이웃과 지인으로부터 '그는 이탈리아 원정군의 병사였다'라고 칭송받을 것이다."

지금까지 어떤 장군이 민중에게, 노동자에게, 또한 적에게 이처럼 정열적인 말로 듣는 이의 마음을 고양시키는 호소를 했을까? 어떤 장군이 이처럼, 복종을 강요하는 일 없이 상상력에 호소하는 기술을 습득하고 있었을까? 아르콜레(이탈리아 북부의 도시)에서 "제군은 로디의 승자가 아니었던가, 아니면 겁쟁이였던가?"라

103

고 소리쳐 묻고, 수개월 후에는 '아르콜레의 승리자'라며 병사들을 격려한다.

"우리는 포강을 건너 제2전을 개시했습니다"라고 총재정부 앞으로 서신을 보낸다.

정부 앞으로 보내는 보고서는 하나같이 사실을 그대로 전달하는 정확한 것이었으나 능숙한 필치로 기술되었다. 이것이 정부에서 보도기관으로, 보도기관에서 각국으로 전달되는 가운데 강렬한 영향력을 계속 발휘한다. 보나파르트는 칼에 의한 싸움을 펜으로 보완하고 있었다.

III

'사르데냐와의 강화조약 접수. 우리 군은 이를 승인하는 바이다.'

총재정부 수뇌들은 이 문건에 전율하고, 프랑스군이 탈취한 적의 깃발이 파리로 쏟아져 들어오는 것이 달갑지 않다. 일개 장군으로 정부에 이러한 말투를 쓰는 자가 다시 있겠는가? 반反 보나파르트파는 "놈은 총살감이다!"라고 소리치지만, 연전연승과 롬바르디아 정복으로 그의 인기는 이미 난공불락이었다. 전날도 주둔지에서 총재정부 인민위원으로 부임해 있는 살리체티의 발언을 가로막고 사르데냐와의 휴전협정에 자신이 서명했다. 교섭 중에 상대가 흥정을 하려고 하면 가만히 시계를 꺼내어 공격하기로 결정한 시간을 알려주고, 빨리 결정을 내리는 편이 좋을 것이라고 말하기도 했다.

"나는 전투에서 질 수 있다. 하지만 과도한 자신감이나 게으름 때문에 단 몇 분이라도 허비하는 일은 결코 없을 것이다."

사르데냐와의 조약으로 그는 처음 왕을 퇴위시켰다. 그리고 본국 정부에 지시를 요청하지도 않고 단독으로 제 대공 및 토스카나 대공국(수도는 피렌체)과 협상을 시작했다. 이대로면 보나파르트는 머지않아 교황을 상대할 때도 정부를 무시하고 똑같은 식으로 하지 않을까? 이런 위험인물을 어떻게 다룰 것인가? 본국 수뇌부는 머리를 맞대고 의논한다. 그래, 파트너를 보내자. '최고 지휘권을 켈레르만 장군과 나눈다. 그리고 살리체티는 정치만 담당할 것'이라는 내용의 훈령이 보나파르트에게 도착한 것은 로디 전투 다음 날이었다.

로디 전투는 나폴레옹이 거둔 진정한 의미에서 첫 승리였다(1796. 5. 20). 놀랄 만한 대담성으로 아다강江 다리를 공략한 다음, 허둥대는 오스트리아군을 궤멸시켰다. 이후에도 대규모 승리를 여러 차례 거두기는 하지만, 이날의 승리만큼 보나파르트의 정신적 발전에 강력한 영향을 미친 사건은 다시 없었다. 이것은 그의 이탈리아 원정 계획 제1단계에 해당하는 것으로, 희생은 사소했고 얻은 것은 아주 많았으며, 다리 위에서 한 시간을 싸운 것만으로 그를 맞아들인 영토의 주인이 되었다. 전투가 있었던 그날 저녁, 그는 모호한 계획과 빛나는 전공戰功, 꿈과 현실이 어떻게 상호 연결되어 있는지를 처음으로 느꼈다.

자신의 힘을 의식한 그는 무한한 가능성이 자신 앞에 놓여 있음을 깨닫는다. 그런 목적에 관련된 단어를 그가 입 밖에 낸 것은 그때가 처음이었다. 그는 친구인 마르몽에게 말했다. "지금의 세대가 짐작조차 못 하는 위업偉業이 나를 기다리고 있는 것처럼 느껴진다." 오랜 세월이 흐른 후에도 당시를 회상하며 이렇게 술회했다. "로디 전투를 치를 그날 저녁, 내가 예외적인 사람이라는 것을 처음 알게 되었다. 그때까지 내게 꿈의 환상으로만 존재했던 위대한 일들을 하겠다는 야망이 깨어나기 시작했다."

파리에서 훈령이 도착한 것은 이때였다. "뭐라고? 켈레르만과 공동으로 지휘하라고? 신세계의 패권을 갈망하고 있는 이때에!"

입술을 굳게 다물고 실내를 왔다갔다하더니 그는 본국 수뇌부 앞으로 편지를 구술했다.

"총재들께서 저에게 온갖 종류의 족쇄를 요구한다면, 저의 온갖 행동에 대해 정부위원의 제재를 받아야 한다면, 더 이상의 성과는 기대하지 마시길 부탁드리는 바입니다. 총재님들에게 필요한 것은 전폭적 신뢰를 얻을 수 있는 장군을 가지는 것입니다. 그게 제가 아니라면 불평할 생각은 없습니다. 싸우는 방법은 사람마다 다릅니다. 켈레르만 장군은 저보다 경험도 풍부하고 전법도 뛰어나겠지요. 그러나 두 사람이 공동으로 전투에 임한다면 참으로 꼴사나운 전투로 끝날 것이 필연입니다. 본국의 신뢰를 전면적이고 완벽하게 얻지 못한 채로 조국을 위해 진실로 쓸모 있는 활동은 할 수 없습니다. 이 글을 쓰는 일은 제게 더없는 용기를 요구합니다. 이것으로 저의 야심과 자만심을 증명하는 것이라고 규탄하는 것은 그야말로 손쉬운 일이니까요. 원래는 제가 총재님들께 감사드려야 할 대목인 것 같은데 이게 대체 어떻게 된 일인가요? 유럽에서 제일가는 장군으로 자처하시는 분과 함께 군을 이끄는 일은 도저히 가능하지 않습니다. 첨언하자면 저는 두 사람의 뛰어난 장군보다 한 사람의 그러지 못한 장군 쪽이 더 나은 결과를 얻을 수 있다고 생각하는 자입니다. 정치가 그러하듯 전쟁도 임기응변으로 처리하는 것입니다."

이 남자는 상대가 누구든 결코 길을 양보할 자는 아닌 것 같다. 더이상 지휘권의 분할을 강요하면 창끝을 프랑스로 돌리는 일이 없으란 법이 있을까? 억지로 무리하지 않는 편이 낫다. 이렇게 해서 정부를 가볍게 이긴 그는 지배자는 정부가 아닌 자신이라고 느낀다. 이후 보나파르트는 실질적인 국왕으로 행세하며, 천성적으로 갖춘 것이 틀림없는 지배자로서의 능력을 발휘하기 시작한다. 하지만 득달같이 재촉하지 않는 한 원군도 구호물자도 도착하지 않았기에, 그 후 수개월은 모든 보고서를 하위 막료의 자세로 작성하는 동시에 위협 대신 조언을 택한다. 그러나 실제로는 자신이 동양 어디에라도 있는 듯 행세하고 있었다.

파리로 가는 파발은 출발했지만 첫 거절장은 아직 도상에 있었다. 뜻깊은 로디 싸움터에서 또 한 밤을 지낸 그는 로마인을 정복한 사람으로서 밀라노에 들어갔다(1796년 5월 15일). 고대 로마 시대처럼 사슬이 풀린 포로가 행렬의 선두에서 나아가고 500의 기병이 뒤를 이었다. 호화로운 의복 차림을 한 수도의 부르주아는 행렬의 초라한 의복, 지친 말들, 백마를 탄 작은 말라깽이 남자, 수행원의 초췌한 몰골에 놀란다. 화창한 봄날의 햇살 속에 일행의 지저분한 꼴이라니! 시 입구에서 왕후 귀족에게 둘러싸인 고령의 대주교가 환영사를 할 때, 보나파르트는 말에서 내리지만 그들에게 다가가지는 않는다. 침착하고 예의 바르게 경청하는 것으로 그친다. 침을 삼키면서 답례를 기다리는 사람들, 한참이 지나 그의 입에서 나온 것은 "프랑스는 롬바르디아에 큰 호감을 가지고 있다"라는 말 한마디뿐이었다. 그리고는 다시 말에 올라 경례하고 행진을 계속한다.

지배계급과 민중에게 준 인상은 선명했다. 그것은 감동과는 전혀 다른 막연한 충격이었다. 이 승리자에게는 털끝만치의 교만함도 없다. 그러나 의연하고 만인이 굴복할 수밖에 없을 것 같은 강고한 의지가 느껴진다.

애초에 보나파르트는 새로운 상황 안에서 생길 효과를 계산하고 있었을까? 그렇다면 이것은 민심을 읽는 통찰력 및 국민을 통치하는 수완의 새로운 증명이다. 그런데 당사자는 방심 상태다. 뭔가 빠진 것이 있었다.

거리는 민중의 환성으로 들끓고 있다. 그들은 행렬을 위해 길을 열면서, 정력도 기운도 다한 채 누더기 군복을 입은 남자들이 무질서하게 걸어가는 것을 놀란 눈길로 뒤쫓는다. 천막도 갖지 못한 듯했으며 오히려 포로보다 형편이 나쁜 것 같았다.

장군은 대주교의 저택에서 휴식을 취하고 목욕했다. 목욕은 그가 스스로 허락하고 죽을 때까지 계속 지키게 되는 유일한 사치다. 가능하면 뜨거운 탕에, 되도록 깊게 들어가는 것이 원칙이었다. 앞으로도 신경의 피로를 푸는 유일한 이 습관을 그가 단념하는 일은 결코 없을 것이다.

그날 밤 환영의 축제가 열린다. 총재정부 및 프랑스공화국은 그 영향력과 공화국군의 승리를 치살피나(알프스의 남쪽에 치살피나 공화국을 수립하는데 5년간 존속한다) 정권을 보장하는 것으로 만족하지는 않았다. 그의 관심은 더 먼 곳에 있었다. 자유가 인류 제일의 재산임을 확인한 시점에서 혁명의 배후에 무서운 재난이 잠복해 있음을 알아차린 총재정부는 지금 그 독자적 헌법을, 즉 유럽에서 가장 개명한 국가가 인정한 식견을 치살피나 국민에게 제공했다. 따라서 치살피나 국민은 군주정체에서 입헌정체로 이행해야 했다. 단, 이행을 원만하게 진행하기 위해 행정 집행에 해당하는 내각 및 입법부의 구성원을 선임해야 하고, 이번에 한해서는 총재정부가 선임해야 한다고 주장했다. 따라서 신 헌법에 따라서 공석에 치살피나 국민이 임명되는 것은 1년 후의 일이었다.

"그대들은 자유로울 것이며 프랑스보다 더 안전한 위치에 있을 것이다. 밀라노는 인구 500만 명인 새 공화국의 수도가 될 것이다. 그대들은 오백 문의 대포와 프랑스의 우정을 갖게 될 것이다. 나는 그대들 가운데서 쉰 명을 골라 프랑스의 이름으로 나라를 다스릴 것이다. 우리의 법을 채택하여 자신의 관습에 맞게 수정하라. 현명하고 단결하라. 그러면 모든 것이 잘될 것이다. 그것이 나의 뜻이다. 합스부르크가 롬바르디아를 다시 포위한다면, 나는 그대들의 편이 되어 싸울 것이며 그대들을 버리지 않을 것을 맹세한다. 그대들의 땅이 멸망한다면, 나는 더이상 존재하지 않을 것이다. 아테네와 스파르타는 영원하지 않았다."

플루타르크의 영웅들이 살던 시절 이후로 지휘관이 이런 식으로 이야기한 적은 없었다. 이것은 나폴레옹이 정복자로서 한 최초의 연설인데, 여기에는 이미 이후 20년에 걸쳐 온 유럽을 선동할 그의 편지와 연설에서 변함없이 반복되는 내용의 모든 요소들이 드러나 있다. 모든 것이 간결하고 분명하다. 모든 사람이 따르고 싶어 하는 목적이 확실하게 고정돼 있다

"그대들은 속국의 백성이다. 그러나 그대들은 자유다. 나는 그대들의 지배자다. 그러나 나는 그대들을 보호할 것이다. 오백 문

의 대포와 프랑스의 우정. 그것이 나의 의지다." 이러면 만사가 끝이다.

롬바르디아의 부유한 도시 밀라노는 이 사건을 음악과 불꽃놀이로 축하한다. 아름다운 5월의 밤, 젊은 장군은 세르벨로니 궁전의 창가에 앉아 있었다. 연회는 끝나고 어릴 적에 꿈꾸던 개선식도 순간에 끝나고 말았다. 지금 그는 과거를 뒤돌아보고 있는 것일까, 아니면 미래를? 무엇을 번민하고 있는가?

"파리에서는 뭐라고 할까? 만족하고 있을까?"

이 갑작스러운 질문에 교과서적인 대답을 하는 부관 마르몽을 쳐다보며 나폴레옹은 말을 이었다.

"녀석들은 아직 아무것도 모르고 있다. 미래는 우리에게 승리를 약속하고 있다. 지금까지보다 더 위대한 승리를. 지금 행운은 내게 미소를 던지고 있지 않다. 내가 그 은총을 뿌리치고 있기 때문이다. 내게 있어서 행운이란 여자와도 같은 것, 봉사 받을수록 더 큰 기대를 건다. 머지않아 우리는 아디제강(이탈리아 북부의 강)에 도달한다. 그때는 이미 이탈리아 전역이 우리 지배하에 있을 것이다. 아마도 우리는 더욱 앞을 목표로 하여 즉시 이탈리아를 떠나게 될 것이다. 우리 시대는 위대한 아무것도 만들어내지 못했다. 나는 모범을 보이고 싶다."

IV

세르벨로니 궁전에 있는 왕실의 침상이다. 이렇게 부드러운 침대에 누워보는 것은 평생 처음이다. 하지만 혼자 눕기에는 너무 넓다! 조제핀은 어디에 있는가? 그녀가 없다면 의기양양한 입성과 승리들이 무슨 가치가 있는가? 불꽃놀이도 휘날리는 깃발들도 의미가 없다! 그녀는 왜 오지 않는 것인가? 정말 아픈가? 애인이 생겼나? 그는 침상에 누운 채 몇 시간 동안 잠들지 못한다.

노련한 장군들에게도 처음 만난 순간부터 존경받았던 이 남자는, 공무와 관련된 대화를 하던 중에도 아내의 사진을 아무에게나 보여주는 행동으로 부하들의 존경을 잃을 뻔하기도 했다.

"당신은 곧 내게 올 거야, 그렇지?" 그는 거의 매일 보내는 편지에 이렇게 썼다. "당신은 나에게 와야만 해. 온 마음으로 당신을 원하오. 어서 와서 내 품에 안겨요. 빨리! 어서!" 그는 그녀의 경박한 기질을 잘 안다. 그녀는 쉽게 달아오른다. 그녀는 항상 새롭고 기발한 것을 좋아하고, 새로운 숭배자들을 맞을 준비가 돼 있다. 하지만 지금, 바로 지금! 무엇으로 그녀를 붙잡아 둘 수 있을까? 그는 그녀가 밀라노에 오기를 기대했다. 그리고 이곳 성에서 조제핀을 기다리고 있다. 야만의 전장에서 이런 저택으로 돌아오는 것이 그의 꿈이었고, 이런 호화스러운 환경을 그녀에게 주고 싶었기 때문이다. 그녀의 미모와 고집스러운 성격에 어울리는 사치스러운 환경, 다른 누구도 아닌 그와 그녀가 살기에 안성맞춤인 이 성城에서 그녀와 함께한다면, 그녀도 자신에게서 새로운 매력을 느끼지 않을까?

계속되는 승리가 오히려 그녀를 파리에 붙잡아 두게 되리라고는 예상치 못했다. 사교계에 기생하는 근본도 모르는 여자로 오랫동안 지내온 그녀는 간신히 얻은 정실부인의 지위를 좀 더 만끽하고 싶었다. 언론은 물론 사람들이 모두 화제로 올리는, 잘나가는 장군의 어엿한 아내로서 파리에서 마음껏 각광받고 싶었던 것이다. 꼬마 보나파르트는 정말로 믿고 있는 걸까. 그녀가 사랑 때문에 결혼한 것이라고? 그가 적에게서 빼앗은 깃발들이 속속 파리에 도착하며 시민들이 승리에 갈채를 보내고 있을 무렵, 아마도 그녀는 생각하고 있었을 것이다.

"음산한 이국의 도시에서 냄새나는 병사들에게 둘러싸여 지내기보다 이쪽이 훨씬 좋아." 그녀가 편지를 쓰는 일은 거의 없었고 이에 반비례하듯 그의 집요함은 더해진다.

"애인이라도 있는가? 혹시 열아홉 살 풋내기? 그렇다면 오셀로의 주먹을 두려워해야 할걸."

조제핀은 당연히 이 편지를 일소에 부친다. "이 사람, 아직도 어린애잖아?" 은근히 뻐기며 친구에게 말한다.

어느 날, 한창 바쁜 중에도 보나파르트는 카르노에게 편지를 썼다.

"지금 저는 절망입니다. 아내가 오지 않아요. 그녀를 파리에 붙들어 두는 애인이 있나 봅니다. 저는 모든 여자를 저주합니다."

기다리고 기다리던 편지가 도착했다. 이제는 전장의 위험이나 더러운 막사 생활을 핑계 삼을 수 없으므로 변명이라고 짜낸 것이 임신한 것 같다는 것이었다. 경천동지할 낭보다! 행운을 가져오는 천사들이 그를 축복하기 위해 모였는가? 속속 이어지는 성공 중에 아직 실현되지 않고 있는 것은 이것뿐이었다. 예언대로 운이 상승하고 있다면 조제핀이 후사를 가져오는 일도 있을 수 있다. 그런데 이 소식은 사실일까? 아이는 내 아이일까? 그는 사무용 편지지에 읽기 어려운 글자를 휘갈겨 쓴다.

"나는 당신에게 많은 과오를 저질렀소. 몸이 불편한 당신을 책망했소. 너무 사랑한 나머지 이성을 잃고 말았나 보오. 내 인생은 악몽의 연속이오. 불길한 예감으로 숨이 막힐 것 같구려. 지금 내겐 희망이라는 것이 없소. 긴 편지, 열 장가량의 편지를 원하오. 나를 조금이라도 위로할 수 있는 것은 그것뿐이오. 당신은 나를 사랑하고 있는데, 나는 당신을 괴롭혔소. 당신은 몸이 무겁고 나는 당신을 만날 수 없소. 누가 당신을 돌보고 있는가? 오르탕스를 부를 것으로 짐작하고 있소. 그 아이라면 조금이라도 당신을 위로해 줄 수 있을 테니. 그 사실을 깨닫고 지금은 전보다 천 배나 그 아이를 사랑스럽게 생각하고 있소. 엄마를 쏙 빼닮은 귀여운 아기가 햇빛을 보려 하고 있소. 당신 품안에 애인이 있는지 확인하는 것도, 놈의 가슴을 찢는 것도 지금의 나는 할 수 없다는 것을 알고 있을 것이오. 그런 놈이 있든지 말든지 상관없다는 생각도 든다오."

어쩔 줄 몰라 하는 그가 형 조제프에게 도움을 청한 것은 매우 자연스런 일이었다.

"이제 절망입니다. 아내는 병을 앓고 있어요. 어찌하면 좋을지 모르겠군요. 거기다 무서운 예감으로 머리가 혼란스럽습니다. 부디 그녀를 돌봐주세요. 조제핀 다음으로 호의를 품고 있는 것은 형뿐입니다. 나를 안심시켜 주세요. 나에게 사실을 알려주었으면 합니다. 형은 그녀에 대한 내 생각을 알고 있을 겁니다. 그것이 얼마나 뜨거운 것인지도. 조제핀은 내가 사랑한 최초의 여자라는 것도. 그런 만큼 그녀가 몸이 안 좋다는 것을 알고 절망하고 있습니다.

그녀의 몸 상태가 허락한다면, 여행을 할 수 있을 정도라면, 어떻게든 와주었으면 합니다. 그녀를 이 눈으로 보고 이 가슴에 안고 싶어요. 열렬하게 사랑하고 있고 이대로 내내 떨어져 있을 수는 없습니다. 그녀가 나를 사랑하고 있지 않다면 이 세상에서 할 수 없는 일 따위는 아무것도 없어요. 아! 형, 부탁합니다. 이 편지가 그곳에 도착하면 바로 상태를 보러 가주세요. 그리고 내가 소생할 수 있을 만한 회답을 보내줬으면 합니다. 형도 건강하세요. 어쨌거나 나는 겉으로만 화려하도록 운명 지어져 있는 것 같아

115

요."

아내와 형 앞으로 편지를 쓴 날, 그는 대충 아래와 같은 서류를 구술했다.

알렉산드리아 점령에 관해 베르티에에게 보내는 명령서, 긴급한 원군에 관한 총재정부 앞으로 보내는 보고서, 병사 살해에 관한 제노바 원로원 앞으로의 최후통첩, 원로원에 뮈라를 위한 소개장 의뢰, 리비에라에 남은 대포의 매각 명령, 마세나에게 보낸 베네치아 무기고의 재고 탄약 징발 명령, 랑느 앞으로 진군 정지 명령, 용의자 모두를 토르토나로 보내라는 명령, 툴롱 방면 군 앞으로 1개 사단 송환 명령서, 군자금 및 부대가 향하고 있다는 켈레르만 앞으로의 통신.

조제프에게 쓴 편지는 효과가 있었다. 형은 조제핀을 질책하면서 함께 밀라노로 출발하자고 설득한다. 더이상 어떤 변명을 할 수 있겠는가? 그녀는 한숨을 쉬고 짐을 싼다. 뤽상부르 궁전에서 성대한 환송회가 개최되고 마차에 탄다. '어쨌거나 벌써 6월 말이다. 파리의 사교 시즌도 끝났고 동행자도 충분히 마음에 드는 사람들이다. 조제프는 두려운 사람이지만, 쥐노는 세련된 청년이고 강아지 포르투네는 여전히 귀엽다. 거기다 샤를 이폴리트도 있다. 바로 얼마 전 알게 된 이 청년은 한시도 곁을 떠나지 않는다. 그는 출세를 생각하고 있는 걸까, 아니면 내 마음을 사로잡고 싶은 걸까? 세례명이 이폴리트라니 별난 이름을 골랐어! 추격 기병의 제복이 잘 어울리는군. 얘기는 재미있고 유행하는 숄이나 가발에도 능숙하고 그런 만큼 행동도 세련돼 있다.'

밀라노에 도착했으나 보나파르트는 이미 떠나고 없었다. 베로나 근교에서 새로운 전투라도 하고 있는 건가? 하지만 상관하지 않는다. 밀라노는 쾌적한 도시다. 조제핀은 아름다운 궁전에서 찬탄의 표적이 되고 이것을 즐긴다. 물론 이폴리트는 지위가 다르니 논외다. 허리에 찬 칼을 철컥거리며 걷는 이폴리트는 누구도 흉내 내지 못할 우아함의 극치다. 하지만 모두가 눈을 번득이고 있는 여기서는 조심해야 한다. 고맙게도 빈틈없는 이폴리트가 비밀의 계단을 발견해 주었다.

갑자기 흥분의 물결이 일렁인다. 베로나에서 총사령관이 귀환한다. 그리고 꼬박 이틀 밤낮 동안 그녀는 이 활화산 같은 남자의 뜨거운 용암에 삼켜진다.

V

작전 전체의 운명이 걸린 문제였다. 극도의 긴장감 가운데 최대한의 활약이 요구되는 시간이다.

프란츠 2세(1768~1835, 신성로마제국의 마지막 황제로 재위는

1804~1806)는 세 차례나 보나파르트가 포위한 만토바(롬바르디아 동부의 도시) 탈환을 시도했으나 실패했다. 만토바는 지역 전체를 잇는 요충지였다. 원군과 함께 가르다호湖를 내려온 노장 부름저에 의해 이번에는 프랑스군이 패배했다. 보나파르트는 만토바를 포기해야 할 처지가 되었다. 그 와중에 적이 밀라노로 진군하는 전선을 봉쇄했다. 끔찍한 역전 상황으로 프랑스군은 극도의 위기에 처했다. 밀라노에서 서둘러 달려온 보나파르트는 7월의 뜨거운 태양 아래 평원을 가로질러 전력을 다해 말을 달리며 부대들을 하나하나 점검한다. 모든 것이 위험에 노출되어 있었다. 과도한 직무와 극한의 긴장을 강요당하는 이 기간 중에도 그는 조제핀에게 편지를 썼다.

"당신 곁을 떠나고부터 쓸쓸해서 견딜 수 없소. 나에게 행복이란 당신 곁에 있는 것이오. 당신의 입맞춤, 눈물, 질투가 끊임없이 뇌리에 되살아나서 둘도 없는 당신의 매력이 끊임없이 내 가슴에 타오르는 불길을 부채질하오. 오, 언제나 걱정과 일에서 해방되어 가진 시간 전부를 당신과 지내고 당신을 사랑하는 데만 몸을 맡겨, 행복하다고 당신에게 말하고 그것을 증명하는 기쁨에 잠기게 될 것인가? 당신을 알고부터 사랑은 날이 갈수록 깊어만 가고 있소. 사랑은 갑자기 찾아온다는 라 브뤼에르(1645~1696, 프랑스의 시인)의 말이 얼마나 잘못되었는지 이것이 증거요. 기본적으로 사물은 모두 변화하는 것으로 각자 나름의 길을 따라 성장하는 것이

118

오. 당신은 그토록 아름답고 우아하고 다정하오. 무엇보다 착하지 않아도 좋을 텐데 말이오. 이제는 질투하거나 울지 마시오. 당신의 눈물은 내 이성을 빼앗고 피를 소용돌이치게 하오. 이리로 와 주시오. 적어도 죽기 전에 말할 수 있으면 좋겠군. '우리는 행복한 많은 나날을 가졌다'라고. 당신에게 백만 번의 입맞춤을, 그리고 심술궂은 포르투네에게도."

마지막까지 장군은 조제핀의 퍼그 종 애완견 포르투네를 쫓아내지 못했다. 이 개의 존재를 알게 된 것은 신혼 첫날 밤 조제핀의 침대에서였다고 한다.

"다른 곳에서 잘 것인지, 개와 침대를 함께 쓸 것인지 결정하라더군. 아주 심각한 딜레마였지만 선택의 여지가 없기에 단념했지. 역시나 그 개는 협조적이지 않았다네. 내 다리에는 아직도 그 증거가 남아 있어."

술렁거리는 병사들의 마중을 받으며 장군 부인이 갑자기 프레시아(롬바르디아 중부 도시)에 나타났다. 그러나 그녀는 도착하기 무섭게 떠나야 할 처지가 되고 자칫하면 적의 손에 떨어질 뻔했다. 이것은 앞으로 남편과 합류하기를 거절하는 좋은 구실이 되었다.

지난 몇 주 보나파르트는 기가 죽어 있었다. 공격에 나설 것인가 말 것인가를 결정하지 못해 회의를 연다. 이례적인 행동에 부하 장군들은 놀랐다. 상황이 너무도 급박했다. 포강에서 철수해야 한다고 주장하는 보나파르트에게 오제로가 탁자를 치면서 대들었다.

"저는 당신이 이겨 주셨으면 합니다. 무슨 일이 있어도 이 싸움을 이겨야 합니다!" 그는 고함을 지르고 서둘러 나가버렸다. 다른 자들은 망설이고 보나파르트도 퇴장했다.

지금 그는 어떤 결론을 찾아내려고 혼자 지도를 들여다보고 있다. 군데군데 놓인 촛불 주변을 나방들이 엉켜 날아다니다 불길에 몸을 던진다. 무더운 밤이다. 북이 울리는 소리와 인마의 외침이 들려 온다. 롬바르디아의 귀추는 내일 결정되리라. 아마 나의 영광과 운명도…. 카드는 이것밖에 없는가? 이것에 모든 것을 걸어야 하는가? 입수된 정보 이상으로 부름저가 강하다면? 조제핀은 널찍한 침대에서 자고 있겠지. 남자에게 웃음을 던지고 있을지도 모른다. 그녀가 좋아하는 경박하고 같잖은 추종자에게 말이지.

그는 싸우기로 결정한다. 그리고 다음날(1796. 8. 5) 카스틸리오네(만토바 북서부의 도시)의 패자霸者가 된 그는, 즉시 아내에게 편지를 쓴다.

"당신의 편지가 없는 사흘 동안, 나는 매일 편지를 썼소. 이 이별은 정말 끔찍하구려. 밤은 길고 무미건조하며 낮은 단조롭기 짝이 없소."

그 무렵 당사자 조제핀은 파리에 있는 탈리앙 부인에게 "지루해 죽을 것 같아요"라고 썼다. 보나파르트는 이어지는 전투와 승리 가운데 있었고 조제핀은 연회와 찬양 가운데 있었으나, 두 사람 모두 삶이 지루하다. 남자는 그녀가 너무나 멀리 있기 때문이고, 그녀는 남자가 너무 가까이에 있어서다.

3일 후 보나파르트는 이렇게 쓴다.

"내 사랑, 적은 싸움에 져서 포로 수가 1만 8천이고 다른 자들은 전사하거나 부상했소. 부름저는 만토바로 달아나 숨는 것밖에는 곤경을 벗어날 방법이 없소. 이처럼 연이어 대승리를 거둔 적은 일찍이 없었소. 이탈리아, 프리울리, 티롤은 프랑스공화국에 의해 구원되었소. 며칠 안에 그대와 다시 만나게 될 거요. 그것이야말로 애쓰고 고통받은 대가라오. 천 번의 불타는 키스를 보내오!"

군사 지휘관으로서 그가 휴식하는 동안, 정치가로서의 그가 일했다. 모데나(사보이아 지방 남부)에서 북부 이탈리아 제국의 대표를 소집하여 공식 회의를 주재한 것도 그런 때였다. 그들에게 헌법을 부여하기 위해서였다. 이렇게 해서, 그때까지 존재하던 군소국가들이 한 국가로 통합되어 치살피나Cisalpina공화국이 수립되었다.

보나파르트는 지금 행복한가? 밀라노에 있는 아내는 바람을 피우고 있는 것이 틀림없다. 그렇지 않다면 좀 더 애정이 담긴 편지를 보내줬을 것이다. 그가 모데나에서 보낸 편지다.

"당신의 편지는 차갑구려. 말투만 보면 결혼한 지 50년은 된 것처럼 보이오. 우정과 겨울이라니, 그것은 불쾌하고 악의적이오. 내가 당신에게 무엇을 더 기대할 수 있을까? 당신이 나를 더이상 사랑하지 않는데 말이오. 사랑이 벌써 옛이야기라니. 나를 미워하겠다는 거요? 좋아, 그렇게 하시오. 내가 바라는 바요. 모든 것이 나빠지고 미움만 쌓이는구려. 그러나 마음은 대리석처럼 냉담하고, 눈은 흐리멍덩, 걸음걸이는 맥이 빠져 흐늘거리지 않소? … 나의 마음처럼 부드러운 천 번의 키스를 보내오.”

북부에 새로운 문제가 발생해 급히 달려간 그는 일전을 벌였다. 하지만 도리어 밀려서 또다시 모든 것이 위기에 빠진 듯했다. 11월의 음울한 나날 속에서 마음을 위로할 만한 소식은 없다. 측근으로부터 도착하는 것은 장군 부인이 밀라노에서 얼마나 향락적으로 살고 있는지를 짐작하게 하는 소식뿐. 카르디에로의 패전 다음날, 보나파르트는 파리에 지원군을 요청하는 절망적인 호소를 보낸다.

문제들이 더욱 복잡해진다. 용기는 사그라들고, 모두가 우두머리만 쳐다본다. 아르콜레 전투가 임박한 요즘, 그는 머리가 30개라도 모자랄 만큼 생각할 것이 많다. 저녁 시간에 그는 미칠 듯이 절망적인 기분에 빠져 그녀에게 편지를 쓴다. 펜은 종이 위를 폭풍처럼 내달리며 뒤죽박죽 두서없는 감정을 쏟아낸다. “나는 당신을 더이상 사랑하지 않소. 당신을 증오하오. 당신은 가증스럽고 어리석고, 터무니없소. 왜 내게 편지를 쓰지 않소? 남편을 사랑하지 않는 거요? 당신은 하루종일 무엇을 하고 있소? 도대체 당신을 사랑하는 남자에게 편지를 쓸 수 없게 만드는 중요한 일이 대체 뭐요? 당신이 남편에게 편지를 쓸 수 없도록 당신의 모든 시간을 차지한 요정 왕자가 누구요? 조심하오, 조제핀. 어느 화창한 밤, 문이 벌컥 열리고 내가 거기에 있을 거요. 나의 이쁜이, 나는 정말로 심각하게 불안하오. 내 마음을 기쁨과 행복으로 따뜻하게 만들어줄 달콤한 말들로 네 장을 써 보내 주오. 당신을 안고 뜨거운 입맞춤을 퍼부을 날을 애타게 기다리고 있소. 적도처럼 뜨거운 백만 번의 키스로 당신의 온몸을 덮어버릴 날을."

신뢰와 불신이 그의 마음을 찢는다. 가정의 체면은 이미 더럽혀졌는가? 지금 그에게는 폭풍우 같은 격정과 의심, 그리고 책무가 한꺼번에 달려들고 있었다. 그의 가정은 도대체 어찌 되어 있는가? 내일 당장 싸움터에서 엉망으로 망가질 수 있는 상황에서, 세계의 패자霸者가 되기를 원하는 그 남자의 가정은 어찌 되어 가는가? 때마침 병사가 자살한 사건이 일어나자 총사령관은 포고한다.

"병사는 정념의 아픔과 우울을 극복하는 법을 배워야 한다."

2일 후, 그는 아르콜레를 흐르는 아디제강 다리 위에 서 있다. 다리는 적군의 집중포화를 받고 있었다. 프랑스군은 적의 기세에 밀려 강을 건너지 못한다. 그러나 장군의 질타와 격려로 병사들이 간신히 진격하기 시작했을 때 대열의 병사들이 외쳤다.

"장군, 더이상 앞으로 가면 안 됩니다. 장군이 죽으면 우리가 지게 됩니다."

선두에서 전진하다가 휘하 군사가 따라오는지 확인하려고 뒤를 돌아본 마르몽은 장군이 부관 뮈롱의 품에 안겨있는 것을 보았다. 부상을 당한 듯했다. 장군의 움직임이 없었기 때문에 전원 퇴각하여 제방의 경사를 미끄러져 내려간다. 마르몽과 루이 보나파르트가 장군의 몸을 안고 그 자리에서 후퇴했다. "말이 필요하다. 빨리 말을 끌고 오라!" 혼란! 적탄! 뮈롱이 자신의 몸으로 장군을 감싸다 목숨을 잃었다. 그러나 장군은 말 덕분에 궁지에서 벗어났다.

그날 밤 막사에서 장군은 완전히 절망한 듯 보였다. 다음날 두 번째 습격을 시도한다. 또 실패다. 가증스러운 강이다. 끝내 건널 수 없을 것만 같다. 사흘째에도 사태는 호전되지 않는다. 양동작전을 펼치기로 한 보나파르트는 강 근처에서 군이 전투를 벌이고 있는 동안, 모을 수 있는 나팔수와 고수를 모두 모았다. 그들과 친위대의 일부 병력을 적군의 후방으로 돌아가게 해서, 반원 모양의 대형을 만들어 적 후방의 한 지점으로 보낸다. 그리고 거기서 돌격하는 소리를 내게 했다. 이미 탈진해 있던 적은 공황상태에 빠지고 곧 1개 사단이 퇴각한다. 그러자 분발한 프랑스군은 적의 일부에 생긴 혼란을 전체적인 혼란으로 확대한다. 절망, 용기, 술책이 새로운 승리를 낳고(1796. 11. 17) '나폴레옹 전설'에 이 마을의 이름이 추가된다. 파리에서는 이 승리를 찬양하는 메달이 주조되었고, 아르콜레 다리 위에서 상상의 깃발을 들고 전진하는 장군의 모습이 그림으로 그려졌다. 참고로 나폴레옹이 깃발을 든 일은 한 번도 없다.

위험은 지나갔고 당분간은 괜찮을 것이다. 적의 지원군이 철수한 만토바는 머지않아 함락되리라. 장군은 군을 재편성하여 황급히 밀라노로 돌아온다. 마침내 수도에서 지방을 통치할 수 있게 되었고, 무엇보다 조제핀을 만나 꼭 안을 수 있게 된 것이다.

그러나 그녀는 적장 부름저보다 더 보기가 어렵다.

"밀라노에 도착해 당신의 저택으로 달려갔소. 당신을 내 품에 안으려고 모든 것을 다 내던지고 말이오. 그러나 당신은 없었소. 당신은 온 도시를 돌아다니다가 내가 도착할 것 같으면 멀리 달아나고, 당신의 남편에겐 아무 관심도 없구려. 당신은 변덕 때문에 나를 사랑했고, 지금은 그 변덕으로 냉담하게 구는구려. 위험에 단련되어 익숙해진 나는 어떻게 운명을 역전할 수 있는지 알고 있소. … 함부로 몸을 굴리지 말고 즐겁게 지내시오. 행복은 당신을 위해 만들어지고 세상은 당신을 즐겁게 해줄 기회가 있어 행복하오. 오직 당신의 남편만이 가장 불행하오."

이튿날 아침의 편지다. "당신은 당신이 사랑하지 않는 사람의 행복이나 불행 때문에 괴로워할 이유가 없소. 하지만 당신을 사랑하는 것은 내 운명이오. 당신만을 위해 사는 남편의 불행에 관여하지 마시오. 내가 당신을 사랑하는 것처럼 나를 사랑해 달라고 한다면 그건 부당하오. 섬세한 레이스가 금만큼 무거울 거라고 누

125

가 예상할 수 있겠소.

내 잘못은 당신을 내게 묶어둘 수 있는 매력을 타고나지 못했다는 거요. 내가 요구할 자격이 있다면 그저, 내가 당신을 미친 듯이 사랑하니 당신도 내게 약간의 배려와 존경은 보여줘야 한다는 것뿐이오. 잘 가오, 사랑스러운 여인이여. 만약 당신이 더이상 나를 사랑할 수 없다는 것이 확실해지면, 나는 내 고통을 감출 것이오. 할 수 있을 때마다 당신에게 유익한 것을 제공하는 것으로 만족할 것이오. 보내기 전에 편지를 다시 한 번 열어보고, 당신에게 키스를 보내오. 아, 조제핀! 조제핀!"

정열과 야망을 바탕으로, 굴복하지 않는 상대의 곁에 당도하기 위한 날개를 간신히 손에 넣었다고 생각한 순간 상대는 훌쩍 멀어져 간다. 어떻게 할 것인가? 실패에서 배워야 할 것은 자신감을 잃지 않고 화를 내지 않으면서 지성을 총동원하여 자신의 존엄을 지키는 일이다. 은근함이 섞인 약간의 조롱은 유효할지도 모른다. 밀라노로 돌아와서 그녀의 부재를 안 다음날, 그는 이런저런 생각을 한다. 다시 한 번 그녀의 마음을 돌리기 위해 전공戰功을 떠벌려도 소용없다. 그녀는 전혀 흥미가 없으니까. 그녀의 마음을 움직일 수 있는 것은 선물과 아첨과 헌신이라는 결론에 이른다. 그러나 이것은 잘못된 것이다. 여러 국왕에 대해서는 지배자인 척할 필요가 있다고 판단한 그가, 자신이 반한 조제핀의 심리에 관해서는 판단을 잘못하고 있는 것이다. 조제핀에게 지배자다운 행동을 보이면 조제핀이 그를 숭배하진 않더라도 외경심을 갖게 되리라는 것, 그리고 과도한 선물과 추종만큼 그녀의 자만심을 키우는 것은 없다는 사실을 알지 못했던 것이다.

나폴레옹의 실수는 그의 자부심에서 비롯되었다. 자부심은 그를 몰아붙여 인간의 최고 한계까지 능력을 발휘하도록 하지만, 결국에는 엄청난 실수로 그를 이끌 것이다.

지금, 설익은 열정을 감추지 못하게 만드는 것이 그의 자부심이다. 그녀에게 도움이 되고 싶다는 취지의 세심하게 계획된 모든 문구 끝에, 어리석은 인간의 마음은 사랑의 열병을 앓는 청춘의 몸짓으로 다시 본심을 드러낸다. "키스를 보내오"라고.

VI

한편 파리의 사정은 어떤가?

오랜 세월 기다린 끝에 다시 한 번 숭배할 영웅이 생겼기에 파리는 행복하다, 찬란하게 빛난다. 어떤 상점에서나 보나파르트의 사진은 구할 수 있다. 그를 고대의 영웅들에 빗대 지은 시가 사람들의 입에 오르내린다. '새로운 승리를 알리라'라는 지시가 떨어지면 배우들이 무대에서 그를 찬양하고, 그가 적에게서 빼앗은 깃발과 전리품 들이 뤽상부르에서 전시된다. 총재들의 검열을 거친 그의 보고서는 일간지 〈모니퇴르〉에 실린다.

노래들이며 메달, 해협을 건너온 영국제 풍자화가 유포되어 거리에 활기를 더해준다. 보나파르트는 이 모든 것을 알고 있다. 자신의 인기가 급속도로 상승하고 있다는 것도 알고, 총재정부가 자신에게 위협을 느껴 경계하기 시작했다는 사실도 안다. 이미 오래전부터 보나파르트는 총재정부가 맘대로 부릴 수 있는 사람이 아니었다.

'그의 영원한 승리는 우리의 죽음을 의미한다.' 이렇게 생각한 정부 수뇌들은 대책을 강구하기 위해 머리를 맞댄다. 이제 프랑스 인민의 군대는 무적이지만, 각 군의 지휘관을 정부가 장악하지 못하면 즉각 위기 상황으로 치닫게 될 것이다. 지난 7년 동안 사심私心을 갖고 정치에 간섭하는 장군은 예외 없이 단두대로 보내겠다고 위협해 온 것이 통치자들의 방식이었지 않은가? 정부의 명에 따르지 않는 자, 정부 대표를 모욕적으로 대하는 자, 보나파르트를 내쫓자! 살리체티는 그에게 꼼짝하지 못하고 더구나 코르시카인이다. 이전에 그를 배신한 적이 있는 만큼 꺼림칙해 할 것이다. 앙리 클라크(1765~1818, 아일랜드 태생의 군인)를 보내자.

보나파르트와 마찬가지로 클라크 장군도 빈틈없고 자존심 강한 남자다. 우아하고 위엄 있는 장군은 밀라노를 향해 출발하면서 간단하게 끝장을 낼 속셈이었다. 이전에 바라스 저택에서 그자를 만난 적이 있다. 닳아빠진 군복 차림의 안절부절못하던 키 작은 사내 따위는 당장에 부하로 만들어 버릴 것이다. 그러나 세르벨로니 궁전에 도착한 그는 놀라자빠질 뻔했다. 키가 커져서가 아니었다. 지시를 기다리며 공손하게 둘러싸고 있는 사람들은 아랑곳하지 않고 실내를 왔다갔다하는 모습을 보건대, 군인이라기보다 군주로 대접받고 있는 듯했다. 총재정부의 대리인은 정중하게 영접받는다. 그러나 보나파르트의 비밀 계획을 꿰뚫어 보는 것은 불가능했다. 오히려 이틀 만에 클라크로부터 총재들의 속셈을 알아낸 것은 보나파르트 쪽이었다. 그의 장래성을 간파한 클라크는 선선히 그의 편에 선다.

보나파르트의 우려는 옳았다. 총재정부는 독일과의 평화조약을 용이하게 한다는 것 이외에 정복한 영토를 활용할 생각이 없었다. 이탈리아에 혁명을 일으키기 위해 점령지를 유지할 생각조차 하지 않았다. 이를 알게 된 보나파르트는 정부의 계획에 대항할 온갖 수단을 강구한다. 그러나 당장 정부와의 관계를 끊을 수는 없었다.

"원군을, 부디 원군을 보내주십시오. 단, 아무 병력이어서는 안 됩니다. 필요한 것은 인원수가 아니라 실질적인 전투 능력입니다. 부상자는 누구나 정예군입니다. 그런데 아군의 고급 장교 및 간부 장교는 전원 전투지역 밖에 있습니다. 이곳에 오는 것은 무능한 군인뿐이고 병사의 신뢰를 얻고 있는 자는 전무합니다! 병력의 급감으로 이탈리아 원정군의 힘은 이미 바닥나 있습니다. 이대로라면 이탈리아 오지에 버려진 우리 용사들에게 남은 것은 죽음뿐입니다. 이런 시원찮은 군세로도 연달아 승기를 얻고 있다고 하는데, 용맹한 오제로, 대담한 마세나, 베르티에의 시대를 알리는 종이 지금 당장이라도 울려 퍼지려는 이때, 용기 있는 군인의 장래는 어찌 될까요? 이런 생각을 하면 신중해지지 않을 수 없고 굳이 죽음과 맞설 수는 없습니다. 죽음은 낙담과 불행의 원인으로, 저에게 죽음은 늘 걱정의 대상이기 때문입니다."

더이상 교묘하게 처신할 수 있을까? 또 다른 방법도 쓴다. 대참사가 일어날 것이라고 위협하지 않을 때는 선물로 낚는다. 통화 가치가 대폭 하락한 상황에서 허우적거리고 있는 총재정부에게 거의 매월 짤랑거리는 깨끗한 금화를 보낸다. 그는 자국 정부에 돈을 보내 달라고 요구하기는커녕 황금을 보낸 최초의 장군이다. 또한 총재들에게 아낌없이 선물을 보냈다.

"내일 밀라노에서 준마 100필이 출발합니다. 롬바르디아에서 제일가는 말입니다. 총재님들의 수레에 매여 있는 말을 대신하게 될 것입니다."

장군이 요구한 부대는 국내 치안 유지에 필요해서 보낼 수 없다는 정부의 답변을 받자마자 그는 즉시 받아친다.

"가령, 리옹에서 내전이 벌어진다 해도 이탈리아에서 얻은 영토를 유지하는 편이 가치가 있습니다."

외교 문제에 관해서는 정부 대표에게 맡겨주기 바란다고 말하는 총재에게는 이렇게 답한다.

"그런 문제에 관해서라면, 한 사람의 장수에게 모든 것을 맡기는 것만으로는 충분하지 않습니다. 한 사람에게 맡기는 동시에 그가 일할 때 그 누구도 그 무엇도 간섭하지 않는 것이 중요합니다. 저는 지금까지 독자적 판단으로 전투를 진행시켜 왔습니다. 만약 남의 판단과 타협해야 했다면 아무것도 되지 않았을 것입니다. 모든 것이 완전히 결핍된 가운데서 세력이 우월한 적군으로부터 승리를 획득한 것은 정부의 믿음이 저의 어깨에 걸려있다고 생각하여 즉시 결정, 즉각 실행을 했기 때문입니다. 지금처럼 약체가 된 군세를 이끌 때는 모든 것을 동시에 처리해야 합니다. 독일군의 침공을 저지하고 요새를 포위하면서 후방에서의 공격에 대비해 개방된 통신선을 지키고 제노바, 베네치아, 토스카나, 로마, 나폴리를 위협하고, 게다가 그 모든 곳에서 우세를 유지해야 합니다. 그러기 위해서는 군사, 정치, 재정문제에 관한 처리에서 완전한 통일이 요구됩니다. 총재정부 군의 장수가 이탈리아에서 모든 것의 중심이 아닌 한, 총재님들은 끊임없는 위기에 노출될 것입니다. 하지만 제 말이 야심으로 간주되는 일은 없을 것입니다. 지금 여기에 후임을 보내주십사 삼가 부탁 올리는 바입니다. 저의 건강은 매우 악화되어 이미 말을 타기조차 어렵고 남아있는 것은 용기뿐입니다. 이번 교섭은 이대로 계속합니다. 이탈리아를 유지하기 바라신다면 부디 원군을 보내주십시오. 보나파르트 올림."

인기가 오르면 오를수록 사표를 내는 일이 잦아진다. 하지만 몸 상태는 멀쩡했다. 연일 새 말을 타고 달려 말을 탈진하게 만들고 있다. 정부로서는 사임하겠다는 그를 말리는 일도 고역이었다.

이 시기에 그가 전개한 새 전술은 이탈리아에서는 프랑스의 힘을 강화하고 파리에서는 자신의 영향력을 키우는 것이었다. 시기상조라는 판단에서 이탈리아인에게 자유를 부여하는 것까지는 요청하지 않았으나, 총재정부의 뜻에 거슬리는 형태로 치살피나공화국을 수립하기에 이른다(1797. 7. 9). 총재 중에서 이탈리아인에게 자유를 부여하는 것에 찬성하는 사람은 카르노뿐이었다. 보나파르트가 조직의 기초를 굳힌 것은 이것이 최초다. 이후 야망은 더욱 부풀어 결국엔 전 유럽의 통일을 목표로 하게 된다. '유럽합중국', 이것이 그의 목표가 되었다. 그러나 지금 그가 목표하는 것은 이탈리아 북부에 위치한 6개의 공국을 통합하여, 여기에 진짜 독재자로서 새로운 헌법을 부여하는 것이었다. 정당한 원칙에 입각한 유연한 구조의 헌법을.

치살피나의 민중에게 자유를 고하는 포고가 내려진다. 그들이 바라건 바라지 않건, 자유는 대가代價로서 그 자리에서 치러져야 한다.

"폭군을 미워할 것을 맹세한 프랑스 공화국은 민중에 대한 박애博愛도 맹세했다. 공화국 헌법이 인정하는 이 원칙은 공화국군의 원칙이기도 하다. 롬바르디아 지방을 오랜 기간 지배하고 있던 전제 군주는 프랑스에 대한 재앙을 가져왔다. 거만한 군주의 통솔 하에 있는 군대는 피정복국에 공포를 뿌렸을 것이 틀림없다. 그런 데도 여러 군주의 공격을 앞에 두고 결사의 각오를 한 공화국군은 지금 국민에게 우애를 맹세했다. 공화국군의 연전연승에 의해 군 주의 폭정에서 해방된 민중에게 이를 맹세한다. 국민의 소유지, 인격, 종교를 존중한다. 그러나 공화국군의 운영을 보호하기 위해 서는 멀리 떨어진 프랑스에서 가져올 수 없는 물자의 보급이 필요 하고, 군은 정복지 롬바르디아 지방에서 그 물자를 입수할 수밖에 없다. 이 싸움의 정당성을 감안하여 군은 이 물자를 보장받아야 마땅하다고 하겠다. 민중에 대한 우애를 감안하여 물자는 조속히 공급되어야 한다. 오스트리아 치하의 롬바르디아에 2천만 프랑이 부과되고 이것을 군의 생활필수품 충당비로 청구한다. 기일이 촉 박하므로 이것은 특별 송달에 의해 조속히 설정될 것이다. 이토록 비옥한 지방에 이 정도는 참으로 미미한 부담이다."

영토, 조세, 무역항, 무기고, 영지 등 그는 필요한 모든 것을 손 에 넣는 동시에 휴전협정 체결 때는 반드시 은 제품, 소, 미술품을 징수했다. 그림이나 조각으로 통화를 안정시키지는 못하지만, 파 리의 자존심이 이것으로 채워지리라는 것을 내다본 조치였고, 이 렇게 해서 여론을 자기편으로 만들려는 속셈이었다. 프랑스가 물 자 궁핍으로 허덕이는 시기에 보나파르트는 이탈리아에서 전성기 를 누리는 어떤 국왕보다 많은 귀중한 미술품을 루브르로 보내고 있었다.

이탈리아인으로부터 금품을 가혹하게 갈취하며 사리사욕을 채우는 프랑스인에 대해서는 마찬가지로 무자비하게 다뤘다.

"프랑스군은 실질 필요경비의 5배나 소비하고, 창고 경비 담당관은 인환권을 위조하고 있다. 지금 사치, 부패, 사기는 어처구니없는 규모에 달하고 있고 이에 종지부를 찍기 위한 방책은 한 가지뿐이다. 즉 부정을 저지른 관리 전원을 3일에서 5일 안에 총살할 권리를 가지는 3명의 위원을 선출한다."

건초의 배급량을 속이고 있는 것을 안 그는 이것을 중대사로 간주한다.

"장기간에 걸쳐 군과 조국의 이익이 탐욕의 먹이가 되고 있다. 이 사기행위에 가담한 자는 단 한 명도 놓쳐서는 안 된다."

식량 절도 및 횡령을 억제하려는 그의 결의에 대해서 무수한 자료가 증명하고 있다. 야영지에서의 분쟁이나 무질서의 원인이 된 여자에 관해 다음과 같이 포고한 일도 있다.

"당 명령의 포고 후 24시간 이내에 허가증이 없는 여자가 발견될 경우, 그 여자 몸에 먹칠을 해서 2시간 동안 사람들 앞에 세워둘 것이다."

반면 전장의 가혹한 관습에 대한 조치는 오히려 인간적이다.

"기밀을 누설한 혐의로 통보된 자를 매질하는 야만적 관례는 폐지되어야 할 것이다. 고문으로 심문하더라도 아무런 성과가 나오지 않는다는 것은 예로부터 인지되어 온 사실이다. 불운한 그들은 남이 바라는 것이면 머리에 떠오른 일 무엇이나 지껄이는 법이다. 따라서 이성과 인간성을 부정하는 수단의 사용을 금한다."

VII

하지만 외교관으로서 보나파르트는 외교에 사용되어 온 전통적인 온갖 수단을 구사했다. 아부, 협박, 거짓말, 솔직함, 심지어 외교 협상 자리에서 군인 특유의 허세와 엄포를 동원하기도 했다. 그중에서도 대 교황청 외교는 빈틈없이 기민했다.

철저한 개혁주의자인 총재정부의 수뇌는 교황의 세속권(세속·물질의 영역을 관장하는 권리로 본래 군주에게 속해 있었다)을 타파하려고 생각하고 있었다. 교황청은 혁명 프랑스가 거부한 종교의 중심이었고, 이런 교황청을 타파하는 것은 장군 보나파르트가 진행하고 있는 근린 제국의 재편성보다 훨씬 실익이 클 것으로 정부는 판단했기 때문이다. 그래서 총재들은 장군에게 로마 침공을 강요했다. 이리하여 보나파르트는 어릴 적부터 문명의 중심지로 그리던 도시를 목전에 두고 있다. 이 상태로 밀고 나가면 카이사르처럼 카피톨리노 언덕에서 월계관을 쓸 수도 있을 것이다. 교황의 군대는 그에게 잠시도 대항할 수 없다. 하지만 그는 교황과 손을 잡는다.

그에게 있어서, 교황은 무력으로 퇴위시켜서는 안 되는 유일한 통치자다. 그는 교황직의 배후에 있는 영향력, 다시 말해 천년 동안 프랑스와 유럽에 미친 힘을 생각하고 있다. 그는 순교의 도덕적 영향을 알고 있으며, 그것이 잘못된 믿음이 아니라면 교황에 맞서는 전쟁은 일으키지 않겠다고 결심했다. "로마의 영향력은 헤아릴 수 없을 만큼 크다. 우리는 절대로 이 권력과 결별해서는 안 된다. 그런 행위는 로마를 이롭게 할 뿐이다."

남하하다가 문자 그대로 루비콘강을 다 건넌 지점에서 진군을 멈추고 장군은 능숙한 교섭력을 발휘하여 평화를 제안한다. 늙은 교황은 이를 받아들였다. 보나파르트가 교회 문제는 일체 손대지 않겠다는 교묘한 전술로 나왔기 때문이다.

프랑스에 수백만 프랑을 지불하고, 해당 위원회가 선택한 그림 100점, 항아리, 조각 등을 양도하겠다고 약속하는 교황에게 장군은 자기가 특히 집착하고 있는 두 작품만으로 충분하다고 답했다. 유니우스 브루터스(BC 6세기 로마의 영웅)와 마르쿠스 브루터스의 흉상이다. 그런데 막판에 교황은 회답을 피하고 지불 이행도 지체한다. 보나파르트는 다시 로마를 침공하여 가벼운 한 번의 교전을 치른 후 다시 강화조약을 거론했으나, 갑자기 곤혹스러워졌다. 이탈리아 북부에서 휘하의 군단이 필요하다. 그렇다고 군을 철수하면 교황이 달아나 버릴지도 모른다. 바티칸의 보물과 함께 도주해 버리면 가난으로 허덕이는 총재들의 수중에는 아무것도 남는 것이 없다.

보나파르트는 독단으로 혁명헌법에 대한 서약을 거부하고 로마로 도망가 있는 프랑스인 사제들을 사면하기로 한다. 이렇게 해서 많은 성직자와 친밀해질 수 있었다. 고위 성직자 앞으로 보낸 몇 통의 편지에서 그는 시민 대주교를 사도 가운데 한 명과 비교하고 있다. "복음서의 가르침은 평등에 기반을 두고 있으며, 따라서 어떤 공화국에도 가장 적합합니다." 그리스도를 배제한 파리는 과연 어떤 반응을 보일까?

그는 도망길에 있는 교황에게 사자를 보내어 안심시켰다.

"성부에게 전해주시기 바랍니다. 보나파르트는 아틸라(훈족의 왕, 452년 이탈리아 북부를 습격하지만 교황 레오 1세의 설득으로 물러간다)가 아니라는 것을. 만일 그렇다 해도 성부는 교황 레오 1세의 계승자임을 잊지 마시도록."

이것이 유럽에서 가장 존중받는 권위를 앞에 두고 그가 보여준 태도이다. 그러나 교황이 파견한 대사가 서명을 주저하자, 돌연 본래의 군인으로 돌아가 서류를 찢어 불 속에 던졌다.

"대사님, 이것은 강화조약이 아니라 휴전협정일 뿐입니다."

사절단은 겁을 먹고, 기세가 오른 보나파르트는 청구액을 배로 올렸다. 교황은 '내 사랑스러운 아들'에게 편지를 보내 혁명의 아들에게 축복을 보냈다.

그러나 보나파르트는 교섭에서 정부가 수상하게 여길 짓은 일절 하지 않는다. 행동에 연막을 피우는 것은 당시 외교관의 상투적 수단이었으나, 1796년 4월 체리스코에서 체결한 최초의 휴전협정 조인 직후 패배자인 피에몬테 사람들에게 그는 이렇게 말하고 있다.

"코사리아에서 나의 습격은 허사였으나, 17일의 당신들의 행동은 훌륭했다."

이번 원정 말기, 보나파르트는 그의 새로운 측면, 즉 절도와 품위를 이렇게 과시하고 있다.

1797년 3월 초 롬바르디아를 떠나 그달 말 오스트리아 남부의 스티리아에 도착한 그는 며칠 후로 계획된 비엔나 침공에 대비하여 숙고한다. 우리 군과 마찬가지로 지금쯤은 라인방면 군(독일을 겨냥해 라인강 쪽에 주둔한 프랑스군)도 승리로 떠들썩하겠지. 아마 그들도 프란츠 황제에게 강화를 요구할 수 있을 것이다.

보나파르트는 침공을 멈추고 다시 패자에게 강화를 제안하기로 한다. 라인방면 군은 아직 도착하지 않았고 오스트리아와 헝가리가 맹렬한 기세로 전쟁 준비를 진행하고 있을 것이 틀림없다. 지금은 상대를 위협하면서 기회를 기다려야 할 상황이며 그것이 정복자로서 취할 태도일 것이다. 그러나 보나파르트는 정치가다. 총재정부는 다음 선거전이 시작되기 전에 강화가 필요하고, 보나파르트도 아직 그들이 필요하다. 만약 지금 일개 군인인 자신이 5년 동안 프랑스인이 갈망해 마지않던 평화를 조정하고 이를 그들에게 줄 수 있다면! 어떻게 이 영광을 그가 경쟁 상대인 라인방면 군과 나눠 가질 수 있겠는가?

보나파르트는 다시 한 번 오스트리아 황제군을 축출하고 있었다. 지난 1년 동안 유럽은 새로이 등장한 이 군인을 두려워하기 시작했다. 그래서 그는 정치적으로도 그 힘을 확인시키려 한다. 그는 완전히 동등한 입장에서, 패군의 우두머리인 신성로마 황제의 아우 카를 대공에게 한 통의 서한을 보냈다.

"총사령관님, 병사들은 싸웠고 지금 평화를 바라고 있습니다. 지난 6년 이래 평화가 지속된 예가 있었는지요? 우리는 이미 많은 사람을 살육하고 고통스러운 이들에게 충분히 못 할 짓을 저질러 온 것은 아닐까요? 온갖 곳에서 평화를 요청하고 있습니다. 프랑스공화국에 도전한 유럽은 무기를 내려놓았습니다. 이제 남은 것은 귀국뿐으로 이대로 가면 더 많은 피를 흘리게 될 것입니다. 여섯 번째의 이 싸움에서 흉조가 느껴집니다. 결과가 어찌 되든 쌍방은 수천의 병사를 죽이게 될 것입니다. 비록 그것이 심한 증오라 할지라도 만사에는 끝이 있는 이상, 어차피 쌍방 합의 아래 이 싸움도 종결되지 않을 수 없겠지요. 총사령관님, 귀하는 출신 덕분에 왕좌를 가까이 접할 수 있는 동시에, 장관들과 내각이 선동하는 부질없는 열광을 초월한 입장에 있으십니다. 귀하께서는 전 인류의 은인, 독일의 진짜 구세주라는 칭호를 받을 생각이나 각오가 되어 있으신가요? 그렇지만, 이것을 군사력으로 독일을 구할 가능성이 있다고 해석하면 곤란합니다. 오히려 기회가 귀하에게 유리하게 작용한다는 가정에서 독일은 더 큰 피해를 입게 될 것이라는 의미입니다. 저로서는 귀공에게 개전 신청을 받는 영광을 누리고 이것이 오직 한 남자의 명예에 크게 공헌한다 해도, 군사적 승리에 의해서 얻는 적막한 영광보다 시민에게 받는 영광이 우리에게 더 적합하고 더 자랑스럽다고 생각하는 바입니다."

이 서간이 오스트리아 대공을 감복시킨 것이 틀림없다. 매우 교양이 높고, 반전주의자의 의무감만으로 총사령관이라는 직무를 수행하고 있던 그는 이 문서에 의해 비엔나의 황제 및 전쟁 지지자들의 주장을 뒤집었다. 우리가 이 제안을 거부하면 어찌 될 것인가? 반드시 보나파르트는 쌍방의 서신을 공표하여 제국의 호전주의에 비해 프랑스공화국의 인도주의가 얼마나 훌륭한가를 찬양하고, 거기다 우리의 몽매함을 구실로 마음껏 영토를 유린할 것이다. 공화국 군대는 이미 진군을 개시하여 레오벤(오스트리아 남동부 도시)을 공략하고 있다.

황제가 파견한 밀사 일행이 도착하자 장군은 계단 아래까지 내려가 맞이해 경의를 표하며 황제와 대공의 안부를 물었다. 얼마 후 사절단이 조건을 검토하기 위해 10일간의 유예가 필요하다고 말을 꺼내자(실제로는 비엔나가 전쟁 준비 작업을 하기 위해서), 장군은 적절한 때를 보아 아무렇지도 않게 만찬에 초대했다. 그리고 식탁에서 물러나기 직전에 5일간의 유예를 승낙했다.

비엔나에서 적이 가슴을 쓸어내리고 있을 무렵, 파리에서는 정부의 수뇌가 안절부절못하고 있었다. 뭐라고? 그자는 그렇게 중요한 강화조약을 혼자 체결할 셈인가? 다음엔 우리를 타도할 심산이다. 누가 저지할 것인가? 그들은 목소리를 낮추어 정부대표단의 도착을 기다리도록 장군에게 요청했다. 보나파르트는 황제 측에 회답을 재촉하는 한편, 파리에서 어떻게 생각하는지 다 알고 있으면서 총재정부에 엄중한 편지를 보냈다.

"저는 쉬고 싶습니다. 총재들께서 주신 신뢰에는 충분히 보답한 것으로 생각합니다. 작전에 관해서는 그것이 어떤 것이든 무능하다고 자각한 적은 한 번도 없었습니다. 오늘도 비엔나로 돌격했습니다. 이미 행운이라고 하기에는 지나치게 큰 승리를 얻었음에도 불구하고 이탈리아의 기름진 땅에 등을 돌리고 돌격을 감행한 것입니다. 지난번의 원정 개시 직후, 공화국이 이미 양성할 방법을 잃은 군을 위해 빵을 구하여 돌격했을 때와 같이 저의 민간인으로서의 경력도 군인 경력과 마찬가지로 꾸밈이 없는 겸허한 것이 될 것입니다."

품고 있는 의도를 은폐한 얼마나 능란한 문장인가!

그런데 독일과의 강화 교섭은 왜 오래 끌었을까? 벨기에와 롬바르디아 지방을 넘길 것, 손해는 소유권이 박탈된 영주들이 변제해야 한다고 보나파르트는 주장했다. 합스부르크가는 이것을 원칙으로 받아들였다. 신성로마황제도 독일 대공들도 붕괴 직전의 늙어빠진 제국에는 이제 미련이 없었기 때문이다. 이런 수법으로 프랑스는 라인 대안對岸 지역을 간섭할 권리를 계속 유지했다. 그러나 프랑스 정부는 어떤 식으로 합스부르크 일족에게 롬바르디아 지방 할양을 보상해야 할 것인가?

때마침 베네치아에서 폭동 소식이 도착했다. 몇 건의 살인 사건이 발단이 되어 프랑스에 대한 반란이 일어났다는 것이었다. 정의의 사자 역할을 하기에는 절호의 기회였다. 그는 총재정부에 편지를 썼다. 그들의 망설임과 양심의 가책을 진정시키기 위해, 즉 그들이 언론용 해명서를 작성할 수 있도록 해주기 위해서였다.

"희망봉의 발견 및 토리에스티나와 앙코나(둘 다 이탈리아 동부 항구도시)의 탄생 이래, 쇠퇴 일로를 걷고 있는 베네치아는 우리의 공격을 견디고 간신히 살아남았습니다. 무능하고 겁 많고 자유에 대한 적성이 전무한 데다 토지도 물도 없는 이 땅의 주민이 우리 유럽 본토를 부탁받은 사람들에게 맡겨진 것은 당연한 것입니다. 우리는 모든 선박, 무기고, 대포를 빼앗고 은행을 파괴하여 코르푸섬과 앙코나를 유지하게 될 것입니다."

이렇게 약화된 이상 베네치아가 합스부르크가의 손에 떨어진 것은 어쩔 수 없다는 것이 보나파르트의 생각이다.

한편 베네치아 총독에 대해서는 가차 없는 태도로 임했다. '총독'이란 대대로 베네치아에서 권력을 계승하여 조국을 이탈리아 첫째가는 반동 국가로 만든 귀족 가문들 중에서 선출된 인물의 칭호다. 오스트리아와 휴전협정 교섭을 진행 중인 티롤에서 보나파르트는 베네치아 총독과 그 일당 앞으로 서한을 보냈다.

"당신들은 우리에 대항하여 농민들을 선동했다. '프랑스인에게 죽음을!'이라는 부르짖음이 도처에서 들리고 우리 이탈리아 원정군 병사 수백 명이 이미 희생되었다. 귀하들은 자기 조직하에 있는 이런 집회가 월권행위라는 태도를 보여주지 않고 있다. 당신은 내가 독일의 중심부에 있기 때문에, 세계에서 가장 위대한 나라 프랑스공화국에 대한 존경을 그대들에게 강요할 수 없을 것이라 생각하는가? 우리 이탈리아 원정군이 귀하들이 부추기고 있는 대량 살육을 용인할 것으로 생각하는가? 우리 전우가 흘린 피의 원한은 반드시 갚을 것이다. 전쟁이냐, 강화냐? 귀하들이 이 폭동을 멈추고 암살범을 우리 손에 넘기지 않는다면 선전포고를 하리라."

12명의 늙은 로마 귀족을 공포로 몰아넣기 위해 그가 사용한 말투다. 베네치아 원로원의 대표단이 진영에 도착했을 때, 그는 격노를 가장하며 비난했다.

"헌법도 원로원도 이제 끝이다. 베네치아에 대해서라면 나는 제2의 아틸라가 될 것이다! 귀하들의 제안 따위는 듣기 싫다. 귀하들이 따라야 할 법을 부과하는 것은 바로 나다!"

얼마 후 도시를 양도하는 식이 거행되는 와중에 90세의 총독이 급사했다. 베네치아의 마지막 총독이었다. 보나파르트가 평생 잊지 못한 장면이었다.

이것으로 이탈리아 문제는 매듭지어진 것이 아닐까? 그의 목적은 달성된 것이 아닐까? 아니다, 그렇지 않다. 그가 목표하고 있는 것은 이탈리아가 아니다. 지금 한 걸음마다 새로운 장래가 열리고 있다. 베네치아가 목적 달성의 발판이 될 것이다. 아드리아해가 눈앞에 펼쳐져 있고 거기에 떠 있는 섬들이 그를 끌어당긴다. 지난날 로마에 평화를 강요하려고 찾아갔던 앙코나에서 그는 이오니아 제도와 그 너머의 투르크 쪽으로 시선을 던졌다.

"저 일대는 콘스탄티노플로부터의 통신을 확보하는 데 매우 중요하다. 24시간이면 여기서 마케도니아까지 갈 수 있으니까."

지난날 전쟁부 소속 준장에 지나지 않았던 시절, 그는 투르크로 파견되기를 바라지 않았던가. 앙코나에서 그는 오스만투르크의 지방총독(파샤)과 연줄을 댄다. 야니나(그리스 북서부의 도시), 스크타리(알바니아 스크타리호 연안의 도시), 보스니아에서 절대적 권력을 쥔 인물들도 각각 밀정을 통해서 접촉했다.

레오벤의 휴전협정(1797. 4. 18)에 의해 베네치아령이었던 섬들의 영유권을 오스트리아로부터 보장받은 그는 코르푸섬 및 잔테섬(이오니아 제도)을 점령했다. "코르푸와 잔테를 장악하는 것으로 우리는 아드리아해 및 지중해 동부 일대를 지배할 수 있다. 그러나 투르크 제국을 지원하려는 생각은 어리석음의 극치다. 머지않아 붕괴될 것이 뻔하기 때문이다. 이오니아 제도의 4개 섬을 점령함으로써 우리는 투르크제국을 지원하는 것과 우리 몫의 전리품을 확실히 하는 것 중에서 선택할 수 있는 여지를 갖게 된다."

실상 이오니아 제도 점령의 밑바탕에 깔린 정치적 노림수는 바로 영국에 대한 공격이다. 프랑스는 오랫동안 영국을 인도로부터 떼어놓기 위해 지중해에서의 견고한 거점 확보를 바라고 있었다. 그러나 그 야망의 실현 가능성을 발견한 것은, 설사 그것이 개인적 야망에서 생겨난 것이라 해도, 보나파르트가 최초였다. 다만 그가 동양을 갈망하는 것은 숙적 영국을 타파하기 위한 것이 아니었다. 영국으로부터 동양을 탈취해 자기가 지배자가 되기 위해서였다. 그래서 어쨌거나 대영對英전쟁을 일으키고 싶었다. 역시 상상이 성취를 한참 앞서간다. 어제 겨우 한 구석밖에 손에 넣지 못한 유럽이 이제는 너무 작게 느껴진다. 그는 부리엔에게 말한다.

"유럽은 조그만 두더지굴에 지나지 않는다. 6억 민중이 살고 있는 동양처럼 많은 대제국이 있었던 것도 아니고, 강력한 변혁이 일어난 일도 없다."

VIII

바로크 양식의 아치가 높은 방, 벽은 흰색이고 금으로 장식되어 있다. 녹색 비단을 씌운 긴 소파에 상대의 비위를 잘 맞춰주는 16세의 중위가 앉아 있다. 무르익은 미모의 두 여자가 소년 중위 양옆에 앉아 있는데 그중 한 사람이 그의 어머니다. 그녀의 미소 짓는 눈길은 자신을 둘러싸고 있는 잘 차려입은 장교들의 주위를 교태스럽게 두리번거린다. 그 눈길은 남자들에게 젊은 날의 연애 사건을 상기하게 만드는, 크리올 여자가 자만하는 능숙한 사랑의 기교를 내비치는 듯하다. 역시 그 방면의 달인인 잘생긴 장군이 여자의 등 뒤에 대기하고 있다. 마세나. 공격에 있어서는 누구에게 뒤지지 않지만 너무 쉽게 과격해지고 교양이 부족했다. 그래서 작전 계획에는 걸맞지 않으나, 위기를 당하면 격렬한 기질이 발휘되어 과감한 행동으로 부대를 구하기도 하는 대단한 능력의 소유자다. 어디에서나 여자와 돈 없이는 견디지 못하여, 기회만 있으면 어느 쪽이고 주저하지 않고 훔친다.

마세나가 갖추지 못한 모든 능력을 가진 사람은, 부인들과 어색한 대화를 나누는 머리가 크고 키 작은 추남이다. 그는 아름다운 비스콘티 부인의 가벼운 인사를 받고 상기되어 있다. 그는 이미 이 미녀를 유혹했는데 어떤 수완으로 이를 달성했는지는 신만이 아실 일이다! 이 사람은 행동가인 참모본부장 베르티에인데 오늘은 기획 편성을 하고 있는가 하면 내일은 직접 전투를 하고 있다. 전략 이론과 독도법에 발군의 능력을 가진 남자다.

녹색의 벨벳 옷을 입고 깃털이 달린 큰 모자를 비틀어 손에 들고 있는 남자가 뭐라다. 이 비범한 참모본부에 소속된 다른 군인들과 마찬가지로 그도 프롤레타리아 출신이다. 오제로가 지껄여

대는 아슬아슬한 이야기에 폭소를 터뜨린다.

살롱의 반대쪽에서 '뭐가 그리 재미있나' 하고 보나파르트가 말을 걸어오자, 대포나 왕후 귀족에게도 기죽지 않는 남자들이지만 완전히 곤혹스러운 모습이다. 눈치가 빠른 조제프가 아무 말도 하지 말라는 신호를 한다. 약간 볼품없는 외모의 남편 펠릭스 바치오키와 사이가 안 좋은 여동생 엘리자Elisa(1777~1820, 첫째 여동생으로 지력이 뛰어났다. 코르시카 출신 바치오키 소위와 결혼해 후일 토스카나 대공비가 된다)가 창가에 앉아 음탕한 농담을 몰래 엿듣고 있기 때문이다. 틀림없이 레티치아에게 일러바칠 것이다. 이전부터 도덕관념이 해이한 조제핀을 좋지 않게 생각하는 어머니에게.

정원에서 밝고 경쾌한 목소리가 들린다. 폴린Pauline(1780~1825, 나폴레옹이 가장 아낀 여동생. 자유분방한 행동으로 골칫거리이기도 했지만 나폴레옹의 뜻을 따라준 동생이었다)이다. 향락적인 기질의 그녀는 오빠가 강요한 어느 장군과의 결혼을 앞두고 남은 자유로운 나날을 만끽하며, 이폴리트와 술래잡기에 열중하고 있다. 조제핀이 신경질을 부릴 것을 아는 만큼 더욱 기분이 좋다.

주인 보나파르트는 천천히 복도를 되돌아간다. 회랑을 왕복하며 시인 아르노 드 파리(1766~1834, 작가)를 두 시간째 면담하며 군과 전투에 관한 아르노의 질문에 응답하고 독자적인 군사행동에 대해 길게 설명하고 있다. 지금 자신이 누구를 상대로 이야기하고 있는지 그는 충분히 알고 있다. 이 남자는 자기 이야기를 여기저기 떠벌리고 다닐 것이다. 정부의 위기에 대해 이야기를 마친 보나파르트는 살롱으로 들어오며 작은 목소리로, 그러나 상대가 한 마디도 놓치지 않을 만큼 명료한 어조로 말을 마쳤다.

"그러나 우리가 이 난국을 헤쳐 나갈 수 있을지는 의문이다. 단한 사람이 지배하는 정권하에서가 아니면 위험을 이겨낼 방책이 없다. 그러나 그런 특별한 사람이 어디에 있겠는가?"

그가 들어온 순간 실내는 조용해졌다. 모든 장교가 기립하며 총대장에게 시선을 보냈다. 앉은 채로 있는 것은 앞서 말한 소년 사관 외젠이다. 그는 어머니의 비호를 받는다. 그의 어머니는 이집의 절대 권력자인 조제핀이다.

여기는 밀라노 근교 몬테벨로이다. 이곳 화려한 궁전에서 보나파르트는 봄과 여름을 보냈다. 강화조약 체결에 앞선 레오벤의 휴전협정(1797. 4. 18)에 의해 이번의 오스트리아 전쟁은 종결됐다. 어릴 적 꿈꾸던 찬탄과 칭송에 둘러싸여 파리에 있어도 될 터이지만, 멀리 있는 편이 득이라고 판단했다. 그가 가져온 일련의 승리에 따르는 정치적 성과가 견고한 기반 위에 확립되어 여러 국가가 그가 바라는 방향으로 조직되었을 때 비로소 이탈리아에서의 자신의 운명은 끝나는 것이다. 파리에 대해 생각하는 것은 그 후라도 된다. 이렇게 해서 강화조약 체결까지의 반년 동안 이곳 몬테벨로, 즉 참모본부라기보다는 규모가 작은 궁전을 연상케 하는 이성에 머물기로 했던 것이다.

그런데 보나파르트에게 벼락출세한 자라는 느낌은 추호도 없다. 그는 진정한 평등을 선언하는 '혁명의 아들'로 보이기를 바란다. 용맹하기는 해도 예의범절에 길들지 않은 휘하의 장성이 실수를 범해도 주인인 이탈리아 귀족의 시선을 신경 쓸 필요가 없다. 태생을 감추기는커녕 오히려 그것을 드러낸다. 그리고 동양의 가장과 같은 태도로 가족 전원에게 재촉한다. 가까이에 거처를 마련하고 후원을 요청하려고 찾아오는 사람들—절반이 이탈리아인이었다—의 찬사를 받을 만큼 그의 명성은 퍼져갔다. 사회적 명성을 듣고 찾아오는 자뿐만 아니라 온갖 안건을 호소하러 먼 곳에서 찾아오는 이도 많았다. 그는 손님을 쾌히 맞으며 조언을 주었다.

그의 어머니로 말하자면, 태어날 때부터 기품이 있고 근엄한 생활 태도를 갖고 있는 만큼 조제핀의 소문에 대해서 평소에 미간을 찌푸리고 며느리로 인정하려고 하지 않았다. 아내의 모든 허물을 용서하고 그녀에게는 '싫다'라는 말을 하지 못하는 보나파르트이긴 하지만, 어머니에게 경의를 표하는 것만은 의무로 하고 있었다. 마담 레티치아는 크리올 여자가 마음에 들지 않았다. 상대를 가리지 않고 외간 남자에게 아양을 떨 뿐 아니라, 전혀 아이를 생산할 생각이 없는 며느리. 그녀의 불임은 열셋의 아이를 세상에 내보낸 코르시카 여자의 눈에는 불명예로 생각되었다. 책임이 보나파르트 쪽에 있는 것이 아닌가 추측하는 사람들도 있었으나 그녀는 분방한 생활로 체력이 소모된 며느리 쪽에 잘못이 있다고 생각한다.

연전연승을 거둔 아들을 처음으로 재회한 어머니는 그를 이리저리 살펴보더니 "야위었구나!"라고 탄식했다고 한다.

"너 이렇게 무리하다가는 죽고 말 거야!"

"전혀 그렇지 않아요. 지금 정말 사는가 싶게 살고 있어요!"

"후세에 이름을 남기고 싶다고 이렇게까지….'"

"지금 당장 죽기라도 할까 봐 걱정이세요?"

막상 헤어질 무렵에 그가 말했다.

"몸조심하세요, 어머니! 어머니가 없으면 위엄을 보여줄 사람이 없게 되니까요."

몬테벨로에서는 이제 형 하나, 남동생 둘, 여동생 셋, 숙부인 페쉬가 각자의 다양한 방식으로 즐기고 있다. 16세 되는 아름다운 폴린은 조제핀을 원망한다. 조제핀이 나폴레옹의 말에 동조하여 자기가 사랑하는 상대와의 결혼을 방해했다는 것이다. 그래서 루크레 장군(1772~1802)과 결혼할 처지에 있었다. 그리고 수년 후, 왕궁 교회에서 두 사람을 축복하는 식이 거행되었다(1801. 6. 14). 나폴레옹은 아직 종교적 의식을 올리지 않은 엘리자에게도 그렇게 하게 했다. 바티칸의 환심을 사려고 했던 것이다. 엘리자의 결혼 의식이 끝나자 음모 같은 것에 관심 없는 어머니는 총총히 코르시카로 돌아갔다.

파올리의 요청으로 영국의 점령지가 되고 나서는 코르시카를

'이 섬, 이 지방'이라고 마치 연고가 없는 곳처럼 부르고, 이탈리아 원정 중에도 거리를 두고 있던 보나파르트가 어느 날 밤안개를 틈타 돈과 무기를 주어 20명의 남자를 코르시카에 상륙시켰다. 조국 사람들에게 용기를 주기 위해서였다. 이 땅에 성명서를 배포하고, 친구이자 적인 살리체티를 보내 섬에서 영국인을 추방하였다. 옛날 세 번이나 시도하여 이루지 못한 일을 100류lieue(류는 약 4㎞를 나타내는 단위로 100류는 400킬로미터이다)나 떨어진 곳에서 성공시킨 것이다. 전에 가족 전원을 추방했던 같은 섬 주민들로부터 환영받으며 레티치아는 회상했다. 그로부터 불과 4년밖에 안 되었는데, 그토록 나폴레옹이 집착하던 근거지가 여기였단 말인가! 보나파르트의 명령으로 엘리자의 남편 바치오키는 지금 아작시오의 요새 사령관이 되어 있고 뤼시앵도 꽤 오래전부터 군軍의 회계관으로 근무하고 있다. 지금은 보나파르트 역시 늙은 친족들이 안주할 가정적인 거주지로 생각하고 있을 것이다.

그런데 부르봉가의 왕위를 요청하는 인물(후일의 루이 18세)로부터 친필 서신이 도착하자, 나폴레옹은 엷은 웃음을 띠며 읽는다. 만약 자기를 위해서 싸울 생각이 있으면 공작 또는 '코르시카 부왕副王'의 칭호를 제공하겠다는 것이었다.

보나파르트는 몬테벨로에서 처음으로 공사公私의 생활을 나누었다. 이것은 왕족이 유년기에 익히는 습관이다. 또 놀랍게도 궁전의 경호를 프랑스인이 아닌 폴란드인 200명으로 된 외인부대에 맡겼다. 수많은 전투에서 포로로 잡힐 위기를 당한 이후, 우수한 병사 중에서 다시 뛰어난 자를 뽑아 '첨병'이라고 불리는 40명으로 이루어진 친위대를 편성하여 가장 용감한 장교에게 지휘하도록 했다.

행정명령과 서간의 산더미에 묻혀 사는 나날들이다. 팔방에서 사절단이 몰려오고 베네치아나 바티칸의 특사가 비엔나, 리보르노, 제노바에서 오는 사절과 엇갈린다. 보나파르트는 누구나 가리지 않고 접대하여 그곳의 관습에 따라서 연회의 구경거리를 허가했다. 이렇게 하면, 견문이 높은 패거리들도 자기들과 마찬가지로 향토주鄕土酒인 '노스트라노'를 마시는 보나파르트의 모습을 위층 복도에서 목격하게 된다. 안건의 해결을 바라고 찾아오는 사람들은 한결같이 약관 27세 장군의 당당한 위풍에 놀란다. 이것은 예외 없이 모든 보고서에 기록되어 있다. 그는 누구보다 수수한 복장을 하고 대답이 막히는 일이 없고 의연하면서도 참으로 자연스러웠다. 그는 접촉을 요청하는 자 모두를 상대하는 방법을 잘 알고 있었다. 거의 예외 없이 상대보다 체격은 작았지만, 크게 보이려고 몸을 젖히는 일은 결코 없었다. 대화할 때, 상대들은 필연적으로 가볍게 머리를 숙이게 되어 이 사소한 움직임이 옆에서 보기에는 마치 허락을 요청하는 듯이 보였다. 이렇게 그는 자신의 신체적 결함마저도 교묘하게 이용했는데 그 심리적 효과는 계산하기 어려웠다. 당시 그를 찾아온 어떤 인물은 "이 남자가 운이 좋아 전장에서 죽지 않는다면 4년이 지나기 전에 추방되는 파국을 맞거나 그게 아니면 왕위에 오를 것이다"라고 기술했다.

보나파르트는 세평에 신경을 썼다. 능력 있는 저널리스트를 곁에 둔 것도 그 때문이었다. 그의 생각대로 파리의 여론을 조종하여 총재들의 흑심을 견제하는 것을 임무로 했다. 이름하여 초대 '보도報道 장관'이 등장한다. 플루타르크의 제자로서, 어떻게 하면 후세에 이름을 남길 수 있는지를 터득한 그는 이탈리아의 시인, 역사가, 학자, 예술가를 곁에 두고, 작년 밀라노 입성 때 한창 바쁜 중에도 다음과 같은 서간을 어느 저명한 천문학자에게 보냈다.

"인간 정신을 향상시키는 과학과 인간을 미화하여 후세에 위대한 활력을 전하는 미술은 자유로운 정부에서는 특히 자랑으로 삼아야 한다. 천부의 재능을 타고난 사람들, 우리 공화국에서 학문상 높은 지위를 확보한 자는 출신국이 어디든 모두 형제다."

본래 이런 사람들은 비사교적인 삶을 살아왔을 것이다. 이제는 사상의 자유가 넘치고, 학자를 위협하는 편협함이나 전제주의는 남아있지 않다. 재능 있는 사람들이 그의 후원 아래 모이고, 두려움 없이 그들의 소망을 말할 수 있었다. 그런 사람들이 프랑스에 가고 싶어 하면 누구나 친절한 대접을 받을 것이다. "프랑스 사람들은 가장 부유한 지방을 얻기보다는 위대한 수학자, 화가, 또는 다른 유명 인사를 얻고 싶어 할 것이기 때문입니다. 그러니 시민 여러분, 저의 이런 뜻을 밀라노의 위대한 사람들에게 널리 알려주기 바랍니다!"

가장 귀중한 작품을 파리로 보내기에 앞서 그는 휴가를 보내고 있는 젊은 홍보관에게 이탈리아 연방이 보유하고 있는 모든 미술품의 목록을 작성하라고 명한다. 또 파리 국립고등음악원을 위하여 이탈리아 음악의 악보를 복사하도록 전문가에게 의뢰한다.

"음악은 온갖 자유예술 중에서도 사람들의 정열에 가장 영향을 미치는 것이며, 입법자가 가장 장려해야 할 것이다. 뛰어난 칸타타는 사람의 마음을 감동시켜 부드럽게 하여 많은 효과를 낳기 때문이다."

후년, 학술원 회원이 된 그는 모든 업무용지의 서두에 다음과 같은 문장을 넣었다.

"프랑스공화국의 진정한 힘은 앞으로 프랑스의 소유가 아닌 곳에서는 새로운 생각이 일어나지 않을 것이란 점에 있다."

또, 이런 의견도 늘 말하고 있다.

"병사는 자기보다 교양이 있는 자를 상관으로 지지해야 한다. 그렇게 하면 상관의 직함이 부하의 존경을 불러일으키게 될 것이다."

이런 발언 모두 정치가라기보다는 통치자의 발언이다. 몸짓 하나, 말 하나—손으로 쓰는 말이든 입으로 하는 말이든—에 함의가 있고 원하는 효과를 민중에게서 끌어낼 것을 노린 표현이다. 그의 마음이 열리는 순간은 외부와 차단되어 가족과 함께 있을 때뿐이다.

당대를 대표하는 지성인이 당시의 그를 묘사한 말이다.

"그에게는 접근하는 자 모두에게 외경심을 품게 하는 위엄이 있었다. 동작은 다소 딱딱했으나, 그 시선과 발언에는 어느 누구라도 따르게 만드는 엄격함이 있다. 특히 공적인 자리에서는 그런 효과를 더욱 높이려 한다. 그러나 집안에서는 부드럽고 감추지 않는 사람이었다. 농담을 좋아했으나 결코 상처를 주는 것이 아니라, 상대를 즐겁게 하는 것이었다. 우리의 게임에 끼어드는 일도 흔히 있었다. 일은 가볍고 기민하게 처리했다. 이 시기에는 그다지 바쁘지 않을 때도 있어서 마음 편히 휴식 시간도 갖고 즐겼으나 한번 집무실로 돌아가면, 누구든 방해를 허락하지 않았다. 늘 신경이 예민한 그는 남보다 두 배나 수면이 필요하여 하루에 10시간, 때로는 11시간이나 잠자리에 있었다. 그러나 깨어 있어야 할 때는 비상한 강인함으로 잠을 참았다. 피로에 대비하여 미리 휴식을 취하는 편이었으나, 이것이 안 될 때는 나중에 몰아서 잠을 잤다. 언제 어디에서나 마음대로 잠들 수 있는 귀중한 능력을 타고났다. 격렬한 운동을 좋아하여 자주 승마를 즐겼고 더러 낙마하기도 했다."

그는 말재주가 있었고 이야기하기를 좋아했는데, 화제는 보통 정치 내지는 인생의 일반적인 문제였다. 대화가 단조로워지면 역사 이야기를 하자고 제안하여 즉흥적으로 기지가 넘치는 이야기를 했다. 궁전에 드나드는 미녀들이 그의 마음을 사려고 노력했으나 헛일이었다. 아직도 조제핀을 사랑하고 있었기 때문이었다. 하지만 1년 전 조제핀이 배신하여 마음을 상하게 했을 때만큼 미친 듯이 격렬하게 집착하는 것은 아니었다. 자존심이고 뭐고 다 버린 그의 열정을 조제핀은 철저히 무시했다. 이제 그의 말투에는 그녀를 향한 감동적인 음조가 있다. 그 음조는 열렬한 구애, 미소, 탄원이었다.

"당신은 슬픔에 빠져 더욱 편지를 보내지 않고 파리로 돌아가고 싶어 하는군. 이제 나를 사랑하지 않는 건가? 그런 생각을 하면 괴롭소. 당신이 슬퍼한다는 소식을 들은 후, 내게 인생은 점점 견디기 힘든 것이 되고 있소. 교황과의 강화가 성립하면 곧 당신 곁으로 달려갈 수 있겠지."

3일 후에는 이런 편지를 보낸다. "로마와 강화조약이 이루어졌소(1797년 2월 19일의 토렌티노 조약을 말한다). 볼로냐, 페라라, 로마니아가 공화국에 양도되었소. 당신에게서는 편지 한 통이 없구려. 왜 그러는 거요? 내가 무슨 잘못이라도 한 건가? 아마 당신은 내게 절대적인 우위를 갖고 있다고 자만하는 것 같군. 편지 좀 보내 줘. 내 생각을 해줘. 나를 사랑해 줘. 영원히 당신의 나폴레옹."

몬테벨로에서 그는 조제핀과 함께 지내는 기쁨을 처음 맛보는 동시에 사교계에서 빛나는 그녀의 우아함에 신이 났다. 그녀를 데리고 마조레 호반으로 몰래 빠져나가는 일도 흔했다. 거기서 스칼

라극장의 가수 그라시니의 열창에 귀를 기울이는 것을 좋아했다. 몬테베르디(1567~1643, 이탈리아의 작곡가)의 아파쇼나타Appassionata(열 정적이란 의미의 음악용어)를 듣고 명상에 잠기면서 동반자의 손을 꼭 쥐었다.

당시의 부관은 이렇게 전한다. "마차 안에서 그는 부인을 열렬히 애무하는 등의 행동으로 결혼의 자유를 만끽해서, 베르티에와 나를 민망하게 만들곤 했다. 하지만 그 모든 행동이 너무 단순하고 자연스러워서 기분이 상할 이유는 없었다."

IX

한편 파리의 상황은 어떤가?

한 거물 정치인이 등장해 변호사들만이 자리를 차지하고 있던 내각에서 예리한 눈을 번득이고 있었다.

프랑스의 구 귀족이면서도 혁명파로서 교황으로부터 쫓겨난 주교, 탈레랑 페리골Talleyrand(1764~1838, 나폴레옹의 재능을 인정하여 1799년 외무장관에 취임해 발군의 수완을 발휘했다. 1806년 대륙봉쇄 이후에는 변심해 오스트리아의 메테르니히나 러시아 황제와 내통했다)은 아메리카에서 조국에 정치적, 사회적 혼란이 일어나기를 기다리고 있었다. 그런 그가 귀국하여 권력의 일부를 탈취한 것이다. 지난번 일련의 선거전 이후 다수파가 된 반동분자, 즉 왕당파가 양원에서 총재 정부를 격렬하게 공격하고 있었다. "총재정부가 이탈리아에 파견 한 장군은 전 유럽에 혁명을 일으키고 싶어 했다, 그는 전쟁을 일 상화하려 했다, 베네치아를 약탈한 것은 수치스러운 행위다." 어 쨌든 많은 비난이 과할 정도로 진실이었을 것이다. 그러나 의회에 서 나온 비난의 목소리들이 비난받는 당사자의 주둔지에 도착해 도, 이미 절대 권력을 쥐고 있는 남자는 가소로운 미소를 띨 뿐이 었다. 그는 이것을 읽고는 각서라기보다는 경고에 가까운 짤막한 답변서를 양원 앞으로 보냈다.

"8만의 군사 이름으로, 나는 여러분에게 무기력한 겁쟁이 변호 사나 비열한 수다쟁이가 전장의 용사를 처형하는 시대는 이미 끝 났다고 여기 선언하는 바입니다."

왕당파로부터 총재파를 지켜야 할 그는 미리 오제로를 파리로 보냈다. 2년 전, 방데미르(포도의 달) 13일 사건 때도 그는 현 총재 파를 지켰다. 왕당파와 사제들이 결탁해 세력을 확대하며 공화국 헌법을 위협하고 있었다. 부르봉 일족의 누군가가 프랑스 국내에 잠입하여 반란 세력의 지도자가 되기라도 하면, 왕좌 탈환은 순식 간에 가능할 수도 있는 상황에 이른 듯했다. 정부 수뇌는 소규모 쿠데타를 일으켜 왕당파 내지 반동분자를 일소하기로 했다

이 쿠데타(1797. 9. 4)를 계기로 총재정부의 외교정책이 처음으로 그 분야의 전문가에게 맡겨진다. 그리고 이것을 맡은 인물이 탈레

랑이다. 그가 유일하게 두려워할 경쟁자는 보나파르트임을 알아
차리는 데는 별로 시간이 걸리지 않았다. 보나파르트의 장래성을
간파한 탈레랑은 숙고 끝에 일단 방향을 바꿔 그의 신뢰를 얻기로
한다.

　모든 점에서 탈레랑은 보나파르트와는 정반대였다. 통치자로
는 거의 맞지 않지만, 교섭자로는 최강의 자질을 갖추고 있었다.
금전 이외에는 전혀 흥미가 없고 항상 냉철하고 지혜가 뛰어나지
만 솔직함은 없었다. 상황에 따라서 표변하면서 날카로운 코끝으
로 어느 방향에서 바람이 불어오는지 냄새 맡고 돌아다니는 사람
이었다. 이후 40년 동안 그의 앞에 등장하는 모든 권력체제와 손
잡고 계속 나아간다. 공화국, 제정, 왕정…, 어떤 정권에도 깊이
들어가는 일 없이 각각의 권력을 배경 삼아 자기 길을 걸어갔다.
다리가 불편한 탈레랑은 군복 대신 스턴(가톨릭 성직자의 통상복)을
입어야 했다. 그는 이를 핑계로 그늘에서 프랑스를 통치했다. 그
러나 과거 리셜리외(1585~1642, 정치가이자 추기경)가 그러했듯 보나
파르트와 비견할 만한 능력을 가진 존재는 이 사람뿐이다. 그러기
에 보나파르트는 그를 증오하면서도 좀처럼 그를 내치지 못했다.
그리고 마침내 종말이 다가올 무렵에는 자기도 벼랑에 서 있었고
탈레랑은 엷은 웃음을 띠고 다리를 끌면서 주군의 적을 섬기기 위
해 떠나갔다. 사람들 눈에는 보나파르트의 몰락을 재촉한 것이 이
사람인 것처럼 보였다. 그러나 운명의 신이 보기에 보나파르트의

몰락은 본인의 과오 탓이었다.

탈레랑의 넓은 시야와 원칙의 완전한 결여는 멀리 떨어져 있던 보나파르트에게 깊은 인상을 주었다.

보나파르트는 봄에 준비한 강화조약을 체결하기 위해 우디네(이탈리아 북동부 도시)를 향해 출발했다. 유서 깊은 귀족 출신에 사람의 심리를 파악하는 능력이 뛰어나고, 냉정하고 허무주의적인 탈레랑! 어쨌든 그에게는 자신이 필요로 하는 능력이 있다. 이때까지 보나파르트는 우수한 군인만을 필요로 했고 그것은 이미 충족되었다. 그러나 정치가가 되려는 지금 다른 협력자가 필요하다. 오스트리아 정부와의 협상을 진행하면서 그는 신임 외무장관 앞으로 보낸 편지에서 자기의 시정방침을 길게 논했다. 그것은 장래에 있을 자기의 모든 활동을 망라한 것이다. 말하자면 '제휴계약서'와 같은 것이다.

"자부심은 있지만 우리 프랑스 국민은 인문사회학에 대해서는 몽매하여, 행정 · 입법 · 사법권의 정의마저 아직 모호한 상태입니다. 그런데 국민에게 모든 권력의 기본을 두고 있는 정부, 국민이 지배자인 정부에 왜 입법권이 주어지는 것일까요? 프랑스 국민에 의해 조직된 이 기관은 지금 간신히 대략적인 윤곽이 그려진 것에 지나지 않은 상태입니다."

이 얼마나 숨김이 없고 단도직입적인가? 서면을 받은 상대는 혼자 쓴웃음을 지었다.

"이것은 3천만 국민을 가진 국가에게는 실로 불행한 일이고, 18세기에 있으면서도 조국 구제를 무력에 의지하지 않으면 안 된다는 것 또한 불행입니다. 힘에 의한 타개책은 입법자를 규탄하는 결과를 초래합니다. 사람에게 부여되는 헌법은 사람을 위해서 신중히 고려된 것이어야 하기 때문입니다."

그렇게까지 원대한 야망을 품고 있었는가? 전투에 의한 승리에 싫증이 나서, 전제군주로서 우리에게 새 헌법을 부과하고 싶다는 생각이라도 하는 건가? 수취인은 혼자 중얼거린다. 문장은 계속된다.

"왜, 우리나라는 몰타섬을 취하지 않을까요. 저는 감히 그들의 전 재산을 몰수했습니다. 몰타, 코르푸 등을 갖게 되면 우리는 지중해 전역의 지배자가 되겠지요. 영국과 강화조약을 맺는 데 있어서 희망봉을 양보하는 한이 있어도 이집트를 빼앗아야 하지 않을까요? 우리 군은 현지에서 8에서 10척의 주력 전투함 혹은 베네치아의 소형함정을 호위로 붙여 2만 5천의 병력을 출항시킬 수 있습니다. 이집트는 투르크 황제의 지배하에 있는 것이 아닙니다. 오스만투르크가 우리의 이집트 원정에 대해 어떠한 반응을 나타낼 것인가를 파리에서 조사해 알려주시기 바랍니다."

예리한 외교관은 미간을 더욱 찌푸렸다. 이 남자는 틀림없이 천재다. 아니, 악마의 화신인지도 모른다.

수주 후에는 드디어 아래와 같은 서신이 온다.

"진짜 전략―목적을 달성하기 위한 술책과 승산을 감안한 전략
―을 온갖 군사행동의 기초에 두면, 우리는 향후 오랫동안 유럽의
운명을 좌우하는 위대한 존재가 되겠지요. 또한 유럽의 균형을 유
지하고 균형을 마음대로 조종하게 될 것입니다. 그것이 운명이 명
하는 바라면 말입니다. 얼마 안 되는 세월 동안 그렇게 위대한 결
과에 도달할 가능성이 없다고 생각되지는 않습니다. 불타는 뜨거
운 상상력만이 예견할 수 있는 위대한 결과, 언뜻 냉정하고 인내
심 있고 사려 깊은 사람만이 달성할 수 있는 결과 말입니다."

X

독일의 외교관들은 어째서 이다지도 일을 오래 *끄는* 것일까!
지난 수주일, 밤늦도록 의논하고 단 하나의 서명도 하지 못하고
있다. 분별 있는 사람이라면, 2시간이면 끝낼 일이다. 그들의 눈
은 언제나 비엔나의 황제를 향해 있다. 비록 상징적 자리이지만
왕좌에서 전권을 관장하는 황제에게 장군은 언성을 높인다. "우리
가 손을 쓰기 전에 그 의자를 전복시키면 어떨까요?"

"그토록 높게 버티고 앉는 의자를 본 적이 없다. 그런 자리에
앉고 싶다고 생각한 적도 없지만." 신임 장관 탈레랑에게 들려준
일련의 전주곡은 평화를 쟁취하기 위한 준비 공작에 수주나 허비

해야 하는 것에 짜증이 나 터뜨린 독백 같은 것이었다. 하지만 평화는 유럽이 오랜 기간 기다려온 것이다. 더 참을 수가 없었던 그는 오스트리아대표단 앞에서 분노를 터뜨렸다.

"타협은 이미 지나치게 충분할 만큼 했다. 그런데 어째 너무 관대했던 것 같다. 귀하들은 나의 귀중한 시간을 낭비하고 있다. 지금 나는 귀하들의 군주와 동등한 자격으로 여기에 있다! … 우리는 2년 이내에 전 유럽을 정복하여 좌지우지할 수도 있다. 그러나 그것은 우리의 본의가 아니다. 우리는 조속히 국민에게 평화를 안겨주고 싶다. 귀하들은 비엔나에서 오는 소식을 검토하고 있다고 하지만, 이미 밤도 깊었는데 이런 때를 맞아 아직도 의논을 계속할 셈인가?"

그는 분노의 발작을 가장하여 꽃병을 부숴버림으로써 일동을 어쩔 줄 모르게 했다. 이렇게 해서 간신히 강화가 체결되었다. 이로써 각 사절은 반년 전 레오벤에서 보나파르트가 보증한 모든 조건을 획득하게 된다(1797년 10월 17일의 캄포 포르미오 강화조약).

이 소식을 들은 유럽은 안도한다. 그런데 정작 보나파르트는 어떤 심산이었을까? 6년간 지속된 프랑스와 오스트리아의 싸움이 종말을 고한 다음날, 그는 총재정부 수뇌에게 편지를 썼다. 무척이나 개운한 상태였으리라.

"우리 정부에게 필요불가결한 것은 조속히 영국 왕정을 궤멸시키는 것입니다. 아니면 우리는 필연적으로 영국인의 음모에 분쇄

될 것입니다. 지금이 기회입니다. 전력을 기울여 전함 건조에 임해야 합니다. 그리하면 유럽은 우리 발아래 무릎을 꿇을 것입니다."

해군에게도 성명문을 보냈다.

"여러분, 육지에 평화를 가져온 지금 우리는 즉각 제군에게로 달려갈 것이다. 바다의 자유를 쟁취하기 위해서다. 제군이 없으면, 번영하는 프랑스의 이름은 겨우 유럽대륙의 한구석에만 미치고 말 것이다. 우리는 제군과 함께 대해를 건널 것이다. 프랑스의 명성은 가장 멀리까지 울려 퍼질 것이다."

수많은 계획을 머릿속에 가득 채우고 영광 속을 바람처럼 달리면서, 보나파르트는 이탈리아에 최후의 명령을 내리기 위해 밀라노로 돌아온다. 강화조약을 손에 넣었으므로 한시라도 빨리 파리로 돌아가고 싶었다. 신민에게 호소하는 군주처럼 그는 신생 치살피나공화국에 호소했다.

"반란도 혁명도 국가의 분열도 없이 자유를 얻은 것은 인류 사상 그대들이 처음이다. 우리는 그대들에게 자유를 주었다. 이것을 유지하는 기술을 습득하기 바란다. 그대들은 모두 자유에 걸맞은 용기와 자부심을 가지고 이것을 깊이 이해할 필요가 있다. 오늘날 프랑스 국민과 같이 고대 로마의 국민이 그 용기를 발휘했다면, 고대 로마의 독수리 문장이 지금도 카피톨리노 언덕에 펄럭이고 있을 것이고, 1800년 동안 노예제와 전제에 의해 인류의 명예가 손상되는 일도 없었을 것이다. 나는 자유를 강화하기 위해 그리고 그대들의 행복을 위해 한 가지 일을 이루었다. 원래는 야망과 권세욕에 의해서만 달성할 수 있는 업적을 이루었다. … 근일나는 제군 곁을 떠난다. 그러나 그대들의 공화국과 행복과 영광은 나에게는 중요한 관심사로서 앞으로도 계속 지켜볼 것이다."

이처럼 호소하고 있는 것은 일개 군인인가, 아니면 타오르는 정열이 만민의 마음에 그대로 전달되는 말을 짜낼 수 있는 시인인가?

하루속히 돌아가고 싶은 마음을 갖고 보나파르트는 몬테벨로의 정원을 거닌다. 옆에서 한 남자가 한마디도 끼어들지 않으면서 그의 말에 귀를 기울인다. 기민하지만 겸허한 외교관이다. 무슨 생각에서인지 보나파르트가 본심을 드러낸다. 때에 따라 그가 고의로 쓰는 수법이다.

"내가 이탈리아에서 압승한 것이 총재정부 변호사들의 위광을 높이기 위해서라고 생각하는가? 아니면 공화국 건설을 위해서라고 생각하는가? 천만의 말씀이다! 3천만의 국민을 거느린 공화국의 건설이라니, 우리 프랑스인의 생활 습관이나 타락한 성정 어디에 그런 가능성이 있다는 것인가? 지금 프랑스인은 공화국에 심취해 있다. 그러나 이런 것은 다른 많은 꿈과 함께 언젠가는 사라질 것이다. 지금 그들에게는 영광이나 허영심을 채우는 것이 필요하다. 그러나 자유에 관한 한 그들은 아무것도 모른다. 프랑스군을 보라. 우리가 가져온 일련의 승리로 프랑스 병사는 어깨를 펴고 자신감을 되찾았다. 그들에게 있어서는 내가 전부다. 총재정부가 내게서 지휘권을 빼앗으려면 빼앗아도 좋다. 그러나 자신들이 군을 통솔할 그릇인지 어떤지는 곧 알게 될 것이다.

국가에는 지배자가 필요하다. 영광으로 장식된 지배자. 민중이 이해할 수 없는 통치 이론이나 미사여구, 탁상공론이 아닌 승리로 장식된 지배자가 필요한 것이다. … 귀국의 경우 공화주의 사상의 요소는 프랑스보다 더 적다. 게다가 프랑스는 타국보다 더 솔직한 교제가 필요하다. 덧붙여 나는 오스트리아에 대해 그리 쉽사리 창을 거둘 생각이 없다. 평화는 내게 이익이 되지 않는다. 지금 내가 이탈리아에서 어떠한 존재이고 얼마나 권력을 갖고 있는가는 당신이 잘 알 것이다. 평화가 달성된 만큼 여기에 애착을 품은 군 지휘관이 아니라면 지금의 권력과 지위를 포기하고 변호사들의 비위를 맞추기 위해 뤽상부르에 가서 문안을 드려야 한다. 지금 이탈리아에서 연출되고 있는 것과 거의 비슷한 역할을 프랑스에서 하려는 것이 아니면, 이곳을 떠나기 싫다. 그리고 그 시기는 아직 무르익지 않았다. 현재 한 정당이 부르봉 일족의 편이 되어 기세를 올리고 있지만, 그 당의 승리에 기여하고 싶지는 않다. 어쨌거나 공화당이 약화되기를 바라고 있지만, 그것은 나를 이롭게 하는 것이어야지 구 왕조의 일원을 이롭게 하는 것이어서는 안 된다."

이것이 보나파르트의 본심이다. 따라서 얼마 후 부리엔에게

"만사가 내 예상대로 진행되었다. 놀라지 않는 것은 아마 나밖에 없을 것이다. 앞으로도 이것은 변함이 없을 거다. 나는 내가 원하는 곳에 도달할 것이다"라고 말한 것도 수긍이 간다. 후년에 혹시 누군가가 지적한다면 분명 부정하게 될 여러 가지 속마음을 그는 이 시기에 발설하고 있다. 얻은 것만으로는 아직 배가 고픈 것이다. 거의 2년에 이르는 체류를 끝내고 이탈리아를 떠날 때도 부리엔에게 말했다.

"이런 대규모 원정이 앞으로 대여섯 번 더 있으면 나도 후세에 이름을 남기게 될 것이다."

'이미 역사적으로 명성은 충분히 보증되어 있지 않은가'라고 대꾸하는 전우에게 보나파르트는 웃으면서 응수했다.

"충분히 그럴까? 자네는 어찌 그리 사람이 무른가! 내일 죽는다면 10세기 후 역사책에는 반 페이지도 실리지 않을 걸세."

XI

뤽상부르 궁전의 안마당은 원형극장으로 변모해서, 혁명선언서가 덕지덕지 붙은 벽을 배경으로 적에게 빼앗은 무기나 깃발이 전시되었다. 1797년 12월의 이날, 예전 국왕이 앉던 자리의 뒷벽을 뒤에 두고 누런 얼굴에 체격이 작은 남자를 한번 보겠다고 파리의 명사들이 각자 나름으로 잘 차려입고 모여 있었다. 맨 앞줄에 자리한 것은 불장난을 좋아하는 상류사회의 미녀들로 1주일 동안 시민의 환호를 계속 피하고 있는 화제의 주인공을 빨리 보고 싶어 몸달아 있었다. 총재정부의 수뇌진도 이미 특별석에 자리했다.

울려 퍼지는 '자유의 찬가' 후렴 부분을 시민들이 합창하고 나서 조용해진 회장에 박차拍車와 칼이 철컹거리는 소리가 들려왔다. 창窓이란 창에는 모두 고개를 빼고 내다보는 사람들로 가득했다. 건물 지붕 위에서 내려다보는 사람들도 있었다. "저 봐! 저 사람이야." 군복을 입은 보나파르트가 조심스럽고 진지하지만 힘찬 발걸음으로 나왔다. 나폴레옹이 야전복을 입는 이유는 그렇게 하는 편이 덜 가식적으로 보이기 때문이다. 그는 손에 두루마리를 쥐고 3명의 부관을 거느리고 있었다. 비단 양말을 신고 금실 무늬가 든 옷을 입은 남자가 뒤를 따랐다. 전前 포병 중위에게 경의를 표하는 대포 소리가 울렸다. 터져 나오는 박수 소리가 안마당과 궁전을 뒤흔들었다. 몇천의 관중이 그가 통과하기를 기다리고 있는 거리까지 여운이 퍼졌다. 일순간의 정적 후, 탈레랑이 입을 열었다. 미사여구로 꾸며진 훌륭한 연설에는 무수한 책략이 감춰져 있었으나 청중 가운데 이를 알아차리는 자는 거의 없었다. 그는 나라의 구세주인 사람을 칭송하고 고대 로마의 영웅을 방불케 하는 그 용맹과 영광에 대한 대범함을 칭찬하더니 이렇게 맺었다.

"이것으로 프랑스 전체가 자유로워질 것이다. 그러나 그가 자유로워지는 일은 아마 영원히 없을 것이다. 그것이 그의 운명이다."

우레와 같은 박수, 그러나 가득 찬 군중 속 각료 중에서도 최후의 문장에 박혀있는 진실, 통렬한 지적을 알아차린 자가 한 사람이라도 있었을까?

보나파르트가 앞으로 나섰다. 그는 대체 무엇을 말하려는 것일까?

"시민 여러분, 지금까지 프랑스 국민은 자유를 획득하기 위해 역대 국왕과 싸워야 했습니다. 종교, 봉건제, 군주제가 2천 년 동안 유럽을 지배해 왔습니다. 이제 여러분이 도달한 강화조약에 의해서 대의제代議制의 시대가 시작됩니다. 여러분은 대국가의 형성에 성공했습니다. 덧붙여서 여러분은 더 큰 성공을 이루었습니다. 유럽에서 첫째가는 아름다운 두 지역, 수많은 예술 · 과학 · 위인의 요람으로서 이름을 날린 두 지역이 지금 희망에 가슴을 부풀리며, 조상의 분묘에서 출현하는 자유의 수호신을 눈앞에 두고 있습니다. 이 지역이야말로 프랑스, 오스트리아 2대 강국의 기초로서 운명의 신이 설치하려는 자리입니다. 프란츠 2세 황제 폐하에 의해 비준된 캄포포르미아 조약을 여러분에게 전하게 되어 영광입니다. 프랑스 국가의 운명이 최선의 유기적인 법 위에 세워지면 유럽도 자유롭게 될 것입니다."

병사들은 일순 침묵했고 이어서 갈채가 터졌다. 이 열광은 그의 선동적인 연설에 의한 것인가? 파리의 벽에 붙은 웅변적 의회 연설과는 전혀 성격이 달랐다. 사람들은 두려움이나 존경과는 다른 어떤 경이로움을 느꼈다. 갈채는 발언 내용이 아니라 발언자 자신에게 던져진 것이었다. 지휘하에 있는 병사를 고무시키는 연설을 한 적이 있고, 코르시카에서는 민중에게 호소한 적도 있다. 그러나 파리 시민과 프랑스 정치가 앞에서 연설한 것은 처음이었다.

이것은 정치가의 연설이었다. 일순에 그것을 깨달은 사람은 아마도 탈레랑밖에 없었을 것이다. 보나파르트가 공식적으로 발언하는 일은 이때부터였는데, 이 초기의 발언들은 얼핏 사실을 속이는 듯한 인상을 준다. 영국과 미국도 훨씬 이전부터 민주주의 국가였고 프랑스는 불과 지난 10년 동안 스스로를 민주주의 국가로서 인정하기 위해 투쟁하고 있는 것에 지나지 않기 때문이다. 프랑스 국민이 자신의 나라를 민주국가로 인정하게 만드는 일이야말로 장군이 지금 손에 들고 있는 양피지에 기록된 조문이 목적하는 바이며, 이 조문이야말로 유럽의 평화를 약속하는 것이었다. 그러나 그것은 어디까지나 약속일 뿐 목적이 달성된 것은 아니었다. 프랑스 민중의 행복은 아직 확립되지 않았으니까. 그가 연설을 매듭지은 엄격하고도 위협적인 문장은 총재들을 겨냥한 것이었다. 그 의도를 알아차리고 그들이 동요한다. 그러나 금세 침착을 되찾은 바라스가 연설을 최대한으로 칭찬하고 젊은 장군을 포옹하며 그 자리를 수습한다. 최초이자 최후의 포옹이었다. 조제핀은 없었다. 지난 몇 주 동안 그녀는 어디에서 어떻게 지내고 있는지 정확하게 아는 사람이 없었다. 그녀가 파리로 돌아온 것은 보나파르트의 귀환 후 1개월이 지난 시점이었다. 여전히 쾌활하고 매력적이었으나 조금 피로한 기색이 보였다. 그러나 이전의 관계와 교류 방식을 되찾는 데는 오랜 시간이 걸리지 않았다.

그동안 다른 여자가 보나파르트에게 접근한다. 그를 즐겁게 하기에는 너무 지적이지만 아름다운 여성이었다. 정계에서의 영향력은 상당해서 탈레랑조차 그녀의 조력이 없었다면 장관이 되지 못했을 것이다.

그 여성은 네켈(1732~1804, 루이 16세의 재무장관)의 딸 스탈 남작 부인(1766~1817, 작가이자 평론가로 루소의 영향을 받고 독일 낭만주의 사상을 프랑스에 소개했다)이었다. 그녀는 작심하고 편지를 보냈으며 그를 사로잡기 위해 온갖 수단을 다했지만, 상대는 여간해서 걸려들지 않았다. 간신히 인사 자리를 얻었으나 정중하게 거절당했다. 그렇지만 이 재원才媛이 당시 대다수의 남자보다 월등히 뛰어난 통찰력으로 그를 평가한 것은 분명하다. 다음은 그녀가 쓴 꽤 흥미로운 그의 프로필이다.

"나는 지금까지 매우 존경할 만한 남자나 비정한 남자들을 봐왔다. 그러나 보나파르트에게서 받은 인상은 그 어느 쪽도 아니었다. 그의 성격은 우리가 평소 사용하는 말로는 정의할 수가 없다.

그는 우리가 알고 있는 사람들처럼 선량하지도 않거니와 거칠지도 않고 순하지도 잔혹하지도 않기 때문이다. 이처럼 자신과 비견할 것을 갖고 있지 않은 존재는 뭔가에 공감하는 것이 불가능하고 그 존재에게 공감을 느끼게 하는 것도 불가능하다. 그는 인간 이상인 동시에 인간 이하이기도 하다. 그는 이방인 같은 풍채에 재치와 탁월한 언어의 소유자로서 이것이 프랑스인의 마음을 사로잡는 데 유리하게 작용했다.

보나파르트와 만날 기회가 늘어날수록 위압감이 높아졌고 평상심을 가질 수 없었다. 막연하지만 어떤 마음도 그에게 영향을 미칠 수 없다는 것을 느꼈다. 그는 사람을 하나의 실체 내지 사물事物로 간주하고 있고 자기와 동류라고 인정하지 않는다. 당연히 사람을 사랑하지도 않거니와 미워하지도 않는다. 그에게는 자신밖에 없다. 자신 이외의 창조물은 전부 기호記號에 지나지 않는다. 의지의 강고함은 이기주의를 기반으로 한 냉정한 계산 위에 성립돼 있다. 그는 교묘한 체스 선수다. 판 위에서 인류는 그의 적이고 적을 완전히 타도하려고 애쓴다. 그는 고수다. 그의 성공은 인기 있는 무수한 장점과 단점이 이루어낸 결과다. 우수한 재능과 같은 정도로, 결점이 성공에 공헌하고 있다. 연민도 애착도 종교도 어떤 사상에 대한 집착도 그의 걸음을 그 목표하는 방향에서 벗어나게 할 수 없다. 대개 정의는 미덕을 위해 실행되는 것이지만 그는 이익을 위해 한다. 따라서 목표하는 바가 양심적인 것이라면 그

불요불굴의 정신은 결과적으로 훌륭한 것이 되었을 것이다.

그가 하는 말을 들을 때마다 그 거만함에 충격을 받는다. 다만 그 거만함은 영국이나 프랑스에서 보는 것과 같은 학문 내지 사회에 의해서 강화되고 키워진 사람들의 그것이 아니다. 가끔 그는 인생 최대의 정치적, 군사적 행동에 대해서 매우 흥미로운 이야기를 한다. 듣는 이를 가슴 두근거리게 하는 일화에는 이탈리아인 특유의 과장이 좀 포함되기도 했다. 그의 사고에는 깊은 아이러니가 따라다니는 듯하다. 어떤 위대함도 어떤 아름다움도 자신의 영광마저도 피할 수 없는, 헤아릴 수 없는 아이러니…. 왜냐하면 그는 자신에게 박수를 보내려고 하는 나라를 경멸하고 있었기 때문이다. 아무리 열광적으로 환영받는 성공도 인류를 경악케 해야 한다는 그의 신념을 흔들 수가 없었기 때문이다. 그와 함께 있으면 나는 결코 자유롭게 숨 쉴 수 없었다."

세계적으로 찬사를 받고 있음에도 불구하고 보나파르트는 이를 무시했다. 상처 입은 자존심을 제쳐놓더라도 여기에는 우리가 숙고할 만한 요소가 충분히 있다. 사람들은 그를 끌어내리려 시도하고 그때마다 패배했다. 루소의 사상에 의해 성장한 그녀의 추상적인 덕德과 선善의 세계는 독재자와는 아무 관계도 없을 수 있고, 나폴레옹이 내거는 목표의 위대함을 예견할 수도 없을 것이다. 하지만 그녀는 나폴레옹의 천부적인 재능을 최초로 인정하는 공적을 남겼다. 거기다 위대한 목표가 분명해지는 것은 나폴레옹이 인생의 종언을 맞이할 무렵부터니까 이 점으로 그녀를 책망할 수는 없다.

비슷한 시기에 한 독일인이 기술한 내용이다.

"프로이센의 프리드리히 대왕과 같은 몸집 작은 남자를 상상해 주길 바란다. 균형이 잡히고 뚱뚱하지 않고 땅딸막한 남자, 커다란 머리와 돌출한 이마, 짙은 잿빛 눈동자, 풍부한 갈색 머리털, 선량함과 기품을 드러내는 입술을 향해 조금 처진 그리스인풍의 코, 조금 튀어나온 턱, 움직임은 민첩하지만 결코 품위를 잃는 일은 없다. 계단을 여섯 걸음으로 뛰어내려도 마지막에서는 위엄을 되찾는다. 초점을 정하지 않았을 때 눈길은 늘 위를 향해 있다. 그것은 아름답고 깊다. 프리드리히와 같은 위엄과 선량함이 동시에 깃든 그 눈동자를 보는 것이 내게는 더없는 기쁨이었다."

XII

파리로 돌아오는 길, 보나파르트는 라슈타트독일 남서부의 도시에서 며칠 머물렀다. 프란츠 황제의 특사들과 강화조약의 실행 및 마인츠독일 라인강 연안의 도시에서의 군의 철수에 관한 결정을 해야 했기 때문이다. 호기심과 두려움을 느끼며 기다리는 사람들 가운데로 국왕처럼 걸어 들어간 그는 목적에 맞추어 대사들을 질책하기도 하고 칭찬하기도 했다. 한편으론 번쩍이는 손목시계나 목걸이를 선물하기도 했다.

"가련한 대사 두 사람은 내가 그렇게 거금을 가지고 있다는 사실에 놀라더군. 오스트리아 귀족들은 돈이 부족한 상태였기 때문이지."

그는 이런 동양적인 의젓함을 동료들에게도 계속 유지했다. 입신출세를 목표하는 비슷한 성향의 군인들에게 모욕과 관용의 정신을 가지고 있던 보나파르트였다. 위기 때는 최대한의 영웅적 행동을 강요하지만, 중세의 기사 같은 태도로 마상시합 끝머리에서 기사가 보여주는 그 고매한 몸짓으로 이에 보답하기도 했다. 이탈리아 전투 승리를 기념하여 자신에게 주어진 아르콜레 깃발을 다음과 같은 글과 함께 랑느(1769~1809)에게 선물했다.

"아르콜레 전투에서 승패를 알 수 없던 와중에 지휘관의 용기가 필요하던 때, 세 군데나 부상을 입고 피를 흘리던 귀관은 결사항전의 자세로 야전병원을 나왔다. 병사들의 선두에는 늘 귀관의 모습이 보였다. 명예로운 본 깃발을 받을 사람은 귀관이다."

보나파르트는 이런 말이 파리 시민에게 미칠 영향을 계산했다. 늘 국민들을 정면에서 노려보고 국민들과 대치하며 살아왔기 때문이고, 앞으로 증오와 복수, 퇴위, 단죄받는 사태에 이르러서도 이런 자세를 계속 유지한다. 군인이라는 직업상 어쩔 수 없는 결과이긴 하다.

당장 그가 원하는 것은 파리 시민과 반反 보나파르트파, 언론을 향해 다음과 같은 말을 전하는 것이다. '그는 위대하지만 상당히 겸손하다.'

그의 영광을 축하하는 연회가 두 번 개최되는데 그중 한 번은 탈레랑이 주최한 것이다. 보나파르트는 파리로 돌아온 다음날 그를 만나러 갔다. 둘 다 상대의 의도를 잘 모를 때이지만 보나파르트는 이때 자신의 출신을 확실히 얘기한다.

"귀하는 루이 16세의 측근, 랑스 대주교의 조카입니다. 저도 코르시카에서 부주교를 하신 숙부가 계십니다. 그분 밑에서 제가 컸습니다. 아시다시피 코르시카에선 부주교가 프랑스의 대주교에 해당합니다."

이렇게 그는 구 귀족이 벼락 출세자에게 품기 쉬운 편견을 차단하면서 특권계급 출신이라는 상대의 자만을 견제했다. 첫 만남에서 그는 탈레랑이 라이벌임을 느낀다.

그때 보나파르트는 부인, 형제, 여러 친구와 함께 작은 집에 살고 있었다. 과거 조제핀이 빌렸던 집을 그가 사들인 것이다. 하지만 지금은 엎드려 있어야 할 때이다. 그는 수행하는 측근 없이 평상복으로 거리를 산책하는 나날을 보낸다. 정치인과의 접촉을 피하고 정세 변화를 기다리는 것이다. 극장에서는 구석 자리에서 웅크리고 관람한다. 이 사람이 과연 밀라노에서 황제처럼 행세하던 남자란 말인가?

"극장에 갈 기회를 세 번쯤 거절하면 내게 눈길도 주지 않을 것이다. 또한 내가 단두대에 오를 처지가 되더라도 사람들은 똑같이 떠들어댈 것이다."

그래서 그가 기꺼이 집에 초대하는 것은 학자들이다. 학문 모임에도 참석하고, 라플라스1749~1827, 천문학자이자 수학자와 수학을 논하기도 하고, 내접원을 그리는 이탈리아의 새 기술을 보여주기도 한다. 그런가 하면 셰니에(1762~1794, 시인)의 시를 논하고 필요하면 형이상학도 얘기한다.

총재들의 감시도 만만치 않다. 권력이 나날이 기울어 가는 그들과의 교류를 피한다. 형과 동생에게 감시의 눈길을 받기도 한다. 각 당의 영향력 추이를 보고받는 보나파르트지만 뒷짐을 쥐고 정원을 산책하는 그의 가슴에 오가는 것은 '파리는 망각이 빠르다. 무슨 일이든 금세 잊는다. 이대로 무위도식을 계속하면 목숨을 잃을 것이다'라는 생각이었다.

'하지만 아직은 너무 이르다. 우선은 놈들이 막다른 궁지에 몰리도록 하자. 체제의 곳곳에 균열이 생긴 순간, 놈들의 편이 되는 것은 어떨까? 다행히 40까지는 아직 시간이 있다. 법정 기한은 상당히 멀다. 민중의 상상력을 조종할 필요가 있다. 그러나 어떻게 조종할까? 유럽대륙은 간신히 평화를 누리게 됐고 두려워할 라이벌 하나 없다. 최강의 라이벌이었던 오슈(1768~1797, 프랑스의 장군)는 죽었다. 놈도 조제핀의 정부情夫였다. 확실히 녀석은 인기 있는 남자였다. 하지만 그녀는 얼마나 쉽게 농락되는가. 그 여자는 바탕부터 바람둥이다. 카르노는 경쟁에서 이탈했고 모로 Moreau(1763~1813, 프랑스의 장군으로 혁명전쟁에서 전공을 세우지만 왕당파 의 중심인물로 활동하다 추방되었다. 후일 러시아 짜르의 장군으로 나폴레옹 군과 싸우다 전사했다)는 내 앞에서 물러났다. 라인방면 군의 지휘관 오제로, 놈은 나를 질투하여 미워하고 있다. 놈의 영향력을 줄일 필요가 있다. 코르시카의 오랜 관습은 사라졌지만, 독살을 조심하 라고 내게 주의를 준 그녀는 이튿날 피투성이가 되어 죽었다. 여 기에는 음모가 소용돌이치고 있다. 일을 일으키기에는 너무 이르 다. 한 번 더 여기를 떠날 필요가 있겠다.

영국이라도 가볼까? 저 멍청이들이 적어도 함대만이라도 유지 해야 했는데. 내가 툴롱을 탈환한 이후, 놈들이 대체 무슨 성과를 올렸는가. 프랑스 해군은 지난 5년간 6회나 패했다. 육군을 영국 본토에 상륙시킨다고? 그런 일이 가능할까? 영국을 타도하는 자 가 세계를 제패할 것이다. 프랑스 북부 해안을 조사해서 칠 방법 이 발견되지 않으면 지중해로 되돌아가야 하겠지. 적어도 동방에 서라면 자유롭게 움직일 수 있는데. 프랑스인의 호기심을 환기할 수도 있을 것이고 이집트에서 알렉산더 대왕의 발자국을 발견하 는 일이나 영국을 타도하는 일까지도 가능할지 모른다. 장기간의 기본 준비를 마치고 어느 날 장군은 영불해협을 바라보는 망슈 지 방의 해안으로 행차했다. 그는 계획을 입안하여 시찰하면서 어부는 물론 밀수꾼에 이르기까지 온갖 사람들에게 질문을 퍼부었다.

장군의 불시 귀환에 조제핀이 쩔쩔맨다. 그러나 그는 알아차리지 못했다. 옛 애인의 비서 앞으로 보낸 속필 편지를 그녀가 재빨리 감춘 것도 그는 알아차리지 못했다. 밀정들이 전달하는 서찰을 읽는 것이 습관이 된 그가 그날 밤 다음과 같은 글을 접했다면 뭐라고 했을까? "오늘 밤 보나파르트가 도착했습니다. 부디 바라스에 전해 주세요. 안타깝지만 저녁 식사에는 가지 못한다고요. '저를 잊지 마시길'이라고도요. 당신께서는 제 입장을 누구보다도 잘 알아주실 것으로 압니다. 부디 잘 부탁합니다. 라 파제리 보나파르트."

그가 알아차리지 못하는 사이 두 사람의 부부생활은 이런 지경에 이르렀다. 무능한 총재 바라스는 절대적 영향력을 가진 장군을 한결같이 미워하고 경계했다. 부담 없는 조제핀은 양쪽에 몸을 맡기고 살롱이며 남자들의 침실로 나비처럼 돌아다니고 있었다. 남편을 사랑하지만 여전히 처녀 시절의 성姓을 현재의 성 앞에 쓴다. 아직 자기에게는 선택의 자유가 있다고 말하고 싶은 듯이.

파리로 돌아온 다음날, 보나파르트는 바라스를 비롯한 총재 앞으로 다음과 같은 문장으로 시작되는 긴 보고서를 쓴다.

"아무리 노력해도 지난 수년 동안 우리는 해상에서 우위를 달성하지 못했습니다. 영국 침공은 지금까지 한 어떤 작전에도 비교할 수 없는 대담성과 어려움이 따릅니다. 비록 작전의 수행이 가

179

능하다 해도 그것은 해협을 기습하는 형태로 횡단하는 것이고, 이를 위해서는 밤이 길어야 하여 겨울까지 기다릴 필요가 있습니다. 따라서 영국 공격의 가능성은 내년까지는 없는 것으로 생각됩니다. 그리고 그때쯤에는 유럽에 돌발 사건이 발생하여 공격 가능성을 방해할 경우도 예상할 수 있습니다. 원정 준비를 갖출 기회는 이미 잃었습니다. 아마도 영원히."

영국 침공 작전을 포기하기 위한 그럴싸한 이유를 말한 다음 그는 다른 계획을 제언한다. 스페인에서 네덜란드까지 8회에 걸쳐 연속적으로 해상에서 군사행동을 전개한다는 것인데, 거기에는 전략 조건 및 정치적 귀결까지 기술되어 있었다. 만약 프랑스에 함정 및 자금이 부족하다면, 우선 이집트에서의 영국 무역을 차단하기 위한 전투를 계획하는 편이 득일 것이다. 이집트에서라면 가을에 프랑스로 귀환할 수 있으므로 그 시점에 영국 본토를 직접 공격할 가능성이 없는 것도 아니다.

'이집트'라는 한마디에 총재들은 원정의 지휘권 및 작전에 필요한 모든 지원을 승인했다. 이런 위험 인물은 한시라도 빨리 어디로든 내보내자! 되도록 멀리! 그리고 가장 고마운 것은 녀석이 거기서 죽어 주는 것이다.

이집트 공격 계획은 지금 시작된 일이 아니다. 진작부터 이 건에 관한 의견을 전개하던 탈레랑은 보나파르트의 제언을 받고 외교 성명문에 다음과 같이 기술했다.

"이 원정은 그리 위대한 지휘관을 필요로 하는 것은 아니잖은 가."

이것은 보나파르트를 프랑스에 잡아두려는 생각에서인가, 아니면 그저 단순한 심술일까? 어쨌든 세월이 지나 이 글을 읽은 보나파르트는 기입란 밖에 이렇게 기록했다. '멍청이'.

지금 그는 동방군 지휘관의 사령을 자기가 작성하는 중이었다. 이것으로 절대적 권력을 얻을 수 있으리라. 하지만 동시에 몰타섬과 이집트를 빼앗고 홍해에서 영국을 내쫓아 이 바다를 확실하게 프랑스의 패권 아래 두기 위해 수에즈 지협地峽을 개척한다는 사명을 짊어진다. 이 새로운 계획을 구체화하기 위해 그는 열정적으로 달려든다. 이전부터 이집트에는 강한 관심을 갖고 있었다. 뭐라 해도 지중해는 그의 고향이요, 어릴 적부터 무어인(고대 로마인이 북 아프리카인을 부르던 호칭)은 낯이 익다. 코르시카의 문장紋章에도 그 얼굴이 그려져 있고 아프리카 연안 지대에는 무수한 범선이 기항했다. 제노바와 베네치아에서 아프리카의 함대를 탈취한 일도 있고 투르크, 그리스, 알바니아, 보스니아에는 인맥도 있지 않은가? 그러나 무엇보다 그의 마음을 사로잡고 있는 것은 알렉산더의 존재다. 아직까지도 그는 이집트를 자신이 이룬 제국의 중심에 앉히려고 했던 대왕의 스케일에 매료되어 있다. 준비하고 있는 몇 주 동안 갖고 있는 능력을 최대한 발휘하여 완벽한 하모니를 연주하기에 이른다. 활발하고 탄탄한 상상력에서 생겨난 계획은 명석한 두뇌에 의해 분석, 음미, 개선되면서 더욱 구체화된다. 한편으로 그는 수량水量 계산의 전문가나 몽상가에게 동행하겠다는 합의를 얻으려 시도한다. 하지만 정보에 관한 전문가 집단이 너무나 중요한 존재라는 사실을 이 시점에서 깨닫고 있었던 것은 아니다. 다만 이때부터 그의 상상력은 현실감각을 벗어나기 시작했다. 우리가 고대세계에 살고 있는 것도 아니고, 칼리프나 정복자가 몇백만이나 되는 노예를 소유하고 있는 것도 아니고, 아프리카의 부족에게도 진보 사상이 침투하고 있다는 사실을 잊어버린다. 이 시기부터 그는 자가당착에 빠져들고 이후 아무리 노력해도 거기서 탈출하지 못하게 된다. 2천 년 늦게 태어난 그는 이때, 초인적인 수법으로 어쨌든 자신을 덮칠 파국을 준비하고 있었다. 천부적 재능에 따라 움직여 운명의 도표를 스스로의 손으로 그리고 있었던 것이다.

XIII

"내가 없더라도 총재정부가 잘해 나갈 수 있다면 동방에 머물겠어. 유럽이 전쟁을 시작한다면, 또 여론이 나를 찾는다면 돌아올 것이야. 이집트에는 명성을 떨칠 무한의 가능성이 열려 있어"라고 형에게 편지를 보냈다. 얼마 동안 집을 비울 셈이냐고 묻는 부리엔의 질문에는 "불과 수개월, 아니면 6년"이라고 답한다.

최후의 순간, 운명의 신은 그에게 경고를 보내려 한 듯하다.

라슈타트에서는 오스트리아 군이 라인강 좌안左岸의 양도를 거부하고, 비엔나에서는 프랑스 대사 베르나도트Bernadotte(1763~1844, 프랑스의 군인이었으나 음모와 처세술로 스웨덴 왕 카를 14세가 된다. 1813년 라이프치히 전투에서 나폴레옹군을 패배시키는 데 큰 역할을 했으며, 나폴레옹의 형 조제프의 처제인 데지레 클라리와 결혼했다)가 당장이라도 새로운 전쟁을 일으킬 것 같은 상황이 되었던 것이다. 그러나 총재들은 준비가 완료된 이상 출발해야 한다고 그를 재촉했다.

날씨가 활짝 갠 날, 4백 척의 범선이 툴롱을 출항했다. 나폴레옹이 밀라노에 입성한 지 꼭 2년 후인 1798년 5월 9일의 일이다. 부두에서 손을 흔드는 조제핀은 아들 외젠을 염려하는 만큼 남편을 염려하지는 않는 것 같았다.

총사령관의 신호와 함께 대군단이 움직이기 시작했고 이때 처음으로 선장들에게 행선지가 알려졌다. 전원이 갑판에 모여 사라져 가는 유럽 대륙을 바라보았다. 보나파르트는 '오리엔트호'의 갑판에서 큰 돛대와 나란히 설치돼 있는 8구경 대포 옆에 서 있었다. 뒤가 아닌 전방을 바라보고 있는 것은 그뿐이었다. 그는 남동 방향을 똑바로 바라보고 있었다.

그 무렵 넬슨(1758~1805, 영국 해군 준장으로 1794년 코르시카섬을 점령했고 1805년에는 트라팔가 해전에서 스페인과 프랑스의 연합함대를 격파했

다) 외 3명의 영국 해군 사령관이 전함 갑판에서 망원경으로 수평선을 탐색하고 있었다. 이미 시칠리아섬을 향해 출항했어야 할 적을 발견해야 한다. 놈들은 어디에 있는가? 넬슨 함대는 수일 전 폭풍우를 만나 뿔뿔이 흩어졌다가 간신히 재집결했다. 보나파르트를 툴롱에 하루 동안 묶어 두었던 폭풍우가 프랑스군을 구한 것이다. 영국군보다 먼저 몰타섬에 도착한 프랑스군은 순식간에 이 중요한 거점을 영국군으로부터 빼앗았다. 고양이가 왔을 때 쥐는 이미 섬을 떠나고 없었다. 넬슨은 이집트를 향해 전속력으로 나아갔지만 적의 모습은 보이지 않았다. 이번에는 적을 추월해 버렸던 것이다. 시리아로 갔으나 거기에도 적은 없었다.

"얼마나 운이 좋은 놈인가!" 넬슨은 저주와 함께 욕을 퍼부었다.

보나파르트는 이 항해 중에 4주일을 꼬박 침대에 누워 보냈다. 배멀미를 피하기 위해서였다. 이것 또한 운명의 신이 보내는 은근한 경고가 아니었을까? 바다에 약한 장군이 해양 강국을 정복하는 날이 정말 올 것인가? 어찌 되었거나 무료함을 견디지 못한 그는 강의를 시킨다. 이집트로 향하는 이 선단은 대포 수 1,000문에다 학자 집단, 군자금, 기계, 서적도 싣고 있었다. 자신이 가는 땅에 프랑스 식민지를 개척하여 명성을 높이려는 보나파르트는 천문학자, 기하학자, 광물학자, 과학자, 고고학자, 건축기사, 동양학자, 경제학자, 화가, 시인 등 모두 167명의 학자를 동반하고 있었다. 선원들이 '돌팔이 부대'라는 별명을 붙인 집단이다. 보나파르트는 항상 그들을 감싸고 '굼벵이'라고 노골적으로 비난하는 장교들을 노려보며 질타했다. 인선을 자신이 했다. 기타 모든 잡무도 떠맡고 아라비아 활자의 수송까지 처리했다. 활자의 제공을 꺼리는 여러 국립 인쇄소—그중에서도 강경하게 거절한 곳은 국립도서관의 인쇄소였다—를 설득해 기함으로 이집트까지 나르도록 조치했다. 사관용으로 소설도 반입했다. 《젊은 베르테르의 슬픔》이나 《오시앙》도 함께 주문했으나 이번 항해에서 그가 이것들을 묶은 끈을 푸는 일은 없을 것이다.

부리엔이 그를 위해 여러 이집트 여행기를 낭독했다. 모두 보나파르트가 로마를 비롯한 여러 곳에서 가져온 것이다. 특히 좋아한 것은 플루타르크, 호메로스, 아리아누스(로마 제정기의 정치가이자 역사가)로 그중에서도 아리아누스의 《알렉산더 원정기》를 마음에 들어 했다. 성서나 몽테스키외의 책 옆에 놓인 《코란》은 정치 관련 도서로 선택된 것이었다.

저녁 식사 후, '학술원'을 소집하는 것이 그의 즐거움이었다. 그가 반 장난으로 이름 붙인 '학술원'에서 펼쳐지는 논쟁에 진지하게 귀를 기울였다. 그가 특정한 주제를 던지고 서로 대립하는 의견의 주인공을 지명한다는 형식으로 토론이 진행되었다. 합리적이고 상상력이 풍부한 그가 좋아하는 테마는 수학과 종교였다.

여기에 몽쥬(1746~1818)도 동참했는데, 이전부터 보나파르트가 존경하는 수학자다. 매부리코에 이마가 벗겨지고 턱이 각진 남자다. 라인방면 군에서 소환된 장군 두제드베그(1768~1800, 이집트 원정군을 지휘하고 마렝고 전투에서 전사했다)는 두툼한 입술의 당당한 대장부다. 두 사람 모두 누구 못지않게 지적인 인물이다. 맞은쪽에는 담력과 용기, 결단력이 뛰어난 무장 클레베르, 위엄 있는 눈초리의 천문학자 라플라스, 숫양과 같은 외모의 화학자 베르톨레(1748~1822, 염소 표백법을 발명했다)가 있다. 기하학에 트집 잡는 클레베르에게 반론을 시도하고 과학을 옹호하려는 몽주에게 보나파르트가 신호를 보낸다. '그래 봤자 소용없으니 그만두라고.' 그리고 미소를 띠면서 《젊은 베르테르의 슬픔》 위에서 잠들어 있는 베르티에를 가리킨다.

날로 더위가 심해진다. 상쾌한 밤바람을 찾아 갑판 위에서 몸을 쭉 펴는 보나파르트를 둘러싸고 장군과 대학교수가 담소한다. 혹성에 사는 사람에 대해서, 천지창조에 대해서, 직종이야 다를지언정 누구나 혁명이 낳은 아이이고 볼테르의 제자인 그들이 동의하는 한 가지가 있다. 만물은 극히 합리적인 방법으로 창조되었고 삼라만상을 설명하기 위해서 필요한 것은 신이 아니고 양심적 자연주의자라는 것이다. 가만히 귀를 기울이던 보나파르트가 갑자기 밤하늘에 반짝이는 무수한 별을 가리키며 말했다.

"잡담은 그만두게나. 도대체 누가 저걸 만들었다는 거야?"

말을 탄 보나파르트가 사막을 가로질러 스핑크스를 목표로 천천히 나아가고 있다. 스핑크스처럼 침묵을 지키는 재주를 갖고 있는 보나파르트는 말없이 생각한다. 알렉산드로스도 카이사르도 여기에 왔었다. 그 무렵에도 스핑크스는 2천 년의 세월을 견뎠다. 그리고 다시 2천 년의 세월이 흘렀다. 그동안 무수한 거대제국이 빛나는 태양을 받들고 역대의 제국이 나일강의 양안에 펼쳐져, 몇백만의 사람들이 단 한 사람의 통치자에 복종하고 있었다. 그리고 몇천의 노예가 한 통치자의 꿈을 실현시키고 있었다. 통치자에게 불가능한 일은 없었다. 태초의 패자霸者의 후계인 역대 왕들은 신의 아들로 자칭되고 국민은 그를 우러렀다. 왕은 국민에게 "나는 너희들의 신"이라고 말할 수 있었다. 그에 비해서 유럽은 어떠했는가! 초라한 두더지 굴에 지나지 않지 않은가!

얼마 후, 보나파르트는 스핑크스에서 몇 마일 떨어진 곳에서 전투태세를 갖추었다. 세계 최강의 기병군 맘루크(13세기 중반부터 16세기 초 이집트에 조직된 군대로 투르크계 백인 노예로 이루어졌다)가 8,000의 병력으로 프랑스군을 공격하려 기다리고 있었기 때문이다. 열병을 한 그가 후방의 피라미드 무리를 가리키며 외쳤다.

"병사 제군, 4천 년의 세월이 제군을 바라보고 있다!"

프랑스군이 돌격을 개시한 순간, 맘루크 군은 포화 아래 와르르 무너졌다(1798년 7월 20일). 적군은 나일강으로 뛰어들어 도주했다. 어떤 자는 조각배에 매달리고 어떤 자는 헤엄을 쳤다. 그들이 항상 금화를 지니고 있다는 것을 알고 있는 프랑스 병사는 몇 시간이고 패잔병을 추격하여 금화를 빼앗고서야 놓아주었다.

투르크의 태수나 장로를 자기편으로 만들 방법을 알고 있는 보나파르트는 카이로에서 그들을 설득했다. 투르크의 황제나 국민에게는 호감을 가지고 있고, 자기가 쓰러뜨리고 싶은 것은 그들의 적인 맘루크뿐이라고(당시 이집트는 투르크의 지배하에 있었으나 실권은 맘루크에선 선출된 지사가 쥐고 있었다). 반쯤 오리엔트의 피도 섞여 있는 지중해 출신, 보나파르트는 그들의 관습과 지나치게 공손한 인사, 거짓말로 둘러대는 상투적인 말에도 동요되는 일 없이 상대의 관습대로 행동했다. 게다가 주도면밀하게도 그는 이미 선상에서 다음과 같은 글로 시작되는 이집트 총독에게 보내는 편지를 통역에게 구술하고 있었다.

"그대, 지사들의 통괄자여, 하지만 그대에게는 아무런 실권이 따르지 않는다. 카이로를 장악하고 있는 것은 지사들이다. 그대는 나의 출현을 기쁨으로 맞이할 것이다. 내가 코란과 술탄에 대해서 아무런 적의도 품고 있지 않다는 것은 알고 있을 것이다. 오라, 내 곁으로. 그리하여 무신앙의 백성을 나와 함께 저주하지 않겠는가."

알라의 사도使徒와 친근해지기 위해, 그는 마치 마법사처럼 삼위일체를 농락하고 헤쳐 나갔다. 교황과 몰타를 이미 정복한 그다. 우선 코란의 신을 인정하는 동시에, 이슬람교도는 이집트의 항구를 습격하는 영국 함대에 대항해야 한다고 열렬히 설득했다.

"신은 유일하며 마호멧은 예언자다. 가장 현명하고 사려 깊고 식견 있는 사람들로 구성된 카이로의 투르크제국 정부에는 반드시 예언자의 구원의 손이 미쳐 귀하들을 안락으로 인도하리라." 그는 적측 전함을 유인해 육지에 상륙하게 하면, 적의 병력을 대량 살육할 수 있다고 말을 이어간다. "이것은 카이로의 도시에게 장대한 광경이 될 것이다."

설득은 계속 이어진다.

"적의 함대에는 러시아인도 있다. 그들은 신의 일체성을 믿는 자를 미워하고 싫어한다. 왜냐하면 그들은 헛소리에 춤추고 세 가지 신이 있다고 믿기 때문이다. 그러나 사람이 힘을 발휘하는 것은 신의 수가 아니라, 유일신에 의해서라는 것을 머지않아 알게 될 것이다. 자비심 깊으신, 항상 선을 위해서 싸우시며 승리로 이끌어 주시는 유일신을." 몇 가지나 되는 신앙을 한 솥에 넣은 것 같은 종교관을 전개하는 사이에, 그 내용은 당사자의 의도 이상으로 비기독교적 양상을 보이게 된다. 흥정을 거듭할수록 프랑스의 기독교도와는 거리가 먼 확신, 즉 이슬람교에 대립하는 일이 없는 확신으로 발전하기 때문이다. 그리고 그 사이에도 계속 코란에 호소하는 것을 잊지 않는다. 코란은 정치 관련 서가에 멋으로 진열

되어 있었던 것이 아니다.

카이로에서 그는 한 재판관을 위험분자라 하여 파면하는데, 이때 코란의 한 글귀를 인용하여 자신의 행동을 정당화한다.

"선한 일은 모두 신에 의해 일어난다. 승리를 가져오는 것도 신이다. 무슨 일이든 내가 기획하는 일은 반드시 성취된다. 나의 편이라고 천명하는 자들은 번창하고 나의 적이라고 주장하는 자들은 멸망한다."

아! 4천 년 전에 태어났더라면! 이런 설득력만 있으면 그는 이미 만민의 지배자가 되었을 것이다. 그러나 눈앞에 도열해 있는 흑발의 남자들은 그의 말을 믿지 않았다. 그러나 보나파르트는 자신에게 아첨하는 이교도들을 경멸했다. 한편 그들의 관습을 존중하지 않는 프랑스 병사에 대해서는 엄벌로 다스렸다.

"우리들이 가려고 하는 나라들의 국민은 우리와는 다른 방법으로 여자를 다루고 있다. 그러나 어떠한 나라든 강간을 자행하는 자는 인간이 아니다. 약탈은 극소수만을 배부르게 하고 우리 모두의 명예를 손상시킨다. 약탈은 승리의 가능성을 파괴하고 우리 편이 되려는 자들을 적으로 돌리게 한다."

그는 모스크 안으로 들어가는 것을 금하고 모스크 입구에 주둔하는 것도 금지했다. 아첨, 협박, 관용, 알라, 무력을 지렛대로 하여, 보나파르트는 불과 수주 만에 거대한 권력을 획득한다.

이렇게 해서 그는 자신의 성공을 실감하기에 이른다. 동방의 패자가 되었다고 해서 그가 지금까지보다 큰 기쁨을 만끽했을까?

쥐노가 조제핀에 관한 파리의 정보를 가져왔다. 이게 무슨 일인가! 제발 이 편지가 다른 편지들과 마찬가지로 적국 영국의 손에 들어가지 않기를! 적어도 보나파르트는 아직 아무것도 모른다. 그러나 이 사실은 전달해야 한다. 보나파르트는 상관이지만 친구이기도 하니까.

군대에서 파면된 후, 조제핀의 주선으로 군수상인 밑에서 일자리를 얻은 이폴리트가 당시 유행하던 무도장에서 장군 부인과 재회하여 뜨겁게 불이 붙었다. 여전히 남자다웠고 지금은 돈도 있다. 조제핀은 파리 근교에 아름다운 저택 '말메종'을 구입했다. 아직 돈은 지불하지 않았지만, 이 멋쟁이 남자가 아름다운 장군 부인 옆에서 지내고 있는 곳이 여기였다.

보나파르트는 바닷가를 거닐고 있다. 그의 곁엔 쥐노가 있다. 그는 얼굴이 창백해지면서 화가 나서 이마에 손을 댄다. 표정이 일그러져 있다. 그는 막사 앞 의자에 앉아 있는 부리엔 쪽으로 돌아서더니 고함을 질렀다.

"당신에겐 배려심이 없어! 여자라는 것들은! 당신에게 배려심이 있다면 방금 쥐노에게 들은 것을 더 일찍 알려 줬을 텐데 말이야! 쥐노야말로 진정한 친구다! 조제핀! 조제핀! 나는 6백 류(2,400 km)나 떨어져 있다. 네가 알려 줬어야 했다! 조제핀! 이런 식으로 나를 배신하다니! 아아, 그들에게 불행을! 저런 몹쓸 것들을 절멸

시켜 버리겠다! 이혼이다! 그것도 공공장소에서 화려하게 헤어진
다! 이건 너의 불찰이다. 내게 알렸어야 했다!"

부리엔이 위로한답시고 이집트에서의 승리에 대해 말한다.

"승리가 뭔데! 쥐노가 알려준 일에 어떻게 대처해야 할지 모르
겠다. 거짓말이라고 생각하고 싶다. 그만큼 그 여자를 사랑하니
까. 만약 사실이라면 이혼하여 영원히 인연을 끊겠다! 파리의 명
청한 놈들에게 바보 취급을 받아서야 되겠는가!"

영국군이 모든 서간을 압수하는 상황에서는 형에게 쓰는 편지
마저도 간접적인 표현밖에 할 수 없다. 이하의 편지가 매력적인
것은 고뇌를 노골적으로 드러내지 않으려는 배려 때문이기도 하
다. 의기양양하게 승전 보고를 한 24시간 후, 보나파르트는 다시
펜을 잡는다.

"이집트는 보리, 아마亞麻, 야채, 고기가 세상에서 가장 풍부한
나라이지만 야만성으로 말하자면 이보다 더한 곳도 없습니다. 이
나라는 완전히 돈이 떨어져서 군사를 부릴 수도 없습니다. 2개월
이내에 프랑스로 돌아갈 수 있습니다. 그런데 개인사로 부탁할 것
이 있습니다. 집안일로 몹시 고민 중입니다. 막은 완전히 내려졌
고 모든 것이 백일하에 드러났습니다. 내겐 형밖에 남아있지 않아
요. 형의 마음은 내게 둘도 없는 것입니다. 형이 나를 생각해 주지
않거나 배신한다면 염세주의자가 되는 길밖에 없습니다. 모든 감
정을 한 여자의 마음에 맡기는 것은 쓰라린 일입니다. 형은 내 기

분을 알아주실 것으로 생각됩니다. 내가 돌아갈 때까지 시골에 집을 준비해 주십시오. 파리나 부르고뉴 근처에. 이번 겨울은 그곳에 틀어박혀 지낼 생각입니다. 인간에 지쳤습니다. 고독과 격리가 필요합니다. 명성은 이제 지겹습니다. 감정은 고갈되어 버렸습니다. 29세라는 나이로서 영광 따위는 이제 귀찮을 뿐입니다. 녹초가 되었습니다. 이 다음은 에고이스트의 화신이 되는 길밖에 없습니다. 지금 집은 그대로 유지할 생각입니다. 내게는 이제 기대어 살아갈 것이 없습니다. 안녕히, 오직 한 사람의 친구, 나는 한 번도 형에게 부당한 짓을 한 적이 없으니까요! 만일 내가 그런 짓을 하게 되더라도 형은 내게 그러지 않겠지요. 형은 지금 내 마음을 알아줄 것입니다. 형수님과 제롬에게 키스를."

　냉소, 증오, 복수심은 깊은 우울 속에 모습을 감췄다. 17세 이후 일기 속에 적힌 무수한 고민 가운데서도 이처럼 고뇌에 찬 내용을 읊은 적은 없다. 수없이 실의에 빠지면서도 결코 자신을 잃었던 적이 없는 그도 이번엔 완전히 나가떨어진 것 같았다. 지금에 와서는 수많은 정복과 승리, 알렉산더의 원정도 상관없었다. 청춘의 한결같은 정열로 몸과 마음을 바친 사랑의 모든 것이 무참하게 배신당한 이상, 영광에 무슨 의미가 있겠는가. 그의 편지는 쌀과 채소 이야기로 시작해서 염세와 인간 혐오의 토로로 끝나고 있다.

XV

예기치 않은 사태가 그의 활력을 되살아나게 했다. 사막으로 멀리 달려갔다가 돌아오는 길에 마르몽의 막사에 들른 그는 망연자실한 장교들을 보게 되었다. 어찌 된 일인가? "함대가 궤멸되었습니다." 어제(1798. 8. 1) 아부키르에서 넬슨의 공격을 받아 4척을 제외하고 모든 전함이 격침되었다는 말이었다. 사태의 심각성을 아는 만큼 그들은 입을 다물었다. 보나파르트는 일순 창백해졌지만, 자신감을 회복시킬 수 있는 것은 자기뿐이라는 것을 깨달았다. 이윽고 그는 훌륭한 격문을 띄웠다.

"이것으로 우리는 싫든 좋든 이집트에 남게 되었다. 바라지 않던 일이다. 미쳐 날뛰는 바다에 굴하는 일 없이 머리를 쳐들고 나아가는 법을 찾아야 한다. 어쨌든 파도는 가라앉을 것이다. 우리는 동방에 대변혁을 가져오도록 운명지어져 있음이 틀림없다. 여기서 죽느냐 아니면 이 위기를 벗어난 고대인처럼 위업을 성취하느냐, 달리 남은 길은 없다."

'얼마나 무서운 실수인가. 파리에서는 뭐라고 할 것인가? 나는 그 전투에 참가하지 않았고 함대를 지휘했던 것도 아니다. 하지만 나의 권위는 상처받겠지. 프랑스로 어떻게 돌아간단 말인가? 투르크의 전함으로? 술탄(투르크 황제)이 가만히 있을까? 러시아에 붙을지 프랑스에 붙을지 망설인 끝에 패배자를 버리지 않을까?

거기다 영국은 어떻게 나올 것인가? 전함 15척이 소멸되었으니 영국과 싸울 만한 전력을 다시 갖추는 데 10년은 걸리리라! 어차피 알라는 알라다! 이 패전에 관한 공식 보고서 가운데 그는 아무것도 호도하지 않았다.' 그러나 넬슨에 앞서 이집트에 상륙할 수 있었던 것은 행운의 신이 자신을 구해주려고 넬슨의 귀환을 지연시킨 것이라 표명하고 있었다.

이후 몇주 동안 보나파르트는 속달편, 편지, 유럽 정세를 보도하는 신문이 도착하기를 기다렸다. 물론 영국이 감시하고 있다면 편지 한 통도 바다를 건널 수 없을 것이다. 태어나서 처음으로 시간을 어떻게 때워야 할지를 고민했다. 전군의 관리, 내분의 진압, 낡은 성채의 보강 등에 열중했으나 일을 급하게 서두르다 보니 모두 바로 정리가 되었다. 결론은 아직 멀었는가? 초조함이 더해져 짜증이 난다. "기다려 봅시다. 총재정부가 어떻게 나오는지"라며 달래는 부리엔에게 격하게 부딪쳤다.

"총재정부라고! 쓰레기 같은 작자들! 놈들은 나를 시기하고 미워하고 있다고. 여기서 나를 말려 죽일 작정이야."

그저 말이라도 탈 수 있으면…, 하지만 더위 때문에 그것도 할 수 없다. 아랍 민속의상을 입기 시작하고 나서 군복을 입지 못하게 된 그는 정보가 없는 가운데 다시 몽상에 잠긴다.

"부리엔, 지금 내가 무엇을 생각하는지 맞춰 봐. 영원히 프랑스로 못 돌아가게 된다면 바바리아 평원으로 떠난다! 그것이 최대의 소망이다. 거기서 블렌하임(바바리아의 다뉴브 강변 도시로 1704년 프랑스군이 오스트리아군에게 패배한 곳이다)의 치욕을 풀고 싶다. 그 치욕을 씻는 대대적인 승리를 거두고 싶다. 그 후 은퇴해 시골에서 한가하게 살겠다."

얼마나 위세 있고 대담한 발상인가! 오리엔트에 있으면서도 생각은 포의 평원을 달리고 있다. 이집트에 있으면서 눈은 바바리아 지방으로 향하고 있다. 지칠 줄 모르는 두뇌는 여전히 온갖 전투를 상정하여 지휘하고 있었다.

내일 일도 모르고, 이제 그의 마음을 끄는 존재도 없는 프랑스로 돌아갈 수 있을지도 모른 채, 영국의 적인 페르시아 국왕이나 인도의 이슬람 군주를 상대로 교섭을 개시했다. 인도로 통하는 길에 부설할 역참을 어떻게 할 것인가? 그 답을 얻기 위해서다. 드디어 알렉산더가 정복한 영토 근처까지 온 것인가? 그러나 숫자를 앞에 두고 의심이 생긴다.

"1만 5천의 병력이 수중에 남아있지 않는 한, 3만 5천의 신병 배치가 되지 않는 한 무리다. 이 조건이 채워지기까지 인도 원정을 시도할 수는 없다."

그의 인생에서 가장 행복했던 것은 이 시기에 얻은 몽상의 시간이었다. 원대한 계획을 상정하여 이런저런 구상을 하며 보내던 시간이다.

"이집트에서 나는 거대한 문명의 질곡에서 해방되는 것을 느겼다. 온갖 몽상으로, 꿈꾸던 것 전부를 실현하는 수단을 상상했다. 새로운 종교를 일으켜 아시아로 통하는 길 위에 서 있는 내 모습을 떠올렸다. 코끼리를 타고 터번을 머리에 감고 신탁神託을 받아 새로운 코란을 손에 들고 아시아로 가는 길에 선 나를…. 이러한 계획 중에 나는 동서 두 세계가 과거에 얻은 지혜를 결합하려고 했는지도 모른다. 세계 역사에서 나의 이익이 되는 것을 파내는 것과 동시에 인도에서의 영국 세력을 공격하여 인도를 정복하고 옛 유럽과 나의 관계를 부활시키려 하고 있었는지도 모른다."

이 이야기꾼은 시인인가 아니면 시인 스타일의 정복자인가? 태어나면서부터 로맨티시스트였던 그는 이 시절 스스로 술탄엘케빌이라 칭하고 있었다. 이것이 부오나파르테, 보나파르트에 이은 세 번째 이름인데 이번의 이집트 원정과 마찬가지로 이 이름에도 어딘가 수상한 구석이 있다.

이 시기 그는 일시적인 연애에 빠졌다. 극도로 자극받은 상상력, 부정한 아내에 대한 분노, 날씨, 금욕 등이 뒤엉킨 결과였다. 총애를 얻은 여인은 남장을 하고 함선에 잠입했다. 보랏빛 눈에 금발인 작은 키의 여자였다. 그녀는 요염한 모자 봉제 여공으로 여자 요리사의 사생아였다. 그는 그녀를 취하면서, 공무를 빙자해 그녀의 남편을 프랑스로 돌려보냈다. 대담하게 교태를 부리던 그녀는 나중에 클레오파트라처럼 행동하면서 식탁에서 주빈의 자리를 차지하고 장군과 함께 산책하러 나가기도 했다. 이 때문에 사람들은 외젠에게 휴가를 주기로 했다. 두 사람의 마차에 부관으로 따르는 그를 보기가 딱했기 때문이다.

외젠은 어머니의 파렴치한 행각을 알고 있었다. 보나파르트가 낱낱이 말해주었기 때문이다. 얼마나 묘한 입장인가! 40이 가까운 바람난 여자가 국가의 영웅인 남편을 웃음거리로 만든다. 그것도 아들과 비슷한 나이의 젊은 벼락부자와의 불륜이다. 외젠의 입장은 어떤가. 원정군의 총사령관이며 이집트의 새로운 실력자인 의붓아버지가 젊은 애인을 데리고 카이로의 온 거리를 오가는 마차에 부관으로 동행해야 한다. 그녀는 열일곱 살 씩씩한 부관의 짝으로 어울리는 것이 아닐까 생각될 정도였다. 작은 여공은 흰 치아를 드러내고 웃으며 크리올 여자와 경쟁하려 하고 있다. 그러나 보나파르트가 그녀에게 원하는 것은 아들을 만드는 것뿐이다. 후계자를 잉태하면 아내로 삼겠다고까지 약속한다. 어쨌든 조제핀과는 이혼하기로 결심했기 때문이다. 적자의 어머니가 서민 출신인들 무슨 상관이겠는가. 휘하 장성의 아내들도 모두 그렇지 않은가. 보나파르트 가문의 혈통을 잇는 아이라면 귀족의 권리를 얻게 된다. 이미 국왕의 정통성을 운운할 시대가 아니라 그릇에 맞는 자가 계승권을 얻는 시대이니까. 이것이 이후 평생에 걸쳐 그가 지껄이게 되는 궤변이다.

얼마 후 그는 측근에게 털어놓는다. "저 아이는 불임이다." 이 말을 전해 들은 여자는 "농담 말아요. 내 탓이 아니에요"라고 비웃었고 보나파르트의 표정은 어두워졌다. 자기에게는 미증유의 생산성이 있다고 확신하고 있지만, 반론할 만한 증거가 없었다. 신이 세계 패권을 노리는 이 천재에게서 자식을 남길 수단을 박탈했다면 그 활동의 모든 원동력은 곧 망가져 자신감도 소멸할 것이다.

XVI

'학술원'에서 장군은 다른 회원과 완전히 동등했다. 따라서 토론 중 그가 자신의 지위를 내세우는 일은 결코 없었다. 다루어지는 것은 대개 실천적 문제이고 군에 관한 것이었다. 나일강의 물을 여과해야 한다, 풍차를 건설해야 한다, 화약 원료를 발견해야 한다….

어느 날 짜증을 내는 그를 베르톨레가 조용히 달랬다. "자네가 잘못이네, 화를 내고 있잖나." 여기에 한 해군 군의가 가세했다. 그러자 보나파르트가 소리쳤다.

"나는 다 알고 있어. 자네 과학자들은 결탁하고 있어! 화학은 의학의 요리사이고 의학은 살인자의 학문이야!"

"그러면 정복자는 어떤가요? 어떻게 정의할 겁니까? 시민 장군님."

이렇게 반박하는 군의의 불손한 행동에 독재자는 눈을 감는다. 과학자 집단에서는 어쩔 수 없다. 다른 자리에서는 그에게 감히 반론하는 자가 거의 없지만 말이다.

지난 수주 동안 일령은 '프랑스로부터 소식 없음'이라는 말로 마감되어 있다. 모든 자가 곤혹스러운 모습으로 침묵을 지키고 회의적이 되어 갔다. 단 '이동 대학'만은 멈추는 일이 없이 연구의 영역을 확대하고 있고 보나파르트는 이에 참가함으로써 기다리는 시간을 유용하게 보냈다. 그는 우선 자기가 배우고 의견을 말하는 것은 나중이라는 자세를 깨지 않았다. 학자들은 기하학적 관점에서뿐 아니라 지리학적 관점에서도 이 지방을 연구하기 시작했다. 나일강의 광물, 어류, 사막의 모래 성분을 연구하여 염호 및 나일의 하천 충적층 개발 가능성을 검토했다. 그리하여 페스트 및 이집트 인구의 절반을 장님으로 만들고 있는 트라코마의 원인을 밝히고, 사전과 문법서를 인쇄했다. 또한 이집트의 신전들을 정비하고 모세의 샘을 발견했다. 한 장교가 로제타에서 가지고 온 판 모양 화강암에는 이집트어와 그리스어 문자가 새겨져 있었는데 이것이 상형문자를 푸는 열쇠가 되었다.

수에즈 운하만큼 장군의 주의를 끄는 것은 없었다. 사막으로 멀리 말을 타려고 시도하면서 몇 차례나 고대 운하 유적을 따라가다 새로운 개통 가능성을 검토했다. 이때 그가 세운 구상은 반세기 후, 레셉스(1805~1894, 프랑스의 외교관으로 1869년 수에즈 운하를 개

통시켰다)에 의해 모두 실현되었다. 이 땅에서 보나파르트는 모험가로서만 아니라 정복자로서 사고하고 행동한다. 대륙을 분리하여 세계의 바다를 하나로 잇는 것을 목표로 하는 정복자!

고대하던 정보가 도착했다. 상인들이 영국 전함의 틈을 뚫고 소형 프리깃함으로 도착한 것이다. 그는 "국제 정세는? 적의 사정은?" 하면서 바싹 다가가서 질문 공세를 해댔다. 아부키르 연안에서의 프랑스함대 궤멸로 상황이 일변해, 투르크 황제가 러시아와 동맹을 맺고 프랑스에 선전포고를 했다는 것이다. 투르크의 장군 아슈메드파샤가 시리아를 경유해 곧 도착하게 될 것이다.

이 소식을 받고 카이로의 반 프랑스 분자들이 봉기했으나 나폴레옹군 포격대에 의해 진압되었고, 본보기로 창에 찔린 주모자의 목이 전시되었다(1798. 10. 21~23)

"놈들에게는 좋은 교훈이 될 거야!"

보나파르트는 가슴을 쓸어내리고 있었다. 투르크의 진격은 무서울 것이 없었고 승산이 있었기 때문이다. 그러나 현안인 큰 계획은 주저앉는 것을 면치 못할 것이다.

그는 이집트를 인도 군사작전의 거점으로 삼을 생각이었다.

"전함이 있으면 대양을 건널 수 있다. 낙타가 있으면 사막도 이제 장애가 되지 않는다."

15개월이면 이집트의 정복과 요새화, 그리고 인도 원정의 준비가 가능하다고 계산했다. 4만의 병력과 같은 수의 낙타, 120문의 대포를 이끌고 인도 원정에 나서려던 그는 이미 준비를 갖추었다. 필요한 병력, 전함, 대포로 이루어지는 강력한 원군이 프랑스에서 오게 되어 있었던 것이다.

그러나 아부키르의 패배가 모든 계획을 수포로 돌아가게 했다. 영국군이 연안을 봉쇄했기 때문에 원군의 도착은 불가능하게 되고 술탄은 등을 돌리고 이집트의 여론도 반 보나파르트의 기치를 올리고 있다.

그러나 상황에 따른 계획 변경에 익숙한 보나파르트는 이를 전화위복으로 삼는 지혜를 낸다. 투르크군과 영국군을 동시에 상륙시키는 것은 미친 짓이다! 궤멸을 면하려면 치고 나가는 길뿐이다. 투르크군에게 상점과 항만을 탈취하고, 시리아의 기독교도를 무장시켜 두르즈파(이슬람교 시아파의 분파인 이스마일파의 하부조직인 암살자 집단)를 봉기시킬 필요가 있다. 아크레 요새를 탈취하면 카이로의 여론은 다시 우리에게 기울게 될 것이다. 6월에는 우리가 다마스커스에 도착할 것이고 전위대는 더 앞을 가고 있을 것이다. 토로스(지중해 쪽 투르크의 산악지대) 근방까지 진군하여 2만 6천의 프랑스병, 6천의 맘루크, 1만 8천의 두르즈와 함께 동쪽으로 가고 있을 것이다. 드셰는 직접 우리 군에 합류할 것이 틀림없다. 그렇게 되면 투르크 황제는 숨을 죽일 것이고 바스라(페르시아만 북방의 항구도시)와 시라즈(페르시아 남서부의 도시)의 통과에 대해서는 이미 페르시아 국왕으로부터 허가를 받았다. 알라신이 허락한다면 3월에는 인더스 연안에 진주하고 있을 것이다.

들이닥치는 위기로 서두르게 되면서도 보나파르트는 원대한 작전을 세워 시리아를 향해 나아갈 결의를 한다. 진군은 길 없는 길을 가로질렀다. 15시간에 70㎞ 답파하는 일도 있었다. 주로 밤이다. 보나파르트는 거의 예외 없이 전위대와 함께 가고 있었다. 야파(현재 이스라엘 서부의 도시) 함락의 날(1799. 3. 7), 3천 명의 투르크 병사가 항복했다. 어떻게 할 것인가? 휘하 병사들도 제대로 먹이지 못하는데, 이 포로들을 감시하기 위해서는 1,000명의 병력이 필요하다. 프랑스로 보내려면 배가 없다. 교환도 안 된다. 적은 한 명의 포로도 확보하지 못했다. 그러면 풀어준다? 놈들은 다음 거점인 아크레를 보강하러 달려갈 것이다. 어찌해야 할 것인가? 보나파르트는 회의를 연다. 전원이 포로의 살상에 찬성한다. 얼마 전, 적은 우리의 휴전협정 교섭 사절 한 명을 참수하지 않았는가! 포로를 먹일 식량이 줄어들면 병사들은 분개하겠지. 보나파르트는 망설이며 사흘 동안 생각한 끝에 학살에 동의한다. 포로들을 해변으로 끌고 가 목을 베어 살육했다. 후일 많은 군사 평론가(특히 독일의 평론가)들은 어쩔 수 없는 판단이었다고 평가한다.

그러나 앞길에는 아직 난관이 버티고 있다. 아크레의 요새다. 여기를 공략하여 군의 비축을 보급하자. 다음은 북으로 전진이 있을 뿐! 투르크를 상대한 치열한 전투 중에 군대가 분산되어 위기에 몰리더라도 보나파르트라면 반드시 불가능을 가능케 할 것이다. 그는 당초의 원대한 계획에는 여유를 두어 변화를 줄 필요성이 있다는 것을 이 시점에서 깨달은 듯했다.

"전 시리아를 봉기하도록 해 무장시킨다. 다마스커스와 알레포(시리아 북서 도시)를 침공해 이 나라의 불만분자들을 끌어들여, 우리 군을 증강한다. 국민에게는 노예의 폐지와 파샤에 의한 전제정치 폐지를 고한다. 그리고 대군과 함께 콘스탄티노플로 쳐들어가서 투르크제국을 전복하고 오리엔트에 신제국을 건설한다. 내 이름을 불멸의 것으로 만드는 그런 대제국을. 그 후 오스트리아 왕조를 소멸시키고 아드리아노플 내지 비엔나를 경유해서 파리로 돌아간다."

어떤 장군에게 개진한 이 계획에서, 오리엔트에 대제국을 구축한다는 구상은 부동이지만 위기 상황 속에서는 조건이 다소 완화되어 인도가 아닌 가까운 투르크로 목적지가 바뀌어 설정되었다.

1799년 3월 20일 아크레에서 포위전을 개시한 프랑스군은 고전하게 된다. 요새 자체는 그다지 견고하지 않았으나 장비가 근대적이고 영국 장교 및 포병대가 절대적 자신감을 가지고 방어를 굳히고 있었다. 프랑스군은 세 차례나 공격했지만 요새는 함락되지 않았다. 게다가 영국 전함이 속속 항구에 도착하여 포위군을 위협했다.

때마침 파리에서 정보가 도착했다. 8개월 만에 입수한 정보가 드디어 온 것이다! 뭐라고? 탈레랑은 콘스탄티노플로 가지 않았다. 교섭을 포기한 것이다. 교활한 외교관 놈! 지금까지의 노고의 대가가 이것이다. 지금 우리들이 돌 더미 아래 깔려 있는 이유가 이것이다. 프랑스공화국은 나폴리와 사르데냐를 상대로 싸우고 있고, 라이벌인 모로나 오제로가 중요한 전투의 지휘를 맡고 있다. 그런데 어찌하여 우리는 이런 곳에 있는가. 작열하는 태양 아래에서. 그러나 지금은 공격뿐! 우리는 이곳을 공략하려고 온 것 아닌가. 요새의 지휘를 맡고 있는 것은 누구일까? 파리 왕립사관학교의 동창생이다. 망명하여 영국 육군에 입대한 구 귀족이다.

보나파르트는 이 전투에서 좌절한다. 포위전은 그에게 맞지 않는다. 식량 공세로 적을 항복시키는 일은 도저히 불가능하다. 그런 인내를 견디지 못하는 데다 포위전의 경험도 없는 그는 얌전하게 상대의 의견을 듣거나 참을성 있게 기다리고 있을 수가 없다. 시간이 없다. 더이상 기다릴 수 있을까? 시간이 없다. 돌격이다!

병사들이 불평을 터뜨리고 장군들 사이에서도 불만의 소리가 퍼진다. 클레베르가 지휘하면 좋을 텐데, 그는 인간적이고 온화하다.

보나파르트는 천막 아래 의자에 앉아 숙고한다. 괴롭고 답답한 때다! 육지에서도, 이런 오리엔트의 벽지에서도 영국을 쓰러뜨릴 수가 없는 걸까? 여기서 다시 몇 개월이나 야영을 한다고? 그건 무리다! 포위한 지 이미 2개월이다. 지금 유럽에는 칼싸움 소리가 울려 퍼지고 있다. 승리를 얻지 못하고 철수한다는 것은 미증유의 경험이다. 그러나 그 수밖에 없다. 이번 원정은 미완의 계획으로 단념할 수밖에. 이집트로 돌아가야 한다. 아크레 요새가 보나파르트의 인도 침공을 저지한 것은 틀림없는 사실이다.

이탈리아와 다른 곳에서 들려 오는 걱정스러운 정보를 받은 시점에서 그는 이 계획을 포기한 게 아닐까? 이때의 결단은 본인에게도 명확하지 않다. 철수하는 날, 항상 군의 선두로 나아갔던 그가 후위에 머물러 언덕 위에서 무적의 요새를 응시했다. 해가 떨어질 때까지….

철수는 처절했다. 길도 없거니와 물도 없고 페스트가 맹위를 떨쳤다. 운명의 신은 사막 한복판에서 보나파르트를 파멸시키려는 것일까? 감염을 두려워할 바람도 없어서 그는 야전병원의 환자를 문병하고 격려했다. '그들의 고통을 덜어 주어라. 의사가 가망이 없다고 판단한 대략 50명의 페스트 환자에게 아편을 처방하도록 명했다. 마치 신민에게 책무를 지우는 군주처럼. 그런데 명령을 받은 의사는 이를 거부했다. 다른 의사 중에 명령을 실행한 자가 있었는지도 확실치 않다. 후년 보나파르트는 "친아들이 그런 상황이었다 해도 나의 생각은 변하지 않았을 것이다"라고 말했다.

질병자 2천 명, 부상자 6천 명이 기어가듯 사막을 횡단했다. 말이 부족했기 때문에 몸 상태가 나은 자가 병든 자를 도왔다. 참모도 전원 도보로 나아갔다. 어느 날 아침 어떤 말을 타겠냐고 장군에게 물어본 말 담당은 대답을 듣는 대신 채찍으로 맞았다.

"모두 걷고 있지 않는가!"

카이로다, 카이로가 보인다! 프랑스군은 전리품을 선두로 빛나는 입성을 연출하고, 갖가지 성명문이나 행진으로 진상을 호도하려 했으나 이집트인들의 눈을 속일 수는 없었다. 어떻게 이 전말을 파리에 설명할 것인가? 페스트의 만연으로 아크레를 포기하고 그의 땅을 지났다고 말한다? 언젠가는 조사단이 파견되어 사실이 확인될 것이다. 일행 중 어떤 의사가 일어나더니 이러한 기만에 가담하기를 거절했다. 노기를 띤 눈으로 그를 노려보던 보나파르트는 후에 이 청렴결백한 인물을 승진시킨다.

이럭저럭 하는 동안 투르크 군이 이번에는 바다로 쳐들어왔다. 보나파르트의 운명은 또다시 아부키르에서 농락당할 것인가? 이번에는 적군의 상륙을 방치하여 지상전으로 끌어들이는 전법으로 적군의 반에도 못 미치는 병력으로 승리했다.

1799년 7월 25일의 일이었다. 전투 후 보나파르트와 재회한 뮈라는 그를 포옹하며 "당신은 우주처럼 위대하다!"라고 칭송했다. 보나파르트는 카이로에 서신을 보냈다.

"아부키르 전투에 대해서는 이미 들어 알 것이다. 이것은 내가 경험한 가장 통쾌한 전투 중 하나다! 한 명의 적도 놓치지 않았다."

이때 그루지야 출신 남자가 그의 눈에 들어왔다. 직속 위병으로 고용한 맘루크 기병, 루스탕이다.

세 번이나 노예로 팔렸던 경험을 가진 푸른 눈의 젊은이, 그의 표정과 행동에서 성실함이 전해진다. 보나파르트는 장식이 달린 검 한 자루를 선물하고 앞으로는 자신의 침실 문 곁에서 잠을 자도록 명했다. 이후 15년 동안 루스탕은 한시도 주인 곁을 떠나지 않았다.

아부키르의 승리 후, 보나파르트는 먼바다를 순항하는 영국 함대의 사령관과 교섭을 개시했다. 표면적인 이유는 포로의 교환이었지만 정보가 필요했을 뿐이다. 한 조각의 신문이 금덩이와도 같은 상황이었다. 어쩌다 한 부 입수하면 이것을 보나파르트의 막사로 보낸다. 이미 잠들어 있던 보나파르트에게 부관이 말을 걸었다.

"장군님, 유럽의 신문을 구해 왔습니다. 참담한 정보가 가득 실려 있습니다."

보나파르트가 일어나서 물었다.

"뭐가 어쨌다고?"

"셰렐(1747~1804, 프랑스의 장군)이 이탈리아에서 완패해 우리나라는 이탈리아를 거의 전면적으로 잃었습니다."

침대에서 뛰어내린 장군은 신문을 빼앗아 들고 이따금 분노의 비명을 지르며 밤새워 읽었다. 그는 새벽에 급히 불러들인 해군 사령관과 2시간 동안 집무실에 틀어박혀 있었다. 그 후 카이로로 향한 보나파르트는 마르몽을 불러 말한다.

"나는 프랑스로 돌아가기로 했다. 그리고 자네를 동행시킬 생각이야. 연전연패로 프랑스군은 쓰러지고 적이 우리나라 어디까지 침입해 올지는 하늘만이 아는 상황이다. 이탈리아는 잃었다. 그런데도 총재들은 이럴 때를 맞아 무엇을 하고 있는가? 그 쓸모없는 자들. 만사가 녀석들의 무지와 바보짓과 부패 탓이다. 지금까지 열강의 공격에 견디고 연전연승으로 정부의 토대를 지탱해온 것은 바로 나다. 나 혼자서 이 무거운 짐을 지고 왔다. 내가 빠지면 정부는 성장도 존속도 할 수 없었을 것이다. 내가 자리를 비우는 사이 모든 것이 와해된 것이 틀림없다. 즉시 출발하면, 프랑스는 아부키르에서의 투르크군 궤멸과 나의 도착을 동시에 알게 될 것이다. 나의 출현은 자신감을 잃고 있는 병사들을 고무하고 선량한 시민에게 희망을 주게 될 것이다."

마르몽이 떠난 뒤 그는 혼자 생각했다.

"프랑스 국민의 미래는 내 어깨에 걸려있다. 내가 군을 포기했다고 할지도 모른다. 하지만 군은 클레베르의 지휘하에 있는 편이 훨씬 더 힘을 발휘할 것이다. 나는 식민지 기초 건설을 위해 왔다. 그리고 그 역할을 수행했다. 어쨌든 투르크군은 패배했으니까, 프랑스에서 원군이 올 수밖에 없고 그 원군을 보낼 사람은 나뿐이다. 여기서의 역할은 끝이 났다. 앞으로 며칠이면 나도 서른이다! 해군 사령관에 의하면 툴롱으로 돌아가기에는 바람이 좋지 않다. 거기다 지중해에 영국 함선이 깔려 있다고 한다. 그러나 열기구로 파리까지 가지는 않겠다. 되든 안 되든 출발이다!"

이렇게 해서 그는 다시 유럽의 싸움터로 가려고 하고 있다.

XVII

이전에 베네치아에서 뺏은 소형 프리깃함 두 척이 불을 끄고 밤의 파도 속을 나아가고 있었다. 장군이 타고 있는 것은 '뮈롱호'이다. 로디에서 그 대신 희생된 연대장을 기념하여 이름 붙인 배다. 15년 후 나폴레옹은 더한 영예를 이 이름에 부여하게 된다. 이번 항해 중 최대 난관은 봉곶(튀니지 북서의 곶) 일대이다. 영국 함선 사이를 누비듯이 나아가는 두 척의 배, 북풍이 갑자기 잠잠해졌다. 이게 무슨 일인가! 1799년 8월의 이날 밤, 의기소침한 남자들은 별이 희미한 빛을 던지는 갑판에서 새벽까지 지냈다. 카드 도박을 즐기는 패거리에 끼어든 보나파르트는 속임수를 아무도 알아차리지 못하는 것에 기뻐한다. 이겨서 거둔 돈은 다음날 사실을 말하고 되돌려 주었다.

15개월 전 항해와는 천양지차다. 400척 중에 남은 것은 단 두 척. 원정군 병사의 반이 목숨을 잃었다. 이집트는 아직 프랑스 손에 있다고는 하지만 앞으로 얼마나 갈 것인지? 영국 타도의 야망, 도버 상륙계획, 인도 침공은 도대체 어떻게 되는가? 그의 부재가 드러나면 또다시 카이로에서 폭동이 일어날 수 있다는 염려에서 은밀하게 출발했던 것이다. 클레베르가 총사령관직을 받아들인 것은 보나파르트가 출발한 후의 일이다. 보나파르트가 최종일에 발표한 훈령에는 어딘가 냉정한 느낌이 있었다. 학자들은 미리 상 이집트로 보내져 있었다. 출발이 허락된 몽주와 베르톨레가 발설하는 것을 피하기 위해서였다. 그런데 시인들은 성가신 존재였다. 시인 펠스발이 어떻게 냄새를 맡았는지 출항 직전인 프리깃함에 몰래 숨어들어 있었다. 하는 수 없다. 함께 돌아가도 좋다. 어쨌든 그들은 쓸모가 있다. 아무튼 우리의 승리에 함께했으니까. 아부키르에서의 최후의 승리가 그들의 입으로 전달되면 파리에서의 호의적 여론도 보장될 것이다.

이미 몇 주 동안이나 두 척의 프리깃함은 위기에 노출되면서도 항해를 계속했다. 어느 날, 보나파르트가 일행에게 물었다.

"영국군에 발견되면 어떻게 하지? 전투를 받아들여야 하나? 불가능하다면 항복한다? 이것은 나 이상으로 여러분도 바라지 않겠지? 그러면 만일의 경우 우리에게 남은 것은 자폭뿐이다."

전원이 침묵했고 몽주는 창백해졌다.

"그때는 나의 지시에 따라주기를."

며칠 후, 한 척의 배를 영국함으로 오인하는 일이 일어나자 예의 수학자가 모습을 감추었다. 조금 후 화약고 문 뒤에 숨어 있는 것이 발견되었는데 이토록 보나파르트의 명령은 절대적이었다.

6주 후에 드디어 섬이 보였다. 10월의 이른 아침, 짙은 남색 바다 저편에 눈에 익은 산의 능선이 뚜렷했다. 보나파르트가 얼굴을 내밀었을 때 함장은 지도에서 정확한 위치를 찾고 있었다.

"코르시카다!"

우선 이 섬이 지금도 프랑스 통치하에 있는지 확인하기 위해 작은 보트를 내려 탐색을 시작했다. 소형 보트는 바람에 따라 심하게 떠밀린다. 필사의 조종을 하고 있는 보트를 보면서 보나파르트는 생각한다. '섬은 지금도 프랑스령일까? 이 섬으로 향할 때마다 나는 같은 생각을 하고 있다. 망명 이후 몇 년이 지났을까? 6년, 스물네 살 때였다. 그 무렵 나의 야망은 이 섬을 지배하는 것이었다. 그러나 이후 이탈리아를 무릎 꿇리고 이집트는 정복되고 파리는 미소를 던져오고 있다. 모든 일이 어처구니없을 만큼 간단하게 진행되었다.'

바람이 더욱 심해졌다. 섬으로부터의 응답은? 깃발이 흔들린다. 항구는 자유다. 한때 나를 무국적자로 만든 섬이 다시 내 조국이 되었다.

그들이 상륙하자 아작시오 시민이 부두로 몰려나왔다. 그는 지난날 자기를 저주한 군중을 의심스러운 눈길로 노려보며 내미는 손을 무심하게 잡았다. "도련님! 도련님!"하고 불러대는 유모의 소리를 알아듣고 그는 가슴이 뭉클했다. 당당한 체격의 시골 주부 카밀라다. 그녀도 이제 쉰 살은 되었을 것이다.

지금 나폴레옹은 선조가 대대로 살았던 집에 머문다. 어머니가 원상태로 복원했다. 다만 그녀는 며칠 전에 이곳을 떠났다고 한다. 정보를 수집하기 위해 믿을 만한 남자들을 불러 모은 그는 자기가 정복한 영토의 상황을 듣는다. 만토바, 밀라노를 비롯해 이탈리아 대부분을 잃었다. 불과 3년 전에 그가 힘으로 점령했던 곳이다. 제노바도 오래 버티지 못할 것이다. 마세나는 스위스에서 패주하고 영국군은 네덜란드에 상륙했다. 무엇을 해야 하나? 제일 먼저 해야 할 일은 무엇인가? 니스로 가자. 지휘권을 회복하고 재빨리 진격해 한 번 더 모든 것을 정복하자. 뭐라고? 총재가 두 명 해고되었다고? 정부는 너무도 약해지고 있어서 머리 둘을 바꾼 정도로는 유지하지 못한다. 그래서 물랭 장군(1752~1810, 토목기사였다가 1789년 혁명군에 참가했고 1899년 총재로 선출되었다)이 후임이라고? 또 한 사람은? 시에예스Sieyes(1748~1836, 성직자이자 법률가로 자코뱅파 창설자의 한 사람이다. 나폴레옹, 푸셰, 탈레랑과 공모해 쿠데타를 시도했다)라고? 음, 아마도 녀석은 쿠데타를 준비하고 있을 것이다. 파리로 가자! 출발이다. 그는 작은 배를 준비해 달라고 부탁했다.

일행은 툴롱을 향해 출항한다. 이틀 후 해질 무렵 해안이 다가온다. 때마침 불침번으로부터 영국함을 발견했다는 신호가 온다. "후퇴!" 하고 소리치는 함장에게 보나파르트가 화를 내며 되받는다.

"전진이다! 필요하면 노젓는 배로 상륙한다."

또다시 운명의 별이 적의 눈을 멀게 한다. 범선의 위치를 잘못 판독한 적은 그를 알아차리지 못한 채 코앞에서 놓친다.

"해가 지고 있어요. 툴롱까지는 무립니다."

"그럼 프레쥐스에 상륙한다!"

"이 일대의 암초를 장군은 모르십니다."

"상관없다. 암초 같은 것은 어디나 수두룩하다. 전진!"

이집트 출항 이래 7주 만에 드디어 프랑스 연안을 눈앞에 두었다.

"이판사판이다. 접안하라!"

이 이탈리아인은 다시 발을 딛는 이 나라를 사랑하는가? 아니면 그에게 프랑스는 다른 악기보다 좋은 곡조를 연주할 수 있는 바이올린에 지나지 않는가?

이튿날인 10월 9일 아침, 작은 마을 프레쥐스의 모든 주민이 보나파르트의 이름을 입에 올린다. 왜 100척이나 되는 작은 배들이 항구에 모여 있을까? 왜 민중이 이렇게 열광하는 걸까? 개선장군이라도 맞이하는 모양새다. 아프리카에서 그만큼의 업적을 이룬 것인가? 관리가 검역에 대해 뭐라고 하지만 "오스트리아군보다 페스트가 낫다"라고 외치는 군중에게 떠밀려 보나파르트를 태운 마차는 거리로 나아간다.

"프랑스는 여기까지 몰락했는가?" 그는 열렬한 환영에 답하면서 생각한다. 모두가 나를 기다리고 있었는가? 절호의 타이밍에 도착한 것이다. 이르지도 않고 늦지도 않게.

파리로 가는 1주일 동안 그는 만나는 사람마다 질문 공세를 퍼부었다. 그동안 1통의 편지 사본이 파리에서 도착한다. 상당히 이전에 발송되었으나 그의 수중에 도착하지 않은 것이다. "총재정부는 장군을 기다리고 있다. 귀하와 귀하가 지휘하는 용사들을." 이것은 구세주를 맞이하는 답답한 정부의 외침이다. 지금 무엇을 해야 할 것인가? 도착을 수일 연기하고 편지를 먼저 보낸다. 이것이 최선책이다.

"이집트는 온갖 침략자의 손에서 벗어나 완전히 우리 수중에 있습니다. 신문이 도착한 것은 7월 말이며, 이를 보고 위험도 돌아보지 않고 출발했습니다. 가장 소용이 될 장소에 내 몸을 두어야 한다고 생각했기 때문입니다. 만일 프리깃함의 입수가 불가능했다면, 단신으로 조각배를 타고라도 출발했을 것입니다. 이집트는 국가 기반을 충분히 갖추어 클레베르 장군의 통치하에 맡기고 왔습니다. 내가 떠날 때 이집트 전역은 물에 잠겨 있었습니다. 나일강 수위는 50년 이래 최고였습니다."

교묘한 문장으로 이어진 이 편지가 먼저 도착해 도움이 될 것이다. 적어도 귀환을 주지시킬 필요가 있다. 진로는 문자 그대로 개선하는 길이 되어 가는 곳마다 예포를 받았다. 발랑스에서는 군중 가운데서 옛날 하숙집 여주인을 발견했다. 예전 그 카페와 당구장 옆 작은 방을 회상하면서 동방에서 가져온 기념품을 그녀에게 선물했다. 리용에서는 내용이 어떻든 그를 찬양하는 연극 〈영웅의 귀환〉이 만들어져, 공연에 입회하기 위해 2시간 동안 머물러야 했다. 이런 수많은 찬사 중에서도 국회의원 보당의 죽음만큼 그의 인망을 증명하는 일은 없었다. 그는 보나파르트의 귀환 소식을 접하고 너무 기쁜 나머지 급사했다.

파리가 가까이에 다가왔다. 여전히 정보 수집에 여념이 없던 보나파르트였으나 집안일, 특히 조제핀에 대해서는 전혀 몰랐고 알려고도 하지 않았다. 이미 그녀 쪽에서 인연을 끊은 걸까? 형이나 아우는 어찌 되었는가? 어제부터 그의 귀환 소식이 파리 전체에 알려졌을 터인데도 집안사람이 한 명도 오지 않는가? 게다가 그녀까지. 그 미소를 다시 보는 것은 그 거울 달린 침실이 될 것인가? 여명이 마차 안으로 새어 들어온다. 벌써 파리의 입구다. 세관원이 붐비고 있다. 마차는 순환도로를 지나 작은 길로 들어섰다. 집이 보인다. 누구일까? 문 앞에 우두커니 서 있는 것은 어머니였다.

XVIII

"보나파르트 귀환의 첫 보도는 포도의 달 24일(1799. 10. 16)에 파리의 모든 극장에서 전해지고, 공화국 만세! 보나파르트 만세!'의 외침과 우레 같은 갈채가 이어졌다. 그가 가져온 것은 승리와 평화인가, 아니면 패배와 전투인가? 이 점은 아직 불분명하며 우리도 판단하기 어려운 바이다. 그런데도 민중의 표정과 온갖 대화에서 구원의 기대와 길조의 예감이 갑자기 생겨난 것은 분명하다.”

신문과 잡지는 그의 인품이나 태도, 의복에 관한 아무런 근거도 없는 얘기를 써댔다. 속임수가 통하지 않는 적대적인 신문마저도 그에게 희망을 걸고 있었다.

“그의 이집트 원정은 실패했다. 그러나 그것은 문제가 안 된다. 원정은 시도한 것만으로 충분하며, 그 용기야말로 우리에게 가치 있는 것이다. 그의 행동 모두가 우리의 용기를 불러일으킨다.”

사람들은 그를 찬탄하고 그는 더욱 확신을 품는다.

그런데 아내는 부재다. 보나파르트의 귀환 소식은 그녀를 놀라게 했다. 그녀는 고이에(1746~1830, 정치가)의 자택에서 만찬을 하는 중에 이 소식을 듣고 모두와 함께 당황했다. 양심에 부끄러움이 있기에 화산이 발밑에서 폭발하는 듯한 충격을 받았다. 조제핀은 당시에도 여전히 깊은 사이였던 바라스로부터 ‘이혼하고 미남인 이폴리트와 결혼하라’라는 권유을 받고 있었다. 남편으로부터는 아무런 편지도 없었다. 편지가 몰수되었는지 쓰지 못하게 되었는지 몰랐다. 조제핀은 어떤 길보吉報도 바랄 수 없었다. 그러나 ‘보나파르트, 투르크 군을 제압하다’라는 소식에 온 파리가 들끓는 것을 보고 지금은 경솔한 행동을 하지 않는 편이 좋겠다고 생각했다. 느긋하고 우유부단한 그녀는 은근히 남편과의 화해를 바라고 있었고 자기가 원하기만 하면 그런 일은 문제 없다고 확신했다. 추종하는 사내들과 거울이 그 확신을 그녀에게 보증하고 있었다.

어쨌든 조제핀은 냉정을 되찾고 고이에도 평정심을 되찾았다. 미소를 나누면서 보나파르트의 귀환을 축하하며 술잔을 비우는 두 사람이다. 급히 귀가한 그녀는 서둘러 꾸미고 남편과의 재회를 위해 출발한다.

"적은 기습해야 하지, 이것이 그이의 비결이야. 나에 대한 험담을 듣기 전에 한 번 더 손을 봐 두어야지."

그러나 그녀는 때를 놓친다. 이미 그가 떠났다는 것이다. 이것으로 귀중한 사흘이 헛되이 흘렀고, 그동안 보나파르트를 만나러 온 남매들이 그녀의 파렴치한 행각을 있는 그대로 전달했다. 친구들은 파리 사람들 앞에서 이혼을 선언하겠다고 말하는 그를 웃음거리가 될 뿐이라며 열심히 말렸다.

"안 돼! 이미 결정했다고. 앞으로 그녀가 이 집에 발을 들이는 일은 단연코 없을 거야. 누가 뭐라고 하든 그게 무슨 상관인가! 하루 이틀 이런저런 말을 하겠지만, 사흘쯤 되면 입 밖에도 내지 않을걸."

그는 아내의 트렁크나 보석들을 문지기 거처로 옮기게 하고 집 안으로 들어오는 것마저 막아버렸다. 하지만 괜찮을까? 이 남자 특유의 심약한 측면을….

도착한 조제핀이 통행금지를 알리는 로프를 비켜 집 안으로 들어갔다. 남편은 거실에 앉은 채였다. 그녀는 애원했다. 오는 중에 그의 이름이 일으킨 열광을 알아차리고는 교만이 사라졌다. 그러나 눈앞의 요새는 난공불락이다. 어머니의 요청으로 달려온 외젠과 오르탕스가 밤새도록 문 앞에서 눈물의 탄원을 계속했다.

그녀가 이 어처구니없는 장면을 연출한 이유를 이해하지 못할 사람은 없을 것이다. 인간 영혼에 대해 그토록 깊은 지식을 가진 보나파르트라면 어떨까? 그가 여자에게 속은 것인가? 보나파르트는 또다시 그녀에게 넘어가고 만다.

"모두 나를 배신했다. 정부도 당도 동료도 나를 위험한 라이벌로 간주해서 권력에서 격리시키려고 했다. 나의 귀환을 원하는 자는 한 사람도 없었다. 형이나 아우도 마찬가지다. 내 귀환 가능성이 날로 엷어져 가는 가운데, 그녀가 굳건히 남편을 기다려 주기를 바랐다. 1년이다! 지금 인연을 되돌리면 앞으로 그녀는 내가 시키는 대로 할지도 모른다. 얼마나 매력적인 목소리인가! 여전히 우아하다. 그렇지 않으면 저렇게 따라다니는 남자가 많을 수 있겠는가. 그녀에 비하면, 남장을 하고 배에 잠입한 그 여자는 나무 인형에 불과하다. 아이도 만들지 못했으니까. 아내로든 애인으로든 조제핀 이상 완벽한 여자를 앞으로 어디서 찾을 수 있을까? 게다가 그녀는 두 아이도 두고 있지 않은가?"

그는 말없이 문을 열었다. 목까지 올라왔던 질책의 말은 영원히 삼켰다. 재차 굳혔던 이 결심은 그 후 일어날 반대의 목소리에도 흔들리는 일이 없었다. 다음날 조제핀은 2백만 프랑의 빚이 있다고 고백하고 그는 말없이 지불한다.

그의 남매, 특히 자매들은 폴린이 말하는 '그 나이든 여자'의 거처에서 얼굴을 맞대는 것을 내켜 하지 않았다. 하지만 굳이 불평하지는 않았다. 게다가 쓸데없는 말을 지껄일 상황도 아니다. 일련의 큰 사건들이 질풍처럼 일어나고 있었기 때문이다. 나폴레옹의 부재중 형제들도 헛되이 시간을 보낸 것이 아니었다. 로마 주재 대사를 거쳐 파리 선출 대의원이 되어 있는 조제프는 이제 능력 있는 정보수집가이고, 약관 24세로 야당 당수가 된 뤼시앵은 연설이 능하고 격렬한 독설 때문에 두려움의 대상이 되었다. 거만함은 제어되었지만 너무 덤벼서 일을 잘 진행하는 데는 미흡한 뤼시앵이지만 쿠데타를 준비 중이고 지금도 그 일로 총재 가운데 한 사람인 시에예스와 논쟁하고 오는 길이다. 이제, 모자라는 것은 군을 통수할 숙련된 장군뿐이라는 단계까지 와 있다. 그리고 여기에 그 장군이 있지 않은가! 지금 뤼시앵은 나폴레옹 앞에서 속마음을 감추고 있다. 그러나 머지않아 실망하고 나중에는 미워하게 된다. 그 역시 위대한 보나파르트 가문의 강인한 정신을 소유하고 있었다.

오늘은 조제프의 동서 베르나도트도 있다. 깔보는 듯한 태도와 음험한 풍모의 교활하고 뱃속이 검은 위선자다. 보나파르트가 돌아왔을 때 인사조차 오지 않았다. 공화국의 절망적인 상황에 대해 이야기하는 보나파르트에게 베르나도트는 "아무튼 공화국은 외부의 적도 내부의 적도 제압할 방법을 찾아낼 것이 틀림없다"라고 말하면서 쏘는 듯한 눈길을 보냈다. 그 짓을 할 사람은 당신이라고 말하듯이 두 사람의 사이에 험악한 시선이 오갔다. 자제심이 강한 보나파르트가 정치와 그 위험성으로 화제를 바꿨고 나중에는 자코뱅당을 격렬하게 규탄했다. "하지만 그 조직을 창설한 것은 당신들 형제 아닌가"라고 베르나도트가 말했다. 보나파르트는 자제하면서 말을 이어갔다. "그러면 숲속에서라도 살고 싶군요. 안전 보장이 전혀 없는 사회의 한복판에 사는 대신에." 베르나도트가 비웃음을 흘리며 받는다. "이런! 이런! 당신에게 결여된 안전이란 것이 대체 뭔가요?"

발끈하는 보나파르트를 조제핀이 말렸다. 그러나 그들의 알력에 있어 간접적인 원인은 그녀에게 있다. 베르나도트가 데지레 클라리를 아내로 삼고 있기 때문이다. 그녀는 조제프의 처제이자 이전에 나폴레옹이 구애했을 때 그를 거절한 여자다. 베르나도트는 보나파르트가 포기한 여자와 결혼한 것을 유감으로 여기고 있다. 데지레 쪽도 놓친 고기가 커 보인다는 심사인지 아까워하고 있었다. 이 때문에 보나파르트는 그녀의 실의를 메워주려고 평생 헤아리지 못할 만큼의 선물을 그들에게 하게 된다. 그가 베르나도트를 계속 승진시키는 것도 그녀 때문이었다. 줄곧 그를 배신하는데도 말이다.

부재중인 1년 동안 일어난 무수한 사건들, 즉 무질서와 무능에서 생긴 심각한 정치 부패에 관한 내용을 형제와 심복들로부터 들은 시점에서 그는 즉시 행동을 하기로 결심한다. 권력을 점유하는 자의 수, 즉 총재의 수를 줄이고 그 임기를 연장한다. 10년 기한부로 임명된 3두에 의한 정치를 지배하여 흐트러진 권력을 단합시킨다. 이것이 지금 자신에게 부과된 사명이다.

보나파르트 장군의 귀환 이후, 뤽상부르 궁에서 편한 마음으로 시간을 보내는 자는 하나도 없다. 총재정부의 수뇌 5인은 장군과 나머지 4인의 동료를 경계하고 있기 때문이다. 누가 장군파인가? 시에예스는 뤼시앵의 친구이고, 바라스는 조제핀의 정부이며, 고이에는 바라스와 조제핀과…? 그리고 뒤코(1747~1816, 정치가)는? 물랭 장군은 기대할 수 있을까? 보나파르트는 귀국 후 검 한 자루를 그에게 선물한다. 금은으로 상감하고 다이아몬드를 박은 명품이었는데 물랭은 이것을 거절할 수 없었다.

사람들이 수군거렸다. 보나파르트의 행색이 너무 이상했기 때문이다. 귀국 직후 뤽상부르를 방문했을 때는 녹색의 예복에 중산모, 손에는 맘루크의 검이라는 실로 장군답지 못한 것이었다. 머리를 자른 것을 보고는 '깔끔한 차림으로 파리 시민의 마음을 잡기 위해서인가?'라고 수군댈 정도였다. 그러나 오늘은 전혀 다르다. 원래의 장군복으로 돌아가 정장한 측근들의 호위를 받으며 나아가는 그를 보고 파리 시민의 눈이 휘둥그레졌다. 이 장중한 행렬에서는 어떤 좋은 징조도 읽을 수 없었다. 상관인 5인의 총재 앞에서 질문하고 있는 것은 그였다. 마치 하대하는 것 같았다. 반 보나파르트파들이 총재들에게 귓속말을 한다. "왜 그렇게 벌벌 떠나요? 이집트 원정은 실패였어요! 군을 포기한 죄로 체포해 버리세요!"

이 시기 보나파르트는 자코뱅 당수부터 부르봉가의 대리인까지 많은 방문객을 맞이했다. 극좌거나 극우거나 조언을 청하는 자에게는 조언을 주되 속마음은 가슴속에 간직해 두고 빈틈없이 행동하고 있었다. 마치 오랜 여행으로 집을 비운 사이에 일어난 가정불화에 질리면서도 참을성 있게 귀를 기울이는 가장처럼. 파리로 돌아와서 2주 동안 긴장 상태는 더해갔다. 국사國事는 정지된 것이나 마찬가지였다. 5인의 총재가 통치하는 대신 음모를 꾀하고 있기 때문이다. 양원의 혼란으로 그들의 권위는 실추하고 새로운 정체政體는 어디서 불어오는지조차 모르는 바람에 흔들리면서 공중을 떠돌고 있다. 민정民政을 장악하는 것은 누구인가? 군을 장악하는 것은 또 누구인가? 물랭 장군? 보나파르트 장군?

내일 무슨 일이 일어날지 모르는 이 시기에 보나파르트는 학술원에서 수에즈의 고대 운하 및 히에로글리프(고대 이집트의 그림 문자)를 새긴 돌에 관한 보고를 하고 있었다. 11월 1일, 마세나의 승리를 축하하는 공식 만찬장에 그의 모습은 없었다. 보나파르트는 어디 있는가? 동료의 승리 같은 건 축하하기 싫은 것일까?

그는 뤼시앵의 저택에 있었다. 탈레랑의 노력이 결실을 맺어 간신히 두 사람의 회담이 성사됐다. 시에예스와 보나파르트, 야심만만하고 지적知的이란 점에서 막상막하인 두 사람이 서로 대치하고 있었다. 한쪽은 공화국 헌법을 제정한 남자, 또 한쪽은 절대적 영향력을 가진 남자다. "나는 프랑스를 대국으로 만들었다"라고 보나파르트가 말하면, "그 전에 우리가 국가를 만들었기 때문이다"라고 시에예스가 되받는다. 두 사람은 쿠데타의 세부내용을 굳히고 정해진 날에 자코뱅당 음모설을 유포하기로 한다. 이것으로 두려움에 떠는 양원은 파리에서 생클루로 옮기기로 할 것이다. 만일을 위해서 당일 보나파르트가 파리방위군 총사령관으로 임명받기로 한다. 시에예스는 이 안을 승낙했다. 동석한 뒤코도 이해했다. 다른 총재는 설득 내지는 협박, 안 되면 돈으로 매수하면 된다. 하지만 고이에는 어떻게 할 것인가? 처치해 버리자. 힘으로 양원을 해산시키는 길밖에 없다고 뤼시앵이 권한다. 그러나 그날 밤 혼자 있게 되자 보나파르트는 생각한다.

'힘이라고? 그런 경솔한! 4년 전 실컷 보지 않았는가, 힘을 행사하면 어떻게 되는지를. 아주 합법적인 것처럼 위장하는 것이 중요하다. 대포도 피도 체포도 없는 쿠데타, 이것이 성공의 비결이다. 아니면 1년 후에는 또 같은 일이 시작된다. 10년에 걸친 혁명으로 힘이 쇠한 공화국은 투쟁에 질려 있다. 아마조네스라도 기진맥진해서 지금은 강한 남자가 지켜주기를 원하고 있다. 시에예스를 기대할 수 있는가? 그 대머리 안에서 무엇을 생각하고 있을까? 10년 동안 헌법 제정을 맡고 있는 자다. 오직 관념론자임이 뻔하다. 지금은 유능한 장군을 찾고 있지만, 일이 끝나면 처치 곤란으로 내쫓으려 할 것이다. 내가 돌아오지 않았더라면 모로를 선택했을 것이 틀림없다. 하지만 나는 모로도 시에예스도 길동무로 하겠다. 일단 운명을 같이 하겠다. 베르티에, 부리엔, 뮈라, 마르몽, 르클레르는 절대 안심이다. 뤼시앵? 지금으로는 걱정 없다. 베르나도트? 그 고약한 눈길로 보아서는 어떤 녀석인지 짐작이 간다. 하지만 당장 움직이지는 않을 것이다. 탈레랑? 녀석은 위험하다. 그러니 내 편으로 만들어 두는 것이 좋다. 주저할 때가 아니다. 파리에는 장수將帥가 너무 많다.

달이 바뀐 11월 2일 밤, 새로운 밀담이 탈레랑의 저택에서 이루어졌다. 두 사람만의 논의는 새벽까지 이어졌다. 한데, 갑자기 집 앞이 떠들썩해지고 기병과 경찰이 달려오는 소리가 들렸다. "보나파르트는 창백해졌다. 아마 나도 마찬가지였을 것이다. 둘 다 체포되는 것은 아닌지 두려웠다"라고 후년 탈레랑은 술회한다. 등을 끄고 살그머니 복도를 지나 창가로 다가간다. 단순한 거리의 사건이다. 두 사람은 가슴을 쓸어내린다. 그런데 총재정부는 어째서 그들을 즉시 체포하지 않았을까? 이런 위험한 사람들을? 보나파르트의 이름이 너무도 영향력이 컸기 때문이다.

1월 6일, 보나파르트와 모로의 귀환을 축하하는 대대적 행사가 거행되었다. 모로가 주빈이다. 총재들은 보나파르트와 막상막하로 모로도 경계하고 있었다. 그리고 모로 쪽도 경계를 게을리하지 않았다. 이 자리에서 그가 손댄 것은 충실한 하인에게 나르게 한 빵과 계란뿐이었다. 반 시간 후 모로는 자리에서 일어났다. 자리를 함께한 라이벌들을 실각시키기 위한 준비를 동료들과 진행하기 위해 다음날인 7일 밤 탈레랑, 뢰드레, 시에예스가 보나파르트 저택에서 만났다. 자기편으로 끌어들이려고 점을 찍어둔 얼굴들도 초대되었다. 쥴당(1762~1833, 원수)과 베르나도트이다. 저녁 식사 후, 보나파르트는 쥴당에게 말한다. "의견이 있으신지?" 지금까지 거의 면식이 없던 두 장군이 시선을 교환한다. "귀하의 의견은?"이라고 답하는 상대에게 칼 손잡이를 잽싸게 쥐어 보이는 보나파르트. 일동은 48시간 이내에 우유부단한 이들을 동료로 끌어들이고 궐기한다는 결론에 도달한다. 뮈라, 랑느, 마르몽이 각군 장교에게, 베르티에가 각 군 참모에게 예고하는 역할을 맡는다.

형의 후광으로 500인회(총재정부 시절의 하원에 해당한다. 상원은 상원로회의이다)의 의장을 맡고 있는 뤼시앵은 회의장에서의 논쟁을 유도하는 역할을 맡는다. 원로회의 의장에게도 예고하여, 집행관들에게는 특정 의원을 다음번 회의에는 소환치 않도록 요청하기로 한다. 파리방위대 총사령관으로 임명된 시점에서 보나파르트는 즉시 튈르리 궁의 통제를 랑느에게, 부르봉 궁의 통제를 뮈라에게 맡기기로 한다. 조제핀은 고이에 부부를 아침 식사에 초대하고, 보나파르트는 바라스의 점심 식사에 불쑥 얼굴을 내밀도록 하자. 바라스의 경계심을 누그러뜨릴 수 있을 것이다. 조제핀은 베르나도트를 맡는다, 적어도 방해하지는 않도록. 뢰드레는 성명문을 작성하고 이것을 그의 아들이 친구의 인쇄소에서 인쇄한다.

'브루투스의 심중은 이보다 더 동요했을까? 보나파르트는 가만히 생각한다. 우리도 뭔가를 없애버리려 하고 있다. 그렇다, 이 무정부 상태를! 새로운 시대가, 새로운 세기가 지금 바로 시작하려 한다. 여기에는 얼마나 많은 비열한 행위와 얼마나 많은 음모가 소용돌이치고 있는가! 야전 생활이 훨씬 나을 듯하다.

XIX

브뤼메르(안개의 달) 18일(1799. 11. 9.), 안개 자욱한 가을날의 이른 아침, 보나파르트의 집 맞은편 거리가 부산하다. 말이나 마차를 타고 도착하는 장교들 때문이다. 거의 모두가 이탈리아 원정을 함께한 동료들이다. 저택 안은 좁아서 모두가 마당에서 대기한다. 그들은 정원을 왔다갔다하며 자신들의 승산에 대해 토론한다. 마치 라인 강변에라도 와 있는 듯 활기차고 명랑하다. 사람들의 눈에 띄지 않게만 하면 된다. 아침 6시면 군복을 알아보는 일은 없으리라. 만사가 순조롭다. 모든 것이 예정대로 진행되고 있다는 밀정의 보고가 차례로 날아든다. 방해가 되는 대의원을 제명하기 위한 양원은 7시에 소집되었다. 내통을 받고 첫 번째를 목표로 등원한 자들이 착석하자, 뤼시앵은 500인회에서 그 동료는 원로회의에서 보나파르트의 파리방위대 총사령관 지명 투표를 불과 10분 만에 단행한다.

전령이 봉인한 임명장을 가지고 온다. 이것이 만사가 합법적으로 진행되었다는 증거이다. 지지자 앞에 모습을 나타낸 보나파르트는 즉시 말을 타고 출발하고 호위대가 따라간다. 길 가는 사람들이 놀란 모습으로 행렬을 바라보지만 의도를 간파하지는 못한다. 마들렌 대로에서는 이탈리아 전투에 참전한 기병 연대가 연대장의 명령도 기다리지 않고 행렬에 합류했다. 다른 장교들도 뒤코와 함께 뒤를 따른다. 마르몽이 새벽에 그들을 자택으로 소집해 마술馬術 학교에서 빌려 온 말을 주었던 것이다.

튈르리의 정원은 말에 탄 채 대기하는 장교들로 가득했다. 보나파르트는 말에서 내려 원로원 회의장으로 들어갔다. 어두컴컴하고 낯선 회의장, 그를 얕보는 패거리 앞에서 일장 연설을 할 셈인가? 왜 그는 헌법에 선서하는 것만으로는 만족하지 않는가? 연단에서 그의 목소리가 울렸다.

"아시는 바와 같이 공화국은 존망의 위기에 있습니다. 여러분이 통과시킨 법이 공화국을 살릴 것입니다. 역사상 이 18세기 말과 같은 시기는 없으며, 18세기 말 중에서도 지금과 같은 순간은 전무합니다. 우리는 자유와 평등에 기반한 공화국을 원합니다. 우리는 그런 공화국을 갖게 될 것이며, 모든 자유의 친구들의 도움을 받아 나는 공화국을 구할 것입니다. 내 이름을 걸고, 전우들의 이름을 걸고 맹세합니다!"

"우리는 이를 맹세한다!" 그리고 그에게 충성을 맹세하는 병사들의 목소리가 열린 문을 통해 메아리가 되어 호응했다. 원로원의 변호사들은 이 자리가 매우 거북하다. 한편, 보나파르트는 회의장을 나서며 한시름 놓는다. 저 눈, 저 안경, 저 소심한 남자들…. 그러나 자신의 거창한 표현과 말투가 의원들의 불쾌감을 샀다는 것을 그는 알아차리지 못한다. 건물 밖으로 나온 그는 말을 타고 공화국을 구하자고 병사들을 향해 외쳤다. 그 목소리는 잠시 전 단상에서 질러댄 그것과는 크게 달랐다. 겁먹은 느낌이 조금도 없다.

그동안 뤼시앵이 500인회의 회의를 다음날 아침까지 연기했다.

그런데 이게 어쩐 일인가? 총재들을 호위해야 할 기마대가 갑자기 출현하자 보나파르트는 놀란다. 우리 편인가? 적인가? "시에예스가 보낸 것인가?"라고 묻자, 대장은 먼저 고개를 가로젓더니 쓴웃음을 지으며 끄덕인다. 승마가 서툰 시에예스를 지켜보다 그의 명령을 기다리지 않고 출발해 버린 것이다.

2주일 전부터 시에예스는 승마 연습을 하고 있었다. 거친 말을 타고 호위대의 선두에 서서 장군과 합류하여, 모여든 군중 앞에서 그를 포옹할 수 있도록 말이다. 그런데 뤽상부르 궁 앞에 버려진 상태가 되고 말았다. 그 가련한 사제는 낭패감에 화를 벌컥 내고, 고분고분한 뒤코와 함께 마차로 뒤를 쫓아왔다.

거처를 정하지 못하고 있던 무장武將 물랭은 숙고 끝에 보나파르트 측에 붙기로 한다. 라이벌이라고는 하나 8천의 병력을 거느리는 젊은 장군의 역량을 높이 평가한 데다가, 부관으로부터 보나파르트가 파리 시내의 요충지를 모두 제압하고 있다는 보고를 받았기 때문이었다. 이 시점에서 그는 '장군에 따른다'라는 요지의 글을 보낸다. 반발심이 강한 고이에는 울컥하여 집을 뛰쳐나갔다. 수상한 이른 아침의 초대에는 아내만을 인질로 출석시켰다. 그녀가 조제핀과 차를 즐기는 동안 보나파르트는 그녀의 남편을 배신한다. 고이에의 애인이 아니라 그가 사랑하는 프랑스를 뺏음으로써.

초기 정보를 입수한 시점에서 고이에는 동료 전원을 자택으로 초대했다. 그러나 아무도 오지 않았다. 총재 중 3인은 이미 적측으로 돌아섰으며, 바라스로부터는 목욕 중이라는 전갈이 왔다.

총재 사임의 서명을 받으려고 탈레랑이 밀사로 방문했을 때 바라스는 면도를 하는 중이었다. 오늘은 제대로 얼굴 손질을 해야겠다는 듯이. 그러나 탈레랑의 을러대는 듯한 눈초리에 어이없이 양보한 그는 자유통행증과의 교환으로 이를 받아들이겠다고 답한다. 이를 전달하기 위해 보나파르트에게로 간 바라스의 비서는 사람들 면전에서 매도되었다.

"평화와 승리의 기쁨에 찬 프랑스를 뒤로하고 나는 출발했었다. 그런데 어떤가, 돌아와 보니 프랑스는 욕되고 분열되어 있지 않은가. 나는 무수한 그리고 무적의 군대를 남기고 떠났다. 그러나 이들 군대들은 궤멸 내지 타도당하는 쓰라린 경험을 맛보고 있다. 그들 10만의 군사들, 나의 전우는 어찌 되었나? 죽었다. 모두가 비참하기 그지없다! 이런 참사의 장본인, 이만한 불행을 일으킨 자들이 국사에 이름을 올린다는 것은 이제 안 될 말이다. 그들은 사임하고 망각 속에서 살아야 한다."

소심한 비서관은 벌벌 떨었다. 보나파르트는 침착과 냉정 그 자체였다. 그러나 100명 가까운 목격자들 앞에서 화가 난 척 행동하는 것은 통쾌한 일이다. 그의 발언은 온 파리에 퍼질 것이다.

거기에 느닷없이 고이에가 나타났다. 용감하게도 그는 절대적인 영향력을 가진 남자에게 그 행위는 협박죄에 해당한다고 말한다. 그는 총재정부에 대한 의무를 잊지 말라고도 한다.

"총재정부 따위는 이젠 없다! 현재 공화국은 위태롭고 나는 이를 구하고 싶다! 시에예스, 듀고, 바라스는 사임했다." 보나파르트가 소리쳤다. 그때 물랭으로부터 서면이 도착했다.

"귀하는 물랭의 친척인가? 아닌가? 음, 그도 사임이군! 귀하도 사표를 연기하지는 않겠지?"

고이에는 의지가 강하고 결벽증이 있는 사람이다. 사임을 거절하고 뤽상부르 궁으로 돌아온 그는 일당과 함께 만사의 결말이 날 때까지 대의원 500명의 비호에 몸을 맡긴다.

한편 바라스는 비서관이 돌아오는 것을 안절부절못하며 기다리고 있었다. 보나파르트는 수년간의 한을 지금 풀 셈인가? 조제핀은 변덕스러워서 기대할 수 없다. 이때 탈레랑이 다시 나타난다. 자유통행증과 돈주머니를 손에 들고서. 바라스가 이 돈을 받았는지, 탈레랑이 자기 역할의 보수로 챙겼는지는 아무도 모른다.

이렇게 해서 이날 보나파르트는 화국 통치자 5명의 권리를 박탈했다. 그러나 이것은 첫날에 불과하다. 양원의 승인을 얻어야 한다. 내일 생클루에서 사태는 더욱 격화되겠지. 이날 밤 보나파르트 가에서는 논의가 뜨거웠다. 의회의 동태에 정통했고 이날도 동분서주한 뤼시앵이 격노한 것도 당연하다.

"오늘 하루 동안 모든 것을 매듭지었어야 했다. 적에게 지나치게 시간을 주었다. 놈들은 이미 한 방 먹었다고 500인회를 규탄하고 있다. 이래서는 내일의 형세도 어찌 될지 알지 못한다. 군의 힘으로 양원을 해산하고 위험 분자를 체포해야 한다!"

확실히 내일은 여러 가지 어려운 일이 일어날 것이다. 베르나도트는 적대파의 장에게 붙으려고 자코뱅파에 작업하고 있었다.

"베르나도트와 그 일당은 비열하다."

측근들은 적대파에 붙는 장군들을 체포하도록 탄원하지만, 보나파르트는 외견상의 합법성을 고집한다.

"내가 베르나도트를 두려워하고 있다고 세상이 말할지도 모르겠으나 비합법인 행동을 했다고 규탄받을 일은 절대 피해야 할 것이다. 파벌의 힘도 군사력도 사용해서는 안 된다. 모든 인민이 자기가 선출한 대표자를 통해 결의에 참가해야 한다. 내전도 안 된다. 시민의 유혈은 우리에게 자폭행위와 같은 것이다."

이날 밤 그는 장전된 권총을 가까이에 두고 잤다.

X X

마차, 4륜 마차, 기병, 보병이 일렬종대로 생클루로 간다. 마치 열병식 같다. 보나파르트 역시 사람들 눈에 띄지 않도록 마차로 간다. 최후의 순간까지 헌법상의 절차를 존중한다. 이것이 오늘 스스로에게 부과한 임무다. 그렇다면 어제는 법률에 어긋난 사태가 일어나기라도 했다는 말인가? 양원은 더 안전할 것이라 생각한다면, 자신들의 의석을 시의 관할구역 밖 장소로 옮길 권리를 가지고 있지 않다는 것인가? 그것도 자코뱅파의 폭동으로부터 몸을 지키기 위한 조치가 아닌가? 총재들은 사임할 권리를 가지고 있지 않다는 말인가? 구실로 썼다고는 하지만, 자코뱅파가 파리에서 폭동을 일으킬 위험성이 전무하다는 뜻은 아니겠지? 오늘이야말로 양원은 공개투표에 의해 헌법을 수정하여, 잠정적으로 3명의 통치자를 선출하는 것이다. 로마의 3두정치를 본떠 '통령'이라고 부를 세 사람을. 따라서 양원의 의원회의는 연기된다. 만사 법률에 의거하고 있지 않은가?

대의원들의 견해는 달랐다. 평시에는 인기가 없는 생클루의 궁전이 그들의 논쟁과 저항의 외침으로 떠들썩하다. 이 심의를 위해서 급거 정비된 회의장은 오후 1시가 되지 않으면 열리지 않기 때문에 회의가 시작되기 훨씬 전부터 장외에서 과열된 의론이 교환되고 있었다.

생클루성城의 정원에 면한 작은 방에 미래의 통령 3인이 대기하고 있다. 시에예스와 뒤코는 의자에 앉아 있었고, 보나파르트는 차례로 들어오는 정보에 귀를 기울이며 실내를 돌아다니고 있다. 이 상태라면 좌석을 설치하는 데도 오전 내내 걸릴 것이다. 그 후 의원 하나하나의 선서가 시작된다. 한 사람에 최소 2분이라 해도 한없는 시간이 걸리게 된다. 저런 변호사 놈들의 결정을 이런 작은 방에서 기다려야 하다니 이 무슨 치욕인가!

그러는 동안에 원로회의 의원은 1층 아폴론 실에, 500인회의 의원은 다른 건물의 오랑쥬리에 자리를 차지한다. 각 회의장에는 방청인도 있다. 모두가 신원이 확실한 시민이다. 선서 후, 양원이 다 토의에 들어간다. 뤼시앵이 의장을 맡고 있는 500인회에서는 얼마 되지 않아 반대파가 우세하게 된다. 이에 기세가 오른 자코뱅당 의원이 창밖에 늘어서 있는 병사들을 가리키며 "크롬웰 (1599~1658, 영국의 정치가이자 군인. 찰스 1세를 처형하고 공화제를 출현시켜 독재정치를 했다)을 타도하라. 독재자를 타도하라!"라고 부르짖어 결국 만장일치로 반대파의 승리가 된다. 원로회의 쪽은 거취를 정하지 못해 두 번째로 휴식에 들어가 있다.

막다른 곳의 작은 방으로 들어오는 정보는 계속 우려할 만한 것이 되고 장교들은 걱정하기 시작한다. "놈들을 해산시켜야 한다! 병사들도 대기하고 있다!"

대답 대신 차가운 시선으로 그들을 본 보나파르트는 무기를 잡고 말없이 원로회 회의장으로 간다. 따르는 자들이 머리를 가로저으며 서로 마주 본다. 전투의 불을 뿜기 전에 어제처럼 일장 연설을 할 셈인가? 의장은 당돌한 출현에 놀랐지만 발언을 허락한다.

"어제 파리에서 여러분에게 지명될 때까지 나는 마음 편히 살고 있었습니다. 그런데 하룻밤이 지나자 모략을 뒤집어쓰고 있습니다. 귀국 이래, 반란을 꾀하는 모든 당파가 몰려왔습니다. 어쨌거나 나를 자기편으로 만들려고 말이죠. 시간을 낭비하고 있을 때가 아닙니다. 원로회의는 태도를 결정하십시오. 나는 음모가가 아닙니다. 여러분은 내가 어떤 인물인지 알고 있을 것입니다. 조국에 대한 헌신의 증명은 충분히 보여드린 셈입니다. 반란 분자를 앞에 두고 떨 내가 아닙니다. 대프랑스 동맹 여러 나라도 나를 꺾지 못했습니다! 내가 배신자라면 여러분이 브루투스가 돼도 좋습니다."

곤혹스러움과 쓴웃음, 어째서 그는 여기서 이런 말을 지껄이는가? 자신의 입장을 알지 못하고 있는 것이다. 그래서 이런 말까지 내뱉는다.

"우리는 지금까지의 경험을 어떻게 살려야 할지 생각하여 이를 배우고 싶다고 생각하고 있습니다. 전 국민은 이 점을 이해해야 합니다. … 모든 불만분자가 … 현 정권의 추락에 편승하려 하고 있습니다. 그래서 모든 당파가 나를 끌어들이려 하고 있습니다. 그러나 나에게는 원로회의와만 손을 잡아야 한다는 신념이 있습니다. 조국 구원의 열쇠는 여러분 손에 있습니다. 만일 여러분이 이것을 행사하지 않아 자유가 무너지게 되면 여러분은 세계에게, 자손에게, 프랑스에게, 여러분의 가족에게 책임을 져야 할 것입니다."

그의 사고思考는 점점 혼란에 빠지고, 의원들이 연단으로 몰려와서 연설을 막고 모욕적 언사를 퍼부었다. 갑자기 보나파르트는 빙글 방향을 바꾸더니 보이지도 않은 병사들을 향해 말을 꺼낸다. 아마도 말을 둘러댈 셈인 듯했다.

"병사 제군! 나의 동지여! 지금 이 성벽을 에워싸고 있는 용감한 정예 용사들, 그것으로 수많은 승리를 올린 제군의 총검을 즉시 내 가슴을 향해 들이대라. 그러나 만일 외국에 매수된 자들이 제군의 장군에 대해 '추방!'이라는 말을 퍼부으면 백전불굴의 병사들이여, 제군은 즉시 이 비열한 자들을 섬멸하라! 내가 군신軍神과 함께 걷고 있다는 것, 행운의 여신과 함께 있다는 것을 잊지 말

236

라!"

조소가 터졌다. 이래서는 연사는 물론, 쿠데타 자체도 웃음거리 속에 묻히지 않을 수 없다. 인파를 헤치고 보나파르트에게 다가온 부리엔은 팔을 붙잡고 속삭였다.

"장군님, 당신은 지금 자신이 무슨 말을 하는지 모르십니다!"

보나파르트는 그의 뒤를 따라 총총히 회의장을 떠난다. 대의원 하나가 그 자리를 수습하려고 열변을 토한다. 전란의 가운데서도 항상 냉정하고 침착했던 그의 두뇌가 어째서 배신행위를 저질렀을까? 이 진지한 자리에서. 타고난 지도자인 보나파르트는 남에게 머리를 숙이는 법을 모른다. 필요에 따라서는 아부, 협박, 시간 벌기, 거짓말을 노회한 외교관보다 잘하고 지금까지 온갖 교섭에서 수완을 발휘해 왔다. 그러나 그것은 상대와 대등한 입장에 있었을 뿐 아니라, 항상 대포가 곁에 버티고 있었기 때문이었다. 요구하는 답을 얻지 못할 경우에 대비해서…. 그런데 지금 그는 자신이 만든 것도 아닌 법에 따라야 하는 것을 참을 수 없는 것이다. 그가 존중하는 합법성과 질서는 자신이 제정한 것이지 기존의 것이 결코 아니다.

그는 한 국가를 혼돈에서 구해내서, 다른 통치 형태로 이끌 능력이 있다고 자부하고 있다. 자신에게는 출신이나 빈곤 등 운명 때문에 불편을 입는 일이 없는 통치 형태로 만인을 이끈다는 자신감이 있다. 더구나 이 능력에 의해서 절대적인 권력을 장악하고 있지 않은가. 그런데 지금 이 권력을 공인하기 위해서 무능한 무리에게 머리를 숙여야 한다. 10년에 걸친 정쟁에 의해 추락하고 분열한 대의원들에게, 진작 내 것이 되어야 할 권력을 왜 지금 새삼스레 놈들에게 확인받을 필요가 있는가?

이동 '학술원'의 회의에 참가하여 학자들과 열심히 배우고는 있지만, 이러한 정치적 회합의 분위기에 익숙하지 못한 그는 이 시점에서 일이 성사되었다고 생각한다. 그래서 전부 순조롭다고 조제핀에게 전하고 자기편을 격려하며 이번에는 500인회의 회의장으로 급히 간다. 만일을 위해서 신중한 부하가 정예 척탄병 4명을 동반케 한 것은 다행이었다. 자신의 신념을 완수하기 위해서는 호위를 받지 말아야 했는지도 모른다. 호위의 선두에 서서 그는 500인회의 의사당으로 들어간다. 군모를 쓰고 승마용 채찍을 손에 든 채.

"보나파르트다!" 사람들이 일제히 입구 쪽을 돌아본다. 자코뱅파의 한 의원이 소리친다. "무슨 일인가? … 의사당에 칼을 들고? … 무장 군사?" 주먹질하며 달려드는 몇 명의 의원, 이를 저지하려는 척탄병이 보나파르트를 에워싸고 대신 주먹을 맞는다. 주변에 일어나는 소음과 혼란과 격렬한 몸싸움. 슬금슬금 후퇴하면서 보나파르트와 4인의 척탄병은 간신히 호구를 벗어난다. 입구에서 측근에 둘러싸인 그는 낭패한 나머지 말도 못 하고 몇 초 동안 그 자리에 서 있었다. 하지만 바로 정신을 차리고 안쪽 작은 방에 이른다.

이탈리아 전투 중에 보나파르트는 자주 대열의 선두에 섰다. 로디에서는 전투의 와중에 억지로 그를 뒤로 돌려세워야 했을 정도였다. 그러나 이 회의장에서 그는 태어나서 처음으로 총칼을 쓰는 것이 규칙에 어긋나는 험악한 싸움에 휘말렸다. 이와 같은 상황이 그의 인생 종반에도 재현된다. 상대가 비무장이라고 간주되는 이상, 그는 검을 뺄 수 없다. 가령 그 자리에 무기를 휴대하고 있지 않은 자가 없었다 해도 그것은 할 수 없다. 무기에 의존하는 순간 쿠데타의 원칙이 무너지는 것이다.

그러나 간신히 벗어난 이 위기 자체가 그의 원칙을 바닥에서 뒤집어엎었다. 모두가 달려들어 그에게 폭력을 휘둘렀다. 분노에 겨워 실내를 돌아다니며 자존심을 손상당한 분한 마음에 자기도 모르게 얼굴을 할퀴었다. 피! 일순에 그는 냉정을 되찾는다. 그렇지, 폭행을 당했다. 이것으로 부끄러움을 모르는 것들이 파리방위군 총사령관에게 어떤 짓을 했는지 병사들에게 보여야지. 먼저 공격을 당한 것은 자기 쪽이라는 생각이 지금까지 고집해 온 신념을 포기하게 했다.

500인회의 의사당에서는 뤼시앵이 형을 위해 분투하고 있었다. "추방이다, 무법자를 쫓아버려라!" 하고 부르짖으며 발칵 뒤집힌 장내. 뤼시앵은 종을 흔들어 소란을 진정시키려고 하지만 헛일이다. "평결을! 보나파르트 '추방'의 평결을!" 혁명기에 추방이라는 말이 무엇을 의미했는지를 모르는 자는 없다. 공포정치의 재현을 예감케 하는 이 말은 온건파를 전율시켰다. 법과 권리의 대표자로서 의장을 맡고 있던 뤼시앵은 이것을 기회로 거창한 몸짓으로 예복을 벗더니 직무 포기를 선언하고 의사당을 서둘러 빠져나간다.

민권 박탈의 위기에 처했다는 동생의 말에 안면이 창백해진 보나파르트는 고함을 지르며 창가로 다가간다.

"무기를 들어라!"

하지만 마당으로 뛰어나간 그는 병사들에게 사기가 없고 시기가 무르익지 않았다는 것을 즉각 알아차린다. 이미 저녁노을이 엄습하고 있다. 이대로라면 만사가 끝이다. 이때 뤼시앵이 나왔다. 형제는 기마로 대열을 갖추는 병사들의 앞을 달려서 사기를 고무한다.

철책 뒤에서는 두 남자가 마차 안에서 동태를 살피고 있다. 경과에 따라 도주와 통치, 둘 중의 하나라고 결정한 시에예스와 뒤코, 즉 미래의 통령들이다. 둘 다 사고능력을 잃은 듯했다.

이 자리의 사태를 파악하고 있는 것은 뤼시앵뿐이다. 이 젊은이는 형이 의원들에게 말하는 것보다 훨씬 능란하게 병사들에게 호소했다.

"시민 여러분, 병사 여러분! 500인회 의장은 여기서 밝힌다. 현재, 의회에서 대다수 의원들이 단검을 가진 일부 의원에게 협박당하고 있다는 것을. 이들 일당이 단상으로 몰려와서 동료에게 비수를 들이대고 최악의 의결을 강요하고 있다는 것을! 영국에 매수된 것이 틀림없는 이들 불손한 폭도들이 원로회의에 대한 봉기를 일으키고 있다는 것을! 의회에서 정무 실시를 맡고 있는 보나파르트 장군에게 '추방'을 강요한 것은 마치 다시 공포시대로 되돌아간 것 같다. 놈들이 통치하고 있던 그 시대, 추방이라는 말로 조국에서 가장 존귀한 사람들의 목을 떨어뜨리는 데 충분했던 그 시대로.

장군, 병사 여러분, 그리고 모든 시민 여러분, 귀하들은 우리와 함께 지금 이 자리에 온 의원만을 프랑스의 입법자로서 승인해 주시길 바란다. 그 이외의 자, 즉 오랑쥬리에 앉아서 이를 점거하고 있는 자는 단호히 타도해야 한다!"

입술을 굳게 다물고 귀를 기울이던 형이 "저항하는 자는 죽여라! 죽여야 한다! 나를 따르라! 나는 군신이다!"라고 절규했다.

더이상 말하게 하면 곤란하다. 뤼시앵이 형을 말린다.

"그만둬. 상대는 맘루크가 아니야!"

"보나파르트 만세!" 병사들은 둘을 향해 소리쳤다. 민정과 군정의 통일을 구현하는 형제를 향해서. 하지만 움직일 기색은 전혀 없다. 즉시 행동에 옮기지 않으면 만사가 수포로 돌아간다. 다음 순간, 뤼시앵은 옆에 있는 장교의 검을 빼앗더니, 그것을 형의 가슴에 들이대면서 소리를 지른다. "만에 하나 그가 프랑스의 자유를 침해하는 일을 한다면, 이 가슴을 단번에 찌를 것을 맹세한다. 내 형의 가슴을!" 이 말이 병사들의 가슴을 울렸다. 장군 부인의 가슴을 다루는 데는 누구에게 뒤지지 않는 뮈라가 형제의 뒤를 따를 것을 부하에게 명하고 나서 크게 외쳤다. "제군이여, 폭도를 제거하라!"

오랑쥬리로 달려온 병사들은 총검을 들이대며 누구도 상하게 하는 일 없이 명랑하게 농담하면서, 저항하는 의원들을 밖으로 몰아냈다. 저녁 어둠이 밀려드는 의사당은 법관모와 법의, 간수의 모자가 뒤엉켜서 필설로는 다할 수 없는 혼란 상태로 변했다. 최후의 한 무리는 창문을 통해 달아났다.

그동안 판단이 빠른 뤼시앵은 원로원 회의장으로 달려가서 이 일을 최대한 과장해서 보고했다. 이어서 일어난 혼란에 편승해 통령 3인의 임명을 획득하는 동시에 500인회의 의사議事를 밤까지 휴회하는 요지의 승인을 매듭지었다.

허기진 배를 움켜쥐던 쿠데타의 주모자들은 가까운 여관으로 식사를 하러 떠났다. 그날 밤, 열심인 보나파르트파의 대의원이 어질러진 오랑쥬리에 재집결했다. 프랑스 국민의 대표로서 남은 30명의 남자가 촛불 아래에서 시민의 요구를 검토하는 것을 한 무리의 미남 미녀가 재미있다는 듯이 바라보고 있었다. 밤을 새워 까다로운 절차를 구경하는 상류사회 패거리들은 아랑곳하지 않고, 지칠 줄 모르는 뤼시앵은 이 정치적 의식을 엄숙하게 관장하여 새벽 2시 북소리에 맞추어 3인의 통령에게 선서를 촉구했다. "공화국 만세!" 완전히 지친 목소리가 저마다 흩어져 울려 퍼졌다.

3시 보나파르트는 부리엔과 파리로 돌아온다. 그동안 한마디도 입을 열지 않았던 그가 "부리엔, 내가 역시 하찮은 말을 지껄였나?"라고 말한 것은 저택에 도착해 조제핀의 거실에 들어가서였다.

"그렇게 나쁜 것은 없었습니다, 장군."

"멍청이들이 나를 겁먹게 했어, 내게는 의회 경험이 없어…."

이때, 그의 머리에는 사적私的 분노밖에 없었다. 쿠데타에 대해서도 오늘의 놀라운 성과에 대해서도 아닌, 그의 뇌리를 차지하고 있는 것은 개인적 원한뿐이다. 내일부터는 프랑스를 통치하려고 하는데 말이다.

"베르나도트 녀석…, 나를 추방해야 한다면 자기가 힘을 쓰겠다고 말한 모양인데…. 녀석은 마누라 엉덩이에 깔려 산다. 나는 지금까지 녀석에게 충분한 보답을 해왔지 않은가. 그것은 자네가 가장 잘 알고 있을 거야. 후회되는 것은 녀석을 너무 제멋대로 하게 두었던 것이야. 머지않아 녀석을 벽지로 내쫓고 말 테다. 그 밖에 달리 원한을 풀 방법은 없어. 쉬게나, 부리엔. 내일부터는 우리가 뤽상부르에서 자게 될 거야."

그로부터 대략 6주 후인 1799년 12월 24일, 보나파르트는 제1통령이 되었다.

3

거대한 강물

마렝고 전투에서 나폴레옹 2세의 탄생까지

수 세기에 걸쳐 헛되이 요구되어 온 것,
그는 맑은 눈길로 그것을 발견한다. 드디어 부차적인 것은
모두 사라지고 필수 불가결한 것,
즉 육지와 바다만이 남는다.

— 괴테 *Johann Wolfgang von Goethe* —

I

큰 원탁을 20여 명의 남자들이 둘러싸고 있다. 젊은이도 있고 노인도 있으나, 모두 강고하고 깊은 눈매에 간소한 예복을 입은 자들이다.

1800년에 유행하는 스타일의 가발도 프릴 모양의 가슴 장식도 보이지 않는다. 군복을 입은 자도 있으나 테두리 장식도 훈장도 없다. 이곳에 있는 것은 기술자, 이론가 등 관청이나 원정지, 주둔지, 연구소에서 온 사람들이고 누구나 10년에 걸친 혁명을 겪어 실제 나이보다 노숙하다. 혁명에 마침표를 찍을 것을 단호히 결의하고 있는 모습들이다.

지금 그들이 자리를 차지하고 있는 곳은 부르봉 일족이 떠나간 뒤의 튈르리 궁전이다. 이전에는 프랑스 고급 귀족의 저택이었던 만큼 웅장한 건물이다. 그 차갑고 엄숙한 풍취, 면직물이나 벨벳의 호화로움은 그들의 부르주아적 실리주의와 어울리지 않는다. 총재정부 수뇌는 아름다운 애인들을 위한 명랑한 연회에는 귀족들의 저택을 이용하고 있지만, 직무는 뤽상부르 궁전에서 보고 있다. 튈르리에는 숙명적인 불행의 그림자가 들러붙어 많은 망령으로 에워싸여 있다고 생각하는 듯하다. 그러나 새로 등장한 독재자는 그러한 악령을 일소하고, 쿠데타로부터 2개월 후에는 다른 통령들과 함께 이리로 옮겨와 살고 있다.

총재정부 수뇌의 등장은 엄숙하다기보다 우스꽝스러웠다. 1795년 번호를 써넣은 인지를 붙이지 않은 대여 마차를 타고 나타난 부르주아 대표를 파리 시민은 크게 놀려댔다. 역사의 배후에는 이런 일화가 무궁무진하다. 이번의 이전은 제1통령의 충격적 결정에 따른 것이다.

"튈르리가 절대적인 것은 아니지만 여기에서 해야 한다."

지금 원탁을 둘러싸고 앉은 자 중에도 예전에 여기에서 머리에 분을 뿌린 가발에 레이스 달린 가슴 장식, 무도용 신발 차림으로 폐하를 알현하려고 기다리던 사람도 있고, 그 후에 뤽상부르에 자리를 차지하던 자도 있다. 조령모개하는 법령, 재결, 왕령이 문자 그대로 무질서하게 만들어져, 3가지 헌법이 탄생했다가 곧 불꽃놀이의 불꽃처럼 소멸했다.

지난 10년간, 프랑스는 혼돈과 쇠퇴의 소용돌이치는 광대한 싸움터 같은 양상을 보여주었다. 거기에는 진격의 북소리 가운데서 무수한 정당이 칼 부딪치는 소리를 내면서 오고 갔다. 그것은 허무하게 사라진 희망과 끊임없는 지배욕이 뒤섞이는 가운데서, 구체제와 새로운 권리 주장과의 투쟁으로 자유, 평등, 기만이 춤추는 광기의 발산이었다. 이 소요에는 남의 눈을 피해서 루소와 볼테르도 참가하고 있었다. 그들의 저작이야말로 연속적 소요 사태의 주범이기 때문이다.

그런데 갑자기 모든 소요가 가라앉았다. 닳아서 해진 군복 차림의 몸집 작은 장군이 타원의 탁자를 관장하게 되고부터는 어느 정당도 저마다 은신처에 몸을 숨기고 있다. 만족하든 아니든 침묵을 강요당한 것이다. 무수한 결사와 부패에 의해 쇠퇴하고, 공포 정치와 선동에 의해 힘이 다한 프랑스는 수많은 모험으로 피폐해져 이제는 자기를 지배하려는 남자의 팔에 쓰러져 안겼다. 보나파르트는 프랑스가 필요로 하는 사람이었다. 프랑스는 아무 저항도 하지 않고 그를 따랐다. 프랑스에게는 재조직을 해줄 자가 필요했다. 아직 한 번도 권좌에 오른 적이 없는, 어떤 당파에도 속한 일이 없는, 여론의 지지를 받는 자 말이다. 승리에 빛나는 군인 말고 누구에게 그것을 바랄 수 있겠는가. 모로가 좀 더 야심가로서 빈틈이 없었다면 라이벌이 되었을지도 모른다. 그러나 그 외의 모든 장군은 죽었거나 망각의 저편에 있다. 그리고 문관의 라이벌은 전무하다. 만약 보나파르트가 외견상의 합법성을 유지하는 데 우스꽝스러울 만큼 구속받지 않았다면 아마도 권력은 어렵지 않게 그의 수중에 들어갔을 것이다.

그러나 그렇게 스스로 구속당하는 것 자체가 정치에 대한 천부적 자질의 증명이다. 지휘관으로서 무기를 다루어 온 그는 무기의 한계를 알고 있었다.

"세상에서 내가 가장 동경하는 것을 아는가? 일을 조직함에 있어서 힘을 사용하지 않고 끝내는 것이다. 프랑스가 금후 무기에 의한 통치를 용납하는 일은 없을 것이다. 무기를 믿는 통치자가 있다면 그는 터무니없는 착각을 하고 있다. 그것은 오욕의 50년을 강요받게 될 것이다. 프랑스는 물리적인 힘에 복종하거나 군인들이 정치판에서 설치는 것을 방관하기에는 너무나 고상하고 지적인 나라다. 결국 어떤 시대라도 칼은 정신에 진다."

나폴레옹은 당대 최고의 군사 사령관이었지만 지금 파리에서도, 평화나 동맹을 협상할 때도, 다른 곳에서도, 무력을 써서 대화나 토론의 판을 뒤엎는 것은 그의 태도가 아니었다. 그는 정치적 천재였다. 실제로 무력을 소중하게 여겼지만, 그것을 두 개의 힘 중 하나로만 여겼다. 그리고 이후 15년 동안 무기의 소음을 듣는 일 없이 항상 국민의 목소리에 관심을 갖는다. 수학에 능한 그가 아무리 계산해도 예측할 수 없는, 그만큼 더욱 상상력을 불러일으키는 국민의 목소리에.

이는 보나파르트가 지성을 무력보다 상위에 두었기 때문이다. 어차피 그는 무력에 모든 힘을 쏟게 되지만 그것은 전쟁이나 정복을 위해서가 아니라 질서와 평화를 위해서이며, 이후 10년의 역사가 이것을 증명한다.

그에게 있어서, 질서는 평등과 동의어지만 자유의 동의어는 아니다. 그래서 그의 전제 체제는 혁명에 의해 획득한 두 가지 가치 중 하나만을 채용한다. 외견과는 반대로, 또 몇 가지 예외를 제외하고 그는 앞으로도 항상 평등을 존중할 것이다. 그러면 자유는? 자유란 도대체 무엇인가?

"미개인과 마찬가지로 문명인도 지배자가 필요하다. 국민의 상상력의 고삐를 죄고, 국민을 엄한 규율에 따르게 하고, 때에 따라서는 국민을 사슬로 묶어, 물고 덤비는 것을 방지하고 국민을 계도하는 지배자가 필요하다. 왜냐하면 민중은 복종하려고 생겨난 것이며 그 이상의 것을 얻을 가치가 없고 어떤 권리도 가지고 있지 않기 때문이다."

이 모욕적인 발언은 그가 가진 사상의 절반을 표현한 것에 불과하다. 이후 가치 있는 사람에게 길을 열어, 그들을 다른 사람들보다 위에 놓는 나폴레옹을 보게 되기 때문이다. 게다가 그 자신도 천부적으로 탁월한 자질에 의해 권력의 자리에 오르지 않았는가?

그의 지배가 확대되면 될수록, 협력자들은 자신의 장래가 하나의 체제에 의해 보장되어 있다고 생각한다. 실적만 올리면 명예든 부든 영향력이든 바라는 모든 것을 공적으로 인정해 주는 체제에 의해 장래가 보장되어 있다고 믿는 것이다. 보나파르트는 당초부터 이 원칙을 실천하고 있었다. 시에예스가 보고서에서 '대표하고 승인하는 일만 담당하는 의장'을 지명하느냐고 물었을 때도 박력 있는 한마디로 이를 물리쳤다.

"살찐 돼지는 필요 없다."

권력의 고삐를 잡는 것은 그다. 군대 및 외교의 지휘 관리 권한을 동시에 인수하여 장관, 외교관, 국무원의 의원, 지사, 관리, 사법관들의 모든 임명권을 행사한다. 그에 의해 임명된 30명의 원로원 의원들이 동료를 뽑는 권리를 가진다. 그러나 입법의회 및 호민원(통령정부 수립과 함께 1800년에 설립되었다)과 마찬가지로 원로원도 법안의 제출은 할 수 없다. 아무튼 이 기구들은 정치꾼들에게는 연단을 제공하고, 상원의원들에게는 높은 봉급과 풍요로운 삶을 위한 기회를 제공하기 위해 존재하게 될 뿐이다.

절대 권력의 우두머리가 된 보나파르트는 유능한 인물만을 주변에 두었다. 이제 출신이나 흥정으로 출세할 수 없고, 눈에 안 띄는 자리와 마찬가지로 가장 중요한 지위도 근면한 자로만 채워진다. 국무원의 의원도 마찬가지 원칙에 의해 선출되었다.

이 독재자는 실력자에 의해 구성된 진짜 '원탁'을 관장한다. 학술원에 경의를 표하며 그가 발탁한 내무장관 라플라스, 그리고 통령의 측근 중 가장 독립심이 강한 관리 겸 저널리스트인 뢰드레가 있다. 뢰드레와 나폴레옹의 대화는 오늘날까지 전해지는 대화 중의 백미다. 당대 첫째가는 법학자 트론셰가 있는가 하면 왕당파, 자코뱅파, 지적 결사 출신의 자유롭고 평등한 시민도 있다.

의회 의사록에 대한 지식을 얻은 후, 시민 통령은 이렇게 선언한다.

"사법 전문가의 의견을 정확히 아는 것은 의미 있는 일이며 좋은 결과를 가져온다. 우리 같이 전쟁이나 축재에 관계하고 있는 자의 생각은 그다지 중요치 않다. 나는 긴급 시 발언할 기회가 많지만, 그 직후에 언어가 부정확했음을 깨닫는 일이 더러 있다. 따라서 나 역시도 실제 이상으로 높은 평가는 받고 싶지 않다."

또 자기와 같은 의견을 말하는 자가 있으면, "귀하는 내 의견을 대변하려고 여기 있는 것이 아니다. 귀하의 의견을 내게 전하려고 있는 것이다. 뒤의 판단은 내가 한다. 귀하의 의견과 내 의견을 비교한 후에"라고 말했다.

밤 9시가 되어서야 회의가 시작되는 일도 허다했다. 낮엔 통령이 긴급한 문제 처리에 쫓기고 있기 때문이다. 새벽 5시까지 계속되는 일도 있어서, 그럴 때는 그는 꾸벅꾸벅 졸고 있는 평의원이나 잠들어 있는 전쟁장관 곁으로 가서 활기를 넣어주었다.

"자, 시민 여러분 일어나시오. 아직 밤 2시라네. 프랑스 국민의 세금을 낭비해서야 되겠는가."

그는 회의 출석자 중 가장 젊었다. 얼마 전에 30세가 되었으니 말이다.

세 차례에 걸친 원정에 10만 군대를 거느린 경험이, 대군의 선두에 서서 알프스를 넘고 바다를 건너고 사막을 답파한 경험이 그에게 한 나라를 다스릴 준비를 시켰다. 그때도 지금과 마찬가지로 부하에게 줄 빵과 돈을 마련하고, 공정성을 보증하여 상과 벌을 주며, 규율 준수와 질서를 감시해야 했다.

무질서의 원인은 법률이 없는 데 있었다. 혁명이 발발하기까지 프랑스에서는 인권이 충분히 확립되지 않아 그 필요성이 인정되고 있었으나, 11년간 손대지 않은 상태였다. 쿠데타 직후부터 보나파르트는 법전 연구에 착수해서 두 개의 위원회를 만들었다. 그 결과 탄생한 것이 후에《나폴레옹법전》이라 불리는 것이다.

4명의 탁월한 법률학자가 편찬을 위임받아 4개월 후 그들의 초안이 국무원에서 검토되고, 1년 후에는 양원에 의해 채택되었다.

혁명에서 직접 발상한 이 법전의 원칙은 프랑스에서는 그 후 항상 적용되었고, 1900년까지는 나폴레옹에게 정복된 나라들뿐만 아니라 독일의 대부분을 지배하고, 오늘날까지도 유럽 민사법의 기준이 되고 있다. 경험이 풍부하고 열정적인 사람들에 의해 편찬되었고 독재자 자신의 개성도 적지 않게 투영된 이 법령집은 무수한 신사상이 소용돌이치는 혼돈 속에서 인간의 권리를 체계화했다.

이제 세습에 따른 칭호는 없다. 모든 아이가 평등한 상속권을 가지고, 모든 부모에게 자녀 부양의 의무가 지워진다. 결혼은 가족의 권리에 관한 문제들과 마찬가지로 난제였다. 인간 심리에 대한 날카로운 통찰력과 코르시카인다운 가족관이 다투어 오랫동안 결론을 내지 못한 채 마음을 무겁게 했다.

"국민의 풍습에 대해 제 문헌을 보아주기 바란다. 오늘날 간통은 단순한 현상이 아니라 일상다반사가 되어 이 행위를 사람들은 극히 안일하게 보고 있다. 여자들에게 제동을 걸 필요가 있다. 허식과 시문詩文, 아폴론, 뮤즈 등을 구실로 간부姦婦가 되는 여자들에게."

질서의 신봉자인 그는 결혼의 신봉자였다. 그래서 아내는 남편의 유형지에 동반할 의무가 있다고 하는 법 조항까지 넣는다.

"남편의 무죄를 깊이 확신하는 아내가, 세상에서 가장 긴밀한 관계인 남편의 유형지에 따라가지 못한다면, 그녀는 이미 정부情婦에 불과한 게 아닌가! 적법한 배우자라는 영예로운 명함을 가지고 있는데도 그들 불운한 두 사람으로부터 함께 살 권리를 빼앗는 것이 과연 온당한 처사인가?"

그는 젊은 딸을 아버지의 후견에서 남편의 후견으로 정식 이양하는 고대 로마의 관습을 인정하고 있었다. 이혼 지지자임에도 불구하고 간단히 이혼하지 못하도록 제동을 건 것은 다음과 같은 이유에서였다.

"단순한 불일치를 이유로 이혼을 신청하는 것은 평생을 함께하기를 의도한 결혼의 본의에 어긋난다. … 성적 불능일 경우 결혼 생활은 불가능하고, 부정不貞의 경우 혼인 계약은 파기된다. 따라서 이혼 합의는 이상의 두 가지 경우이다. … 범죄는 이혼의 결정적 원인이 되지만 범죄가 일절 없는 경우, 이혼은 쌍방의 합의에 의해 결정된다."

보나파르트는 사람의 심리를 간파하는 힘뿐만 아니라 관념적 사고력도 타고났다. 즉 인간의 온갖 행위를 개념적으로 포괄하는 능력이 뛰어났다. 이론과 실천 사이에서 유지되는 절묘한 균형,

행동력, 회의주의가 그를 뛰어난 입법자로 만들었다. 조제핀의 과거 부정과 현재의 정숙에 대해 번민하며 고찰을 거듭한 것도 이혼에 관한 법률을 정의하는 데 공헌했다. 이혼에 관한 법률은 조제핀에게도 마음 편치 않은 관심사로, 그녀도 초안의 일부를 나름 정성스럽게 검토한 바 있다. 이 무렵 이미 그는 이혼을 예견하고 있었고 조제핀도 눈치채고 있었음이 틀림없다. 법률에 의해 결혼을 견고한 것으로 만들 필요를 느끼는 그녀는 열심히 노력하는 한편, 보나파르트가 결혼을 파기할 가능성을 유보하게 만들 방법을 찾아야 했다.

여기에는 그의 개인적 감정도 개입돼 있다. 이혼에 의한 추문을 피하고 명예를 지키고 싶다는 생각이 뒷받침된 개인적 감정 말이다. 이렇게 해서 그는 부부간에 화해의 시도가 이뤄지기 전에 법정이 개입하는 것은 피해야 한다고 초안자에게 제언했다.

"이혼의 원인은 상호 동의에 의해 공개돼야 한다. 왜냐하면 문제되는 것은 이혼의 원인이 아니라 그 필요성에 관한 근거이기 때문이다. 따라서 가족심의회는 제 사실을 검토한 후에 결정해야 한다."

별거 및 재산 분리도 도입하지만, 이것은 어디까지나 부부간 합의 후에만 인정되는 것으로 한다. 화해의 기회가 남아 있는 경우도 있는 이상, 공적公的으로 다루어져야 할 문제가 아니라는 것이 이유다.

반 혁명주의자이자 질서의 신봉자, 게다가 정치가인 그의 목적은 가정생활을 보호하는 데 있다. 그는 또 부정을 저지른 아내가 이혼으로 벌을 받지 않는다면 법률에 의해 처벌돼야 한다고 말한다.

혁명에 의해 13세와 15세로 정해진 법정 혼인 가능 연령은 15세와 21세로 올라갔다. 이렇게 해서 19세기는 자녀의 이익을 우선하는 방향으로 진행되어 간다. 세대를 소유한 남자는 태어난 아이의 존재를 인지해야 한다. '단, 남편이 그 출생에 앞서 15개월 동안 집을 비우고 마렝고 전투에 참가한 경우는 제외한다'라고 보나파르트는 나중에 첨가한다. 또한 '자녀가 남편의 아이일 가능성이 인정되는 경우, 입법자는 묵인해야 한다. 아이는 제3의 당사자로 간주되어야 하고 … 이 경우, 아내의 이익이 아니라 자녀의 이익 문제이다'라고 이어진다.

그는 성인에 도달한 자녀의 연금 삭감에 반대한다.

"귀하들은 아버지가 15살짜리 딸을 집에서 내쫓을 수 있다고 하는 것인가! 연봉 6만 프랑인 아버지가 '빈둥거리지 말고 일해라'라고 아들을 내팽개칠 가능성도 있다. 일반론으로 나름대로 여유가 있는 생활을 할 수 있는 아버지는 자녀를 부양할 의무가 있다."

공증인증서에 의한 간단한 양자결연인가를 질의할 때, 그는 핏줄이 통하지 않는 수속이라고 항의한다.

"양자결연은 민사 계약도 아니거니와 재판상의 행위도 아니다.

법률가에 의한 분석은 최악의 결과로 이끈다. 사람은 사람을 상상력으로만 지배한다. 상상력이 없는 자는 야수다. 사람이 싸움터에서 목숨을 거는 것은 몇 푼 월급 때문도 아니고, 사소한 상하관계 때문도 아니다. 고양하는 정신에 호소하면서 그들은 목숨을 건다. 사람의 기분을 이토록 분발시키는 것이 공증인은 아니다. 공증인은 12프랑의 수수료 때문에 행동하기 때문이다. 좀 더 다른 수속과 법령이 필요하다. 양자결연養子結緣이란 무엇인가? 모방행위다. 사회가 자연을 흉내 내는 행위다. 양자결연은 어떤 의미로는 새로운 혼인의 이적異蹟이다. … 혈육을 나눈 아들이 사회의 의사에 따라 타인의 혈육을 이어받는다. 이것은 사람이 상상할 수 있는 가장 위대한 행위다. 이 행위는 '아들이란 이런 것'이라고 하는 이제까지 없던 경험을 어떤 자에게 주고, '아버지란 이런 것'이라는 생각을 다른 자에게 준다. 그러면 이 행위는 어디에서 기인하는가? 하늘에서다. 번개처럼."

뢰드레는 말하고 있다. "제1통령이 그 예리한 집중력과 분석력을 보인 것은 민법전에 관한 토의 때였다. 문제가 복잡했기 때문에 논의가 오래 끄는 일이 있어도 그는 집중력과 명석함을 잃는 일이 없이 20시간 동안, 한 가지 의제를 다룰 수 있었다. 다양한 주제를 하나라도 틀리지 않게 처리하는 능력을 보인 것도 이때의 일이다. 토의를 마친 문제나 나중에 토의에 부칠 의제를 혼동하는 일 없이, 현재 토의 중인 문제를 압도적인 집중력으로 분석하여 결론으로 이끌어 갔다."

보나파르트는 트론셰의 이론과 지성에 절대적인 경의를 보였으며, 트론셰도 30세 통령이 보여주는 치밀한 분석 능력에 경탄했다. 새로운 법령 하나하나에 대해 '그것은 공평한가? 그것은 유용한가?'라고 따지는 정의감에 경의를 표했다. 통령은 과거의 사례를 싫증 내지 않고 검토하는 동시에 고대 로마인이나 프리드리히 대왕이 손댔던 사례를 조회하는 일도 결코 소홀히 하지 않았다.

사람들은 무수한 법령에 대해 검토했지만, 통령은 더욱 다양한 문제를 던졌다. 우리는 어떻게 해서 빵과 돈을 손에 넣을 것인가? 어떻게 국가 안전을 흔들림 없는 것으로 만들까?

그는 각 장관에게 상세한 보고서를 요구하여, 업무 공세를 취할 뿐 아니라 모른 척하고 자택에다 편지를 보낸다. 그것도 이튿날 아침까지 회답을 보내야 할 문제를 적은 편지를.

당시 협력자의 한 사람은 "그는 모든 것을 관할하고 있다. 통치, 행정, 교섭을 한 손으로 관장하고, 매일 18시간 누구보다 명석하게 정리된 두뇌를 구사하여 일에 매진했다. 그는 역대 국왕이 1세기가 걸려 이룬 것 이상을 3년에 이루었다"라고 기술한다.

그는 각자의 전문 분야에 대해 질문했다. 질문의 의미를 이해 못 했다는 핑계로 달아나지 못하게 하기 위해서이다. 그 질문의 정확함에, 확고한 신념을 가진 왕정주의자마저 의표를 찔렸다.

그의 기억력은 착오라는 것이 없다. 그리고 이것이 언제 어느

259

때라도 사용 가능한 무기로 작동했다. 시찰을 마친 세규르 백작이 프랑스 북부의 요새에 관한 보고서를 작성했을 때, 제1통령은 "현황 보고서를 봤다. 매우 정확하게 기술되어 있다. 그러나 오스탄트에 있는 대포 4문 중 2문을 빠뜨렸다"라고 지적했다. 세규르는 놀라는 동시에 기재 누락을 인정했다. 즉시 확인한 바, 무수한 파편이 되어 주변에 흩어져 있는 대포 2문을 잊고 있었다.

이렇게 해서 서서히 과거 10년간 정지되어 있던, 혹은 단속적으로만 작동하던 거대한 국가 기구가 재가동했다. 이 시기, 모든 지방의 주민이 안전과 질서의 결여를 호소하고 불만을 터뜨렸다. 루이 금화는 24프랑에서 8,000프랑으로 급등했다. 이것과 연동하여 토지를 담보로 보증되어 있던 총재정부 프랑은 하락하고 한편으로 신흥 벼락부자들이 국유지, 수도원령, 귀족령의 매수에 광분했다. 요컨대 누구 한 사람 세금을 내고 있지 않은 상태였던 것이다. 우리의 독재자는 이 현상을 어떻게 극복할 것인가?

쿠데타 2주일 후, 각 지방에 징세국이 개설되었다.

"시민에게 진정한 자유는 재산 보장에 기초한다. 일국에서 부과하는 금액이 매년 바뀌는 일이 있어서는 안 된다."

2개월 후에는 프랑스은행이 창설되고 다음해에는 하천과 삼림 및 토지대장을 관할하는 새로운 행정청이 설치되었다. 전임자인 총재들은 국유재산을 낭비할 뿐이었으나, 보나파르트는 이것을 7프랑에서 17프랑으로 오른 프랑스 국채 매수에 돌렸다. 부채와 금리의 감가상각, 상품거래소의 쇄신, 증권거래소의 통제, 화폐가치의 하락에 편승하여 행해지던 투기의 봉쇄에 착수하는 동시에 군수상인이나 일부 장교의 부정행위를 폭로하는 등, 일련의 정화작업을 단행함으로써 생산량이 4분의 1로 떨어져 있던 공업을 다시 일으켜 세웠다.

내각, 지방행정국, 시청의 요직을 차지하고 있는 것은 실천, 행동력, 패기 넘치는 인재들뿐이다. 이미 세습이나 연고에 의한 직업은 없다. 지금은 출신이나 파벌과 관계없이 실무능력 있는 사람들이 각 방면에 배분되어 있다. 말단에서 시장市長에 이르는 모든 실무자가 중앙정부에 의해 임명된 것이다. 이제 반대파는 존재하지 않는다.

"얼마 전까지 부패하기 짝이 없던 정부의 요원들을, 지금 나는 새로운 사회기구 건설을 위해 사용한다. 그들 중에는 인재도 있다. 단 일꾼으로서 말이다. 지금까지 문제였던 것은 그들 전원이 국가 건설의 주역이 되기를 바랐다는 점이다. 그렇지 않은 자를 찾기가 어려울 정도다."

특정 파벌의 우대를 피하기 위해서, 보나파르트는 가장 중요한 장관 자리를 적대적인 두 정치가에게 주었다. 후년 자신의 운명에 비극적 영향을 가져올 호각의 재능을 가진 두 사람의 강자 말이다. 그리고 이렇게 호언한다.

"혁명가로 자코뱅파인 푸셰Fouche(1758~1820, 정치가이자 경찰장관.

기회주의적 처신과 능력으로 정권이 바뀌는 와중에도 공직을 유지했지만, 나폴레옹 정권이 흔들리자 1807년부터 왕당파를 비롯해 영국과도 결탁했다)가 경찰장관으로 있는 이 체제를 자랑으로 생각하지 않는 자가 있을까? 귀족인 탈레랑이 내무장관인 국가에는 살지 않겠다고 하는 자가 있을까? 한 사람은 나의 오른쪽에, 또 한 사람은 내 왼쪽에 있다. 두 사람 사이에서 나는 저마다의 출세를 위해서 큰길을 열어놓고 있다."

지방관리나 장성은 파벌 결성 금지 및 당파 결성을 조장할 수 있는 온갖 사항의 금지 명령을 받았다.

"혁명은 끝났다. 국민이 증오하는 야심가에 대해서는 국가가 견고한 견제 조치를 취하고 있음을 국민군 및 시민 각층에 알려야 한다."

브뤼메르 18일의 쿠데타로부터 수주가 지나, 새로운 법전을 국민에게 권하는 대대적인 성명이 나왔다. 그것은 다음과 같이 간명하고 자랑스러운 문장으로 끝난다.

"혁명은 그 발단이 된 원칙을 정착시키고 이제 끝났다."

II

전쟁은 일어나지 않고 있다. 그런데도 보나파르트는 신성로마 황제에게 친서를 보냈다.

"18개월의 부재 후 유럽으로 귀환했던 바, 프랑스공화국과 황제 폐하 사이에 전쟁이 발발한 것을 알게 된 바이옵니다. 프랑스 국민은 저를 필두 행정관으로 천거했습니다."

무기를 들기 전에 진군의 회피를 희망한다는 뜻을 전달해 둘 필요가 있다고 생각했다. 이 문장은 벼락감투를 쓴 원수의 것으로는 생각되지 않는 당당한 것이었고 위엄마저 느껴졌다. 천성적인 이 위엄 덕분에 그는 앞으로도 몇 번이나 구원받고 성공을 쟁취하게 된다. 먼저 적에게 과오를 저지르게 한다. 이것이 그의 속셈이고 여기에 그의 능란한 협상이 있다. 아니나 다를까, 신성로마 황제는 반응을 보이지 않았다. 다음은 이미 작성된 작전을 실행에 옮길 뿐이었다.

먼저 친위대의 재편성부터 시작한다. 과거 4회의 원정에 종군한 용사로 이루어진 군단이다. 이어서 모로를 라인 전선에 파견하는 한편, 이탈리아 돌파는 자신이 다시 하기로 한다. 이번에는 연안을 따라 진군할 생각이 없다. 오스트리아의 밀정들 앞에서, 새로 징집한 신병들로 편성한 빈약한 예비군으로 열병식을 거행했다. 이것을 떠들어대는 비엔나의 신문들을 보고도 웃음을 띠고 동요하지 않는다.

왜냐하면 그와 동시에 3만 2천의 정예부대를 비밀리에 편성하여, 이집트 원정 때보다 대담한 원정계획을 면밀하게 준비했기 때문이다. 한니발은 알프스를 넘었다. 산속에 길을 내라고 명령했다. 그러나 지금은 대포를 운반해야 한다! 삼림을 벌채하라! 나무 줄기를 파내고 화포(구경 13밀리 이상)를 감추어라! 이렇게 해서 쿠데타가 일어난 다음해 봄, 실로 1600년 만에 군대가 그랑상 베르나르 고개를 넘었다(1800. 5. 13~20). 고개의 수도원에서 수도사들이 나와 이 기적 앞에 아연실색했다. 이때 장군의 나귀를 끌고 가던 소년에게도 기적이 일어났다. 가는 중에 고민이나 희망을 털어놓은 소년은 잠시 후에 꿈에서나 보던 농장을 장군으로부터 받았다. 그에게 있어서 그것은 마법과도 같은 사건이었다. 병사들조차 이 엄청난 규모의 원정에 놀라움을 감추지 못했다. 이제 그들은 롬바르디아의 땅을 전과 같은 지휘관을 따라 진군하고 있었다. 이전에 약속의 땅과 같이 눈앞에 펼쳐진 롬바르디아의 땅을. 이렇게 경이적인 원정이 어떻게 가능했는지도 모른 채, 그 신속함에 거역하지 못하고 이끌려 갔다. 적은 프랑스군의 접근을 전혀 알아채지 못했다. 어느 오스트리아군 장군은 파비아(롬바르디아 지방의 도시)에 있는 애인을 피신시키지도 못했다고 알려졌다. 그리고 12시간 후, 보나파르트가 이 거리에 나타났다.

그러나 적에게 큰 타격을 준다는 그의 목표는 어긋났다. 1800년 6월 14일, 마렝고에서 공격을 가한 보나파르트 군은 월등히 많은 군세의 적군에게 격퇴되었다.

게다가 드세Desaix(1768~1800, 이집트 원정 때 대활약한 명장으로 마렝

고 전투에서 전사하여 나폴레옹에게 슬픔을 안겨 준다)가 오지 않는다. 원
군을 이끌고 오기로 되어 있는데, 이제 패퇴인가! 적군에게 격파
당해 퇴각하는 병사들을 앞에 두고 장군은 길가에 서서 땅바닥을
채찍으로 치며 소리 질렀다. "기다려라! 곧 원군이 올 것이다. 앞
으로 한 시간만 참아라!" 그러나 퇴각은 계속되었다. 운이 다한 것
인가? 그때 드세가 달려왔다. 놀라 당황하는 오스트리아군에 달
려든 드세, 휘하의 용기병이 달아나는 적병을 맹추격했다. 5시에
보나파르트가 패한 마렝고 전투를 7시에 드세가 탈환했다. 그러
나 드세는 자기가 가져온 승리도 모른 채 목숨을 잃었다.

상심을 안고 보나파르트는 싸움터에 서 있었다. 휘하의 장군
중 첫째가는 남자가 죽었다. 더욱 나쁜 것은 자기가 패배했다는
것이다. 그 실망을 삭히기 위해 '드세의 도착이 예정대로였다면'
하고 생각하는 것일까? 아니면 두 번째 이탈리아 원정을 좌우할
이 전투에서 다른 사람의 힘으로 승리했다는 사실을 원통해하는
것일까?

단언하기는 어렵다. 다만 이날 밤, 부리엔에게 전투 보고를 구
술한 장소에서 꼭 1류(약 4㎞) 되는 곳에 4개월 전 그가 지도상에서
가리킨 지점이 있는 것은 사실이었다. "여기에서 놈들을 포격할
생각이다"라고 말하면서 가리킨 지점!

그러나 이러한 비교를 하는 것은 그만두자. 최후의 순간 알프
스산맥을 뒤로하기까지, 그는 비엔나와 협상을 계속하고 있었다.

"평화를 오게 하려면 싸움과 교섭을 동시에 진행할 필요가 있다."

그리고 전장에서 프란츠 황제 앞으로 두 번째 서간을 적는다.

"간명하고 속셈이 없는 나의 제언이 폐하의 마음에 전해야 할 효과를 영국의 간계가 방해했습니다. 전투를 벌이게 되고 이미 몇천의 프랑스인과 오스트리아인이 목숨을 잃었습니다. … 이 심각한 참상은 나에게 매우 애통한 일이며, 전번 제언이 허사가 된 것을 상관않고 여기 다시 폐하께 직접 서찰을 쓸 결심을 했습니다. 본 서찰을 쓰고 있는 곳은 마렝고의 전장입니다. 제 목소리에 귀기울여 주시기를 간청드리고 있는 곳은 고통의 비명을 지르는 부상병과 1만 5천의 전사자에 둘러싸인 싸움터 한가운데에 있습니다. … 굳이 말씀 올리는 것은 이 참담한 광경의 저편에 계시는 폐하께서는 그렇게 깊은 충격을 받으시는 것이 불가능하기 때문입니다. 황제의 군軍은 이미 충분한 승리를 얻고 있으며, 폐하는 지나치게 많은 국가들을 통치하고 계십니다. 우리에게 휴식과 안녕을 주시지 않겠습니까? 후세 사람들이 어리석어 서로 싸우게 된다면 그것은 어쩔 수 없는 일이겠지만, 그들도 세월이 지나면 자각하여 평화롭게 사는 법을 배우게 되겠지요."

이것은 장문의 서한 중 극히 일부이지만 이번의 작전과 마찬가지로 훌륭하며 많은 결실을 가져온다. 여기에는 평화에 대한 강한 소망이 비로소 명확하게 나타나 있다. 이후에는 결정적 승리를 얻은 다음 가끔 비슷한 편지를 썼다.

보나파르트는 평화주의자가 된 것일까? 천만의 말씀이다. 다만 그는 결투를 좋아하는 검객이 결코 아니다. 그에게 싸움터의 광경은 항상 견디기 어려운 것이고, 군사적 승리로 얻은 성과에는 항상 회의적이다. 비록 전술가로서 협상을 즐기고 싸움터에서의 생활을 즐기긴 했으나 나폴레옹은 무엇보다 먼저 정치가다. 이 초원에서 군주나 국가를 상대로 협상하게 되고부터는 무력이 아닌 지력으로 승부하는 취향이 생겼다. 그렇지만 앞으로도 무력을 단념하는 일이나 칼끝을 무디게 하는 일은 없을 것이다. 유럽은 그의 무력이 대단하다는 것을 잘 알고 있고 그래서 그를 영웅으로 간주하고 있기 때문이다. 그러면 왜 명성을 위험하게 하면서까지 지금 무기를 놓으려 하는가?

프랑스가 항상 영광에 굶주리고 있다는 것을 그는 알고 있다. 그러나 지금의 프랑스는 휴식이 필요하다. 프랑스는 그를 필요로 한다. 이제 옛날처럼 몇 년씩 프랑스를 떠나있을 수 없다. 황제 앞으로의 편지(아마도 승자의 역사 중에서 이보다 나은 것이 없을 편지)를 구술하는 갖가지 이유는 여기에 있다. 화해로 가려는 이 시도 후에 그는 밀라노를 향해 출발했다.

이로써 파리도 간신히 만족했을까? 파리는 조제핀을 닮지 않았는가? 아무리 선물을 바쳐도 또 다른 것을 탐내는 그녀. 파리 시민은 새로운 주인에 만족하지 않는다. 뢰드레는 일기에 이렇게 쓴다.

"지난 12년 동안 파리 시민은 아침에 일어나서, 팔짱을 끼고 망연히 생각했다. 언제쯤 폭군들이 죽어버릴까? 지금 그들은 갑자기 정지한 생산 활동에 대해 생각하며, 희망의 빛을 느끼게 하고 용기를 북돋아 주던 작업들의 정체를 우려하고 있다. 이제 우리가 관여하고 있는 일, 우리가 건설 중인 가옥이며 우리가 심고 있는 나무는 대체 어떻게 될 것인가? 진두에서 지휘하던 사람이 죽으면 이 사업은 어찌 될 것인가? 보나파르트가 최고 권력의 자리에 발탁된 것은 정치가로서이지 장군으로서가 아니다. 전장에서의 연승 덕분에 그는 관심의 표적이 되었다. 그러나 지금 그가 기대를 한몸에 받고 있는 것은 그 정치적 자질 때문이다."

미래를 예견하고 있는 사람은 탈레랑뿐이다.

"장군, 저는 지금 튈르리에서 막 돌아오는 길입니다. 이탈리아 원정의 승리에 관해 프랑스인의 열광이나 외국인의 동경을 여기 기술할 생각은 없습니다. … 후세 사람들이 이 기적적인 원정에 감탄할 것은 분명합니다. 장군의 귀환이 몰고 올 열광이 어느 정도인가는 짐작도 안 됩니다. 어느 시대에도 제국은 기적 위에 세워졌습니다. 그리고 장군은 이미 하나의 제국을 수립하셨습니다."

나폴레옹은 웃음을 띠고 생각한다. 탈레랑 녀석은 추종자이기는커녕 진짜 점쟁이 같다. 그것도 고대 로마의 복점관(새의 움직임이나 번개 등에서 신의 뜻을 찾는 공적인 점술사)이다. 그런데 녀석은 어째서 내가 애써 생각하지 않으려는 것을 말하는가? 로마인을 흉내 내는 것인가? 카이사르를 사주한 그 로마인을?

여기 파리에서 온 공문이 하나 더 있다. 푸셰에게서 온 경찰조서 보고서이다. 보고에 따르면 최근 탈레랑이 측근 몇 명과 회동했다. 통령이 패배 내지 사고를 당할 경우에 대비해 할 일을 상의하기 위해서였다. … 그런데 야식 중에 마렝고의 승리 소식이 도착했다.

놈은 아마 놀랐을 것이다! 양심이 뜨끔 아팠을 것이 틀림없다. 이렇게 보나파르트는 생각했다. 측근이란 이런 것이다! 놈들은 나를 염려해주는 척하지만 속으로는 주인을 묻어버리고 싶은 욕구를 은밀히 갖고 있을 것이다.

그 후 적군은 독일 국내에서도 패배했다. 1801년 2월 9일, 보나파르트는 뤼네빌(프랑스 로렌 지방)에서 극히 유리한 평화조약을 체결하게 된다. 오스트리아는 프랑스에 라인 지방을 양도하고, 치살피나공화국의 영토 확대를 인정한다. 불과 몇 주 동안의 원정으로 이 이상의 성과를 바랄 수 있을까? 동료도 거짓 친구도 그를 영웅으로 맞이할 준비를 한다. 미리 행사에 대해서 문의하자 다음과 같은 회답이 도착했다.

"파리 도착은 갑작스럽게 이루어질 것이다. 나의 바람은 개선문도 아니고 어떤 행사도 아니다. 이러한 천박한 일을 고맙게 생각할 만큼 자신을 값싸게 여기지 않는다." 그리고 더 조심스럽고 더 자랑스럽게 다음과 같이 첨언하고 있다.

"기념비에 관한 제안 및 선정된 설치 장소에 대해서 싫지는 않으나 실제 건립은 다음 세기까지 기다리는 것이 좋지 않겠는가? 나에 대한 세상의 평가가 정해질 때까지."

20년도 안 돼서, 지금 그에게 심취되어 있는 패거리들이 독수리 문장을 진흙 속에 처박아 버릴 것을 그는 이미 예감하고 있었다.

돌아온 보나파르트는 평화를 확고한 것으로 하기 위해 전력을 다하여 실력 이상의 힘을 발휘했다. 승리를 가져온 알프스 횡단의 기세로 신속 과감한 외교 수완을 발휘하여 적과 친교를 맺은 것이다. 그가 권력의 자리에 오르고 2년 후, 프랑스는 오스트리아, 프로이센, 바바리아, 러시아, 나폴리, 스페인, 포르투갈과 평화조약을 맺고 1802년 3월에는 아미앵에서 영국과도 평화 합의에 도달한다.

숙적 영국에도 프랑스와의 타협책을 주장하는 정치가가 있었다. 후일 프랑스를 눈엣가시로 여기게 되는 완고한 피트(1759~1806, 영국의 정치가로 24세에 수상을 역임했다)를 파리로 초대했을 때, 이 개방적인 정치가는 기꺼이 응한다. 훗날 피트의 정적이 되는 보나파르트는 '영국의 착취자'에게 상당히 매혹되었다.

정통 왕위 계승권을 가진 9명의 군주도 드디어 프랑스공화국을 승인했다. 강경한 왕정파인 그들이 10년을 적국으로 싸워온 공화국을 인정했던 것이다. 2년 전에는 내전 위기와 적국의 위협에 노출돼 있던 프랑스가 지금은 세계 최강국이 되었다. 혁명에 결정적인 마침표를 찍은 것은 제1통령이다. 보나파르트 장군도 나폴레옹 황제도 아닌, 제1통령이 군주제 유럽에서 공화제를 초석으로 한 평화조약을 획득했다. 그뿐 아니라 프랑스와 국경을 접하는 네덜란드 및 북부 이탈리아 제국諸國에 통령 제도를 강요했다. 그가 피에몬테, 제노바, 류카, 엘바섬을 일격에 탈취했을 때마저도 오스트리아도 영국도 아무런 이의를 제기하지 않았다. 그리고 라인강 좌안 여러 공국의 손해를 배상함에 있어서 그의 주변에 쇄도한 대공들—모두 유서 깊은 가문인 왕후 귀족들—과 직접 접촉하여 지조 없음을 목격한 후에는 출신, 세습, 귀족, 국왕에 대한 보나파르트의 경멸은 더욱 심해졌다.

일을 하다 중단된 것이 있어서, 보나파르트는 지금 그 해결에 나서려고 한다. 혁명 초기에는 반기독교 사상이 요란했지만, 보나파르트는 당초부터 이를 비난했다. 그는 1차 이탈리아 전쟁 때도 교황에 신경을 써서 자기 권한으로 가능한 것은 모두 감행했다. 총재정부의 지령을 무시하고 성직자에게는 늘 충분한 경의를 보냈다. 그리고 이제, 교회와 프랑스의 10년간의 투쟁에 마침표를 찍고 화해를 꾀하는 것이다.

"나는 이집트에서는 회교도였으나 프랑스에서는 가톨릭교도다."

몇 세기에 걸쳐 강력한 지배력을 갖고 있는 교회의 힘은 무시할 수 없으며, 교회와 공존하고 교회와의 양호한 관계를 활용해야 한다는 것이 그의 견해다.

"가톨릭은 나를 위해 교황을 국외에 둔 것 같다. 언젠가는 교황을 나의 지배하에 두게 될 것으로 생각하고 있었다. 이탈리아에서의 내 지배력과 나폴레옹군의 위력을 지렛대로, 머지않아 그를 장악할 수 있지 않을까 하는 바람을 버리지 않았다. 이렇게 되면 '세계 각국에 미치는 영향력과 여론에 얼마나 심대한 동력이 될 것인가!' 하고 생각했다."

교회와 평화조약을 맺겠다는 시도가 격렬한 저항을 불러일으키리라는 것은 예상했다. 그래서 모양새 좋게 진행하기 위해 주교들 앞에서 계몽주의자처럼 행동하려고까지 했다. 그에게는 가장 치욕스러운 행동인데도 불구하고 말이다.

"나도 계몽주의자다. 사람이 어디에서 와서 어디로 가는지 모르는 것처럼 어떤 사회에서도 인간이 유덕한 존재로 간주될 수 없음을 알고 있다. 이 단순한 이유로 우리는 좀처럼 도덕상의 의무를 이행하지 못하고, 결과적으로는 신앙을 갖지 못한 채 어둠 속을 계속 걷는다. 그런데 가톨릭교는 사람 목숨의 시작과 끝에 확실하고 틀림없는 빛을 주는 유일한 종교이다."

로마는 이 연설을 의외로 받아들였다. 그러나 바티칸을 지배하는 사람이 그라는 것은 누구 눈에도 분명했다. 콘사르비 추기경이 정교政教협약 체결 교섭을 위해 파리로 갔다. 공식 회견 때 통령이 고압적인 자세로 체결을 요구해도 노회한 추기경이 웃음을 거두는 일은 없었다. 1801년 7월 15일 정교협약이 조인되었다. 교황 측은 혁명기에 조인된 성직자 민사기본법의 철회와 로마에 의한 주교 임명권 및 구 교회법의 재발효를 쟁취했다. 그러나 이후 성직자에 대한 급료는 프랑스가 지급하는 것으로 되어, 결과적으로 교회에 대한 주도권을 확보한다.

이 체결을 축하하여 1802년 부활절에 노트르담에서 성대한 행사를 개최하기로 한다. 통령은 다른 고관들과 함께 감사식에만 출석할 생각이었는데 미사에도 참가하게 되었지만, 가톨릭 의식에는 참가하지 않는다는 조건부로 마지못해 이에 동의한다. 행사를 위해 몸단장을 하면서 그는 동생에게 말한다.

"우리가 미사에 참석하는 데 대해 파리가 뭐라고 할까?"

"못마땅하면 미사에 참가하는 녀석들이 야유라도 하겠죠."

"그런 것들은 친위대를 시켜 쫓아버릴 거야."

"친위대 병사 중에서도 야유가 나오면요?"

"그들은 그런 짓은 하지 않는다. 우리 용사들은 카이로의 모스크와 마찬가지로 노트르담에도 경의를 표할 테니까. 내가 심각한 것을 보면 똑같이 행동할 거야."

III

아직 기반은 탄탄하지 않다. 8년 후에 라이벌에게 져서 떨어질 수도 있다. 10년 시한부로 선출된 통령이니까. 여론에 따르는 선거의 동향을 우습게 보면서도 그가 항상 여론 선동을 시도하는 것은 이 때문이다.

국외의 군주들과 대등하게 맞서려면 어떤 지위가 적합한가? 미국의 대통령과 동등한 지위가 아니라면 그들은 어떠한 경의도 표하지 않을 것이다. 보나파르트는 이 점에 대해 원로원에서 발언했다. 원로원은 제1통령이 다음 10년 동안에도 현직에 유임해야 한다고 제안했다. 그러나 이 수정안에도 불만인 보나파르트는 '종신통령'이라는 한발 더 나아간 제안을 끌어냈다. 동시에 카이사르를 본떠서 미리 국민에게 물어봐야 한다고 주장했다. 국민투표의 결과, 8천 정도의 반대표에 비해 찬성표는 4백만에 가까웠다. 이렇게 해서 1802년 8월 2일, 거뜬히 종신통령으로 선출된 그는 이후 권력을 더욱 확대한다. 그만이 외국 열강과의 교섭권 및 양원의 해산권을 가진 의원의 선임권을 가지게 된 것이다. 덧붙여서 종신통령의 후계자를 지명하는 권리까지 획득한 보나파르트는 "지금 나는 다른 군주와 동등하다고 생각한다"라고 선언하며 속이 뻔히 보이는 궤변까지 덧붙였다. "그들도 수명이 허락하는 동안만 군주로 행세하니까."

그러나 그에게 표를 던진 모두가 진심으로 그를 지지하는 것은 아니었다. 뤽상부르 입성을 축하하는 호화로운 행사를 파리 시민이 외면했을 때, 통령은 그 책임을 경찰장관 푸셰에게 따졌다.

"왜 여론을 좀 더 환기시키지 않았는가?"

"우리는 아직 고대 골족les gaulois의 피를 이어받아서 자유도 참을 수 없어 하지만 압제도 참지 못합니다. 그래서 그런 행동을…."

"그게 무슨 말인가?"

"최근 일련의 정부 처사로부터 파리 시민은 자유의 완전한 상실과 명확한 절대권력 지향을 감지한 것입니다."

"내가 진짜 통치자가 아니고 권력의 화신에 지나지 않는다면, 이 불온한 시대에 이 나라를 통치하는 것은 6주도 무리일 것이다"

"그러나 동시에 포용력을 발휘하고 부드럽고 강력하며 공평하게 하셔야 합니다. 그러면 잃었다고 생각하시는 것을 무난히 되찾을 수 있으실 것입니다."

교활한 남자의 답변이다.

"여론은 변덕스럽다. 반드시 호전시켜 보이겠다."

그렇게 말하고서 보나파르트는 푸셰에게 등을 돌렸다. 이 짧은 대화는 통령이 어떤 결의를 하기에 충분했다.

먼저 그는 푸셰를 해임한다. 경찰장관을 두려워한 것은 아니었다. 경찰부를 전면 해체하고 사법부에 합병하기로 한 것이다.

"나의 정책은 한결같이 평화만을 지향한다는 것, 또 프랑스 국민이 내게 얼마나 호감을 품고 있는지 유럽에 보여주기 위해서다."

정책의 진의를 은폐할 때 통령이 사용한 독특한 표현이다. 해임의 대가代價로 원로원 의원에 임명된 푸셰는 장관직을 떠나면서 경찰 기밀비로 쓰다 남은 250만 프랑의 뒷돈을 보나파르트에게 청구했다. 일순 놀라는 표정을 보인 보나파르트이지만 '개인적 우정의 징표'로 그것을 지불하기로 약속한다. 대기실로 퇴출한 푸셰는 엷은 웃음을 띠며 머릿속으로 계산한다. 이미 챙겨둔 총액에 이 돈을 가산하면….

이것이 보나파르트식 위험인물 대처법이다. 그는 또 여론을 부추기는 법도 알고 있다. 어떠한 개인, 어떤 정당에도 의지할 게 못 된다고 생각하며 늘 신경을 썼다. 이번 '종신통령'의 임명에 관해서도 국민의 자문을 얻는 모습을 보였다. 1799년 쿠데타의 결과에 대해 국민의 인정을 얻는 데 집착했던 것처럼. 이번에는 여론에 의해 혁명이 완료되었다는 보증을 붙이려는 생각인 듯하다.

"총선거에는 임기 연장 및 권력의 원천을 명시한다는 이중의 이익이 있다. 선거를 통하지 않으면 권력의 원천이 모호한 채로 남을 가능성이 있다."

여기에, 평생 그가 고민하고 최후의 최후까지 타개책을 찾아내지 못하고 끝날 문제가 이미 싹트고 있었다. 혁명과 정통의 틈바구니에서 어떤 입장을 택할 것인가?

276

보나파르트가 로마의 장군을 본떠서 국가 절대 권력을 요구한 것은 자신이 무력에 가장 뛰어나서가 아니라, 국가 통치능력이 남보다 두 배나 뛰어나기 때문이라고 자부하기 때문이다. 그리고 그는 이 권력을, 그를 경애하는 병사가 아닌, 그에게는 미지의 존재인 국민에게서 얻고 싶어 한다. 거기에 더해서 전제군주이고 싶다. 고대 로마인이나 프로이센의 프리드리히 대왕과 같이 민주적으로, 국민으로부터 선출되고 국민에 의해 추대된 전제 군주이고 싶은 것이다. 하지만 이것은 시대정신이 그에게 강제한 취약한 논리다. 보나파르트는 혁명의 원칙을 주저 없이 내세울 수도 있을 것이다. 이후 권력은 재능 있는 오직 한 사람에게 맡겨져야 한다는 혁명의 원칙을 말이다. 사실 그에게는 타의 추종을 불허하는 재능이 있지 않은가? 그런데 그 발군의 능력을 총선거에 의한 판단에 맡기려고 하는 자세가 재앙으로 작용하려고 한다.

보나파르트는 혁명을 살린다. 하지만 공화국은 죽인다. 이것은 냉혹한 정치적 배려가 그에게 강요한 결과가 아니다. 그의 몸 속에서 면면히 이어지는 고대인과도 같은 감정에 뿌리를 둔 행동의 결과이기 때문이다. 그를 동방으로 이끈 것도, 쿠데타 당일 그를 양원에서 우물쭈물하게 만든 것도 이 감정 외에 다른 것이 아니다. "자네는 플루타르크 시대에 살고 있다"라고 그의 본질을 최초로 간파한 파올리가 말했듯이, 보나파르트에게는 민주주의적 자질이란 털끝만큼도 없다. 그는 마음대로 명령을 내릴 수 있는 고대에 태어나거나, 아니면 아직 압제자 아래 예속되어 있는 동양에 태어났어야 했다.

생클루에 있는 그의 집무실에는 2개의 흉상이 놓여 있다. 스키피오(로마의 장군으로 카르타고의 명장 한니발을 격퇴했다)와 한니발의 흉상이다. 굴지의 권력자였던 두 사람은 그의 자질에 가장 어울리는 역사적 인물이다.

왕좌를 박탈당한 부르봉 왕족은 쿠데타 직후부터 보나파르트에게 안일한 호소를 되풀이했다. 프로방스 백작(참수된 국왕의 동생으로 나중에 루이 18세가 된다)은 좋은 조건과 교환함으로써 왕관을 반환받고 싶다고 세 차례나 간청했다. 이하는 세 번째 서찰에 대한 제1통령의 답서이다.

"편지 잘 받았사옵니다. 정성스러운 말씀 잘 알겠습니다. 귀하는 프랑스로 귀환하실 것을 바라시면 안 됩니다. 그러려면 10만의 시체를 밟고 넘어와야 하실 것입니다. 귀하 자신의 이익은 프랑스의 안녕과 행복을 위해 바쳐 주십시오. 어땠든 역사가 그 희생에 경의를 표하게 되겠지요. 귀하 일족의 불행에 마음이 편치는 않습니다. … 나는 귀하의 편안한 은퇴 생활을 위해 기꺼이 공헌할 생각입니다."

능숙한 사교적 인사와 그 이면에 깃든 아이러니. 타고난 왕이 구사한 듯한 문장이다. 무례한 것은 눈치도 없고 정세 판단 능력도 둔한 부르봉가 쪽이다. 쿠데타를 일으키기 전, 보나파르트파가 동향을 살피는 일련의 편지를 보냈음에도 불구하고 이 우둔한 인물은 그것을 알아차리지 못했고, 아무런 반응도 하지 않았다.

한편 방데의 왕당파를 대하는 태도는 전혀 다르다. 그들을 자기편으로 만들고 싶다는 속셈이 있기 때문이다. 그러나 보나파르트에 초청받은 왕당파는 사의謝意를 표하려 하지 않았다. 실컷 기다리게 한 끝에 낡은 초록색 옷에 빗질도 하지 않은 푸석한 머리로 나타난 보나파르트가 말문을 열었다.

"우리 진영을 보시라. 우리 정부는 젊음과 지성의 중추가 될 것이다. 귀하들은 각자의 군주를 위해 전력을 다해 싸워왔다. 그런데 군주들은 승리를 얻기 위해 전혀 노력하지 않았다. 귀하들은 왜 방데에 머물지 않았는가? 그 땅이야말로 귀하들의 아성이 아니었던가?"

런던에 몸을 의지하지 않을 수 없었던 것은 정치 정세 때문이었다고 답하는 구 귀족들에게 발끈한 보나파르트가 소리쳤다.

"어선에 뛰어올라서라도 귀국했어야 했다!"

이것은 마음속에서 짜내는 듯한 목소리였다고, 이때의 협상 상대가 전한다. 프랑스 연안에 상륙하기 위해 소형 프리깃 함상에서 폭풍우와 적함에 과감하게 맞섰던 남자의 말이다. 교언과 협박이 엉킨 발언에 주목해 보자.

"그래서 무엇이 되고 싶은가? 장군? 장관? 무엇이나 바라시는 대로다, 귀하들도 친족도…. 아니면 보나파르트와 같은 제복을 입는 것은 치욕이라 생각하시는가? … 화합에 뜻이 없다면 10만 군사로 진격하여 그대들의 아성에 불을 지르겠다."

"우리들의 진퇴는 우리가 결정합니다. 어쨌거나 귀하의 기념비는 우리가 철거하게 되겠지요."

"협박할 셈인가!"라며 보나파르트는 분노하지만, 상대의 침착한 대응에 곧 냉정을 되찾는다. 구 귀족들은 빈손으로 물러갔다. 낯선 코르시카 사투리에 당황했을 뿐 아니라, 매우 활발한 상상력 탓에 이야기가 비약했고 논리가 없는 말이 뒤섞인 탓에 발언 의도를 헤아리지 못한 부분이 많았기 때문이다.

그런데 제1통령은 생활비를 원조하는 것으로 대부분 망명 귀족들의 마음을 사로잡고 적개심을 완화한다. 이렇게 해서 4만 명의 귀족이 즉시 귀국한다. 한편 자코뱅파도 불러온다. '그들의 세계관을 기반으로 해서는 정부를 몇 개 수립해도 닥치는 대로 파멸로 몰아넣을 것이 틀림없다'라는 것을 알면서도.

대중은 보나파르트 편이고 그의 통치하에서 안정을 느끼고 있다. 파리는 이제 내전의 수라장이 아니다. 제1통령이 사회적 빈곤을 완화하려고 노력을 다하고 있기 때문이다.

이하는 시 · 읍 · 촌 행정당국에 보낸 행정명령이다.

"1789년과 같은 한파가 닥칠 경우, 모든 교회 및 공공시설에는 불을 준비하여 되도록 많은 국민에게 따뜻함을 제공하라." "올겨울은 강추위가 될 것이다. 고기도 비싸다. 파리 시민에게 일자리를 공급할 필요가 있다. 우르크 운하, 드제 강변의 공사를 계속하고 인근의 가로 등을 포장할 것." "모든 걸인을 체포하는 것은 어리석고 야만적인 행위다. 그들에게 일자리와 빵을 주도록 배려하라. 각 지방에 몇 개의 피난소를 설치할 필요가 있다." "다수의 구둣방, 모자가게, 재봉집, 말안장 제조자가 실업 중이다. 매일 500켤레의 구두를 제조하도록 하라." 육군 장관은 포병대용 마구馬具를 주문하라는 명령을 받았다. 내무장관에게는 "오는 축제일 전에 노동자에게 일거리를 마련해주어야 한다. 5월 및 6월에는 생탕투안 지구의 장인 2,000명에게 의자, 벤치, 팔걸이의자를 제조케 하라"라는 보나파르트의 지시가 도착했다.

'시민은 작업복 차림으로 튈르리 공원에 들어가지 말라'라는 규제도 폐지한다. '공공 도서관을 폐쇄할 것인가'라는 문제에는 "폐지에는 단호하게 반대한다. 신문과 잡지가 있는 방을 발견하는 기쁨을 나는 경험하고 있다. 자기가 받은 이 혜택을 다른 사람들에게서는 박탈하는 것을 바라지 않는다." 일요일에는 서민이 이용할 수 있도록, 프랑스 극장에서는 모든 바닥 좌석의 표를 싼값으로 해야 한다. 도박 금지령을 프랑스 전역에 내려라.

"도박은 가정 붕괴의 원인이다. 국립 초중고와 상급학교가 설립되는 동시에 장학금을 마련해 6천 명이 혜택을 받게 한다. 그 3분의 1은 유공자의 자제를 위해 확보되었다. 3년 후 프랑스는 4만 5천 개의 초등학교, 750개의 사립 중학교, 45개의 리세를 가지게 되었다. 보나파르트는 학술원에 경의를 표하는 의미로, 회원 중에서 원로원 의원의 3분의 1을 뽑았다. 또 가장 뛰어난 화가, 조각가, 작곡가, 음악가, 건축가 각 10명을 임명하는 동시에 우리에게 용기를 주는 기타 예술가를 선출케 하여 스스로 지휘한 여러 전투를 소재로 하는 대규모 벽화의 제작을 명했다. 이렇게 해서 예술은 국가적으로 처리해야 할 과제가 되었다.

"문예에 관한 교양이 보급되어 있지 않다고 국민이 불평하고 있다면, 이는 내무장관의 책임이다."

이처럼 상승 지향에 오른 국민이 물질적 여유로 만족할 리가 없다. 명예도 줄 필요가 있다. 하지만 당장 전쟁도 없거니와 허영심을 과시할 수 있는 궁정도 없다. 보나파르트가 레종도뇌르 훈장의 제정을 촉구한 배후에는 이러한 사정이 있었다.

1802년에 발족한 이 단체는 관료가 동호인들을 모아 조직하는 클럽과는 전혀 취향을 달리하는 것이고, 공적이 현저한 인물 모두를 대상으로 하고 있다. 그가 손수 훈장을 수여한 자는 확실히 보나파르트파가 될 것이고, 수여하면서 봉건제 부활에 반대할 것을 엄숙히 선서한 그들이 쉽게 적대행위를 하는 일은 없을 것이다.

레종도뇌르 서훈국 초대 총장으로 임명된 것은 자연주의자인 라세페드이다. 국무원에서 이미 폐지된 제도와의 유사성을 지적받은 보나파르트는 이렇게 반론했다.

"옛날이고 지금이고 식별, 영예를 인정하지 않는 공화국이 있을 리 없다. 그와 같은 지적에는 단호히 반론한다. 훈장은 아이를 속이는 장난감이라고? 맞다, 사람은 그 장난감으로 사람을 이끌어 간다. 국민 앞에서 이런 표현을 쓸 생각은 없다. 그러나 정치가 및 지식인 여러분의 회의에 참석하고 있는 의무로 굳이 말씀 올리겠다. 프랑스인이 자유와 평등을 좋아하지 않는다고는 생각하지 않는다. 그러나 격동의 10년이 지나도 그들의 성격은 변하지 않았다. 조상과 마찬가지로 여전히 허영심이 강하고 경박해서 오직 하나의 감정, 즉 명예에만 민감하다. 그래서 그들을 훈장으로 식별할 필요가 있다. 병사는 지금까지와 마찬가지로 무훈과 보상에 의해 확보해야 한다. 어쨌든 이 훈장의 제정은 새 통화의 설정, 그것도 국고에서 발행되는 통화와는 전혀 다른 가치를 가지는 새로운 재원財源의 설정이다. 이 훈장을 받는 것이 프랑스인에게 명예로 간주되는 한, 이 재원이 바닥나는 일은 없을 것이다. 이 훈장은 가장 숭고한 행위에 대한 유일한 최고의 보상이 될 수 있을 새로운 통화이다."

인간에 대한 모멸과 깊은 통찰력, 게다가 프랑스를 조국으로 선택한 이방인 특유의 비판 정신, 이 3가지를 동시에 나타내는 발언이다.

종신통령이 되기 2년 전인 1800년 12월 24일, 보나파르트는 마차로 오페라극장에 가고 있었다. 조제핀과 딸이 뒤따르고 있었다. 그런데 어느 좁은 도로에 말이 매여 있지 않은 짐수레가 방치되어 있어 일행은 이를 다른 곳으로 옮겨야 했다. 다시 통령의 마차가 달리기 시작한 직후 짐수레에 설치된 폭탄이 폭발하여, 20명의 희생자가 나왔다. 통령과 친족에게는 피해가 없어 그대로 극장으로 간 보나파르트는 특별석으로 들어가자 측근에게 말했다.

"악당들 같으니라고! 나를 아주 날려버리려고 했어. 오라토리오의 팜플렛을 가져오게 해."

이날 밤의 연주 목록은 하이든의 '천지창조'였다. 다른 사람에겐 침착한 모습이었으나 역시 음악으로는 기분이 풀리지 않았다. 골똘히 습격의 이유와 영향에 대해 생각했다. 주모자가 극우든 극좌든 그것은 문제가 아니다. '가는 곳마다 적'이라는 사실은 충분히 아는 바이다. 요는 '어느 당에다 책임을 지우는 것이 상책인가'이다. 습격이 성공했다면 그 영향은 헤아릴 수 없을 것이다. 그래서 그는 복안을 정한다. 설사 내게 파멸이 온다 해도 이참에 엄벌로 나가자.

다음날 무사함을 축하한다면서 범인은 왕당파가 틀림없다고 주장하는 정부 요인들에게 그는 심하게 분개한 모습을 보인다.

"아니다. 어제저녁의 습격은 온갖 과격한 행동으로 혁명을 더 럽히고 자유의 대의를 손상시킨 놈들의 소행이다. 그중에서도 9 월 학살(1792년 9월 파리의 감옥에 군중이 난입해 죄수들이 학살되었다)에 가담한 놈들이다."

그는 국무원이 제안하는 특별 법정의 개정도 거부한다.

"아무것도 하지 않고 아우구스투스처럼 용서를 하든지 아니면 사회 질서를 보장하는 대대적 조치를 강구하든지, 둘 중 하나다. 프랑스는 말할 것 없고 전 유럽이 이것을 통상의 범죄 정도로 마 무리하는 정부를 비웃을 것이다. 이것은 정치가에 대한 범죄로 간 주해야 한다. 유혈이 필요하다. 희생자의 수와 동수의 범인을 총 살하고 200명을 유형에 처해야 한다. 애당초 중간층을 공화국에 귀속시키겠다는 바람 자체가 무리였다. 포악한 늑대처럼 먹잇감 에 달려들 순간을 호시탐탐 노리고 있는 200명의 과격파들에게 이 계층이 협박당하는 상태로 있는 한 무리다. 모든 악의 근원은 과격한 공론가다."

늙은 트론셰는 고개를 저었다.

"범인은 망명 귀족과 영국인입니다. 거리는 왕당파로 가득합니다."

"여러분은 내가 1만의 사제, 저 노인들을 유형에 처하는 것을 바라는가? 프랑스인의 대다수에게, 유럽의 3분의 2를 차지하는 사람들에게 지지되는 종교의 종복從僕을 박해하는 것을 바라고 있는가? 왕당파의 아성인 방데 지방이 이토록 평온했던 적은 아직 없었다. 내가 국무원의 전 의원을 파면할 사태에 빠질지도 모른다. 왜냐하면 두어 명을 빼고 전원이 왕당파의 소행이라고 말하고 있으니까. 국무원은 나를 얕보고 있는가? 조국이 위기에 처해 있다고 선언하라는 말인가? 혁명 이래 프랑스가 이토록 활기를 띤 적이 있었는가? 경제는 호황이고 군대는 연승하고 지금까지 이상으로 평화롭지 않은가? 아직도 진짜 자유를 찾는 사람들이 작금의 자유에 대해서 깊은 우려를 나타내고 있는데, 나는 이를 바람직한 것으로 생각하고 있다. 부디 귀하들은 이 자리에서 달아나려고 생각하지 말라. '나는 국무원에서 애국자들을 옹호했다'라고 말하면서 거드름 피우는 살롱이라면 몰라도 프랑스 첫째가는 지식인이 모이는 이 자리에는 적합하지 않은 발언이다."

그렇게 말하고 보나파르트는 당돌하게 회의를 중단했다. 의원들은 그의 진의를 읽었을까? 공격자로 지목되거나 보복을 당하거나는 문제는 아니다. 지금 그가 찾고 있는 것은 이 사건에 편승하여 정치가로서의 기반을 굳히는 것이다. 통령은 자문한다. '국내에서 누구를 두렵게 하고 국외에서 누구를 안심시켜야 하는가? 가혹한 조치에 의해서만 내 몸의 안전을 지킬 수 있다고 느낀다.' 그 후의 발언이다.

"대도시의 선동자를 유형지에라도 보내지 않는 한, 베개를 높이 베고 잠잘 수 없다."

거의 비슷한 때에, 그는 내무장관이 간과한 어느 무기명 책자에 충격을 받고 격노한다. 〈카이사르, 크롬웰, 보나파르트를 비교한다〉라는 표제의 팜플렛은 군주제를 요구하고 있다. 누가 굳이 이런 고발을 하여 나의 속셈을 노출하는가? 측근은 음모를 밝히기에는 시기상조라고 한다. 이에 아무런 반론도 하지 않았지만, 그의 육체와 정신에 잇달아 가해진 충격이 결과적으로 자유에 대한 심한 질곡을 초래한다.

그는 호민원 및 입법의회 의원 5분의 1을 배제했다. 콩스탕, 쉐니에를 필두로 민주주의 표방자가 사라지고, 신문 73개 중 61개가 발행 정지 처분되었으며, 모든 팜플렛 및 희곡이 검열되었다. 언론의 자유를 호소하는 국무원에는 이렇게 답한다.

"작금의 프랑스가 놓여있는 상황에서 집회를 허용하면 어떻게 될 것인가. 아무런 위험도 없다고 생각하는가? 저널리스트는 멋대로 얘기하지 않는다고, 구독자가 본격적인 정치결사를 만들지 않는다고 생각하는가? 비방과 중상은 기름때처럼 질이 나쁜 폐해여서 반드시 화근을 남긴다. 영국과 프랑스의 차이는 역력하다. 영국 정부는 낡았고 프랑스 정부는 젊다. 세상은 연일 나를 비방하며, 독살이 무서워 아무 말도 하지 않고 있다고 소문을 퍼뜨릴 것이다. 어느 정당이나 불만을 호소하고 있는데, 그들에게는 싸울 자리가 없기 때문이다."

그가 통괄하는 정부에는 편리한 구실이지만 자유에게는 치명적이었다.

V

제1통령을 괴롭힌 팜플렛을 쓴 사람은 다름 아닌 뤼시앵이다. 브뤼메르 18일에 형을 살린 동생. 비범한 형 보나파르트보다 여섯 살 연하인 아우 뤼시앵. 형은 제쳐놓더라도 다른 형제에 비해 훨씬 우수한 뤼시앵은 형의 위광으로 형보다 훨씬 젊은 나이에 출세한다. 그런데도 야망은 채워지지 않았다. 지금 그는 비범한 형의 그늘에서 몹시 괴로워하고 있다. 후일 형의 노여움을 떠맡게 되지만, 그때 이상으로 그는 보호와 총애에 괴로워하고 있다. 쿠데타 당일의 광경이 아무래도 잊히지 않는다. 지금의 형이 있는 것은 모두 자기 덕분이라는 생각이 끊임없이 일어난다. 그런데 지금은 내무장관으로서 형에 복종하며, 그 수하에 만족하고 있다.

어째서인가? 왕성한 비판 정신과 반골 기질을 가진 그에게 견디기 어려운 상황이다.

조제핀을 혐오하는 그는 그녀의 친구나 지인도 적으로 돌렸다. 그중에도 푸셰에 대한 적의는 대단해서 나중에 푸셰 쪽도 일이 있을 때마다 내무장관에게 잘못을 전가한다. 이해관계에 따라서만 행동하는 점은 형에게서 물려받은 것이지만, 형만큼의 명민함이

288

나 정치가로서의 두뇌는 갖고 있지 못하다. 그의 풍모에서도 무슨 일이든 해치울 사람임을 엿볼 수 있다. 불과 25세에 관직을 누렸으나, 그는 분한 나머지 더욱 무모한 행동으로 나아간다. 여인숙 딸과의 결혼, 전매권의 부정 이용, 밀의 투기 거래, 형이 맡긴 공직의 업무는 제대로 하지 않고 분수 이상의 방탕한 생활에 빠진다. 호화로운 저택과 가구의 구입, 재건축, 호화로운 연회, 희곡이나 시에 정신을 빼앗겼다. 어느 것이나 무작정 형의 기분을 상하게 하고 싶다는 생각에서 나온 소행이었다.

결별은 피할 길이 없었다. 뤼시앵이 브뤼메르 18일 때의 공을 따지고 덤빈 것을 계기로 격노한 보나파르트는 동생의 추방을 고려한다. 하지만 생각으로 그치고 갖가지 추문에 종지부를 찍도록 내무장관직을 파면하고 마드리드 주재 대사로 임명하기로 한다. 마드리드에서는 새로이 몇백만이라는 돈이 뤼시앵의 주머니로 흘러 들어가게 되는데, 기민한 활동으로 영국으로부터 프랑스의 이익을 지키는 공적도 남긴다. 끝내 홀아비가 된 뤼시앵은 파리로 돌아와서 그때까지 애인이었던 여자를 아내로 맞이한다. 이전에 조제핀과 같은 소문이 나 있던 미녀였다. 이것이 아우를 정략결혼 시키려던 제1통령의 비위를 거슬렀다.

우아하고 명랑한 큰형 조제프는 나폴레옹이 준 부와 명예는 받으면서도 현 정부에 불만을 품고 있는 인사들과 친교를 맺고 반나폴레옹을 표방하는 스탈 부인의 살롱에도 공공연히 출입하였다. 로마 대사 정도로는 만족할 수 없었지만, 이탈리아 공화국의 대통령도 원로원 총재가 되는 것도 거절한다. 장남에다 일가의 기둥은 자기라는 의식을 아무래도 버리지 못하고 있었던 것이다.

흥이 나면 시를 읊는 타입인 루이는 아직도 거취를 정하지 못하고 있었다. 몇 년 전부터 조제핀의 먼 친척인 아가씨를 사랑하고 있으나, 형의 뜻으로 결혼하기로 되어 있는 오르탕스에게는 아무래도 마음이 가지 않는다.

선량하지만 경솔한 막내 제롬은 형에게 엄하게 교육받고 있다.

"시민 장군님! 시민 제롬보나파르트를 해군 견습병으로 귀하에게 보냅니다. 아시는 바와 같이 그는 엄하게 대할 필요가 있습니다. 직무를 확실하게 이행하도록 지도 바랍니다."

누이동생들에게도 충분히 돈과 명예를 주고 있었으나 그녀들은 감사하기는커녕 더 많은 것을 요구할 뿐이었다. 엘리자는 마음이 맞는 오빠 뤼시앵과 파리에서 향락의 나날을 보냈다. 아마추어 극단의 무대에 핑크색 타이즈 차림으로 등장한 데 이르러서는 통령도 더이상 참지 못하고 이를 저지했다.

"더는 못 보겠다. 사회 기풍을 바로 세우려는 나를 아랑곳하지 않고 나체와 같은 꼴로 무대에 서다니!"

그러나 통령의 관심이 멀어지자마자 그들은 다시 제멋대로 행동했다.

뮈라와 결혼한 카롤린Caroline(1782~1839, 나폴레옹의 여동생으로 나폴리 왕비에 만족하지 못하고 남편 뮈라를 출세시키는 데 광분하다가 나폴레옹을 배신한다)은 이미 이 무렵부터 남편이나 베르나도트와 결탁하여 통령정부 전복을 획책한다. 모사는 실패로 끝났으나, 이를 들은 보나파르트는 뮈라를 총살형에 처하겠다고 떠들었다.

폴린의 첫 남편은 식민지에서 병사했다. 별로 슬퍼하지도 않고 다음해인 1803년 보르게세 대공비가 된 그녀는 방탕한 생활을 보내긴 하지만, 오빠를 생각하고 누이동생의 추문에 대한 오빠의 질책에도 관대한 편이었다.

신부神父를 거쳐 군수상인이 되고 그 뒤 조카의 배경으로 대주교가 아니라 추기경까지 오른 숙부 페쉬는 전적으로 나폴레옹 편이다.

어쨌거나 모두가 부와 명예를 얻기 위해 보나파르트를 이용했고, 초인적으로 일에 몰두하는 보나파르트가 금하고 있는 향락적인 생활을 즐겼다.

그러한 세계에 거리를 두고 있는 것은 어머니뿐이지만, 조제핀과의 관계는 개선되지 않고 코르시카 사투리도 여전하다. 쿠데타 직후 보나파르트는 튈르리 궁에서 함께 살 것을 권했으나, 그녀는 거부하고 지금도 조제프의 집에서 살고 있다.

궁전 뜰에서 개최된 최초의 열병식 날, 고관 옆에 검은 옷을 입은 레티치아의 모습은 기품이 넘쳤고, 간결한 차림이었지만 조제핀의 우아한 차림새를 능가하고 있었다. 인생의 부침을 체험하고 있는 만큼 그녀가 영광에 믿음을 두는 일은 없었다. 자식을 칭찬해 대는 사람들에게는 불완전한 프랑스어로 "언제까지 계속되려는지…"라고 응하는 것이 일상사였다.

일족에 얽힌 사건은 무수히 있는데, 예사로 끝나는 일도 비극으로 끝나는 일도 있으나 그 원인은 모두 보나파르트 자신에게 있었다. 일개 미천한 출세주의자에 지나지 않았더라면 그는 일족에 대한 갖가지 은혜를 싫어하거나, 혹은 생색내는 태도로 베푸는 정도로 그쳤을 것이다. 어쨌거나 공적인 생활에서 수많은 가족을 멀리했을 것이다. 어째서 이 나라를 통괄하는 남자의 어머니가, 외국 출신임을 국수주의자에게 환기시키는 프랑스어밖에 하지 못하는가? 군주에 비견되는 자의 여동생이 행실이 나빠서 온 유럽에서 빈축을 사고 있는가? 그렇지 않아도 군주제를 유지하려고 필사적인 인근 제국은 조국을 졸부 국가로 중상하고 벼락출세자 사회의 해이한 기풍을 비난하려고 혈안이 되어 있는데 말이다.

보나파르트의 형제가 부패행위를 보란 듯이 하고 있다고? 혁명이 타도하려 했던 바로 그 부패 행위를? 더구나 이런 비리가 모두 파리에서 일어나고 있다. 아이러니와 비판 정신이 특별히 현저한 도시 파리에서.

그런데 보나파르트는 가족의 난맥상을 용인할 뿐 아니라 오히려 지위와 명예를 계속 주고 있다. 재산보다 명예에 집착하는 이 이탈리아인은, 아니 오히려 역대 프랑스 왕실의 전통보다 더 낡은 전통을 가진 이 코르시카인은 친족을 감싸고 있다. 적의 증오와 복수로부터 지키는 것이다. 가족에 대한 타고난 애정이 정복자에게 더해진다. 천부적 두뇌로 얻은 이익을 피를 나눈 적자嫡子에게 남기고 싶다는 정복자로서의 욕망이다.

비극적 운명이 그 소망을 달성하지 못하게 하는가? 운명은 그가 바라 마지않는 후계자를 안겨주지 않으려는 듯 보인다. 이전에 두 아이를 낳은 조제핀은 전혀 아이가 생기지 않는다. 보나파르트가 열렬한 사랑으로 아내로 삼았을 때 그녀는 30대 젊음이었다. 나중에 조제핀 아닌 다른 여자들에게서 세 아이를 얻었다. 왜 조제핀과의 결혼은 결실이 없는가? 그는 조제핀의 능숙한 사랑의 기교에 현혹되어 오랫동안 매료되어 있었다. 그러나 뭐라고 해도 그에게는 후계자가 필요했다. 이 점에서 아내로서의 의무 불이행이 조제핀의 운명을 결정지었다.

그 경이적인 영향력을 생각하면 달리 방법이 없었을까? 통령으로 취임한 해부터 뢰드레는 이미 이 중대한 문제를 고려하고 있었다.

"왕당파 패거리들이 소문을 퍼뜨리고 있습니다. '누가 보나파르트의 뒤를 이을 것인가?'라면서요. 통령이 내일이라도 서거하시면 우리는 어떻게 됩니까? 후계자를 지명해 주십시오!"

"정치적으로는 그다지 중대한 문제로 생각되지 않는데."

"통령의 적자가 확실히 지명돼 있는 편이 프랑스가 더 안정된다고 말씀드리는 것입니다."

"내게는 아이가 없지 않소."

"양자를 들이시면 됩니다."

"그리 절박한 문제는 아니야. 실행 가능한 방법이라면 원로원이 후계자로 적합한 인물을 선출하는 것. 투표는 3명의 원로원 의원과 나만으로 극비로 할 것. 이 정도밖에 생각이 떠오르지 않는군. 그런데 도대체 누구를 선출할 것인가?"

"저라면 12살 어린아이를 뽑겠습니다."

"왜 어린아이를?"

"자애로운 사랑을 베풀어 길러서, 그 아이가 명실공히 통령의 후계자가 되기를 바라기 때문입니다."

궁지에 몰린 통령은 냅다 소리를 질렀다.

"나의 적자嫡子는 프랑스 국민이다!"

이렇게 소리 지르고 있는 것은 노인이 아니다. 임기 10년의 통령으로 갓 선출된 불과 30세의 남자, 언젠가는 군주제를 세울 것을 명확하게 인식하면서도 실행으로 옮기는 데는 다소 주저하는 남자이다.

둘러보아도 후계자가 될만한 사람은 친형제밖에 없다. 적어도 보나파르트 가의 피를 나눈 아이를 양자로 내주는 정도는 해주겠지! 뤼시앵에 대한 그의 노여움은 평판이 나쁜 여자와 결혼을 했다는 것이 아니다. 그녀와의 이혼을 강요했던 것은 그녀가 명문가 출신이 아니기 때문이었다. 동생에게는 군주에 적합한 결혼이 필요했다. 그러나 뤼시앵은 절대적 권력을 휘두르는 형에 대한 미움으로 반항했다. 형이 권력의 자리에 오르기 위해 왜 나를 희생시키는가. 어느 날 뤼시앵과 큰 싸움을 한 뒤 조제핀의 방으로 들어간 보나파르트는 소리쳤다.

"이제 끝장이야! 뤼시앵을 내쫓았어."

그 목소리에는 억누르지 못하는 초조함이 묻어 있었다.

후일, 마찬가지 이유로 루이와도 오랫동안 대립하게 된다. 조제핀은 딸 오르탕스와 루이를 결혼시키려 생각하고 있었으나, 두 젊은이는 서로 싫어했다. 그러나 이 결혼이 보아르네 가의 안위로 연결된다고 간주한 조제핀은 이를 강요했다. 나폴레옹은 그 결과 태어난 아이를 몹시 사랑하여 후계자로 삼으려고 한다. 그러나 얼마 안 있어 이를 시기한 여동생들이 아이의 아버지가 나폴레옹이라는 소문을 퍼뜨린다. 온 유럽이 부러워하는 보나파르트 일족의 행운은 이러한 갖가지 사연으로 서서히 침식되어 간다.

레티치아는 본의 아니게 결혼하게 된 루이와 불복종으로 멀리 떠난 뤼시앵의 편을 든다. 로마에서 뤼시앵과 만난 그녀는 그곳에서 귀족들과 깊은 교류를 하는 동시에 교황으로부터도 왕후처럼 환영받고 행복한 나날을 보낸다.

'나이 든 여자' 조제핀을 혐오하는 여동생들은 오빠를 이혼하게 하려고 수단을 다하여 절세 미녀들을 차례로 보낸다. 조제핀도 늙었다. 예전만큼 애정이 있지는 않지만 그는 지금까지보다 더 그녀를 다정하게 대한다. 그러나 이전처럼 다른 여자를 물리치는 일이 없이, 여동생의 독서 담당이나 여배우와 잠깐씩 외도를 즐기게 되었다.

죠르주 양은 다른 여자와 마찬가지로 처음엔 그를 무서워했다. 하지만 곧 호감이 가는 관대한 남자라는 것을 깨닫는다. 그래서 장난을 치거나 게임도 하며 어린애 같은 푸념도 들어주었다. 괜찮은 남자임을 알게 된 것이다. 그녀도 조제핀이라는 이름이었지만 그는 '조르지나'라고 이탈리아식으로 불렀다. 어느 날 그의 요구에 따라, 그녀는 자기 생각을 말했다. 주의 깊게 귀 기울이던 통령은 하나도 거짓이 없음에 만족했다. 미리 신상 조사를 해 두었던 것이다.

하인들은 밤에 구두를 벗어든 통령이 조제핀의 시녀인 듀샤텔 부인의 방으로 이어지는 좁은 계단을 몰래 올라가는 것을 이따금 보았다. 그의 취향을 한 몸에 구현한 우아하고 화사한 금발 미녀였다. 그는 밤중에 그녀와 트럼프를 하기도 하고 연애에 대해 얘기하기 좋아했다. 그럴 때면 가련한 조제핀은 옆 테이블 너머 그들의 대화에 끼어들려고 했다. 듀샤텔 부인이 작별을 고하고 살롱을 내려가면 그 뒤를 통령이 쫓아가서 미리 약속한 장소에서 만난다. 참지 못한 아내가 자리에서 일어나 문을 두드리면 버럭 화를 내며 방문 앞에서 그녀를 맞이하고 다음날은 조제핀에게 헤어지자는 말까지 한다. 그러나 조제핀의 비탄과 눈물에 저항하지 못하고 화해한다.

이런 일이 자주 있었던 것은 아니다. 일에 쫓기고 있는 그에게는 바람피우는 데 쪼개 쓸 시간 따위는 거의 없었기 때문이다. 더구나 굳게 다짐한 것이 있었다. 역대 국왕의 예를 본받지는 않겠다는 것이다. 그들의 낭비벽과 여자가 국무에 개입하는 것을 허용하는 연약함을 본받지 않으리라.

나이 이상으로 노숙한 그는 이제 불장난 같은 연애를 할 생각이 별로 없다. 서른 남짓한 젊은 남자가 쓴 다음과 같은 글에는 가슴에 와닿는 것이 있다.

남의 마음을 읽는 데는 남보다 못하지 않는데 왜 이다지도 마음이 설레지 않을까? 얼마 전까지 남편이 그러했듯이 지금은 조제핀이 질투의 불을 태운다. 옷차림을 갖추는 것도 완전히 그를 즐겁게 하기 위해서다. 드레스나 모자, 구두를 위한 지출이 프랑스 마지막 왕비의 그것을 능가할 만큼 엄청난 액수이긴 하지만, 그녀는 여전히 왕년의 요염함을 유지하고 있다. 시녀들의 눈도 있어 그녀는 통령이 밤에 찾아오기를 기다렸다. 보나파르트도 그녀에게는 여전히 관대하다. 침대에서 휴식 중인 그를 위해 옆 의자에 앉아 저음의 부드러운 목소리로 책을 읽어주는 그녀에게 애정 어린 감사의 눈길을 보내기도 한다. 보수적인 성향인 그가 수많은 결점에도 불구하고 사랑하여 마지않는 그녀와 어떻게 헤어질 수 있겠는가? 장군이나 장관마저 일단 휘하에 거두면 거의 갈라선 일이 없는 그였다.

요즘 그는 이집트 원정 중 조제핀이 이폴리트와 바람을 피우고 있던 말메종에서 외젠, 오르탕스, 부리엔, 랍(1772~1821, 프랑스의 장군)과 승마를 즐기고 있다. 낙마를 해도 기쁜 듯이 웃는다. 그리고 얼마 후 파리로 돌아간다.

VI

"보나파르트가 직접 필기를 하는 일은 좀처럼 없다. 집무실을 걸어 다니면서 므네발이라는 20세 청년에게 구술한다. 청년은 집무실뿐 아니라 인접한 3개 방에도 출입이 허락된 유일한 인물로, 그 특권을 이용하는 성격도 아니고 그에게 이를 기대할 수도 없다. 더욱이 군사전략에 관한 극비문서는 통령 본인이 직접 기록하지 구술하는 일이 없다. 이 문서들을 수납한 가방은 엄중히 취급된다. 통령이 집무실을 나올 때는 므네발이 반드시 책상 아래에 설치된 캐비닛 서랍에 챙겨 넣게 되어 있다. 자물쇠 채우는 것은 통령이 하고 하나밖에 없는 열쇠도 그가 몸에 지니고 다닌다. 캐비닛은 바닥에 나사로 고정돼 있다.

하지만 이 서류함이 탈취될 가능성이 없다고는 말할 수 없다.

그 경우 혐의를 받는 것은 므네발, 이 방의 등화와 청소를 담당하는 수위뿐일 것이다. 서류함에는 통령이 구술 내지 기록한 수년 동안의 문서가 들어 있다. 이것은 늘 통령과 행동을 함께하는 유일한 것이기에 파리에서 말메종, 생클루 어디를 가거나 함께한다. 그의 군사 활동을 기술한 모든 문서가 서류함에 있을 것이고 그의 권위를 실추시키려면 이 계획을 혼란시키는 것밖에 없다."

도대체 누가 이 글을 썼을까? 부르봉 일족의 밀정? 통령 휘하의 배신자? 아니다. 통령이 구술한 대로 므네발이 필기한 행정문서다.

보나파르트의 명으로 사법장관이 이 문서를 뮌헨으로 보내려한다. 도발을 노리는 밀정이 목적 달성을 위해서 사용할 문서다. 통령은 사법장관에게 상세하게 지시를 주었다. 왕당파인 수위를 찾기 위해서 어떤 수를 쓸 것인가, 보수로서 그자에게 무엇을 줄 것인가, 도망 중인 그 남자는 어디에 숙박하는가? 이것은 장군이 자기를 적으로 간주한 작전 계획의 일환을 담당하는 문서이다.

이렇게까지 경계하지 않을 수 없는 이유가 있었다. 이번 겨울, 보나파르트는 런던, 방데, 파리에 있는 밀정들이 보내오는 수백의 정보에 밤낮없이 매달려, 행동해야 한다고 주장하는 성급한 그룹을 제지하기에 바빴다.

'조금 더 기다려라. 그리고 드디어 증거를 잡는다. 서로 적대하는 극우와 극좌, 즉 왕당파와 자코뱅파가 공통의 적을 해치우는

데 합의했다. 부르봉 일족에게 가담할 피슈그뤼와 공화파의 대변자 모로가 폭군 보나파르트와 대결하도록 결탁한 것이다. 때가 왔다.'

음모가 발각되자 전 유럽이 놀란다. 전통 군주들은 보나파르트의 빈틈없음에 경탄하면서도, 통령에 맞서는 적이 〈모니퇴르〉지가 보도하는 것보다 다수라는 정보에 안도하여 양극 연합세력에 기대를 걸었다. 명장 모로가 투옥되었다. 보나파르트는 모로 체포를 오랫동안 주저하고 있었다. 군인으로서 공적을 높이 평가하고 있었기 때문이다. 체포 당일(1804. 2. 15) 몇 번이나 모로의 소식을 탐지케 한 것도 그 때문이다. 이때 그는 그날 밤의 일을 떠올리고 있었던 것은 아닐까? 탈레랑의 집 앞에서 갑자기 정지한 기마대를 보고 체포되는 것은 아닌가, 하고 긴장했던 것이 불과 4년 전이다.

마음이 무거운 재판이었다. 수개월 후 모로는 유죄 판결이 나지만 통령은 굳이 선고할 것도 없이 사면한 다음 미국으로 보냈다. 같은 편인 피슈그뤼는 모로 체포 2개월 후, 독방에서 목매어 죽은 채 발견되었다. 그동안 13명이 모반으로 사형선고를 받았으나, 그중 하나가 심문받으며 부르봉 일족의 한 인물이 공범자라고 자백했다.

통령은 귀를 곤두세웠다. 부르봉의 일원?

수년 동안 앙기앵 공작이 국경 부근에 살고 있다고 탈레랑이 말을 덧붙였다. 조국에서 무슨 일이 일어나고 있는지, 망원경으로 정찰이라도 할 셈인가? 추기경 조카딸에 대한 연심만으로 바덴 국경에 장기 체류하는 자가 있겠는가? 콩데 대공의 손자도 어엿한 부르봉의 일원이 아닌가? 음모를 꾀한 것은 아마도 그일 것이다. 독일 남부를 왕래하는 모든 밀정과 통하고 있음이 틀림없다. 맞아, 의심스러운 공작이란 그를 말한다! 이때 강경 수단을 취할 필요가 있다. 왕위를 박탈당한 일족이 프랑스의 평온을 위협하고 지배자의 편안한 잠을 방해하는 것을 저지하기 위해서.

통령은 장문의 서장書狀으로 공격을 명한다.

"라인 대안에 위치하는 바덴 지방의 소도시를 공격하라."

거기에는 만토바의 포위전을 방불케 하는 상세한 지령이 적혀 있다. 선박 수에서 빵의 배급량까지 소상하게 지시되어 있었다. 이렇게 해서 용기병 300명이 바덴으로 진격하여 앙기앵 공작을 연행했다. 4일 후 공작은 뱅센느의 요새에 있었다. 만사가 극비리에 진행되었다. 측근이 공작의 유죄를 입증하는 것은 없다고 통령에게 경고했지만, 자기 장래에 확고한 전망을 그리고 있는 탈레랑은 공작을 군법회의에 붙여 엄중하게 다뤄야 한다고 떠들었다. 이 문제가 보나파르트에게 중대한 윤리적 결과를 가져올 것임을 그는 예측하고 있었다. 위험을 알아차린 조제프는 육군학교에서 받은 은혜를 동생에게 상기시킴으로써, 학교와 인연이 있는 콩데 대공의 유일한 손자를 횡사시킬 생각이냐고 나무랐다. 이에 대해 그는 다음과 같이 답했다.

"그의 사면은 가능합니다. 내 휘하로 들어오면 도움이 될 테지요."

집으로 돌아온 조제프는 스탈 부인과 손님들에게 이에 대해 말하고 안심시켰다. 그날 밤 앙기앵 공작은 12명의 참모 장교 앞에 의연하게 출두했다. 보나파르트보다 두 살 연하인 그는 보나파르트를 영광의 자리에 끌어올린 바로 그 사회·정치적 상황 때문에 위기에 몰린 불행한 왕족이었다.

국무원 의원의 한 사람이 통령이 작성한 질문서에 따라서 심문을 시작했다.

"귀하는 영국의 밀정들과 내통했는가?"

"아니다."

"피슈그뤼의 음모가 성공하면 귀하는 알자스로 잠입하려 했는가?"

"아니다."

"영국으로부터 연금을 받았는가?"

"그렇다."

"영국군에 협조할 의도가 있었는가?"

"그렇다, 조국을 구하기 위해서."

"조국을 공격하려고 영국군에 협조했는가?"

"콩데 가문의 사람이 무기를 들지 않고 귀국할 수는 없었다."

앙기앵 공작에겐 사형이 선고되었고, 다음날 새벽 총탄을 맞고 장렬히 쓰러졌다. 1804년 3월 21일의 일이다.

이 판결은 위법이었다. 외국령에서 앙기앵 공작을 연행해서는 안 되는 일이었다. 그가 프랑스 국내에서 체포되었다면 판결이 합법으로 간주되었을 것이다. 그러나 국가 전복을 시도했다는 본인의 자백이라도 있지 않는 한, 이 판결은 인정될 수 없었다.

탈레랑의 말에 따르면, 이것은 범죄가 아니라 긁어 부스럼이었다. 혁명 시에는 죄 없는 많은 이들이 쓰러진다. 설령 음모에 가담하지 않았다 해도 앙기앵은 왕위 찬탈자인 보나파르트의 죽음을 바라고 있었을 것이고, 무기를 들고 죽은 사촌 형의 원수를 갚기 위해 파리로 들어오지 않는다고 볼 수 없다. 따라서 만일 이 청년 장교가 부르봉 일가의 일원이 아니었다면, 이번 사형 집행은 아무런 물의를 일으키지 않았을 것이다. 하지만 앙기앵 공작은 혁명 이념이란 허울 아래 냉혹하게 제거된 모든 것의 상징이 되었다. 왕정을 표방하는 유럽에서 왕권에는 신성한 권리가 깃들어 있다고 믿는 왕후 및 몇백만의 유럽인에게 처형은 도발 행위였다. 그리고 이를 계기로 전 유럽이 독재자 보나파르트에게 반기를 들게 된다. 하지만 보나파르트는 지금까지 단 한 번도 압제적 통치를 한 적이 없으며, 장군 또는 정치가로서도 남에게 비난받을 폭력적 행위를 한 일이 없다.

처형 사건 다음날, 만찬석은 조용했다. 조제핀은 내심 전율을 감추고 보나파르트도 심적 동요를 숨기고 말이 없었다. 사람들이 자리에서 일어서려고 할 때, 통령이 천천히 입을 열었다. 자문자답처럼 메마르고 가라앉은 목소리였다. "적어도 놈들은 깨달았을 것이다. 우리가 할 때는 하는 사람이라는 것을. 이것으로 이제 더 일을 만들지 않으면 좋겠는데…."

그는 왔다갔다하면서 말 없는 참석자들 앞에서 이번 조치에 관한 근거와 심정을 밝히는 동시에 정치가의 능력에 대해, 그리고 경애하는 프로이센의 프리드리히 대왕에 대해서 묘하게 들뜬 어조로 말했다.

"정치가에게는 풍부한 감수성이 갖춰져 있는가? 언제나 자기만의 세계에 틀어박혀 있는 사람은 아닌가? 정치가는 자기 정치적 신념에 따라 사물을 본다. 명심해야 할 것은 그 안경이 아무것도 확대하지 않고 축소하지 않도록 하는 것뿐이다. 그래서 대상을 주의 깊게 관찰하는 한편, 고삐 하나 움직일 때도 신경을 써야 한다.

… 그리고 어느 때, 정치가는 자신의 행위가 사회 전체에서 유리돼 있어서 세상의 비난을 뒤집어쓰고 있다는 것을 깨닫는다. 설사 그것이 위대한 업적에 공헌하는 행위이며, 세상이 그것을 알지 못하는 것뿐이라 해도! … 자신을 고무하고 시대를 앞서서 상상력을 발휘하여 멀리 눈을 돌려라. 그러면 여러분이 폭력적이라거나 잔혹하다고 생각하는 위인들도 일개 정치가일 뿐임을 알게 될 것

이다. 그들은 여러분 이상으로 자기를 알고 있으며 자기비판도 하고 있다. 진짜 뛰어난 정치가라면 자신의 감정을 억제하는 방법도 알고 있다. 그들은 감정을 억제하여 얻는 효과도 계산에 넣으려 하기 때문이다."

갑자기 이야기를 중단한 그가 이번 소장訴狀을 읽게 했다.

"이런 자들은 프랑스에 무질서를 초래함으로써 나를 말살시켜 혁명을 소멸시키려 하고 있다. 그래서 나는 이것을 막고 이에 복수해야만 했다. 앙기앵 공작은 다른 무리와 마찬가지로 음모를 꾀하고 있었기 때문에 같은 취급을 하지 않을 수 없었다. 이들 무분별한 패거리는 우리를 죽일 생각이지만, 지금은 이쪽이 우세한 듯하다. 놈들은 나를 다혈질의 자코뱅당 정도로 보고 있다. 우리는 지금까지 서열과 예의를 존중하는 시대를 살아왔다. 부르봉 일족은 이를 철저히 지켜왔으며 결코 포기할 생각을 하지 못한다. 그들이 돌아와서 맨 먼저 손을 댈 것은 틀림없이 이것이다. 만일 세상이 그들을 피와 먼지투성이 전쟁터에서의 앙리 4세와 동일시한다면 그것은 큰 잘못이다. 런던에서 작성된 루이라는 서명이 들어 있는 편지 한 통으로 그들이 다시 왕국을 부흥시킬 수는 없다. 이런 편지는 경솔한 자를 골탕 먹인다. … 나는 피바람을 몰고 왔다. 그렇게 할 수밖에 없었다. 그리고 더한 피를 흘리게 할 것이다. 그러나 화풀이로 하는 감정적인 행위는 아니다. 이 사혈瀉血은 정치 요법을 위한 수단에 불과하다. 나는 정치가다. 프랑스혁명의 아들이다. 몇 번이고 말하겠다. 나는 정치가이고 혁명의 아들이다. 그리고 앞으로도 계속 그럴 것이다."

말을 마친 그는 고압적인 태도로 모든 손님을 돌려보냈다.

VII

앙기앵 공작 처형 1주일 후, 새로운 안건 채택을 요청하기 위해 원로원의 대표가 통령을 찾아왔다. 군주제의 부활 및 국무재판소 설치에 관한 안건이다. 실제는 통령의 관리하에 준비된 안건인데도 불구하고 국민의 의사에 의해 그에게 판단을 맡긴다는 형식을 교묘하게 갖추고 있었다.

과격파의 공격을 일소하고 국가원수를 지키기 위해 필요한 것은 재판소와 후계자이다. 이렇게 간명하고 정연한 논리가 또 있을까? 나폴레옹이 행동에 착수하는 것은 언제나 사건이 일어난 후이다. 이번에도 상황이 선행한다. 인생의 어떤 고비에서도 그렇지만 이번 제국 수립에도 실현을 노리고 계획적인 준비를 한 흔적이 없다. 몇 년 전 이탈리아 원정을 떠나면서, 그는 프랑스 왕관이나 이탈리아 왕관을 바라지 않았다. 하지만 올라가는 동안 시야가 넓어지고 광대한 초원과 무한한 바다가 출현한다. 그의 전 생애는 '미리 목적지를 정한 자는 멀리 가지 않는다'라는 속담을 증명하는 과정이었다.

만사를 임기응변으로 처리하는 능력과 치밀한 준비를 갖춘 다음 실행으로 옮기는 신중성, 상반된 두 가지 자질이 그의 행동을 둔하게 하는 일은 없었다. 임기응변 능력이 신중성을 방해하기는커녕 행동력을 발휘해 천성을 활성화하는 데 공헌했다.

제국 수립을 둘러싼 행동은 잘못이었을까? 어떤 동기가 그를 이렇게 몰고 간 것일까? 예전엔 이집트에서, 나중엔 러시아에서 그랬던 것처럼 이때도 상상력이 이성을 누른다. 이상理想이 그를 몰고 갔다. 타고난 지배자이고 어릴 적부터 고대 로마의 영웅전을 읽고 자란 보나파르트는 그들과 어깨를 나란히 하는 것을 목표로 했다. 게다가 자기 생애를 웅대한 전설로 변모시키는 시인이며, 원정 중에는 밤마다 그날의 성과를 역사적으로 조망하고 역사에서 차지하는 자신의 위치를 검토하는 몽상가였던 그는 시점을 늘 미래에 두고 후세인들이 자기 행동과 영광을 어떻게 평가할지를 염두하면서 황제 칭호를 갈망했다.

계산이 빠르고 독심술이 뛰어난 그는 기본적으로 인간을 경멸한다. 그런 그가 황제라는 칭호를 이용하는 법을 모색하기 시작한다. 정치가로서 수완을 발휘하기 위해서라도 이 칭호는 필요하다. 이것이 있으면 상시 전쟁을 하지 않아도 나라를 유지할 수 있다. 하지만 무엇보다도 그는 코르시카인이다. 혈족을 존중하고 '내 몸과 함께 사라질 것만을 갖는 것은 곧 아무것도 갖지 않는 것과 같다'라고 생각하는 코르시카인이다. 그런 만큼 일족에 대한 애착도 예사롭지 않았다.

"국왕이라는 이름은 진부해서 고리타분한 개념이 붙어 있다. 국왕이라는 칭호로는 그들의 후계로 간주되어 버린다. 나는 누구의 뒤도 따르고 싶지 않고 누구에게도 의지하고 싶지 않다. 황제라는 칭호가 위대하면서 어딘지 설명하기 어려운 상상력을 자극한다."

이 말에서도 알 수 있듯이 당초 황제를 지향한 진짜 동기는 잡다했다. 그는 돌진하려는 길의 위험성을 인식하고 있었을까? 머지않아 위험에 농락당하게 될까? 이윽고 "왕좌란 무엇인가? 비단으로 싸인 나무토막이다"라고 말하게 되지만, 레종도뇌르와 마찬가지로 이 나무토막과 비단이 인심을 사로잡는다는 것을 알고 있었다. 그래서 왕관보다 왕관을 둘러싼 모든 것에 중요성을 부여했다. 일개 시민이나 시인, 철학자가 이상을 향해서 자유로 나아갈 수 있는 세상이 된 지금이기에 정치가에게는 권력을 나타내는 외적 표장標章이 필요하다. 그 앞에서 어리석은 민중이 머리를 숙이게 되는 갖가지 표장이. 그런데 나폴레옹쯤 되는 사람이, 탁월한 통찰력을 갖춘 그가 왕관이라는 상징이 가져올 위험성을 간파하지 못했을까? 몇천 년 동안, 국민은 왕권에 신을 결부시켜 왔으며, 그것은 그도 충분히 알고 있다. 그는 어떻게 하여 이 왕관 신앙과 자기의 정치관(인간에 대한 경멸을 바탕으로 한 반사회적인 정치관)

을 양립시킬 생각인가? 또 비록 왕관을 자력으로 쟁취했다 해도 우매한 후계자에게 이것이 위임된다고 하면, 그러한 왕관에 무슨 가치가 있는가?

먼저, 그는 고대 로마의 풍습을 따라 양자결연의 권리를 쟁취한다. 재능은 선천적인 것이라 인식하고, 세습에 의한 군주제의 소멸을 목격하고, 명예와 재산은 공적과 재능에 걸맞은 것임을 알고 있는 나폴레옹 보나파르트가 혈족을 후계자로 강요하는 권리가 있다고 믿다니! 자기의 피를 받은 자라는 이유만으로!

플루타르크를 읽고, 역대 로마 황제나 영국, 프랑스, 프로이센 국왕의 역사를 배운 것은 이 때문이었는가? 군주들의 몰락을 경멸하게 된 것은 그들이 최고 관직을 혈통이라는 우연에 맡겼기 때문이 아니던가?

새로 국가원수의 자리에 올라간 자가 과거 전통의 부활을 바란 것은 후에 본인이 함축적인 말로 표현했듯 신구의 조화를 얻기 위한 것뿐이었다. "화평과 국제적 안녕에 대한 숙고를 거듭한 끝에" 이를 실현하기 위해서는 현재와 과거의 '조화'를 얻을 필요가 있다는 결론에 도달한 것이다.

"나와 내 출세에 문제가 있다면 내가 민중 속에서 갑자기 두각을 나타낸 것이다. 나에게 고립감이 깊어지고 있다. 그래서 갖가지 수단을 강구했다. 내게 이것은 하늘이 내린 기회이고 다른 방법은 없다."

상당히 고상하게 표현하고 있지만, 부르주아 같은 솔직한 표현도 있다. 어느 날 뢰드레가 적자嫡子를 확실히 얻기 위해 다른 여성을 부인으로 맞으라고 제언했을 때 그는 무척 흥분했다.

"나는 의義를 중히 여기는 사람이다. 이혼을 바라지 않는 것은 그래서다. 나의 이익, 즉 체제 이익을 위해서는 아마도 재혼을 하는 것이 옳을 것이다. 하지만 이미 말했듯이 내가 출세했다고 어떻게 그녀를 버릴 수 있는가? 안 된다. 그건 할 수 없다. 나는 사람의 마음을 가진 남자다. 사자에게 양육된 것이 아니다."

그가 자책감에서 벗어난 것은 조제핀이 사망한 후이다. 하지만 그는 후계자 문제를 어떻게 생각하고 있었을까?

처음엔 일이 극히 조심스럽게 진행되었다. 이때도 여러 당 위에 군림하고 있다는 것을 강조하기 위해 그는 국민투표를 강행했다. 12년 전 국왕뿐 아니라 왕정마저 폐지한 사람들이 지금은 자진해서 제정帝政 수립을 도모한다. 제1통령의 종신제를 선택할 때보다 더 열광적이었다. 그리고 불과 며칠 만에 모든 것이 결정되었다. 원로원에서는 개인적으로 그에게 적대감을 가진 3명 이외에 반대자가 없었고, 호민원에서 반대표를 던진 것은 그가 경애하여 마지않는 카르노뿐이었다.

1804년 5월 18일, 통령은 생클루에서 국민투표의 결과를 발표했다. 그날 세습상속권이 수반되는 황제로 즉위하는 동시에 신헌법을 반포했다. 구헌법에 새 조항을 두세 개 첨가한 정도로 모양을 갖춘 것인데 일은 신속하게 그러나 정확하게 진행되었다.

　새로운 상황 앞에서 나폴레옹은 만사를 척척 추진했다. 황제 즉위 며칠 후, 팔걸이의자에 기마 자세로 걸터앉아 턱을 의자 등받이에 고이고 아내와 레뮈자 부인의 대화에 귀 기울이던 그가 천천히 일어나서 아내에게 말을 건다. 농담을 건네고 스스럼없이 웃는가 하면, 갑자기 방향을 돌려 생각하는 바를 말하기 시작했다. 측근만이 아니라 후세 사람들까지 놀라게 할 만큼 거리낌 없이.

　"역시 당신들은 앙기앵 공작의 처형을 유감으로 생각하고 있는가? 당신들에게는 당신들의 추억이 있겠지. 하지만 나에게는 극히 최근의 기억, 그러니까 내가 조금 출세를 하기 시작할 무렵부터의 기억밖에 없다. 나에게 앙기앵 공작은 어떤 존재인가? 다른 망명 귀족보다 중요한 존재, 그뿐이다. 하지만 그를 더 엄하게 다뤄야 했던 이유는 이것만으로 충분하다. 과거 2년 동안 전권이 나의 수중에 들어왔다. … 하지만 앙기앵 공작의 존재가 조기에 위험의 싹을 잘라버리도록 내게 강요한 것도 사실이다. 아무리 세상으로부터 욕을 먹는다 해도 앞으로 2년은 통령 체제를 유지할 생각이었다. 나와 우리, 즉 프랑스와 나는 이 체제로 더 전진했을지도 모른다. 이 체제는 이미 신임을 받았고 향후 내가 바라는 전부를 프랑스도 바랄 것이기 때문이다. 그런데 이번 음모는 전 유럽에 충격을 던질 의도를 갖고 있었다. 따라서 유럽 및 왕당파 무리에게 잘못을 깨닫게 해야 했다. 나는 선택에 몰렸다. 느슨한 탄압인가, 철저한 탄압인가? 애매한 선택은 허용되지 않는다. 그래서 나는 급진 왕당파에도 자코뱅파에도 영원히 침묵할 것을 강요한 것이다. 아직 공화파가 남아있다. 그들은 몽상가다. 낡은 왕정 위에 공화국을 수립하여, 연맹병(혁명기에 혁명 시민에 참가한 병사)에 의한 정부를 조직하는 것을 유럽이 두 손 놓고 지켜볼 것이라고 생각하는 집단이다. … 그 외의 프랑스인, 즉 당신들은 군주제를 좋아하고 이것이 당신들을 기쁘게 하는 유일한 정부다. 무슈 레뮈자, 맹세코 말하겠는데 현재 당신은 과거보다 백배나 편한 기분이 되어 있는 것 아닌가? 당신이 나를 '폐하'라고 부르고 내가 당신을 '귀하'라고 부르게 되고부터 말일세. 여러분들은 늘 허영심을 드러내며 산다. 그래서 근엄한 공화정부 하에서는 심심해서 죽일 지경이었을 것이다. 여러분에게 자유는 그저 핑계이고 평등은 엉뚱한 생각에 지나지 않는다. 그래서 민중은 군대 출신의 남자를 군주로 모시고 만족하는 것이다. 나는 지금 민중과 군대를 장악하고 있다. 그러고도 통치할 수 없다면 엄청난 바보다."

말을 마치자 그는 갑자기 전제군주와 같은 엄숙한 태도로 레뮈자에게 사소한 용무를 명했다.

이것은 34세의 젊은 황제가 남들 앞에서 속마음을 털어놓은 드문 순간이다. 낡은 녹색 옷을 입은 황제는 의자에 앉아 살롱을 곁눈질하면서 넓은 보폭으로 방안을 돌아다니며 마치 고해라도 하듯 본심을 털어놓았지만, 갑자기 거만한 태도로 입을 닫았다. 이 장면에서 그가 참으로 아무렇지도 않게 그러나 면밀한 계산 위에 발언하고 있다는 사실을 알 수 있다. 그와 동시에 구 귀족에 대한 경멸과 그들과 어울리려고 하는 은밀한 생각, 상황에 따라 쉽사리 변하는 의도, 인간의 우매함에 관한 냉소적인 의견을 뜻하지 않게 노출시키는 동시에 자유로운 정신의 소유자임을 보여주고 있다. 그리고 이 자유로운 정신이야말로 이방인인 그가 어여쁜 마리안느(프랑스 공화국을 상징하는 여성명사)를 가차 없이 통치할 수 있게 하는 것이다.

이 자리에서는 제정 수립의 정치적 동기에 대해서만 언급했지 황제라는 새로운 칭호 등에 대해서는 충분히 설명하지 않은 듯하지만, 다른 곳에서는 아래와 같이 설명하고 있다.

"조제프는 전하라고 불리는 것도 대공으로 불리는 것도 싫어한다. 친구 간에 어떠한 변화도 바라지 않는다고 스탈 부인에게 편지로 말한 바 있다. 하지만 위대함이나 관대함은 정치체제를 위해 주어진 허명이나 칭호와는 무관하다. 칭호가 우정이나 가족, 인간관계에 변화를 주는 것은 아니다. 내가 폐하라고 불린다고 해서 다른 인격이 되었다고 생각하는 사람은 우리 집에는 없다. 이러한 칭호는 정치체제의 결과로 초래된 것이며, 그래서 필요한 것이다."

황제로 즉위하는 날, 그는 세 번째 개명을 했다. 그리고 그것이야 말로 가장 주목해야 할 사건이다. 15년 만에 망명지에서 원래의 궁전으로 돌아온 구 귀족이나 고관대작이 최초의 행사 때, 당혹해하면서도 그를 '폐하'라 부르며 허리를 굽혔다 해도 감동하지 않았고 태도에도 아무런 변화를 보이지 않았다. 하지만 그때까지 8년 동안 성명문, 서간, 비망록, 포고에 적혀 있던 '보나파르트'라는 서명은 이후 본인도 지난 9년간 듣지 못한 이름(성급한 그는 곧 머리글자만 기록하게 되지만)으로 바뀐다. 조제핀은 지금까지 내내 그를 장군이라고 불렀고, 아우나 누이동생은 조제프의 주의를 받고부터 '뷔(당신)'라고 부르고 있었다. 어머니는 남들이 없을 때 어릴 적 이름으로 부르기도 했는데, 그럴 때 그녀는 코르시카 사투리로 '나폴리오네'라고 불렀다.

그리고 이날, 그는 처음으로 '프랑스 국민의 황제 나폴레옹 1세'라고 적었다.

VIII

머지않아 이 새로운 칭호에 따른 모순이 생겼다. 즉위 후 4년 동안 통화에는 '공화국 헌법에 의거한 황제'라는 문구과 함께 그의 초상이 새겨져 있었다. 나폴레옹은 즉위 반년 후에 돌아온 바스티유 공략 기념일을 성대하게 축하했지만, 이것은 어디까지나 정치적 배려에서 나온 것에 지나지 않는다. 다음해가 되면 이 제전은 일요일로 연기되고, 다시 1, 2년 후에는 화제에도 오르지 않게 되고, 1805년 9월의 공화력 폐지와 함께 구체제 시절의 달력이 다시 등장하기 때문이다.

이후 당파를 묻지 않고 모든 자가 그의 아래 집합했다. 이윽고 10년 전 국왕의 처형에 1표를 던진 130명의 시민이 제국 정부의 관리로 채용되어 들어간다. 180도의 방향 전환이다. 이런 결말을 위해서 그토록 피를 흘렸던가?

앙기앵 공작의 죽음으로 통령과 더욱 멀어진 구 귀족들은 망명지에서 냉소를 보냈고, 포부르 생제르맹 부근의 상류 인사들은 새로 튈르리궁의 주인이 된 통령을 매도했다. 이제 황제는 포부르 생 앙투안의 노동자와 마찬가지로 가혹하게 우리를 감시하고 있다. 미증유의 비난을 뒤집어쓴 나폴레옹이지만 태연히 넘겨버리고 꿈쩍도 하지 않는다. 일개 장군으로서 밀라노를 통치한 경험과 타고난 자존심이 초연한 태도를 가능케 한 것이다. 하지만 형제자매들은 그렇지 못했다. 항간의 소문에 부화뇌동하는 데 그치지 않고, 꼬치꼬치 따지고 도에 지나친 질투를 일으키고 궁중의 일을 낱낱이 외부에 누설하여 비웃음을 삼으로써 황제에까지 누를 끼쳤다.

다수의 밀정을 파리에 뿌려놓은 영국은 한 무리의 하류 문사까지 매수해서 기지 넘치는 조작된 이야기로 민중을 선동했다. 신참 지배자에게 유럽은 어떤 태도를 보이는가? 희비극의 개막과 갖가지 소문을 떠들어대고 있었다.

궁정이 필요하다는 것을 황제도 인식하고 있었다. 이것을 설치하는 데 있어 그는 관례에 따라서 각 분야의 전문가를 소집하는 동시에 구체제에서 궁정에 종사하던 사람들도 불러들였다. 이미 은퇴하여 시작詩作으로 나날을 보내던 전 국왕 휘하의 늙은 원수까지 신 궁정에서의 의전을 지도하기 위해 펜을 놓아야 했다. 조제핀은 치맛자락 다루는 법을 몰라 곤혹스러워했다. 구 귀족 여성들마저 아는 이가 거의 없었던 것이다.

황제는 새로운 참모본부 설치에 관여하는 것과 같은 신중함과 엄격한 태도로 궁정의 조직화에 임하고 있으나, 이것에 따르는 세밀한 일들의 무의미함에 대해서는 누구보다 잘 알고 있었다.

"뢰드레, 그대조차 내 기분을 조금도 이해하지 못하는가? 내가 왜 '전하'라는 경칭을 원수, 그러니까 공화국 원칙에 가장 집착하는 이들에게 부여했는지 그대는 이해할 필요가 있다. 이것은 '황제 폐하'라는 호칭의 존엄성을 보증하기 위한 것이다. 그들은 자기들이 중요한 존칭을 부여받은 시점에서 '황제 폐하'라는 존칭을 부인할 수 없고 불쾌감을 가질 수도 없다."

어쨌든 여기에 그가 꼼짝 못 하게 되는 모순이 있다. 황제에게서 멀어졌던 두 사람의 통령 시에예스와 듀코는 국무대 서기장과 재무장관으로 임명되었다. 시종장이 된 탈레랑은 옛 궁전에 낡은 의전을 소생시켰다. 황제에게 있어, 구체제 하에서 고관을 지낸 자들에게 신 궁전의 요직을 주는 일은 쉬웠을 것이다. 그러나 그는 베르나도트, 뮈라, 랑느, 네이, 다부 등 얼마 되지 않는 예외를 빼고는 출세길을 함께 걸어온 프롤레타리아 및 부르주아 출신자만 뽑았다.

이렇게 해서 빵 가게나 마구간에서 자란 자, 카페의 급사나 해군 견습 사관, 건달에서 장군으로 출세한 14명의 사내가 영광스러운 군복을 벗고 금테가 있는 제국 원수 복장으로 갈아입었다. 그들은 궁정의 직무를 수행하고 레이스와 장식이 달린 구두를 신게 되었다. 그들의 아내는 공손하게 절하는 법이나 미끄러운 복도에서 걷는 법, 딱딱한 의자에 앉는 법, 문을 두드리는 대신 문지르는 방법을 배우는 중이다. 일개 중위에 지나지 않았던 황제는 자기 공적으로 두각을 나타낸 자만 명예로운 지위에 승진시킨다는 것을 유럽에 과시하고 있다. 이렇게 해서 마르몽도 금테를 두른 비단옷을 입었으나, 절단된 팔을 붕대로 고정하려면 한쪽 소매를 잘라 넣어야 했다. 용맹을 드러내는 소매 조각이 궁정식 승마바지의 우아함과 대조를 이루고 있었다.

과거의 의전儀典 중에서 품위를 손상시킨다고 황제가 판단한 2가지 항목, 즉 기상 알현 때 이뤄지는 속옷 노출과 신하가 황제의 손에 입 맞추는 것은 배제되었다.

"울려 퍼지는 북소리에 이끌리듯 의식이 이루어졌다. 만사가 돌격대의 보조에 맞춰 진행되는 것 같다. 황제가 고무하는 이

317

런 성급함, 끊임없이 뭔가에 쫓기는 듯한 불안감 때문에 그의 주위 사람들은 편안함이나 안심에서 배제되고 만다. 궁정이 조용해져도 위엄이 느껴지기보다 음울함이 느껴지는 것은 그 때문이다. "명령받은 것만 하는 우리는 비슷비슷한 기계나 궁전에 새로 설치된 금색 팔걸이의자처럼 느껴진다." 레뮈자 부인의 기록이다.

나폴레옹은 여자들뿐인 궁정 생활에 무료해지고 있다. "아이는 몇인가? 본인이 양육하고 있는가?"와 같은 내키지 않는 질문을 하고 점잖게 행세하려고 노력하긴 하지만 마음에 없는 행동이다. 생클루에서 여자들로 둘러싸인 황제가 같은 말을 몇 번이고 반복하는 것을 주변 사람들이 기억하고 있다.

궁정에 소속된 사람은 누구나 부자가 된다. 황제는 궁정 소속 관리들에게 엄청난 급료를 주었고 큰일을 한 자에게 막대한 재물을 하사했다. 다만 구 귀족들에겐 인색했다. 이는 그들의 봉사가 당연한 의무임을 악의적으로 암시하기 위해서였다.

"야심은 사람의 행동을 촉진시키는 기본 원리이므로 사람은 출세를 위해서 공을 세우고 싶은 법이다. … 내가 평생 토지 소유권 및 공국을 설치한 것은 이에 따라 원로원 의원이나 원수에게 야심을 품게 하기 위해서다."

나폴레옹은 돈의 가치를 알고 있어서, 인생의 결정적 순간에 발휘하는 경이적인 임기응변 능력과는 별도로 극히 부르주아적 양식도 겸비하고 있었다. 그는 연간 2,500만 프랑을 자기 세비로 설정하고 있는데, 전 국왕이 받던 것과 같은 액수다. 하지만 국왕이 4,500만 프랑을 지출하던 것에 비하면 그는 1,200만 프랑으로 억제하고 있다. 호화스러움에도 불구하고 그의 궁정은 부르봉 왕조 때의 4분의 1의 경비로 꾸려나가는 것이다. 프랑스의 공채가 양심적으로 관리되고 있는 것도 황제 덕분이다. 예전에는 월 90프랑으로 수지를 맞춰 생활했었고, 지금도 말 한 필과 연 1,200프랑으로 쾌적하게 생활할 수 있다고 말하는 황제의 자제력 덕분이다.

생활은 이전과 달라지지 않았다. 7시에 기상, 9시에 알현이 시작된다. 종일 비서관들은 빠른 구술을 받아적는다. 황제는 모두의 신속, 정확한 진행을 요구한다. 황제의 취침 시간에도 항시 므네발이 대기하고 있다. 그때그때의 생각을 기록하기 위해서다. 식사에 걸리는 시간은 20분 정도이고, 음식물이 뭔가에 대해서는 거의 무관심하다. 주위의 호화스러움에 비해 복장도 태도도 간소하기 짝이 없다.

다만 행사 때, 스페인식 의례에 따라 걷는 것이 싫어서 견딜 수가 없다. 정장을 꼭 해야 할 동안은 답답하기 그지없고, 모든 것이 끝나면 안도의 한숨을 쉰다. 개축된 생클루 궁전은 마음에 들지 않는다. 견실성이란 찾아볼 수가 없다.

무엇에도 집착하지 않았고 침대, 음식, 조명에도 구애되지 않았다. 항상 손에 들고 있는 냄새 맡는 담배갑마저 장난감 같은 것밖에 없다. 황제에게 없어서는 안 되는 것은 장작불, 뜨거운 목욕

319

물, 오데코롱, 샹베탄(부르고뉴 산 적포도주), 하루에 두 번 갈아입는 갓 세탁한 속옷이 전부다.

조제핀은 돈을 목욕물처럼 썼다. 의상실에는 드레스 700점, 모자 250개가 챙겨져 있고 보석, 숄, 헤어스타일을 위한 지출비가 몇백만 프랑에 이르렀다. 자기는 자제하지만 그녀에게는 계속 호사를 누리게 하고 싶다고 생각하는 황제이지만, 때로는 어처구니없는 영수증을 앞에 두고 잔소리를 하는 일도 있었다.

형제자매의 지출도 심상치 않았다. 황제는 그들의 요구를 충분히 채워주고 있지만 그들은 만족하는 일이 없었다. 지금은 다섯 쌍의 커플 사이에 치열한 경쟁과 대항 의식까지 생기고 있고, 조제핀은 전원으로부터 따돌림을 받고 있다. 제국의 요직 여섯 중 넷이 친형과 의붓아들 외젠, 매제인 뮈라에게 주어지고 있다. 어느 날, 누이동생들이 불평을 하려고 찾아왔다. 형제들은 모두 '친왕 전하'라고 불리고 루이의 아내 오르탕스마저 그렇게 불리는데 자기들에게는 아무런 '칭호'도 없다는 것이다. 황제는 그녀들을 노려보면서 몹시 싫은 기색으로 쏘아붙였다.

"사정을 모르는 자가 들으면, 아버지의 유산을 내가 몽땅 먹어치운 것으로 생각할 것이다."

우리로서는 어떤 생각이 그의 이성을 흐리게 했는지 의문을 품지 않을 수 없다. 나폴레옹쯤 되는 자가 자신의 능력으로 구축한 모든 것을, 즉 왕관, 영토, 명예, 금품을 왜 싫다 좋다 않고 형제자매에게 나누어 주는가? 고분고분하지도 않고 고마워하지도 않는 무리에게?

동양적인 가족 관념의 소유자인 그는 지난날 검이나 담뱃갑을 휘하의 병사들에게 나눠준 것처럼 지금은 왕관을 나눠주며 기분이 좋은 것이다. 그러나 무엇보다 중요한 것은 신뢰할 수 있는 인간을 확보하는 일이다.

중요한 의식에는 '황태후皇太后'도 참석하도록 권유받고 있었다. 지금까지는 구실을 만들어 거절하고 있었으나 이번 대관식만은 피할 수 없었다. 마지못해 준비한 그녀이지만 오는 중에 지체되어 식전式典에는 참석하지 못했다. 유례없는 화려함과 놀라운 전개가 가득한 행사였는데…, 그래도 소식은 전해졌다. '얼마나 눈이 휘둥그레지는 행사였는지' 하는 얘기를 접할 때마다 그녀는 한숨 쉬었다. "언제까지 지속될 수 있을지…."

IX

황태후의 비호자인 교황은 일찌감치 고분고분 여행을 떠났다. 달리 어쩔 수 있겠는가? 절대 권력을 가진 남자에게 부탁받은 이상 싫다고 하지 못하고, 정교 조약의 당사자이니만큼 더 신경을 써야 했다. 덧붙여 왕관을 수여할 상대는 이탈리아인이다. 한 추기경은 교황 선거 회의에서 "우리가 야만인의 통치를 명하는 것은 이탈리아 출신의 일족이다"라고 발언했다. 세상은 아직도 그를 외국인으로 간주하고 있다.

그런데 왜 나폴레옹은 로마로 가지 않는가? 왜 로마에서 성별식聖別式을 받지 않느냐 말이다. 샤를마뉴 이후, 서구의 역대 황제는 그렇게 하지 않았는가? 굳이 교황을 초청할 필요가 없는 게 아닌가? 파리의 진짜 지배자는 자신임을 교황에게 과시하는 것이 목적일 것이다.

여기서도 나폴레옹은 과거와 현재를 결부시키려 한다. 하지만 상세한 내용은 말하지 않고 "초대 프랑스 국민의 황제를 성별하여, 대관식에 특단의 종교성을 더해주도록" 부디 왕림하여 주십사 교황에게 간청했다. 그 후 몇 주간에 걸쳐 서신 왕래가 계속되는데 그동안 행사 자체에 대한 직접적인 언급은 없었다.

비오 7세는 불안해하면서도 파리로 출발했다. 교황이 일개 군주의 호출에 응한 것은 전대미문의 일이다. 황제는 성부聖父를 파리의 입구까지 마중 나가지만, 존경의 표시인 입맞춤이나 무릎 꿇기는 하지 않았다. 교황은 그 후에도 열광적이라고 할 수 없는 환영식을 한 차례 받긴 했으나 조심스러운 태도를 견지했다.

경건한 태도로 교황을 대하는 사람은 조제핀뿐이다. 그녀는 나폴레옹과 결혼할 때 종교적 의식을 올리지 않았던 일을 고백하고 이제 식을 올리고 싶다고 탄원했다. 불임 때문에 처해 있는 위태로운 입장을 벗어나려고, 이때 성별을 받아 결혼 사실을 확인해 두는 편이 상책이라고 생각했던 것이다. 당연히 교황은 대관을 위해서는 종교적 결혼이 우선 필요하다고 말했다. 그래서 대관식 2일 전, 궁전의 예배당에서 감색 옷을 입은 숙부 페쉬가 두 사람을 종교적으로 결합시켰다. 이미 8년 전 민사적으로 수속을 완료한 부부를, 이제 추기경이 된 노령의 숙부가 종교적으로 결합시킨 것이다. 괜한 소문이 나지 않도록 경사스러운 자리에 입회인은 없었다.

1804년 12월 2일 노트르담 대성당은 무수한 촛불과 보석의 광채로 번쩍이는, 교회라기보다는 화려한 향연의 자리로 바뀌었다. 준비는 몇 주 전부터 이루어졌으며 절차는 태양왕 시대의 문헌을 근거로 만들어졌다. '혁명의 아들' 대관식이 여러 면에서 역대 전통 군주의 그것에 부족함이 없도록 세규르 백작이 행사의 예법을 빠짐없이 검증했고, 세밀화가인 이자베가 인형을 이용해서 미리 식전式典의 리허설을 마친 상태였다.

궁전과 파리, 온 프랑스가 열광에 싸여 있었다. 이날의 아침엔 황제의 기분을 좋게 하려고 관을 아내의 머리 위에 얹어 보며 상태를 확인해 보기도 했다. 황제 일행은 열을 지어 대성당으로 향했다. 고대 로마 황제풍 옷을 입은 나폴레옹이 황후를 이끌며 제단으로 걸어갔다. 이때 드러난 위화감은 황후의 우아한 아름다움으로 지워졌다. 교황은 시중드는 추기경에 둘러싸여 이미 착석하고 있었다. 높이 울려 퍼지는 오르간 소리와 기도 소리.

드디어 때가 되었다. 만인이 침을 삼키며 기다린다. 아직 고개를 숙이는 모습을 보인 일이 없는 남자가 드디어 무릎을 꿇을 때가 왔다. 남자는 천천히 관을 움켜쥐고 일어서더니 직접 머리 위에 얹었다. 경악의 눈길을 보내는 몇천의 관중 앞에서, 교황에게 등을 보이고 신 앞에서 자신의 국민이 지켜보는 가운데…. 드디어 무릎 꿇고 있는 조제핀에게 관을 건네주었다. 교황은 이 사실을 직전에 알았다. 이러한 행동을 하면 즉시 성당을 떠나겠다고 위협할 만한 용기가 그에게는 없었다. 교황에게 남아 있는 것은 성유聖油를 붓고 두 죄인에게 축복을 내리는 일뿐이었다. 그러나 이 일을 할 교황의 눈에는 나폴레옹의 이마에 두르고 있는 얇은 황금 월계관이 기독교도의 그것으로는 보이지 않았다.

이 엄숙한 순간에 황제는 창백하고 아름다웠다는 것은 출석자 전원의 말이다. 문득 사람들 눈에 나폴레옹이 황제 아우구스투스를 닮은 듯 보였다. 그러나 대관식 후 유사성은 더욱 두드러져 보인다. 어떤 신비로운 힘이 갖춰진 듯이.

이렇게 해서 나폴레옹은 결정적인 순간에 전통의 세습 왕권에 관계되는 관례를 모두 생략하고 교황을 대신하는 행위까지 해 버렸다. 구체제에 면면히 이어져 온 시원찮은 규범이 일격에 배제된 것이다. 지금 대성당 계단 위에는 로마 양식 옷을 입은 군인 황제가 꼿꼿이 서 있다. 10년 전에는 이름조차 알려져 있지 않던 남자다. 그러나 그것은 기적도 아무것도 아니다. 손수 머리 위에 얹은 월계관에 어울리는 수많은 업적이 그에게 가져다준 결과이다. 망토에는 근면의 상징인 꿀벌 문양이 그려져 있다.

그날 황제는 자신의 경이로운 운명에 생각이 미친 듯하다. 월계관을 쓰고, 'N' 자가 크게 박힌 왕좌에 앉아 조제프에게 편지를 썼다.

"아버님이 이 모습을 보셨더라면…."

뜻밖으로 마음속에서 솟아난 이 말에는 아픈 감정이 느껴진다. 지금까지 아버지에 대해서 말한 적이 없었던 그가 이때는 어린 시절, 친족 간의 다툼, 친족들이 가진 자부심 등에 생각이 미쳤고, 생각은 극히 자연스럽게 가문의 시조에까지 거슬러 올라간다.

대관식 동안 그는 긴장된 모습을 보이지 않았다. 하지만 신경이 쓰이긴 했나 보다. 식후에 조제핀과 식탁에 앉자 "이제 끝났네. 전쟁터에 있는 게 훨씬 편하군"이라고 말한다.

자유에 대한 그의 생각, 또는 민중에 대한 적잖은 회의적 자세는 이날 밤 해군장관 드크레와 나눈 대화에서 두드러지게 나타난다.

"나는 너무 늦게 태어났다. 지금은 민중의 교양 수준이 높아서 위업을 이룰 여지가 없다. … 물론 나는 출세가도를 달려왔다. 하지만 고대인과는 매우 다르다. 알렉산더 대왕은 아시아를 정복하고 주피터의 아들이라고 선언했는데 당시 사람들은 그걸 믿었다.

그의 어머니와 아리스토텔레스, 아테네의 학자 몇 명만 빼고 말이지. 그런데 지금 내가 '신의 아들'이라고 선언한다면 생선가게 여주인도 야유를 보낼 것이 뻔하다. 이제 민중은 계몽되었고 위업을 달성할 여지는 없다."

이 말이 대관식이 끝나고 몇 시간 후에 털어놓은 꾸밈없는 그의 심경이다.

비할 데 없는 천부의 재능이라는 은혜를 입었으나, 그 때문에 치명타를 당하기도 한다. 패기와 재능을 최대한 발휘하여 복종을 강요할 자를 앞에 두었을 때, 사람이 얼마나 쉽게 굴복하는지 이날 그는 알고 말았다. 그리고 이 순간부터 그의 야심을 만족시키는 것은 아무것도 없다. 전능한 신이, 볼테르의 철학이, 루소의 철학 따위가 뭔가? 더구나 그는 민중의 변덕이나 비열한 행동을 잘 알고 있다. 그런 그에게서 어떻게 국민 주권을, 민주주의를 찾을 수 있겠는가! 이미 그의 인생에 찬사를 던질 여지는 거의 남아 있지 않다. 패권을 확대하여 지명도를 높이고, 본인이 예전에 말했듯이 역사책에서의 기록을 반 페이지 이상 확보하여, 기쁨도 휴식도 구하지 않고 모든 인생을 왕관의 월계관에 바친다.

X

이후 왕관에 깃든 불가사의한 힘이 나폴레옹에게 영향력을 미치는 것 같다. 그는 천년 동안 왕관이 사람에게 가해온 구속에서 벗어나, 왕관이 가진 의미를 쇄신하려 하지만 이루지 못한다. 반대로 왕관에 구속되어 결국은 왕관이 신참 군주를 쓰러뜨린다.

대관식으로부터 반년 후인 1805년 5월 26일, 이탈리아 왕으로 즉위식에 임하여(즉위 선언은 3월 17일) 롬바르드족의 강철관을 머리에 얹을 때—프랑스를 본떠 인접한 나라는 공화국에서 군주제로 옮긴다— 그는 밀라노 대성당에서 카롤링거 왕조 시대의 옛 주문을 외쳤다.

"신이 내게 이것을 내리셨다. 이것을 손대는 자에게 재앙 있으라!"

새로운 상황은 사상의 자유에 대한 새로운 척도를 강요했다. 그는 경찰부 재편성에 그치지 않고 프랑스를 넷으로 나눠 국무원 의원 중 황제에게 가장 충성하는 자들이 무수한 밀정을 통해 여론을 감시하도록 한다. 나폴레옹이 여론 동향에 눈을 번득이게 되자, 새로운 내각의 정점에 자리를 얻은 탈레랑과 푸셰가 황제 축출 음모를 서서히 강화하기 시작했다. 한편 이들의 속마음을 알아차린 황제는 감시를 강화해 그들의 활동을 통제하려 했다. 하지만 이것은 실패에 그쳤다. 강렬한 개성의 소유자인 두 전직 사제는 황제를 싫어했다. 황제도 그들을 꺼렸으나 내쫓지는 못했다.

얼핏 봐서는 나이를 짐작할 수 없는 푸셰는 냉정하고 안색이 좋지 않다. 주름투성이에 과묵하고 안광이 날카로운 남자다. 가슴에 장식물을 달고 입궐하는 모습은 마치 궁정복을 입은 미이라였다.

탈레랑은 명문가 출신이다. 흠잡을 데 없는 복잡한 성격이나 여러 파벌에서 차례로 요직을 얻는 빈틈없는 행동은 다중인격자를 연상케 한다. 다리를 절고 있으나 사람 다루는 것이 능란하고 언제나 미인들에게 둘러싸여 있다. 프랑스의 이익을 위해서만 군주를 배신했다고 말하고 있으나, 이 주장은 이상할 정도의 돈 욕심과 크게 모순되는 것이다. 당장은 황제를 이용하고 있지만, 알고 지내기 시작할 때부터 분명히 서로를 경계하고 있었다. 그런 그가 한 번 황제에게 희생적인 행동을 보인 일이 있다. 여행지에서의 어느 날 밤, 국사에 대해 이야기를 나누다 나폴레옹이 잠들어 버렸다. 탈레랑은 그를 깨우면 안 된다면서 아침까지 계속 의자에 앉아 있었다. 하지만 이런 헌신적 행위는 탈레랑의 기질상 있을 수 없다. 잠결에 황제가 중대한 비밀이라도 누설하지는 않을까, 하는 속셈에 의한 행위로 이해해야 할 것이다.

나폴레옹은 현실적인 사람이다. 더구나 인간을 경멸하고, 인간이 무사무욕의 감정을 가지는 일은 있을 수 없다고 생각한다. 그래서 그 후의 활동 대부분은 물질을 증여해 인심을 사거나 어떤 물질적인 수단으로 상처받기 쉬운 사람들의 자존심을 달래는 데 집중된다. 해마다 여러 차례 나폴레옹에게 추방된 스탈 부인의 동향이 화제가 되었다. 그녀의 저작이나, 얄미울 만큼 의연한 태도로 파리에서 멀리 떨어진 사람의 됨됨이에 대해서이다. 그런데 "여자에게 말을 걸 때 그 눈길에는 항상 다정함이 깃들어 있다"라고 황제를 평한 사람은 다른 누구도 아닌 그녀였다. 그녀와 마찬가지로 자유를 표방하는 유럽 지식계급의 대표들이 차례로 나폴레옹을 비판하기 시작했다. 드러내놓고 칭찬을 바치던 바이런도 이제는 평가를 낮추고 베토벤은 '영웅교향곡'에서 나폴레옹에 대한 헌사를 철회했다. 통령 시절 러시아 황제 파벨 1세로부터 받은 찬사만큼 그를 불쾌하게 한 것은 없었을 터인데, 지금은 모두가 뜻에 반하는 방향으로 나아가고 있다. 반反 프랑스혁명의 기수였던 파벨 황제는 나폴레옹이 제1통령이 되었을 때, 혁명을 진압한 사람이라고 하며 축하 서신을 보냈다.

1800년 마렝고 전투 이래, 대륙의 평화를 강화하려고 나폴레옹은 온갖 노력을 다해 왔고 지난 4년 동안 이를 유지할 수 있었던 것도 그가 권한 내에서 여러 수단을 썼기 때문이다. 그러나 유럽 군주들은 다년간 품어온 공화제 프랑스에 대한 반감을 불식하지 못하고 있고 금번 제정을 수립한 프랑스로서는 어떻게 하든지 반감을 극복할 필요가 있었다.

수년 전, 두 명의 큰 인물이 잇따라 국제 정치 무대에서 사라진 것으로써 나폴레옹의 시도는 손쉬워졌다. 1801년 영국의 적인 파벨 황제가 암살되고 뒤를 이은 것이 아들 알렉산드르였다. 프랑스 철학자들에게 감화받아 깨인 사상의 소유자로 선한 군주가 되기를 원하는, 부드럽고 몽상적인 이상주의자다. 즉위 즉시 젊은 짜르는 영국에 접근한다. 1801년 파벨만큼이나 반 프랑스혁명의 최선봉에 섰던 영국 수상 피트가 사임했다. 이러한 상황에서 영국과 프랑스 사이에도 다소 협조적인 관계가 생겨나고 있었다. 물론 영국에서 보수파의 세력 확장이 급격하게 전개됨으로써 관계는 언제 깨져도 이상하지 않은 상황이었다.

아니나 다를까 균형은 곧 깨졌다. 영국군이 합의 날짜까지 몰타 섬 철수를 하지 않고 새로운 조건을 제시한 것이다. 이렇게 해서 프랑스는 다시 동맹으로 결속한 유럽 열강에 의해 앞길이 가로막혔다. 지난번이 총재정부에 대한 동맹(1799년 3월에서 10월까지 유지되었다)이었고, 이번은 통령정부에 대한 동맹이다. 부르봉 왕가의 왕좌 탈환을 지원한다는 명목 아래 대영제국이 대대적으로 지원하고 있었다. 재능 있는 사람들이 권력의 자리에 오르다니 언어도단이다! 유럽 군주국의 국민에게 이런 위험한 본보기를 보여주어서는 위험천만이다! 그런데도 동맹은 1802년 3월 25일 아미앵에서 영불 간의 조약 체결로 해소된다. 하지만 다음해 5월 조약은 다시 파기된다.

이렇게 해서 대관식 1년 전 영국과의 전투가 재개되었다. 영국과의 전쟁은 나폴레옹이 죽을 때까지 끝나지 않았다. 정신을 차리고 보니 이미 전투 상태에 들어가 있었고, 나폴레옹으로서는 상대에 대한 적의보다는 명장의 자부심 때문에라도 계속 싸워야 했다. 결국 끝내지도 못하고 결정적인 승리도 가져오지 못하게 된다. 섬나라에다 세계 도처에 거점을 가진 영국은 어느 나라를 상대해도 강하지만 특히 프랑스에 대해서는 항상 우위를 유지했다. 역사 감각에 뛰어난 나폴레옹은 작금의 영국을 알렉산더 제국의 재현으로 간주하고 있었다. 그 옛날 아시아와 아프리카의 섬들까지 세력을 확대하고, 붕괴를 맞을 때까지 난공불락이었던 대제국 말이다.

아부키르의 전투 다음날, 그는 프랑스 해군을 재건하는 데 10년이 걸릴 것으로 예측했다. 그로부터 거의 5년이 지난 지금, 적의 힘은 더욱 커졌다. 단기 휴전협정 덕분에 이집트 원정군은 영국 선박에 의해 프랑스 본국으로 송환되었다. 프랑스는 영국에 희망봉 및 기타 식민지를 인정했으나, 그렇다고 자국 해군력에 총력을 쏟지는 못하고 있었다.

황제에게 군함이란 어떤 것인가? 그는 육지전에 강했다. 대포의 도면을 그리는 것도 주조하는 일도, 수송차의 바퀴나 수레를 수리하는 일도 능숙했다. 야전 병참부의 빵 생산량도, 모든 기마병대의 말편자 소모 기간 및 경비 액수도 정확히 파악하고 있었다. 그가 위대한 권한을 가지게 된 것도 그러한 기술적 지식 덕분이다. 그에 의해 빈번히 이루어진 점검은 병사들을 긴장시키고 존

경심을 환기시키고 나아가서는 그가 내리는 명령이 완벽하게 수
행되도록 보증되었던 것이다.

지금 그에게 필요한 것은 그러한 지식을 해전에서도 쌓아가야
한다는 것이다. 해군 제독들은 황제의 신속한 이해력에 경탄하지
만 '문외한치고는 대단하다'라는 뜻임을 나폴레옹도 충분히 알고
있었다. 훌륭한 함대뿐만 아니라 우수한 제독도 부족했다. 그렇
다고 해서 원정군의 지휘를 타인에게 맡길 생각은 조금도 없는 황
제는 영국군을 타도하기 위한 새로운 전법을 궁리했다. 그 결과로
생각난 것이 상업국인 영국을 상업 전쟁으로 약화시킨다는 전략
이었다. 드디어 이것이 함부르크에서 타란토(이탈리아 남부의 항구)
에 이르는 연안의 봉쇄, 영국 선박의 입항 금지로 이어진다. 또한
영국을 바다로 침공한다는 생각도 이 시기에 명확한 형태로 다시
떠오른다. 저 섬, 영국 본토에 상륙만 하면 겁날 것이 없다.

이집트 원정 전에 그랬듯이 지금 그는 불로뉴에서 영국 상륙
가능성을 모색하고 있다. 육상에서 그는 대담한 꿈을 활발한 상상
력으로 키우면서 항상 치밀한 계산 능력을 발휘할 수 있었다. 그
러나 해상에서는 일개 몽상가에 지나지 않았다. 결코 정확한 지식
을 가진 전문가는 아니었다.

1804년 8월의 어느 폭풍우 치는 밤, 한 척의 포함이 침몰했다.
그는 다른 서신에서는 볼 수 없는 어조로 이 사건을 조제핀에게
얘기하고 있다.

"처참한 광경이었다. 울려대는 종, 화염에 싸인 해안, 거품 이는 바다. 우리는 밤을 불안과 공포 속에 지새웠다. 그러나 영원히 계속될 것처럼 느껴진 시간 가운데 선한 영靈이 대양과 어둠 속에서 춤추고 있었다. 덕분에 모든 이를 구해서 나는 로맨틱한 꿈을 꾼 것 같은 기분으로 잠자리에 들었다. 단지 혼자 이 세상에 남겨진 듯한 상황이었다."

나폴레옹은 낭만적이었고 게다가 의외일 정도의 흥분이 느껴진다. 아무튼 지금껏 없던 상황에 조금 두려움을 느낀 것 같다.

바다를 싫어하는 그가 뼈아픈 사고를 일으킨다. 어느 날, 황제는 폭풍우가 접근하고 있는데도 관함식을 명했다. 불로뉴 소형 함대의 지휘관인 브뤼이(1759~1805)는 이에 이의를 달며 따르지 않았다.

"제독, 왜 명령을 실행하지 않는가?"

"폐하, 무서운 폭풍우가 오고 있습니다. 폐하도 아실 겁니다. 폐하는 무익하게 병사들의 목숨을 위험에 내몰 생각은 없으시겠지요?"

황제는 창백해지고 그를 둘러싼 측근들은 당황했다.

"제독, 나는 명령을 했다. 다시 한 번 묻겠다. 왜 실행을 하지 않는가? 결과는 내가 책임진다. 명령에 따르라!"

"못 합니다."

"무례한 놈!"

숨 막히는 침묵! 황제는 채찍을 들고 협박하는 몸짓으로 제독에게 다가갔다. 그러자 제독은 한 발 물러서서 칼 손잡이에 손을 대고 창백한 표정으로 말했다.

"폐하, 조심하시옵소서!"

"마곤 해군 소장, 내 명령은 즉시 실행하라. 그리고 제독 그대는 24시간 안에 불로뉴를 떠나 네덜란드로 물러가라!"

한창 폭풍우 중에 관함식은 거행되었다. 소함정 20척이 전복되고 무수한 수병이 무섭게 날뛰는 파도와 싸웠다. 황제는 구조대를 도우려고 최초의 구조함에 뛰어올랐다. 그러자 전원이 이에 따랐다. 다음날, 200명이나 되는 사체가 바닷가로 밀려 올라왔다. 비참한 결과를 가져왔다는 점이나 휘하 장수의 불복종을 초래했다는 점에서도 나폴레옹의 생애에서 드문 사건이다. 게다가 그는 이 시기, 또 하나의 과오를 범한다.

전해에 미국인 발명가가 2척의 신형 배를 소개하겠다며 파리의 해군부를 찾아왔다. 한 척은 노나 바람이 아닌 증기로 추진하는 배였고, 또 한 척은 일종의 어뢰를 이용해서 적함을 격파할 수 있는 잠수함이었다. 센강에서 실험까지 해 보였는데도 "놈은 사기꾼이다!"라고 말하며 풀턴(1765~1815, 세계 최초로 기선에 의한 정기 항로를 개설하여 상업적으로 성공시킨 미국인)의 제안을 기각했다. 장거리포나 야전용 전신기라도 소개했다면 즉석에서 거래가 성사되었을 것이다.

나폴레옹이 영국을 정복하지 않은 것은 이길 자신이 없었기 때문이다. 영국을 상대로는 자신을 잃은 것이었다. 아! 영국을 육지에서 공격할 수 있었으면!

이렇게 해서 그는 다시 5년 전과 마찬가지로 헤라트를 경유한 인도 침공 계획을 발표했다. 하지만 이러한 대규모 원정군을 조직하는 데는 시간이 걸린다.

현재 나폴레옹이 추구하는 제일 원칙이고 가치이자 목표는 평화다. 수년간 유럽에 유지되고 있는 평화는 한결같이 그의 권력과 생각에 의한 것이다. 대관식 후 곧바로 여섯 군주에게 서한을 보낸 것도 평화 유지의 관점에서다. 이때 그는 한 날에 6통의 편지를 구술했다. 각각의 사람과 그 됨됨이에 걸맞은 호소를 하고 문체 및 서명까지 유의했다. 다음은 페르시아 국왕 앞으로 보낸 내용이다.

"나의 명성은 널리 알려져 있어서, 내가 어떤 자이고 무슨 일을 하고 어떻게 프랑스를 서구 최강국으로 만들었는지, 어떤 빛나는 발자국으로 동방 국왕들의 관심을 모으고 있는지는 이미 아시고 있을 것이다. … 동방의 군사는 용기와 재능을 타고났다. 그런데도 일부의 군사기술에 관한 지식 부족, 다양화하는 군사력 및 군사행동에 수반되는 규율의 나태가 유사시 북방 및 서방의 군사에게 막대한 이익을 안겨주는 결과가 되고 있다. 그대의 소망을 내게 알려 달라. 그러면 왕년의 우호 관계와 통상을 재개할 수 있을

335

것이다. 황궁 튈르리에서 적노라. 나의 치세 제1년으로 공화력 13년 플뤼비오즈(비의 달) 27일, 나폴레옹."

이 편지의 서두에는 "보나파르트, 프랑스 국민의 황제"라는 허구의 직함이 적혀 있다. 아마도 이것으로 이집트 원정을 했던 저명한 장군 보나파르트와 동일 인물임을 강조하고 싶었던 것이다.

이 서간 옆에 같은 서간 1통이 수록되어 있었다. 교전 상대인 영국 국왕 조지 3세(재위 1760~1820으로 미국의 독립이라는 실패를 겪었다) 앞으로 보낸 것인데, 정치적 기민성을 보여주는 문장으로 되어 있다.

"… 이렇게 아무런 전망도 없이 무익하게 흘리는 대량의 피는 군사들이 몸으로 양 정부를 비난하는 증거가 아닐까요? 나는 첫발을 내딛는 것이 불명예스럽다고 생각하지 않습니다. 전쟁의 어떠한 국면도 두려워할 게 없다는 것을 이미 충분히 세계에 보여주었다고 자부합니다. 내가 전쟁에서 두려움을 느낀 일은 없습니다. 마음속으로는 평화를 원하고 있으나, 전쟁에서 불명예를 입은 적은 한 번도 없습니다. 세계에 평화를 주는 행복을 전하 자신이 부정하시는 일이 없기를 바랍니다. 아무쪼록 자신의 백성에게 마음 따뜻한 기쁨을 주시기를 빕니다. 갖가지 걱정을 억누르고 이성의 목소리에 귀를 기울이는 것처럼 아름다운 상황은 없을 겁니다. 만일 이 기회를 놓치면, 이후는 끝없는 전쟁에 얼마나 대가를 치러야 할까요? 10년 동안, 전하는 유럽 바깥까지 세력을 확대하여 영

336

토와 부를 키워 오셨습니다. 귀국은 번영의 극에 도달했습니다. 전하는 이 전쟁으로 무엇을 더 바라십니까?"

상대가 반론할 만한 논법을 전개하는 재미있는 대목이 있다. 영국도 유럽 제국도 새로 대두한 권력과 황제를 인정할 생각이 없고 제3차 대프랑스 동맹이 결성될 위기가 눈앞에 다가오고 있다.

평화가 이어진 수년 동안, 비교적 행복한 가정생활을 맛보았던 나폴레옹이지만, 특히 말메종에서 기분 좋게 지내는 모습이 가족이나 측근의 기록에서 관찰된다. 이제 또 전쟁 준비를 하며 '일이 이렇게 된 이상, 과거와 현재가 대결하는 이 투쟁은 계속되어야 한다'라고 생각한다.

"우리가 멸망을 면하려면 적대적인 동맹관계를 공격해야 한다."

맞는 말이다. 이 발언에 감정이나 과장은 없다. 하지만 나폴레옹이 상황을 만들어낸 것은 아니라 해도, 적어도 상황을 오래 끈 원인은 만들었다고 생각해야 한다. 혁명기에 있어서 프랑스의 전쟁은 방어전이었으나, 그것을 지속적인 침략 전쟁으로 바꾼 것은 국민군의 무용과 장군의 탁월한 재능 이외의 어떤 것도 아니었다.

두 번이나 격파한 나라들로부터 세 번째 도전을 받았고, 이를 계기로 지금까지 공상에 머물던 계획이 확대되었다고 해도 놀랄 것은 없다. 앞으로 10년은 유럽에 평화를 유지하여, 아시아에서 영국과 패권을 다투고 싶다. 이것이 황제가 바라는 것이리라. 그가 유럽제국 건설을 현실의 것으로 생각하고 착수하게 된 것은 유럽제국에 의한 설욕전 구상에 몰두했기 때문이다. 이렇게 해서 이전에 그의 가슴을 설레게 한 꿈같은 계획이 다시 구상되었으나 결국은 물거품이 되었다고 보는 것이 타당하다.

따라서, 나폴레옹이 최상위에 둔 정치적 구상은 자기방어의 필요성에서 생겨난 것이다. 눈앞에 새로운 대프랑스동맹이 출현한 순간, 목표하던 이상이 변경되었다. 즉 유럽의 평화 유지에서 유럽제국 건설로 바뀌었다. 알렉산더가 샤를마뉴에게 길을 비킨 것이다. 이리하여 그는 엑스라샤펠에 있는 샤를마뉴의 묘에 공손하게 참배한다.

"유일한 통치자, 유일한 황제 아래에서만 금후 유럽에 휴식이 있을 것이다. 국왕들을 관료로 사용하고 그들을 휘하의 장수로 이용할 수 있는 통치자 아래에서만. … 그러한 구상은 모방에 지나지 않는다. 사람들은 그러한 생각은 진부하다고 할 것이다. 하지만 정치 제도는 원圓 안에서 굴러가는 것에 지나지 않는다. 간혹 이미 행해진 것을 회귀시킬 필요가 있다."

이후, 그는 한 지방의 병합 문제라도 되는 듯 샤를마뉴 제국의 재건을 신속히 진행하려 한다. 이제까지 그가 그런 신속함을 요구한 일은 없었고 분명 이것은 새로운 징후다. 소기의 목표에 도달하지도 않았는데 이처럼 서두르는 것은 그가 새로운 목표에 얼마나 흥분돼 있는가, 하는 방증이다.

　나폴레옹군은 봄부터 몇 차례나 연기된 영국 원정을 목표로 북프랑스에 대기하고 있었다. 그러나 가을이 되어 오스트리아군의 공격이 임박한 시점에서 하루 낮과 밤을 꼬박 생각한 끝에 황제는 전군을 동부 국경지대로 이동시키기로 한다. 2주일 후에는 전군이 라인강을 넘었다. 1805년 9월의 일이다.

　출발 전, 영불해협 연안에서 그는 오스트리아 공격 계획을 다류(1767~1829, 정치가이자 문학자)에게 구술하고 있었다. 후일 측근은 이에 대해서 "행군 대형, 행군 기간, 종렬 부대의 집합 지점, 기습 공격, 적군의 동향 및 과실 등이 이때 예견되었다. 실전 2개월 전, 800㎞ 떨어진 곳에서 급거 입안된 계획인데도 불구하고…"라고 기술하고 있다.

　공격을 시작해야 할 심각한 이유는 오스트리아에 있었다. 그해 5월, 이탈리아의 신왕으로 앉은 나폴레옹이 슬쩍 보여준 장식물에는 베네치아의 사자가 새겨져 있었다. 프랑스의 베네치아 점거는 세 번째 알프스 횡단으로, 합스부르크가를 우려하게 만들기에 충분했다. 합스부르크가로서도 전쟁을 준비할 수밖에 없었다, 그것도 독일 영토에서 벌어질 전쟁이다. 영국은 아낌없이 군자금을 원조하고 거대한 병력을 가진 러시아도 이전에 보나파르트가 이집트에 갔을 때처럼 대프랑스 동맹에 가담했다.

젊은 러시아 황제(알렉산드르 1세는 근대적 교육제도 도입과 행정개혁을 단행했고, 나폴레옹 몰락 후 파리에 입성하여 빈 회의와 신성동맹 결성에 큰 역할을 했다)가 당초 목표했던 것은 유럽에 뿌리내리고 있는 러시아에 대한 편견을 뒤집는 일이었던 듯하다. 그러나 어지러운 정세 변화로 유럽 제국의 역할도 변화하여, 이제는 동방의 패자霸者 러시아 황제가 서방을 지배하는 폭군을 타도하려 한다. 이제는 나폴레옹의 전법도 다 알려져 각국 군은 이를 도입한 다음 독자의 전법을 검토하여 대 나폴레옹 전에 임하려 하고 있다.

그러나 보나파르트에게는 늘 그보다 새로운 전법을 고안하는 능력이 있었다. 이렇게 해서 그는 울름에서 오스트리아 군을 포위하여, 포탄 한 발 발사하는 일 없이 전면 항복을 받아낸다.

"나는 목적을 달성했다. 작은 전투 정도로 군을 궤멸시켰다. 이제는 러시아군을 공격한다. 그들은 이미 궤멸 상태다."

문서는 간결하고 연전연승에도 놀라움은 없다.

"다정한 조제핀, 요즘 어쩐지 평소와 달리 피로가 가시지 않소. 1주일 내내 비가 내려 발이 완전히 차가워졌기 때문이오."

10월 20일의 울름 입성의 날, 나폴레옹은 닳아 해진 외투에 장식 하나 없는 모자 차림으로 팔짱을 끼고 야영 막사의 모닥불 앞에 자리하고 있었다. 일개 병졸과 같은 그 모습은 화려한 군복을 입은 휘하 장군들과는 대조를 이뤘다.

마렝고 때와 마찬가지로 그는 적에게 평화를 제안하는 한편,

외교관을 괴롭히는 단독 결정으로 오스트리아 황제 프란츠 1세에게 친서를 보냈다.

"금번 제가 참으로 바람직한 호기를 잡은 것은 당연한 이치로 판단해 주시고, 이번 평화 조항을 통해 영국과의 제4차 동맹 체결을 승인하지 않겠다는 의지를 제게 약속해 주실 것으로 압니다. 우리 국민의 안녕과 폐하의 우정, 이 두 가지를 가져올 상황은 저에게 있어 무상의 기쁨입니다. 폐하의 주변에는 아직 저를 적으로 간주하는 세력이 다수 있음을 알면서도 우정을 희망하는 바입니다."

그 후, 나폴레옹은 비엔나를 향해 진군한다.

11월 상순, 비엔나에 체재 중인 나폴레옹에게 흉보가 도착한다.

그가 울름에서 승리한 직후인 10월 21일, 영국이 트라팔가(스페인 남서부) 앞바다에서 프랑스 함대를 격파했다는 것이다. 전함 18척이 침몰하고 넬슨은 전사했다. 해군 총독 빌뇌브(1763~1806)가 적의 포로가 되었다. 아부키르의 재현인가? 용기를 내라! 그때는 상황이 백배나 나빴다. 적어도 파리까지는 배가 없어도 돌아갈 수 있다. 아무튼 전진뿐이다! 전속력으로 진군해 온 나폴레옹 군을 앞에 두고 오스트리아 군은 싸우지도 않고 비엔나를 포기했다 (1805. 1. 13).

그러나 트라팔가 해전에서의 프랑스군 패배 소식을 전해 들은 프란츠, 알렉산드르 두 황제는 비타협적인 태도를 보이게 되었다.

그들은 페르시아를 자기편으로 하려고 획책했으나 교섭은 지지부진이었다. 나폴레옹은 투르크를 먹잇감으로 러시아 황제를 유인했지만 헛수고에 그쳤다. 브륀(비엔나의 북쪽 도시)에서 각국 외교단의 치열한 협상이 시작되었다. 명확한 의도 아래 제안하는 것은 나폴레옹뿐이었다. 그쪽에서 교섭을 맡고 있던 탈레랑에게 다음과 같은 서간을 보냈다.

"나는 베네치아를 잘츠부르크의 제후에게 양보하고 잘츠부르크를 오스트리아 왕가에 넘기고 싶다. 나는 이탈리아 왕국을 위해서 … 베로나를 취하게 될 것이다. … 만약 제후가 원한다면 베네치아 국왕이라고 칭하면 된다. … 나는 포병대, 점포, 요새를 재건할 생각이다. 패전국은 나에게 500만 프랑을 지불할 것이다. 아마 내일 러시아군과 격전이 전개될 것이다. 이를 피하기 위해 나는 전력을 다했다. 무고한 피를 흘릴 뿐이기 때문에 러시아 황제와 서신을 교환할 기회를 얻었다. 나에게 남아있는 유일한 희망은 이 청년(황제)이지만 그는 측근에게 조종되고 있다. 이상의 내용을 파리로 보내주기 바란다. 단 싸움에 대해서는 말하지 않도록, 아내가 걱정할 테니까. 나는 절대 유리한 입장에 있으니 그대가 걱정할 것은 없다. 이 전투에서 큰 희생을 치러야 한다는 것이 분하다. 거의 무의미한 싸움인데. 파리에 전해 주기 바란다. 4일 전부터 선발대와 함께 야영 중이고 편지도 무릎 위에 놓고서만 쓸 수 있는 상황이니 이해하라고."

이것이 생애 최고의 명성을 얻은 대승리를 이틀 앞두고 있는 황제의 심정이다. 지금 그는 이곳 모라비아 지방 남부의 작은 마을이나 강폭, 도로 상황을 지도상에서 검토하고 있다. 야영 진지의 모닥불로 몸을 녹이면서, 지령을 기다리는 파리의 각료나 걱정하고 있을 아내의 일을 생각하고, 분할을 예정하고 있는 4, 5개국에 관한 지침을 제시하고, 새로운 왕권의 분배, 전쟁에 의한 피해의 복구, 각 방면의 요새 재건을 위한 예정을 이야기하고 있다. 이 글에 약간의 빛을 던지고 있는 것이 두 번에 걸쳐 피력되어 있다. 무익하게 흘리는 피에 대한 통한의 생각이 지평선 위로 떠오르는 12월의 태양처럼 희미한 빛이 되어 행간에서 떠오른다. 적대하는 군주들이 각 궁전에서 사치스러운 만찬을 들고 있을 바로 그때, 이런 상태를 견디는 남자가 그들을 정복했다 해서 그것이 놀라운 일일까?

그날 밤, 적의 전략을 알고 황제는 손뼉을 치며 기뻐한다.

"덫에 걸렸다! 이것으로 놈들은 항복할 것이다! 내일 저녁 적군은 내 손에 떨어진다."

참모와 함께 농가에서 간소한 식사를 한 후, 드물게 식탁에 남은 그는 비극의 진수나 이집트 전투에 대해서 활발하게 떠들었다.

"그렇군, 아크레를 점령하고 있었으면 나는 터번을 머리에 두르고 군에게는 헐렁한 반바지를 입게 했을 것이다. 그때 우리 군을 상당히 위험에 노출시킬 수밖에 없었다. 불멸근위대(고대 페르시

343

아의 근위대로, 항상 결원을 보충하여 1만 명을 유지했다)의 재현을 목표로 우리 군을 조직했다. 대 투르크 전은 아랍, 그리스, 아르메니아의 용병을 사용하여 최후까지 싸워야만 했을지도 모른다. 그랬으면 지금쯤은 모라비아 변방에서 싸우고 있을지도 모른다. 동방의 황제가 되어 콘스탄티노플을 경유해 파리로 개선하고 있었을 것이다."

몽상에 빠져 있다는 것을 숨기려는 듯 황제는 희미한 웃음을 띠며 이야기를 매듭지었다고 측근은 기록했다.

비록 인간이 신과 닮은 천품을 타고났다고는 하나, 일개 인간이 자신이 상상하는 대로 유럽을 만들어 가기 시작한 것은 백여 년 전부터다. 그런데 지금은 마치 호메로스의 시대에 군주들이 국민의 운명을 결정하던 때로 거꾸로 돌아간 것과 같은 광경이 아닌가? 그는 입지전의 인물과 마찬가지로 이름도 없는 평원의 허름한 농가에서 횃불 아래 앉아 있다. 올해로 36세, 양파를 곁들인 감자를 먹으면서 겹겹이 쌓인 돌로 앞길을 막은 중동의 사막을 추억하고 있다. 획기적인 승리를 목전에 두고 있다. 샤를마뉴 제국의 재현마저도 꿈이 아닌 승리 전야에 왕년의 갖가지 계획을 상기한다. 마케도니아에서 갠지스강까지….

밤이 걷혔다. 1805년 12월 2일 대관식 날로부터 꼭 1년째이다.

심금을 울리는 문장으로 그는 이날이 대관기념일이라는 것을 병사들에게 환기시키고 이 교전에서는 스스로 적의 포화 앞에 나

344

설 것을 약속하면서 연설을 매듭짓는다. 전대미문의 약속이다. 로마의 어떤 장군도 아군의 선두에 서서 결연히 죽음과 맞서겠다고 약속했다. 나폴레옹도 마찬가지다. 과거 20회에 걸친 전투에서 항상 선발대의 선두에서 싸웠고 그 모습을 봐온 병사들은 장군이 행운의 여신의 보호를 받는 것이 틀림없다고 생각한다. 그가 목숨을 잃는다면, 병사들의 무훈을 보증할 자가 없어지는 것이 아닌가.

황제는 적군을 무찌르고 적막한 초원에 불멸의 영광을 주었다. 이렇게 해서 '아우스터리츠 평원'의 이름이 후세에 남게 된 것이다.

"병사 제군! 나는 제군에게 만족하고 있다. 제군의 자제에게 내 이름을 주겠다. 나는 이를 허락한다. 그중에 인재가 있으면 내 아들로 삼아 전 재산을 유증하여 나의 후계로 임명할 것이다."

그는 정에 호소하여 병사들을 감동시킨다. 고대 수사학의 수법이다. 아내에게 보내는 소식은 시원한 것이었다.

"오스트리아와 러시아군을 제압했소. 약간 피곤하군. 밤마다 한기가 더해지는 가운데 1주일 동안 노숙을 했다오. 오늘 밤은 카우니츠 대공(1771~1794, 오스트리아의 정치가이자 대법관으로 메테르니히의 장인이다)의 성에서 숙박하려 하오. 두세 시간 잘 생각이라오."

승리를 짤막한 글로 담담히 전하고 있다. 그에게 있어 이 승리는 대서사시의 새로운 한 줄일 뿐이다. 다음날 신성로마 황제가 협상을 청하려고 찾아왔을 때, 예전의 '꼬마 중위'는 이미 출발했으나 어느 제분소에서 간신히 만날 수 있었다. 나폴레옹은 점잖게 나와서 황제를 맞이했다.

"잘 오셨습니다. 이곳에 두 달간 살고 있습니다. 제 유일한 성입니다."

세습으로 타고난 왕을 향한 얼마나 겁 없는 태도이며 얼마나 멋있는 농담인가? 현란한 궁전들이 있는 수도에는 이제 새로운 적의 깃발이 춤을 추고 승리의 노래가 울려 퍼지게 될 이때에 이런 인사를 하고 있다. 그러나 프란츠 황제도 이에 못지않다.

"괜찮은 장소를 고르셨습니다. 상당히 마음에 드셨겠지요."

양자는 미소 짓고 서로 마주 보았다. 10년간 교전했지만 이것이 초면이다. 나이는 엇비슷하고 걸어온 길은 전혀 다르지만, 둘다 25세쯤 권력의 자리에 올랐다. 이때 그들은 상대의 의도를 단단히 파악하고 있었다. 나폴레옹이 얼마나 평화를 바라고 있는가를 프란츠 황제는 의심하지 않았고, 프란츠에게는 조금도 복수심이 없음을 나폴레옹이 의심하는 일도 없었다. 다음은 조제핀에게 보낸 편지다.

"어제 진영에서 신성로마의 황제를 만나 2시간 동안 이야기를 나누었소. 사람 됨됨이의 고결함에 끌렸지만 감정에 넘어가지 않도록 자제했지. 내게 이런 싸움은 조금도 어렵지 않소. 즉시 강화 체결을 하기로 했소. 아우스터리츠 전투는 내 전투 중의 백미요. 적기 45개, 대포 150문 이상, 러시아 근위대의 깃발 다수, 장군 20

명, 포로 3만, 전사자 2만 이상. 이것은 보기에도 무시무시한 광경이었소!"

　열거하는 숫자에 만족하면서도 사망자의 기억이 기쁨을 가린다. 이 시기부터 그는 희생자에 대한 참회의 마음을 이전보다 빈번히 입 밖에 낸다. 승리의 정치적 영향에 대해서 탈레랑은 주군과 의견을 달리한다.

　"지금의 폐하는 오스트리아의 군주제를 파괴할 수도 부흥시킬 수도 있습니다. 군주제에 의해 통치되는 이 제국의 존재는 보존시켜야 합니다. 어쨌거나 문명 제 국가를 구제하는 데 있어서 이 집단은 필요불가결한 것입니다."

　그러나 나폴레옹은 12월 26일 프레스부르크 강화 조약에 서명했다. 이렇게 해서 독일제국(신성로마제국)은 멸망하고 오스트리아와 독일은 이탈리아에서 추방당하게 된다.

　과연 그는 어떤 전망을 마음속에 그리고 있었는가? 이 싸움이 어떤 새로운 계획을 그에게 떠올리게 했는가? 프랑스의 비호를 받는 유럽제국동맹, 이것이다.

　러시아는 아시아에 속해 있고 영국은 섬나라다. 유럽대륙을 민주적으로 조직하여 프랑스의 날개 아래에 유럽의 모든 나라를 결집시킬 필요가 있다. 아우스터리츠 이후 이 새로운 구상이 현실화했다. 그는 유럽인이 바라는 최고의 이상, 즉 단일 정권하에 유럽 열강 동맹을 실현하기 위해 나아간다.

나폴레옹은 이 이상을 가슴에 품고 이번 원정을 떠났던 것은 아니었다. 더구나 이 전투를 인위적으로 꾸민 것도 아니다. 마렝고 전투 이후, 그는 평화를 갈망하고 있었다. 그러나 당시 오스트리아는 이를 받아들일 수 없었다. 왕위 계승권 획득을 위해서는 평화를 거부하고 공화제에 적대하는 형태로 항쟁을 계속하는 수밖에 없었기 때문이다. 이렇게 해서 합스부르크 왕조와 프랑스혁명은 지금까지 서로를 배척해 왔다.

아우스터리츠 전투가 이 문제를 매듭지어, 나폴레옹의 뇌리에 샤를마뉴 제국 재현 계획이 떠올랐다. 그러나 그는 군軍으로서 공을 이루고 이름을 빛낸 사람이다. 그런 그가 평화적 수단으로 새로운 사명을 시작할 수는 없었다. 무력에 의해서 유럽합중국의 건설은 이루어질 수 없다는 사실을 나폴레옹이 깨닫는 것은 10년이나 지난 후였다. 유형의 땅에서 신산辛酸을 맛본 끝에 늦게나마 알게 된다. 목적을 달성하기 위한 수단이 잘못되었던 것이다.

XII

"나는 만사를 간파하고 있어서 속는 것은 내가 그것을 좋다고 할 때뿐이다. 나는 샤를마뉴이며 교회의 검이요, 교회의 황제이다. 그러므로 나는 그렇게 대접받아야 한다는 것을 알라."

그는 이런 협박성 문구를 교황청에 들이댔다. 유럽이라는 초라한 '두더지 굴'에 만족해야 한다면 적어도 그곳의 절대 군주여야 한다. 아우스터리츠의 승리와 프레스부르크의 평화 체결 이후, 그의 태도는 일변했다. 지금도 오스트리아에 체재 중인 그는 여기서 지금까지 유럽이 들어보지 못한 말투로 명령을 내린다. 황제의 명령을 무시하고 나폴리 왕비가 영국 선박의 입항을 허가한 순간 그 왕가는 종말을 맞이한다.

　"나폴리 왕조는 통치를 그만두라."

　때를 같이 하여, 형 조제프에게 편지를 써서 보냈다.

　"나의 의도는 우리 가문이 나폴리 왕국을 다스리는 데 있다. 그러면 이탈리아, 스위스, 네덜란드 및 독일 연방의 3국과 마찬가지로 이 나라도 우리 연방제 국가, 사실상 프랑스 제국으로 편입되는 것이다."

　제 국왕을 봉신封臣으로 여기는 유일한 황제가 유럽을 지배한다. 나폴레옹에 의한 이 예언은 현실화하기 시작하였고, 유럽대륙의 수도가 된 파리는 지배자를 열광적으로 맞이했다.

　1806년 1월 26일, 그는 심신이 아주 건강한 상태로 귀국했다. "이 원정에서 나는 살이 쪘다. 유럽의 모든 국왕이 나에 대항해 동맹을 맺는다면, 나는 심한 뚱뚱이가 되겠지"라고 농담하며 곧 새로운 상황에 대비해 손을 쓰기 시작했다.

　프레스부르크의 체결 후 수개월 만에 그는 무수한 국가를 건국 내지 재조직하고 있다. 조제프는 나폴리 왕이 되고(1806. 3. 30), 바바리아 및 뷔르템베르크(독일 남서부)의 대공은 국왕의 칭호가 약속되고, 바덴 대공은 대공작으로 임명되고, 바바리아 대공의 딸은 외젠의 아내가 되기로 결정되었다. 바덴의 공자는 조제핀의 조카딸과, 뷔르템베르크의 딸은 막내 제롬과 결혼하기로 했다. 독일 남서부의 16개국이 라인연방, 즉 나폴레옹 제국의 속국이 되어 조세 납부와 군역이 부과되었다. 속국이 된 연방의 대공 16명이 황제로부터 어떤 혜택을 받을까 기대하여 비위를 맞추려고 파리로 왔다. 거의 10개 공국이 사라지고 탈레랑, 베르티에, 베르나도트를 위해서 새로운 봉토가 준비되었다. 그는 아무 일도 없다는 듯이 말했다.

"네덜란드는 집행권이 없는 관계로 이를 수여할 필요가 있다. 여기는 루이를 주겠다. 동의서를 작성토록 하라. 이것이 나의 결정이다. 불복하면 네덜란드는 프랑스에 병합한다. 일각의 유예도 없다."

왜 일각의 유예도 없는가? 1795년 이래 네덜란드는 프랑스의 지배하에 있었으나 아직 공화제를 하고 있었기 때문이다. 나폴레옹은 동생 루이를 국왕으로 삼아 그에게 네덜란드를 주려고 한다. 네덜란드인이 바라지 않는다? 싫으면 프랑스에 병합되는 길뿐이다. 한편 루이는 건강 상태나 기후가 나쁘다는 것을 구실로 이를 거부하려고 하지만, 황제는 "프랑스에서 황족으로 살아가기보다는 왕좌에서 죽는 편이 가치가 있다"라고 물리친다. 이렇게 되자 루이의 아내 오르탕스가 왕비가 된다! 조제핀이 애타게 기다린 일이다. 네덜란드인이 알현을 원하자 튈르리 궁에 정중히 초대해, 황제는 능숙하게 인사를 갖추어 그들을 맞이했다. 행사 후, 그는 조롱과 모멸을 노골적으로 나타낸다. 새 네덜란드 국왕 루이의 아들에게 왕을 선거로 정하고 싶어 하는 개구리의 우화를 낭독시켰던 것이다.

뭐라고? 불만이 쌓인 누이동생들이 음모를 꾀하고 있다고? 이제는 손에 넣을 왕국이 없다고? 이런, 공국 하나라도 줘 버려야지! 이렇게 해서 카롤린은 그레브 대공부인이, 엘리자는 토스카나 대공부인이 된다. 이번에는 미모의 폴린 보르게세가 자기는 과스타라(이탈리아 북부의 소도시)의 대공부인에 지나지 않는다고 울며 대든다.

뭐라고? 시골 동네가 아닌 나라를 원한다고? 머지않아 그녀는 무수한 다이아몬드와 숭배자에 의해서 슬픔을 잊게 된다.

새로운 국왕 중, 그 그릇에 어울리는 자는 없었다. 즉위 포고에서 국왕 조제프는 −어제 막 신민이 된 나폴리 국민에게− 그들의 새로운 국왕에 대한 사랑을 프랑스 국민의 황제에 대한 사랑과 비교해서 빈축을 사고 나폴레옹을 격노케 했다. 대對 영국전의 결과, 자국의 상업에 과세할 수밖에 없는 것을 한탄하고 군대를 보내는 대신 불평을 말한 네덜란드 국왕 루이에게는 고압적인 태도로 대했다.

"엄살떨지 말라. 만사가 그대의 좁은 도량과 공공의 이익에 대한 무관심을 나타내는 것이다. 우는소리 하지 마라. 우는소리가 통하는 것은 여자뿐이다. 남자는 눈치를 보면 안 된다. 나라를 다스리는 법이 너무도 연약하다. 혼자의 손으로 모든 전비를 감당해야 한다. 3만의 군대를 조직하라. 혈기 왕성한 3만의 군대를!"

남편을 깔고 앉아 토스카나 지방에 헌법을 제정하여 자국 군대를 열병하고 3개월마다 총신寵臣을 바꿔대는 엘리자는 적어도 황제의 웃음을 살만한 공헌은 하고 있었다. 오빠를 쏙 빼닮은 문체로.

"우리 국민은 행복하고 반대파는 진압되었습니다. 폐하께서 명령하신 것은 실행되었습니다. 원로원도 만족하고 있습니다. 원로원은 우리 권위 앞에 굴복했습니다."

카롤린의 남편 뮈라도 황제가 하는 말을 본뜬 서간을 쓰지만 약간 도를 지나쳐서 그의 비위를 건드렸다.

"폐하께서 보내신 분부는 받았사옵니다. 분부에 아무 의미가 없어 폐하께서는 이성을 잃으셨음이 틀림없어…."

이 시기에 이탈리아의 조각가 카노바가 폴린의 상을 만든다. 이후 그녀는 그 모습을 대리석에 영원히 머물게 하여 나폴레옹 왕조의 성쇠를 증언하게 된다.

그동안 제롬은 미국에서 부르주아 출신 아가씨와 결혼했다. 형제자매의 수 이상으로 왕관을 갖고 있던 황제로서는 한 사람의 결원도 낼 수는 없었다. 제멋대로 결혼한 것을 알고 격노한 그는 어머니를 통해서 미국 아가씨의 리스본 상륙을 저지했다. 아내에게 이별을 고하면서도 영원한 사랑을 맹세하고 굳은 결의로 혼자 파리로 향한 제롬은 황제의 위협과 약속에 꼼짝 못 하고 굴복한다. 황족의 칭호, 해군 제독의 지위, 국왕이 될 수 있다는 희망이 아내를 단념하게 만든다. 유럽에 상륙하지 못한 채 출산을 위해 도착한 영국에서 그녀는 똑같은 불행을 맛보고 있는 남자와 재회한다. 바로 뤼시앵이다. 영국인에게 따뜻하게 대접받는 뤼시앵은 그곳에 정착해 시작詩作 등을 하고 있었는데 그중에는 '샤를마뉴'라는 서사시도 있었다.

활동적이고 성실해서 황제에게 충실한 것은 외젠뿐이었다. 황제는 그에게 관심을 가지고 기회 있을 때마다 칭찬했다. 얼마 전 이탈리아 부왕으로 임명되어 바바리아 대공국의 딸과 결혼한 그에게 다음과 같은 서신을 보냈다.

"그대는 일을 너무 많이 했다. 그대는 그래도 좋을지 모르지만 젊은 아내가 있지 않은가. 주에 한 번쯤은 연극 구경이라도 가는 것이 좋다. 직무는 단시간에 처리할 수 있을 것이다. 그대와 마찬가지로 나도 바쁜 나날을 보내고 있으나 나의 아내는 젊지 않다. 첨언하면 나는 그대 이상으로 많은 일을 하고 있다."

황제는 의붓딸에게 아들을 낳도록 설득했다. 오르탕스에게는 아직 아이가 하나밖에 없었고 그의 주변에는 후계자가 될만한 아이의 수가 부족했기 때문이다.

"여자는 필요 없다. 그대에게 요리를 보내겠다. 매일 생 포도주를 조금씩 마셔라. 뭐야, 나를 믿지 않는 거냐!"

그런데 그녀가 출산을 했다. 여아라는 것을 안 황제는 말했다.

"딸을 낳기 시작하면 이후 차례로 아이를 낳는 법이다. 그래서 열두 명의 자식 부자가 되는 것이 틀림없다."

문장에 능해서 온갖 문체를 다루는 법을 알고 있는 나폴레옹은 일에 쫓기는 중에도 끊임없이 가족—그것도 반항적인 태도를 되풀이하는 가족—을 걱정하여 무수한 편지를 써 보냈다. 겁도 주고 어르기도 하고 달래기도 하고 격려도 하면서.

어머니도 아들의 권유를 받아들여 지금은 파리에서 살고 있다. 여전히 현 상태가 언제까지 계속될지 긴장하면서 아들의 허락을 얻어 사교계에서 은퇴했다. 아들은 그녀에게 그랑토리아농(베르사유 궁의 별궁)을 배당하고 연금 100만 프랑을 주고 있으나 그녀는 이것을 알뜰히 절약하고 있다. 인색하다는 소문도 아랑곳하지 않았다.

"상황이 변하는 것은 세상의 이치다. 언젠가는 내가 모두를 돌봐야 할지도 모른다. 그때는 분명 내게 고마워할 것이다."

그녀가 리셉션을 주최하는 일이 없지는 않았다. 그럴 때 그녀는 국왕이 된 아들들보다 훨씬 위엄이 있었으나, 장신구로 사용한 유리구슬이 화제가 되면 "아니, 아니에요. 속고 있는 것은 아닙니다. 딸들처럼 왕녀 행세를 할 생각은 없으니까 이것으로 충분해요"라며 웃음을 띠고 말했다. 황제의 어머니이면서 국왕이나 대공의 어머니였으나 그런 것은 조금도 기쁘지 않다. 옆에 가족이 없다는 것이 그녀에게는 한스럽다. 옛 친구와 오셀로 게임을 하거나 충실한 하인과 잡담을 하는 정도가 기분전환 거리다.

"내가 행복하다고 생각하시나요? 국왕을 넷이나 둔 어머니라고 해도 조금도 행복하지 않은걸요. 곁에 아무도 없으니까요. 한 아이 걱정을 하다 보면 또 다른 아이 걱정을 하게 되고, 마음이 쉴 틈이 없어요."

고대 로마 귀족이 지키던 관습을 본떠서 일요일마다 그녀는 아이들 집(튈르리궁)에서 점심을 함께한다. 항상 황제가 시키는 대로만 하지는 않고, 때로는 강한 유감을 나타내어 황제가 양보하는 일도 있다. 매우 자존심이 높아 쉽게 뜻을 굽히는 사람이 아니라는 것을 아들도 충분히 알고 있다. 거울에 비춘 자신의 얼굴을 보면서, 이마나 입가가 차츰 어머니를 닮아 가는 것을 황제는 알아차린다. 요즘은 손까지 닮는다. 어머니를 놀려대는 일도 있다.

"이런! 레티치아 부인, 궁전 생활은 어떠신지요? 마음에 들지 않으시면 그것은 개최되는 리셉션 수가 모자라기 때문입니다. 따님들을 보세요. 1년에 100만 프랑은 써 주셔야 합니다."

"그러고 싶군요. 1년에 200만을 주신다면야."

아들과 마찬가지로 그녀도 빈말을 간파하는 능력을 갖추고 있었다. 필요하면 대놓고 겁을 주는 일도 있다. 자기를 위해서 무엇을 요구하는 일은 결코 없지만, 코르시카인을 위해서 요구하는 일은 간혹 있었다. 섬사람들은 일이 있을 때마다 그녀를 찾아와 진정했다.

어느 날 그녀가 마음에 품고 있는 소망 중 첫째가는 것을 고백했다. 코르토 대신 아작시오를 코르시카의 수도로 해주었으면 하는 것이었다. 보나파르트 가문에 대한 자부심의 모든 것이 이 소원에 담겨 있다. 황제는 이를 받아들여 법령을 발표하겠다고 약속했다. 그녀가 어떤 생각을 하는지 잘 알기 때문이었다. 그녀가 방을 떠나자 황제는 중얼거렸다.

"어머니는 한 나라를 통치하기에 족한 인물이다."

그러나 그녀도 뤼시앵을 위해서는 아무 힘이 되지 못했다.

"내게 있어서 가장 사랑하는 아이는 뤼시앵이에요. 왜냐고요? 가장 불행한 것이 그 아이이기 때문이죠."

하지만 뤼시앵에 관한 한 황제의 생각은 철벽이었다.

"나와 함께 올라가지 않는 자는 이젠 가족이 아니다."

XⅢ

　나폴레옹의 파리 집무실에는 프로이센의 위대한 프리드리히 대왕 흉상이 있다. 마치 그 동상이 자신의 행동에 대한 증인인 듯이.

　명예로운 장군에 대한 강한 동경심을 품고 성장한 그는 대왕이 서거한 1786년에 일개 소위였다. 당시의 사관이 모두 그러했듯이, 그도 대왕의 전술을 교육받아 프로이센 군軍을 높이 평가했다. 프로이센 군과 대결한 적도 없고, 대왕의 군을 계승한 프로이센 군이 프랑스 군에 승리한 적이 없다 해도 그 평가는 변하지 않았다. 현 프로이센 국왕인 프리드리히 빌헬름 3세(재위 1797~1840)의 어리석음과 유약함을 알고 있음에도 그와 조약을 맺고 프로이센, 오스트리아, 러시아와의 긴박한 관계에서 이익을 끌어낼 결의를 한 것은 명예로운 전 세대의 군대를 인정하고 있었기 때문이었다. 프로이센의 정치적 실수를 인식하기까지 프로이센에 대한 그의 평가가 낮아지는 일은 없었다.

　지난해 아우스터리츠의 전투에 앞서 나폴레옹은 국왕에게 동맹을 제의했다. 이후에는 프란츠 황제와 알렉산드르 황제가 빌헬름을 설득하고 있었다. 또다시 전쟁을 피할 수 있을 만큼 시간이 충분한데도 연약한 국왕은 결단을 미루었다. 어느 진영에도 가담하려 하지 않고, 중립을 방패로 보신에만 급급했다. 나폴레옹이 전대미문의 무서운 상대가 된 오늘까지도 나폴레옹으로부터 자신의 몸을 지키기 위해서라는 당초의 구실에 매달려 있다. 지난해 프랑스군이 안스바하 근교의 프로이센령을 침범한 것을 내세워, 방어전으로 나서는 것 이외엔 선택할 길은 없다고 주장하는 것이다.

아울러 국왕은 전쟁으로 들어갈 수밖에 없는 상태에 직면해 있었다. 하나의 사건을 계기로 민주파의 태도 강경화, 국민의 반발, 호전적 군인들에 의한 반발이 분출한 것이다. 뉘른베르크에서 한 출판업자가 사형에 처해진 것이 사건의 발단이었다. 이 인물은 법적으로 프랑스군의 점거가 인정된 지역에서 프랑스군을 비방하는 전단을 배포했다는 이유로 군법회의에 회부되어 사형판결을 받고 총살되었다. 법에 의거해 집행되었다고는 하나, 이 판결은 국민감정을 거슬러 맹렬한 반발을 초래했다. 일의 중대성을 깨달은 나폴레옹은 전쟁을 피하기 위해 양군의 철수를 제안하는 동시에 사자를 통해 베스트팔렌의 프랑스군도 철수시킬 용의가 있음을 프로이센 국왕에게 알렸다. 이하는 그 친서이다.

"제안이 각하되고 자신의 군대에만 믿음을 두시는 회답을 접하게 되니, 이것을 선전포고로 간주하여 받지 않을 수 없는 상황이 되었습니다. 하오나 저로서는 교전 중이거나 전승 후이거나 그것에 대의의 정당성을 인정할 수 있다면 언제라도 마찬가지 포고를 받고 일어설 용의가 있습니다. 다만 이 싸움은 해서는 안 되는 모독적인 싸움으로 간주되기에 평화를 제안드리는 바입니다."

그러나 내용을 보면 프로이센을 나쁜 위치로 끌어내리고 있다.

"이런 무모한 행위에 몸을 던질 만큼 프로이센이 어리석으리라고는…. 내각은 졸렬하고, 군주는 연약하며, 궁정은 무분별한 청년 장교들에게 좌지우지되고 있다."

개전 보름 전까지도 나폴레옹은 이 싸움이 실제로 일어나리라고 생각하지 않았다. 그가 잘못 판단한 것이다. 프로이센 군의 중추를 맡고 있는 귀족 출신 장교단이 오명을 씻으려고 들고 일어난 것이다. 프리드리히 대왕 때는 프랑스를 격파했는데, 지금은 우리가 패배자로 전락했다면서. 덧붙여서 애국심에 불타는 부르주아 정당도 의기충천이다. 이들 개전파들이 지원자를 찾고 있던 때에 등장한 것이 프로이센 왕비 루이자(1776~1810)다. 대프랑스 동맹에 신규 가입한 러시아 황제 알렉산드르의 베를린 방문을 기회로 왕비는 개전을 공공연히 지지하게 되었다. 짜르는 아우스터리츠의 전투가 시작된 다음날, 자국으로 물러가서 느긋이 기다리고 있었으나 호기가 왔다고 보고 다시 등장한 것이다.

이 시기, 나폴레옹은 어떤 불안감에 시달리고 있었다. 프리드리히 대왕의 군사적 승리는 아직도 기억에 새롭고 연전연승으로 이름을 날린 프로이센 군을 상대로 싸우는 것은 나폴레옹에게도 처음이었기 때문이다. 그는 "오스트리아군을 상대하는 것보다 훨씬 어려울 것이다"라고 탈레랑에게 말하고 있다.

그러기에 라인강을 신속히 건너야 한다! 1주일 후, 나폴레옹은 적군을 격파하고 있었다. 프로이센 동부, 자벨트 근교의 초전에서 프로이센 굴지의 장군인 루트비히 페르디난트 대공이 전사했다.

이제 프로이센군은 혼란 국면에 처해 있다. 이미 2주일 전, 샤를 홀스트 장군(1755~1813)은 국왕에 전투 개시를 진언했으나 우유부단한 국왕은 주저했다. 그러는 동안 프랑스군에게 기선을 제압당했다. 허둥지둥하며 국왕이 싸움터에 도착했기 때문에 참모본부에 혼란이 생겼다. 누가 총수인지 모르게 되어 버린 것이다. 그때까지 지휘권을 가지고 있던 브라운슈바이크 공 칼 빌헬름(1735~1806)이 국왕에게 이를 넘겨 문제는 해결되었다. 하지만 이와 관련해 신분상의 문제가 부상해 프로이센 군대는 3분할이 되었다. 호엔로에 가문의 우두머리가 브라운슈바이크 공의 명령에 따라 싸우는 일은 도저히 받아들일 수 없었기 때문이었다.

나폴레옹은 다시 화평을 제안했다. 이하는 결정적인 전투가 시작되기 이틀 전 이미 승리를 확신한 그가 프로이센 국왕 앞으로 보낸 서한이다.

"귀하 참모본부에서의 이번 분규는, 즉 유럽이 아직 경악에서 빠져나오지 못하고 있는 실정을 폐하에게 강요했습니다. 어떤 종류의 혼란이라고 말해야 하는 사태에 편승할 생각은 일체 없습니다. … 교전 중이라고는 하지만 무엇 때문에 우리가 쌍방의 백성을 파멸로 이끌어 가야 하겠습니까? 비록 승리를 한다 해도 그것은 무수한 우리 아이들의 목숨과 바꿔 손에 넣은 것이므로 이러한 승리를 옳다고 할 수는 없는 노릇입니다. 내가 신참 군인이라면, 또 싸움에 동반하는 위험을 무서워하는 겁쟁이 남자라면, 이렇게 말하는 것이 불손할지도 모르겠습니다. 그러나 폐하, 당신은 패자가 될 것입니다. 자신의 통치와 안녕을, 그리고 백성의 목숨을 변명의 여지도 없을 만큼 심대한 희생으로 바치는 격이 되겠지요.”

호전적인 장군들에 따르면, 국왕을 따라서 참모본부에 도착한 왕비 루이자는 당초 지나치게 평화주의에 기울어 있었다. 하지만 서찰에 적혀 있는 그럴듯한 이유야 어떻든, 그들은 나폴레옹이 패배를 두려워하는 것이 틀림없다는 쪽으로 의견을 정리한다. 평화를 주장해 줄 것이라는 바람으로, 우유부단한 국왕이 그녀를 참모본부로 불러온 것을 그녀는 알지 못했다. 그녀에게 있어서 나폴레옹은 내일이라도 죽어야 할 ‘오욕에서 출현한 괴물’일 뿐이었으니.

그 ‘괴물’은 아내에게 편지를 쓴다.

“만사 순조롭게 되어가고 있소. 국왕은 왕비와 함께 에르푸르트(독일 남서부의 도시)에 있소. 전쟁 구경을 하고 싶다면 그녀의 잔혹한 기쁨이 이루어지게 될 것이오. 나는 매우 건강하오. 출발 후 체중이 불었지만 말이나 마차 등으로 매일 20에서 25류를 달리고 있소. 8시에 취침하여 한밤중에 일어나오. 그대는 아직 잠자리에 들지 않았겠지, 하고 생각하곤 한다오.”

전투 전날 밤, 그는 잠을 자지 않았다. 새벽 3시 측근이 휴식을 권하자 그는 이마에 손을 대면서 소리쳤다.

"잠이 오겠는가, 생각이 여기까지 떠오르고 있는데! 지금 한 가지 구체적인 전망이 파악되지 않는다."

얼마 지나지 않아 그는 지도를 가리키며 작전 설명을 시작한다. "알겠는가? ⋯ 그대는 말을 타고 이 지점으로 가서 내가 싸움터를 바라볼 수 있을 만한 곳을 찾아라. 나는 6시에 말을 탄다." 말을 마친 그는 침대에 몸을 던져 곧 잠들어 버렸다.

프로이센군 참모본부에 프랑스군의 불온한 움직임이 전해졌을 때 장군들은 심의를 다음날 아침으로 미루자고 했을 뿐이다. 이때 나폴레옹은 군의 열병을 마치고 장병을 고무하여 아우스터리츠의 승리를 떠올리고 있었다. 나폴레옹이 예나에서 프로이센군을 격파한 이날(1806. 10. 14), 다부Davout(1770~1823, 이집트 원정과 마렝고 전투에서 활약했고 원수가 되었다. 바르샤바 대공국 총독과 전쟁장관을 지냈고 왕정복고 후엔 귀족원 의원이 되었다)는 아우어슈테트에서 승리를 거두고 있었다.

용감한 브라운슈바이크 공이 빈사의 중상을 입자, 전열에서 지휘를 하려는 자는 아무도 없었다. 전군이 궤멸했고 이름난 프리드리히대왕군은 작센을 거쳐 도주했다.

"사랑하는 사람이여, 나는 프로이센군을 멋지게 공략하여 대승리를 거두었소. 포로 2만, 대포 100문, 무수한 적기⋯, 이틀 전부터 야영 중이지만 지극히 건강하오. 그럼, 몸조심하고 사랑해 주오."

바이마르 공국에서 나폴레옹은 왕비를 만났다. 칼아우구스트 공(1757~1828, 독일을 대표하는 계몽군주)의 행방을 아는 자는 없었다. 20년간 나폴레옹의 적이었던 호전적인 이 군주는 재상 괴테 (1749~1832)의 충고를 물리치고 프로이센에 붙었기 때문에 예나 전투 후, 프로이센의 장수로서 도망가는 처지가 된다. 남아있는 것은 통치권을 가진 왕비와 재상뿐이었다. 여자가 통치하는 데 대해 반감을 품고 있던 황제는 그녀에게 말했다.

"동정의 말씀을 드립니다. 마담, 무엇 때문에 공이…."

뜻밖의 간결하고 의연한 대답이 돌아왔다. 두려움 없이 말하는 왕비의 모습에 놀란 나폴레옹은 태도를 고쳐 은근히 접촉하게 된다. 그날 밤 새로운 회견이 있었다. 이때, 일단 바이마르 왕조를 궤멸시킬 것이라고 단언한 나폴레옹이 나중에 이를 철회하고 묵인할 것을 그녀에게 약속한다. 왜일까?

왕비가 지금까지 정치에 개입한 일이 없었기 때문이었다. 이때도 그녀가 정치를 말하는 일은 없었다. 남편을 사랑하는 아내로서 부재중인 남편을 변명하고 비호했다. 의연하게 아부도 하지 않고, 화내지도 않고, 패배를 당한 군주의 비에 적합한 절도 있는 태도로. 황제는 아득한 세월 후에 기품 있는 태도로 조국을 구한 이 여성을 추억하게 된다.

얼마 후, 베를린에서 또 한 여성이 그를 감동시킨다. 프로이센 정부가 임명해 황제와 협상을 하고 있던 핫츠펠트 백작이 몸을 숨기고 있는 장군에게 프랑스군에 관한 정보를 주는 불미스러운 짓을 범했다. 더구나 그 편지가 프랑스군의 손에 들어갔다. 격노한 황제는 이를 군법회의에서 번역시켜 백작에게 사형을 선고케 했다. 베르티에는 이 명령을 철회시키려고 애쓰고 랍은 열심히 황제를 달랬다. 때마침 핫츠펠트 백작부인이 알현을 요청했고, 그녀는 황제의 발아래 몸을 던졌다. 그 후 황제에 의해 다시 호출되어 포츠담으로 간 부인에 대해서 조제핀에게 편지를 썼다.

"내가 백작의 편지를 보였더니 그녀는 매우 슬픈 듯이 흐느껴 울면서 순순히 인정했소. '분명히 남편 필체이옵니다!' 그것을 읽는 목소리가 애절하여 가슴을 울렸소. … 맞아, 내가 바람직하게 생각하는 것은 선량하고 솔직하고 부드러운 여자다."

백작부인이 여자로서 황제의 흥미를 끌었던 것은 아니다. 왜냐하면 그는 거의 그녀를 보고 있지 않았으니까. 그 열의, 탄원, 눈물, 침묵에 큰 감동을 받고 편지를 내밀었다.

"좋아! 편지는 불에 태워버리시오. 당신 남편을 처형할 생각은 안 드는군."

이것이 두 귀족 여자에 대한 패자覇者의 대우였다. 두 여인의 남편과 적으로 싸웠지만 그녀들의 아내로서의 태도는 그를 감동시켰다.

그러나 프로이센 왕비 루이자를 용서할 수는 없었다. 남편과 조국을 무모한 싸움에 끌어들였고 일이 있을 때마다 그를 매도했다. 끝내는 그도 그녀를 비난하게 된다.

"아름다운 여자이지만 지성이 결여되어 있다. 자기의 과실로 프로이센이 입은 수많은 불행에 후회하고 있을 것이다. 남편은 평화와 행복을 국민에게 주려고 했으니까 그런대로 칭찬할 만하다."

나폴레옹은 수행원을 거느리고 베를린에 입성했다. 늘어서 있는 휘하 장군들이 화려하게 차려입고 있는 가운데 황제만 여느 때처럼 소박한 차림이었다. 이곳에서 그의 관심을 끈 것은 역시 상수시(1745년 프리드리히대왕이 세우게 한 포츠담 근교의 성)였다. 이때 몰수한 프리드리히 대왕의 검에 대한 집착은 대단해서, 프로이센의 왕좌와도 바꿀 것이 틀림없었다.

그가 왕비에 대한 공격을 늦추는 일은 없었다.

"우리는 프로이센 왕비가 포츠담에 소유하고 있는 성에서 러시아 황제 알렉산드르의 초상화(짜르가 그녀에게 선물한 것)와 왕비가 국왕과 주고받은 서간집을 발견했다. 이 자료들은 아내가 국사에 개입하는 것을 간과한 군주가 얼마나 불행한가를 증명하는 것이다. 리본, 레이스, 기타 갖가지 화장도구 중에 사향 향기가 나는 공문서함이 들어 있었다."

불쾌감을 노출시킨 문장이다. 어쨌거나 그는 왕비의 애국적인 충동을 간과한 것 같다. 이때의 사정에 대해서는 당시 프로이센 제일의 현인이었던 폰슈타인 남작(757~1831, 프로이센 수상으로 근대화에 공헌했다. 러시아 알렉산드르 1세의 개인 고문이기도 했고 나폴레옹에 맞선 마지막 유럽동맹 결성에 진력했다)이 기술하고 있다. 이를 읽어 보면 황제가 그녀를 결코 용서하지 않았음을 알 수 있다. 황제는 호엔촐레른가(프로이센 왕과 독일 황제를 배출한 가문)의 지배권 박탈을 생각했으나 짜르의 입장을 고려해 결국 단념했다.

베를린에서 유럽 상황을 총체적으로 검토한 나폴레옹은 "엘베 강과 오데르강의 정복은 인도제국, 스페인 식민지, 희망봉의 정복을 의미한다"라고 호언했다.

가장 유혈이 적지만 가장 위험한 선전포고인 대륙 봉쇄령이 나폴레옹에 의해 발령된 것은 베를린 교외에 위치한 샬로텐부르크 성에서였다(1806. 11. 21).

이렇게 해서 이후 전 유럽의 항구에 영국 선박은 들어올 수 없다. 그가 영국에 상륙하지 못하는 한, 영국이 유럽에 상륙하는 것도 안 된다. 영국 및 그 식민지로 발착하는 모든 상품, 소포, 우편물은 압수되고 대륙에 있는 모든 영국인은 포로로 간주된다.

그러나 이처럼 대규모 법령 집행을 어떻게 감시할 것인가? 이때까지 그가 발포한 정령政令은 즉시 집행되었다. 이 시점에서 전 유럽제국의 협력이 필요하게 된 것이다. 우선 오스트리아와 러시아의 협력이 있어야 한다. 오스트리아는 현재 폴란드의 일부를 점령하고 있고 러시아는 그것을 탐내고 있다. 폴란드 입장에서는 어느 쪽에도 들어가고 싶지 않다. 폴란드는 '국민의 구제와 자유 회복'을 위해 절대 권력을 소유한 황제에게 울며 매달린다. 어떻게 할 것인가? 어떤 수단으로 나폴레옹은 폴란드 문제를 해결하려는 가?

"폴란드의 왕좌가 부활하고 이 대국이 소생하여 독립을 되찾는다? 무덤에서 살아난다? 이다지도 중대한 정치문제를 해결할 수 있는 것은 만물을 관장하는 신뿐이다."

이것이 폴란드에서 나폴레옹이 한 선언이다. 델포이 신전의 무녀를 연상케 하는 교묘한 언사를 구사하면서 그가 싱긋 웃는 것을 본 것은 신뿐이다. 그동안에도 황제는 폴란드에 군대를 제공할 것을 요구한다.

"4만 군대를 갖게 되면 그대들도 한 나라를 가질 자격이 되고 나아가서는 나의 전면적 보호를 받을 권리를 가지게 될 것이다."

한편 그는 프로이센령 실레지아와 갈리치아(우크라이나, 폴란드와 접하는 오스트리아의 주)의 교환을 오스트리아에 제안하면서도 폴란드 문제의 해결은 보스포러스 해협까지 고려해야 한다고 생각한다. 그는 투르크 국왕에게 작용하여 몰다비아(루마니아의 지방)에서 러시아를 내쫓았고 드네프르강(카르파티아산맥에서 남동으로 흘러 흑해로 들어간다)에서 나폴레옹군과 합류하도록 촉구한다. 그렇게 되면 다뉴브강 하류에서 오스트리아인과 러시아인을 지배하에 둘 수 있을 것이다.

그래, 역시 영국은 인도에서 쓰러뜨리자! 이렇게 세계 제패의 꿈이 천천히 안개 속에서 떠오른다. 그런데 갑자기 새로운 적이 튀어나왔다. 스페인에서 반란이 일어난 것이다. 이를 알리는 서신을 본 나폴레옹은 창백해졌다. 계획은 위기에 빠졌다. 영국을 정복하기 위해서는 러시아의 지원이 필수다. 하지만 러시아를 공격하든, 러시아의 우정을 얻든, 유럽 북부에 기반을 정리할 필요가 있다. 때마침 폴란드에서 폭동이 발생했다. 이것이 쓸모가 있을 것 같다. 나폴레옹은 급히 바르샤바를 향해 떠난다.

지칠 줄 모르는 두뇌가 세계의 운명을 결정하려는 수주일, 고립감이 깊어진 그는 아내에게 온화한 편지를 썼다.

"당신을 사랑하고 있소. 당신을 안고 싶소. 폴란드 여자는 프랑스 여자에 손색이 없소. 그러나 내게 여자는 하나밖에 없지. 누군지 알겠소? 그 여자가 어떤 모습을 하고 있는지를 설명하려면 덮어놓고 칭찬만 하게 될 것이오. 하여간 그녀의 좋은 점만 떠오르니. 요즘은 밤이 길어 고독하오."

사냥개 같은 후각으로 황제가 아직 관여하지도 않은 정사情事를 예감하고 질투에 사로잡힌 조제핀은 남편 곁에 가고 싶다고 말한다.

"문장의 격렬함에서, 그대들처럼 아름다운 여자는 세상에 장애 따위는 없다고 생각하고 있음을 깨달았다. 맹세코 말하는데, 내가 세상에서 누구보다 구속되어 있는 남자라는 사실은 틀림없다. 나는 피도 눈물도 없는 주인의 노예다. '제반 사정'이라는 주인의."

미문美文을 다 쓴 직후 중대한 보고가 도착했다. 작년에 누이동생 카롤린이 보내준 미녀가 사내아이를 출산했다는 것이다. 드디어 사내아이가! 씨가 있다는 분명한 증거가 아닌가! 황제는 놀라고 기뻐서 외친다. "뒤로크, 아들이다!"

XIV

1807년 1월 1일, 유서 깊은 바르샤바 왕궁의 현란한 연회 자리에 사치스럽게 치장한 미인들이 북적거리고 있었다. 다들 누구에게도 뒤지지 않는 폴란드의 미녀들이다. 오늘 밤 폴란드는 프랑스 황제의 왕림을 자국의 백성이 얼마나 애타게 기다렸는지 표현하려고 온갖 노력을 다하고 있다. 민속무용이나 음악이 황제의 마음에 드시는지, 이따금 불타는 듯 반짝이는 슬라브 여성의 애절한 눈길이 마음에 드시는지, 신문 잡지가 써대는 칭송이나 준비된 찬가에 기분이 좋으신지. 국가의 운명은 오로지 그 여부에 달려 있다. 존경 표현의 순서도 끝나고 기분 좋게 한 사람 한 사람에게 말을 거는 일도 마친 황제는 지금 창가에서 사람들이 춤추는 것을 바라보며 파리를 생각하고 있었다. 지난 7년 동안 몇 달이나 파리에 있었던가?

그리고 그 시선이 한 점에 집중되어 대화가 헛돈다. 사냥꾼의 시선을 쫓는 수백 개의 눈. 어느 것인가, 먹잇감은? 얼마 후 어느 무리에 다가간 그는 저마다 이름을 말하게 하고는 조금 전에 눈독을 들인 여자를 좀처럼 내색하지 않던 은근한 태도로 가만히 바라보며 미소지었다. 가냘픈 금발의 미인으로 우아하고 기품이 넘치는 눈길, 키가 크지도 않고 요염하지도 않다. 올해 18세다. 늘 어서 있는 여자들 가운데서도 한결 청초한 차림인 그녀를 황제는 콘트라 댄스(몇 쌍의 남녀가 마주보고 추는 춤)로 불러내어, 정숙함과 아름다운 목소리를 칭찬했다. 불완전한 불어가 오히려 듣기 좋았다. 어쩔 줄 모르는 여자가 부끄러움을 머금은 미소를 그에게 보낸다. 황제가 그녀 이름을 제대로 외우기도 전에, 발레프스카 Walewska(1789~1817, 폴란드 여인으로 나폴레옹의 강압적 구애를 받았지만 결국 죽을 때까지 나폴레옹만을 사랑했던 지고지순한 여자. 나폴레옹과의 사이에서 낳은 아들 알렉상드르는 나폴레옹 3세 때 장관이 되었다) 백작부인의 이름이 궁전을 돌아다니고 있었다.

뒤로크에게 "어떤 여자인가?"라고 물었다. 유서 있는 명문 출신이지만 집안이 가난해서 어느 유복한 늙은 백작과 결혼했다고 한다. 백작의 막내 손녀가 그녀보다 10살이나 위라고도. 다음날 아침 황제는 썼다.

"당신밖에 눈에 들어오지 않습니다. 당신만을 지켜보았습니다. 지금은 오직 당신만을 원합니다. 나의 끓어 넘치는 열정을 진정시켜 주시도록. 즉시 답장을."

뒤로크는 빈손으로 돌아왔다. 황제는 깜짝 놀랐다. 오래전에 보나파르트 준장이 딱지를 맞은 적은 있었지만 나폴레옹의 이름으로 거절당한 적은 없었다. 눈에 들었다 하면 왕가의 딸이든 고급 매춘부든 한결같이 그를 따랐다. 백작부인이 자기를 지키려고 수줍음을 보이면 보일수록 그는 끌려들어 갔다.

"언짢게 해드렸나요, 마담. 하지만 그 반대이기를 바랍니다. 뭔가 잘못되었을까요? 마담의 기분이 쇠잔하면 할수록 제 기분은 참을 수 없습니다. 내 마음의 평안을 당신이 가져가 버렸어요! 아아, 부디 일말의 기쁨을, 조그만 행복을 주소서. 애끓으며 답을 기다리고 있는 가련한 사람에게 답장을 주시는 것이 그다지도 큰일일까요? 당신에게는 이번 것을 포함해서 두 번 회답을 주실 의무가 있습니다."

특별할 것 없는 연서였다. 연서집에 수록되어 있다면 쓴 사람을 추측할 수 없을 듯한 문장이다. 비관적이지도 않거니와 잘난척도 없으며 애처로움을 불러일으키는 것도 아니고 문학적이지도 않고 다소 꿈을 꾸는 듯한 표현을 사용했다. 그러나 이것에도 답장은 없었다. 나의 부관이나 되는 자가 이게 무엇인가? 지시 사항을 두 번이나 이루지 못하다니! 간신히 화를 참은 황제는 마음을 진정시키고 다시 생각한다. 나의 탄원도 지위도 이 연약한 여자에게 효과가 없다면 빈말로 함락시켜 보겠다. 이렇게 해서 세 번째 편지를 쓴다.

"극도의 출세가 부담이 될 때가 있어서 저는 지금 그것을 실감하고 있습니다. 아아, 만일 승낙하신다면 … 우리 사이를 가로막는 장애를 배제할 수 있는 것은 당신뿐입니다. 제 친구 뒤로크가 다 처리해 줄 겁니다. 아아! 부디 제발 보내주세요. 당신의 희망은 모두 이루어질 것입니다. 당신의 자비를 얻을 수 있다면 당신의 조국은 나에게 더없이 귀중한 것이 될 것입니다.

이 편지는 승리로 장식되었다. 글의 능숙함도 그랬지만 이 남자의 비극적 숙명이 행간에 배어나 있었기 때문이다. 스스로 가한 규칙으로 자신의 행복을 희생하고 있음이 드러나고 있었기 때문이다. 지금 그는 양손을 뒤로 하고 현란한 궁정 안을 왔다갔다 하고 있다. 혼자 깊은 슬픔에 잠겨, 몇 개월 동안 여자 생각도 없는 생활을 하던 그가 갑자기 사랑에 빠져 몸을 태우고 있다. 비서관들을 물리치고 휘하의 장군들은 물론 사절단의 알현도 받지 않았다. 말도 마차에서 떼어냈다. 그를 중심으로 움직이고 있던 모든 기구가 정지했다. 궁전, 군대, 파리뿐 아니라 유럽조차 그 지령을 기다리고 있는데! 다른 사람의 2배를 일하는 그가 지금은 긴급 사항마저 손대려고 하지 않는다. 서른일곱인 이 남자는 이제 40이 넘은 아내에게 매력을 느끼지 못한다. 두 번이나 딱지를 맞으면서 나이도 덜 찬 여자에게 열을 올려 농락할 수단을 다한다. 여자에게 조국의 자유마저 내비치면서, 10년 동안이나 연애와 인연이 없는 생활 끝에 드디어 사랑의 기쁨에 몸을 맡기겠다는 일념에 쫓기고 있다.

같은 시간, 겁먹은 숙녀는 사촌과 친구에게 둘러싸여 있다. 폴란드의 자유를 위해서 희생하는 거라고 그들이 위로했다. 이것이 그날 밤 그녀가 배알拜謁에 임했을 때의 심경이었다.

3시간에 걸친 대면은 눈물 속에 지나가고, 그동안 그는 부드럽게 그녀를 위로했다. 두렵던 철의 남자가 친절을 베풀자 그녀는 놀라움을 금치 못했다.

"마리아, 마음 착한 마리아, 맨 먼저 생각한 것은 그대다. 첫 번째 바람은 그대와 재회하는 것이다. 만찬 자리에서 만날 것이라고 친구 뒤로크가 말했다. 그러니 부디 꽃다발을 받아다오. 왜냐고? 이것은 많은 회식 참석자 중, 둘만의 은밀한 인연이 된다. 이것이 있으면 사람들 눈 가운데서도 두 사람의 마음이 통할 수 있다. 내 손이 심장을 누르고 있으면, 내 마음이 네 생각으로 가득하다는 뜻이다. 너는 꽃다발을 꼭 안아서 응답하는 거다! 사랑해줘, 착한 마리아. 너의 손이 꽃다발에서 떨어지는 일이 없도록!

사흘 만에 그녀는 함락되어 밤마다 찾아오게 되었다. 얼마 후 그는 온갖 연회에 그녀를 불렀다. 그에게 그녀는 무엇인가? 어머니를 제외하고 그에게 아무것도 요구하지 않는 유일한 존재다. 그는 이때까지 세상의 보물, 즉 보석, 궁전, 왕관, 금전을 요구하지 않는 여자를 만난 적이 없다. 그런데 그녀는 아무것도 바라지 않고 그에게 모든 것을 주고 있다. 발레프스카 백작부인은 격하기 쉬운 기질인 그가 기다리고 있던 마음 착한 반려자다. 그래서 그는 되도록 오래 그녀를 신변에 붙들어 두게 된 것이다.

"참으로 아름답고 매력적이다! 용모처럼 마음도 아름답다!"

조제핀이 오고 싶다고? 지금 당장? 그는 희미하게 웃는다. 휘하 장군들이 여자에 둘러싸여 있어도 보나파르트가 원정 중에 애인을 둔 일은 카이로 외에는 없었다. 따라서 이번의 정사에 관한 막연한 소문은 일찌감치 파리로, 그리고 조제핀의 귀에 들어갔다. 그녀는 그가 불러주기를 애타게 기다리고 있었다. 그러나 이번에는 그가 속일 차례다. 그렇게도 자신을 속여 온 여자를. 기후, 도로, 불안한 정세를 이유로 내세운다. 도저히 무리다!

"나도 당신 이상으로 괴롭다. 긴 겨울밤을 당신과 헤어져 있어야 할 것을 생각하면 좀 더 강해져야 한다. 울며 지내고 있다고 들었는데, 아니 얼마나 꼴사나운 일인가! 황후라면 더 의연해야 한다."

다시 치명타를 날린다.

"파리로 돌아가서 즐겁고 마음 편하게 지내라. 나도 머지않아 돌아간다. 남편을 가졌다는 것은 함께 지내기 위해서라는 당신의 말에는 웃음이 나왔다. 잘은 모르겠으나 아내는 남편을 위해 만들어지고 남편은 조국과 가족과 영광을 위해서 만들어졌다고 생각하고 있었다. 나의 무지를 용서해줘. 남자들이란 항상 아름다운 부인들에게서 배우는군. 당신이 말하는 내 편지 상대에 대해서는 아무것도 모른다. 혹시 그동안 누군가를 상대했다면, 맹세코 말하

374

겠는데 '이것이 사랑스러운 장미의 꽃봉오리였다면 좋겠는데'라고 생각한 일이겠지. 당신이 말하는 부인이란 그녀들 말인가?"

그는 조제핀에게 이런 편지를 쓰는 것을 어딘지 재미있어하는 대목이 있다. 때로는 그도 호색하고 경솔한 기분이 들 때가 있다. 세상에 혁명 같은 것은 없었던 것처럼! 이윽고 황제는 전장으로 떠난다. 머지않아 다시 만날 것을 발레프스카 부인에게 맹세하고.

지금 그는 태어나서 처음으로 막막하게 펼쳐진 러시아 대지를, 사막과도 같은 대평원을 앞에 두고 있다. 눈과 흙탕으로 뒤덮여 끝없이 펼쳐진 대평원이다. 길도 없거니와 먹을 것도 없다. 수차례에 걸친 작은 교전 끝에 러시아 황제는 퇴각했다. 추적할 것인가? 어디까지 우리를 유인하려는 것인가? 누가 군대에 식량을 주고 있을까? 빼앗을 것은 전무하다. 풍요로운 독일 영토와는 양상이 다르다. 보급물자는 오지 않는다. 교활한 투기 목적이라고는 하나, 100명 가까운 폴란드 거주 유태인이 편의를 봐주지 않았더라면 1807년에 나폴레옹군은 전멸했을 것이다. 이 나라에서는 마차를 사용하는 것이 불가능해서, 말로 푸투스크(바르샤바 북방 도시)로 향한 황제는 가는 길마다 불만의 목소리를 듣는다. 아크레 이래 8년 동안, 병사들의 불만의 소리가 그의 귀에 들어오는 일은 없었다. 자살자가 나오고 배고픈 수천의 탈주병이 약탈을 자행하고 있다는 보고가 장성들로부터 들어오지만 황제는 침묵할 수밖에 없었다.

"나는 프랑스인을 잘 알고 있다. 그들과 함께 장거리 원정을 하는 것은 여간 어려운 일이 아니다. 프랑스는 너무 아름답다."

무수한 장애를 뛰어넘고 러시아를 억지로 전쟁에 끌어들인 그가 초전에 승리를 얻지 못했다 해서 그다지 놀랄 일은 아니다. 1807년 2월 8일, 아일라우(폴란드 북부, 단치히만에 임한 도시)에서 펼쳐진 전투에서 패하지는 않았다. 그러나 승부를 내지 못한 채 서로 심대한 손해를 입은 결과, 쌍방이 군대를 철수했다. 러시아와 일을 벌이면 안 된다는 최초의 경고다! 전투 후, 보고가 속속 날아들었다. 병사가 감자를 뽑고 있다. 말이 지붕의 짚까지 먹고 있다. 일대는 병든 군사로 넘치고 있다. 생존병을 파악하고 있는 연대장은 하나도 없다. 황제의 말이다.

"우리 군은 이곳에서 3, 4일 머문 후 몇 류lieue 후퇴한다. 그대들은 토른(폴란드 비슬라강에 있는 도시)에 진을 치고 비슬라강의 각 교량에 헌병을 배치하여 수족을 잃은 자는 통과시켜라. 그 외는 병자, 부상자라 해도 통과시켜서는 안 된다. 낙오자에 대해서는 추적하지 말고 벌하지도 않는다."

그러나 이러한 광경은 이전보다 더 그의 마음을 괴롭혔다. 덧붙여 그는 위경련에 시달리고 있었다. 이전부터 위통이 있었는데, 그는 '미성숙한 병의 씨가 위에 깃들어 있다. 아마도 아버지와 같은 병으로 죽게 될 것이다'라고 말하고 있었다. 위암은 보나파르트 일족의 유전적 질병으로 조부, 부친, 숙부에 이어서 나중엔 그도 이에 굴복했고 뤼시앵, 카롤린도 같은 운명을 맞는다.

오스테로데(프로이센 북부, 아일라우 남서에 위치한 도시)의 비참한 겨울 진영에서 그는 "눈과 흙탕 한가운데에서 와인도 빵도 증류주도 없이 지내고 있다"라고 형에게 서신을 보냈다.

황제는 병사들이 겨우 찾아낸 양식을 곡물 창에서 나누고 있었다. 그러나 그때 파리에서는 〈대육군 공보〉가 나폴레옹군의 완벽한 승리와 러시아군의 도주를 보도하고 사망자 수는 3분의 1에 지나지 않아 1년 더 그 땅에 주둔할 수 있을 만큼 전군의 사기가 올라 있다고 전했다.

참을성이 없는 것을 통감하는 것은 이번이 두 번째다. 그에게 그저 기다려야 하는 생활은 고통이었다. 이전에 이집트가 그랬던 것처럼 여기서도 견디기 어렵다. 그러나 파리에서 너무나 멀리 떨어진 땅에서 거의 3개월을 지내는 것은 15년의 통치 기간 중 매우 드문 일이다. 이후 그런 시간을 갖게 되는 것은 한 번뿐이다. 그런 만큼 이것은 귀중한 숙려기간이고 신중한 교섭의 때이기도 했다.

눈이 녹기를 기다리는 동안, 나폴레옹군의 참모본부가 된 것은 프로이센 북부의 견고한 요새 핑켄슈타인성이었다. 장작불을 태우는 큰 굴뚝이 수없이 많았다. 그는 밤에 일어나 가만히 불을 바라보는 것을 좋아했다. 양측 건물과 안마당은 널찍해서 찾아오는 대사나 파발을 맞기에 충분했다. 나폴레옹은 이후 10주 동안 여기에서 세계를 지배하게 된다.

그는 위층의 널찍한 침실에 놓여있는 호화로운 침대 옆에 야영용 작은 침대를 설치하게 했다. 하인 콩스탕과 경호원 루스탕을 빼놓고는 젊은 백작부인이 옆방에 있다는 것을 모른다. 그녀가 방에서 나오는 일은 거의 없고, 나온다 해도 밤뿐이다. 독서나 자수를 하면서 참을성 있게 문이 열리기를 기다린다. 이 방에 머물 때 그는 철두철미 그녀의 것으로 매일 2회 오붓한 식사를 한다. 급히 지은 궁정의 한가운데 있는 방에서 황제는 꿈을 키웠다. 그녀의 자상한 배려에 힘입어…. 여기에는 왕위에 앉혀달라고 요구하는 자도 없고 보석상의 청구서와 질투, 자기 과시욕도 없다. 남의 눈을 피해 사는 것, 그것만이 그를 진심으로 사랑하게 된 열여덟 달콤하고 따스한 여자가 말없이 눈에 담고 있는 유일한 소원이다.

"네가 나 없이도 살아갈 수 있다는 것을 알고 있다. … 네 마음이 여기 있지 않다는 것도 알고 있다. 그래, 항의하지 마라. 나도 안다! 하지만 너는 너무나 착하고 부드럽다. 너의 마음은 순수하다! 너는 나에게 매일 줄 수 있는 몇 시간의 행복, 잠시의 평안을 빼앗고 싶지 않은가? 사람들이 나를 남자 중에서 가장 행복한 사람으로 여긴다고 생각해봐!"

때마침 루이의 아들이 죽었다는 급보가 들어왔다. 후계자로 지목하고 있던 조카의 죽음을 그는 몹시 슬퍼했다. 하지만, 이때 떠오른 어떤 생각을 입 밖에 내지는 않았다. 조제핀 앞으로의 편지에도 본심을 감추었다. 이미 카이로에서 사랑하지도 않는 여자에게 아들을 낳도록 재촉한 일이 있다. 사랑하여 마지않는 여인, 기품이 넘치는 폴란드 여자가 만일 후계자를 낳게 되면? 황후로 삼는다? 못 할 이유가 어디에 있는가? 그는 그녀를 바라본다. 하지만 아무 말도 하지 않는다.

그런데 파리는? 폴란드의 대초원에서 귀를 곤두세워 수도의 형편을 살피는 황제. 금리가 내리고 자극적인 농담이 항간에 돌아, 파리의 촉새들이 떠들어대고 있다나.

우리 병사들은 지금 어디서 어떻게 되어 있는가? 주의가 중요하다! 으레 폭풍우 전에 소나기가 내리는 법이다. 하지만 우레를 조종하는 남자는 멀리 떨어진 곳에 있다. 거기서 그는 패자인 프로이센에 단독 강화조약을 제안하여 회담을 끌어냈다. 그러나 프로이센 왕비는 러시아를 지지하고 오스트리아는 이미 그의 공작에 응하려 하지 않는다.

교착상태에 빠진 나폴레옹은 난국임에도 불구하고 왕년의 대계획, 즉 알렉산더 대왕의 원정계획으로 되돌아간다. 파발이 봉함된 두툼한 서간을 휴대하고 차례로 핑켄슈타인성을 출발하고, 가장 변두리 해변이나 산골에서 도착한 파발과 마주쳐 지나간다. 페르시아 대사가 북방 최고본부를 방문하고, 국왕들의 밀사가 서방의 황제 앞에 무릎을 꿇는다. 얼마 후 황제는 러시아 황제에게 그루지야(1783년 투르크제국의 지배에서 벗어나기 위해 러시아의 종주권을 인정했다. 그러나 1795년에는 페르시아의 침입을 받고 1804년에는 러시아에 병합되었다)를 페르시아 국왕에게 반환하도록 요청할 것을 결의했다. 그 대가로 페르시아는 영국에 대해서 아프가니스탄 및 칸다하르의 인민을 봉기시키는 동시에 인도에 군대를 파견하여, 프랑스군이 그 영토를 자유롭게 통과하는 것도 허락하게 될 것이다.

페르시아 대사와 투르크인이 교대로 현란한 행렬을 이끌고 찾아와서 보초들을 놀라게 했다. 산더미 같은 선물을 가져온 인물은 한 통의 서찰을 황제에게 건넸고, 안경을 쓴 동양학자가 즉시 이것을 번역했다. 폴란드의 고성에서 황제는 난로에 기대어 난삽한 언어의 역문을 정확하게 요약하면서 투르크 황제 앞으로 답서를 구술했다

"나는 그대가 수천의 병을 요청하지 않는 것을 유감으로 생각한다. 나에게 요청하고 있는 것은 불과 500명의 병사가 아닌가. 요구가 있으면 단적으로 말하라. 그러면 요구하는 것을 모두 즉석에서 보내겠다. 페르시아 국왕과 조정을 원하는 그대도 역시 러시아인의 적이다. 공통의 적에 대해서 겁내지 말고 공격하도록 페르시아 국왕에게 권고해주었으면 한다. 포수와 병력이 필요할 것으로 추측하여 그대의 대사에게 제공한 바, 대사는 이슬람교도에게 걱정을 품게 할지도 모른다는 염려로 이를 받아들이려 하지 않는다. 필요한 것이 있으면 기탄없이 요청하기 바란다. 나는 막강한 권력을 가진 동시에 그대의 성공을 기대하고 있으며, 또한 정치적 견지뿐이 아니라 그대에 대한 우정으로 모든 요구를 받아들일 용

의가 있다."

같은 날, 그는 무수한 서한 및 명령서를 구술하고 있다. 필사적으로 지원을 요청하고 있는 동생 루이에게는 5페이지에 이르는 장문—편지라기보다는 국왕의 수칙을 적은 논문—을 보내주고, 조제프에게는 나폴리 왕국을 통치하기 위한 개론을 전수했다. 브레슬라우(폴란드 남서부)에서 군을 지휘하는 대신에 미인 여배우에게 정신이 팔린 제롬에게는 보고서가 항시 불완전한 이유를 묻고 정확한 정보를 보내도록 요구했다.

"슈바이트니츠에서 500, 브리크에서 400의 병사가(두 곳은 프로이센, 실레지아의 도시) 학살될 위기에 처해 있다고 통지하지 않았는가? 주민들을 한데 모아두면 병사들은 더 방어하기 쉬울 것이다. 만반에 걸친 상세한 보고를 보낼 것, 그러면 그대가 놓여있는 상황을 내가 명확하게 파악하겠다."

또한 프랑스의 모든 주교에게 개별로 서장을 보냈다. 겉으로는 전쟁에 대한 신의 가호를 감사해야 한다는 내용이었지만, 실제로는 각자에게 개인적 영향력을 행사하려는 의도가 있었다. 작금에 사제들이 황제의 권위와 교황의 권위 사이에서 흔들리고 있다는 사실을 파악했기 때문이다. 푸셰에게는 스탈 부인과 그 영향력, 그리고 포부르 생제르맹 일대의 살롱에 관한 10여 가지의 지령을 보내는 것과 함께 파리 2대 극장의 상태와 재정 상황, 연극 목록에 대해 알리도록 요구했다. 또한 "내 도서 담당의 거처를 알려주기 바란다. 놈은 죽었는가 아니면 시골에서 놀고 있는가? 문학 관계 신간과 새 목록을 보내도록 명했는데도 무소식이다"라고도 했다.

젊은이는 옛 역사뿐 아니라 현대사도 배워야 한다며 이때 역사학교의 설립도 검토하고 있었다. 내무장관에게 "문학에는 기금 조성이 필요하다. 순수문학의 모든 분야에 자극을 줄 어떤 방법을 제안해 주었으면 한다"라고 요청하고, 마들렌 사원 및 신 증권거래소의 건설에 대해서 보고하도록 명했다. 또 "국립도서관에는 많은 보석이 원석 상태로 보관되어 있다. 이것을 파리의 우수한 금은 세공사에게 분배해야 한다. 이로 인해 세공 산업을 고무하는 동시에 예술가에게 일을 주게 될 것이다"라고 말하고 수공예 장려를 위해 국립공장에 주는 600만 프랑의 유효한 분배 방법 및 지출 방법을 검토하도록 촉구하고 궁전들의 보수에는 황제의 사재 200만을 충당토록 지시한다. 부쿠레슈티나 트빌리시(그루지야의 수도) 발로 러시아 붕괴를 전하는 날조 기사를 발표하라고 명했다.

황제는 여자를 향해 조용한 미소를 던지며 말한다.

"놀랐는가? 주어진 지위에 따르는 역할은 마땅히 수행해야 한다. 모든 나라에 명령을 내리는 영광을 입고 있기 때문이다. 도토리에 지나지 않던 내가 이제는 떡갈나무가 되었다. 나는 통치하고 만인이 나를 주시하며 관찰한다. 가까이에서나 멀리서나. 상황이 특정한 역할을 강요한다. 때로는 나의 자질에 맞지 않는 역할도⋯. 그러나 떡갈나무 역할을 하고 있을 때도 그대 앞에서는 도토리인 채로 있고 싶구나!"

얼마나 부드럽고 소박한 말투인가! 발레프스카의 곁에서 지내는 것도 이제 하룻밤뿐이다. 때는 이미 봄, 다시 싸움이 시작되려 할 때 사랑에도 끝이 다가온다. 머지않아 다시 만나게 될 것이다. 두 사람도 이를 확신하고 있다. 황제가 그녀를 잊는다 해도, 그녀가 선물한 반지에 새긴 글을 읽어 보면 생각나지 않을 수 없을 것이다.

"당신의 사랑이 끝난다 해도 내 사랑은 변치 않음을 잊지 마세요."

XV

1807년 6월 25일, 프로이센 동부의 도시 틸지트 앞을 흐르는 니에멘강에 거대한 뗏목 하나가 떠 있고, 그 위에 있는 천막이 6월의 햇빛에 반짝인다. 양탄자로 덮인 들보에 지탱되고 있는 천막 위에는 프랑스와 러시아의 기가 펄럭이고 있었다. 한쪽 강변에는 서방 황제의 친위대가 있고 건너편에는 동방 황제의 친위대가 지켜보는 가운데 보트 한 척이 양안을 동시에 떠나 프랑스 황제와 러시아 황제가 함께 '평화의 막사'로 들어갔다. 2일 전까지 교전을 하던 양군에서 환성이 들리고 서로 경사를 축하했다. 군주들도 서로 포옹하여 어제의 적이 오늘의 친구가 되었다.

대략 10일 전, 프리틀란트에서 또다시 대대적인 승리를 거둔 직후부터 관례에 따라서 나폴레옹은 패자인 짜르에게 손을 내밀었다. 이미 제1회 예비회담의 시점에서, 지금은 회교 사원이 되어 있는 성소피아(투르크, 콘스탄티노플의 성당)의 쿠폴(이슬람의 종교 건축 양식)에 언젠가는 자신의 십자가를 세울 날이 올 것이라 생각했다. 오스만투르크 황제의 존재는 그의 시야에 들어오지 않았던 것 같다.

나폴레옹은 이번의 평화 제안이 수락될 것을 예측하고 있었다. 제안 상대가 연약한 정신인 신비 사상에 경도된 로맨티시스트라는 것을 알고 있었기 때문이다. 결과는 예상대로였다. 짜르는 즉시 평화를 받아들였고, 아우스터리츠와 프리틀란트에서 서로 대치한 양군의 장수가 이렇게 마주하고 있다. 회청색 눈동자 안에서 냉철하게 라이벌을 관찰한다. 여성적인 얼굴 생김새나 섬세한 모습, 장밋빛 피부, 가벼운 시청각의 결함으로 즉석에서 사람의 인격을 파악한 그는 이 남자라면 쉽사리 자기편으로 만들 수 있다고 짐작했다.

사실 2주일도 되기 전에 라이벌은 동맹자가 된다. 무슨 일이 일어났던 걸까?

"그는 매혹적인 소설 속의 청년이다!"라고 나폴레옹은 말한다.

얼핏 호의적이지만 소설을 싫어하는 그의 입에서 나온 이 평가는 혹평이나 마찬가지다. 다만 이렇게 첨언도 하고 있다.

"일반적으로 생각하는 것보다 훨씬 지적인 미청년이다."

후년 나폴레옹은 짜르에 관한 의미심장한 발언을 한다.

"세상에는 사람의 마음을 매료하는 자질을 갖춘 인물이 있다. 알렉산드르 황제는 그중 한 사람이다. 그것도 접촉을 요청하는 상대에게 특별한 매력을 발휘하는 타입이다. 내가 개인적 감정대로 처신하는 사람이었다면 그에게 매료되었을지도 모른다. 하지만 이런 장점, 즉 지적 측면이나 주위 사람을 매료시키는 자질과는 별도로 그에게는 지금 한 가지 확실치 않은 뭔가가 있다. 정확히 표현하기 어렵다. 온갖 설명을 동원해도 도저히 설명할 수 없는 뭔가가 그에게 있다. 그에겐 언제나 뭔가 결여되어 있다. 곤란한 것은 어떤 특정 상황하에서 무엇이 그에게 부족한지 예측할 수 없다는 점이다. 그에게 부족한 것은 계속 변화하고 있다."

여자 같은 생김새라고는 하지만, 우정이 천금의 값을 하는 남자에 대한 나폴레옹의 평가는 다음과 같이 지나칠 정도의 칭찬이 들어 있다.

"만약 짜르가 여자였다면 애인으로 삼았을 것이다."

이 연약한 인물이 강한 남자에게 금세 정복된 것도, 얼마 후 주관 없는 그 남자를 버린 것도 놀랄 일은 아니다. 메테르니히

Metternich(1773~1859, 오스트리아의 정치가. 베를린과 파리의 주재공사와 외

무장관 등을 지냈고 대對 나폴레옹 해방전쟁에서 승리한 후, 빈 회의 의장으로
서 유럽의 질서 회복을 위해 뛰어난 외교술을 발휘했다) 이상으로 알렉산
드르를 정확하게 묘사한 인물은 없다.

"알렉산드르는 늠름함과 여성적인 성격이 기묘하게 뒤섞인 인
물이다. 그의 판단은 늘 마음에 드는 사상에 좌우되고, 이 사상은
돌발적인 영감에 의해 생기고 있다. 난국에 빠지는 것은 이 때문
이며, 입장이나 의도가 근본적으로 다른 사람이나 사물에 대해 과
도하게 심취하게 되는 것도 이 때문이다. 뭔가에 호감을 가진 순
간 그것에 전심전력을 바치는데, 본인도 알아차리지 못하는 사이
에 예전의 확신을 유지할 수 없는 때가 찾아온다. 결국 예전에 그
렇게도 심취했던 확신도 그 확신 때문에 특정 인물들에게 은혜를
받은 기억도 유지할 수 없을 때가 찾아온다. 그의 영감은 강렬하
고 자연발생적인데 이는 정기적으로 생긴다. 약속을 지키는 남자
이고 이것이 안이하게 의무를 지는 결과를 낳는다. 입장 때문에
그의 착상은 간단하게 조직화되고 게다가 그 착상이 끊임없이 변
한다. 한편에서 약속을 준수해야 한다는 마음이 의식을 혼란시켜
태도를 곤혹스럽게 한다. 이로써 자기를 괴로운 입장으로 몰아넣
을 뿐 아니라, 공익을 손상하는 사태로까지 몰아넣는다. 진짜 야
심가가 될만한 강인한 정신력은 갖고 있지 않으나, 적당히 허영심
을 만족시키고 넘어갈 만큼 기가 약하지도 않다. 통상 확신을 가
지고 행동하고 있으나, 야망을 노출하는 일도 있었다. 그것은 아

마 군주로서의 승리가 아니라 사교계에서 사소한 승리를 겨냥하는 때였다. 돌발적인 영감이 찾아오는 주기는 대략 5년으로 이것이 찾아왔을 때의 그는 누구보다 이해가 빠른 자유주의자였다. 당초 나폴레옹에 대해서는 심한 적의를 품고 그 전횡적, 정복자적 측면을 증오하고 있었다. 1807년 짜르의 견해에 큰 변화가 일어나면서, 1808년에는 프랑스 황제에 대한 개인적 감정이 표변한다."

틸지트에서의 만남으로부터 꼭 5년, 양자 간에 싸움이 재발하는 사태에 이른다. 통찰력이 뛰어난 나폴레옹은 뗏목 막사에서 2시간에 걸쳐 세계 분할이라는 복잡한 작업을 진행하는 가운데 이미 이것을 예감하고 있었음이 틀림없다. 그런데 뗏목 위에서의 회담 후 여러 차례 함께 말을 타고 한없이 이루어진 향응을 통해 나폴레옹이 짜르의 신뢰를 얻었을 것임을 상상하기는 어렵지 않다.

사실 나폴레옹은 멋지게 짜르를 길들였다. 우선 중세 기사처럼 의협심이 가득한 태도로 러시아 병사의 용맹성을 칭찬하기도 하고, 제3자에게 짜르의 매력에 넘어갈 것 같으니 회담 시엔 장관을 동석시키겠다고 언질을 주기도 했다. 물론 짜르의 귀에 들어갈 것을 확신하고 한 말이다. 연회에서는 여느 때보다 달변으로 자신에 관련된 행운의 별이나 이집트에서 일어난 신기한 이야기를 늘어놓는다. 낡은 벽 그늘에서 잠을 자고 있는데 만지지도 않았는데 벽이 무너질 것 같아 눈을 떠보니 손에 돌이 하나 쥐어져 있었다. 그것은 놀랄 만큼 아름다운 카이사르 황제의 카메오였다. 미신가이며 신비주의자인 청년의 상상력을 자극하는 데 이보다 능란하게 연출된 장면을 어떤 극작가가 구상할 수 있을까?

짜르는 마음으로 감복하며 경이적인 인물의 이야기에 귀를 기울인다. 아아! 그가 아는 것을 모두 알 수 있다면!

"같은 황제라 해도 귀하와는 크게 다르다. 나는 휘하의 장군에게 의지하고 있으니까."

전략에 대해 갖가지 질문을 하고 기마로 산책하는 동안 짜르가 천진난만하게 묻는다. "여기가 진지라고 하면 우리는 어떻게 공격하고 방어하면 좋을까요?"

"나는 여러 가지 질문에 답하고 해설했다. 그때 내가 오스트리아와 싸움을 하고 있었더라면, 그는 전술을 배우려고 3만의 군을 지휘하여 달려왔을 것이다."

여자를 유혹할 때조차도 이보다 능란하게 행동할 수 있을까? 이래서 공수동맹이 즉시 맺어졌다.

"엘베강과 니에멘강 사이에 위치하는 나라들이 프랑스-러시아 2대 제국 간의 장벽이 되고 이것이 통상 포화공격이 선행되는 작은 전투의 완충지대가 될 것이다"라고 하는 비밀 비망록이 첨부된 이 조약에서 쌍방은 서로 양보하는 정신을 견지하고 있다. 어느 쪽에나 조국을 구하겠다고 약속한 여자가 있었으나, 짜르는 프로이센을 나폴레옹은 폴란드를 무시했다. 발틱해 연안의 정신이 멍해질 것 같은 정적에 싸인 벽촌의 오두막에서 두 남자가 지도 위에 몸을 내밀고 그리스 비극의 안토니우스와 동료의 3두 정치가처럼 제국을 세분화하고 있었다. 나폴레옹은 동맹국인 코부르크, 메클렌부르크, 올덴부르크(모두 독일의 북부지방)를 짜르에게 양보하고, 카타로(몬테네그로의 항구)와 오니아 제도를 취한다. 그런데 알렉산드르가 보스포러스 해협의 처리를 생략하자 자기도 모르게 소리를 지른다.

"콘스탄티노플의 귀추는 세계 제패의 문제로 이어진다!"

무수한 각서와 협상의 숲에서 튀어나온 이 결정적인 말이야말로 당초부터 몰래 감추고 있던 속셈이며, 이 땅을 러시아에 양보할 생각은 털끝만큼도 없었음을 보여준다. 두 남자가 세계를 나눠 가진다면 조만간에 충돌은 피할 수 없는 일이다.

프로이센 국왕 프리드리히 빌헬름 3세도 초대받지만, 두 황제는 위엄도 능력도 없는 국왕을 무시한다. 국왕에 대한 나폴레옹의 비공개적 평가는 혹독하다. 재능도 개성도 없는 우둔한 남자라고 말하며 왕이 입고 있는 기병의 제복까지 흉본다. 프로이센의 장래를 염려하여 이를 구원할 온갖 수단을 모색하는 국왕은 왕비도 틸지트로 오게 하고 싶다고 탄원했다. 미모의 라이벌이 어떤 여자인지 호기심을 가지고 있던 황제는 기꺼이 맞이하겠다고 완곡하게 전달하고 중립성을 구실로 자신이 마중은 나가지 않겠으나 그녀를 위해 훌륭한 저택을 준비시켰다. 그러나 그녀가 이곳에 숙박하는 일은 최후까지 없었다. 화려한 예복 차림의 수행원 무리를 이끌고 그녀의 저택에 도착했을 때, 여느 때처럼 황제는 매우 검소한 차림이었다.

계단 위에서 기다려 맞이하는 왕비 루이자. 하얀 비단 드레스에 최신 장신구를 한 아름답고 걱정에 가득한 분위기의 여자였다. 초대면의 어색함을 깨기 위해 그녀다운 꾸밈없는 말을 던진다.

"송구스럽사옵니다, 폐하. 이 계단은 너무 좁습니다."

"이런 경우를 예상해서 이 계단이 만들어진 것도 아닌걸요."

그가 농담조로 입고 계신 비단은 실레지아 산이냐고 묻자, 그녀는 의연하게 되받았다.

"폐하 우리는 그런 사소한 것을 얘기하려고 여기 와있는 것이옵니까? 저는 아내이고 어머니입니다. 그리고 그 자격으로 프로이센의 운명을 귀하게 맡기려고 하고 있습니다. 많은 인연이 저를 결부시키고 있는 나라, 마음에 스며드는 듯한 사랑의 증명을 국민이 우리에게 보여준 나라의 운명을 맡기려고요. 그러니까 귀하의 관대한 마음에 매달리는 것입니다. 귀하의 관대한 자비를 받는 기쁨을 바라고 요청하는 바입니다."

"베를린으로 돌아가시는 것은 당신에게 기쁜 일입니까, 마담?"

"물론입니다, 폐하. 그러나 어떤 조건이라도 좋다는 것은 아니옵니다. 저희가 아무 근심 없이 돌아갈 수 있는가는 폐하의 마음에 달렸습니다. 저희의 사랑과 감사의 마음을 보여드릴 수 있을지도…."

"마담, 그렇게 될 수 있다면 나로서도 매우 기쁜…"이라고 하고 황제는 정중하게 묻는다. "무엇 때문에 당신은 나에게 굳이 싸움을 강요한 것인가요, 나라의 재력이 그다지도 궁핍한데?"

"폐하, 거기에 대해서는 프리드리히 대왕의 명성이 저희의 눈을 흐리게 했다고 말씀 올릴 수밖에 없습니다."

"하지만 나는 몇 번이나 국왕에게 평화를 제안했습니다. 아우스터리츠 전투 이래, 오스트리아는 귀국에 비해 훨씬 현명하게 행동하고 있어요. 프로이센에 대한 나의 우정을 위험에 노출시킨 것은 당신 스스로가 아니었습니까?"

"폐하는 매우 기품 높으신 마음을 갖고 계십니다. 그토록 위대한 인격이신 분이 저의 괴로움을 모르시지는 않겠지요."

"왕비 전하, 애석하게도 전체의 이익은 자주 개인적 생각과는 걸맞지 않는 것입니다."

"정치의 일은 전혀 모르지만, 가령 제가 폐하께 탄원한다 해서 저의 품위에 어긋나지는 않는다고 생각합니다."

그녀의 말을 들을수록 왕비에 대한 관심은 더욱 커졌고 그녀도 그것을 알고 있었다.

"국왕의 입실로 대화가 두절되었으나 그때 황제의 입가에 떠오른 미소는 회견의 성공을 국왕에게 예고하는 호의적인 것이었다."

한 치의 양보도 없는 회견이 정치적 영향력을 행사하지는 못했으나 서로 상대를 높이 평가하는 계기가 되어 친근감을 가지게 된다. 황제는 짜르에게 의미 있는 말을 했다.

"어제 프로이센 국왕은 적당한 때에 들어왔습니다. 15분만 늦었더라면 왕비의 소청을 모두 들어주었을지도 모릅니다. 그녀를 위해서라면 왕관을 빼앗는 대신 발밑에 엎드릴 수도 있겠습니다!"

이후, 몇 차례에 걸쳐 왕비를 만난 황제는 조제핀에게 편지를 썼다.

"프로이센 왕비는 참으로 매력적이오. 나에게도 상당히 요염하게 느껴졌으나 질투하기에는 미치지 못했소. 나는 초를 칠한 헝겊 같아서 겉이 미끄러져 버리지. 그래서 바람둥이 행세라도 하면 능력을 인정받을 것이오."

예전에 황제를 괴물이라고만 생각했던 여자에게 나폴레옹이 던진 영향은 보통이 아니었다.

"용모는 아름답고 표정은 사려 깊고 로마 황제를 연상케 한다. 미소 지으면 입가에 훌륭한 인격이 나타난다"라고 기록하고 있다.

이것은 나폴레옹이 얻은 최고의 승리 중 하나다. 루이자 왕비가 그를 증오한다 해도 이상할 것이 하나 없었다. 그녀가 그에게 굴복했지 그가 그녀에게 굴복한 것은 아니니까.

XVI

그런데 파리는?

"8천 킬로미터나 떨어진 유럽의 벽지에 있다 해서 수도를 버릇없는 시민의 유린에 맡겨 둘 수는 없다."

10개월이라는 장기간의 부재를 지나 지금 나폴레옹은 정권의 고삐를 단단히 고쳐 잡으려 하고 있다. 반항적인 파리 시민이 황제의 지배를 벗어나려고 움직이기 시작했다는 것을 알고 오싹했기 때문이다. 농담이나 장난 노래가 번화가를 떠들썩하게 하고 있다는 것이다. 수도가 자기의 원정에 대해 떠들어대고 칭찬하는 대신에 회의적 태도로 야유하고 있다는 것이 불쾌했다.

그들에게는 비단 장갑을 낀 철권이 필요하다. 아마도 비단은 다소 손상이 될지 모르지만…. 파리에는 어째서 경박한 풍조가 만연하고 있을까! 총재정부 시대의 재현인가? 누구나 멋대로 지껄이고 멋대로 쓰던 그 시절의 재현?

언론 및 연극계가 다시 엄격한 검열의 대상이 되었다. 그 후 역사극은 수세기 전 사건만 다룰 수 있고 나폴레옹이 좋아하는 코르네유 극도 현 상황을 암시하고 있다고 여겨지는 부분은 삭제되고 가극의 상연뿐 아니라 책자 발행의 선정도 황제에 의해 검토된다. 작가는 종교 문제를 다루는 것이 금지되고, 신화를 소재로 하는 것이 장려되었다.

나폴레옹은 자신이 혐오하는 예수회의 학교를 본보기로 종합대학을 창설했다. 교수들은 병역이 면제되지만 일부 미혼자들은 병역을 마쳐야 했다. 샤토브리앙(1768~1848, 작가로 낭만파 문학의 선구자)은 탄압받아 그가 주재하는 〈메르퀼드프랑스〉지는 발행 정지 처분을 받았다. 반 나폴레옹파의 살롱에서 황제를 비판하고, 폭군 네로의 복수자로서 타키투스의 이름을 내걸었기 때문이라는 것이다. 애절한 요청에도 불구하고 스탈 부인의 귀국 허가도 거절되었다.

"그녀는 본래 민중이 깨닫지 못한 것, 잊고 있는 것을 환기시켜 사고하게 만들 수 있기 때문이다"

국무대 서기장 캉바세레스Cambaceres(1753~1824, 법률가이자 정치가로 브뤼메르 쿠데타 이후 나폴레옹 진영에 가담하여 통령, 대법관을 역임한다. 나폴레옹의 참모로 총애받았으며 그의 몰락 이후 3년간 벨기에로 망명했다)에게는 "R씨를 소환하라, 그의 부인(레카미에 부인)은 규방 외교를 행하는데 파리에서 이는 부끄러운 행위이다"라고 써 보냈다. 경찰장관 푸셰에게는 "그대는 파리의 치안을 소홀히 하여, 악의에 찬 유언비어를 방치하고 있다. 〈시테르니〉란 식당, 〈카페드포와〉의 언론을 감시하라"라고 명하는 동시에 황제가 신으로부터 선택받은 자라는 것을 청소년들에게 알리도록 하라. 금후 프랑스 전역에서 다음과 같은 교리문답을 아이들이 외우도록 할 필요가 있다고 말했다.

"나폴레옹 1세에게 우리는 어떤 의무를 지고 있는가? 사랑과 존경과 복종과 충성의 의무를 지고 있으며 … 그를 도와주시는 신에게 열렬한 기도를 바칠 의무도 지고 있습니다. 신은 전쟁일 때도 평화일 때도 우리 황제에게 풍부한 은혜를 주시어, … 지상에서 신의 모습을 보여주시기 때문입니다."

3년 전 대관식 때, 신의 아들이라고 한다면 생선가게 여주인조차 휘파람을 불며 야유할 것이라고 말했던 사람의 변화된 심경이다. 그는 예전의 그가 아닌 것일까? 그러나 지금도 그는 사치나 허영을 일체 거부하고 있다. 집무실에 새로운 지출은 없고 놓여있는 것은 커다란 책상과 두 사람이 앉을 수 있는 소파―구술하면서 넓은 보폭으로 돌아다닐 때 외에는 여기 앉는다― 한 개, 큰 책장 2개, 큰 촛대 몇 개, 프리드리히 대왕의 흉상뿐이다. 또 하나의 방에는 카이사르밖에 없다. 청구서를 점검하면서 "소위 시절엔 이것이 더 쌌다. 황제가 되었다 해서 쓸데없는 돈은 쓰고 싶지 않다"라고 말하고 궁정극장의 수리가 문제 되었을 때도 "금후 많은 행사가 기다리고 있는데 대관식 때 가구에 많은 지출을 했다"라고 하면서 이를 물리쳤다. 황제의 출납 담당인 레뮤자는 피복비 예산 2만 프랑을 초과한 그날로 파면되고 후임은 황제가 손수 작성한 긴 목록을 받았다.

"이 외에도 절약할 여지는 분명히 있을 것이다. 재봉집이 우량품을 납품하도록 감시하라. 납품일에는 시착을 하니까 내게로 상품을 가져오게 하라. 그것이 끝나는 대로 전부를 내 의복실에 수납해야 한다."

3개월마다 납품되는 군복에 대해서도 주문은 세밀하다.

"이 예복은 3년은 갈 것이다. 바지와 흰 조끼 한 벌 단가가 80 프랑, 이것이 48벌로 3,840프랑. 금후 납품은 내구기간 3년의 바지와 조끼 한 세트를 매주, 내구기간 2년인 구두 한 켤레를 격주로 한다. 구두는 한 켤레 15프랑인 것을 24켤레, 싸게 결산해서 합계 312프랑이다."

그러나 셔츠만은 대량 주문하고 있다. 매주 1다스를 필요로 하기 때문이었는데 내구기간은 6년으로 되어 있었다.

주둔지에서도 사생활에서도 생활상은 변함이 없었다. 욕심이 없는 남자다. 그런 그가 궁정의 의례, 의전, 종사원, 지금까지 전력으로 활동을 억제하고 있던 시대에 뒤떨어진 사교계에 거액의 금전뿐 아니라 귀중한 시간 또한 자신의 위신과 자유마저도 투입하게 된다. 포부르 생제르맹의 명사가 입궁하면 그는 웃음을 띠고 옛날 파리의 사관학교에서 가난뱅이 귀족 차남의 마음을 무례한 언동으로 거슬리게 한 패거리들이 절하는 것을 만족스럽게 바라보았다. 그들 전원이 튈르리로 돌아왔다. 몽모랑시, 몽테스키외, 라치윌, 노아이유, 나르본, 투렌. 나폴레옹을 '왕위 찬탈자'라고 부르며 반드시 그를 없애버리겠다고 맹세한 왕당파의 면면이다. 그리고 그들 사이를 독일군 제복을 입은 라인연방 제국의 왕

396

족들이 살롱에서 살롱으로 박차 소리를 높이 내며 왕래하고 있다. 메클렌부르크 대공은 황후에 접근해 있고 바덴 및 바바리아의 적자嫡子는 국무원의 방청이 허락되어 있다. 훌륭한 혈통의 귀족에게는 시간 때우기, 황제에게는 이 계급을 자기편으로 만들기 위한 수단이다.

그의 치세 중 가장 의표를 찌른 사건이 일어난 것이 이 무렵이다. 나폴레옹이 신 귀족계급을 만든 것이다. 가장 무공이 큰 자만 대위나 중위로 임명하는 황제, 휘하 장교와 곡물창고에서 자며 병졸들과 야영하는 황제, 영예는 계급에 관계없이 능력 있는 자에게 주어야 한다고 주장하고 스스로 제정한 민법에서 모든 세습권을 폐지한 보나파르트가 새로운 귀족계급을 만든 것이다.

"한 아버지가 재산뿐만 아니라 자기가 얻은 명예의 표시도 자식에게 남기고 싶다고 바라는 것은 인간적인 것이다."

이래서 대공, 백작, 공작의 칭호가 휘하의 원수, 장관, 원로원 의원뿐 아니라 그 아들과 손자에까지 분배되어 불량배, 건달, 졸부, 한량들이 특권을 향유하게 된다. 이 특권을 배제하려고 그토록 많은 피를 흘렸음에도!

이제는 레종도뇌르마저 명예가 손상되려 하고 있다. 명예로운 훈장과 연금이 앞으로는 자손에게 양도할 수 있게 되기 때문이다. 이것은 자손에게 껍데기만의 영광을 주는 것에 지나지 않는다. 마찬가지로 고위고관의 칭호도 무조건 후손에 양도가 가능하지만,

이것은 명백히 나폴레옹법전의 정신에 어긋난다. 하지만 황제는 말한다.

"자유는 일반 대중보다 훨씬 탁월한 자질을 가진 소수에게는 필요하나, 일반 대중의 자유를 구속했다 해서 어떤 비난을 받을 일은 아니다. 한편 평등은 일반 대중을 기쁘게 한다. 지금은 시대에 뒤떨어진 출신 문제를 고려하는 일 없이 일반 사람들에게 칭호를 수여했다 해서 그들에게 상처를 주는 일은 결코 없다. 내가 수여하는 칭호는 일종의 공민관(고대 로마에서 자기 생명의 위험을 돌보지 않고 로마시민을 구한 병사에게 수여한 떡갈나무 관)이다. 왜냐하면, 그들은 자기 업적의 대가로 그런 칭호를 받기 때문. 게다가 사람은 같은 행동을 하더라도, 자기가 직접 행동할 때보다 지배받는 자를 시킬 때 실수가 없다. … 나는 항상 상승 지향을 가지고 행동하고 있으며, 국민을 움직이는 데 있어서도 같은 자세로 임할 필요가 있다. 그렇다고 귀족 중에도 내가 공작으로 세운 자나 상당한 고액연금을 보증한 자가 독립하려는 것을 알아차리지 못한 것은 아니다. 칭호를 받고 부자가 된 자들은 나로부터 달아나려고 할 것이고 그들이 칭하는 '신분에 적합한 정신'을 몸에 익힐지도 모른다. 하지만 그들의 속도는 내가 쫓아가지 못할 정도가 아니다!"

이 정도 실책이 이처럼 교묘하게 호도된 일은 아직껏 없다. 수개월 전, 그는 네덜란드에 귀족 칭호 제도를 설치한 일로 동생 루이를 엄하게 질책하고 자기 의도를 미리 정당화해 두려는 듯이 이 문제에 대해서는 네덜란드와 같은 상업국인 경우, 군사국과는 다른 수법으로 임해야 한다고 언명했다. 하지만 프랑스를 군국주의 국가로 변모시켰다는 바로 그 사실에 첫 번째 위험이 놓여있었고, 두 번째 위험은 제국의 왕관이었는데 그것은 이제 그의 영역을 파괴할 수 있는 논리로 고대의 상징적 힘을 확산시키고 있었기 때문이다. 즉 수세기 이래 상징에 지나지 않았던 왕조가 나폴레옹으로부터 황제의 관을 뺏으려고 행동을 시작한 것이다.

통령 시대, 보나파르트는 아무런 우려 없이 시민의 왕관을 수여하고 영예를 찬양하는 훈장 제도를 설치할 수가 있었으며, 이로 인해 자기의 상승 지향을 최하층 사람들에게 전달할 수가 있었다. 한편, 당시 그가 측근의 가장 뛰어난 군인에게 분배한 것은 구 귀족에게 몰수한 땅이며, 거기에는 세습 칭호가 예외 없이 부수되어 있었다. 그런데 지금 그가 부여하고 있는 귀족의 칭호는 당시보다 가치가 낮다. 그렇다면 뭔가 부가가치를 더해야 하지 않을까? 이렇게 해서 칭호의 세습제가 도입되었다. 이로 해서 결과적으로 1세대에 수천 명, 3, 4세대에서는 거의 2만 명이 분에 넘치는 칭호를 계승하여, 정치적 특권이라고는 할 수 없지만 적어도 이전에 대중봉기를 촉발한 것과 같은 사회적 특권을 향유하게 되었다.

어차피 배신과 배은망덕으로 각성하게 되지만 평등에 대한 사형선고라고 해야 할 이 조치는 앙기앵 공작의 처형 이상으로 큰 죄였다. 당시 구체제의 계승자를 배척한 나폴레옹이 이제 전제군주의 부활을 준비하고 있다.

주변은 큰 문제 없이 지나갔으나 1807년은 황제에게 골치 아픈 해였다. 어느 민주주의자가 말한다.

"사람이 어떤 동기로 행동을 일으키는가? 귀하는 이것을 모른다. 민주주의자라도 인간인 이상 개인적 이익에 따라 움직인다. 마세나를 보시라. 이미 충분한 명예를 얻었는데도 아직 만족을 모른다. 뮈라나 베르나도트처럼 대공이 되고 싶은 것이다. 그것을 위해서라면 내일이라도 목숨을 걸 것이다. 이것이 프랑스인의 행동 법칙이다."

이 시기, 황제는 차츰 고압적이 되어 형제가 말을 거는 것도 금하고 있었다. 노동시간이 불규칙해지고 이유 없이 회의를 밤늦게까지 끄는가 하면, 퐁텐블로에서 사냥과 축연의 사이에 개최되는 연극 목록은 비극만을 허용하고 한밤중에 일어나서 아침까지 구술을 계속했다. 초조함은 긴 목욕으로만 진정되었고 위통은 악화되었다.

사춘기 같은 울적한 나날을 보내는 나폴레옹은 바람이나 파도 소리를 즐겨 화제로 삼고 등화燈火를 엷은 천으로 싸서 가리게 하고 애절한 곡조를 노래하는 이탈리아 가수의 목소리에 귀를 기울였다. 누구 하나 그 기분을 이해하지 못했고 곤혹스러운 측근들은 정치문제의 탓으로 돌렸다. 당시의 그들은 황제의 기분을 헤아릴 수 없었다. 꿈이 실현되고 있다고는 하지만 진척이 너무 느려 다른 형태로만 성취되는 것에 황제가 의기소침하고 있다는 데는 생각이 미치지 못한 것이다. 틸지트 조약의 체결을 축하하는 장관에게 그는 고함을 쳤다.

"그대도 다른 자들과 마찬가지다. 콘스탄티노플에서 조약을 체결하지 않은 한, 나는 지배자라고 할 수 없다."

세계 제패와 아시아가 다시 그의 마음을 흔들었다. 자기 모습을 항상 고대 비극과 겹쳐 보는 나폴레옹인지라, 지난번 독일 시인이 지어 올린 인간적 불안에 관한 시를 읽었는지도 모른다!

그러나 얼마 안 있어 수학에서 기쁨을 찾아내는 명석한 두뇌가 되살아나 우울에서 해방된 황제는 또 하나의 세계의 왕자인 러시아 황제에게 현실에 뒤떨어진 계획의 실현을 제안한다.

"러시아인, 프랑스인 그리고 소수의 오스트리아인으로 이루어지는 5만의 군사가 콘스탄티노플을 경유해 아시아로 진군하여 유프라테스강에 도착한다면 영국은 겁을 먹고 유럽대륙 발아래 엎드리게 될 것입니다. 프랑스와 러시아 간에 합의가 성립되면 1개월 후에 보스포러스 해협에 진주가 가능하고 이것은 영국 지배하의 인도에 막대한 영향을 주게 될 것입니다. 본 건에 대해서는 폐하와 직접 회견하지 않으면 실현이 안 됩니다. 3월 15일까지 만사를 결정한 다음 조인으로 가는 것은 가능합니다.

그러면 5월 1일 우리 군은 아시아로, 같은 무렵 폐하의 군은 스톡홀름으로 진주하게 될 것입니다. 영국군은 사태의 중대함에 충격을 받고 국면은 타개될 것이며, 폐하도 나도 평화를 향유할 것인지, 각자 광대한 제국에서의 생활을 향유할 것인지 선택할 수 있을 것입니다. 따라서 현상만을 보려고 하지 않는 오합지졸, 그리고 우리의 원정은 지난 신문 기사가 아닌 역사서를 참조해야 한다는 것을 이해하지 못하는 피그미 군단은 굴복할 것입니다. 짧지만 나의 생각만을 여기에 토로합니다."

1808년 2월 2일에 쓴 이 편지는 확고한 현실적 제안을 담고 있으나, 수신하는 이상주의자가 그 꿈의 광채를 느낄 수 있도록 문장에 정성이 들어가 있다. 하지만 나폴레옹에게 망설임이 없었던 것은 아니다. 당시 인도에 다녀온 장군이 어렵지 않은 원정이라고 얘기했기 때문에 황제는 두 손으로 장군의 볼을 애무하고 어린애처럼 기뻐했다. 망설임이 사라진 것이다.

이리하여, 그는 또다시 샤를마뉴의 환영에 휩싸이게 된다.

그 전년에 황제는 '서방의 황제' 관을 수여받기 위해 로마로 갈 예정이었다. 그렇게 되면 교황은 영적인 권력만 유지하게 되는데, 그 대신 수백만의 연금을 받게 될 것이다. 그러나 추기경들이 이에 반발했다. 그러자 황제는 위협에 들어갔다.

"전 이탈리아는 나의 법률 아래 지배될 것이다. 앞으로 내가 로마교황청의 독립성을 침해하는 일은 일체 없을 것이다. 단 거기에는 조건이 있다. 내가 교황의 교권을 인정하는 것처럼 그쪽도 나에게 세속권을 인정해야 한다. 교황은 로마의 주권자이지만 나는 로마의 황제다."

도전적이고 협박하는 태도는 자신의 제국을 통치하는 법의 원칙과 모순된다. 인도와 마찬가지로 로마에도 고대에 대한 편집증적인 생각이 그의 판단을 그르치고 있다. 이때를 경계로 고대사에 의해 일어난 상상력이 현실감각을 넘어서고, 결국은 그를 비극적인 대단원으로 이끄는 것을 보게 된다.

이때 황제는 최고 권력자였다. 하지만 10년 전 일개 장군으로서 경박한 총재정부를 상대로, 정신면에서 교회의 위대한 힘을 그렇게 멋지게 옹호하고 결국 자신의 인기를 위험에 노출시키면서까지 정교조약으로 교권을 강화시켜 준 그가 이제는 이렇게 위압적인 태도를 보이고 있다. 자기 군대는 무적이라는 맹신이 교권의 위대성을 간과한 것이다.

교황이 영국과 관계를 끊지 않는 데 화가 난 황제는 앙코나를 점령해서 신의 비호를 내세운다.

"신의 가호로 우리 군은 승리하여, 우리의 대의는 인정되었습니다. 귀하가 바라신다면 우리 대사를 파면하시는 것은 자유이고, 영국군 및 콘스탄티노플의 최고지도자를 환영하는 것도 자유입니다. 성부님, 신이 전하를 영원히 우리의 어머니이신 성교회의 지도자로서 사용하시도록 기도드리는 바입니다. 전하의 경건한 아들, 프랑스 국민의 황제, 이탈리아 국왕, 나폴레옹."

그는 전년에도 숙부인 페쉬를 통해 이러한 식의 황당무계한 협박을 교황청에 보냈다. 나폴레옹과 콘스탄티누스 대왕은 동등하다고 말하게 하여 교황과 세속군주 사이에 서임권 투쟁을 재현시킨 것이다.

"교황에게 나는 샤를마뉴이다. 샤를마뉴와 마찬가지로 나는 프랑스 국민의 왕관과 롬바르디아 국민의 왕관 두 개를 머리에 얹고 있으며, 나의 제국은 동방과 경계를 접하고 있기 때문이다. 얌전하게 있으면 일을 시끄럽게 하지는 않는다. 아니면 교황을 로마의 사제로 강등시키겠다. 로마에 프랑스의 콩코르다트(정교화약政敎和約)를 정하게 될 것이다. 프랑스의 종교는 정신성이 동반하는 진지한 것이고 결코 유명무실하지 않다. 어쨌거나 프랑스인을 구할 수 있는 것이라면 이탈리아인도 구할 수 있다." 루터와 비슷한 발언이다.

자신의 활동이 역사에 남을 것이라고 의식한 이후 상상력에 불을 붙인 나폴레옹이지만, 종교가 갖는 신비적인 측면을 협상의 도구로 이용할 수 있다고 깨닫는 시점에서 명석함이 되돌아온다. 신교에 끌린 그가 프랑스를 루터파 국가로 하는 것을 포기한 것은 정치적 판단에서였다. 하지만 교황에 대한 대응은 다르다. 영국과 관계를 끊지 않는 교황 따위는 더이상 존중할 필요가 없다고 생각한 그는 이탈리아 한복판에서 자기 길을 막고 있는 존재를 배제하고 부당하게도 자기 왕국이라고 간주하는 이탈리아를 통일시켜 묵은 체증을 내리려고 한다. 그는 이탈리아 부왕 외젠에게 군령과 같은 글을 보낸다.

"현 교황은 너무 권한이 많다. 성직자는 통치에 맞지 않는다. 무엇 때문에 교황은 황제가 해야 할 일을 황제에게 맡기지 않는가? 그는 우리 제국에 계속 분쟁의 씨를 뿌리고 있다. 머지않아 내가 갈리아, 독일, 폴란드의 교회를 종교회의에 소집하게 될 것이다. 교황을 필요로 하지 않을 날도 멀지 않다."

나폴레옹은 추기경 회의에서 과반수를 획득하도록 프랑스인 추기경을 증원하려고 시도하지만, 교황은 이를 거부하고 그 대신 '서방의 황제' 관을 수여하겠다고 제의한다. 그러나 전년까지 그토록 갈망하던 관이 손닿는 곳에 있다고 생각하자 매력은 반감했다. 교황이 금전 문제에서도 양보한 시점에서 추가 요구를 하자 그는 완전히 샤를마뉴라도 된 듯이 호통을 쳤다.

"서방의 황제에게 귀속하는 자산을 나폴레옹 제국에 부가하여, 샤를마뉴가 지게 되는 기부 기본재산을 폐지하라!"

나폴레옹은 탐욕스럽게도 교황령의 점유마저 요구했고, 이에 격노한 교황은 지금까지의 교섭을 파기했다. 황제는 1808년 2월 2일, 미오리 장군에게 로마를 점령하게 했고 4월에 교황령은 일개 지방으로 격하되었다.

카이로에서 비엔나, 마드리드에서 모스크바로 진군한 나폴레옹이지만, 조심성에서인지 어떤 외경심에선지 마음에 들어 하는 도시이자 그에게 걸맞은 유일한 도시인 로마를 스스로 침공하는 일은 삼갔다. 앞으로도 그는 어릴 적부터 품어온 이 도시에 대한 신성한 이미지를 상처 내지 않을 수 있을까? 휘하의 장수가 영원의 도시를 점령하는 것은 이것으로 두 번째다. 측근 중에 이 점령에 이의를 제기하는 자는 없다. 그가 어떤 과오를 범하고 있는지를 알고 있는 사람은 어머니뿐이다. 사태를 우려해 병이 난 그녀는 "언제까지 계속되려는지"를 되풀이하는 데 그치지 않고 측근에게 예언자와 같은 말을 흘렸다.

"이렇게 될 것을 알고 있었어요. 이것으로 저 아이는 자기뿐 아니라 가족 전부를 실추시킬 것이에요. 지금 가진 것으로 만족해야 했어요. 너무나 많은 것을 한꺼번에 하려 하고 있습니다. 언젠가는 모든 것을 잃게 될 거예요."

XVII

"늦었지만 독일 국민이 고대하는 것은 귀족 출신이 아니라도 능력 있는 자가 그대에게 인정받고, 고용될 때 평등한 권리를 얻는 것이다. 이것은 어떤 종류의 예속, 즉 군주와 하층민 사이에 있던 타협적 속박을 전면적으로 폐지할 필요가 있다는 뜻이다. 나폴레옹법전에 의한 이익, 재판 절차의 공표, 배심원의 설치는 모두 그대가 관장하는 군주체제의 특질이 될 것이다. 또 숨김없이 말한다면 최고의 군사적 승리가 가져오는 성과 이상으로 군주제의 확대와 확립에 따르는 성과에 기대하고 있다. 그쪽 나라 국민은 다른 게르만족으로부터 미지의 자유와 평등을 누려야 한다. 이 통치 방법은 엘베강이나 수많은 요새, 프랑스에 의한 보호 이상으로 그쪽을 프로이센에서 격리하는 강력한 방어벽이 될 것이다.

첫째, 현명하고 자유로운 행정의 은혜를 맛본 국민은 전제적인 프로이센 통치하로 돌아가고 싶어 하지 않을 것이다. 독일, 프랑스, 이탈리아, 스페인 국민도 평등을 원하고 자유로운 사상을 바라고 있다."

이것은 민중에게 호소하고 있는 것이 아니다. 막내인 제롬에게 베스트팔렌(네덜란드와 인접한 독일 북서부 지방) 신왕국을 맡김에 있어서 사명을 설명하고 있는 것이다. 즉, 독일에 혁명적 원칙을 처음 도입하는 동시에 지금까지 내내 맹종해 온 국민을 교육하여, 국민이 스스로 통치하는 법을 익히게 하려면 어떻게 할 것인가를 설명하고 있다. 자유사상은 네덜란드와 이탈리아에서는 새로운 것이 아니었다. 라인 연안 지방의 대공들도 상명하복의 수법으로 자국에 신사상의 도입을 시도하고 있었으나, 인습의 무게와 능력 부족으로 주저앉고 말았다.

보나파르트 가문의 막내가 가진 사명은 400만 독일인에게 민주주의를 획득시켜 신민을 시민으로 바꾸는 것이었다. 이에 성공하면 신 국왕(1807년 8월 즉위)은 거센 독립운동에도 불구하고 제공諸公

의 횡포에 굴하지 않을 수 없었던 치욕에서 독일 국민을 벗어나게 할 수 있을 것이다.

그러나 황족의 자식으로 자란 23세의 젊은이에게 왕관은 정욕의 쾌락과 모험을 재촉하는 도구일 뿐이었다. 샴페인을 들이키고 무수한 애첩에 둘러싸여 뷔르템베르크 대공의 딸인 아내를 배신하고 도처에 빚과 아이를 만드는 등 무분별하게 돈과 젊음을 낭비하면서 파렴치한 행각을 거듭하고 있었다. 국민을 즐겁게 하기는커녕, 권력은 출신이 아닌 유능한 인물에게만 적합하다는 사상을 오래도록 위험에 노출시키는 행위를 하고 있었던 것이다. 군주의 횡포를 견뎌야 한다면, 적어도 군주는 우리와 같은 독일인이어야 한다. 막연하지만 주민들은 그런 생각을 품고 있었다. 그러나 제롬은 세상을 쉽게 보고 형의 질책에도 마이동풍이다.

형은 막내를 몹시 사랑하는 아버지처럼 젊은 국왕에게 엄하지 못했고, 쉽게 격해지는 점이 자기를 빼닮았다고 속으로 기뻐했다. 게다가 제롬은 대인관계가 좋은 남자로서 군사 통수권을 요구했다. 그는 형의 반대에도 화내는 일 없이 잘 참았다.

"그대는 나를 우습게 보는가? 원정을 여섯 차례나 해서 여섯 마리의 말이 그대 발밑에서 죽을 만큼의 시련을 겪은 다음에나 고려해 보자."

제롬은 궁정, 그것도 왕비를 뺀 미녀들을 이끌고 출진했다. 태양왕을 흉내 낸 성명문을 내고 이에 대한 황제의 질책마저도 서슴

없이 막았다.

"독일, 프랑스, 오스트리아에서 웃음거리가 되고 있는 그대의 훈령을 읽었다. 그대는 국왕이고 황제의 동생이지만 그런 자격은 싸움터에서는 무용하다. 싸움에 있어서는 병졸로 행동해야 한다. 장관도 외교관도 성대한 행렬도 불필요하다. 전선에서 야영하고 낮이고 밤이고 마상에서 지내고, 정보를 얻어야 하는 전위부대와 함께 행동해야 한다. 아니면 후궁에 머무르는 편이 낫다. 그대의 전법은 고대 페르시아의 태수를 닮았다. 이런 전법을 가르친 기억은 없다. 도대체 나에게서 무엇을 배웠는가? 나는 20만 군을 이끌고 포병대의 선두에 서서, 베를린과 뮌헨에 머물며 싸웠다. … 그대는 적극성도 있고 나름대로의 지성과 장점도 있으나, 자만심과 경솔함으로 손상되고 있다. 덧붙여서 주어진 입장도 주위 상황도 전혀 모르고 있다"

국왕은 이 편지를 가슴 장식 밑에 끼워 넣고 일소에 부친다. 황제는 어떤 속셈인가? 범인凡人에게 준 권력이 자신의 지배력에 심대한 손해를 가져온다는 것을, 엉터리 배우가 주연배우로 발탁된 것과 같은 군공君公이 어차피 만사에 개입하게 될 것이라는 점을 간파하지 못했을까? 그의 최대 약점은 일족에 대해 지나치게 무른 게 아닌가 생각되는 시기도 있었다. '아우여, 그대의 왕국의 법전을 동봉하노라'라는 연극 대사 같은 글에서는 정치에 대해서 차근차근 설명해 나가고 있다. 기분이 좋을 때는 엄한 질책 끝에 자애로운 아버지 말투로 맺는 일도 있었다. "그대를 사랑하고 있다. 그렇다 해도 그대는 너무도 경솔하다!"

하지만 지금의 그는 다르다. 이 엄격함은 밀어닥치는 무수한 임무와 중책의 대가로서 불가피하게 생기는 것이 틀림없다. 대략 19년 전, 승리를 거듭해서 영광의 긴 궤적을 남기고 알프스 산중에서 롬바르디아 평원으로 내려왔을 무렵의 그는 젊음에 의한 낭만적 광휘를 발하며 동시대의 사람들을 매료시키고 있었다. 그러나 질주하던 흐름은 이제 대하가 되었고, 세상의 온갖 재물을 나르는 거대한 선박이 그곳을 왕래하고 있다. 계속 넓어지는 대하는 머지않아 바다로 흘러들어 전 세계의 물과 섞이리라. 심신을 달래고 편히 쉬는 시간과 멀어짐에 따라 얼굴에도 마음에도 아틀라스 (그리스신화에서 하늘을 어깨로 짊어지게 된 거인)의 고행이 현저하게 각인되었다. 지금의 그는 동상처럼 거만하게 사람들 앞에 서 있다.

한편 그는 폴란드에서 발레프스카 백작 부인을 불러들여 이전에 조제핀이 살던 거리의 저택에 살게 했다. 그는 이 저택에서 여러 차례에 걸쳐 애인을 살게 하고 있다. 많은 하인이 그녀를 시중들도록 했다. 그녀의 존재가 사교계에도 널리 알려졌지만, 그녀는 사람과 어울리기를 피해서 오페라극장에 마련된 전용석에도 나타나지 않았고 황제와도 별로 만나지 않았다. 부인의 파리 체류는 다음의 전원풍 기악곡이 시작되기까지 간주곡 동안뿐이었다. 머지않아 발레프스카는 그가 그토록 바라 마지않던 아들을 낳는다.

지금으로서는 그 탄생도 복잡한 문제를 던지게 될 것 같다.

몇 해 전, 베를린에서 탄생이 알려진 아이에 대해서는 양자 입적을 고려하지 않았던 듯하다. 이름의 일부를 따서 레옹이라 부르던 이 아이가 언젠가는 이름난 악당이 될 것을 아버지는 예감하고 있었을까? 카롤린에게서 보내져 레옹의 어머니가 된 여자는 나폴레옹과는 소원해졌다. 폴란드에서 귀국한 황제가 그녀와의 만남을 거부했기 때문이다. 저택과 연금을 주긴 했으나 재회하는 일은 없었다. 그러나 은밀하게 아이를 데려오게 해서 놀아주었다. 늦기는 했지만 아버지의 기쁨을 누리고는 있었으나 마음껏 즐길 수는 없었다. 눈에 보이지 않는 주군인 '여건'이 허락하지 않았기 때문이다. 세월과 함께 재혼 문제가 절박해졌다. 나폴레옹과 조제핀은 울적한 마음으로 이 이야기를 했고 황후는 오로지 눈물로 지샜다. 황제도 마음이 쓰리다. 어느 날 이런 고함을 흘린다.

"아아, 아이를 남기지 않고 죽는 것은 얼마나 무서운 일인가!"

한편 조제핀에 대한 애착은 더해질 뿐이었다. 이미 보아 온 것처럼 그는 협력자를 좀처럼 해고하지 않는 사람이다. 영달하기 시작한 후의 동반자이며 가장 오랜 증인이기도 한 그녀를 얼마나 집착했는가! 그는 새 혼인을 재촉하는 탈레랑에게 말했다.

"그녀와 헤어진다는 것은 가정의 매력을 모두 포기하는 것이다. 다시 결혼한다고 하면 젊은 아내의 기호나 습관을 다시 배워야 한다. 황후는 나의 모든 것을 받아들여 완벽하게 이해하고 있다. 거기다 내게 극진한 여자를 물리치면 나는 배덕한 인간이 되어버린다."

그러나 사태는 심각하게만 치달아 결론에 몰린다. 프랑스 국민은 자기보다 조제핀을 사랑하고 있다. 그런데 그녀와 헤어지면 어떻게 될 것인가? 그 윤리적 귀결을 감안한 연후에 나폴레옹은 결단을 내린다.

그것은 측근을 깜짝 놀라게 하는, 본인 말로는 이중의 효과가 있는 결단이다. 이렇게 해서 그는 현 상황에서 귀중한 존재가 될 남자, 어머니가 그와의 사이를 계속 중재하고 있는 남자와 접촉한다. 즉 뤼시앵을 불러내는 것이다. 둘의 대화는 뤼시앵에 의해 신빙성을 가지고 보고된다. 나폴레옹의 인물상을 생생히 묘사한 이 기록은 지금 전해지는 많은 대화 중, 가장 흥미로운 것이다.

XVIII

1807년 12월의 어느 밤, 뤼시앵은 황제의 명으로 만토바의 궁정에 도착했다. 그도 이제 30줄이 넘었다. 투옥되는 것은 아닌가 하는 두려움을 품은 여정이었다. 휘황하게 불이 켜져 있는 넓은 방을 가로지를 때 맘루크인 하인이 낮은 목소리로 고하는 말을 들었다.

"폐하, 아우 뤼시앵 님입니다."

유럽 지도를 넓게 펼친 커다란 원탁 앞에 앉아 왼손으로 머리를 받치고 다른 손으로 지도 위에 핀을 꽂고 있다. 검정이나 빨강, 황색 구슬이 달린 핀으로 군단 내지 국가를 나타내고 있는 것은 분명하다. 뤼시앵은 말이 없다. 너무나 변한 모양에 눈을 의심하고 주저한 것이다. 몇 분이 흘렀다. 나폴레옹이 의자에 기대어 기지개를 켜고 종을 잡고 심하게 흔들었다. 이것을 신호로 방문자가 나서서 말했다.

"폐하, 뤼시앵이옵니다."

황제가 벌떡 일어났다. 거의 부드러움을 띤 표정이었다. 그는 적어도 매우 친근함이 깃든 표정으로 형의 손을 잡았다. 그런데 황제는 이런 인사와는 이제 인연이 없다고 말하고 싶은 듯 서먹하게 받아들이는 것이다. 그의 손을 고쳐 잡고는 조금 밀치며 가만히 들여다보며 말한다.

"아, 그대인가? … 별고 없었나? … 가족도? 언제 로마를 출발했는가? 좋은 여행이었나? 한데 교황은 별고 없으시고? 그대를 사랑해 주시던가?" 잇달아 질문을 쏟아붓는 것으로 보아 황제가 매우 당황하고 있다는 것을 알아차릴 수 있었다. 뤼시앵은 자신이 무사하며 폐하도 건강하신 것 같아 무엇보다 반갑다고 답했다.

"아아, 건강하고말고. 그런데 살이 너무 쪘어. 더 찔까 봐 걱정이야." 황제는 가볍게 배를 두드리며 말하더니, 다시 동생을 바라보며 냄새 담배를 집는다.

"그런데 그대는 보기 좋군. 옛날에는 야위었는데 지금은 미남이야."

"폐하, 농담도⋯."

"아냐, 정말이야. 자, 앉지. 앉아서 이야기하자고."

두 사람은 원탁 옆에 앉았다. 황제는 기계적으로 지도 위에 핀을 꽂았다가 이동시켰다가 하고 있다. 뤼시앵은 상대가 말을 꺼내기를 기다리다가 자기가 먼저 말을 꺼냈다.

"폐하⋯."

말이 끝나기 전에 황제는 모든 핀을 손에서 떼고 돌아보면서 말했다.

"뭔가? 뭔가 하고 싶은 말이라도 있는가?"

"사실대로 말씀드리자면 폐하의 은총을 되돌리고 싶습니다."

"모두 그대에게 달렸다."

명예에 위배되지 않는 한 무엇이든 할 각오라고 뤼시앵이 언명한다.

"아주 좋군. 먼저 그대의 명예가 서는 근거를 알 필요가 있다."

뤼시앵은 사람의 도리와 종교적인 의무에 대해 이야기한다.

"그런데 정치는! 자네 ⋯ 정치를 무시할 셈인가?"

자기는 능력이 없고 특히 정치에는 어두운 사람이라고 답한다.

"그대 형이나 아우처럼, 현재 국왕이 될지 아닐지는 그대에게 달렸다."

"폐하, 아내의 명예는, 자식들의 사회적 입장은…"

"뭔가 얘기하면 아내를 내세우는데 그녀가 그대의 아내였던 적
도 없고 앞으로도 그것은 있을 수 없다. 이것은 그대도 인정할 것
이다. 왜냐하면 나는 그녀를 그대의 아내라고 영원히 인정할 수
없기 때문이다."

"아아, 폐하!"

"아니, 그녀에 대한 생각은 결코 바뀌지 않는다. 비록 천지가
뒤집힌다 해도. 아우인 그대의 과오는 용서할 수 있다. 하지만 그
녀가 내게 받는 것은 영원한 저주의 말뿐이다."

계속 이어지는 비방에 견디다 못한 뤼시앵이 끼어든다. 억지웃
음을 지으며.

"폐하, 저주의 건은 아무쪼록 부드럽게…. 이탈리아에도 '행렬
은 출발한 곳으로 돌아온다'라는 속담이 있사옵니다."

뤼시앵은 황제가 이탈리아어를 잊고 있지나 않나 해서 이것을
프랑스어로 되풀이했다. 황제는 그녀에 대한 악평을 늘어놓고 뤼
시앵이 이의를 다는 몸짓을 보이자 달래듯이 덧붙였다.

"주위 사람들이 나에게 이런 소문을 고하는 것은 내 눈치를 보
는 것에 지나지 않는다. 그래도 그녀가 나의 제수씨가 될 수는 없
다. 첫째 법에 그렇게 정해져 있다. 이제 이것은 프랑스 기본법의
하나다. 황제의 동의 없이 황족 각자에 의해 맺어진 모든 혼인은

415

무효다."

"폐하, 저의 결혼은 그 법보다 이전에 실행되었습니다."

"맞다. 하지만 이 법은 그대 때문에 만들어진 것이고 그대가 이 법을 초래했다."

과연 나폴레옹다운 논리에 뤼시앵은 쓴웃음을 짓는다.

"왜 웃느냐, 조금도 우습지 않다. 이 건에 대한 그대의 발언은 모두 듣고 있다. 그대의 마누라나 정적들이 뭐라고 하는지도 알고 있다. 하지만 그대 편을 들고 있는 것은 놈들뿐이다. 그렇다, 착한 프랑스인 중에서 그대 편이 되어줄 사람은 없다. 따라서 여론에는 환상을 품지 않는 것이다. 제롬이 그러했듯이 나의 체제에 참여하지 않는 한, 여론을 자기편으로 할 수는 없다."

자제를 굳게 맹세한 뤼시앵이지만 드디어 울화통이 터지고 말았다.

"공헌의 보상으로 귀하가 나에게 취한 행동을 측근 모두가 인정했다 해도 그것은 직무를 수행한 것에 지나지 않습니다. 우리 집 하인들도 그렇게 생각하고 있습니다."

이 말에 나폴레옹의 미간에 주름이 잡히고 눈빛은 형형해지고 콧방울이 경련했다. 일족 특유의 분노의 표시다. 그러나 뤼시앵은 그만하기는커녕 더했다.

"국민이 나를 요구하지 않을 수도 있었습니다. 하지만 그들은 나를 요구했어요. 내게 무엇을 요구하고 있었을까요? 나의 어떤

점을 평가하고 있었을까요? 국민은 나에게 구원자의 자질이 있다는 것을 간파했습니다. … 그리고 국민은 나를 제롬이 아닌 당신과 같은 반열에 놓고 있다는 것을 자랑으로 여기고 있습니다. 폐하, 그리고 여론이야말로 지구상의 어떠한 군주에게도 이길 힘이 있습니다. 여론이야말로 개개인을 적재적소에 배치합니다. 당신의 측근들이 뭐라고 하든….”

뤼시앵의 두려움과는 대조적으로, 나폴레옹은 격정으로 달리는 일 없이 애써 마음을 가라앉혀 냉정하게 말했다.

“탈레랑의 말대로다. 정치결사에서 연설이나 하는 것 같은 말투지만 그런 격렬한 변론은 이제 유행하지 않는다. 브뤼메르 18일 그대의 행동이 의미 있었다는 것은 충분히 알고 있다. 그러나 그것은 나를 구했다는 증명은 되지 않는다. 아직 머리를 떠나지 않는 것은 프랑스를 구하기 위해 반드시 필요한 지배권의 통일을 그대가 나와 겨루었다는 것이고, 다음날 의회에서 그대가 침묵을 지키도록 그날 밤늦게까지 조제프와 함께 그대를 설득한 것이다. 결과적으로 우리는 승리했다. 승리를 가져오도록 그대는 나를 한결같이 지원해 주었다. 그런데 그 후 나의 개인적 출세에 공격적 태도를 취했다. 이것으로 그대에 대한 감사의 마음이 사라졌다. 게다가 그대도 나의 은혜를 입지 않았다고 할 수 있는가? 나를 구했다고 말한다면 나도 그대를 최대의 위기에서 구하지 않았는가? 암살자로부터 그대를 구하기 위한 근위병을 보냈지 않았는가?”

그 후 한 시간을 과거의 나날을 회상하며, 도와준 동향의 인사에 대해서 이야기를 나누던 나폴레옹이 갑자기 마음을 터놓는 듯한 어조로 휘하의 장군들이나 그들의 헌신적 행동, 온갖 정쟁으로 화제를 옮겼다. 형이나 아우가 정치적 견해로 대립은 했으나 결국 자기의 판단이 옳았다는 결론이었다. 그리고 말이 중단되었다. 이윽고 그가 마음을 잡고 말한다.

"이제 그만두자. 그대의 위대한 브뤼메르 18일처럼 옛날 일이다. 그대를 만나고 싶었던 이유는 이런 얘기 때문이 아니다."

긴 침묵이 흘렀다.

"잘 들어라, 뤼시앵. 우선 서로 화내지 말자. 그대는 나를 믿고 찾아왔다. 프랑스 황제가 되었다고 코르시카의 환대 관습을 잊은 것은 아니다. 조상과 조국의 덕德이 그대의 신변 안전을 보증할 것이다. 또 그 덕이 앞으로 그대에게 말할 내용을 선의로서 보증할 것이다."

방안을 구석구석 걸어 다니면서 생각을 정리하려는 듯했다. 이윽고 뤼시앵의 곁에 다다르자 그의 손을 잡고 힘있게 흔들며 말한다.

"여기엔 우리밖에 없다. 우리 얘기를 듣는 사람은 아무도 없다. 그대의 결혼 문제는 나의 잘못이다. 내가 너무 비약했다. 그대의 완고한 성격이나 강한 자부심을 알고 있는데. 그러니까 전부 자부심과 긍지 문제다. 마치 우리 군주가 자기 열정에 관계된 것 모두를 정치라고 부르듯이. 따라서 나는 그대의 아내에 대해 말하지 말았어야 했다. 그녀가 부당하게 비난받고 있다는 것도 안다. 그녀를 칭찬하는 자도 있다. 어머니는 그녀를 사랑한다고 말했다. 그리고 그대의 아내를 모욕할 생각은 전혀 없다. 하지만 좋아하지는 않는다. 그녀는 내게서 그대를 빼앗아 갔다. 내 형제 중 가장 유능하고 가장 의지할 수 있는 사람을 곁에 둘 수 없는 것은 그녀가 그대에게 갖고 있는 애정 때문이다. 분명한 것은 어차피 그녀의 미모는 쇠하고 그대는 사랑에 환멸을 갖게 될 것이라는 점, 그대는 내 체제에 적대하는 측에 서게 될 것이라는 점, 나는 내 뜻에 반하는 그대를 부당하게 공격하게 될 것이라는 점이다. 그대가 나와 손을 잡지 않는 이상, 확실히 말하지만 유럽은 우리 두 사람이 나눠 통치하기엔 너무 작기 때문이다."

"폐하는 저를 놀리고 있습니다."

"아니, 우군이 아니면 적이다. 오늘 그걸 잘 이해했을 것이다. 어차피 알겠지만 내 가족 방침은 변했다. 지금까지 황족 밖에 위치했던 그대의 자녀들이 이제 내게 아주 중요한 존재가 될 수도 있다. 다만 그러기 위해서는 법적으로 그들을 황가의 적자로서 인정해야 한다. 내가 인정하지 않은 혼인으로 태어난 자에게는 모든 권리뿐 아니라 황위 계승 자격도 없음을 알 것이다."

하지만 나폴레옹이 황제가 되기 전에 성립한 결혼에 대해 허락을 청할 수도 없다고 뤼시앵은 지적한다.

"폐하, 부디 제 말을 들으시고 혼인을 인정해 주십시오. 평생 감사의 마음으로 일하겠습니다."

뤼시앵이 말하는 도중 나폴레옹은 계속 담배에 손을 댔으나 4분의 1도 피우지는 않는다. 감동하고 곤혹스러워하다가 소리친다.

"아, 이게 무슨 일이냐! 그대는 너무 끈질기고 나는 마음이 약하다. 하지만 이걸 원로원 결의에 맡길 수는 없다. 그대의 아내를 인정할 수는 없다."

"폐하, 그러면 저에게 무엇을 바라시는 겁니까?"

무의식중에 몸을 떨면서 뤼시앵이 말한다.

"내가 바라는 것은 순수한 이혼이다."

"하지만 폐하가 계속 말씀하시지 않았습니까? 나는 결혼하지 않았다고. 그런 우리가 어떻게 이혼을 합니까?"

"과연 그렇다. 내가 그대에게 기대하는 것은 요컨대 이혼에 의해 내가 그대에게 무엇을 원하고 그대가 무엇을 결단해야 하는가이다. 즉 나는 그대의 결혼을 인정하지만 그대의 아내를 인정할 생각은 없다. 다음으로 이혼으로 해서 자녀들이 불이익을 받지 않을 것임을 기억하기 바란다. 지금까지 그대가 거부해 온 것 전부를 이행해 주길 바랐다. 즉, 결혼의 무효, 별거다."

"어느 쪽이든 저와 아이들에겐 굴욕인 것 같습니다. 제가 앞으로 그런 일을 할 리는 없습니다."

"그대의 지성을 생각하면 그대에게 제시된 조건이 예전과 지금이 사뭇 다르다는 것을 모를 리가 없다. 내가 예전에 말한 조건은 그대의 결혼이 무효인 이상 그대의 자녀는 비적출자가 되는 것이었으니까."

뤼시앵은 자기 자녀의 황족권과 시민권이 별개라고 지적한다.

"폐하, 물론 당신은 지배자입니다. 스스로 정복하고 확고한 것으로 만든 왕권을 마음껏 행사하고 있습니다. 하지만 그것이 카를로 부오나파르테의 보잘것없는 유산 분배 문제라면 누구라도 제 아이로부터 그 유산의 몫을 빼앗을 생각은 하지 않을 겁니다. 왜냐하면 법률적으로나 종교적으로나 제 아이는 모든 사람들과 마찬가지로 적출자이니까요. 교황님도 제 딸에게 성모님의 이름을 하사하셨습니다."

"침착하도록! 내 의도는 이혼이 이루어지게 되는 것은 당연하니까 결혼을 인정하는 셈이 된다. 그대의 아내가 내 정책에, 프랑스의 장래를 위해 자진해서 희생해주면 그녀에겐 그에 합당한 명예를 내릴 것이고 내가 직접 그녀를 찾아갈 용의도 있다. 하지만 동의하지 않는다면 그대와 마찬가지로 그녀도 자부심 때문에 자기 자녀의 사회적 명예와 권세를 희생했다고 지탄받게 된다. 자녀가 부모를 원망하게 될 수도 있다."

분개한 뤼시앵의 반박에 황제가 답한다.

"그건 알겠다. 그대는 설득이 어렵다. 뭐든지 비극적으로 받아들이니까. 나는 비극을 원치 않는다."

뤼시앵은 몇 번이나 가보겠다고 했으나 황제는 대화를 되돌렸다. 그에게 치살피나공화국을 주고 싶다고 생각한다. 외젠에게 준 것은 누군가 확실한 사람을 배치할 필요가 있었기 때문이다. 오르탕스에겐 불만이 있다. 그녀는 불평만 늘어놓고 있다. 폴린은 가장 눈치가 있고 적어도 지위와 명예 문제에서는 그렇다. 몸을 꾸미는 데 열중이라 상당히 아름다워지긴 했다. 조제핀은 눈에 띄게 나이를 먹어 이혼을 두려워하고 눈물을 보이는 일이 잦아졌다.

"이혼해서 그녀와 관계를 끝내야 한다. 더 일찍 그랬어야 했다. 그랬으면 지금쯤 큰아이가 있을 것이다." 이제 몇 명의 자녀가 있고 그중 둘은 분명히 자기 아이라고 말한다. 폴란드 백작부인에 대해서는 다음과 같이 말해 뤼시앵을 놀라게 했다.

"천사처럼 매력적인 여자다. … 내가 사랑에 빠졌다고 웃을 일은 아니지."

"폐하, 아내가 애인이라면 나도 비슷하게 생각했을지 모릅니다."

황제는 비록 이혼을 한다 해도 누구를 아내로 맞을 것인지 아직 확정하지 않았고 바바리아 대공녀를 아내로 삼지 않은 것을 후회하고, 그 가치도 모르는 외젠에게 그녀를 준 것을 실수로 인정했다.

"그대의 딸을 오스트리아의 왕족이나 다른 대공과 결혼을 시키려고 생각 중이다."

이렇게 조금씩 의중을 밝히는 황제는 강요하듯 덧붙였다. 심하게 반발하는 뤼시앵이 결국 이혼을 하면, 세상은 이것을 극적인 사건으로 주목하고 자기의 이혼이 주목을 덜 받게 될 것이니 그렇게 되었으면 좋겠다고 말한다. 뤼시앵이 어처구니없다는 시선을 던지자 황제는 깔보듯 빤히 쳐다보며 말한다.

"왜 안되는가?"

거드름을 피우는 그 모습에 뤼시앵이 쓴웃음을 짓자 황제는 잠시 난처한 표정을 짓더니 곧 표정을 바꾸고 태연한 척했다.

"자, 어떤가? 의장님. 이건 봉사를 위한 봉사다. 이번엔 내가 은혜를 잊지 않겠다."

이후 뤼시앵은 그다지 주의를 기울이지 않고 듣고만 있었다. 황제가 뤼시앵의 이혼을 바라는 것은 자기의 이혼을 감추기 위한 것임을 고백했으므로. 동생은 자기 아내는 아직 젊고 다산형이므로 이혼할 필요가 없다고 하면서 황후보다 자기 아내의 입장이 훨씬 우위임을 은근히 내비친다. 하지만 황제는 충격받은 기색 없이 말한다.

"그대의 아내, 그녀는 공작부인이 되는 것이다. 그리고 그대의 장남은 그녀의 뒤를 잇게 된다. 프랑스의 황족인 그대의 유산을 포기한다는 조건이 따르긴 하겠지만…. 프랑스 제국 황족은 그 이상의 신분, 즉 독립된 주권을 갖기까지 내가 그대에게 제공할 수

423

있는 최고의 지위다."

'독립된'이란 말에 뤼시앵이 미소 짓자 황제는 덧붙인다.

"그렇다 독립된…, 그대는 통치하는 능력을 갖추고 있으니까. 모두 그대의 선택 여하에 달렸다."

그러면서 거대한 유럽 지도를 두드린다.

"엉터리 같은 말을 하는 것이 아니다. 여기는 전부 내 것, 아니면 머지않아 내 것이 된다. 따라서 지금부터 배정을 하는 것이다. 나폴리를 원하나? 조제프에게서 빼앗아 주겠다. 내 제국의 보석에 해당하는 이탈리아인가? 스페인인가? 그 나라가 내 수중에 떨어진 것은 그대의 소중한 부르봉 일가의 추태 덕분이다. 거긴 다스리기 편할 것이다. 예전에 대사로 일한 적이 있으니까. 하여튼 원하는 게 뭔가? 뭐든지 가져도 좋다. 나보다 먼저 이혼한다면…."

마지막 말이 뤼시앵을 분개시켜 반항적으로 만들었다.

"아, 폐하! 부디 이해해 주십시오. 설사 당신의 아름다운 프랑스를 대가로 준다 해도 저를 이혼시킬 수는 없다는 것을. 그리고…."

뤼시앵이 말을 중단하자 황제가 내뱉었다.

"내 왕권보다 그대 개인의 입장이 더 중요하단 말인가? 내가 그대를 진심으로 괴롭힐 경우 그대를 지켜줄 힘이 교황에게 있다고 믿는 것인가? 하여튼 각오해둬라. 모든 것은 이혼한 뤼시앵의 것이고 이혼하지 않은 뤼시앵에겐 아무것도 없다."

이 말에 대답하듯 뤼시앵이 문 쪽으로 향하자 황제는 그 손을 잡고 어렵게 말을 꺼낸다. 대면 처음부터 계속 그런 식이었다.

"내가 이혼할 때 행동을 같이하는 것은 그대만이 아니다. 조제프도 이혼하겠다면서 나의 이혼을 기다리고 있다."

조세프에겐 아들이 필요한데 쥘리 부인은 딸만 낳았다. 딸은 동맹 체결 외에는 도움이 되지 않는다. 하지만 황제는 말한다.

"그대는 장녀가 14살이라고 들었다. 그래, 적령기다. 그 아이를 어머니께 보낼 생각은 없는가? 시기를 봐서 어머니께 부탁해보자. 어머니께 전해다오. 더이상 어머니께 속상하게 해드리지 않겠다고."

내겐 더 많은 조카들이 필요하다. 여자 조카보다는 남자 조카가…, 조제핀과 이혼하면 오르탕스와 외젠의 아이들은 영원히 내 아들과 적이 될 것이다."

그가 낮은 목소리로 중얼거린다.

"안 된다. 루이의 아이들 권력을 제한하려면 달리 방법이 없다."

다시 조세프의 이혼을 거론하자, 뤼시앵이 믿지 못하겠다고 말한다.

"아니, 조세프는 헤어진다. 그대도 마찬가지이고. 우리 세 명이 함께 이혼하고 같은 날 결혼하게 된다."

그 후 가벼운 농담을 던지기도 했지만, 갑자기 정색을 하고서 "그대는 상당히 근엄해졌다. 마치 고대 현인 같다"라고 동생을 칭찬하더니 3일 정도 묵었다 가라고 권했다. 어떻게든 작별해야 했던 뤼시앵은 자녀의 병을 핑계로 댔다.

"진정으로 아내에게 미련이 남는다면 화해는 물거품이다."

"폐하의 증오 대상이 된 것으로 아내는 비탄의 나날을 보내고 있습니다. 고뇌에 빠진 나머지 자진하는 건 아닌지 걱정스러울 정도입니다."

"그건 안 된 일이군. 잘해주게. 그러다 이혼하기 전에 죽어버리면 내가 그대의 자녀를 적자로 인정할 수도 없게 되니까."

그 점에 대해서 숙고해 보겠다고 뤼시앵이 약속했다.

"좋다! 물러가도 좋다. 그대가 원한다면 할 수 없지. 하지만 약속은 지켜다오."

황제가 손과 얼굴을 동시에 내밀자 뤼시앵은 뺨에 입을 맞춘다. 친근감보다는 경의를 담고서.

이처럼 멋지게 나폴레옹을 묘사한 사람은 없다. 이 장면을 이야기하는데 이처럼 예리하고 거짓 없는 표현은 어떠한 시인이라도 힘들 것이다. 막다른 골목에 처한 황제는 그곳에서 탈출하기 위해 동생이 필요했다. 오만한 성격은 내키는 대로 수단을 가리지 않는다. 유럽 지도를 보며 대화하면서 겁을 주기도 하고 달래기도 하며 멋진 솜씨로 내용을 단계적으로 끌어올린다. 화제의 대상인 뤼시앵의 부인을 비난하기도 하고 칭찬하기도 하고, 정치인 특유의 용어를 쓰기도 한다. 다음엔 고향 코르시카를 떠올리고 모친, 조세프 등의 이름을 거론하여 어린 시절의 추억을 회상케 한다.

특히 걸작인 것은 때로 타산을 버리기도 하고 선천적인 관대함을 보여주기도 한다. 또 정치적 라이벌인 동생 앞에서 조제핀과 백작부인, 감춰둔 아들, 휘하 장성, 자기의 과실, 갖가지 계획을 누설하기도 한다. 왜일까? 친동생이면서도 뤼시앵은 탈레랑과 함께 유능한 파트너이기 때문이다. 이날 밤 그는 동생을 자기편으로 만들려고 애쓴다. 자기 생각을 더 깊이 이해시키려고 며칠 머물다 가라고 하는 형도 애처롭고, 형의 위력에 굴복할까 두려움에 꽁무니 빼는 동생도 애처롭다. 두 사람의 대립 원인은 가슴 깊이 내재된 자존심이다. 7년 전과 같이 우위를 확신한 뤼시앵은 형 앞에서 굴복을 거부한다.

하지만 뤼시앵은 나름대로 형을 사랑한다. 그가 던지는 말 한마디 한마디에 증오심이 들어 있지만 그와 표리관계를 이루는 것이 애정이기도 하다.

그런데 황제는 무엇을 고민하는 걸까? 왕관과 왕국뿐 아니라 지성과 상상력도 뛰어나 모든 것이 계획대로 진행되는 남자가? 절대 권력을 가졌음에도 그는 아직 또 하나의 권력 즉 여론與論의 노예였다. 동생과의 화해를 막는 것도, 첩의 아이들을 인정하지 못하는 것도, 사랑하는 여인을 아내로 맞는 것을 막는 것도 여론 때문이었다.

여기에는 그의 인간적인 연약함도 노출된다. 한껏 자신 있게 행세해도 약한 면을 감추지 못한다. 설사 자기가 결정했다고는 하지만 긴 이별 후에 만난 동생과의 재회는 큰 기쁨이었다. 하다못해 3일만 함께 지냈다면 서로 이해할 수 있었을지도 모른다.

이날 밤 황제는 부친에 대해서도 말했다. 프랑스 황제가 완고한 라이벌을 자기편으로 만들려고 부친에게 도움을 청한 셈이다.

하지만 그에겐 시간이 없다. 형제들이 여자아이만 낳는 것을 지켜보고 있을 수 없었다. 어차피 자기가 원하는 조건으로 형제가 사내아이를 얻고, 사내 조카들을 모두 주위에 거느리게 되면 전처나 다른 여자가 낳은 아이들과 대결하게 될 것이다. 하지만 당장은 그들의 아내들이 비탄에 빠져 죽는다 해도 이혼할 때까지는 죽으면 안 된다. 형제가 불임이나 사내아이를 낳지 못한다는 이유로 아내와 이혼할 때는 당장 다른 아내를 얻어야 한다. 그러면 모든 것이 원만하게 돌아갈 것이다.

거대한 지도 앞에서 즐거운 상상의 날개를 펼치는 꼬마 마술사. 하지만 그가 채집한 나비를 찌르듯이 지도상의 나라마다 핀을 다 꽂을 즈음에는 등불은 다 타고 희미한 불빛마저 비추지 못하게 될 것이다.

XIX

스페인에서는 왕조가 붕괴 직전의 양상을 보이고 있었다.

드디어 전쟁이 발발한 것은 만토바에서 형제 대면이 있고 얼마 후의 일이었다. 왕비가 정부情夫와 놀아날 정도로 몰락한 국왕, 무능하고 타락한 왕비, 배신한 장관, 반목하는 아버지와 아들. 이것이야말로 바로 치욕과 부패 외의 아무것도 아니다. 스페인판 부르봉 왕가는 여기까지 몰락했다.

당연한 일이지만 누구든 타국의 왕위 박탈을 바라는 이상, 자기 군대를 투입해야 한다. 따라서 나폴레옹도 프랑스군을 스페인으로 진주시켰다. 1808년 1월의 일이다. 그러나 이 진주에 관해 그가 양심의 가책을 받는 모습은 털끝만큼도 없었다. 또 적끼리 행하는 배신행위가 그의 목적 달성에 이토록 유리하게 작용한 적도 없었다. 부패한 왕조를 정복하는 데 있어서 그는 배신행위를 이용하게 된다. 나폴레옹에겐 아직 왕권을 유지하고 있는 것이 다행이었다. 더구나 스페인 국민은 지배자와는 전혀 달랐다. 이 점을 우습게 여긴 나폴레옹은 나중에 큰 대가를 치르게 된다.

영국의 편은 나의 적이다. 포르투갈에서 왕족을 추방할 때 이용한 원칙을 이번 스페인 개입에서도 정당화한 나폴레옹은 국왕 카를로스 4세와 왕자 페르난도의 불화에 편승했다. 우선 왕자를 왕좌에 앉힌 다음 아버지를 위해서 왕위를 이으라고 재촉하고, 이어서 베이욘에 모든 파벌을 소집하여 협박과 모략으로 왕위 찬탈에 성공했다. 1808년 5월 5일, 카를로스 4세가 스페인 왕위에 관한 모든 권리를 나폴레옹에게 양도하고 페르난도 7세는 퇴위했다. 대영전對英戰에 대비하여, 지브롤터에서 코토르(몬테네그로의 항구)에 이르는 지중해 연안을 세력 범위로 확보해 둘 필요가 있었던 것이다.

침략은 착착 진행되어, 휘하 장군들이 큰 어려움을 겪는 일은 없었다. 그는 당시 메테르니히에게 이렇게 말하고 있다.

"내가 왜 스페인에 진군하는지 아시는가?"

결국 그것이 보장되지 않게 된 시점에서 나폴레옹에게 불운이 찾아온다.

스페인의 제후들을 연금 상태로 만들고 새로운 왕관을 손에 넣은 황제가 이에 도취했던 것은 잠시뿐이었다. 그의 눈은 곧 예전의 스페인, 거대한 식민지 제국으로 향한다. 다음은 그 자리에 있었던 인물의 기록이다.

"이에 관해 나폴레옹은 얘기한다기보다 서술했다. … 정채精彩와 상상력, 독창성이 풍부한 역동적이고 그림 같은 표현은 그의 특기이다. … 멕시코나 페루 왕권의 거대함, 그 왕권을 소유했을 군주의 위대함, … 그는 활동 무대로서 식민지들을 손에 넣은 뒤 군주들의 영향력에 대해서 둑이 터진 것처럼 말을 쏟아냈다. 스코틀랜드의 영웅전설 식으로 도도하게 말했다. 그때까지 황제의 말을 가끔 들었으나, 이처럼 풍부한 상상력과 표현력을 구사하여 이야기를 전개한 적은 없었다. 주제의 풍부함과 자기가 말하는 장면에서 고양된 전신이 악기의 현처럼 서로 공명하는 모습이었다. 그때 그는 숭고하기까지 했다."

이제 그에게 부족한 것은 한 사람의 국왕일 뿐이다. 뤼시앵이 돌아오지 않았기 때문에 황제는 장기 말 이동 배치에 쫓겼다. 이렇게 해서 모든 말이 승진한다. 이어서 네덜란드를 그대로 왕국으로 지속시키기에는 무리라고 간주하여 한 지방으로 강등시킨 다음 루이를 불러들이려고 했으나 거절당했다.

"나는 한 지방의 통치자가 아닙니다. 국왕은 신의 은총에 의해서만 국왕이 될 수 있는 것입니다. 왕좌에 오를 때 내가 네덜란드 국민에게 선언한 충성의 선서를 지키지 않고 어찌 국민에게 충성을 강요할 수 있겠습니까?"

황통 확립을 추구한 결과가 이것이다. 나폴레옹이 역대 로마 황제처럼 통치 지역에 장군 내지 장관을 임명했다면, 언제든지 마음대로 그들을 파면할 수 있었을 것이다. 그런데 꼭두각시들에게 입힌 족제비 모피나 대관식, 미사등 왕권을 정당화하기 위한 장치 탓으로, 기를 쓰고 봉쇄를 꾀하던 '권리의 주장' 그 자체를 재부상시키는 결과를 초래했다. 네덜란드 국왕 루이에게는 황제에게 거부를 표명하고 대항할 모든 권리가 있었다.

조제프 쪽이 훨씬 다루기 쉬웠다. 어제의 나폴리 왕이었던 자가 내일 스페인 왕이 되었다 해서 무엇이 대수인가? 베이욘에서의 모략극 종료 직후인 1806년 6월 4일, 조제프는 스페인 국왕으로 즉위했다. 그리고 반 달 후, 호세 1세로서 마드리드로 들어간다. 국민의 열광이 아니라, 명령받은 축사와 예포의 마중을 받으면서.

동년 7월 15일에는 오랫동안 왕관을 탐내고 있던 누이동생 카롤린의 소망을 들어주어 뮈라를 나폴리 왕으로 임명했다. 이렇게 해서 야심만만한 커플은 지금까지 이상으로 널찍한 활약의 자리, 즉 음모와 배신의 무대에 손을 넣게 된다.

그런데 스페인은 그 얼마나 지독한 보복을 나폴레옹에게 준비하고 있을까!

지금 여기서는 폭풍 같은 변란이 일어나려 하고 있다. 이베리아 반도의 국민은 침략을 무저항으로 받아들이지 않기 때문이다. 게다가 오스트리아뿐만 아니라 프로이센에서도 황제를 미워하고 싫어하는 자들이 대프랑스 공격을 정당화할 방법을 모색하고 있었다. 배후에는 스페인과 같은 비운을 당하지 않을까, 하는 두려움도 있었다.

갠지스강을 정복하겠다고 말한 나폴레옹이지만 타호강(스페인에서 가장 큰 강)에서 다뉴브 지방에 이르는 국가들을 재차 적으로 돌렸다는 사실을 깨달을 뿐이다. 짜르가 오스트리아의 진격을 저지하지 않는 한, 나폴레옹이 오스트리아 문제를 매듭지을 수는 없을 것이다.

그는 짜르와 새로운 동맹을 고려하지 않을 수 없게 된다. 연약한 인물을 우군으로 하는 방법은 교사敎唆밖에 없다는 것이 틸지트에서 증명되었다. 새로운 방침을 제의한 나폴레옹은 알렉산드르에게 회의를 제안하여, 양국의 중간에 위치하는 독일에서 만나기로 한다.

대포 없이 프랑스를 떠나는 것은 처음이다. 지금까지 가졌던 교섭은 어느 것이나 전쟁을 종결시키기 위한 것이었다. 그러니 이번은 반대로 이것을 피하는 것이 목적이다. 프랑스를 건너뛴 땅인 라인연방의 에르푸르트가 회견 장소로 선정되었다.

군대를 조직하는 것과 같은 치밀성으로 회견 준비에 착수한 나폴레옹은 연일 궁정에 고관들을 불러내어 제언하게 했다.

"나의 여행은 위풍당당한 것이어야 한다. 여기에는 명문 귀족의 이름이 발견되지 않지만 나에게는 그것이 필요하다. 사실 궁정에서 얼마나 풍채가 좋게 보이게 하는지를 습득하고 있는 것은 그들뿐이다."

러시아 황제가 혼자 오지는 않을 것이다. 위대한 두 황제는 저마다 기라성 같은 수행원을 거느리고 있다. 황제는 어떻게 하면 위엄 있게 보일까 궁리했다. 우선 배석하는 군주들의 마음을 사로잡을 만한 연극을 상연하는 것이다. 그러면 그것을 어떻게 연출할 것인가가 문제다. 나폴레옹은 스스로 프로그램을 짜고 꼼꼼히 배역을 검토하여, 삭제 요소를 지정하고 주연배우인 타마라에게 강조해야 할 장면을 지시했다. 모든 일에 있어 관중인 왕후 귀족의 관점을 감안했다.

"그대들은 국왕들이 늘어서 있는 좌석 앞에서 연기한다."

1808년 9월 말에서 2주일간, 밤마다 네 사람의 군주와 34명의 대공이 한곳에 모여 서방의 황제와 동방의 황제가 그들의 위광을 높일 수 있는 온갖 것에 에워싸여 관람석에 자리했다. 무대에서는 전설이 재연되거나 역사적 국왕이 영웅적 활약을 하고 있었다. 오레스테스(그리스신화 속 아가멤논의 아들) 역의 탈마가 이렇게 선언한다.

신들은 우리 시대의 주권자입니다.
하지만 폐하, 우리의 영광은 우리 손에 있습니다.
우리도 신들처럼 불멸의 몸을 꿈꾸고 있습니다.
신들과 동등한 위대한 운명이 우리에게 약속되는 때를….

다음날은 볼테르의 〈마호메트〉를 상연했다. 황제가 특히 높이 평가한 작품이다. 그중에는 프랑스 황제가 내세운 정책을 요약한 것 같은 대목도 있었다.

누가 그를 왕으로 만들었는가?

정복자의 이름에, 승리자의 이름에

그는 여기에 지금 하나의 이름을 더하려고 한다.

평화의 사자라는 이름을.

이 순간 일제히 쏠리는 시선에 나폴레옹은 가볍게 고개를 끄덕여 답한다. 이튿날 '위대한 남자의 우정은 신의 선물'이라고 오이디푸스가 외치자, 두 황제는 자리에서 일어나 서로 손을 내민다. 알렉산드르는 전혀 위대하지 않고 그 우정은 신의 선물과는 거리가 멀다. 그것을 고려하면서 자기 의도를 달성하기 위해서는 짜르의 연약한 성격이 필요하고, 틸지트에서 나눈 강화조약을 발전시키려면 그를 자기 영향권에 두어야 한다고 판단했다. 이 건에서 협력이 허용된 사람은 탈레랑뿐이다.

얼마 전까지만 해도 두 사람은 설전을 펼쳤는데도 탈레랑은 여전히 다리를 끌면서 주군의 뒤를 따라다녔다. 발군의 통찰력을 갖춘 교활한 외교관은 이미 황제가 쌓아 올린 거대한 탑에 생기기 시작한 희미한 균열을 눈치채고 있었다. 나폴레옹이 아일라우에서 우유부단한 전투를 치른 이후, 어차피 광활한 러시아대륙에서 권력이 무너질 것을 예견하고 곧 우회적인 배신 계획을 떠올렸다. 러시아와의 동맹구상 및 카롤링거 왕조의 재현 같은 시대착오적인 세계통일 구상을 축으로 황제가 행동을 시작하는 시점에서 만일의 사태를 각오하고 있었던 것이다. 나폴레옹이 완전히 잘못된 방향으로 가기 시작했다고 판단하여, 정치에 직접 개입하는 일을 피하기 위해 외무장관직을 사임한다. 하지만 사임과 동시에 자기 배를 채울 수 있는 업무를 능란한 말로 획득한다. 정부의 고관 자리를 그만두고 뇌물을 듬뿍 챙길 수 있는 자리다. 서로 자기가 이겼다고 생각하고 있다. 황제는 이전보다 더 탈레랑을 감시할 수 있다고 생각했고, 탈레랑은 전보다 더 쉽게 주군의 비밀을 캘 수 있다고 생각한다. 그가 황제의 시종侍從으로 남게 된 것이다. 더구나 후임 외무장관 샴파니는 황제의 조롱 대상으로 무능한 위인이라 다루기 쉬웠다. 탈레랑은 사직 후에도 황제의 총애를 얻고 은근히 영향력을 넓혀갈 수 있었다. 아무런 공적公的 책임도 지지 않고서.

나폴레옹의 스페인 침공은 자신의 예측이 틀리지 않다는 것을 탈레랑에게 확신시켜 주었다. 새로운 먹잇감에 쏟아지는 황제의 시선에서 이 모험의 위험성을 간파한 그는 일을 더 부추긴다.

"루이 14세 이후 스페인 왕위는 프랑스 왕가에 귀속되었습니다."

이런 식으로 주군을 교묘하게 부추기고 도취시킨 후에 영국과 평화조약을 체결하기까지 카탈루냐 지방을 점령한다는 결단을 내렸다. 그동안 스페인 왕자는 발랑세이성(프랑스 중부 탈레랑 소유의 성이다)에 유폐시키고, 가능한 한 친절하게 대하라는 명령이 탈레랑에게 내려졌다. 그다지 명예롭지 않은 임무를 받고 간신은 미소

짓는다. 잘됐다! 이제 스페인 왕자를 대영對英 정책의 도구로 이용
할 수 있다. 미리 왕자 일행을 통해 영국의 동향을 탐지할 뿐 아
니라 영국에 정보를 흘려보낼 수도 있지 않을까 생각한 탈레랑은,
이 시점에서 배신을 결행할 기로에 서게 되는데 첫걸음을 아주 깔
끔하게 내디뎠다. 정치가로서의 신조가 이 길을 선택하게 만든 것
이다. 이후 사적 정보를 파리 주재 러시아 대사나 오스트리아 대
사에게 흘리기 시작하는데 의리 있는 주군에 대한 배신행위를 어
떻게 정당화할 것인가? 싸움을 거는 것도 하나의 방법이다.

"어떤가, 내 방식으로는 스페인 문제 해결이 어렵다고 그대가
예측했으나 그들은 모두 내가 쳐놓은 그물에 걸리지 않았는가?"

"폐하, 베이욘 사태에서는 득보다 실이 많았다고 사료됩니다."

"무슨 얘긴가?"

"간단합니다. 예를 들어보겠습니다. 사회적 지위를 가진 남자
가 못된 짓을 저질러 애인을 두고 아내를 학대하며 친구들에게 큰
폐를 끼쳤다고 가정해 보겠습니다. 사내는 주위로부터 비난을 받
겠지요. 하지만 부와 권력이 있고 처세도 능란하다면 그는 주위로
부터 관대한 대접을 받을 것입니다. 하지만 사내가 도박판에서 부
정을 저질렀다면 즉각 양식 있는 집단에서 추방되고 용서받지 못
할 것입니다."

황제는 창백한 표정으로 하루종일 아무 말도 하지 못했다고 탈
레랑은 기록하고 있다. 나폴레옹은 왜 그를 즉시 쫓아내지 않았을

까? 왜 서인도제도 같은 곳으로 추방하지 않았을까? 구체제 지지파의 명문 귀족에게 정신적으로 짓밟혔음에도 불구하고 해고하지 않았다. 탈레랑이 거짓말을 하는 걸까? 이것은 왕정복고 후 20년이 흐른 시점에서 기록된 것이고, 정통 계승권을 가진 왕세자에게 어필하기 위해 자신이 이중 플레이를 한 것을 분명히 할 목적으로 적은 것이라 신빙성이 높다.

어느 누구도 본심을 말하지 않고, 하물며 모욕당한 일이 없었던 인물에게 정말로 탈레랑이 이렇게 말했다면 왜 파면되지 않았을까?

"그는 나를 이해하는 유일한 인물이다."

이것은 좀 과대평가이지만 이 정도 평가를 황제에게 받은 것을 보면 역시 대단한 인물이다. 그리고 탈레랑에게는 양심이 결여되어 있어서, 그가 황제의 뜻대로 꼭두각시 역할을 하는 데 도움이 되었다.

보통 사람은 타인을 타도할 때 어느 정도 망설임을 가지고 임하는 법이다. 하지만 탈레랑은 장애가 되는 것을 가차 없이 제거해 버리는 성격이고 그 동기는 첫째 금전욕이었다. 그에겐 나폴레옹 같은 천재적인 번뜩임은 없었다. 나폴레옹처럼 자기 제국을 혼돈에서 탈출시키는 번뜩임을 자기 두뇌에서 발산하지는 못했다. 하지만 프랑스의 역사가인 미니에(1796~1884)의 저서 《프랑스 혁명사》를 보면 탈레랑의 분별력은 나폴레옹의 위대한 재능과 보완적인 관계에 있었다고 한다.

"나폴레옹이 가진 창조성, 상상력, 대담성, 격정과 같은 자질은 탈레랑의 냉정함, 주도면밀함, 견실함을 필요로 했다. 한쪽은 뛰어난 행동력을, 다른 쪽은 발군의 조언 능력을 가지고 있었다. 한쪽은 모든 장대한 계획을 세우고 다른 쪽은 위험을 동반한 모든 것을 기피했다. 한쪽의 독창적인 격정은 다른 쪽의 사려 깊은 완만함에 의해 적절히 진정되었다."

그들은 서로 이해하고 있었지만 어디까지나 각자 성격 범위 내에서였다. 나폴레옹이 탈레랑의 배신을 전혀 눈치채지 못한 것도 그 때문이다.

드디어 에르푸르트에서 탈레랑의 등장을 알리는 종이 울린다. 무리 지어 모인 군주들을 저울질해 보면서 도움이 안 될 것 같은 쪽에는 눈도 주지 않고 가장 돈이 많아 보이는 남자, 쩔렁쩔렁하는 소리를 내는 금화와 정치적 이익을 보증해주는 남자를 향하여 그는 직진한다.

그 남자란 바로 짜르 알렉산드르다. 파리 주재 러시아 대사로부터 탈레랑의 명성을 듣고 있던 짜르는 그와의 면담을 기대하고 있었다. 이렇게 두 사람은 프로이센 왕비의 여동생인 튤름 운트 탁시스 후작부인의 살롱에서 첫 대면을 한다. 이후 부인은 매일 밤 연극이 끝나면 그들을 맞이했다. 10년 후 탈레랑은 회상록에 적는다.

"알렉산드르 황제를 위해 준비한 수법은 전부 먹히지 않았다. 첫 만남에서 그는 내 의도를 알아차렸다. 그것도 이쪽 의도대로."

다음날 눈빛만으로 의사소통이 된다고 판단한 탈레랑은 짜르에게 말한다.

"폐하, 이제 어떻게 하실 겁니까? 유럽을 구할 사람은 당신뿐입니다. 나폴레옹에게 의연히 맞서시기만 하면 됩니다. 프랑스 민중은 계몽되었으나 그 지배자는 그렇지 않습니다. 러시아의 지배자는 계몽되었으나 그 국민은 다릅니다. 따라서 프랑스 국민이 동맹을 체결할 대상은 러시아의 지배자입니다."

일례이지만 여러 차례에 걸쳐 솔직한 대화를 거듭하면서, 나폴레옹만큼이나 타인의 마음을 사로잡는 능력이 뛰어난 탈레랑은 알렉산드르의 마음에 씨를 뿌린다. 의도대로 싹을 틔울 씨앗을 심은 것이다. 이런 분수에 넘는 행위가 짜르에겐 귀중한 정보가 되고 그 기분을 표현하려고 탈레랑의 조카를 동방 제일의 자산가 딸과 혼인시키겠다고 약속한다.

짜르는 드디어 나폴레옹에 대한 저항력을 키웠다. 그때까지 측근들이 제언하고 있던 나폴레옹에 대한 신중하고 조심스러운 대응책을 알게 된 것이다. 에르푸르트에 머무는 중, 겉으로 보이는 친밀함에도 불구하고 두 황제는 서로 속이는 데 밤낮을 지새우느라 틸지트의 따스한 분위기는 이제 없었다.

망설이다가 나폴레옹은 탈레랑에게 신동맹 조약의 초안을 쓰게 하고 그것을 스스로 고친 다음 알렉산드르에게 전달한다. 조약의 기본원칙은 누설 금지로 하고, 만일을 위해 구두 서약까지 받는다. 하지만 그날 밤 굳게 약속된 서약은 깨지고 극비사항인 기본원칙이 탈레랑에게 전해진다. 탈레랑은 자기가 기초한 조항이 주군에 의해 변경된 것을 알게 된다. 이 조약이 체결되는 일은 끝까지 없었다.

그날 밤 나폴레옹에게 호출된 탈레랑은 최선을 다해 이야고(셰익스피어의 희곡 오셀로에 나오는 음모의 천재)를 연기한다.

"알렉산드르와의 체결은 이루어지지 않았다. 의견을 바꾸어보려고 열심히 설득했으나 결국 일보도 전진하지 못했다."

"폐하가 여기 오신 이후로 기대 이상으로 그분을 바꿔놓으셨다고 생각합니다. 이제 알렉산드르 황제는 폐하께 매료되어 있습니다."

"그런 척하는 것뿐이다. 그대는 속고 있다. 그렇게 나를 좋아한다면 왜 서명하지 않는가?"

"폐하, 그분은 기사도 정신을 갖고 있습니다. 이쪽이 너무 준비를 하면 오히려 마음에 상처를 받을 수도 있습니다. 조약에 의한 관계보다 호의로 쌓은 관계가 더 긴밀하다고 사료되옵니다."

"더이상 이 문제를 거론하지 말자. 자칫하면 이 문제에 집착하고 있다는 인상을 줄 수가 있다."

며칠 후 두 황제는 더욱 친밀한 듯 보였고 번잡한 의례는 생략

되고 서로 거침없이 왕래하게 되었다. 나폴레옹은 능숙하게 그물을 치고 말을 던진다.

"파란이 많은 생활에는 지쳤습니다. 휴식이 필요합니다. 걱정을 버리고 마음껏 가정적인 휴식을 즐길 시간이 필요합니다."

그리고 차분한 어조로 말을 잇는다.

"하지만 그런 행복은 제게 인연이 없습니다. 자식이 없는 가정이 있습니까? 제가 아들을 가질 수 있을까요? 아내는 10살 연상입니다. 아, 실례했습니다. 쓸데없는 말씀을 드렸어요. 당신 앞에선 나도 모르게 본심이 나오는군요."

그는 잠시 숨을 내쉬고 중얼거린다.

"그런데 만찬까지 시간이 없군요. 다시 냉정해져야지."

성장盛裝을 한 제후들이 '야영野營의 남자'라고 부르는 황제는 이렇게 만찬 직전에 미묘한 문제를 착수하는 기술을 습득하고 있었다. 곧이어 그 문제가 유야무야되는 형식으로…. 이날 밤 탈레랑을 침대 곁으로 부른 그는 말하고, 묻고, 조정하고, 명령했다.

"나의 운명이 이것을 강요하고 프랑스의 안녕이 이것을 원하고 있다. 내겐 후계자가 없다. 조제프는 든든하지 않고 게다가 딸밖에 없다. 내게는 황통의 기반을 세울 의무가 있다. 그러기 위해서는 유럽의 유서 깊은 왕가의 딸과 결혼할 수밖에 없다. 알렉산드르 황제에겐 여동생이 여럿 있고 그중 하나가 나와 나이가 어울린다. 이 건을 로만체프(러시아 대사)에게 말하고 스페인 문제가 매듭

442

지어지면 투르크 분할 문제에서 그의 의견을 검토하겠다고 전하라."

이튿날 탈레랑은 이것을 직접 짜르에게 전달한다. 짜르는 어제 황제가 흘린 쓸쓸한 말을 잊지 않고 있었다.

"그 인물의 성격을 정확히 이해하는 사람은 없다. 그가 다른 나라들이 우려할 만한 행위를 벌이는 것은 그의 입장에서 피할 수 없는 일이다. 얼마나 선량한 사람인지 아무도 모른다. 그대도 그렇게 생각할 테지. 그를 잘 알고 있으니까."

탈레랑은 사견을 말할 생각이 없었지만 이를 계기로 황제의 의도를 전할 빈틈없는 면을 갖추고 있었다. 이에 짜르는 "나만 관련된 문제라면 기꺼이 동의하겠지만 여동생에 관한 문제라면 모친의 의견에 거역하기 어려운 점이 있다"라고 답한다.

그 후 두 황제는 장시간에 걸쳐 회견을 거듭한다. 그 내용은 전해지지 않으나 양자兩者의 관계가 더욱 친밀해지고 후작부인의 저택에서 만나는 빈도도 늘었다. 하지만 회견은 아무런 결실도 맺지 못하고, 동맹도 결혼 약속도 에르푸르트에서 체결되지 못했다.

대단한 영광을 누리면서도 나폴레옹은 빈손으로 그곳을 떠나야 했다. 선물을 챙긴 것은 탈레랑이다. 그는 새로운 조카며느리의 막대한 자산을 챙긴다.

그동안 38명의 독일 제후들이 황제에 의해 농락당했다. 협박을 받기도 하고 칭찬을 받기도 하면서.

"사자의 갈기를 건드릴 만큼 용감한 사람은 없었다. 마지막 날 궁정에서 벌어진 광경은 평생 잊히지 않을 것이다. 그는 제후들에게 둘러싸여 있었다. 자기 군대가 격파당하고 영토가 줄어들고 신분도 강등당한 인물들이다. 하지만 어떤 요구를 하는 자는 없었다. 그들의 소망은 황제의 눈에 드는 것뿐이었다." 탈레랑의 기록이다.

그런 상황에서 나폴레옹은 생각한다. 비엔나 정부는 아마 동맹이 성립했다고 생각할 것이며, 그에 대한 위협만이 동맹 성립 시 들어올 것을 보장해 줄 것이다. 그동안에도 탈레랑은 메테르니히에게 다음과 같은 정보를 흘리고 있었는데 나폴레옹은 전혀 눈치 채지 못했다.

"아우스터리츠 이전의 양호한 관계를 러시아와 맺을 수 있을지는 귀국의 행동에 달려 있습니다. 이 동맹은 유럽에 희미하게 잔존하는 독립의 싹을 구원하는 유일한 것이 될 겁니다."

파리에 주재하는 오스트리아 외교관은 다음과 같은 보고서를 적는다.

"우리는 간신히 새로운 시대를 맞이했다. 프랑스 제국 내부에서 우리에게 동맹을 신청하는 자가 나타나는 시대로."

이별의 때가 왔다. 제후들에 둘러싸인 나폴레옹이 알렉산드르의 어깨에 팔을 돌려 포옹한다. 배석한 자 모두 두 최고 권력자의 우정을 감동한 표정으로 지켜보는 가운데, 한 사람 탈레랑만은 모자를 손에 들고 엷은 웃음을 짓고 있었다. 그에게는 확신이 있었다. 독일 공주의 찻잔 너머로 이 우정의 기초를 무너뜨릴 수 있었기 때문이다. 틀름 저택에서 전개된 간신의 뒷공작은 4년 후에 결실을 맺는다. 독을 주입한 씨가 결국 나폴레옹을 죽음으로 이르게 하는 결실을 맺는다.

X X

권모술수가 소용돌이치는 회의이긴 했으나, 양웅이 맞서는 어두침침한 무대 배후에는 뚜렷이 떠오른 광휘가, 독일적인 지성의 광명이 점재하고 있었다.

"헤어짐을 맞아 나는 귀중한 환상을 가지고 돌아간다. 귀하들이 나에 대해 좋은 추억을 내내 간직할지도 모른다는 환상이다."

이전에 바이마르를 떠날 때, 황제가 식자들에게 남긴 결별의 말이다. 에르푸르트에서도 그는 고명한 석학과 몇 밤을 지냈다. 자기와 마찬가지로 출신이 아닌 천부의 재능으로 두각을 나타낸 인물들과 이야기했다. 평소부터 그들에 대한 동경심을 보이고 있던 나폴레옹이었다. 하지만 직접 접촉하여 받은 깊은 감명은 에르푸르트에서 마음속으로 느낀 독일 군주들에 대한 모멸감을 모두 지우게 했다. 이들 석학들의 업적에 대해서는, 지식이 없어 평가

기준은 어디까지나 독일 문단에서 차지하고 있는 그들의 지위에 따른 것이었지만.

2년 전, 황제는 포츠담에서 요한 폰 뮐러(1752~1809)를 초청했다. 프로이센 국적의 스위스 역사학자다. 이 회견에서 얼마나 중요한 것이 이야기되었는지는, 전모를 밝히지 않았던 뮐러의 신중한 태도로도 충분히 납득이 된다. 그때 가지고 있던 명석함으로 갑자기 본론으로 들어간 나폴레옹은 그를 상대로 역사상의 온갖 주요한 사건을 차례로 도마 위에 올렸다.

타키투스에 대해 이야기하고, 정신사의 주된 전환기를 생생하게 묘사하고, 기독교의 영향 아래 있던 로마 문명에 대한 그리스 문화의 우월성을 찬양했다. 로마에 정복된 그리스가 여기서 역전을 시도하여 세계에서 정신적 분야의 탈환을 이룩한 수완을 칭찬했던 것이다. 예나 전투 후에 마련된 자리에서 프로이센의 학자에게 향해진 황제의 말에는 경의마저 느껴진다. 그는 자신의 역사를 쓰는 게 어떠냐고 그에게 제안했다. 프랑스 학자에게도 한 일이 없는 제안으로 최고의 호의를 나타낸 것이다. 이어서 각 종교가 가지는 원칙에 관한 문제 및 원칙들의 필요성에 대해 물었다.

"황제는 국민과 국가에 대해 이야기하고, 이야기가 진지해질수록 목소리가 작아져서 나는 몸을 내밀어야 했다. 실내에서 그의 말을 알아들을 자는 아무도 없었다. 내가 평생 입 밖에 내지 않은 이야기도 이때 했다."

괴테는 이 회견의 목격자 중 한 사람이었다. 황제는 에르푸르트를 떠나기 며칠 전 꼬박 한 시간 동안 그를 만났다. 체류 중 점심을 들고 알현하고 명령하고 철학을 논하고 서류에 서명하던 익숙한 방에서.

당대 두 거성의 만남이고 서로 상대에게 품은 은밀한 마음이나 동경으로 뒷받침된 만남이었다. 자연과학을 탐구하고 있었으나 인간에 관해서 자기 직관을 확인하는 것만을 모색하던 괴테는 황제보다 훨씬 이 만남에 무게를 두었을 것이다. 10년 동안 시인이 경이의 눈으로 보나파르트의 발자국을 따라다닌 데 반해 황제는 괴테 개인에 관하여 아무것도 모르고 자기가 동경의 대상인 줄도 몰랐으니까. 극히 한정된 친구들만이 동경을 받은 괴테에게 그런 시선을 받는다는 것을 전혀 모르고, 어려운 환경에서 감상에 빠져 3번이나 읽었던 《젊은 베르테르의 슬픔》도 지금 정신 상태로는 어울리지 않았다. 당시 괴테의 진가를 아는 사람은 100명도 안 되는 독일인과 아마 한 명의 프랑스인뿐이었으리라. 그만큼 괴테는 독일에서도 무명이었다. 황제가 기억하는 것은 색다른 희곡을 쓰는 사람이라는 것, 예나 전투 당시 바이마르 공의 궁전에서 장관으로 일했다는 것뿐이었다. 그를 초대할 때는 뮐러나 빈란트에 대한 것보다도 기대하는 바가 없었다.

하지만 그들과 같은 영웅은 서로를 이해하는 데 순간으로 충분하다. 마침 나폴레옹은 원탁에서 점심을 먹고 있었고 오른쪽엔 탈레랑, 왼쪽엔 다류가 앉아 있었다. 출입문에 시인의 모습이 나타나자 가까이 오라고 손짓을 한 황제는 다가오는 남자를 경탄의 시선으로 바라보았다. 나이 육십 정도인데도 기품이 넘치는 귀공자이다. 더구나 그 아름다움은 내면적인 안정을 동반한 탄탄한 빛을 발하고 있었다. 그도 그럴 것이 그 기품은 범상치 않은 노력의 결과로 얻은 것이었다. 황제는 그를 찬찬히 바라보며 중얼거렸다.

"이 사람은 대단한 남자다."

이 말은 정곡을 찌른 것이었다. 한쪽 패자覇者가 다른 패자에 대해 예비지식이 없는 상황이었던 만큼 전무후무한 이 발언은 천재끼리 일어나는 숭고한 교감의 발휘를 증명하는 것이다. 유감이지만 대화 내용은 알려져 있지 않다. 괴테가 남긴 많은 회상록에서도 조심하는 마음에서 기록을 남기지 않았을 것이다. 남은 것은 단편적인 기술뿐이다.

소설 《베르테르》를 칭찬하는 말로 시작된 나폴레옹의 얘기는 '소설의 결말이 마음에 들지는 않는다'로 이어졌다. 황제는 베르테르의 자살 동기에 야심이 개재된 점에 불만을 표했다. 시인은 크게 웃더니—황제 앞에서는 이례적인 거리낌 없는 행동이어서, 황제는 나중에 두 번이나 그것을 편지에 적었다— "비판은 당연하지만 넓은 마음으로 양해해 주십시오. 작가는 다들 나름대로 효과를 내려고 노력합니다"라고 대답했다.

다소 상대를 몰아세운 것에 만족한 황제는 연극으로 화제를 돌리고 비극에 관한 지론을 피력한다. 탁월한 견해는 전부터 연구를 거듭한 결과였다. 프랑스 연극은 현실과 너무 거리가 있다고 말한 후, 비극은 운명이 개입하는 점을 인정하기 어렵다고 주장하는 황제는 이렇게 단언한다.

"그런 시대는 끝났다. 새삼스레 운명 운운해봤자 소용없다. 운명은 즉 정치다."

그리고 개인적인 질문을 던진다.

"이곳의 체류 생활은 어떤가?"

역시 발언 타이밍을 잡는 데 기민한 괴테가 답한다.

"폐하, 아주 좋습니다. 이번 체류가 우리나라에 유익하기를 바라고 있습니다."

"귀국의 국민은 행복한가?"

자신이 제후를 상대할 때 던지는 어조임을 황제는 의식하지 못했다. 사실 바이마르 공국 따위에 관심은 없지만 이것저것 궁리는 해본다. 어떻게 하면 이 남자를 자기에게 도움이 되도록 이용할 것인가? 역사가가 아닌 점이 못내 아쉽다. 하지만 소설가이니까 적어도 이번 프랑스-러시아 회의를 소상하게 보도할 수는 있을 것이고, 극작가이기도 하니까 카이사르의 전기처럼 쓸 수도 있을 것이다. 이 사람이라면 프랑스 작가보다 뛰어난 희곡을 쓸 수 있을 것이고 또 외국인이 쓴 희곡이 더욱 무게가 있다.

"어떤가? 괴테 선생. 회의 기간 중에 현지에 머물러 우리가 보여준 거대한 일을 견문기 형식으로 써본다면…?"

지금과는 다른 신중한 어조로 시인이 답한다.

"아, 폐하. 고대사를 다루는 작가가 더 어울릴 것 같습니다."

황제는 외교관다운 발언이라고 생각하고 말을 잇는다.

"나는 어차피 바이마르로 갈 예정이다. 아우구스트 공이 초대했으니까. 그는 한때 좋지 않은 짓을 했지만 이제는 나쁜 버릇을 고친 모양이다."

"폐하, 비록 좋지 않은 일을 했다고 해도 버릇을 고쳤다고 하심은 좀 지나친 말씀이라 생각됩니다. 저는 그렇게 생각하지 않습니다. 공작은 문학과 과학을 진흥시키고 있고 저희들은 더할 나위 없이 만족하고 있습니다."

'음, 그는 주군을 비호하면서도 우둔한 점을 슬쩍 비치고 있다. 이 사람이 비극을 써야 한다. 카이사르를 주제로 한 비극을. 프랑스에서 그 효과는 전쟁에서 이긴 것보다 더 클 것이다.'

"훌륭한 비극은 뛰어난 재능을 연마하는 최적의 재료라고 본다. 귀하는 카이사르의 죽음을 주제로 한 비극을 써보라. 볼테르가 쓴 것보다 대작이 될 것이며, 그대의 최고 걸작이 될 것이다. 카이사르가 인류에게 어떤 것을 주었는지 알릴 필요가 있다. 파리로 오라! 세계를 보는 안목이 넓어지고 새 작품이 될 재료도 얼마든지 발견할 것이다."

감사한 제안을 받아 영광이라고 시인은 정중하게 인사한다.

황제는 생각한다. '이 정도로 해두자. 지나친 호의를 갖고 있다고 오해받을지도 모른다. 그런데 이상하다. 이 남자는 아무것도 바라지 않고 재능을 과시하려고도 하지 않는다. 어떻게 하면 이 청렴한 사람을 회유할 수 있을까? 우선 우리가 공연하는 연극을 보여줘야겠다. 작가로서 자부심을 부채질하면 마음이 내킬 것이다.'

"오늘 밤 극장으로 오게나. 많은 군주들을 만날 수 있을 것이다. 수석 대주교를 아는가? 그가 뷔르템베르크 국왕의 어깨에 기대 잠자는 모습도 보게 될 것이다. 러시아 황제를 만난 일이 있는가? 에르푸르트 회견에 관해 어떤 작품을 쓴다면 그에게 헌정해야 할 것이다."

세 번째 제안이었다. 괴테는 과연 받아들일까? 시인은 은근히 웃으며 솔직히 답한다.

"폐하, 그런 건 해보지 않았습니다. 펜을 들면서 헌사를 쓴 적은 없습니다. 제 원칙입니다. 나중에 후회하는 일이 없도록."

다소 울컥한 나폴레옹은 돌연 태양왕을 거론한다.

"루이 14세 시대의 대가大家는 달랐다."

"지당하신 말씀입니다. 하지만 그들이 절대로 후회하지 않았는지 확신하실 수는 없겠지요."

'확실히 그렇다!'라고 황제는 생각한다. 괴테가 물러나려는 몸짓을 할 때—이것도 예의 위반이다— 황제는 붙잡지 않았다.

두 영웅 사이에 오간 이 놀라운 대화가 의외의 전개로 흘렀음을 아는가? 당초 괴테에게 별로 관심도 없던 황제가 시인의 관심을 끌려고 혈안이 되어 허무한 노력을 기울이고 있다. 이유는 간단하다. 황제는 작가를 이용하려는 의도가 있었지만 작가는 황제를 필요로 하지 않았다. 나폴레옹은 괴테에게 신작을 기대했지만, 괴테에게 나폴레옹은 천재에 관하여 고찰하기 위한 중요한 재료이고 이미 그 삶의 방식에 관하여 충분한 지식을 얻었다. 따라서 일부러 파리까지 갈 필요는 없었다.

그 필력에 경의를 표한 황제의 초대에도 불구하고 시인은 응하지 않았다. 그래도 나폴레옹은 그를 높이 평가하고 후일 역경 중에도 추억을 술회한다.

XXI

그로부터 2개월 후, 나폴레옹은 마드리드에 있었다. 그가 지금 펠리페 2세(스페인 국왕으로 재위 1556~1598)의 초상화 앞에 서 있다. 궁전을 한 바퀴 돌고, 빠른 걸음으로 미술 진열실을 찾은 그는 조금 전부터 초상화를 계속 응시하는 중이다. 그러나 그 시간이 너무 길었기 때문에 주위는 조용해지고 수행원은 두 사람이 나누는 대화를 말없이 지켜보고 있다. '내 국토에 해가 지는 일은 없다고 펠리페 2세는 말하고 있다. 그 말을 다시 할 가능성은 나에게는 이제 없을 것이다. 그 때문에 이단심문(가톨릭교회가 이단자를 탄압하기 위해 제도화한 비인도적인 재판이다)이 필요하다? 스페인에 침입한 시점에 나는 이를 폐지해 버렸다. 지나치게 관용적이었나? 너무 민주적이었나?

이미 10개가 넘는 나라에서 자유가 내 앞에 굴복하도록 고삐를 잡아 오지 않았는가? 짐작하기 어려운 눈초리의 사람이다. 과묵한 인물이었음이 틀림없다. 아니 현대인이 너무 입이 가벼운 것이다. 게다가 지나치게 그렸다. 아무리 봐도 행복해 보이지 않는다. 하지만 행복한 자들이 있을까?

나폴레옹이 마드리드 변두리까지 와야 했던 것은 탄식할 만한 전황 때문이다. 대의명분도 없이 스페인 침공에 나선 것도 후회스럽다. 금년 4월 황제는 이 나라의 군주 및 대공들의 위계를 박탈했다. 이들 군공이 지위에 적합한 것은 아니었다. 그러나 스페인 국민을 과소평가하고 있었다. 2주일 후인 5월 2일에 자부심을 되찾기 위해 국민이 봉기했을 때 나폴레옹은 그들을 조소하며 벌레처럼 다루었다.

"돈키호테 같은 패거리다. 무지, 교만, 잔인, 비굴…, 놈들이 우리에게 보여준 게 이것이다. 성직자와 이단심문이 국민을 우둔하게 만들었다. 스페인군은 아랍인처럼 숨어서 싸우고 농민은 이집트의 가난한 농부만큼의 능력도 없다. 성직자는 무지몽매하여 소행이 나쁘고 타락한 왕족은 패기도 지배력도 갖추지 못했다."

나폴레옹은 당초 승리가 한때의 것이라는 점을 생각하지 못했다. 그런데 이제는 스페인 국민의 재공격이 목전에 다가오고 있었다. 스페인을 견고한 거점으로 하는 영국군의 지원을 받은 국민이 재차 배후에 숨어서 공격을 시작하려고 한다. 이제 아무도 이를 방해할 수 없다는 것은 황제도 알고 있다. 그가 이탈리아 원정 이래의 전우 뱅상에게 속내를 털어놓았다.

"이것은 내가 저지른 전대미문의 우행愚行이다. 궁지에서 벗어날 묘안은 없는가."

"그리 어려운 일은 아니옵니다. 폐하에게도 유럽에게도 그처럼 불편한 것이라면 철수하면 됩니다."

"남의 일이라 해서 그렇게 쉽게 말하지만 내 입장도 생각해 주게나. 나는 왕위 찬탈자야. 여기까지 오르는 데는 유럽 제일의 지력과 무력을 다해야만 했어. 지위를 유지하려면 아직도 힘이 있다는 것을 만인에게 계속 보여줄 필요가 있다네. 지력과 무력 두 가지를 다 살려야 한다네. 그것도 쌍방의 위신을 손상시키는 일 없이. 내가 실수했다고 온 세상에 알리고 돌아다닐 수는 없다네. 현재대로 패군의 장군으로 머물 수는 없잖은가. 그대의 재량에 맡기겠네. 부디 부탁하네. 무슨 묘안은 없는가?"

이것이 젊었을 때의 보나파르트와 같은 사람인가? 아니면 늙은 징조를 보이기 시작한 나폴레옹인가? 무적의 위세를 떨치던 프리드리히대왕군을 단 8일에 궤멸시킨 그가 스페인에서는 8개월이 걸려도 제대로 전과를 올리지 못하고 있다. 거리, 도시, 군량을 찾기 쉬운 나라에서의 싸움은 쉽지만, 길도 없는 변경이나 무인지경에서의 싸움은 서툴다. 폴란드의 초원이나 안타르시아 산중에서의 전투에서는. 이치를 따지는 두뇌에는 불확정 요소가 너무 많고 성급한 기질에 맞지 않게 진행 속도가 너무 느리다.

예측 못 한 사태에 직면한 가운데, 형인 스페인 국왕은 그를 지원하기는커녕 문제만 일으키고 있었다. 스페인 사람이 되려 하고 국민의 마음을 사로잡으려고 궁리하는 조제프지만, 그런 생각이 분규의 불씨가 되고 있었다. 어느 경우나 국왕답지 못한 행동이 발단이다. 이미 한 번 도망가야 하는 사태를 맞기도 했다. 이때는 프랑스군의 그늘에 숨어 간신히 귀국하는 추태를 보이기도 했다. 나폴레옹은 뢰드레에게 고충을 쏟아부었다.

"조제프는 스페인인으로부터 사랑받으려 한다. 자기의 사랑을 그들에게 믿게 하려고 한다. 국왕의 사랑이란 유모와 같은 다정함을 보여주는 것이 아니다. 국왕은 두려움과 존경의 대상이 되어야 한다. 스페인 왕이라는 자가 모르퐁텐(파리 북쪽의 성)으로 돌아가고 싶다고 써 보냈다. 놈은 나를 궁지에 몰아넣을 셈이다. 내가 산적한 문제로 몸도 움직이지 못하는 것을 기화로 말이지. 유혈로 안정을 찾은 나라에 있기보다는 모르퐁텐에 돌아가는 편이 낫다고 말하고 있다. 그러나 흘린 것은 내 적의 피, 즉 프랑스 적의 피다. 지금 놈이 스페인 국왕인 것도 본인이 요구한 결과다. 나폴리에 남고 싶으면 남을 수 있었다. 나를 궁지에 몰 셈이지만 이건 터무니없는 계산 착오다. 나를 저지할 수 있는 것은 없다. 가족은 필요 없다. 프랑스인이 아닌 자는 나의 가족이 아니다. 나의 형제는 프랑스인이 아니다. 프랑스인은 오직 나 하나다. 네덜란드 왕도 내 사생활을 운운하고 있다. 세 사람 중에서 모르퐁텐에 살기에 가장 어울리는 것은 바로 나다."

왜 그는 조제프와 결별하지 않는가? 나폴리의 왕위를 뮈라에게 준 것처럼, 스페인의 왕위는 술트 장군에게 주면 되지 않는가? 사실상 스페인을 통솔하고 있던 것은 술트이고 그는 나폴레옹이 휘하 장군 중 최고위에 앉힐 만큼의 인물인데.

그 밖에 합당한 인물이라고 생각되는 자가 있으면 그를 국왕으로 임명하라고, 조제프는 나폴레옹에게 전했다.

"확실히 그와 동등 내지는 이상으로 평가하는 자가 있다! 하지만 조제프를 왕위에 앉힐 결의를 한 것은 나의 개인적 평가에 의해서가 아니다. 실적에 따라서 왕위를 부여한다면, 다른 선택을 했을 것이다. 그를 왕으로 한 것은 나의 왕통을 확립하기 위해서이고 가족이 필요했기 때문이다."

영국군에 위협받고 국민에게 미움을 받으면서도, 황제는 마드리드로 들어간 며칠 후 극히 소수의 협력하에 짧막한 명령에 의해 다시 질서를 회복했다. 피로에도 굴하지 않고 정력적으로 활동을

456

전개하여, 크리스마스이브에는 눈보라 속을 걸어 과달라마 산맥 횡단을 감행했다. 로디 싸움에서의 젊은 장군처럼. 2개월 전, 바이마르에서 짜르는 춤을 추었으나 자신은 추지 않았다.

"40이라는 나이를 이기지 못하니까"라고 아내에게 편지를 썼다. 게다가 그는 살이 찌고 있다. 이때 그는 영국군을 격파했으나 눈과 흙탕에 막혀 추적을 포기할 수밖에 없었고, 이전에 프리틀란트에서 그랬듯이 적병이 그들의 전함으로 달아나는 것을 이를 갈면서 바라보고 있다. 과연 그는 산속의 잔당을 추격할 셈인가? 다시 프랑스에서 멀리 떠나려고 하는 것일까? 카스틸랴 산중에 있는 동안, 파리에서는 무슨 일이 일어나고 있는가?

서신들이 아스트로가의 진지에 도착했다. 아이고, 기다리고 기다리던 정보다. 그중 한 통을 읽어나가던 황제는 분노로 몸을 떨기 시작했다. 거의 한 시간을 이유도 모른 채 멍하니 바라보고 있는 측근들은 아랑곳하지도 않은 채, 화가 난 듯이 막사 안을 왔다 갔다하던 그가 갑자기 참모본부의 귀환을 명한다. 그는 군을 휘하 장군에게 맡기고 마차에 올라 바야돌리드로, 그리고 서둘러 국경으로 떠난다.

짐작할 수 없는 눈길의 펠리페 2세는 옳았다. 스페인에서 이단 심문을 폐지한 것은 실수였다. 그대로 온존시키고 파리에도 그것을 설치해야 했다. 파리에서 모반이라니! 탈레랑과 푸셰가 결탁한 것이다. 서로가 미워하고 감시하고 밀고하고 있었기에 이용 가치

457

가 있던 둘이 화해하여, 뮈라와도 음모를 꾀하고 있었던 것이다.

경고해준 사람은 외젠과 레티치아다. 화려한 연회를 개최하는 일은 없었지만 레티치아는 자녀들의 신변에는 항상 경계의 눈을 번득이고 있었다. 탈레랑의 배신은 어느 정도의 규모인가? 언제부터 계속되고 있었는지는 그녀도 모른다. 얼마 전 탈레랑이 '프랑스를 공격하는 시점은 지금이다. 나폴레옹군은 총대장들마저 나가 있다'라고 오스트리아에 조언한 것을 황제는 모른다. 게다가 확실한 모반의 증거를 잡은 것도 아니다. 비록 증거를 잡았다고 해도 주군인 황제조차 체포하기 곤란한 사람들이다. 권력은 알지 못하는 사이에 서서히 그들의 손으로 옮겨가서 그들이 증오하는 대상인 황제의 등을 노리기 시작했다.

파리로 가는 도중, 그들에 대한 나폴레옹의 분노는 걷잡을 수 없이 치솟는다. 도착 후, 황제는 원로원 의원 및 장관들을 국무원에 소집한다(1809. 1. 28). 복수의 입회인으로 삼기 위해서다. 당연한 일이지만 두 피고도 출석하고 있었다. 즉시 공격의 창은 탈레랑을 향했다.

"그대는 도적이다. 비열한이다. 신을 믿지 않을 뿐 아니라 모든 자를 속이고 배신했다. 성직자다운 자질은 한 조각도 없다. 돈 때문이라면 애비라도 팔아먹을 놈이다. 지금까지 충분 이상의 부를 주었으며 나를 거역할 일 따위는 없었다. 그런데 10년간 파렴치한 행동을 계속하고 있다. 경솔하게도 그대는 스페인 정책이 실패로 끝날 것으로 판단하고 실패하길 기대하는 패거리와 접촉했다. 그러나 이 계획을 최초로 제안하고 집요하게 권한 것이 그대 아닌가. 그대는 유리처럼 깨져야 마땅한 자다. 나에게는 그만한 힘이 있다. 하나 경멸스러운 패거리 때문에 그런 수고를 하고 싶지는 않다."

공격은 다시 반 시간 정도 계속되고 언사는 점점 더 과격해졌다. 그동안 청중은 몸을 움츠리고 있었다. 잠시 후 한마디도 하지 않던 탈레랑이 인사를 하더니 그 자리를 떠난다.

한편, 여론을 필요한 방향으로 유도하지 못하고 적을 지원했다고 힐문을 당한 푸셰는 항변을 일절 삼가고 황제의 생각을 전달하는 도구 역할만 했다.

"배신은 의심을 품은 시점에서 이미 시작되어, 의심이 견해 차이에 이른 시점에 완성된다."

이미 나폴레옹의 폭정은 여기까지 와 있었다. 두 배신자가 추방 내지 투옥되는 것을 보려고 온 파리가 기다리고 있었다. 그러나 어느 쪽도 해고되는 일 없이 푸셰는 유임되었다. 대체 누구에게 대신하라고 맡기겠는가? 모든 일을 한 번에 처리하는 유능한 관리가 하던 일을. 시종직은 면직되었지만, 차석인 대선거후직은 유지된 탈레랑은 엷은 웃음을 띠며 다시 궁정에 모습을 나타냈다.

"그 인간은 한창 대화하는 중에 몰래 엉덩이를 걷어차여도 안색 하나 변하지 않고 이야기를 계속할 것이다. 상대에게 조금도 알아차리게 하는 일 없이." 탈레랑에 대한 랑느의 평가다. 얼마 후 튈르리궁에서의 행사 때 다리를 끌면서 주군의 뒤를 따라 무도장을 떠나 집무실로 들어가는 그의 모습이 보였다. 왜냐하면, "내 이야기 상대가 될 수 있는 것은 그자밖에 없으니까."

검토해야 할 안건은 어느 것이나 중대하다. 동면에서 깨어난 독일이 움직이기 시작하고 만인의 눈이 오스트리아에 쏠리고 있다. 프로이센 국왕은 여전히 우유부단하고 칼 폰 슈타인 남작은 나폴레옹의 역린逆鱗을 건드려 전년 12월 나폴레옹이 마드리드에서 보낸 명령으로 프로이센에서 추방되었다.

스페인과 마찬가지로 티롤에서도 반란이 일어났고, 영국 및 투르크와 동맹을 맺고 있던 오스트리아는 다섯 번째 대프랑스 전쟁을 준비하고 있었다. 이때 사라고사의 점령(1809년 2월 16일 랑느가 사라고사시의 항복을 받았다)이 무슨 의미가 있는가? 비록 영웅적 싸움 끝에 프랑스군이 승리를 쟁취한 영토이긴 하지만 말이다. 그러나 봉기가 빈발하고 있는 스페인에서 군을 철수할 수는 없다. 25만이나 되는 프랑스군이 스페인에 발이 묶여 있고, 이런데 오스트리아가 가만있을 리가 없다.

이 난국에서 나폴레옹을 구할 수 있는 것은 러시아뿐이다. 황제는 러시아대사 로만체프에게 짜르에게 주는 선물을 산더미처럼 안기며, "프랑스–러시아동맹에 동의해 준다면 프로이센 포기를 비롯해서 여하튼 짜르의 뜻에 따를 생각이다. 이 동맹의 공표는 틀림없이 중앙 유럽을 전율케 할 것이다"라고 말한다.

알렉산드르는 좀처럼 결단하지 못한다. 비엔나,베를린,런던 정부에 의한 설득과 나폴레옹을 혐오하는 독일 군주들의 위협에 우선 그들 편에 붙지만, 오스트리아 정부로부터 타진 받은 오스트리아 황태자와 누이동생의 혼담은 거절한다. 이번 일에는 중립을 지킨 셈이다.

알렉산드르의 불성실은 측근들의 생각 이상으로 나폴레옹 황제에게 충격을 주었다. 자부심이 상처받고 신뢰가 짓밟히고 노력이 수포로 돌아갔다. 일이 여기까지 진행된 이상 대프랑스 동맹군을 쓰러뜨리는 수밖에는 없다. 그리하여 이듬해 병사가 소집되고 군자금이 긁어 모아졌다. 스페인 전쟁의 결과 국채가 78프랑까지 하락했고 오스트리아는 예상을 넘는 속도로 전투태세를 정비하고 있었다. 4월 초순, 오스트리아군이 진군을 시작했다는 내용이 등화 통신으로 전달되었다. 밤 10시에 이것을 전해 들은 나폴레옹은 프랑스군의 출동 시각을 오전 0시로 결정하지만, 이 정도 대군을 출동시키려면 적어도 4시간이 필요하다는 말을 듣고 격분한다.

바바리아에 도착하여, 적군이 저지른 실수를 알아차린 황제는 소리를 질렀다.

"이겼다!"

말소리와 몸짓에서 기쁨이 배어 나오고 있었다.

"놈들은 패배한다. 1개월 후, 나는 비엔나에 있을 것이다."

예상외로 3주일 후인 5월 13일에는 비엔나를 점령하고 있었다. 40시간에 100킬로미터를 행군해 다섯 번째 전투에서 적을 섬멸했던 것이다. 수많은 작전 중에서도 백미였다고 후일 자찬한다. 그 다섯 번째 전투에서 그는 다리에 한 발의 탄환을 맞는다. 전군과 자신이 믿고 있는 불사신 전설을 깨뜨린 탄환은 나폴레옹의 아킬레스건을 맞춘 것이었다.

그러나 황제는 독일 영토를 질주해 다녔다. 매우 간소해 보이는 그의 마차는 내부가 쾌적하게 개조되어 튈르리궁이나 야영 막사에 서처럼 잠을 자는 것도, 정무를 보는 것도 가능했다. 오늘날처럼 신속한 여행은 아니었겠지만 당시로서는 엄청나게 빠른 속도로 이동하고 있었다. 아무튼 드레스덴에서 파리까지 5일 만에 주파했고 무수한 서랍에는 보고서나, 전보, 각종 리스트가 수납되고 구석에 부착된 등화가 마차 안을 비추고 그의 눈앞에는 말을 바꾸는 장소를 기록한 표가 매달려 있었다. 우편물이 도착하면, 우선순위에 따라 황제가 명령을 내리고 이를 베르티에나 다른 고관이 즉시 서면으로 적었다. 서장書狀은 대기하고 있던 기병 전령에 의해 각 방면에 전속력으로 보내졌다.

맘루크 출신 루스탕이 마부석에 앉고 두 사람의 기승 마부가 6필의 말을 몬다. 황제의 마차는 상시로 무수한 말, 시동, 기마전령으로 에워싸여 있고 일행은 전원이 한 덩어리가 되어 험로에서는 서로 부딪치면서 혹서酷暑나 짙은 안개를 무릅쓰고 주야를 가리지 않고 모래 먼지를 일으키며 질주한다. 길가의 농부들은 그 광경을 보고 나폴레옹에게는 악마가 깃들어 있다고 믿게 만들 정도였다. 어떤 길을 통과했는지는 배후에 뿌려지는 서류로 더듬어 알 수 있다. 찢어진 봉투나 필요 없는 서류, 용무가 끝난 보고서, 짬을 내어 일독한 신문지 등이다.

도착 장소에는 밤늦은 시간에도 뜨거운 목욕물이 준비되어 있다. 아침 4시까지 구술하고 7시까지 자고 즉시 출발한다! 마차에서 내리면 4명의 기마 전령이 사각형으로 둘러싸고 주위를 망원경으로 정찰하는 황제를 밀착 수행한다. 대형 쌍안경이 필요할 때는 시동이 아래를 받친다. 마차 안이거나 막사 야영지이거나, 작전용 지도가 항시 눈앞에 펼쳐져 있어야 한다. 그가 찾는 장소를 즉각 손가락으로 가리키지 못하는 자는 불운하다. 지금은 뉴샤텔 공이 된 베르티에에게도 험한 말을 퍼부으며 노기등등해서 내쫓았다. 전 생애를 통틀어 그가 가는 곳엔 항상 지도가 있었다. 다채로운 색깔의 압핀이 꽂혀 있고 20개의 촛불이 비추는 지도야말로 그의 신앙의 대상이며 무국적자인 그의 조국이었다.

1809년 5월, 두 번째로 비엔나를 무혈점령한 나폴레옹은 쇤브룬 성으로 들어가서 아우스터리츠 때와 같은 거실을 점거했다. 그러나 전쟁이 끝난 것은 아니었다. 거대화한 제국 각지에서 답지하는 것은 흉보뿐으로 이것이 적을 고무시키고 있었다. 스페인 정세는 악화 일로를 걷고 이탈리아 북부에서는 외젠이 패배를 거듭하고 있다. 뮈라가 나폴리에서 북상하여 외젠과 합류하기 위해서는 로마를 어떻게 하지 않으면 안 된다. 나폴레옹은 먼 옛날 호엔슈타우펜 가문의 일원(시칠리아 왕 페데리코 1세, 재위 1197~1250)이 그러했듯이 로마에 대해 가차 없는 태도로 임하기로 했다. 이리하여 4년 전, 나폴리의 왕조 멸망에 관한 짤막한 명령을 구술한 자리에서 지금 교황의 세속권을 폐지하려 하고 있다. 즉 교황의 세속적 재산인 영토를 몰수하려는 것이다. 사면초가의 위급 상황에서 자기 행동의 윤리적, 정치적 영향에 신경 쓸 여유가 없었다. 이탈리아의 남부군과 북부군을 결집시키는 일이야말로 초미의 급선무다.

이 행동의 배후에는 복수심이 작용한 것으로 보인다. 로마에 모욕당한 것이 생각난 것은 그해 초, 스페인에 있을 때였다.

"교황은 관례로 열강의 군주들에게 초를 나누어주었다. 그런데 지난해 내게는 보내지 않았다. 로마에 있는 대사에게 전하라. 나는 초를 바라고 있지 않다. 스페인 국왕도 마찬가지다. 네덜란드와 나폴리에도 초를 거절하라고 전달하라. 작년에 행한 그러한 무례를.

당한 이상, 받아주면 안 된다. 이 건에 관해서 이하의 2항을 대리대사를 통해 교황에게 알려라. 첫째, 나는 성촉제(2월 2일, 신도가 1년 동안의 무사를 기원하여 교회에서 초를 받는 날)에 받는 초를 나의 주임 사제에게서 받는다. 둘째, 이러한 물건의 가치는 추기경의 지위나 권력에 따라 규정되는 것이 아니다. 주임사제와 마찬가지로 교황이라 해서 지옥에 떨어지지 않는다는 보장은 없다. 이것, 즉 나의 주임사제에 의해 축도를 받은 초는 교황의 초와 동등한 신성함을 가질 수 있음을 의미한다. 나는 교황에게 초 받기를 바라지 않는다. 우리 가문의 대공은 모두 이를 거절해야 한다."

이것이야말로 바로 진짜 루터주의자의 분노이고 진정한 혁명가의 분노이며, 스페인 전쟁 당시 나폴레옹의 심경이었다. 그리고 지금 쉔브룬에서 그는 성부聖父에게서 세속권을 박탈한 후 바티칸에 유폐시키고, 200만 프랑의 연금 수급자로 격하시키려 하고 있다.

이 무모한 방법은 많은 사람을 당혹케 했고, 측근 가톨릭교도를 떨게 했다. 5일 후면 성령강림(펜테코스테)의 날이다. 황제는 신에게 도전하려는 것인가? 미신을 좇는 자들의 예감을 증명하는 사건이 속발했다. 성령 강림의 날(1809. 5. 22), 에슬링에서 나폴레옹은 난생처음 패배를 당한다. 아스페른과 에슬링(둘 다 비엔나 동쪽의 마을)의 승패에는 아직 논란의 여지가 있다고 하나 대승리라고 말할 수는 없다. 이날 다뉴브강에 걸린 큰 다리가 떨어져 내렸다. 로디나 리볼리, 마렝고 등 여러 번의 전투에서도 같은 사고가 일어났지만, 지금까지 나폴레옹은 늘 이런 불의의 사고를 천부의 재능으로 교묘히 수습하며 승리해 왔던 것이다. 게다가 이날 죽마고우였던 랑느 원수가 중상을 입었다. 급거 달려간 황제에게 빈사

상태의 원수는 적의에 찬 눈길을 보냈다고 전해진다. 며칠 후 원수가 숨을 거둔 날 밤, 의기소침한 황제는 아무도 만나려 하지 않고 참담한 가운데 침묵하고 있었다.

'내가 졌는가? 아킬레스건을 맞아서인가? 탈레랑의 음모보다 점쟁이의 예언이 적중한 건가? 아니, 그렇지 않다! 잘못은 내게 있다. 적 앞에서 다리를 돌파하는 작전은 너무 무모했다. 랑느가 옳았다. 그런데 그는 거의 다 건넜는데 후퇴하고 말았다. 이런 참담한 정보를 어떻게 파리에 전할까?'

불안을 안고 그는 쇤브룬으로 돌아왔다. 적국의 한가운데에 있는 거대한 궁전, 얼마나 쓸쓸한가. 발레프스카라도 곁에 있어 주었으면…. 지금 그녀는 폴란드의 변경에 살고 있다. 하지만 아마 생각은 이곳에 와 있을 것이다. 지난해 그녀는 아이를 가지지 못했다. 내 아이를 그렇게도 바랐는데도…. 그녀를 데려올 사자가 보내졌다.

묘한 통지가 빈번히 도착하기 시작했다. 격해된 교황이 오히려 황제를 파문했다고 한다. 나폴레옹은 일소에 부쳤다. 중세 이후 되풀이된 새로울 것 없는 교황청의 대응 따위는 신경 쓸 필요가 없다. 자기 생각만 옳다고 여기는 무장은 머리를 굴린다.

노트르담의 앙갚음인가? 거기서 왕관을 내 손으로 머리에 얹은 데 대한 보복? 성스러운 것이란 무엇인가? … 예수가 영원히 살아있다고 생각하진 않지만 그를 이용할 수는 있다. 지금처럼 회의

주의가 날뛰는 시대에 이단 배척을 두려워하는 것은 어린이나 부녀자 정도일 것이다. 그리고 보니 코르시카나 브뤼메르 18일 쿠데타 때도 적들은 나에게 신의 저주가 내리도록 빌지 않았던가! 이런 저주는 장난에 지나지 않는다. 내게 이것은 길조다!

금세 사기를 되찾은 그는 설욕할 준비를 갖춰 7월 6일, 바그람 전투에서 승리한다. 저주받은 나폴레옹군이 신앙심 깊은 카를 대공이 이끄는 오스트리아군을 격파했다. 이틀 전부터 이어진 긴 전투의 종반, 피로를 느낀 황제는 맘루크에게 곰 가죽을 깔게 하고 20분 후에 깨우도록 명한다. 그가 잠을 깼을 때는 완전히 원기를 회복하고 있었다. 얼마 후 전투가 끝나고 남은 것은 휴전협정뿐이었다.

황제는 기분이 좋았다. 쇤브룬에서 발레프스카 부인과 재회한 것이다. 밤마다 나폴레옹은 궁전 가까이에 감춰둔 백작부인을 불렀다. 길이 나쁘니 마차가 전복되지 않게 주의하라고 엄명을 내리면서. 동거생활은 석 달 동안 계속됐다. 핑켄슈타인에서의 재회를 기약하고 헤어진 두 사람이 결국 쇤브룬에서 만나게 되었다.

수주 후, 젊은 백작부인이 회임한다. 드디어 고대하던 아들을 얻을 것인가? 두 사람의 사랑에 새로운 관심이 더해진다. 교황에 의해 성 나폴레옹의 날로 정해진 8월 15일의 전야, 그는 애인 곁에서 내일을 생각한다. 맨 먼저 축하해 줄 사람은 그녀일 것이다. 프랑스어도 이탈리아어도 정확하게 말하지는 못하지만 말보다도 눈빛으로 생각을 전달하는 데 능숙한 스물 남짓한 여인이다. 그는 10년 전 바로 이날, 비록 이집트에서 영국의 먹이가 될지라도 프랑스로 돌아가려고 결의한 일을 회상한다. 이제는 황제가 되어 일개 장군에 불과했던 그때와는 크게 다르지만, 그때 이상으로 행복하지는 않다. '제반 사정'의 노예로 전락했기 때문이다.

핑켄슈타인 이후 그의 입장은 급변했다. 당시는 전도양양하던 신제국의 창설자였고 몰려오는 동서 국왕들의 대사를 응대하면 그만이었는데, 지금은 제국을 지키기에 급급하여 수많은 승리도 제국 유지에 도움이 되도록 극히 신중하게 다뤄야 한다.

바그람에서 승리를 거둔 날, 로마에서는 어리석은 짓이 행해지고 있었다. 소식을 들은 나폴레옹은 격노했다.

"교황을 납치하다니 이게 무슨 미친 짓인가. 납치해야 할 것은 추기경이고 교황은 손대지 말고 그대로 로마에 머물게 했어야 했다."

자신에 대한 파문 선언은 웃으며 지나쳤다. 그러나 교황 납치는 잘못이다. 정치가로서의 후각이 일의 중대성을 감지했다. 어리석은 짓은 자신을 궁지로 몬다. 교황이 추방하는 것과 교황이 추방당하는 것은 사람들이 받는 충격이 다르다. 후자의 경우 윤리적 영향이 엄청나다.

스페인에서는 영국군이 실지를 회복하여 아군과 스페인 국민이 연합하여 산악지대에 잠복하고 있다는 보고가 도착했다. 파리로부터는 푸셰가 황제의 명을 무시하고 국민군을 소집했다는 보도가 도착했다. 이것은 명백히 프랑스 국내에 소요를 유발하려는 조치다. 영국에 대한 프랑스 국민의 공포를 부추겨 병역 등록자들의 불만을 불러일으키려 하고 있다.

위기 상황은 가속되고 있었다. 파리와 로마로부터의 급보는 8일 전에, 스페인에서는 16일 전에 떠난 것이다. 지금 명령을 보내도 바야돌리드에 도착하기 전에 사태가 급변할지 모른다. 모든 교섭을 종결시키는 일이야말로 당면한 급선무다. 영국과 네덜란드의 부추김을 받은 오스트리아는 수주 동안 협상을 계속 연장하고 있다. 전날 900만의 국민을 포함한 국토의 3분의 1을 요구했을 때도 이 조건은 받아들이기 어렵다고 일축되었다. 그래서 이번에는 다른 수법으로 임하기로 한다. 백전노장의 외교관들도 질릴 정도의 솔직함으로, 오스트리아의 원수 부브나(1768~1825) 앞에서 당면 문제에 대해 장장 7시간에 걸쳐 얘기했다.

"귀하들이 상습적으로 범하는 과오에 대해 말하겠다. 귀하들은 교전 전날 배치를 완료한다. 아직 적의 움직임이 파악되지 않고 있고 아군의 상황밖에 모르는 가운데 준비를 한다. 나는 반대로 교전 전에 명령을 내리는 일이 절대 없다. 특히 밤에는 조심한다. 새벽에 정찰대를 내보내 스스로 정보를 검토하고, 판단에 확신이 없으면 전군의 발을 묶어 두었다가 여기다 싶은 지점에서 돌격시킨다. … 귀하의 말이 맞다. 우리 포병대는 패했다. 하나, 지금 내가 어찌하겠는가? 우리 군은 피폐해서 평화를 바라고 나는 보병을 온존시킬 필요가 있다." 이어서 동맹에 대해서 말한다.

"현재 러시아 황제에게 신뢰를 두고 있긴 하지만 현상이 유지될지 누가 보장할 수 있겠는가? 프로이센이 오스트리아와 프랑스 사이에서 망설이고 있는 것은 전부터 알고 있다."

그는 돌연 요구액을 반감하고, 휘하 장관의 언동을 월권행위로 단정하고 동맹을 제안했다. 한시라도 빨리 파리로 귀환해야 하는 이상, 부득이한 방침 전환이다. 오스트리아는 영토의 일부를 라인연방에, 다른 일부를 러시아에 양도한다는 것이 새로 설정된 교섭의 조건이다. 이렇게 되면 나폴레옹 앞에 발칸반도로 가는 길이 열린다. 그러나 다시 수주가 지나도 결론이 나지 않자 폴란드 아가씨의 아름다운 눈길마저도 황제의 울분을 진정시키지 못했다.

한 청년이 황제에게 접근을 시도한 것은 10월 2일이었다. 쇤브룬 성에서 군을 열병하는 중 생긴 사건이다. 체포된 청년이 주방용 식칼과 소녀의 초상화를 소지하고 있는 것이 발각되었다. 유치장에서 해명을 일체 거부한 청년은 황제에게 직소를 요구했다

프로테스탄트 목사의 아들로 금발에 성실해 보이는 18세 젊은이는 별로 잘못한 것도 없다는 태도로 황제 앞에 서 있다. 예의 바르게 대답하는 청년 프리드리히슈탑스에게 나폴레옹은 프랑스어로 질문하고 통역을 맡겼다.

"예, 당신을 죽이고 싶었습니다."

"그대는 환각에 빠져 있다. 정신적으로 병을 앓고 있다는 말이다."

"병을 앓고 있지 않습니다. 지극히 건강합니다."

"왜 나를 죽이려고 했는가?"

"우리나라에 불행을 가져왔기 때문입니다."

"그대에게 무슨 해를 끼쳤다고 하는 것이냐"

"모든 독일인에 끼친 것과 같은 해악입니다."

"누가 보냈는가? 누가 그대를 범죄로 끌어들였는가?"

"누구도 아닙니다. 내적 심증입니다. 당신을 죽이는 것이 우리나라와 유럽에 도움이 될 것이라는 내적 심증이 나에게 무기를 들게 했습니다."

"그대가 나를 만나는 것은 이것이 처음인가?"

"에르푸르트의 회담 때 봤습니다."

"그럼 그때는 나를 죽이려는 의도가 없었나?"

"없었습니다. 더이상 독일을 침범하지 않을 것으로 생각했으며, 당신의 열광적 추종자였습니다."

"역시 자네는 미쳤어, 아니면 병이야."

"아닙니다. 어느 쪽도 아닙니다."

"코르비잘Corvisart(1755~1821, 황제의 주치의로 언제나 충직하게 역할을 수행했다)을 불러라."

"코르비잘이 누굽니까?"

471

통역인 래프가 의사라고 대답했다. 시의가 도착할 때까지 두 사람은 침묵을 지켰다. 슈탑스는 태연했다. 코르비잘이 나타나자 황제는 젊은이를 진찰하도록 했다.

"지극히 건강한 사람입니다." 의사가 아뢰었다.

너무도 자신감 있는 청년의 모습에 당혹하면서도 나폴레옹은 심문을 재개했다.

"그대는 흥분하고 있다. 이대로라면 가족이 걱정할 일이 생긴다. 범하려던 죄를 뉘우친다면 목숨을 보장하겠다."

"사죄는 하지 않겠습니다. 뜻을 이루지 못한 것이 매우 분합니다."

"뭐라고! 그대에게 범죄는 아무것도 아니란 말인가!"

"당신을 죽이는 것은 범죄가 아니라, 의무입니다."

"그대가 가지고 있는 것은 누구의 초상인가?"

"내가 사랑하는 소녀입니다."

"그녀는 그대가 저지른 일을 탄식하고 슬퍼할 것이다."

"그녀는 내가 성공하지 못한 것을 슬퍼할 것입니다. 그녀도 나와 마찬가지로 당신을 증오하고 있으니까요."

황제는 초상화를 들여다보면서 생각한다.

'귀여운 처녀다. 이 젊은이를 살리고 싶다. 은사를 내리고 싶다. 그가 나를 미워한다 해도 별일 아니다.'

다시 나폴레옹이 청년을 바라보며 심문했다.

472

"최후로 묻겠다. 그대에게 은사를 내리면 내게 감사하겠는가?"

"그래도 언젠가는 다시 당신을 죽이려고 할 것입니다."

황제는 아연하여 범인을 물러가도록 명했다. 그리고 그 자리에 있던 외상 샹파니에게 환각 상태에 빠진 사람들에 대해 길게 이야기를 늘어놓다가 뜬금없이 말했다.

"평화를 체결해야 한다. 배상 액수 문제로 오스트리아의 전권 대사와 씨름하는 모양인데 반반으로 처리하도록 하라. 5,000만의 선을 양보 못 한다고 저쪽이 고집을 피운다면 최저 7,500만의 선까지 타협할 것을 허락한다. 다음은 그대에게 맡긴다. 노력해주게나, 24시간 내에 평화를 체결하도록 하라."

젊은이가 나폴레옹에게 준 타격은 심각했다. 3개월간 끈질기게 임해온 교섭의 최종 타결을 장관에게 일임하고 말았다.

슈탑스를 재차 심문하게 하지만 혈기에 찬 젊은이는 은사를 거절한다. 다음날 아침, 밤새 이루어진 조약의 문서를 지참하고 나타난 장관에게 노고를 치하한다. 그날 슈탑스는 처형되었다.

친위대가 출발할 때, 황제는 미수범에 대해 다시 샹파니에게 말했다.

"전대미문이다. 독일인으로 프로테스탄트에 매우 교육을 잘 받은 18세 청년이 이런 죄를 범하다니. 그가 어떤 최후를 마쳤는지 그대도 알아 두면 좋을 것이다."

총구 앞에서 "자유 만세, 폭군에게 죽음을!"이라고 외치며 죽었다는 보고를 묵묵히 듣던 황제는 잠시 후 명했다. 식칼을 보관해 두라고.

XXII

정신을 잃은 황후가 바닥에 쓰러져 있다. 나폴레옹은 궁내장관에게 그녀를 침실로 옮기라 명하고 스스로 촛불을 들고 앞장선다. 좁은 계단에 이르자, 촛불을 시종에게 넘겨주고 장관의 부축을 받는다. 그녀를 조심스레 침대에 눕히고 매우 동요된 모습으로 그가 떠나자, 조제핀이 가늘게 눈을 떴다. 비명이나 실신은 모두 연극이었다. 아프니까 그렇게 세게 잡지 말라고 속삭인 것도 나중에 장관이 밝힌 것이다.

그러나 그녀 마음의 병은 거짓이 아니다. 10년 동안 군림해온 튈르리궁을 떠나야 했기 때문이다. 쇤브룬에서 돌아오고 얼마 후, 황제는 그 일을 알리려고 찾아왔다. 누구나 그의 죽음을 노리고 있는 이상 부득이한 조치다. 외부에서는 독일인이 목숨을 노리고 있고―슈탑스의 테러가 그 증거다―, 내부에서는 푸셰가 영국과 결탁하여 음모를 꾀하고 있다. 무슨 일이 있어도 적자가, 그것도 황족의 혈통을 이을 아들이 필요했다. 이러한 정치적 이유를 시인하면서도 그는 괴로운 심정이었을 것이다. 대망의 아들을 잉태하고 있을지도 모르는 미모의 폴란드 아가씨를 옥좌에 앉힐 수는 없다. 그것에는 아쉬움이 있었을 것이다. 하여간 새로 맞이할 아내가 누구인지 이 시점에서는 본인에게도 확실하지 않았던 것 같다.

2주일 후인 1809년 12월 14일, 황제의 어머니를 비롯해서 형제자매가 가족회의를 위해 원탁에 앉았다. 입 밖에 내지 않았지만 그들이 은밀히 외치는 쾌재의 목소리, 오랜 숙원을 풀었다는 환호성이 동석한 조제핀의 귀에 들린다.

'드디어 문제의 나이 많은 여자를 내쫓을 때가 왔다!'

마음이 편치 않은 황제가 상기된 목소리로 알린다. 황후에게서 적자를 얻을 희망을 포기해야 하는 사태에 이르러 이혼할 수밖에 없게 되었다고.

"후계자를 기대할 수 없는 여성과 헤어져야 한다는 것은 알고 있으나, 가장 사랑하던 사람과 헤어지는 것은 너무 괴로워서 가능하면 피하고 싶다. 그래서 오랫동안 결단하지 못하고 있었으나 그녀 자신이 희생적으로 감수해 주었다. 나는 그녀의 헌신을 받아들이겠다. 어쩔 수 없는 일이기 때문이다."

조제핀은 의연한 태도로 국무대 서기장인 캉바세레스에게 동의서를 읽게 한다(이혼이 의회에서 승인된 것은 다음날인 12월 15일이다).

이어서 전원이 이혼의정서에 서명한다. 나폴레옹의 서명은 평소에 없이 명쾌했다. 내려긋는 획이 힘찼다. 이렇게 이 중대 문제에 마침표를 찍은 것이다. 조제핀의 서명은 미련이 남는 듯 떨렸다. 'M'이라고 기술된 황태후의 서명에는 아들을 본떠서 웅혼한 한 줄이 그어져 있었다.

그날 밤, 나폴레옹은 조제핀의 출현에 놀랐다. 머리가 헝클어지고 하염없이 흘린 눈물로 얼굴이 젖은 그녀가 침대 곁으로 다가온 것이다. 다음날 그의 부축을 받고 마치 니오베(그리스신화에 나오는 탄타로스의 딸)와 같은 모습으로 그녀는 튈르리를 떠났다. 그녀는 비서 므네발에게 다짐하는 것을 잊지 않았다. 주군 앞에서 되도록 자주 자기를 화제로 삼아 달라고.

한편 황제는 베르사유의 트리아농 궁전으로 향했다. 부득이 떠나보낸 여인을 추억하기 위해서였다. 이후 어떤 남자도 사랑하는 여자를 위해서—사별과 생별을 불문하고— 이러한 형태로 석별의 미사를 집행하는 일은 없을 것이다. 꼬박 사흘을 그는 아무것도 하지 않았다. 누구도 만나지 않았고 구술도, 읽고 쓰기도 하지 않았다. 15년 동안 자체 추진력으로 회전하던 막강한 수레바퀴도 사흘간은 소리를 죽였다.

얼마 후 그는 조제핀이 사는 말메종을 방문한다. 아래는 직후에 보낸 편지다.

"오늘 당신은 너무 가라앉아 있소. 그래서는 안 되오. 슬픔에 빠져 있지 말고 뭔가 마음을 풀 것을 찾아내고, 무엇보다 건강에 유념하길 바라오. 당신의 건강은 내게도 중요하니까. 나를 생각하고 사랑한다면 힘차게 돌아다니고 행복한 결혼을 해서 정착하시오. 당신을 생각하는 마음은 결코 변하지 않소. 당신이 행복하지 않은데 내가 행복할 수 없다는 것은 당신도 잘 알 것이오. … 튈르리에 돌아와 보니 당신이 없는 궁전이 얼마나 황량한지 깨닫고 우울해졌소. 버림받은 기분이군. 안녕히, 친구여. 편한 잠자리가 되기를….”

15년에 걸친 관계를 끝낸 40줄에 들어선 남자의 심정이다. 역시 자연스럽고 고마움을 표하면서도 권위가 느껴진다. 그녀에게 3백만 프랑의 연금을 지급하기로 한다. 이후에도 안부를 묻는 편지를 보내곤 했다. 그의 편지에는 예전의 진심 어린 다정함이 깃들어 있다.

얼마 후 어느 가장무도회에서 부인용 외투를 걸친 남자가 메테르니히 대공비의 팔을 잡고 구석으로 인도하는 모습이 보였다. 얼마 전까지 비엔나 대사로 파리 궁정에서 활약하던 인물의 부인이다. 남자가 나폴레옹이라는 사실을 부인은 알고 있다. 가면을 벗은 나폴레옹의 마음속은 아무도 모른다 해도 가면 쓴 황제를 못 알아볼 사람은 없다. 그는 가벼운 농담 후에, 자기의 구혼을 받아줄 만한 오스트리아의 황녀는 없는가, 하고 물었다.

“모르겠사옵니다, 폐하.”

“당신이 황녀라면 청혼을 받아주겠는가?”

“확실히 사양할 것 같습니다.” 비엔나 여성은 웃으며 대답했다.

“냉정한 분이군, 이 건에 대한 의견을 부군께 부탁드리겠소.”

"폐하, 슈바르첸베르크 대공(오스트리아의 원수)께 말씀하십시오, 지금은 그분이 대사시니까요."

이렇게 해서 혁명시대를 살아온 수단, 즉 숨김없는 의견을 나누는 즉흥적인 수단으로 재혼 문제에 착수한 나폴레옹은 그날 밤 외젠에게 명한다. 다음날 즉시 자기 소망을 대사에게 전하도록. 황제에게는 지극히 당연하고 꾸밈없는 행동이 합스부르크가 사람들에게는 상식 밖의 것이었다.

러시아 황제로부터는 아무런 소식도 없고 네 차례 싸움에서 패한 비엔나정부는 평화를 갈망하고 있었다. 이때, 오스트리아 황녀와 결혼하는 것 이상의 묘안이 있을까? 즉각 목적을 달성할 수 있는 수단을 쓰지 않는다면 이혼한 의미가 없지 않은가? 적자嫡子에 대한 바람은 이제 웃음거리가 되어가고 있고, 코르시카인 특유의 끈질긴 가정에 대한 소망도 재연되고 있다. 싸움에 대해서는 거의 조언을 구하지 않는 그가 재혼을 앞두고 친족회의를 소집했다.

이렇게 해서 6주일 전 이혼 때와 같이 일족이 모여 원탁에 앉게 되었다. 이번에는 고관들도 초대되었다. 그중 한 사람에 의하면 출석자 전원이 곤혹스러웠다고 한다. 황제는 후계자를 원한다는 요지를 표명한 후 말했다.

"개인적 감정에만 따른다면 레종도뇌르 학사(레종도뇌르 훈장 서훈자의 딸을 위해 설립한 학교)의 학생이나 전쟁 영웅의 딸 중에서 선발하여, 그중 자질과 덕이 가장 적합한 자를 황후로 삼아 프랑스

478

국민에게 바치고 싶다. 그러나 사람은 시대의 관례로 외국 관습에 양보해야 하고 또한 정치적 배려를 우선해야 한다. 대부분의 군주가 내 일가 사람들과 혼인을 구하고 있으나, 지금 내가 믿음을 가지고 개인적 동맹을 제공할 수 있는 자는 하나도 없다. 한편 프랑스에 황후를 제공할 가능성이 있는 왕가는 세 군데가 있다. 오스트리아, 러시아, 작센이다. 여러분의 의견을 듣고 싶다."

'친자를 황위 계승권이 인정된 군주로 만들고 싶다.' 이러한 갈망이 숙명적인 불운처럼 달려들어 끝내 그를 쓰러뜨린다. 발레프스카 부인은 왜 아내가 될 수 없는가? 왜 프랑스인 여자를 선택하지 않는가? 왜 영토를 나눠준 휘하 영웅의 딸은 안 되는가?

세계를 격변시켜 두 개의 왕관을 스스로 머리에 얹고, 수많은 군주를 대기실에서 기다리게 하고, 여관집 아들을 왕위에 올리려고 적통을 이은 군주를 추방한 그가 '시대의 관례'에 양보하기 위해 사랑하는 반려자와 결별했다! 지난날 자신의 손으로 뒤집은 '시대의 관례'에 따르기 위해!

그러나 차가운 분위기의 큰 응접실에 프랑스 여자를 선택해야 한다고 간언할 만큼 기개 있는 자는 없었다. 외젠과 탈레랑은 오스트리아에 찬성을 표하고, 뮈라는 마리 앙투아네트(1775~1793, 오스트리아 황녀로 프랑스와의 오랜 불화를 종식하기 위해 부르봉가와 정략결혼했다)가 불행을 가져왔다는 이유로 반대했다. 러시아가 좋다는 자가 있는가 하면 작센이 좋다는 자도 있었다.

황제는 모든 의견에 귀를 기울이더니 폐회를 선언하고 이미 결정한 결론을 수행했다. 그날 밤 대리인이 비엔나로 파견됐다. 그날 대세를 정확하게 파악하고 있던 장관이 있었다. 그는 러시아를 강하게 주장했으나 진짜 속내는 집안사람에게만 밝혔다.

"2년 이내에 우리나라는 반드시 두 강국 중의 하나와 싸우게 될 것이다. 상대는 황제가 배우자로 선택하지 않은 나라다. 오스트리아가 상대라면 아무 고통도 느끼지 않겠지만, 러시아라면 생각만 해도 소름 끼친다."

황제는 페테르부르크에 전령을 보낸다. 회답을 학수고대했으나 소식이 끊어진 지 오래다. 어쨌거나 그리스정교의 사제가 튈르리에서 환영받을 일은 없을 것이다. 또한 안나 황녀는 아직 초경도 경험하지 않았고 초경에서 성숙기까지 2년을 요한다. 적자 탄생의 희망도 없는 상태가 3년이나 지속되는 것은 황제의 뜻에 어긋난다.

이런 이유로 에르푸르트에서 착수된 혼인계획은 깨끗이 마감되었다. 반대로 합스부르크가는 자식 부자로 다산성이 보증되어 있다. 신부로 맞이하고 싶은 황녀의 어머니가 열셋의 자식을 두었고 선조 중에는 17명, 더한 경우는 26명의 자식을 가진 이도 있다는 것이 알려졌을 때, 황제는 소리쳤다.

"내게 필요한 것이 그 자궁이다!"

오스트리아 황제가 자신의 요구를 쾌히 승낙할 것이라는 점,

18세의 황녀가 부모의 의사에 따르리라는 것을 전혀 의심하지 않는 황제는 곧 그녀에게 첫 번째 편지를 보낸다. 므네발의 도움을 받으며 악전고투 끝에 자필로 적은 것이다.

"친애하는 황녀님, 그대에게 희생을 바치고 당신을 찬양하고 싶은 마음이 드는 것은 당신의 빛나는 성품 때문입니다. 아버님 되시는 황제께 황녀 전하의 행복을 부탁받고 싶은 소망이오나, 이런 제 마음을 헤아려 주실 수 있는지요? 조금이나마 따스한 정을 받을 수 있다면 성의를 다하여 노력하겠습니다. 나폴레옹."

이보다 바보 같은 편지를 쓴 위인이 있을까? 그녀가 이 청혼을 받아들이는 것은 부친의 뜻을 거역하지 않는다는 의미밖에 없다는 것, 부친의 영토를 약탈한 남자를 진심으로 사랑할 수 없다는 것을 뻔히 알면서도 이 편지를 적고 있다. 남에게 머리 굽히기를 싫어하는 그가 이렇게나 비굴한 문장을 쓴 것은 입장이 좀 곤혹스럽기 때문이다.

그는 비엔나로 가는 베르티에에게, 여느 때처럼 호기를 부려 다이아몬드 테두리로 장식한 자신의 초상화와 150만 프랑 상당의 장신구를 약혼자에게 건네주도록 맡겼다. 합스부르크 궁전 내 성당에서 거행된 결혼식에서 나폴레옹의 대리를 한 것은 약혼자의 숙부인 카를 대공이다. 이미 10회 이상이나 나폴레옹에 패배한 대공이다.

신부의 도착을 기다리는 동안, 국사보다 살림살이 준비에 애를 쓰던 황제는 500만 프랑이나 드는 혼수 도구 한 세트를 마리루이즈Marie Louise(1791~1847, 나폴레옹의 두 번째 황후로 오스트리아 프란츠 1세의 딸이다. 나폴레옹과의 정략결혼으로 나폴레옹 2세를 낳았다)를 위해 주문했다. 신부의 지참금은 단 50만 프랑뿐이었다. 또한 의전상의 실수를 피하기 위해 마리앙투아네트가 지나갔던 길을 상세하게 검토했다. 자기 복장에도 신경을 써서 최신 유행인 예복이나 버클이 부착된 구두를 장만하고, 살을 빼기 위해 사냥을 하거나 말을 타기도 하고 심지어 댄스 레슨까지 받았다.

그 와중에 마리 루이즈는 사랑이 담긴 편지 한 통을 받는다. 읽을 수 없는 내용, 간신히 알 수 있는 것은 맨 밑에 크게 쓴 'N'이라는 글자뿐이었다. 가는 곳마다 꽃다발이 그녀를 기다리고 있었다. 드디어 무서운 남자와 만나야 하는 날이 내일로 닥쳤다. 남자는 일족의 무리를 이끌고 콩페뉴(파리 북동쪽 소도시)에서 기다리고 있을 것이다.

그 남자는 마차에 뛰어 올라탔다. 혈기 넘치는 젊은이처럼 뮈라와 함께 문장紋章도 없는 소형 4륜마차에 올라타서 안에서 예복으로 갈아입고, 약혼자의 행렬을 맞이하기 위해 씩씩하게 출발했다.

줄기차게 쏟아지는 비의 습격. 마차를 말로 바꿔 서두른다. 마리루이즈를 깜짝 놀라게 할 생각이었지만 상대편 마부가 알아차리는 바람에 계획이 틀어졌다. 그러나 마부가 문을 열고 "폐하십니다!" 하고 소리쳤을 때 나폴레옹은 이미 신부 옆에 앉아 있었다. 시녀를 쫓아버리고 비에 흠뻑 젖은 그가 웃으며 아내를 포옹했다. 당황하면서도 신부는 미소로 답했다. "멋있는 분이시군요, 폐하. 초상화에서 본 그대로."

황제는 그녀를 관찰했다. 예쁘지는 않다. 천연두 흔적도 있고 입술은 두툼하다. 눈동자는 하늘색, 나이에 비해 가슴이 너무 크다. 하지만 젊고 싱싱하다. 그날 밤, 콩페뉴 궁전의 식장에서는 의전 담당들이 아연실색한다. 몇 주일이나 걸려 상세하게 짠 예식 순서가 대대적으로 변경된 것이다. 황족은 빠짐없이 모여 있었지만 각양각색으로 행동하고, 신부의 들러리 여자들도 축사를 생략해야 했다. 모두가 비에 흠뻑 젖어 떨고 있었기 때문이다. 황제는 카롤린과 상의하여 만찬 시간을 3분의 1로 단축했다.

황제는 숙부인 추기경 페쉬에게 뭔가를 은밀하게 확인했다. 비엔나에서의 대리 결혼으로 마리 루이즈가 자신의 아내로 인정되고 있는지를.

"예, 폐하, 민법에 따라서…."

다음날 아침, 황제는 아침 식사를 황후의 방으로 가져오게 했다. 한 시간 뒤에는 이 일이 온 궁전에 알려졌다. 황제는 무슨 일이나 진심으로 받아들이는 신부의 아버지에게 장난기 어린 편지를 쓴다.

"황녀는 내가 바라던 분이십니다. 그제 이후 우리는 다정한 분위기를 끊임없이 나누고 있습니다. 이것이 두 사람을 맺는 끈이 되어 마음도 통하게 되었습니다. 그녀를 행복하게 해줄 생각이며, 내가 행복을 얻게 된 것은 오로지 폐하 덕분입니다. 이다지도 훌륭한 선물을 보내주신 폐하에게 감사를 표하는 바입니다."

페쉬가 종교적으로 축도祝禱한 것은 파리에 화려하게 입성한 뒤의 일이다. 조제핀에게는 8년이 늦었고, 이번엔 5일이 늦은 축도였다(1810. 4. 2).

마리 루이즈에 매력을 느낀 황제는 이런 발언도 했다.

"독일 아가씨와 결혼하라. 부드럽고 착하고 순진하다. 게다가 장미처럼 순수하다."

새 아내는 보나파르트 가문 사람들과도 사이가 좋아서 황제에게도 고마운 일이었다. 그는 가정적인 평화를 얻는 것은 첫 경험이라면서 그녀에게 고마워하고 있었다. 그는 아내의 차림에 의견을 말하고 볼을 꼬집으며 '꼬마 아가씨'라고 불렀다.

몇 주 후, 황제는 쉔브룬성에서 잉태한 아이가 폴란드에서 태어났다는 소식을 들었다. 사내아이다. 이때 황제는 초조감에 사로잡혀 동요하고 있었다. 새 아내가 전혀 잉태할 기미를 보이지 않았기 때문이다. 아아, 이게 어찌 된 일인가! 당혹한 그는 발레프스카 백작부인을 파리로 불러들인다.

다행히도 얼마 후 마리 루이즈가 회임한 것을 알아차린다. 메테르니히는 황제가 "필설로 다할 수 없는 기쁨의 상태"라고 비엔나에 보고했다. 이 보고는 국민과 원로원에도 엄숙하게 알려졌다. 어쨌든 황위 계승자를 위한 미사가 집행되고 로마에 지배되고 있었을 때와 같은 대대적인 축전이 거행될 것이다.

마리아 발레프스카가 파리에 도착하자, 황제는 그녀가 원하는 것을 모두 들어준다. 아이를 귀여워하며 제국 작위를 부여했고 대법관을 후견인으로 붙였다. 어차피 나폴레옹은 소시민적 윤리관의 소유자이므로 여기서 벗어날 수는 없었다.

그가 사랑한 두 여자가 서로 친근감을 갖게 된 것은 이 시기였다. 과거에 '눈알을 뽑아버리겠다'라고 벼르던 폴란드 여자를 조제핀이 말메종으로 초대했다. 조제핀은 마리아가 데리고 온 나폴레옹의 아들을 보더니 새삼 눈물을 짓는다. 여자들은 테라스에 있다. 한 사람은 늙은 그림자를 감출 수 없는 나이가 되었고, 다른 한 사람은 젊음에 빛나고 있다. 한쪽은 서인도제도에서 태어나서 투옥되었다가 끝내는 프랑스 국민의 황후까지 되었던 여자, 또 한쪽은 폴란드 변경의 성城에서 자라나서 유복한 노인과 결혼하고, 무도회의 밤 우연한 만남으로 운명이 바뀐 여자다. 옆에서 놀고 있는 것은 두 여자를 사랑했다가 버린 남자의 아이다. 이미 불멸이 되어 있는 명성을 더욱 높이려고 합스부르크의 멍청한 아가씨에게 장가들어 두 사람을 버린 남자.

황후가 출산할 즈음, 나폴레옹은 어려운 선택에 몰린다. 마리 루이즈가 산기가 있다는 것은 온 파리에 알려져 만인이 적자 탄생을 기다리고 있었다. 반 나폴레옹파가 아직 태어나지도 않은 후계자의 존재에 전전긍긍하고 있는 데 비해, 이런 때엔 반드시 왕실 편을 드는 서민들은 열심히 순산을 기도하고 있었다. 밤새 아내의 베갯머리에 붙어 있던 황제가 거실로 철수해 한숨 돌리고 있는데, 의사가 달려와 불안한 목소리로 고했다. 아이가 거꾸로 들어서서 모자가 다 위험하다는 것이다.

황제는 자신이 쌓아 올린 거대한 누각이 위태로워짐을 느낀다. 만약의 순간 '어느 쪽을 살려야 하는가'라는 의사의 질문에 황제는 뭐라고 대답할 것인가? 무엇보다 먼저 아이를, 거국적으로 기다리고 있는 아이를 살려라, 그렇게 명하지 않을까? 마리 루이즈가 도대체 뭔가? 건강한 사내아이를 낳은 시점에서 현세에서의 그녀의 임무는 훌륭히 마친 셈이 될 것이다. 하지만 황제는 대답했다.

"산모를 살려라, 그녀는 소생할 권리가 있다. 생드니 거리의 부유한 부인과 같은 조치를 해주게."

2시간 후 모자가 함께 살아났다. 늦다고 애태우며 기다리던 파리 시민들이 종소리를 세기 시작한다. 19, 20, 21… 여기까지는 황녀다. 마침내 22번째 종이 울리자, 도시 전체에 환호가 터졌다. 열광적인 환성이 계속되고 축포가 울려 퍼지는 가운데 '꼬마 포병 중위'는 창가에서 무의식으로 대포의 구경을 재보면서 찾아오는 군중에게 시선을 돌린다. 지나온 과거를 생각하면서…. 청회색 눈동자에는 눈물이 빛나고 있었다. 1811년 3월 19일의 일이다.

NAPOLEON

마침내 바다

러시아 원정에서 체포 선고까지

사람은 무로 돌아갈 운명이다.
하지만 만사는 인과응보이고
운명처럼 그가 가는 길에 악마들은 2중의 덫을 준비했다.
이렇게 해서 제아무리 나폴레옹이라도
멸망의 길을 걷게 된다.

— 괴테 *Johann Wolfgang von Goethe* —

I

나폴레옹의 마음속에 펼쳐지던 숫자와 공상의 싸움도 드디어 대단원을 맞이하여, 세계 제패의 결의가 굳어지고 있었다.

명실공히 인생의 절정에 도달한 이 시기, 나폴레옹은 다시 양양한 앞길이 열리고 있음을 깨닫는다. 두 가지 현안, 즉 조제핀에 대한 사랑을 희생하고서 쟁취한 합스부르크가와의 인연과 와해 직전의 황실을 구하고 더욱 강화하게 될 적자嫡子 탄생을 성취하게 되어 이제는 모든 당파의 지배자가 되었기 때문이다. 11년 전 마렝고에서 승리했을 때처럼 다시 위업 달성에 불가결한 국내의 안정을 성취한 것이다. 아직 영국 제패의 야망은 이루지 못했으나 러시아는 여전히 호의적으로 보였고, 스페인 제압에 어려움을 겪고 있지만 레지오(이탈리아 남부 항구)에서 함메르페스트(노르웨이의 항구)에 이르는 유럽은 그의 뜻대로였다.

그는 자기 운명의 지배자였다. 그러나 눈앞에는 인생 최대이자 최후의 갈림길이 준비되어 있었다.

타고난 실리적 성향에 따라서만 행동했다면, 프랑스 주도하에 유럽합중국을 수립하고 샤를마뉴 제국과 같은 규모의 제국을 통치하는 정도에 그쳤을 것이다. 그러나 그는 몽상가이기도 했다. 알렉산더 대왕이 이룩한 장대한 제국을 갈망하던 그에게 영국 제패는 인도 침공의 구실에 지나지 않았다.

그러나 숫자상으로 아무리 정확한 판단을 했다 해도, 탄약이나 병력의 수를 조사하는 것에 능한 군인 출신 산술가가 기본적이고 극히 현실적인 요소, 즉 스페인과 독일 국민의 정신 수준을 과소 평가할 수는 있었다.

인생의 갈림길에 선 결정적인 시기, 즉 아들의 탄생에서 러시아 원정에 앞선 십수 개월 동안 그는 정서 불안정 상태였다. 상상력이 국민의 증오에 대해 느끼는 위기감을 환기시키지는 않았는가? 연산 능력이 혹한의 땅으로의 원정이 갖는 위험성을 경고하지는 않았는가? 두 가지 힘을 잘못 접속하면 폭발은 필연이다.

수년 전부터 늙어간다는 것을 느끼기 시작한 나폴레옹이지만, 이 무렵부터 천명天命을 의식하게 된다.

"전혀 모르는 목표를 향해 내몰리고 있는 것 같다는 생각이 든다. 목표에 도달한 시점에서 나를 쓰러뜨리는 데는 털끝 하나면 족할 것이다. 하지만 그때까지는 어떠한 인위적인 힘도 내게는 무력할 것이다. 남은 나날은 셀 수 있을 정도밖에 없다."

지금까지 없던 그답지 않은 발언이었다. 사실 그의 여생은 얼마 남지 않았다. 더구나 이 예언자적 발언에는 종막終幕의 모습을 내다보는 듯한 느낌마저 있다. 하지만 그가 아직 거기까지 알고 있었던 것은 아니다.

비극적 종말에 다가감에 따라, 사고에도 그림자가 드리우기 시작했는지 모른다. 그는 스스로 러시아 원정을 무대의 '제5막'이라고 했다. 거기에서 지금까지는 없던 젊은 시절의 비극적인 분위기를 엿보게 된다. 30세에 나일강변에서 '나는 완전히 지쳤다'라고 기록하던 장군의 모습이 국무원에서 연설하는 43세의 황제의 모습에 겹친다.

"모든 것은 내가 살아 있는 한 계속되겠지만, 나의 죽음으로 끝날 것이다. 나의 죽음 후, 나의 아들은 연수 400만 프랑이 보장되는 것에 만족할 것이다."

기진맥진이라고 느낀 나일 강변의 저녁을 경계로 그는 그때까지보다 더 정열적인 면을 보여주면서, 알렉산더 대왕의 원정을 궁극적인 이상理想으로 계속 추구했다. 그런데 이제 단념해야 하는가? 간신히 실현할 방법을 잡았는데? 그것도 세계 제패에 필요한 것은 꿈보다 체력이라는 현실적 이유 때문에? 그러나 1812년 새해 인사차 입궁한 국무대 서기장에게 황제는 전에 없이 젊은 말투로 응하고 있다.

"그대에게 같은 인사를 30회 더 받으려면 몸가짐을 바르게 해야겠군."

몸가짐을 바르게 하지는 않지만 그는 여전히 기민하다. 영국과의 상업 전쟁은 계속되고 있다. 수년간 쌍방이 팽팽한 접전을 벌이고 있다. 황제는 자국에게 불이익이 된다고 보면 방어로 전환하고, 특정 영국산 원재료—예를 들면, 파리 시민에게 불가결한 사치품의 원료—에 대한 수입 허가증의 발행을 인정했다. 하지만 허가증은 금세 통화로 부정 이용되었다. 북해 및 발틱해 연안에서 밀매인들이 막대한 할증요금을 취하면서 식민지산 물품을 입하시킨다. 그것도 봉쇄령에 의해 유럽으로의 반입이 금지된 상품을. 그는 관리에게 밀매품 적발을 명하여, 유럽에서 발견된 모든 식민지산 물품에 50%의 관세를 부과했다. 하지만 그가 내린 영국산 양모羊毛 제품 소각령은 투기꾼의 암약을 촉진시켰다. 엄한 제재에도 불구하고 부정한 이득을 취할 수 있는 호기였기 때문이다. 이러한 부정행위의 단속은 스페인에서의 게릴라전과 마찬가지로 쉽사리 수습되는 것이 아니어서, 나폴레옹은 상인 군단이라는 반反 황제 게릴라와 대결하는 꼴이 되었다.

　이것은 또 법령 전쟁이기도 했다. 파리가 영국 제품의 교역을 금지하면, 런던은 항만 봉쇄를 명하는 동시에 봉쇄 항구에 입항한 중립국 선박에 고액의 관세를 부과한다고 선언했다. 이에 대해 파리는, 런던 내지 몰타섬에 기항한 모든 중립국 선박은 정당한 권리에 의해 나포될 것이라고 선언했다. 런던은 자국 선박에 다른 나라 국기를 게양하게 해서 유럽으로 보내는 수법으로 이에 맞섰다. 파리는 즉각 지중해를 항해하는 중립국 선박의 검열을 명한다. 미국 정부는 대 유럽 교역을 금지했을 뿐 아니라 대륙과의 전면 단교를 명한다. 하지만 이후 황제는 영국 항만에 일절 접안하지 않는다는 조건으로 미국 선박에 교역 허가를 약속한다. 만인이 바다에서의 자유를 요구하는 시대에, 이처럼 이러저러한 수법으로 해양 무역을 구속하는 것은 불합리 외에 아무것도 아니었다.

그러는 사이에 1파운드가 17프랑으로 하락하여 영국 은행들은 속속 파산했다. 양국 의회에서는 야당이 전쟁 지속에 반대하지만, 그들이 내놓은 새로운 화해 제안은 거부되었다.

나폴레옹의 야심은 부풀어 올랐다. 하지만 먼저 스페인에서 영국의 집념과 그 결말을 검토할 필요가 있었다.

25만의 프랑스 병력이 아직 스페인에 잔류하고 있는데도 그들은 웰링턴이 이끄는 3만 병력에 애를 먹고 있었다. 게다가 흩어진 스페인 장교, 혹은 황제를 미워하는 성직자가 이끄는 게릴라들의 습격을 받기도 했다. 황제와 교황의 대립이 성직자를 전투로 몰아갔다. 피레네산맥 북쪽에서는 프랑스 아이들이 '나폴레옹은 신의 뜻으로 왕좌에 앉았다'라고 배우고, 남쪽의 스페인 아이들은 '나폴레옹은 악마의 화신이고 프랑스인 모두의 죽음은 신에게 기쁜 일'이라고 배운다.

머지않아 전투가 가능한 스페인 정규군은 사라지게 될 광신적인 나라에서 프랑스군의 장군들은 전의를 상실하고 있었다. 더욱 나쁜 것은 그들의 의견이 분열 양상을 보인다는 것이었다. 1810년 4월 나폴레옹은 포르투갈 전투에 마세나를 파견하는 동시에, 스페인 국왕인 조제프로부터 4개 주를 몰수했다. 조제프는 이 조치의 취소를 요청했다. 황제는 자신이 4개 주의 통치권을 포기했으며, 황제 휘하의 장군을 각 주의 총독으로 임명하고 총독 위에 원수를 두기로 한 것이라고 차갑게 전했다. 일족에게 분배한 왕위로 인해 쓴맛만 보고 있던 그도 결국은 지방 총독을 이용해 로마식 정치체제로 들어간 것이다. 하지만 포르투갈에서 마세나가 여지없이 격퇴당하는 사태에 직면했다. 질병과 기아가 심각해져 프랑스군은 고전할 수밖에 없었다. 격노한 황제는 즉시 그를 소환했다.

황제는 자신이 직접 스페인으로 가려는 것일까? 장성, 장교, 특히 병사들이 자신의 도착을 고대하고 있다. 그것을 알면서도 나폴레옹은 움직이지 않았다. 광신적인 스페인 국민에게 암살당할까 두려운 것일까? 아니면 프랑스 본국의 쿠데타를 두려워하는 것일까? 아니다. 지금 그에게 스페인은 안중에도 없다! 그래서 최고참 전우 마르몽을 보내기로 한다. 그라면 이 사태를 매듭지어줄 것이 틀림없다.

네덜란드 국왕 루이도 황제의 기대를 배신했다. 라인 연안의 네덜란드령을 모두 루이로부터 몰수함으로써, 황제는 네덜란드의 상인과 선박 관계자의 분노를 사고 있었다. 무거운 관세와 영국에 대한 극도로 비타협적인 자세가 그들의 반발을 초래한 것이다. 그 나라의 국민감정을 자신에게 편리한 방향으로 조종하려고 형제를 왕위에 앉혔지만, 여기서 중대한 과실을 범했다. 각국의 국민감정을 너무 우습게 본 것이다. 게다가 그가 배치한 신참 국왕들은 각국의 뿌리 깊은 전통이나 거기서 배양된 기풍에 대응하지 못했다.

형의 간섭을 견디다 못해 막내아들에게 양위한 루이는 국외로 달아나 행방이 묘연하다. 황제가 파견한 밀정들이 유럽을 샅샅이 수색한 끝에 오스트리아의 궁벽한 곳에서 그를 발견했다. 나폴레옹은 이를 악물었으나 자신의 잘못이 무겁다고 인정했다. 그는 병을 구실로 변명하는 신경쇠약인 아우에게 의사를 보내는 것으로 그치고, 어머니에게 편지를 보낸다.

"루이를 찾았습니다. 생명에 지장은 없으나 이번의 행동은 어떤 질병에 의한 것으로밖에 설명이 되지 않습니다. 나폴레옹 올림."

겁먹은 유럽제국에 무리한 요구를 들이대는 서간은 'N' 한 글자로 마치는 것을 생각하면 드물게 공손한 서명이다.

도망간 전 국왕은 어깨의 짐을 내려놓고 그라츠(오스트리아 동남부의 도시)에서 황제가 좌절했던 연애 이야기인 〈마리, 또는 사랑의 고통Marie, ou les peines d'amour〉(1808)이라는 제목으로 3권의 책을 쓰면서 문학 생활에 정착했다. 이 모습을 본떠 실권 없는 국왕으로 있기보다는 도망을 시도한 조제프는 철권에 의해 저지되었다. 허울뿐인 지휘권을 내주는 것이, 파리에서 민주주의와 결탁한 음모를 꾀하도록 맡겨 두는 것보다 덜 위험하다. 이것이 형에 대한 나폴레옹의 견해였다. 이리하여 조제프는 다시 군인으로 돌아가지만 이것도 전혀 성정에 맞지 않았다. 황제는 다시 뜻대로 되지 않는 경험을 하게 된다.

그동안 어떤 일에도 무관심했던 제롬과 폴린은 정사情事로 밤낮을 보내고 카롤린과 뭐라는 음모를 계획하느라 여념이 없었다. 엘리자는 자기가 개최하는 연회나 사냥에 관한 화제를 신문·잡지에 산더미같이 제공했다. 이를 참지 못한 황제는 "토스카나 대공비의 행실에 관심을 가진 자는 유럽에 있지 않다"라고 쓴소리를 하기도 했다.

이 시기 나폴레옹은 일족 중 가장 위험한 인물이 누구인지 아직 간파하지 못하고 있었다. 대영對英 우호조약을 맺은 것 때문에 퇴위당한 스웨덴 국왕 구스타브아돌프 4세(1778~1837, 재위 기간은 1792~1809)의 뒤를 이은 것은 숙부인 카를 13세(1748~1818)였다. 나폴레옹에게 충실한 노 국왕은 1810년 11월, 영국에 선전포고를 하지만 이미 그 전에 황족의 한 사람을 자신의 후계자로 임명했다. 즉위 다음해에 왕태자가 사망했기 때문이고, 황제의 비위를 맞추려는 것이기도 했다. 이렇게 해서 조제프의 처남 베르나도트가 스웨덴의 왕위 계승자가 되었다. 베르나도트라 해서 수수방관하고 있지는 않았다. 스웨덴령 포메라니아를 둘러싼 인맥의 활용과 다양한 뒷공작, 푸셰의 도움으로 획득한 지위다. 프랑스의 장군이 외국의 왕위 계승자로 선출되었다고 해서 이의를 제기할 수도 없어 황제는 결국 용인할 수밖에 없었다. 비록 왕년의 라이벌 —즉 브뤼메르 18일에 자신을 전복시킬 뻔했던 남자—이지만, 예전에 사랑한 여자의 남편이 승진하는 데 반대는 할 수 없었다.

"놈에게 통치 능력은 전무하고, 일개 군인에 지나지 않는다. 그렇지만 놈이 프랑스를 떠나는 것은 바람직한 일이다. 놈은 자코뱅파의 잔당이다. 그 패거리는 다 그렇지만 놈도 다혈질이다. 왕좌란 혈기로 유지하는 것이 아니다. 놈의 됨됨이를 다소나마 고치게 되면, 아마도 나와 같은 의견을 가질 것이다. 어쨌든 이 건에 반대할 수는 없었다. 게다가 일개 프랑스 장군이 구스타브아돌프의 왕좌에 앉는 것은 대영 정책상 최고의 이면 공작이기는 했다. … 귀찮은 놈을 쫓아버렸으니 잘되었다."

예전의 그였다면, 일을 일으킬 만한 패거리는 파리에 머물게 하여 감시했을 텐데….

결국 득을 본 것은 베르나도트였다! 어쨌든 그는 진짜 왕관을 머리에 올리게 될 것이다. 그것도 얄미운 보나파르트에게 아무런 신세도 지지 않고. 북국의 왕태자가 된 베르나도트는 서둘러 어제까지의 주군에게 서한을 보냈다. 솜에 바늘을 품은 듯한 내용이었다. 그는 스웨덴의 왕위 계승자로서 돈과 맞바꾸어 병사와 무기를 제공하겠다는 뜻을 전했다. 행간을 이해한 황제는 껄껄 웃고는 후계자들과 서간을 주고받을 입장이 아니라고 통고하도록 한다. 이 통렬한 반격을 베르나도트는 잊지 않았고, 2년 후 앙갚음에 성공한다.

황제는 친족에 대한 느슨한 조치가 화근이 되어 도처에서 난이 일어나는 것을 괴로운 심정으로 바라보며, 측근에게 실의를 털어놓았다.

"그대들이 말한 대로다. 뮈라를 나폴리 왕으로 앉히는 것이 아니었다. 내가 한 일이 후회된다. 누구나 현명해지는 데는 시간이 걸리는 법. 나는 손수 재건한 왕위에 앉은 것이지 남의 유산을 물려받은 것이 아니다. 아무것에도 속하지 않은 지위를 손에 넣었으므로 … 그 시점에서 머물러야 했다. 총독과 부왕을 임명하는 것으로 그쳐야 했다. 그대들이 말한 대로다. 원수元帥 가운데서도 독립이라는 장대한 꿈을 그리는 자가 나오기 시작하고 있으니까."

드디어 그도 깨달았다. 황제란 연극의 결말이 얼마나 큰 위험을 안고 있는지! 그 체제는 황통을 지속시키고 재능이 있는 자에게 적절한 길을 열어주고 싶다는 욕구에서 나온 것이었지만, 실제로 나폴레옹 체제라는 것이 발족한 것은 낙심한 그때였다. 자신의 영광이 불멸이 아님을 깨닫고, 일족 중에서 후계자를 찾을 필요성을 느끼기 시작한 시기였다. 그리고 지금, 황제에 의해 세워진 자들이 맹렬히 반기를 들려 한다! 형, 아우, 처남, 원수元帥들이, 황제의 위광을 빌려 살아온 패거리들이!

행운의 별 아래에서 태어난 것을 믿어 의심치 않았던 나폴레옹이지만, 후계자의 탄생이 그 맹신을 더욱 굳혔다. 적자가 태어났을 때 축사를 올리기 위해 입궐한 고관대작 가운데는 오스트리아 대사 슈바르첸베르크 부처도 있었다. 재혼에 중요한 역할을 해준 대사에게 깊게 고마워하던 황제는 군복 주머니에서 황금충(고대 이

498

집트의 부적)이 달린 핀을 꺼내어 대사 부인에게 내밀었다.

"이것은 이집트 파라오의 무덤에서 찾아낸 것입니다. 이후 부적처럼 몸에 지니고 있었던 것인데, 받아주세요. 내게는 이제 더이상 필요치 않군요."

얼마나 대단한 결단력인가, 동시에 이 천재가 아들의 탄생과 미신을 얼마나 강하게 결부시키고 있는지를 증명하는 장면이다. 아들의 탄생은 부적 덕분이고, 이제는 아들이 부적이 되었다. 아들 덕분에 온갖 위험에서 수호되고 있다. 나폴레옹은 이렇게 느끼고 있다. 앞으로도 모든 일이 잘되어 갈 것이다. 부적은 필요없다.

군주로 만들어주긴 했어도 형과 아우, 장군들이 아들을 대신할수는 없다. 아들을 앞에 두고 그는 스스로 범한 잘못을 깨닫는 동시에 조제핀의 불임이 가져온 숙명적인 귀결임을 새삼 깨닫는다. 너무나 많은 전쟁과 세월과 희생이 후계자 탄생에 선행했다. 이아이는 운명지어진 대임을 수행하기엔 너무 늦게 태어났다. 21세에 중위, 34세에 황제, 비교할 수 없는 속도로 인생을 질주한 남자에게 41세에 장자 탄생은 너무 늦었다. 단시일에 그렇게 방대한에너지를 소비하면 노화도 빠르다. 준비한 길에 아들이 발을 내딛는 것을 기다리고 있을 수가 없는 것이다.

황제가 대망의 아들을 무릎에 앉히고 어르는 광경이 얼마나 감동적인가! 자신의 모자를 씌우기도 하고, 아침 식사 동안 곁에 두고, 집무실에 들어가는 것마저 허락한다. 스페인에서의 대 웰링턴 작전 계획을 세우는 테이블에 놓아 둔 각기둥 자를 뒤섞어도 아무 말 하지 않는다.마치 손자를 어르는 할아버지 같다. 황제는 소리 내어 웃거나 얼굴을 찡그려 아이를 웃기고, 유럽을 제패한 검을 두 살배기 유아의 몸에 채워준다. 승부사의 날카로운 육감을 갖고 있는 그에게도 지금은 장난과 진심, 꿈과 현실의 경계가 분명하지 않다.

"이 아이는 자긍심이 높고 감수성이 풍부하여 그런 면이 마음에 든다. 통통하고 활기찬 아기다. 좋은 아이로 자라주기를 바란다. 가슴도 입술도 눈도 나를 빼닮았다. 숙명을 완수해 주기 바란다."

전처에게 보낸 편지에서 황제는 예전처럼 허물없는 말투를 써도 된다고 하면서, 그를 '폐하'라고 부르지도 말라고 했다.

"당신의 문체는 좋지 않다. 나는 이전과 조금도 변하지 않았으며 이전의 벗은 지금도 벗이다. … 이 편지를 당신의 편지와 비교해 보라. 어느 쪽이 바람직한지 알게 될 것이다."

그가 이렇게 자연스럽게 함부로 말하는 대상은 그녀뿐이다. 베르티에는 예외로 하더라도 말이다. 황제는 그를 간혹 '내 아내'라고 부른다. 하지만 조제핀의 헤픈 돈 씀씀이에는 나폴레옹도 입을 다물었다. 왜 주어지는 연금 300만의 절반을 저금하지 않는가?

"그렇게 하면 10년이면 1,500만이 되어 당신의 손자를 위해 도움이 된다. 건강하다는 소식을 바란다. 당신이 노르망디의 촌 여자처럼 살이 쪘다고 들었다."

그러나 그녀의 낭비벽은 전혀 나아지지 않았다. 끝내 황제는 모든 채무의 변제를 자신에게 증명하기까지 연금 지급을 중지하도록 그녀의 재산 관리인에게 명했다.

그러나 전처를 만나는 일은 거의 없었고 왕년의 애인들도 멀어졌다. 지금 황제는 소시민의 남편 같은 생활이라기보다 신민의 좋은 본보기가 되기 위해 '군주의 귀감' 같은 생활을 하고 있는 것이다. 태어나서부터 만사에 무관심하고 불성실한 마리 루이즈는 조국에 대해서도 아무런 집착 없이 완전히 프랑스 생활에 익숙해져 가정생활에 지장을 가져오는 일도 없었다. 황제는 그녀를 위해 시간을 쪼개어 승마 연습도 참을성 있게 도와주고 만찬 준비에 시간이 걸려도 가만히 기다려 주었다. 지금까지는 기다리는 일이 없던 성급한 나폴레옹이었는데….

황제에게 털끝만치도 두려움을 느끼지 않는 황후는 아버지가 파견한 대사에게 '황제에게 어떤 두려움을 품게 하는 것은 자신'이라고 말하는 대담성을 보였다. 비엔나에 좋은 인상을 주는 것이야말로 황제에게는 가장 중요한 과제다. 정치적 이유로 마리 루이즈가 행복하게 살고 있다는 것을 오스트리아 내각에 알릴 필요가 생겼을 때, 나폴레옹은 메테르니히를 황후 곁으로 데리고 가서 두 사람을 한 방에 가두고 1시간 후에 열어주었다. 아내가 행복하다는 것을 잘 아셨을 것이라고 장난기 있게 대사에게 말하면서.

물론 장난에 지나지 않지만, 그런 위기 상황에서 마음고생에 짓눌리는 그의 기분을 풀어줄 만한 것은 농담밖에 없다. 마리루이즈의 유일한 공적이라면 이 시기 황제에게 어떤 정신적인 느긋함을 주었다는 사실일 것이다.

그러나 이 결혼이 나폴레옹이 바라고 있던 정치적 긴장 완화를 가져오지는 않았다. 혼인으로 재물을 늘리는 일에 익숙하던 다산 혈통의 오스트리아 왕가는 이번 결혼으로 기대하던 몇 개의 주를 손에 넣는 데 실패했다. 프란츠 황제는 신분 차이가 나는 결혼을 후회하며 꼬마 코르시카인에게 원한을 품게 된다. 덧붙여서 딸이 성을 나가자마자, 그 결혼이 얼마나 불명예스러운지 생각하고 마음이 편치 않았다. 사위가 정통 군주가 아닐지도 모른다는 우려를 가라앉히려고 합스부르크가의 주인은 토스카나의 고문서 관에서 보나파르트가의 가계도를 조사하기도 했다. 그런데 보나파르트 조상의 발자국을 11세기까지 거슬러 추적한 바, 일족의 시조는 토레비조(베네치아의 북쪽 소도시) 출신이라는 것이 판명되었다. 이 사실을 장인이 알려 왔을 때, 보나파르트 일족의 최초이자 최후의 황제는 놀라운 회답을 보냈다.

"고맙습니다, 폐하. 그러나 저는 보나파르트가의 루돌프(합스부르크가의 시조)가 되기를 원합니다."

은근히 합스부르크가의 후예를 야유하고 있다. 벼락 출세자의 불손한 자긍심은 정통 군주의 마음에 상처를 주었다. 이 모욕감은 후일 오스트리아 황제가 '사위 편을 드느냐, 마느냐' 하는 기로에서 무시할 수 없는 요인이 된다. 후일 나폴레옹도 이를 알아차렸으나 이미 때는 늦었던 것이다.

"그때 그들의 체면을 세워 주었더라면, 라이프치히 초원에서 우리 군과 대치했던 병사의 수도 10만은 줄었을 것이다."

한편 이 혁명가는 합스부르크가에 예로부터 전해지는 일부 관례를 존중하여, 아내가 부친 앞으로 보내는 서신에 '신성로마 황제 폐하'로 적는 것을 크게 칭찬했다.

그러나 '신성로마 황제 폐하'는 교황에 대한 사위의 태도가 마음에 들지 않았다. 나폴레옹은 교황을 엄하게 문책하여 사보나 제노바만에 있는 항구도시에 연금하는 동시에 교회법에 소홀한 교황으로부터 측근인 평정관을 멀리하게 하고, 기록 문서를 압수하여 움직이지 못하게 했다. 바야흐로 교회 분리의 위기가 박두한 것 같은 상황이기 때문이었다. 실제로 13명의 추기경은 황제와 마리 루이즈의 결혼식에 출석을 거부했다. 조제핀와의 이혼이 폐쉬에 의해 선언된 것도 교황에게 승인이 안 되었다는 이유에서였다. 나폴레옹은 제국의 수도를 기독교의 본거지로 해 버리겠다고 할 정도였다. 그는 바티칸의 고문서 함을 파리로 가져오게 하여 전국의 고위 성직자를 국무원에 소집했다. 회의는 분규가 심했으나 최종적으로 교회 분리의 경우 교황으로부터 서임권을 박탈한다는 명령이 승인되었다(1811. 8. 5).

일의 중대성에 유럽은 사분오열하고 요동쳤다. 러시아와 폴란드는 로마에 가해진 굴욕을 기뻐했다. 프로이센과 오스트리아도 이를 기뻐하지 않은 것은 아니지만, 모두를 놀라게 한 것은 교황령의 국민이 황제 쪽에 붙는다고 선언한 것이었다. 직속인 군주와 교황청 쌍방이 금지하고 있음에도 불구하고 그들은 나폴레옹법전이나 현대적 교육, 합리적 행정, 도로 건설, 소호沼湖 간척사업을 환영하고 있었다. 한결같이 고대 로마의 정신을 파리로 도입하고 있던 혁명의 아들이 이제는 로마를 혁명의 숨결로 이끌고 있다. 나폴레옹은 동서고금의 역사상, 여러 개의 다리를 건너고 있었던 것이다.

파문된 황제는 교황을 파문할 갖가지 덫을 설치했다. 프랑스의 속국이 된 네덜란드에서 가톨릭 성직자를 알현했을 때는 프로테스탄트 교도의 면전에서 대주교들을 매도했다.

"그대들은 그레고리우스 7세(1020?~1085, 신성로마 황제 하인리히 4세와 성직 서임권 투쟁을 전개했으며, 황제를 파문하고 카노사의 굴욕(1077)을 강요했다)의 제자인가? 나는 다르다. 나는 '카이사르의 것은 카이사르에게 돌려주어라'라고 한 예수그리스도의 종교를 믿고 있으며, 그 성전에 따르면서 신의 것은 신에게 돌려주고 있다. 나는 신이 나에게 부여하신 왕권에 감사한다. 나는 현세의 검을 휘둘러 이것을 내 몸을 위해 이용하는 법을 터득하고 있다. 그러나 왕권을 부여하는 것은 신이다. 나의 왕권은 신이 부여하신 것이며, 내가 멋대로 얻은 것이 아니다. 불운한 자들이여, 그대들은 나에게 저항하고 싶은가? 그대들의 군주인 나를 위해서 기도하고 싶다는 생각은 없는가, 로마의 사제가 그대들의 군주를 파문했다고 하는데도? 그대들은 내가 교황의 하얀 슬리퍼에 입 맞추도록 이 세상에 왔다고 생각하는가? 그대들의 성전聖典을 나에게 보여달라. 무지한 자들이여, 그리스도가 교황을 지상의 대리인으로 보내셨다는 증거를 보여다오. 그대들이 착한 시민이라면 내가 그대들을 보호할 것이다. 정교협정에 서명하라. 그리고 그곳의 장관이여, 이 건에 대해 더이상의 잡음이 내 귀에 들어오지 않도록 필요한 조치를 강구하라."

나폴레옹은 본심을 이렇게 거창하게 윤색했다. 물론 본인은 자기의 열변을 전혀 믿지 않았다. 옛날과 마찬가지로 측근들도 이 호언을 웃어넘기고 있다. 아마도 그에게 있어서, 작은 신의 축복으로 황금의 월계관을 영원히 더럽히는 것은 유감스러운 일이 틀림없다. 예전, 같은 교황 앞에서 자기 손으로 얹은 왕관을.

II

'스트라스부르 주변의 소금 가격이 1리블 당 1수가 오른 이유를 보고하라'라고 육군장관 앞으로 편지를 쓴 그날, 해군장관에게는 금후 3년 동안 2대 함대—아일랜드로 향하는 대서양 순양함대, 시리아와 이집트로 향하는 지중해 순양함대—를 건조하라고 쓰고 있다. 스페인 문제가 호전되면, 1812년에 이 함대들은 희망봉 원정을 목표로 결집할 것이다. 적의 순양함을 피해 6만에서 7만의 병력을 수리남공화국이나 마르티니크까지라도 나르게 될 것이다.

적자가 태어나고 거의 1년간, 나폴레옹의 권력은 전무후무한 높이의 정점에 도달하고 있었다.

"우리가 어디로 가려고 하는지 알고 싶은가? 유럽을 매듭지으면 더 연약한 패거리를 공격한다. 도적이 자기보다 약한 자를 덮치듯이. 연약한 녀석의 지배자로 자리하여 인도를 독점할 것이다. 알렉산더 대왕은 갠지스강변에 도달하기 위해 여기서 모스크바에 이르는 먼 거리의 땅에서 출발했다. 이것은 아크레 이후의 현안이다. 영국의 아시아 식민지를 공격하려면, 유럽의 외곽에서 후면 공격을 할 필요가 있다. 모스크바가 점령되고 러시아가 타도되었다고 가정해 보자. 짜르가 태도를 부드럽게 굽힐·것이다. 혹은 러시아 궁정 내부의 음모로 사망하고 나약한 신정권이 탄생했다고 생각해 보라. 프랑스군과 트빌리시(그루지야 공화국의 수도)의 분견대가 갠지스강에 접근하는 것도 불가능하지 않을 것이다. 프랑스군의 일격으로 영국의 발판을 붕괴시키기에 충분한 지점까지 접근할 수 있을 것이다. 그러면 프랑스는 일거에 서유럽의 독립과 공해公海의 자유를 획득할 수 있다.”

 ‘열변을 토하는 그의 눈동자는 기이한 광채를 발했다. 그는 이 원정의 동기를 열거하며 많은 난제나 수법, 가능한 기회를 검토하면서 이야기를 계속했다’라고 목격자는 보고한다.

 짜르와 화해할 것인가, 아예 타도해버릴 것인가? 이것이 1811년의 과제였다. 나폴레옹의 느낌은 전쟁보다 알렉산드르와의 동맹을 바라는 쪽으로 기울었으며, 이것은 계산과 직감에서 도출된 결론이었다. 그는 러시아의 패배를 진심으로 바라는 것이 아니라, 오히려 예전처럼 싸움을 피하려는 듯이 보였다. 하지만 거기에는 조건이 있었다. 짜르가 약속을 준수한다는 조건이다. 러시아는 동맹국으로서 최후의 일전까지 프랑스에 협력해야 한다. 짜르의 움직임을 면밀히 관찰하여 자신의 영향력이 급속히 약화된다는 것을 알아차리고 있던 나폴레옹이지만, 라인연방의 어느 대공에게 보낸 친서에서는 이해되지 않는 말을 누설하고 있었다.

 “알렉산드르 황제의 뜻에도 나의 뜻에도 반하고, 또한 프랑스의 국익에도 러시아의 국익에도 반하여 전쟁이 일어날 것이다.”

 황제로서도 제1통령으로서도 나폴레옹이 “이 싸움은 불가피했다”라고 말한 적은 한 번도 없었다. 운명이라고밖에 할 수 없는 힘에 이끌려 억지로 하는 듯한 생각이 든다. 씨는 틸지트에서 이미 뿌려져 있었다. 깊어지는 우애의 베일 아래서 몰래 씨의 싹이 돋아 탈레랑의 교묘한 배반을 키웠고, 에르푸르트에서 그들이 재차 포옹했을 때는 이미 적의를 품은 불신감이 자라나 그들 사이에 잠복해 있었다. 둘을 접근시킬 수 있는 혼인계획의 실패는 우연도 아니고 프랑스 황제의 악의도 아니었으며, 짜르의 불신 때문이라 생각된다. 에르푸르트 이래, 나폴레옹에 대한 짜르의 불신은 까닭 없이 깊어가고 있었다. 두 남자가 유럽 분할을 바라며 각자 절반씩의 몫으로 만족한다? 애당초 이것은 무리한 소망이었다. 그들의 평화에 대한 희구가 아무리 진지했다고 해도, 어차피 항구적 협조는 불가능함을 알아차릴 수밖에 없었다. 양자의 대결은 운명이었다.

"나의 위업 달성에 계속 압력을 가하고 있는 것은 이 남자뿐이다. 나의 라이벌은 젊고 영향력은 나날이 증대하고 있다. 나의 영향력은 나날이 약해지고 있는데…."

불길한 생각에 시달리는 나폴레옹은 위험에 맞서 돌진하려 하고 있었다. 물론 본심은 전혀 드러내지 않는다. 이런 깊은 뜻을 정치적 핑계로 은폐하는 것은 일도 아니다.

이미 프랑스 황제는 영국의 '숨통을 끊어놓을' 중립국 선박의 출항 금지를 명하라고 짜르에게 강하게 요청하고 있었다. 요청을 받아들이면 자국의 해상 권익을 크게 손해 볼 수밖에 없었던 짜르는 가짜 깃발을 달고 운반되는 화물을 몰수하겠다고만 약속했다. 러시아에는 중립국을 통해 판매되는 식민지의 산물이 필요했기 때문이다. 나폴레옹은 봉쇄의 균열을 메우기 위해 독일 연안의 감시를 강화했다. 베젤(독일 서북부의 강)과 엘베강의 하구, 한자 도시들, 하노버의 일부를 탈취하여, 결과적으로는 짜르로부터 올덴부르크 공국을 몰수하게 된다. 이 건에 대해서 프랑스 황제는 다음과 같은 말로 자기 정당화를 했다.

"현 상황에서 영국에 대항하려면 이러한 보증이 필수적이다."

방법 자체에 문제는 없다. 하지만 짜르에게 필연적으로 상처를 줄 수밖에 없는 방법이었다. 짜르는 이를 모욕으로 받아들였다. 자기에게 올덴부르크를 보장한 틸지트 조약에 위배된다고 생각한 짜르는 그에 대한 반발로 다른 열강에 접근을 시도했다. 나폴레옹에 대한 선전포고와 같은 행위였다. 하지만 그는 성명서의 끝에 왜인지 러시아가 아직 프랑스의 동맹국이라는 사실을 내비쳤다. 게다가 '러시아 인민의 황제'는 칙령에 의해 식민지 산품의 수입 자유를 인정하는 한편, 프랑스제 와인이나 비단 제품에 대해서는 수입금지와 마찬가지인 중과세를 했다.

페테르부르크와 파리에서 치열한 두뇌 싸움이 시작되었다. 라이벌에게 어떻게 역습을 가할 것인가? 짜르는 투르크와의 화평조약을 원하고 있다. 프랑스 황제는 오스트리아에게 세르비아를 탈취하고 몰다비아(루마니아 북동부 지방)와 왈라키아(루마니아 남부 지방)까지 침공하도록 권하면서, 자기는 묵인하겠다고 약속한다. 메테르니히는 제안에 동의하지만 움직이지는 않는다.

그런데 폴란드는? 나폴레옹은 이미 바르샤바공국에 갈리치아

지방을 주지 않았던가? 그가 폴란드 군주국을 설립하지 않는다고 누가 보증할 것인가? 러시아 주재 프랑스 대사이며 짜르를 좋아하고 화해를 원하는 콜랭쿠르Caulaincourt(1773~1827, 나폴레옹 치하의 외무장관이자 1804년부터 황제의 시종장관으로 여러 차례 전투를 벌이는 동안 그와 함께했다)가 주선해 프-러 간의 화해가 이루어졌으나, 나폴레옹은 협정을 비밀리에 비준하길 원했다. 만일의 경우에는 폴란드를 대 러시아 거점으로 삼을 작정이었고, 폴란드의 민심을 장악하기 위해서도 그들의 독립 희망을 잃게 할 수는 없었기 때문이다. 짜르 쪽이 공식 협정을 강력히 요구하는 것도 그 때문이었다.

1811년 5월 초순, 스페인에서 마세나가 패배했다는 보고를 들은 시점에서 나폴레옹은 대 러시아전의 타당성을 재검토했다. 프랑스로 돌아온 콜랭쿠르는 황제의 마음속에 싹튼 불안을 공격하며 전쟁 회피를 집요하게 설득했다. 짜르를 변호하기도 하고 그의 화해 소망을 보증하기까지 하는 콜랭쿠르를 황제는 처음엔 냉정하게 대했지만 나중에는 태도를 누그러뜨린다. 그는 세세한 내용을 묻는다. 짜르 및 궁정, 신앙심, 나아가서는 러시아의 귀족이나 농민에 대해 묻고 나중엔 콜랭쿠르의 귀를 잡아당긴다. 나폴레옹으로서는 매우 드문 친근함의 표현이다.

"그대는 그에게 반했는가?"

"아닙니다. 저는 평화를 갈망하고 있습니다."

"나도 마찬가지다. 그러나 남에게 설교 듣는 것은 질색이다. 단치히(폴란드 북부 도시) 철수라니! 다음번 마인츠에서 열병할 때는 알렉산드르에게 허가를 받아야 될 것이다. 그대는 세상을 모른다. 하지만 나는 다르다. 나는 세상 이치에 통달한 늙은 여우다. 다시 남방 침략을 가능하게 하려면 대국 러시아와 유목민을 진압할 필요가 있다. 나는 북방으로 진군하여 과거의 유럽 국경을 재건할 작정이다."

이치가 통하지 않는 논리이고 사람을 속이는 핑계다. 콜랭쿠르는 짜르의 위협적인 발언을 전했다.

"나는 나폴레옹의 교훈을 본보기로 할 생각이다. 이것이야말로 스승의 가르침이다. 이 싸움은 우리나라의 기후에 맡기겠다. 프랑스군은 러시아군만큼의 체력이 없다. 그리고 기적은 프랑스 황제가 있는 곳에서만 일어난다. 그가 동시에 모든 장소에 있을 수는 없다."

흥분한 나폴레옹은 안절부절못했다. 대화는 길게 이어졌지만 상대를 설득하지 못한 채 터무니없는 야망을 호도하며 변명만 늘어놓았다.

"일전을 나누면 그대의 친구 알렉산드르의 훌륭한 각오도 무너져 버릴 것이다. 그는 야심이 크지만 견실하지 못하고 연약해서 그리스인 기질이 있다. 그에게는 속셈이 있다. 싸움을 바라고 있는 것은 그쪽이다. 내가 오스트리아 황녀와 결혼한 것이 우리의 사이를 갈라놓았다. 내가 그의 누이동생과 결혼하지 않은 것에 화내고 있다."

사실은 그 반대라고 콜랭쿠르가 차근차근 설명하자, "자세한 것은 잊어 버렸다"라고 대답한다. 잊었다고? 그의 입에서 이런 말이 튀어나온 것은 유례가 없다. 냉정을 잃은 그는 객관적 사실을 얕본다. 지금까지 종교적일 만큼 존중해 온 객관적 사실을…. 이렇게 해서 러시아에 비타협적인 인물을 대사로 파견한 나폴레옹은 바르샤바와 올덴부르크의 교환을 제안하는 러시아 사절에게 위압적으로 답한다. 온 방이 다 울릴 만큼 큰 목소리다.

"폴란드 땅은 한 마을도 양보 못 한다!"

전쟁 회피를 위한 정책도 운명의 힘을 막을 수는 없다. 무수한 계획에 고양되고, 부푸는 욕망에 마음을 빼앗긴 나폴레옹은 콜랭쿠르에게 본심을 들키지 않게 한다. 위험인물이지만 여전히 고용되어 있는 푸셰보다 주군을 생각하는 인물, 지적인 콜랭쿠르에게 알아차리지 못하게 하려는 것이다. 탈레랑과의 공동 모의를 했을 때조차도 추방을 면한 푸셰는 작년, 영국에 협력한 혐의로 공직에서 해임되었으나 추방은 당하지 않았다. 황제는 오히려 그를 원로원 의원에 임명되는 영예까지 부여하고, 다음과 같은 뼈있는 표현으로 불편한 심기를 다스렸다.

"그대의 헌신을 의심하는 바는 아니나, 감시는 영원히 소홀히 하지 않겠다. 이러한 조치를 피하고 싶지만 어쩔 수 없다."

황제는 그를 파면하고 감시까지 하지만 그 없이는 일을 해나갈 수 없다. 그에게는 극히 사적인 것까지 털어놓는다.

"결혼 이후, 사자는 잠자고 있다고 세상은 생각할 것이다. 사실인지 아닌지는 어차피 알게 된다. 나에게는 80만 병력이 필요했다. 그런데 지금은 그것을 가지고 있다. 나는 모든 유럽을 거느리고 있다. 유럽은 이미 병들었고 늙은 매춘부에 지나지 않는다. 나는 80만의 군사와 함께 유럽을 내 취향의 여자로 바꾸어 보이겠다. 내게 '천재에게 불가능은 없다'라고 말한 것이 그대 아닌가. 지나친 권력으로 세계를 깔고 앉은 독재자가 되었다 해도, 나 혼자 무슨 일을 하겠는가? … 내가 이렇게 되는 데 그대들이 일익을 담당하지 않았는가? 그자들이 이 시기에 이르러 나를 비난하고 착한 군주가 되어주기를 바라고 있다. 나는 아직 천명을 수행하지 못하고 있다. 이제 착수했을 뿐이다. 나는 이것을 완성하고 싶다. 우리에게는 모든 유럽의 법전이, 통일된 통화가, 보편적 도량형 제도가, 동일한 법률이 필요하다. 내게는 유럽 인민을 동일한 나라의 국민으로 만들 필요가 있다. 이것이 나에게 어울리는 유일한 결론이라네, 공작."

나폴레옹식 유럽합중국 구상이다. 그리고 이 장대한 계획을 우리에게 전달하고 있는 것은 황제의 활동을 방해하는 데 급급했던 남자다. 황제는 이제 유럽을 두더지굴 취급하지는 않는다. 밀라노나 리볼리 시절, 젊은 천재의 눈에는 모든 라이벌이 경멸스러운 존재로 보였다. 그로부터 15년의 세월을 겪은 지금, 황제이자 입법자, 조직자인 동시에 무정부주의자의 적이 되어버린 그에게 유럽은 귀중한 원료로 비친다. 그는 이 원료를 이용해 완벽한 예술 작품을 손수 조각하고 싶어 한다. 15년에 걸친 긴 노정路程을 헛되이 걸어온 것은 아니다. 유럽합중국이야말로 수많은 살육으로 붉게 물든 길의 종착점에서 기다리는 풍요로운 결실일 것이다. 지난 날 나폴레옹은 연합 유럽에 관한 샤를마뉴의 대 구상을 자신의 구상으로 꿈꾸었다. 그러나 지금 그는 정신이 항상 무력을 능가한다는 사실을 알고 있다. 당면 80만의 병력으로 실현하고 싶다는 생각도 언젠가는 싸우지 않고 이성과 필연에 의해서 실현되리라고 예측한다. 그렇게 되면 유럽의 국민들은 하나가 된다는 것을 이미 이때 깨닫고 있었다.

"이것이 나에게 어울리는 결론이라네, 공작."

III

나폴레옹이 푸셰에게 의중을 밝히고 있는 사이에도 알렉산드르의 돈이 탈레랑의 주머니로 들어가고 있었다. 아마도 탈레랑은 이것을 푸셰와 나누고 있었을 것이다. 은행을 통해서 그동안의 사정이 나폴레옹의 귀에 들어간 모양이다. 탈레랑이 제공하는 정보에 대한 보수 는 파리 주재 러시아 대사의 비서관으로 새로 파견된 네셀로데 백작(1780~1862, 독일 출신의 러시아 외교관)이 담당하고 있었다. 그리고 백작이 거래하는 은행이 일련의 대금 흐름에 관한 흥미로운 조사 자료를 나폴레옹에게 제공한 적이 있기 때문이다. 참으로 간단한 이 방법으로 알렉산드르는 매월 새로운 정보—프랑스 전비의 진척 상황, 완료 예정 시기 등—를 얻고 탈레랑은 보답을 받고 있었다. 그중 가장 멋진 보답은 영국 제품의 러시아 항구 상륙 허가장이었다. 이것을 받았을 때 이 간신의 악마 같은 미소를 누가 짐작이나 했을 것인가. 그는 파리에서 허가장을 번쩍이는 금화와 교환하고 있었던 것이다!

짜르는 프랑스 황제보다 부자일까? 어쨌거나 아직 황제의 동맹이었지만, 알렉산드르는 1811년산 프랑스 고급 와인을 러시아 시장에서 몰아냈다. 영국과 스페인이 이미 일체의 구매를 정지하고 있어서 프랑스의 상업은 극도로 침체된 상태였다. 그러나 나폴레옹은 경제 상황의 악화를 이유로 평화를 진언하는 재무장관의 말을 막았다.

"그 반대다. 재정 상황이 나쁘니까 전쟁이 필요한 것이다."

이전에는 이 논리가 옳았다. 보나파르트 장군은 이탈리아에서 부채에 허덕이는 총재정부의 수뇌에게 송금했다. 지금까지의 전쟁은 통령과 황제를 윤택하게 했으나, 지금은 국가가 희생자가 된다. 황제가 발동한 봉쇄에 의해 프랑스는 큰 액수는 아니지만 처음으로 5천만의 적자를 기록하고 있었기 때문이다. 그해에 황제는 "도의에 위배된다! 이것은 후대에 부담을 남길 뿐이다!"라며 모든 공채를 금지하고 한편으론 간접세를 인상하여 무수한 독점권을 신설·승인했다. 확실히 러시아와의 전쟁은 새로운 판로를 열어 재정을 개선시킬 가능성이 있었다. 하지만 그러기 위해서는 먼저 이겨야 한다.

그는 상업회의소에서 새로운 계획을 열심히 토로했다.

"영국은 봉쇄로 무덤을 팠다. 왜냐하면 우리는 영국 제품 없이도 살 수 있는 법을 배웠기 때문이다. 앞으로 수년간 유럽은 새로운 식량 섭취법을 습득하게 될 것이다. 나는 매년 9억 프랑의 세입을 얻고 있으나 이것은 프랑스 한 나라에 의한 수익이며, 그중 3억을 튈르리의 창고에 비축하고 있다. 프랑스 은행에는 대량의 금화가 있지만 영국에는 그러한 재산이 없다. 틸지트 이후 나는 프랑스에 10억 프랑 이상의 배상금을 가져왔다. 오스트리아는 이미 파산했고 영국과 러시아도 파산 직전에 있다. 금을 가지고 있는 것은 내가 유일하다."

열변에도 불구하고 이제 그의 말을 믿는 자는 없었다. 신병新兵 동원을 지장 없이 하기 위해 유례없이 국내 질서를 혹독하게 감시했다. 독재 체제가 신민을 압박하고 있었다. 정부에 대한 비판은 아무리 사소한 것이라도 가차 없이 진압되었다. 3천 명 이상의 정치범이 재판 없이 구금되어 감옥에서 신음하고 있었다. 어떤 자는 '황제를 증오했기 때문에', 다른 자는 '종교적 견해 때문에' 혹은

'편지에 반정부 발언을 했기 때문에' 체포되었다. 신설된 공보국은 '여론국'이라는 진기한 명칭을 달고, 허위를 보도하는 정치신문을 편집하고 있었다. '교황에게는 그가 비록 국왕이라도 추방할 권리가 있다'라는 기사를 실은 네덜란드의 한 신문은 발행이 금지되었을 뿐 아니라 필자가 체포되었다. 책에 영국 헌법을 인정한 내용이 있으면 그 부분은 삭제되고, 《보나파르트 이야기》라는 제목의 책은 강제로 《위대한 나폴레옹의 원정》으로 바뀌었다.

지적 탄압이 크게 기승을 부리는 이 시기, 제국주의가 더욱 강화되는 가운데 몽주, 라플라스, 게랭, 제라르 등 여러 예술가에게 남작의 칭호가 수여되었다. 하노버에서는 쉴러의 〈도적〉이 공연 금지되었다. 왕년의 공화주의자들—거의 남아있지도 않지만—은 대략 20년 전에는 이 희곡이 프랑스에서 시민권에 해당하는 것이었음을 괴로운 심정으로 상기했을 것이다.

그러나 공론가들의 의견 따위를 나폴레옹이 알 바 아니다. 자기 권력의 포로가 되어 목표하는 한 점에 시선이 못 박힌 그에게 도의적 영향 따위는 문제가 아니다. 지난날 그토록 마음에 걸려 하며 하는 일마다 여론을 우려하던 그가 악명 높은 '여론국'에 모든 관리를 일임했다.

"살롱이나 수다쟁이 여자들의 얘기 따위는 알 바 아니다! 그런 것을 들을 귀는 없다. 농민의 목소리가 나에게는 첫째다."

확실히 황제에 대해서 가장 헌신적인 것은 농민이었다. 그들은 황제를 대혁명에 의해 세워진 새 질서의 보호자라고 간주하고 있었다. 그러나 프랑스군은 닥치는 대로 스페인으로 빨려들어갔다. 이제 농가에는 얼마 남지 않은 자제를 두기 위해 대리인을 찾아야 했다. 그 대가로 1인당 8천 프랑을 지불하고 있었다. 이미 수천 명의 도망자가 나오고, 이전에 군기 아래로 달려와 모였던 정열은 찾을 수 없게 되었다. 농민을 징병하는 데는 전문부대가 필요했고 징병 대상의 가족이나 공동체도 엄벌로 다스려야 했다.

이러한 여론 급변이 나폴레옹을 경악하게 했을까? 보나파르트 장군은 폭정에 시달리는 민중에게 신사상을 가져오려고 전장으로 나갔던 것이 아닌가? 제1통령 시대는 물론 황제가 되고 나서도 그는 대프랑스 동맹 군주들에 의한 공격을 막기 위해서만 전장에 나갔다. 그가 자신에게 부과된 싸움을 통해 조국을 위한 자유뿐 아니라 영광을 쟁취하고 아우스터리츠, 예나, 바그람 전투에서 새로운 영토까지 얻은 것은 천부의 재능에 의한 것이었다. 그는 병사들에게 승리에 대한 애착을 불러일으키게 하는 뛰어난 수완을 보였다. 대영전은 프랑스인에게 이상한 일이 아니었다. 영국은 선조 대대로 싸워온 숙적이었기에! 그러나 지방의 농민에게 스페인전과 러시아전은 이해할 수 없는 것이었다. 그들의 황제는 유럽합중국 구상을 농민에게 이야기할 수 없었고, 농민들도 노후에 의지할 아들을 안달루시아라는 묘한 이름의 초원에서 죽게 할 수 없었다. 그들은 쓰라린 현실을 발견하고 불만을 털어놓으며 자식을 징병에서 면하게 하려고 애썼다.

하물며 '징병 할당 인원'이란 이름 아래 선발되어 외국의 황제를 따라서 먼 이국으로 출정하도록, 자국 왕의 소집에 응해야 했던 독일 농민들은 뭐라고 말하고 있을까? 마인강(라인강의 지류) 유역에서는 몇천의 농민이 스페인으로 출정했고, 제롬은 베스트팔렌에서 오데르강을 따라 3만의 병을 보냈고, 작센 군軍은 비스툴라강 방어를 맡고 뷔르템베르크 군 및 바바리아 군은 동쪽을 향해 갔다. 황제는 그들 중 한 사람에게 쓴 편지에서 "만일 라인연방 제공諸公이 공동방위 참가에 조금이라도 주저함을 보인다면 나는 그들을 사형에 처할 것이다. 나에겐 의심스러운 벗보다 오히려 적이 낫기 때문이다"라고 썼다. 독재자다운 말이다. 합스부르크가에 대해서는 좀 더 경의를 표하여, 만사가 매듭지어지면 실레지아를 주겠다는 약속을 했다.

무수한 소국小國으로 이루어진 독일은 나폴레옹이 필요에 따라서 수시로 행하는 국민 분할에 안성맞춤이다. 독일 남쪽의 3국은 몇 번이고 영토와 주민을 교환하는 지경에 처했다. 황제의 적자에게 자국을 넘겨준 외젠은 그 대가로 급조된 프랑크푸르트 대공령을 인수했다.

프로이센은 어떻게 될 것인가? 이곳을 유지했다 해서 무슨 득이 있을 것인가? 틸지트에서 나폴레옹이 이 나라의 존속을 묵인한 것은 알렉산드르에 대한 고려 때문이었을 것이다. 현존하는 나폴레옹에 관계된 비망록이나 보고서에는 프로이센을 러시아 원정 직전에 분단해 두었어야 했다는 지적이 발견된다. 이미 1년 전부터 프로이센이 러시아와 비밀 조약을 체결했고, 짜르에게 재정 지원과 원군 지원 약속을 받고 있다는 것을 나폴레옹은 몰랐는가? 어쨌거나 '애국동맹'이나 대학들의 대립, 지원병들의 선동적인 노래에 질려있던 그는 '북부 독일인의 인내심과 냉정함'은 아는 바이고, 스페인의 실태도 상기하면서 붕괴시키기 전에 프로이센 군을 이용하는 편이 현명하다고 생각했다.

프로이센의 샤른호르스트 장군은 주군에게 지금 움직여야 한다고 열심히 진언했다. 하지만 메테르니히는 동맹 체결을 위해 비엔나를 방문한 이 용감한 장군을 속여서, 이번에는 합스부르크가보다는 러시아와 행동을 함께하는 편이 낫다고 조언했다. 오스트리아가 실레지아 지방을 탈환하기 위해서는 프로이센을 적으로 돌릴 필요가 있었던 것이다. 프로이센의 외교관 하르덴베르크는 여전히 우유부단했다. 나폴레옹에게는 대항하기 어렵다고 믿고 있는 프로이센 국왕도 여느 때처럼 어물어물 날을 보내다 결국 나폴레옹과 동맹을 맺지만, 때가 늦어 좋은 조건을 얻지 못했다. 이미 실레지아와 폴란드에는 수많은 군단이 북적이고 프로이센은 포위되어 있었기 때문이다. 결국 종속적 입장에서 조약을 맺을 수밖에 없었던 프로이센은 징용 및 타국 군의 통과를 감수해야 했고, 자국의 요새와 군대가 타국 원수의 지휘를 받는 것마저 용인하게 된다. 뜻대로 진행된 것에 기뻐한 메테르니히는 '이미 프로이센을 열강으로 볼 수 없으며…'라고 주군에게 적어 보냈다.

그런데 1812년 초에도 나폴레옹은 망설이고 있었다. 이탈리아에서 틸지트, 스페인에서 동유럽에 이르는 영역을 지배하고 있음에도 이번 원정의 결행 여부를 결정하지 못하고 있다. 길게 이어진 작전 계획표를 노려보고 있던 황제가 드디어 시선을 들어 세규르 백작 앞에서 소리쳤다.

"안 된다, 이렇게 멀리 떨어진 땅에서 싸울 준비가 되어 있지 않다! 주변국들도 무엇 하나 준비가 갖춰져 있지 않을 것이다. 프랑스조차 그러하니까. 이것은 3년 후로 연기해야 한다."

그러나 시계는 이미 움직이고 있었고 이제 누구도 멈출 수가 없었다. 나폴레옹은 저항하기 어려운 힘에 끌려, 자기를 권력의 자리로 끌어올린 톱니바퀴들 가운데로 말려들고 있었다. 과거에 품은 꿈과 환상이 앞으로 앞으로 그를 밀어서, 결국 황제는 폭풍우 칠 때를 대비한 수많은 항구에서 몸을 쉴 틈도 없이 본인이 바라는 것보다 훨씬 거칠고 급하게 대양大洋으로 내팽개쳐졌다. 위대한 모험가처럼 정치가의 견실함을 가지고 그렇게 오랜 세월에 걸쳐 항해의 키를 잡아 왔음에도 불구하고.

"그대는 모르는가?"라고 그는 형제 중 하나에게 소리쳤다.

"영광에 의해서만, 이 왕좌를 내게 가져다준 영광에 의해서만 내가 여기 계속 앉아 있을 수 있다는 것을. 군주의 자리에까지 오른 자는 그 자리를 내려올 수 없다는 것을. 횡사의 위험을 각오해도 계속 올라가야만 한다는 것을."

격정 가운데 생각은 흐트러진다. 이것을 생애 최후의 싸움으로 하고 싶다. 아냐, 이 싸움은 역시 피해야 한다. 여느 때처럼 전투 행위가 선행한다고는 하지만 짜르에게 보내는 서찰에는 아직 성의가 보인다. 파리에서 첩보 활동을 하고 있던 러시아군 사령관에겐 이런 말까지 했다.

"알렉산드르 황제는 젊고 나도 아직 앞길이 멀다. 그래서 상호의 선의에 의해 유럽 평화를 유지하고 싶다. 내가 그에게 맹세한 것에 아무런 변함이 없다. 이 뜻을 그에게 전하는 동시에 이렇게도 말해주기 바란다. 어린 계집애가 저지르는 것 같은 어처구니없는 실수 때문에 최대 권력자끼리 싸워야 할 운명에 처해 있다면, 나는 명예를 존중하는 기사와 같이 어떠한 증오나 적의도 없이 싸울 것이며, 상황에 따라서는 전선에서 점심을 함께하자고 요청할 것이다. 우리는 아직 서로 이해할 수 있는 사이라는 희망을 버리지 않고 있으며, 리본의 색깔이 마음에 안 든다는 정도의 이유로 10만이나 되는 용감한 병사의 피를 흘리지 않고 끝냈으면 하고 바란다."

알렉산드르의 사내답지 못한 직감에 호소하기 위한 것이었다 해도, 이 교묘한 문장 아래에 그가 품고 있는 내심의 동요가 얼마나 배어있는지 대체 누가 알아차릴 수 있었을까? 이 감언의 배후에 숨어 있는 용감한 전사의 모습을! 참으로 작은 계집애의 다툼, 리본의 색깔을 둘러싼 어린아이 장난 같은 다툼인가, 아니면 세계 제패를 건 치열한 전쟁인가?

IV

알렉산드르의 심중에 무엇이 일어나고 있는가?

귀족 계급과의 알력, 어머니의 간섭, 터키의 성소피아 사원 획득의 기대는 어긋나버렸다. 폴란드에 대한 우려(적은 계속 폴란드 해방을 내비치고 있다)는 여러모로 그가 나폴레옹을 더이상 친구로 여기지 말아야 할 충분한 이유가 된다. 메테르니히는 이미 틸지트 조약 체결 때, 짜르는 5년 주기로 마음이 변할 사람이라고 말한 바 있다. 드디어 그 주기도 종반으로 접어든 지금, 그때그때 기분에 따라 만사를 결정하는 이 남자도 이번 싸움이 얼마나 중요하며 나폴레옹이 이 싸움을 얼마나 중시하고 있는지를 깨닫기 시작한 듯하다. 다만 나폴레옹과는 달리, 알렉산드르에게는 목적의식과 발전적 구상이 결여되어 있다. 황제가 국민의 자유를 위해 싸울 리 없고 관념론자가 세계 제패를 위해 싸우지도 않지만, 러시아 황제가 세계의 패자覇者를 쓰러뜨린다고 하면 명분은 선다. 그런데 알렉산드르는 그러한 명분을 내걸지도 않고 막연한 신비주의적 사고에 사로잡혀 싸움을 시작하려 하고 있다. 그 신비의 세계에 틸지트의 마술사에게 품은 예전의 숭배를 은폐할 수는 없는지 무의식적으로 모색하면서.

러시아군을 결집하기 위해서는 제국의 남부와 마찬가지로 북부에도 평화가 보장되어야 한다. 두 가지 교묘한 흥정에 의해 알렉산드르는 오스만투르크 황제의 중립과 스웨덴과의 동맹을 확보한다. 그리고 스웨덴과의 동맹이 어쨌든 중대한 결과를 초래하게 된다.

알렉산드르가 베르나도트와 만난 것은 양국 국경에서였다. 그리고 이때, 러시아 황제는 다시 프랑스 혁명가의 매력에 굴복한다. 이렇게 해서 러시아는 동맹의 담보로서 덴마크령으로 되어 있는 노르웨이를 주겠다고 약속한다. 영국의 보복에 노출되어 있는 스웨덴에게 러시아라는 방패는 원하지도 않던 소득이다. 프랑스 편을 드는 덴마크로부터 노르웨이를 빼앗아 스웨덴에 합병시키면, 러시아의 체증도 내릴 것이다. 어쨌든 양자 이익의 일치는 명확한 형태로 나타나리라.

하지만 베르나도트를 결의케 한 것은 이 흥정이 아니다. 그는 나폴레옹의 배려로 왕위에 오른 다른 군주만큼이나 자기의 국민을 생각하고 있지 않았기 때문이다. 한편, 알렉산드르에게는 복안이 있었다. 그래서 만일 자기가 승리하면 프랑스의 왕좌를 준다고 약속한 것이다. 이번 원정에 실패하면 나폴레옹은 그저 패배가 아니라 완전히 몰락한다는 예측에서, 보나파르트 시대 이후의 숙적 베르나도트에게 프랑스의 왕좌를 약속한 것이다. 나폴레옹이 사상 최대의 원정군을 이끌고 진군을 시작한 그때!

이렇게 해서 1812년 여름, 황제 매 두 마리가 창공에 날아올라 정면 대결을 하게 되었다. 이에 앞선 5월 중순, 나폴레옹은 드레스덴에서 열병식을 거행했다. 4년 전, 에르푸르트에서의 식전 때와 마찬가지로 모든 군주가 배석했다. 유일하게 빠져 있는 것은 이번 대전의 상대이지만 그 자리는 오스트리아 황제가 메우고 있었다. 나폴레옹이 이 인물과 만나는 것은 아우스터리츠 전투 다음 날 회견 이후 처음이다. 이후 두 번에 걸쳐 수도에 들어갔으나 프란츠 황제의 모습은 보이지 않았고 그의 딸은 혼자서 파리로 시집왔다.

마리 루이즈는 남편과 아버지 사이에 끼어 식탁에 앉아 있다. 곁에서 보기에는 참으로 화기애애하다. 장인에게 받은 결혼반지에 나폴레옹은 '섭정 황후'라는 이름을 붙였다. 그러나 마리 루이즈는 시어머니와 보석으로 경쟁하는 것을 참지 못하여 남편에게 꾸중을 듣고 울고, 오스트리아의 황후는 자신의 진주가 너무 작다고 울었다. 질투심에 의한 권력자 사이의 다툼은 어느 시대에나 있는 법이지만, 지금은 그것이 가정 분란을 일으키고 있다고 신하들은 수군댔다. 양가의 유일한 끈인 아기의 건강을 빌며 술잔을 비울 무렵 두 쌍의 남녀는 저마다 본심을 감추지 못했다. 이후 두 군주가 서로 마주하는 일은 없었다.

쾨니히스베르크와 렘베르크(우크라이나 서부의 도시) 사이에 50만의 병력이 대치하고 있다. 총사령관 나폴레옹은 포즈나니(폴란드 서부)로 향한다. 여기에서 제2차 폴란드 원정을 포고하기 위해서다. 이번 싸움의 목적은 짜르에게서 폴란드를 빼앗는 것, 그것도 스몰렌스크(모스크바 남서쪽 도시)까지라고 밝히고 있다.

"니에멘 도강 중에 전단을 편다. 이 원정의 최종 지점은 스몰렌스크와 민스크(백 러시아의 수도)가 될 것이다. 두 지점에서 진군을 멈추고 요새를 구축한 다음, 빌나(폴란드령, 리투아니아의 수도)를 점령한다. 빌나가 겨울 진영의 총본부가 될 것이다. 여기를 거점으로 러시아의 굴레에서 해방되기를 갈망하는 리투아니아 군을 조직한다. 이후는 상황에 따르겠지만 '둘 중 누가 먼저 쓰러지느냐'인 지구전이 될 것이다. 다음은 '우리 군을 내가 러시아의 지출로 먹여살리느냐, 알렉산드르가 그의 지출로 우리 군을 먹여살리느냐'이다."

그가 세운 원정 계획에는 모든 야영지가 미리 설정되어 있다. 그런데 러시아의 지출이라고? 먼 나라의 자원 상황을 정확하게 파악하고 있었을까?

독일의 항구들에서 모은 밀가루 비축분을 코브노(빌나 북동부 니에멘강에 임한 도시)로 이송시켰으면 하는 황제는 프로이센 동부의 소도시 관리에게 물었다.

"코브노에 제분소는 다수 있는가?"

"아닙니다, 폐하. 거의 없습니다."

이 대답에 나폴레옹의 표정이 어두워지며 베르티에를 보았다. 이때 최고사령관이 사령장관에게 던진 실망의 눈길은 어쩌면 니에멘강エ 너머에서 기다리고 있는 더 큰 실망을 예감하는 것이었다. 제분소 문제는 나폴레옹을 놀라게 했다기보다 곤혹스럽게 했다. 이번 원정을 1년이나 걸려 준비했다. 다른 일곱 왕국—라인연방 제국은 한 나라로 간주한다—에서 무수한 군단, 군수품, 예비병, 대포 1,400문, 새로 만든 포위 전용 병참부대, 가교 수송대, 부교가 모아지고, 군량 창고로 사용되는 발틱 연안의 8개 요새에는 몇백 척의 선박, 몇천 대의 마차가 쌀이나 밀가루를 운반하고, 마차의 일부에는 나중에 해체될 소가 매여 있었다. 그런데 그 나라에 제분소가 없다니! 자기가 제분소를 만들 수도 있다. 하지만 얼마나 쓸데없는 수고인가. 그 외에도 경악할 만한 사태가 기다리고 있는 것은 아닐까? 15만 필의 말먹이를 운반하기란 불가능하다. 그래서 출병을 6월로 하여 현지 조사를 할 작정이었다. 초원에서도 실망스러운 곤경에 빠질 것인가? 거기다 병사의 사기마저 떨어지면?

러시아의 국경에서 이미 갖가지 경종이 울리고 있었다. 신병들은 벌써 행군에 비명을 지르고, 머지않아 찾아올 더위를 견뎌낼 수 있을 것 같지도 않다. 드레스덴에서 뭐라는 휴가를 신청했으나 각하되었다. 다음은 랍이 보고한 내용이다. 뮈라를 비롯한 측근이 단치히의 황제 숙소에서 저녁 식사를 하고 있을 때의 일이다. 일동의 무거운 침묵을 깨고 갑자기 랍이 황제의 질문을 받았다.

"단치히에서 카디스(스페인 남서부 도시)까지의 거리는?"

"엄청난 거리입니다, 폐하."

"제군에게 전의가 없다는 것은 알고 있다. 나폴리 왕은 아름다운 왕국에 미련이 있고, 베르티에는 그로보와 성(파리 남동부에 있는 16세기에 세워진 성)에서 사냥을 하고 싶어 하고, 랍은 파리의 호화 저택에 남았으면, 하고 있다."

그들은 아무 대답도 하지 않았다. 급소를 찔렸기 때문이다. 황제가 이런 반응을 맞닥뜨린 적은 지금까지 한 번도 없었다.

6월 24일, 니에멘 강변에 도착한 나폴레옹은 드디어 러시아령에 진입한다는 생각에 고무되어, 맨 먼저 강을 건너 1류가량 내륙까지 혼자 나아갔다가 천천히 돌아왔다. 그리고 이번에는 루비콘을 건넜다. 명령이 떨어지자 3군이 폴란드로 침공했다. 본대 지휘를 황제가 맡고 제2군을 외젠, 제3군을 제롬에게 맡겼다. 왜 제롬에게 제3군의 총지휘권을 주었을까? 이전 싸움에서 웃음거리가 되었던 어리석은 아우에게. 적군은 많아 봐야 30만 정도이므로 일단 문제가 없다고 생각했기 때문이다.

그런데 러시아군은 어디에 있나? 리투아니아에 바클레이원수(1761~1818)와 바그라티온 장군(1765~1812) 지휘하의 2군이 대기하

528

고 있으나, 양군을 합쳐서 17만의 병력에 지나지 않는다. 이 시점에서 나폴레옹이 범한 오산이 화근을 남기게 되었다. 원정군의 규모를 줄였다면 더 편하게 병사들을 운용할 수 있었을 것이다. 왜 그는 이렇게나 대군을 조직했는가? 보나파르트 장군은 불과 4만의 병력으로 적의 측면 부대를 종횡으로 공략하여 숫자상으로 월등히 우세한 상대를 궤멸시켰었다. 이번의 대군은 나이가 든 증거이고 권력 과시에 지나지 않는다. 나폴레옹의 위력으로도 움직이기 힘든 대군은, 그를 비상시키는 대신 그 무게로 짓눌러 버렸다. 이미 그는 리보르노의 명장은 아닌 것일까?

그렇지는 않다. 이번에도 적진을 돌파하여 단번에 승리하겠다는 생각이었다. 제1군이 틸지트에서 빌나로 진공하면서 러시아군을 양분하고, 분리된 적을 제2군과 제3군이 각개 격파할 작정이었다. 그런데 각 군단 간의 거리가 너무 벌어져서 나폴레옹의 위력이 반감되어 버린다. 전선의 폭이 너무 넓고 동시에 전군을 지휘할 수 없기 때문이다. 게다가 휘하의 장군은 모두 자존심이 강해서 서로 티격태격하고 있었다. 다부와 뮈라는 위태롭게도 결투에 이를 뻔했다. 그뿐 아니라 나폴레옹에게 지나치게 의존하고 있었다. 이번 러시아 원정 때만큼 연락에 괴로움을 겪은 적은 없었다. 당시 전보가 있었더라면 러시아보다 프랑스 측에게 훨씬 유리하게 작용했을 것이다. 전군이 나폴레옹을 축으로 움직이고 있었기 때문이다.

열세를 알아차린 러시아의 두 사령관은 수비를 굳히려고 하지 않고 확실한 전략도 없이, 가능한 후방으로 군을 집결시키는 것만 염두에 두고 있었다. 이 때문에 양군은 내륙으로 서서히 후퇴할 뿐이었다. 빈말로도 천재적이라고 할 수는 없지만 훌륭한 전술이긴 했다. 이로 인해 결과적으로 러시아군에 대한 공포심을 품게 만들었기 때문이다. 두 사령관은 무의식중에 운명의 끈에 의해 조종되고 있었던 것이다.

적군의 행동을 함정으로 생각한 황제는 빌나에게 말했다.

"내가 볼가까지 추격할 것으로 예상했다면 바클레이 씨의 오산이다. 우리는 스몰렌스크까지 그를 추격하여 도나우에서 한 번 교전하고 여기에 겨울 진지를 확보할 것이다. 금년에 도나우를 도강하는 것은 파탄을 향해 돌진하는 것과 같다. 나는 빌나로 되돌아가서 프랑세 극장과 오페라극장에서 가수와 연기자를 이곳으로 초빙할 생각이다. 내년 5월에 싸움은 종결되어 있을 것이다. 겨울에 강화조약이 체결되지 않을 경우의 이야기이지만…."

그리고 속속 낭보가 도착했다. 드디어 미국이 영국에 선전포고를 하여(1812. 6. 18) 이미 해상에서 1승을 했다고 한다. 런던에서는 강화를 주장하는 반대파의 수가 급증하고 스페인에서도 사태는 악화되지 않고 있다. 전진이다! 자, 싸우지 않겠는가!

그런데 도대체 적은 어디에 있는가? 코브노에서 공격에 가장 유리한 지점을 찾으려고 황제는 장교 1명만 데리고 정찰을 나갔으나, 적막하여 인적이 없다. 강 건너에도 군단의 흔적조차 없었다. 불안이 더해질 뿐이다. 싸우지도 않고 전진하고 전진하다가, 정신을 차려 보면 전위와 후위의 거리가 너무 떨어져 있었다. 험한 길, 더위, 장마가 사태를 더욱 악화시켰다. 6월 28일 빌나에 도착했을 때도 어제까지 있었던 짜르가 모습을 감추었다. 게다가 일행은 지원 물자를 운반하던 마차가 흙탕에 빠지고 선박은 모래 위로 밀려 올라 앉았고, 말 1만 필이 건초 사료를 먹고 죽은 것이 알려졌다. 화가 난 병사들은 빌나의 거리를 습격하여 실컷 약탈을 자행했다. 뒤따라온 자들은 여기서 아무것도 건지지 못할 것이다.

황제는 민심을 장악하여 자기편으로 만들려고 시도하지만 헛수고에 그친다. 황제는 약탈이 혼란을 가져오는 것을 우려하고 있으나, 리투아니아인들은 이번에도 황제가 폴란드인을 속였다는 것을 알고 있었다. 이전에 롬바르디아의 민중을 열광시킨 해방의 약속은 이제 리투아니아인에겐 통하지 않았다. 그들은 나폴레옹에게 아무것도 제공하려고 하지 않고 파리에서 인쇄한 수백만 루블의 위조지폐도 받으려 하지 않았다. 리투아니아인들은 한결같이 머리를 숙여 간청할 뿐이었다. '죄송합니다. 부디 용서를'이라 말하면서.

어떻게 할 것인가? 줄행랑만 치는 적과 싸움을 벌이려면 짜르를 위협하는 수밖에 없다. 황제는 편지를 쓴다.

"한 번도 교전하지 않고 지금에 이른 것은 폐하의 기질, 이미

531

나에게 보여주신 용기 있는 태도에 어긋나는 것입니다. 니에멘을 도강하기에 앞서 과거 원정의 관례에 따라 폐하에게 부관을 파견하려고 했으나, 폐하는 이를 거절하고 장관과의 회견도 거절했습니다. 이번 사태는 눈에 보이지 않는 신에 의해 그 권력과 배치에 의해 다른 많은 사항과 마찬가지로 결정된 것으로 알고 있습니다. 이와 같은 상황에도 불구하고 폐하에 대한 우애의 정에 어떠한 변함도 없다는 것을 감안해 주시기를 바라며, 더 큰 행운이 우리 군에 내려진다 해도 폐하의 뛰어나고 위대한 기량으로서 다대한 우정과 경의를 저에게 보여주시기를 부탁드리는 바입니다."

당혹스러움과 운명론 이외는 허위로 가득한 친서를 쓰기에 앞서, 나폴레옹은 짜르가 파견한 고관(알렉산드르의 부관 바라쇼프)과 대화를 나눴다. 프랑스군의 러시아 철수를 요청하는 서찰을 가져온 이 인물이 황제의 친서를 가져가게 된다.

황제는 고관에게 기고만장한 태도로 하문한다.

"짜르는 이 싸움에 무엇을 기대하고 있는가? 나는 이미 그가 소유하고 있는 옥답沃畓의 하나를 점령하고 있다. 한 발의 포탄도 쏘지 않고, 서로가 왜 싸우려 하는지 명확하지도 않은 가운데…. 당신들은 이를 수치로 생각하지 않는가?"

그는 고관에게 1시간 이상 계속 비난을 퍼부어 댔다. 왜 이러한 추태를 저질렀는가? 왜 빌나를 방어하지 않았는가? 스페인에서 휘하 장군들을 질책할 때처럼 몰아세우며 '부끄럽지 않은가?'라는 말을 후렴구처럼 반복하는 한편 폴란드인의 용기를 칭송했다. 여전히 그들을 경멸할 수 없었던 것이다. 그리고 자신은 짜르보다 3배의 군대를 가지고 있고 군자금도 짜르보다 거액이므로, 이대로 3년은 전쟁을 계속할 수 있다고 장담했다. 왔다갔다하면서 분노를 가장하여 새빨간 거짓말을 늘어놓는 황제에게, 이번엔 러시아인이 자기들은 이 싸움을 위해 5년이나 준비했다고 허풍을 떤다. 갑자기 황제는 놀라운 솔직함으로 가끔 만난 것에 지나지 않은 교섭 상대에게 속마음을 털어놓는다. 자기의 말이 짜르에게 확실하게 전달될 것으로 믿었기 때문이다.

"나는 계산이 빠른 사람이다. 러시아와 단교하기보다 손을 잡고 나아가는 편이 유리한 것은 알고 있었다. 이번에도 그것은 가능했다. 짜르는 국가가 강화를 바라고 있지 않았을 때 나와 조약을 맺었고, 국가가 싸움을 바라지 않는 지금 나에게 싸움을 걸고 있다. 명예를 중히 여기는 알렉산드르 황제가 왜 신념도 도의도 없는 그런 패거리를 측근으로 거느리고 있는가? 군사행동을 하나하나 군법회의에 회부했다가는 어떻게 올바른 전투를 할 수 있는가? 나의 경우는 한밤 2~3시라도 묘안이 떠오르면, 15분 후에는 전령이 뜨고 30분 후에는 전위에서 실천이 된다. 그런데 러시아군을 보면 아무런 조치도 취하고 있지 않다. 이것은 압수한 서신이다. 심심풀이로 가져가는 것이 좋을 것이다. 맹세코 말하는데 나에게는 비스툴라강 바로 앞에 55만의 대군이 있다. 이것을 알렉산드르 황제에게 전하라. 다만 나는 계산으로 움직이는 사람이지, 감정으로 움직이는 인간은 아니다. 아직은 교섭이든 강화든 응하겠다. 나와 결별하지 않는다면 그의 치세는 얼마나 빛나는 것이 될 것인가!"

러시아의 고관은 길게 이어지는 이야기에 두려움을 갖는다. 그날 밤 만찬에 초대되어 황제와 3명의 원수와 배석한 그는 마치 탐험가처럼 질문 공세를 받는다.

"러시아군은 키르기스인 연대를 가지고 있는가?"

"아닙니다. 그러나 바시키르인과 타타르인 연대 둘은 가지고 있습니다. 그들은 키르기스인을 닮았습니다."

"알렉산드르 황제가 매일 빌나의 미인 집에 차를 마시러 다닌다는데 사실인가? 그 부인의 이름은 뭔가?"

"폐하, 알렉산드르 황제는 모든 부인에게 예절을 다하는 분이십니다."

"슈타인은 알렉산드르 황제와 함께 만찬을 한 적이 있는가?"

"폐하, 그분은 알렉산드르 황제의 식탁에 배석하는 것이 허락되어 있습니다."

"어째서 슈타인 같은 사람이 러시아 황제의 식탁에 배석할 수 있는가? 짜르는 슈타인이 자신에게 충실하다고 생각하는가? 천사와 악마는 공생해서는 안 된다. 모스크바 주민의 수는? 가옥 수는? 교회의 수는? 왜 교회의 수가 그리 많은가?"

"우리나라 국민은 신앙심이 깊기 때문이옵니다."

"요즘 세상에 신앙심 깊은 자는 존재하지 않는다. 모스크바에 가려면 어느 길을 택하면 좋은가?"

"프랑스인과 마찬가지로 러시아인도 모든 길은 로마로 통한다고 말하고 있습니다. 우리는 각자 자기가 좋아하는 길을 택합니다. 카를 12세는 포르다바(1709년 표트르 대제가 스웨덴 국왕 칼에게 대승한 곳)를 경유해서 가셨습니다."

스웨덴 국왕의 궤멸을 내비친 신랄한 대답에 나폴레옹은 입을 다물었다. 한편 러시아의 장군은 이때 황제가 얼마나 신경이 곤두서 있었는지 페테르부르크로 보고할 만큼 이성을 가지고 있었다.

시간이 지남에 따라 황제는 더욱 초조해졌다. 황제는 교전을 원하고 러시아군은 이를 피했다. 바클레이는 바그라티온을 기다리면서 후퇴를 계속하지만 바그라티온은 여간해서 오지 않는다. 대치하는 제롬의 군을 나폴레옹의 주력군이라 믿고 신중을 기하고 있기 때문이다. 가장 기민하게 움직이는 것은 누구인가? 제롬의 행동은 신속성이 결여돼 있고 다부는 빤히 보고도 적군을 놓친다. 이에 격노한 황제가 아우로부터 지휘권을 박탈하자, 이에 반발한 아우는 군을 이탈하여 자국 베스트팔렌의 수도 카셀로 떠나 버렸다. 제롬 군이 다부에게 맡겨졌지만, 때는 이미 늦어 결정적인 전투 개시의 기회를 놓치게 되었다. 점증하는 위기에 쫓겨 진군 속도를 높이지만 오히려 속도가 위기를 배가시켰다. 군량이 없는 것이다. 러시아군이 상점을 불태우고 초토화시키며 퇴각했기 때문에 채소도 빵도 없었다. 고기는 있었으나 이질이 발생했다. 초가지붕의 짚으로 굶주림을 면하고 있던 군마도 차례로 쓰러져 사체가 연도에 즐비했다. 싸우지도 않고 행군하던 중, 바바리아 대공이 헤아린 사망자 수는 매일 900명 이상이었다. 그것도 대공이 거느린 부대에서만.

파리는 뭐라고 하고 있을까? 정보는 없는 것이나 마찬가지였다. 황후로부터도 무소식이다. 그때 간신히 한 통의 편지가 도착했다. 아들의 안부를 알리는 유모의 소식이다.

"머지않아 치아 4개가 더 돋아났다는 소식이 오기를 기다리고 있다. 유모의 요청은 모두 잘 알았다. 그녀에게 이 뜻을 전하라"라고 황제는 답신했다.

지금 나폴레옹은 작열하는 초원에 있다. 불 지른 마을에서 연기가 오르고 있고 배후에는 겹겹이 쌓인 시체에서 코를 찌르는 악취가 만연하고 있다. 열악한 식사와 가혹한 더위로 위경련이 심해져서, 말을 타는 것도 여간한 일이 아닌 황제는 마차도 갈 수 없는 험로를 도보로 나아갔다. 참모들의 부축을 받으며 '어디서 전투를 개시할 것인가?'라는 생각에 빠져 있다. 좀처럼 가시지 않는 걱정을 털어낼 만한 소식은 없고 정보도 두절됐다.

"곧 비테푸스크다. 파리까지의 거리는?"

"머나먼 저편이옵니다, 폐하."

우선 이 도시를 점령하자! 이곳에는 뮈라에게 발목이 잡힌 적장 바클레이도 있다. 놈은 내일 스몰렌스크를 향해 도주한다고 한다. 드디어 개전이다. 하지만 몸이 안 좋아 우유부단해진 황제는 평소와 달리 병사들을 염려한다. 혹서를 무릅쓴 행군으로 지친 부대를 즉각 전장으로 보내기가 망설여진다. 거기다 제2의 아우스터리츠 전을 재현하려 하면 더 많은 부대를 결집시키는 것이 맞다. 묘하게 소심해진 황제는 쓸데없는 일에 구애받아 개전을 미루었다.

다음날인 7월 27일, 정오까지 걷히지 않을 것 같던 짙은 안개를 타고 러시아군은 깨끗이 철수해 버렸다. 안개가 걷혔을 때는 발자국 하나 남아 있지 않았다. 정오 시찰에서 돌아온 황제는 탁자에 검을 내던지고 언명했다.

"1812년의 싸움은 끝났다. 다음 전투는 1813년으로 넘어간다. 러시아전쟁은 3년 전쟁이다."

붕괴 상태에 있는 군을 재조직하는 데는 절호의 기회다. 전투가 있었던 것도 아닌데 병력의 3분의 1이 명부에서 말소됐다. 러시아의 대지가 그들을 삼켜 버린 것이다. 마크도날이 이끄는 프로이센군은 어디 있는가? 슈바르첸베르크가 이끄는 오스트리아군은? 정확한 정보는 없다. 서로 너무 떨어져 있다. 도대체 어떻게 된 나라인가! 교전이 불가능하다면 여기 있어도 의미가 없지 않은가? 하지만 기다릴 수밖에 없다. 이집트에서는 적어도 학자들이 있었다. 탐험할 유적도 있었다.

황제의 비서관이 쓴 편지를 보면, 그가 중위였을 때의 심리 상태를 연상케 한다. "황제는 기분전환이 될만한 서적을 원하신다. 신간 양서, 황제께서 아직 읽지 않으신 책, 재미있는 회고록 등을 보내주시라. 우리는 메우기 어려운 무료한 때를 보내고 있다."

그는 막사 앞에서 초록색 낡은 외투를 입고 담배 주머니를 손에 든 채 소형 망원경으로 때때로 초원을 보고 있다. 그런데 그곳에 근위보병이 서찰을 들고 나타났다. 한번 훑어보더니 곁에 놓는 황제를 두 비서관이 희미한 불빛 속에서 바라보고 있다. 길든 동물이 조교사의 행동을 살피듯 루스탕은 터키식으로 쭈그리고 앉아 있다. 더위에 불평 한마디 하지 않는 것은 그뿐이다. 지금은 모든 것이 정지되고 일행은 진퇴양난에 빠져 있다. 황제는 므네발에게 소설책을 발주하도록 명한다.

기다리던 정보에 의하면, 영국이 짜르와 조약을 체결하는 동시에 스페인과도 동맹을 맺었다고 한다. 이것은 새로운 대프랑스 동맹의 시작으로 포위 작전의 개시가 틀림없다. 그러면 이곳 비테푸스크에서 유럽의 결정을 가만히 기다려야 하는가? 스몰렌스크는 코앞이다. 러시아가 전투를 개시한다고 하면 여기밖에 없다. 러시아의 2군도 여기에 재집결하고 있다. 폴란드나 리투아니아의 촌락처럼 성모 마리아의 고도를 그들이 내주거나 태워버리지는 않을 것이다. 우리가 스몰렌스크에서 승자가 되면, 모스크바에서도 상페테르부르크에서도 좋은 곳으로 진격할 수 있다. 장군들에게 의견을 청하지만 간언을 할 수 있는 자는 없다. 나폴레옹은 다음과 같은 결론을 내린다.

"아직 피를 흘리지 않았다. 하지만 러시아는 싸우지 않고 굴복하기에는 너무나 큰 나라다. 알렉산드르는 대대적인 교전을 끝낸 다음에만 협상 자리에 앉을 것이다. 필요하다면 나는 페테르부르크까지 가기를 마다하지 않겠다. 그리고 이긴다."

나폴레옹은 전투 개시 직전에 작전을 변경하여, 다른 지점에서도 드네프르강을 건넜다. 교전 후 러시아군의 후퇴를 허용하는 흔해 빠진 전투를 피한 것이다. 분단된 후 간신히 합류한 적의 2군은 여느 때처럼 후퇴를 계속하여, 이를 고 있던 프랑스군 돌격대는 스몰렌스크 성벽 아래에서 우왕좌왕하게 된다. 손을 쓸 수 없는 철벽을 앞에 두고 고참병들은 아크레에서의 전투를 상기한다. 8월 18일 결국 스몰렌스크도 함락되지만, 승자가 본 것은 부서진 건물 잔해뿐이었다. 이때 황제는 깨달았을까? 적의 손에 넘기느니 차라리 자신들의 수호성인이라 할지라도 불태워 버리는 이 나라 사람들의 정신을. 피로에 지친 프랑스군 앞에 펼쳐져 있는 것은 황량한 폐허뿐이다.

황제는 무서운 상황에 몰렸다. 권위는 땅에 떨어져 걸레처럼 찢겼다. 모든 노력이 물거품이 됐다. 서쪽 저편에 울려 퍼지는 유럽의 비웃음 소리가 적막한 러시아 대초원에 빨려들고 있다. 이 상황에 종지부를 찍어야 한다. 빌나에서 보낸 친서에 회답이 없는 이상 짜르에게 두 번째 서찰을 보낼 수도 없다. 그렇다! 사자를 보내자. 이렇게 해서 포로 중 장군 하나를 데려오게 했다. 나폴레옹은 그 남자를 앞에 두고 생각한 끝에 갑자기 하문했다.

"그대는 짜르 앞으로 편지를 쓸 수 있겠는가? 못 한다고? 하지만 지금부터 내가 하는 말을 그대의 형제에게 써 보낼 수는 있겠지? 그러면 그대가 나를 만난 것, 그리고 내가 편지를 쓰도록 시킨 것을 알려라. 그리고 짜르나 콘스탄틴 대공(1779~1831, 알렉산드르 황제의 동생으로 폴란드 부왕)에게 나의 최대 희망은 강화 체결이라는 것을 전해 주기 바란다. 왜 우리는 싸우고 있는가? 아아, 이것이 영국군이라면! 러시아인은 나에게 아무 짓도 하지 않았다. 그대는 커피와 설탕을 싼값으로 사고 싶은가? 알았다. 손을 써주겠다. 러시아인은 나를 쓰러뜨리기 쉽다고 생각하고 있는가? 군법 회의에서 전황을 검토하는 것이 좋다. 그런 다음 러시아의 승리를 확신한다면 싸움터를 정하라. 아니면 나는 모스크바를 점령하지 않을 수 없고, 이 도시를 붕괴에서 구할 수 없을 것이다. 적에게 점령된 수도는 능욕당한 여자와 같은 것이다. 짜르가 강화 체결을 희망한다 해서 그에게 저항할 수 있는 인물이 있다고 생각하는가?"

장군이었을 때도 중위였을 때도 나폴레옹이 부탁한 적은 없었다. 명령하는 것밖에 몰랐다. 황제가 된 이래, 청탁자 입장에 선

적은 두 번뿐이었다. 한번은 축도를 요청하며 교황 앞에서, 또 한 번은 딸을 요구하며 프란츠 황제 앞에서.

포로가 된 장군이 형제 앞으로 보내는 편지는 베르티에의 검열을 받고 발송되었지만 무소식이다. 돌연 황제는 행군의 재개를 결단한다. '전진인가 후퇴인가'를 묻는 랍에게 "뚜껑을 딴 이상, 술은 마셔버려야 한다. 나는 모스크바로 가고 싶다. 황제의 자리에 너무 오래 머물렀다. 이제 장군으로 되돌아갈 필요가 있다"라고 대답했다.

때는 9월, 보로디노(모스크바에 근접한 마을) 근교의 널찍한 농지에서 바클레이의 후임자 쿠트조프(1745~1813, 스몰렌스크 대공)와 드디어 전투를 치르게 된다. 양군의 힘은 팽팽했고 이는 나폴레옹이 바라는 바였다. 이날 밤, 잠을 잔 자는 없었다. 드디어 내일이다! 황금의 도시 모스크바는 패배를 인정하고 목숨을 구걸할 것이다. 힘겨운 고난도 이제 이별이다. 한밤중에 파리로부터의 우편물이 도착했다. 지도를 보고 있던 황제에게 개봉을 명령받은 비서 므네발이 말없이 스페인에서 온 속달 편을 내밀었다. 살라망카에서 마르몽이 웰링턴에게 패했다는(1812. 7. 22) 것이었다. 일별하고 황제는 아무 말 없이 집무를 계속했다. 유럽 서쪽 끝에서 대영제국에게 빼앗긴 승리의 영향을 대륙 건너편 벽지에서 고민할 때가 아니다. 날이 샜다. 친위대 병사들이 소리친다. "황제 만세!"

황제는 같은 우편으로 도착한 아들의 초상화를 그들에게 보여주었다. 모두 입을 모아 황태자를 칭찬한다. 하지만 초상화가 되돌아오자 황제는 감상적인 말을 내뱉는다.

"챙겨 넣어줘, 싸움터를 구경하기에 그는 너무 어리다."

격전 중에 진지 쟁탈전이 벌어지고 여간해서 승부가 나지 않는다. 전투에 참가시켜 달라고 친위대가 외친다. "지금까지의 전투와 마찬가지로 이곳 모스크바강에서도 우리는 승리를 쟁취할 것입니다!" 장군과 측근들이 친위대의 전투 참가를 허락받으려 한다. 헛일이다. 전투 중 그가 싸움터로 가보지 않은 것은 이번이 처음이었다. 그는 오한에 떨며 숨을 헐떡이고 기침을 하며 종일 마상馬上에서 지휘했다. 승패는 친위대 투입에 달려 있다는 것을 알면서도 결론을 내리기 어려웠다.

"내일 다시 교전하게 될 때, 친위대 없이 어떻게 싸울 것인가?"

밤이 되자 러시아군은 철군했다. 다음날 전장에서의 사망자 및 부상자가 7만이나 되었다는 것을 알고 황제는 말한다.

"행운이란 교양 있는 매춘부와 같다. 좀처럼 눈에 띄는 것이 아니다. 그렇게 말은 하고 있었지만 지금 절실히 느끼기 시작했다."

어쨌든 모스크바까지 가는 길은 열렸다. 이제 겨울이 오기까지 결말이 날 것이다. 입성을 위해 50만의 군사가 출발했다. 나머지는 10만뿐이다. 해질 때 모스크바가 내려다보이는 언덕 위에 선 황제는 우뚝 선 크렘린 궁전과 시내에 서 있는 무수한 둥근 지붕을 바라보며 말했다.

"모스크바! 드디어 도착했구나."

V

"도시의 열쇠는? 시민 대표는?"

1812년 9월 14일, 원정군은 이미 2시간이나 나폴레옹의 앞을 행진했고 나폴레옹은 모스크바의 열쇠를 가지고 있었다. 비엔나에서도 밀라노, 마드리드, 베를린에서도 그는 승리자로 입성했다. 이곳의 야만인들은 로마의 고상한 관습을 모르는가? 아무도 나타나지 않는다. 성벽의 안쪽에서 무기를 끄는 소리가 들린다. 완전히 패배한 것도 아닌데 철군하는 쿠트조프 군이다. 러시아군의 후미와 프랑스군의 전위가 접촉하지 않을 수 없는 상황이다. 침묵의 입성식이다. 시내에는 인적이 없다. 오늘 밤은 빈집에서 잠을 잘 수 있다. 먹을 것도 있을 것이다. 지쳐버린 병사들이 그런 말을 주고받고 있었다.

황제는 막료들과 함께 인적 없는 도시의 거리를 천천히 나아갔다. 이것이 크렘린, 원정의 목적지다. 일행은 경이의 눈길로 궁전의 벽면을 바라보았다. 모든 문이 열려 있다. 인기척이 없는 금색과 붉은 응접실이 환영처럼 길게 이어진다. 그중 한 방에 옥좌로여겨지는 것이 있다. 역대 짜르의 방이 틀림없다. 옥좌는 엷은 천으로 덮여 있었다.

　이 순간 나폴레옹에게 결여된 것은 무엇인가? 평화, 그리고 평화를 얻기 위한 승리가 빠져 있다. 그의 기대를 배반한 것은 무엇인가? 여기는 미지의 대국이다. 13년 전 사막처럼, 이번에는 러시아의 초원이 그를 때려눕혔다. 왜 그는 리투아니아의 농민을 해방시켜 신병을 조직하고 길 안내를 시키지 않았는가? 이전에 아랍인에게 시도했던 것과 같이 이번에도 이 수법을 썼더라면, 농민을 여기 버려진 도시에 소집해서 그들과 화목을 도모하게 했더라면, 지금쯤 우리는 지배자가 되어 있을지도 모른다. 이 수수께끼 같은 제국에서 기대한 것을 손에 넣을 가능성이 있었을지도 모른다는 의미다.

　밤이 되어도 황제는 잠들지 못했다. "기분전환으로 일이라도 해볼까?"라고 콜랭쿠르에게 말하고 폴란드 지도를 펼친 그는 역시 그 땅에 머물러서는 안 되었다는 것을 확인하는 동시에 6주일 후에는 상 페테르부르크에 있게 될 것이라고 혼잣말을 한다. 군사 기록부—그에겐 성경과 같은 것으로 언제 어디에서나 몸에서 놓치지 않고 휴대하고 있다—를 넘기는 동안에 정신이 진정되었다.

　"몇 주 내로 이곳에 25만의 병력이 집결한다. 그들은 피난할 지붕이 있다는 것을 알게 될 것이다. 하지만 식량은 어떤가? 아무것도 없다. 이 도시는 폐허 한가운데 있는 것 같다"

　갑자기 창에 붉은 섬광이 번쩍인다! 불이다! 당초 황제는 개의

치 않았다. 하지만 전령병이나 장군, 파발이 잇달아 뛰어 들어와 병사들의 증언을 보고했다. 도시의 사방에서 불이 오르고 소화 펌프는 모두 철거되었다고 한다. 러시아의 애국자들은 자기들의 성스러운 도시를 불태우려는 것인가? 황제는 어떻게 할 것인가? 이때의 상황을 세규르는 이렇게 쓰고 있다.

"주위를 둘러싼 화염에 그가 빨려 들어가는 것이 아닌가 생각했다. 그는 조금도 가만히 있지 못했다. 벌떡 일어서서 걷다가 갑자기 앉았다. 빠른 걸음으로 실내를 돌아다녔다. 갑작스러운 몸짓이 억제하기 어려운 심적 동요를 폭로하고 있었다. 집무를 팽개치고 창가로 달려가 화재 상황을 보는가 하면, 돌아왔다가 또 일어났다. 그리고 조여드는 듯한 가슴속 생각을 돌발적인 짧은 말로 토해낸다."

얼마나 무서운 광경인가! 이것이 놈들의 정체다. 이처럼 많은 궁전을! 얼마나 어처구니없는 결론인가! 어찌 된 녀석들인가!

이때, 크렘린에 지뢰가 설치되어 있는 게 아닌가 하는 억측도 떠돌았다. 공포에 휩싸여 정신착란을 일으키는 하인도 있다. 군인들은 태연하게 황제의 명령을 기다리고 있었다. 억측에는 의심스러워하는 웃음을 띨 뿐, 황제는 여전히 몸을 떨면서 창마다 멈춰서 화재를 내다보았다. 자신이 정복한 빛나는 영토를. 진짜 승리자는 자기라는 듯 화염이 모두 재로 만드는 모습을 응시한다.

가을바람이 거세게 불어 황제는 연기와 재에 포위되었다. 그때 나폴리 왕과 외젠 대공이 달려와서 급히 황제를 피신시키려 했다. 하지만 헛일이었다. 나폴레옹은 단호히 움직이지 않으려 했다. 간신히 짜르 궁전의 주인이 된 나폴레옹은 '새로 정복한 영토를 절대 넘겨주지 않겠다, 화재에도 굴하지 않겠다'라고 말하는 듯했다. 황제는 위험의 정도를 파악하기 위해 옥외로 나왔다. 병기창 포탑에서 잡힌 러시아군 헌병이 끌려와서 황제 앞에서 심문받았다. 방화를 한 남자였다. 상관의 명령을 수행한 것이다. 황제는 험악한 몸짓을 보이고 안마당으로 연행된 가련한 남자는 격분한 병사들에게 총살되었다.

이 사건이 나폴레옹의 결의를 재촉했다. 북쪽 계단을 재빠르게 내려간 그는 시가로 안내할 것을 명하지만, 이미 크렘린의 모든 문은 불길에 싸여 탈출을 시도하던 선두의 무리를 되돌려 보냈다. 결국 모스크바강을 따라 있는 석벽石壁에서 탈출구를 발견했다. 여기를 통해 나폴레옹 및 측근과 친위대가 크렘린에서 탈출한다. 하지만 노도처럼 소용돌이치는 불바다에 어떻게 몸을 던져 나아갈 것인가? 시가를 뛰어다니는 병사들은 굉음에 귀가 멀고 재에 눈을 다쳐, 자기가 있는 자리마저 짐작하지 못하고 있었다. 거리는 온통 연기와 잔해로 뒤덮여 있었다.

붉게 타오르는 줄지은 집들 사이를 누비듯이 구부러진 좁은 길이 유일하게 열려 있었다. 지옥의 출구라기보다 입구처럼 말이다. 황제는 망설이지 않고 이 길로 몸을 던져 활활 타오르는 불 가운데를 뚫고 나아갔다. 무엇이라도 태워 없애 버릴 듯한 열기, 활활 타오르는 불길이 이미 연기로 질식 직전인 사람들의 목구멍을 태워 다들 짧고 헐떡이는 숨을 쉬고 있었다. 안내하는 자마저 방향을 잃고 멈추어 섰다. 약탈을 자행하던 제1군단 병사들이 황제를 알아보지 못했다면, 아마도 여기서 그의 파란만장한 인생도 끝났을 것이다. 그들이 달려와 이미 잿더미로 변한 지역 쪽으로 인도해 주었다. 다부와 마주친 것은 이때였다. 모스크바강에서 부상당한 그는 불길 속의 시내로 되돌아왔던 것이다. 나폴레옹을 구해 내거나 아니면 함께 죽을 각오였다. 황제는 기뻐서 어쩔 줄 몰라하며 나폴레옹을 얼싸안는 다부를 침착하지만 흔쾌히 맞이했다. 이 정도의 위기에서도 황제가 냉정을 잃은 적은 한 번도 없었다.

화재가 진정되기를 기다려 모스크바 근교의 성에서 4일간을 지낸 후, 나폴레옹은 크렘린으로 돌아온다. 궁전은 거의 피해를 입지 않았다. 닷새째 인내의 한계에 도달한 그는 알렉산드르에게 세 번째 서찰을 쓴다. 아무리 모스크바의 점령자라고 하지만, 놓여있는 상황이 여의치 않고 적과의 연락이 두절되어 있었기 때문이다. 포로인 장교를 밀사로 이용하지 않을 수 없었다. 알현은 화려한 옥좌의 방에서 했다. 얼마나 기괴한 광경인가? 이름도 없는 사관이 러시아 황제를 대신하고 있는 것이다. 나폴레옹은 그로부터 이것저것을 검토하고 조건을 제안한다. 눈앞에 있는 사관이 짜르라도 되는 듯이.

그는 "내가 하고 있는 것은 순수한 정치 전쟁이다"라는 말을 되풀이했다. 또 "내가 요구하고 있는 것은 양국 간에 나눈 조약의 이행뿐이다. 런던을 점령했다면 이렇게 일찌감치 철수하는 일은 없었을 것이다. 그러나 나로서는 조만간 여기를 떠나고 싶다. 짜르가 평화를 바라고 있다면 그 뜻을 나에게 알려야 한다. 그대를 석방하겠다. 단 그대가 상페테르부르크로 간다는 조건이 따른다. 이곳 상황을 목격한 자라면 짜르도 기꺼이 접견을 허락할 것이다. 그대는 그에게 모든 것을 이야기하라."

"생각하시는 대로 되지 않을 것으로 아옵니다, 폐하."

"시종장에게 제안하는 것이 좋다. 성실한 남자다. 아니면 짜르의 하인에게 고하거나 산책 중인 짜르에게 접근하는 것도 가능하다."

대위는 온몸에 한기를 느꼈다. 한순간 짜르의 암살이라도 시키려는 것인가 했다. 그는 횡설수설하다가 "약속은 드리지 못합니다"라고 아뢴다.

"알겠다! 그러면 그대의 주군에게 서찰을 전하라."

이것이 세 통 중에서도 가장 기이한 내용이다.

"친애하는 형제여, 화려한 수도 모스크바는 이제 사라지고 … 이러한 소행은 잔악하고 표적을 벗어난 행위입니다. 나라의 재원을 나에게 뺏기지 않으려는 목적으로 한 행위입니까? 그러나 재원은 지하 창고에 있었기 때문에 화를 면했습니다. 그런데 왜 천박한 목적 때문에 세계 굴지의 아름다운 도시를 파괴합니까? …
이 도시를 잿더미로 만든 것은 러시아군인데도 불구하고, 인류애
에 비추어 또 폐하 와 수도의 이익과 보호 관리를 저에게 일임하
는 것으로 이해하고 통치에 관여하고 있습니다. 행정관, 사법관,
민병 등은 잔류시켜야 했습니다. 비엔나에서는 2번에 걸쳐, 베를
린이나 마드리드에서도 인도될 때는 현지 관리가 잔류하여 실무
를 이행했습니다. 귀국민은 모스크바의 방화 펌프를 가져갔으나,
150문의 야전포는 포기하고 갔습니다. 이번 싸움은 폐하에 대한
원한에서 시작된 것이 아닙니다. 최종전투의 전후를 불문하고 서
찰 한 통만 주시면 진격은 정지되었을 것이고 모스크바 입성이라
는 특권마저도 폐하를 위해서라면 희생할 생각이었습니다. 폐하
가 다소나마 과거의 우정을 간직하고 계신다면, 선의로 저의 뜻을
참작해 주시기 바랍니다. 어쨌거나 모스크바의 현 상황을 알려드
린 것은 많은 도움이 되실 것으로 봅니다."

가정교사가 학생에게, 도덕군자가 방탕아에게 쓴 듯한 내용이
다. 짜르는 이것을 선의로 받아들일 것인가? 예상대로 그냥 걷어
찰 것인가?

페테르부르크에서는 적의 진격과 모스크바의 화재 소식이 모
두를 암담하게 만들었다. 궁정은 화평을 바라고 있다. 날이 갈수
록 무서운 존재가 되어가는 나폴레옹이 교섭을 제안하고 있는 것
은 절호의 기회가 아닌가? 무계획적인 콘스탄틴 대공이나 짜르의

모후母后마저도 내민 손을 물리치지 말라고 조언하고 있다. 나폴레옹을 졸부로 여겨서 딸을 시집보내는 것도 거절하고 눈엣가시로 생각하던 모후마저도.

하지만 짜르는 완강하다. 두 남자가 자신의 결의를 지지하고 있기 때문이다. 그중 한 사람은 프랑스인 베르나도트이다. 얼마 전, 핀란드에서 회견을 했을 때도 베르나도트는 황제에게 결사항전을 시사했을 뿐 아니라, 노르웨이 정복을 위해 빌린 러시아군을 반환하기까지 했다. 보나파르트에 대한 증오에 필적하는 것은 프랑스의 왕좌에 오른다는 야심뿐이다. 왕좌를 약속한 알렉산드르의 승리 없이는 야망을 달성할 수 없다.

또 한 사람은 독일인이다. 독일이 몰락과 자유를 위한 투쟁 가운데서 길러낸 최고의 인물이다. 4년 전 나폴레옹으로부터 추방된 프라이헤르 폰 슈타인 남작은 조국에서 멀리 떨어져 살고 있었고 이후 짜르가 신뢰하는 훌륭한 조언자가 되었다. 슈타인은 모든 면에서 나폴레옹과 반대다. 이제 슈타인은 나폴레옹 황제와 중대한 문제로 싸우게 되었다.

이번 대결에서는 슈타인이 승리할 것이다.

VI

지난 17년간 장군 내지 통령, 황제에 대항하여 일어선 사람들 중 지력과 행동력에서 나폴레옹과 겨뤄볼 만한 능력을 가진 인물은 탈레랑과 슈타인뿐이었다. 탈레랑은 간계의 천재이고 슈타인은 권력자의 부도덕한 행동에 감연히 맞서는 의협심 강한 남자다. 나폴레옹이 전형적 이탈리아인 기질인 것처럼 슈타인은 전형적인 독일인 기질의 소유자였다. 차라리 프랑스적 기질을 다소나마 갖추었다면 카르노—그도 도덕심이 강한 남자였다—처럼 황제의 좋은 조언자가 되었을지 모른다. 또 나폴레옹도 슈타인도 기품이 높은 통찰력의 소유자였기에 이것이 두 사람을 가깝게 했을 수도 있다. 하지만 이렇게 기본적으로 상반된 기질의 차이를 서로에 대한 경의만으로는 메울 수 없다. 어차피 두 사람은 서로 받아들일 수 없는 세계의 주민이었던 것이다.

나폴레옹은 엄밀한 의미에서 애국자는 아니었다. 그는 프랑스 이외의 나라에서도 '하늘의 소명'을 성취했을 것이고 그가 프랑스를 이러한 높이까지 이끈 것은 프랑스가 그를 택했기 때문이다. 슈타인은 반대로 조국을 위해서만 살고 있었다. 아무래도 독일 특유의 무게감과 성실함은 온갖 면에서 나폴레옹이 가진 기민함, 활달함과는 대조된다. 슈타인에게 있어서 가장 우려스러운 것은 독일의 위대함이 손상되는 일이다. 따라서 독일 민족의 통일을 제대로 수행하기 위해서라면, 조국의 무능한 군주를 전복시키는 일도 마다하지 않았을 것이다. 그런데 근본적으로 유럽인이었던 나폴레옹은 유럽 통일을 위해 독일의 군주들을 공격했다.

슈타인은 700년간 독일의 일부를 통치해 온 독립 소귀족의 후예다. 조상의 땅을 떠난 것은 조국에 도움이 될 때뿐이었다. 그러나 그때마다 독일 제공이 타국의 황제에게 자신의 자유뿐만 아니라 신민이나 영토마저 팔아넘기는 것을 목격하게 되었다. 처음엔 경계심과 함께 후년엔 모멸과 함께.

가난뱅이 귀족 가문에서 태어난 나폴레옹은 젊어서 태어난 땅으로부터 쫓겨나 조국을 갖지 못하고 있다. 그도 자기 앞에 무릎 꿇는 군주들을 경멸했으며, 자기에게 항거하는 소수만 평가하고 있었다. 나폴레옹이 왕가들의 몰락을 심술궂은 기쁨으로 방관하고 있는 데 반해, 슈타인은 마음속으로 이를 걱정하고 있었다.

군주들이 얼마나 무능한가를 나폴레옹은 자신이 출세하는 것으로서 증명하고 있었고, 이것이 그러지 않아도 흔들리고 있던 귀족의 자신감을 더욱 흔들리게 했다. 슈타인도 그중 한 사람이다. 그는 붕괴되어 가는 독일을 괴로운 심정으로 바라보는 동시에, 프랑스 국민이 황제를 증오하는 것과 같은 정도로 국왕을 경멸했다. 프라이헤르 폰 슈타인이 국왕이었다면 합스부르크, 호엔촐레른 기타의 왕가보다 훨씬 견실하게 전통 세습의 왕정 사상을 지켰을 것이다.

슈타인에게 드디어 설욕의 때가 찾아왔다. 4년 전 마드리드에서 프랑스 황제가 프로이센의 장관에게 내린 추방령의 원한이 이제 풀리려 하고 있다. 이 위대한 독일인의 용기와 열의만큼 짜르에게 강렬한 영향을 미치는 것은 없다. 그러한 슈타인의 사람 됨됨이를 나폴레옹은 충분히 알고 있었다. 그래서 지난날 러시아 고관 앞에서 그를 나쁘게 말한 것이다. 슈타인은 정력적인 이상주의자이며, 과감한 왕정주의자이다. 그래서 이상주의자이긴 하지만 우유부단한 짜르에게 그의 영향력은 매우 중요한 것이다. 인간 심리의 미묘한 점에도 통달하고 있는 그는 도의에 맞는 통치를 동경하고 있는 짜르에게 왕위 찬탈자의 부도덕한 행위를 마음껏 음침한 색채로 그려 보였다. 동시에 당대 제일의 선각자적 군주가 되고 싶어 하는 그의 야심을 불러일으키면서.

슈타인은 러시아 궁정에서 자신의 조언에 어떠한 이익도 기대하지 않는 유일한 남자다. 조국에서 쫓겨난 그이지만 피난처를 마지막 거처로 생각하지는 않는다. 짜르도 청렴한 슈타인이 장관의 지위 같은 것을 원하지 않는다는 것을 알고 있어서, 프랑스 편을 드는 장관보다 후한 신뢰를 보내고 있다. 아마도 알렉산드르는 모스크바 방화의 첫 소식이 들어온 날 밤, 슈타인과 술잔을 들어 불굴의 의지를 다지고 있었을 것이다.

"얼마 안 되는 가재도구 일체를 잃은 일은 지금까지 서너 번 있다. 하지만 이것도 길이 들면 아무렇지도 않다. 미련은 버려야 한다. 어차피 죽어야 할 몸이다. 분기하자."

머지않아 그 숙적도 모스크바에서 일체를 버릴 각오를 한다. 이미 5주일이 헛되이 지나고 겨울도 가깝다. 어두운 예감과 무위 가운데, 극도로 예민해진 나폴레옹은 기분을 풀려고 성안의 서고 에서 찾아낸 소설을 닥치는 대로 거뒀지만 거의 읽지 않고 있다. 측근들은 긴 시간 동안 식사를 하고, 책을 들고 누워 몇 시간이고 멀리 바라보는 모습을 목격하고 있다.

아무것도 예정할 수 없는 불탄 도시에서 무엇을 하면 좋을까? 아직 잔류하고 있는 어느 극단에 한두 번 프랑스 연극을 공연하게 한다. 그러나 비축량은 바닥이 나기 시작하고 추위는 코앞에 닥치 고 있다. 10월에 있었던 군사회의 때, 그는 아직 한 가지 길이 남 아 있음을 깨달았다.

다류는 모스크바 월동을 제언한다. 여기서 리투아니아에서 오 는 지원군을 기다렸다가 봄에 페테르부르크로 진군해야 한다. 가 만히 듣고 있던 나폴레옹이 생각 끝에 입을 연다.

"상당히 용감한 의견이다. 그러나 파리에서 뭐라고 할 것인가? 반년이나 되는 단절이 어떤 사태를 초래하고 있는지, 여기서는 짐 작도 할 수 없다. 앞으로도 프랑스가 나의 부재에 익숙해지는 일 은 있을 수 없을 것이다. 프로이센과 오스트리아가 이를 이용할지 도 모른다."

해야 할 일은 한 가지밖에 없다. 돌아가자. 이렇게 해서 황제는 크렘린 궁전의 둥근 천장에 솟아있는 성 이반의 거대한 금 십자가를 떼어내게 했다. 그리고 내민 손을 세 번이나 뿌리친 불성실한 친구를 한번 놀라게 해줄 묘안은 없을까? 나폴레옹은 크렘린 궁전의 폭파를 명했다.

그는 모스크바에서 3시간 정도 서쪽으로 나아간 지점에서 폭파 소식을 기다리고 있다. 끊임없이 그 앞을 통과하는 나폴레옹군. 충분한 휴식을 취했을 터인데도 병사들은 무기력하다. 게다가 환자, 부상자, 산더미 같은 전리품이 행군을 지체시키고 있다. 전령이 도착하여 폭파가 실패로 끝났음을 알린다. 묵묵히 듣고 있던 황제는 동장군의 도래를 걱정하는 랍에게 강한 어조로 말한다.

"보라, 10월 19일인데 이렇게 쾌청하다. 그대는 나의 강한 운을 잊었는가?"

그가 자신의 운을 입 밖에 낸 것은 꽤 오랜만이다. 추위의 도래를 내심 걱정하고 짐수레가 진군을 지체시킨다는 것은 알고 있었으나, 병사들에게 전리품을 포기시킬 마음도 들지 않았다. 러시아군은 곳곳에 몸을 숨기고 있었다. 뮈라의 기병중대가 습격을 당해 여지없이 후퇴를 시작한 상황이다. 오는 길엔 그렇게 전투를 바라던 황제가 돌아가는 길에는 이를 극도로 두려워하고 있다.

"아무튼 전투는 피하고 싶다. 서둘러 스몰렌스크에 겨울 진영을 구축하자."

이집트 원정 때와 마찬가지로 신출귀몰하는 적으로부터 몸을 지키면서 짐수레를 에워싸고 행군했다. 어느 날 황제는 측근의 기지로 간신히 목숨을 건졌다. "코사크다. 후퇴하라!" 부관 랍이 수풀을 가리키며 소리쳤으나 황제는 몸을 숨기는 것은 당당하지 못하다 하여 움직이려 하지 않았다. 부관이 황제의 말고삐를 꽉 잡고 억지로 뒤로 물러서게 했다. "물러나!" 지금껏 나폴레옹이 이런 명령을 들은 적은 없었다. 어떻게 할 것인가? 달아나는 수밖에 없다. 랍, 베르티에, 콜랭쿠르에 둘러싸여 황제도 사벨을 빼 들고 숨죽인 채 원군을 기다렸다. 적과의 거리는 불과 40보, 수행하는 장교들이 달려오고 친위 기병대가 도착해 코사크 군을 내쫓을 때까지 황제를 지켰다.

이것을 계기로 새로운 우려가 생겼다. 알렉산드르는 개선병의 수레 뒤에 자기를 묶어 매달고 포로로 끌고 갈 셈인가? 만일을 위해 시의에게 독약을 준비시킨 나폴레옹은 이후 그것을 작은 비단 주머니에 넣어 목에 걸게 되었다. 이때부터 황제의 신병을 빼앗는 일이 전 러시아 유격대의 야망이 되었고, 러시아군 사령부는 전군 사령관에게 '키 작은 죄인'을 생포하라고 명령했다.

이집트의 더위가 몇백이나 되는 병사를 죽인 것처럼, 러시아의 추위가 몇천이나 되는 병사를 죽인다. 눈과 우박에 말이 죽고 대포가 꼼짝 못 한다. 부득이 탄약 수송 수레의 폭파를 지시했다. 기병대는 도보로 전진하고, 연도에는 얼어붙은 병사의 시체가 겹겹이 이어졌다.

11월 9일, 스몰렌스크에 도착한 병력은 5만이 채 안 되었다. 출발 시의 10분의 1이다. 이제 비축 군량도 없어 겨울을 날 수 없다. 혹한으로 군 조직이 마비되었으나 행군을 계속하지 않을 수 없다. 이미 몇 천이라는 군사가 군을 포기했고 친위대의 사기마저 저하되기 시작한 것을 보고 황제는 호소했다.

"친위병 제군, 적에게 패배를 당하는 일 없이 퇴각하려고 한다. 자신에게 지지 않도록 하라! 전군에 모범을 보이자! 군사 중에는 이미 독수리 휘장은커녕 무기마저 포기한 자도 있다! 나는 제군이 명예를 걸고 군의 규율을 고쳐 세워 주기를 기대하고 있다!"

말을 마치자 황제는 선두에 섰다. 어느 목격자에 의하면, 그것은 장군들—말에 탄 지휘관은 손으로 꼽을 정도다—에 인도되어 묵묵히 나아가는 장사진이었다. 남루하고 불탄 외투를 걸치고, 야윈 흙빛 얼굴에 덥수룩한 수염에 허리가 굽은 망령의 행렬, 운명을 관장하는 신의 포로가 된 자들의 행렬이었다. 장성들로 편성된 행렬이 뒤이어 가고 있으나, 태반이 지팡이에 의지해서 걷고 발은 염소가죽 조각으로 싸매고 있었다. 그 뒤를 친위대가 기마로 쫓았다.

세 남자가 걷고 있다. 오른쪽에는 나폴리 왕 뮈라, 그도 이제는 화려한 의복을 과시하지 못한다. 그리고 왼쪽에는 이탈리아의 부왕 외젠이다. 한가운데가 지팡이에 의지하고 폴란드 토끼 모피를 걸치고 여우 털모자를 머리에 쓴 키 작은 남자다. 지금 그는 묵묵히 러시아를 걸어서 횡단하고 있다.

VII

파리는 뭐라고 하는가?

파리에 관한 정보가 완전히 차단된 것은 이집트 원정 이후 처음이다. 다음은 철군 도중에 기술된 것이다. 빌나에 대기하고 있는 외무장관 앞으로의 서신이다.

"2주간 어떠한 정보도 군령도 입수되지 않아 만사가 캄캄하다. 병력은 많으나 거의 붕괴 상태에 있다. 이를 정비하여 재결성하는 데는 2주일이 필요하지만 2주일 후 어디에 집결시켜야 할까? 우리가 빌나에 머물 수 있는 가능성은 있는가? 첫 1주일만 안전이 보장되면 어떻게 되겠지만 그 사이에 공격이라도 받게 되면 곤란한 일이다. 식량! 식량! 식량! 빌나에 외국 사절이라도 와 있으면 곤란하다. 우리 군은 남의 눈에 노출되어서는 안 되는 몰골이다. 사절은 모두 멀리 떨어지게 해주기 바란다."

이 서장書狀을 구술하기 1주일 전, 간신히 파리에서 도착한 보고서를 손에 든 황제는 창백해졌다. 이 무슨 흉보인가? 철군의 악몽보다 더한 흉보가 있을 수 있을까? 프랑스는 영국의 신문·잡지, 다방면의 서신, 풍문을 통해서 원정군의 공보가 감추고 있는 사실을 일찍부터 알게 되었다. 쉽게 뜨거워지고 쉽게 식는 파리 시민은 이미 황제를 단념했다.

항간에는 별의별 정보가 날아들어 사람들은 일희일비하고 있었다. 그런 가운데 쿠데타가 일어났다(1812. 10. 22~23). 미수에 그쳤지만 장래의 먹구름을 노출시키는 사건이다! 구 공화국의 장군이었던 클로드 마레가 한 통의 전보를 날조하여 황제가 죽었다고 공표했던 것이다. 수년 전 음모 사건을 일으켜 정신병원에 격리되어 있던 마레는 황제에 대한 정보의 결여에 덧붙여서, 모스크바가 불타오른 소식으로 항간에 퍼진 불안에 편승해 일을 저지른 것이다. 하지만 경찰장관 체포, 임시 공화정부 수립이라는 과정에서 기만을 간파한 두 장교가 모반자 일당을 체포하여 사건은 마무리되었다고 한다. 한나절로 해결되긴 했으나 그동안 민병대, 국민군, 고참 장군들은 황제 사망을 믿어 의심치 않았다.

눈 덮인 막사에서 나폴레옹은 급보를 손에 들고 당황하고 있었다. 살라망카의 패배 이상으로 중대한 사태다. 일당은 총살되어 큰일로 비화되진 않았다고 하지만, 일시적이나마 반도叛徒가 파리 경찰을 지배했다니! 프랑스 일국을 지배한 거나 다를 바 없지 않은가? 하지만 파리는 평온하고 마차 한 대도 습격받은 일이 없는 듯하다. 그 증거로 동봉된 신문에 이런 기사가 실려 있다. 가두에서 노 귀족이 어떻게 된 일이냐고 묻자 한 노동자가 웃으며 대답했다고 한다.

"동지, 황제가 죽었으니 곧 공화국 선언이 발령되겠죠!"

나폴레옹은 동요한 나머지 보고서를 떨어뜨리고 측근에게 말했다.

"그런데 황실은? 누구 하나 내 처자나 제국의 안위를 걱정한 사람이 없었다니…, 즉시 파리로 돌아가야겠다."

눈앞에 섬광이 스친 것처럼 이 사건으로 명백해진 위기의 전모를 깨달았다. 이 노동자는 나의 죽음을 기뻐하고 있다. 민중이란 그런 것이다! 황실의 기반을 굳혀야 한다. 그렇게 오랜 기간 밤낮으로 계속 일해 온 결과가 이런 것인가? 사랑하는 여자와 연을 끊고 황녀를 아내로 삼아 이승에서의 불멸의 증거인 적자가 광대한 궁전에서 성장하고 있는 것은 이 때문이었는가? 일개 장교가 "황제는 죽었다!"라고 부르짖은 것 정도로 금세 민중이 호응하여 '시민'이니 '공화국'이니 떠들어대기 시작하다니! 섭정 황후, 후계자, 국무원은 일고의 가치도 없다는 것인가? 카페 왕조의 관례를 따라, 즉시 아들을 즉위시켜 국민을 엄하게 검열하리라!

새로운 위협 가운데서 새로운 활력을 각성한 황제는 내각의 고삐를 한층 더 죄었다. 그는 창백하지만 얼굴 표정은 평온했다. 표정에서 고민은 조금도 찾아볼 수 없었다. 오히려 이전보다 힘이 차 있었다. 베레지나강(드네프르강의 지류)에 다가감에 따라 측면 부대로부터 흉보가 속속 도착했기 때문에 그는 각 군단의 간격을 좁히고 만일에 대비한 대포용 말을 확보하기 위해 나머지 전리품도 소각한다. 어쨌거나 다리만 무사하다면!

"적이 다리에 불을 지르면 막대한 피해를 입을 것이다."

11월 25일, 강변에 도착하니 다리도 조각배도 없고 대안에는 적의 2대 군단이 기다리고 있었다. 과연 궁지에서 벗어날 수 있을 것인가?

이때 보나파르트 장군을 승리로 이끈 한 가지 전략이 떠올랐다. 그는 러시아군에 함정을 장치하여 양동작전으로 주의를 빗나가게 한다. 친위대에서 선발한 1,800명의 기병으로 2대대를 편성하는 동시에 전 군단에서 독수리 문장이 붙은 황군기를 소각했다. 적의 손에 떨어지는 것을 두려워해서다. 막사로 돌아온 것은 한밤중이 지나서였다. 황제가 잠들었다고 생각하고 뒤로크와 다류가 파국의 가능성에 대해 이야기를 주고받는다. 국사범이라는 말을 들은 나폴레옹이 목에 걸고 있는 작은 주머니를 만지작거리며 몸을 일으켰다.

"놈들이 그런 짓을 할 것으로 생각하는가?"

그들은 놀란 것 같았으나, 다류가 적의 관용을 기대해서는 안 된다고 대답했다.

"하지만 프랑스는, 프랑스는 뭐라고 말할까?"

잠시 주저한 다류가 덧붙인다. 장성들이나 황제 자신을 위해서도 가장 바람직한 것은 황제가 남아서 진두지휘를 하기보다 어떻게든 프랑스로 귀환하여 본국에서 확실한 방법으로 우리를 구해

주는 것이라고.

"내가 그 정도까지 그대들을 궁지에 몰아넣고 있는가?"

"네, 폐하."

"그래서 그대들은 국사범이 되고 싶지는 않구만?"

그렇게 말하고 입을 다물고 있던 황제가 말을 이었다.

"장관들의 보고서는 소각했는가?"

"폐하, 아직 폐하는 그것을 허락하지 않으셨습니다."

"알았다. 소멸시키는 것이 좋겠다! 우리가 궁지에 빠져 있는 것을 인정할 수밖에 없으니까."

원정 중 황제가 발설한 유일한 패배 선언이고 유죄를 자인한 남자의 말이다. 그러나 피로가 불안에 우선하여, 수초 후에는 잠에 빠졌다.

이튿날 아침, 하류 지역에서 나폴레옹이 적의 발을 묶으려고 싸우는 동안에 공병대가 급히 부교 2기를 가설했다. 강을 건너는 데 2일이 소요됐다. 기병대는 강을 건너가지만, 뒤에는 아직 2만 5천의 병력이 따르고 있다. 황제는 포로가 되지 않을 수 없는 위험 가운데 최후의 한 명이 모두 건널 때까지 머물러서, 3일째에 고참 친위대와 함께 대안에 도착했다. 낙오자는 얼음 속에 빠지거나 적의 포화를 맞고 횡사했다.

다음주 나폴레옹은 간발의 차이로 두 번이나 죽음을 모면한다. 한번은 코사크 군의 습격으로 우세를 자랑하는 프랑스군이 갑자기 적의 습격을 받은 것이다. 위태롭게 이를 피한 직후, 이번에는 황제 암살 미수 사건이 일어난다. 프랑스인 소령 라피가 무엄하게도 황제의 막사 앞에서 프로이센 의장대 장교들과 모의를 꾀했다. 의장대의 고참 중위가 먼저 맘루크인 시종을 처치하고 주인을 죽일 계획으로 되어 있었다. 하지만 중위가 자신의 역할을 망설이고 라피 소령에게 일을 미루자, 프로이센 의장병을 신뢰하지 않던 소령이 이것을 거절하고 입씨름을 하게 되었다. 그 순간 콜랭쿠르가 막사에서 나와 손뼉을 치며 소리쳤다. "제군, 행동 개시다! 출발한다!" 그는 진작부터 밖에서의 움직임을 알아채고 있었던 것이다.

황제가 자초지종을 안 것은 그날 저녁이다. 이윽고 소집된 휘하 장성들 앞에서 그는 "내가 세습 왕이었다면, 내가 부르봉가의 일원이었다면 약속을 수행하지 않았다 해서 아무런 책임도 느끼지 않을 터인데!"라고 하면서 한 사람씩 불러 의견을 묻고 칭찬하고 격려하며 미소를 던져 감격시켰다. 그는 인심을 장악하는 힘을 되찾았다. 거기에는 군 내부의 반란을 미연에 방지한다는 의도도 있었다. 그리고 외젠에게 최신 원정군 공보를 읽도록 재촉한다. 간접적이긴 하지만 여기에는 원정군의 참상이 처음으로 보고되어 있다.

"정신이 운명의 온갖 파란을 초월할 만큼 강인하게 단련되어 있지 못한 자는 동요하고, 사기가 저하되어 있는 듯하지만 뛰어나게 단련된 자는 밝은 평상심을 유지하여 극복해 나가야 하는 다양한 고난 가운데서 새로운 영광을 향해서 돌진하고 있다. 현재 나폴레옹군을 괴롭히는 것은 추위뿐이고 폐하의 건강이 이토록 양호한 적은 없었다."

얼마나 엄격하고 명쾌한 태도인가! 젊은 날의 보나파르트 장군을 방불케 하는 말투다. 역경과 양호한 몸 상태가 왕년의 역동성을 소생시키고 있다. 비록 최후의 문건이 몇 주일 동안이나 원정군으로부터 정보를 얻지 못하는 파리를 진정시키기 위해 기술되었다고는 하지만 개전에서부터 반년 만에 러시아 원정의 종료를 선언하는 표현에서는 예의 냉소적 태도가, 그것도 이겨서 자랑스러운 듯한 시니시즘이 엿보인다. 지휘권을 뮈라에게 양도하고 잔존하는 9천의 군사를 조국으로 데리고 돌아갈 임무를 맡긴 다음, 황제는 막사에 모인 모든 장군을 포옹했다. 전대미문의 이 행동은 부하의 충성을 확보하고 그들의 마음을 사로잡기 위해 연기한 것이다. 하지만 휘하 장군들은 황제의 심장 고동을 직접 느꼈다.

12월 5일, 황제는 다류, 콜랭쿠르를 데리고 썰매를 타고 스모르곤을 출발한다. 황제는 폴란드의 어느 십자로에서 갑자기 썰매를 세우게 했다. 망막한 설원의 한가운데였다. 발레프스카 백작 부인의 성이 여기서 그리 멀지 않을 것이다. 가고 싶다. 러시아에서 도망하여 일각이라도 빨리 파리로 귀환해야 할 원정군을 버리려고 하는 황제, 온 세계를 떨게 할 계획으로 머릿속이 가득한 그가 갑자기 사랑하는 여자를 생각하고 덧없이 사라진 행복을 생각한다.

동행자들은 그 소망을 포기하게 하려고 필사적으로 설득한다. 일행은 고립되어 적에 포위되어 있는 상황을 지적하고 끈질기게 탄원한다. 단념한 황제는 쓰러져 잠에 빠진다.

출발한 지 5일째, 바르샤바 바로 앞에 있는 다리 앞에서 썰매를 세우게 한 나폴레옹은 콜랭쿠르와 함께 도보로 시내로 들어갔다. 이때 그들을 본 사람이 있다면 기인이나 괴짜로 생각했을 것이다. 콜랭쿠르를 대사관으로 보낸 후 신원을 들키지 않도록 '영국호텔'이라고 쓰인 여관에서 대기하는 황제에게 제공된 것은 하얀 방과 욕실과 추위였다. 하녀가 열심히 불을 지피려 하지만 생나무라서 불이 붙지 않는다. 하는 수 없이 모피 코트에 모자를 쓴 채 실내를 돌아다니며 양손으로 몸을 두드려 녹였다. 부르러 보낸 두 폴란드 귀족이 도착한 것은 그럴 때였다. 자기 눈을 의심하는 그들에게 유령이 웃더니 입을 열었다.

"언제 바르샤바에 도착했냐고? 1주일 전? 터무니없다! 2시간 전이다. 숭고와 익살은 종이 한 장 차이다. 잘 지냈는가? 스타니스라스(재무장관), 위기가 닥치고 있냐고? 전혀, 나는 파란 가운데 살아왔기 때문에 위기일수록 더욱 분발한다. 어느 궁전에서든 뚱뚱한 것은 나태한 군주뿐이다. 나의 거처는 마상이나 싸움터다. 여기가 어떻게 될까 봐 꽤 무서워하고 있는 것 같은데 아니다, 우리 군은 쾌속 진격을 하고 있다. 내게는 아직 12만의 군사가 있다. 러시아군에는 연전연승이다. 놈들은 우리 앞에 모습을 나타내려고 하지도 않는다. 우리 군은 빌나에서 겨울을 보낼 것이다. 나는 일단 파리로 돌아가서 30만의 군사를 모을 생각이다. 반년 후에 다시 니에멘 강변으로 되돌아오겠다.

이런 고비는 이미 수없이 넘어왔다! 마렝고에서는 저녁 6시까지 패하고 있었는데 다음날 이탈리아의 지배자가 되었다. 에슬링에서는 오스트리아의 지배자가 되어 있었다. 카를 대공은 나를 생포했다고 생각한 적도 있었다. 다만 다뉴브강의 수위가 하룻밤에 16피트나 상승하는 것은 나도 막을 수가 없었다. 그것만 없었다면 오스트리아는 파멸했을 것이다. 그러나 그것도 오스트리아 황녀를 아내로 삼는 것이 나의 운명이었기 때문이다!

러시아에서도 마찬가지다. 기온이 영하로 떨어지는 것은 나도 막지 못한다. 아침마다 1만 필의 말이 죽었다는 보고가 들어왔다. 하는 수 없었다. 노르망디 말은 러시아 말만큼 강건하지 못하다. 병사도 그렇다. 사람들은 내가 모스크바에 너무 오래 머물렀다고 말할지도 모른다. 그러나 날씨는 좋았고 그곳에서 강화조약을 체결하길 바랐다. 정치 무대란 그런 것이다! 호랑이굴로 들어가지 않으면 호랑이 새끼를 잡지 못한다. 숭고와 익살은 종이 한 장 차이다. 하지만 모스크바가 불타오르는 사태를 누가 상상이나 할 수 있을 것인가? 나는 전에 없이 몸 상태가 좋다. 몸속에 악마가 깃들면 더욱 강건해지나 보다."

그는 이렇게 장장 2시간을 지껄였다. 돌이킬 수 없는 실패를 저지른 남자가 그것을 호도하려고 필사적으로 용감한 체하는 것처럼.

나폴레옹은 다시 모사꾼으로 돌아왔다. 자기 발언이 유포되는 것을 염두에 두고, 진작 궤멸한 군대가 아직도 온존하는 것처럼 말하고, 실제로는 패잔병의 극히 일부를 삼켜버린 것에 불과한 추위를 과장하고, 한 번도 교전한 일이 없는 전투에 대해 이야기했다. 게다가 늘어놓는 거짓말을 과거의 역사적 사례로 날조하고, 진행 중인 사건에 역사적 의의를 부여한다. 예측할 수 없는 신의 섭리를 거론하여 '숭고와 익살'이라고 의표를 찌른 과장으로 사람을 얕보는 변명을 수없이 되풀이한다. 이제 그의 눈에는 자신의 행동이 세계를 무대로 한 서사시처럼 보이기 시작했다. 이렇게 해서 나폴레옹은 영광의 쇠퇴기에 아이러니에 도달한다.

두 폴란드인 정치가는 그런 것에는 조금도 신경 쓰지 않는다. 자국의 부채만이 머리에 있다. 아직 권력을 가진 이 남자로부터 돈을 얻는 것만을 모색하고 있다. 폴란드에서 인망을 얻고 싶은 나폴레옹은 재무관을 통해서 600만 프랑을 그들에게 지불하기로 한다. 두 귀족은 머리를 숙이지만 황제가 출발할 무렵에는 실상을 간파하고 정체 모를 남자가 멀어져 가는 것을 약간의 멸시를 품고 전송하였다.

밤과 낮을 이어서 나폴레옹은 질주한다. 독일도 눈에 묻혀있다. 주야를 가리지 않고 갖가지 명령이나 문제, 계획을 머릿속에

567

서 반추하고 검토를 계속한다. 영국은 정말로 대항하기 어려운가? 현재, 내 앞에는 발틱해에서 카디스 및 지중해 동안에 이르는 길이 열려 있다. 그러면 인도는 포기하지 않을 수가 없다. 라인연방 제국은 앞으로도 나를 따를 것인가? 어쨌거나 감출 수 없는 패배를 어떻게 해명할 것인가? 과연 12만의 신병을 프랑스에서 징집할 수 있을까? 즉시 차년도 신병을 황제의 깃발 아래 소집하는 동시에 급거 교황과 화평을 맺을 필요가 있다. 배후는 신경 쓰지 말고 끝내자. 스페인과도 신속한 강화 체결이 필요하다. 혁명 때 발족시킨 국민군에는 뛰어난 잠재 능력이 있다. 그렇다, 이것을 사용하지 않을 수 없다. 100만의 무장 민병을 3월에 배치할 수 있다.

그날 밤, 역에서 창문으로 얼굴을 내민 황제가 물었다.

"어딘가?"

"바이마르입니다, 폐하."

"바이마르? 공비는 건강하실까? 괴테는 어떻게 지내고 있을까?"

VIII

고관 40명이 기둥머리 장식처럼 머리를 숙이고 패배한 군주를 맞이한다. 화려하고 아름다운 궁정복으로 몸을 감싼 그들의 모습은 황제에게 경멸을 품게 하는 동시에 연약하고 어리석은 자는 통치받는 것만 추구한다는 종래의 신념을 강화한다. 다만 민중의 소리는 닿지 않는다. 신하들이 감추고 숨기기 때문이다. 황제의 시선은 스스로가 만든 감옥의 금빛 벽으로 차단되어, 쌓이고 쌓인 민심의 원성마저 닿지 못한다. 이전에는 자기의 잘못을 솔직하게 인정하던 그가 지금은 카이사르처럼 책임을 자연 현상에 떠넘긴다. 얼마 전까지 날씨마저 좌우할 수 있다고 호언하던 남자가.

바르샤바에서 파리에 이르는 9일간의 여정 중에 나폴레옹은 파란만장한 모험가의 길을 포기하고, 권위에 의지하는 황제의 길로 진로를 바꿨다. 러시아의 추위는 예년보다 늦게 시작되었음에도 불구하고, 12월 20일 원로원에서 그는 다음과 같이 호도하며 얼렁뚱땅 매듭짓는다.

"우리 군은 심대한 피해를 입었지만 원인은 이번 계절에 겨울의 도래가 너무 빨랐기 때문이다. 나폴리 왕은 지휘권을 행사할 능력이 부족하여 나의 출발 후 혼란이 빚어졌다. 어쨌거나 나는 아직도 300개 대대를 가지고 있다. 스페인 주둔 병력을 한 명도 빼내는 일이 없이."

신하에 대한 모멸감이 이렇게까지 커졌는가? 엄선하여 뽑은 각료들과 몇 달 전부터 진상을 알고 있는 자들 앞에서 이런 빈말을 할 정도로? 그들 전원이 마레 사건의 책임자이며, 쿠데타가 싹트기 전에 말살하지 않았던 죄가 그들에게 있다. 유사시 황후 및 황태자에 생각이 미치는 자가 전무했다는 것에 지금도 깊이 상처받고 있는 황제는 그들 앞에서 고발자 연기를 한 것에 기쁨을 느끼고 있다. 또 최초의 공식 리셉션에서 고문들에게 지론을 분명하게 밝히는 것도 잊지 않는다.

"겁 많고 나약한 병사는 국가의 자립을 잃게 하고 소심한 행정관은 법의 주권, 왕권, 사회 질서를 소멸시킨다. 프랑스의 쇄신에 착수했을 때, 나는 신에게 일정 기간의 여유를 구했다. 파괴는 일순에 이루어지지만, 시간의 도움 없이 재건은 불가능하다. 국가에 없어서 안 되는 것은 과감한 행정관이다. 우리의 선조는 '국왕은 죽었다. 새 국왕 만세!'라고 외치는 것을 관습으로 했다. 이 짧은 말이 군주제의 장점을 깨닫게 해준다.

우리의 아름다운 프랑스가 입은 불행의 요인은 난해한 관념론에 있다. 법률을 인간 심리의 이해나 역사의 교훈에 적응시키는 대신 제일 원인을 세밀하게 추구하는 것으로 국민의 입법을 제정하려고 한다. 추상적 관념론으로."

이 발언에 역사나 인간 심리에 대한 정서적인 문장이 포함되어 있지 않았으면, 오스트리아 황제나 과거 역대 군주의 발언과 큰 차이가 없다. 이런데도 왜 아직 프랑스 황제와 유럽의 전통 세습 군주들이 대치하여 다투고 있는가? 혁명가여야 할 나폴레옹이 전통에 가담하고 있는 이상, 전통과 혁명 사이의 싸움은 종료한 것으로 봐야 할 것이다. 후계자가 부르봉이라고 불리거나 보나파르트라고 불리거나 그것이 대를 물려받는 적자라면 그것으로 되지 않는가! 황녀와 결혼한 것이 분규를 일으켜 그를 당혹케 하는 결과가 되었다. 하지만 이 결혼의 효용을 본인은 절반밖에 믿지 않은 부분이 있다. 다음은 러시아 원정 출발 전, 그가 메테르니히에게 말한 장래 전망이다.

"나는 입법기관의 언론을 통제했다. 마찬가지로 회의실 문 열쇠도 내 주머니에 넣을 수밖에 없을지 모른다. 프랑스는 다른 나라처럼 대의제代議制가 적합하지 않다. 어쨌든 원로원 및 국무원을 재편성할 생각이다. 전 의원은 내가 계속 임명하게 될 것이다. 이것으로 진짜 대표자 집단을 가지게 될 것이다. 전원 실무 경험이 풍부한 인재로 구성된 집단이 되니 허풍쟁이도 공론가도 겉치레만 꾸미는 남자도 아닌 견실한 인사들의 모임이 되기 때문이다. 그렇게 되면 비록 나태한 군주를 모신다 해도 프랑스는 뛰어난 국가가 될 것이다. 그러면 군주를 기르는 일은 종래의 방법으로도 충분하다."

군주주의자와 회의주의자의 양면을 가진, 대단히 카이사르적인 사고이다. 가령 사람들이 아들의 초상 앞에서 "프랑스 제일의 귀여운 아기다"라고 찬탄한다고 해도 천부의 재능이 권력과 함께 계승되는 것이 아님을 그는 충분히 알고 있다. 후계자를 지켜야 하는 연약한 신하를 모두 배제하고 싶다는 바람은 나폴레옹이 역대 왕조의 예와 같이 보나파르트 일족의 폐단도 예감하고 있기 때문이며, 군주제가 배태한 모순에 찬 약점을 인식하고 있었기 때문이기도 하다. 그래서 나름의 방법으로 견실한 군주제를 확립시키고 싶은 것이다.

당장은 군주제를 강화하는 데 군대를 이용할 수밖에 없다. 수십만 군사에 의한 유럽 진공 계획이 어떠한 결과를 초래했는가? 무수한 젊은이에 대한 사형 판결 기록뿐만 아니라 서훈 기록도 간직하고 있던 서류함, 가죽으로 장정된 서류정리 상자는 어디에 있는가? 간신히 쾨니히스베르크에 도착한 것은 고참 친위대 400명, 기마 친위대 800명, 장교 및 하사관 수천 명뿐이다. 프랑스 지휘에 속하지 않는 측면 부대를 별도로 하면 잔존한 황제의 병사는 이뿐이다. 러시아에서 도주 중인 네이Ney(1769~1815, 혁명전쟁에 종군하고 1799년 라인군 사령관이 되었다. 나폴레옹 몰락 후 파리에서 총살되었다) 원수가 프로이센의 참모본부에 도망쳐 들어왔을 때의 일화는 비극적이다. 너무도 달라진 모습에 누구인지 짐작도 못 하고 경악의 시선을 보내는 사람들 앞에서 그가 소리쳤다. "본관은 대 원정군의 후위後衛다!"

수주 내에 새로운 군대를 조직할 필요가 있다. 1813년도에는 14만의 모집병이 공급되지만, 그 외는 어디서 공급할 것인가? 황제에게는 마법의 지팡이가 있으니까, 어쨌든 필요한 만큼의 병력을 차출하게 될 것이다. 새로이 제정한 법에 따라 8만의 민병을 국외에서 고용할 권리가 주어진다. 이에 전년도 병의 10만을 추가하고, 차년도병을 미리 소집하면, 50만이 병역에 복무하게 된다. 그는 프로이센 대사에게 말했다.

"프랑스 국민은 나를 따를 것이다. 필요하다면 여자도 무장시킬 것이다." 불굴의 의지를 회복한 그는 잠시의 여유도 없이 정력적으로 활동했다. 그러나 적은 국경의 머나먼 저편에 있다. 어떻게 이들 예외적 조치를 국민에게 설명할 것인가?

좋은 핑계가 생겼다. 프로이센의 장군 요크(1759~1830, 프로이센 군에 복무한 영국인)가 독단으로 러시아와 동맹을 도모하여 휘하 군단의 중립을 선언했다(1812. 12. 31). 독일 민족의 여론이 그토록 열망하던 군사적 상황의 변화가 시작된 것이다. 황제는 이 사건을 프랑스인들의 열정을 자극하는 수단으로 활용할 수 있다. 동맹국의 배신행위는 그로부터 2만의 병력을 빼앗아갔지만, 즉각 파리에서 공포된 라인연방 제공諸公에게 보내는 성명문에는 다음과 같은 구절이 포함되었다.

"황제는 연방 제국의 지원 따위는 전혀 필요치 않다. 요크의 배신으로 황제의 군대 출동이 부득이해진 점에 한하여…."

은근한 협박에 사람들이 따른다. 프랑스는 말할 것도 없고 오스트리아 황제, 독일의 제공도 다시 군자금을 긁어모아 군대를 결집시켰다. 그중에는 '새로운 승리에 채색된 기회가 황제에게 돌아오는 것에 공헌할 수 있음은 행운의 극치이다'라고 비굴한 문장까지 첨가한 군주도 있다. 요크 장군을 파면한 프로이센 국왕은 나폴레옹에게 충성을 맹세하는 한편으로, 짜르와의 화목은 유지하면서 예전처럼 다양한 선택 사이를 우왕좌왕한 끝에 프레스라우를 향해 출발한다. 국내에는 분규가 일어나 젊은이나 이상주의자뿐 아니라 정치꾼마저 애국심에 불타 허약한 국왕을 권좌에서 끌어내리겠다고 설치는데 폰슈타인이 등장한 것이 바로 이때이다. 러시아 황제 알렉산드르의 사절로 조국을 방문한 슈타인은 쾨니히스베르크에서 본래 자기의 군주였던 프로이센 국왕 프리드리히 빌헬름과 교섭을 시작했다.

귀를 곤두세우고 경과를 응시하면서, 나폴레옹은 라인연방 제공들 앞으로의 회람에서 '혁명으로 독일에 체제 변혁을 가져오려 하는 자들의 움직임'을 경계하라고 호소했다.

"이들 선동가가 라인연방 제공에게 반동 정신을 불어넣어 군주들이 마음을 빼앗기면 어느 나라라도 큰 혼란에 빠질 것이 필연적이다."

나폴레옹은 아직 확실히 이해할 수 없는 독일 민족을 경계하기 시작했다. 러시아 원정 직전까지는 그럴 필요를 전혀 느끼지 않았으나, 이제는 독일인도 스페인인과 마찬가지로 애국심이 대단하다는 사실을 확실히 알게 된 것이다.

"독일인은 아메리카 대륙으로 망명하는 것도 바다로 달아나는 것도 불가능하고 요새의 수도 적다. 그러나 스페인과는 달리 독일에는 영국인이 없기 때문에 가령 그들이 스페인처럼 미신적이고 성직자 지상주의라 해도 영국인을 두려워할 필요는 없다. 게다가 그토록 합리적이고 냉정하고 인내심 강하고 용감한 자들이 대체 무엇을 두려워할 것인가? 게다가 이번 전쟁 중에 암살 시도가 한 건도 발생하지 않은 것으로 봐도 그들의 기질이 얼마나 온건한지 알 수 있다."

독일인의 실상을 멋지게 꿰고 있으나 부정확한 점이 있다. 나폴레옹은 독일인의 공상적 자질을 간과하고 있다. 분방한 상상력의 소유자인 이 이탈리아인으로서는 평온한 외견 안에 로맨틱한 뜨거운 감정이 잠재해 있다는 것은 상상하기 힘들었다. 독일인이 군주체제를 선호한다는 것을 알고 있는 만큼, 그들의 군주를 지배하면 국민도 지배할 수 있다고만 생각하고 있었다.

그들을 과연 하나의 국민이라 할 수 있을까? 최후의 황제가 포기한 결과, 독일제국은 거의 10년 전에 붕괴했다. 그 제국은 '추상적 개념'에 의한 연방의 결합에 지나지 않았다. 적에 맞서는 독일 국민의 단결은 간신히 2년을 버티고 있다. 하지만 일단 '이방인'이 영토에서 추방되면 그들은 다시 분열할 것이다. 지금 사분오열된 이 나라를 하나의 국가로 재생하려면 앞으로 반세기가 더 필요할 것이고 나폴레옹이 또 한 사람 필요할 것이다.

군주 간의 적대 의식을 동일 민족 간의 지속적 반목으로 결론 지어, 군주들이 단결하는 일은 있을 수 없다고 판단한 것이 나폴레옹의 오산이다. 이 점에서 나폴레옹은 독일인의 국민감정에 대해 완전히 착각하고 있었다. 독일 민족을 적으로 돌린 자가 가장 먼저 유의해야 할 것은 그들이 외부의 적에 대해서는 대동단결한다는 것이다.

그러나 때로 역사는 사람의 의도와는 다른 방향으로 흐름을 바꾼다. 비록 그 발자국을 역사에 새긴 천재라 할지라도 역사에 대항할 수는 없다. 이 시기의 혁명 정신은 공수攻守를 바꾼 것이다. 이전에 보나파르트가 자유라는 이름 아래 민중을 봉기시켜 전제 군주와 맞서게 했듯이, 지금의 민중은 같은 자유의 이름 아래 나폴레옹에 대항해서 일어선다. 20년이 지난 지금, 민중의 저항 정신을 압살하려는 것은 전통적인 세습 왕정이 아니기 때문이다. 창백한 얼굴의 정통 군주들은 내리막길을 걸으면서도 변함없이 서로 반목함으로써, 그들을 경멸하고 무시하는 남자 앞에서 여전히 무기력하다. 스페인과 독일에서도 정통 군주에게 나폴레옹에 대한 저항을 촉구하는 것은 그 국민들이다. 그들은 머지않아 찾아올 왕위 찬탈자의 비극적 몰락에 대해 냉엄한 태도를 보인다.

IX

레티치아는 가슴이 죄어드는 심정으로 아들을 바라보았다. 입

밖으로는 내지는 않지만 걱정스러운 표정이 가슴속에 품고 있는 고뇌를 대변한다. 아들을 위해 할 수 있는 일은 없을까? 친밀한 사람들, 그들 중 많은 이들이 아들을 배신하고 있음을 잘 안다. 지금 그에게 필요한 것은 역시 친형제다. 능력은 부족하다지만 심리적 편안함을 줄 수는 있을 것이다. 그녀는 런던과 그라츠에 편지를 보내 조금이라도 아들의 곤경을 해소하려 노력했다. 이런 어머니의 노력으로 10년이나 무소식이었던 동생 뤼시앵이 형에게 편지를 보내왔다. 황제를 위해서라면 무슨 일이든 하겠다고 적혀 있었다. 그러나 절대 권력자를 자처하는 나폴레옹은 협력자를 필요로 하는 상황을 인정할 생각이 없었다. 그는 어머니에게 이렇게 부탁했다.

"편지에 감동했다고 제 이름으로 써 주시겠어요? 그를 토스카나 군주로 삼을 작정이었습니다. 미술을 좋아하니 플로렌스를 다스리게 하여 메디치가의 시대를 재현시켰으면 했지요."

형제 중에 가장 뛰어난 인재라는 것을 늘 인정했으나 일의 중심에 뤼시앵이 설 자리는 없었다.

한편 루이는 프랑스로 돌아가 자신의 명예와 타협할 수 있는 범위에서 형에게 도움이 되고 싶다고 제안하며 최근에 지은 시詩를 동봉했으나 매우 거만한 회답을 받는다.

"나의 현 상황에 대한 그대의 해석은 완전히 틀렸다. 나는 백만의 군사와 2억의 재산을 가지고 있다. 네덜란드는 앞으로도 프랑스의 통치를 받는다. … 하지만 양육자로서 그대를 맞이하는데 인색하지는 않겠다."

황제는 답신할 내용을 친히 어머니에게 읽어드렸고, 어머니는 다른 말을 넣어 황제의 딱딱한 말투를 누그러뜨리려 애쓰면서 루이를 파리로 초대했다. "황제가 너의 시를 내게 전해주는 것을 잊어버렸구나. 나중에 받아서 볼 테니 그것에 대한 감상은 다음 편지에서 말해주마."

수일 후, 가엾은 부인은 〈모니퇴르〉지에 게재된 과격한 기사에 혼비백산한다. 나폴리 왕이 자국의 대사를 비엔나 정부로 보내도록 의뢰받았다는 것이다. 뮈라가 아내 카롤린의 부추김에 따라 비엔나 정부와 담합한 것을 안 황태후는 딸을 엄하게 꾸짖었다고 한다. 부인은 스페인 전쟁에서 충분한 지원을 받지 못했다고 원망하는 조제프를 위해서 중재하고, 공석에서 황제에게 질책받고 추방된 제롬을 위해서 애쓰고, 루이와 오르탕스의 말다툼을 중재한다. 오르탕스는 남편이 파리로 돌아가는 것을 막으려고 했다.

63세가 된 레티치아의 눈에 비치는 것은 가족의 알력뿐이다. 아들, 딸, 사위, 며느리 사이에는 반감과 질투, 자만과 배신이 소용돌이치고 있다. 예전에 일족의 단결은 단단하고 적에 대해서는 하나가 되어 맞섰으나 이제 그런 기개는 사라지고 차남의 전성기도 내리막길이다.

감정에 흐르는 일이 없는 황제는 이런 물의를 늘 정치적 견해로만 고려했다. 뮈라와 카롤린의 모반은 알고 있었기에 그가 자문하는 것은 어떻게 뮈라의 군대를 계속 확보할 것인가 뿐이었다. 그는 부드러운 어투로 카롤린에게 편지를 적어 보냈다. 다음 싸움이 임박했으니 군대를 출동시키도록 남편에게 전하라고. 최종적으로 뮈라는 승낙한다. 황제가 아직은 승리자가 될 가능성이 충분하며, 그 경우 나폴리 왕국을 잃어버릴 수도 있다고 생각한 것이다. 그러나 누가 이겨도 문제가 없도록, 과거 자신이 추방했던 시칠리 왕 페르디난드 4세(1751~1825, 나폴리왕 카를로 3세의 3남)와 밀약을 맺는다. 경우에 따라서는 동맹국이 된다는 내용의 약정이었다. 황제는 뮈라와 마찬가지로 베르나도트도 배신자로 간주하고 있었으나, 엄하게 대하기보다 화해하는 편이 득이라고 생각해서 동맹의 보상으로서 포메라니아를 제공한다. 하지만 그 직후인 1813년 3월 3일, 베르나도트는 대프랑스 동맹에 참가하여 프랑스에 적대하는 길을 나아가기 시작했다. 포메라니아 국민보다 프랑스의 옥좌 쪽이 훨씬 매력적이기 때문이다. 그 후 프로이센과도 특별 협정을 맺게 되지만, 그와 기맥을 통하는 프랑스인들은 베를린에서 스탈 부인이 주최한 무도회에서 황제에 대한 모의를 꾀했다.

격동의 1813년 초, 황제가 농락하려 했던 제3의 적은 때마침 퐁텐블로에서 감금 상태에 있었다. 교황이다. 자기편으로 끌어들인 여러 고위 성직자의 지원과 교묘한 흥정을 통해 나폴레옹은 노인이 마음을 바꾸게 만든다. 전 독일이 다시 가톨릭 국가가 되면 교회는 위대해질 것입니다! 그렇게 교황에게 호소하여, 형식적인 복수의 안건을 양보하는 대신 새로운 정교 협정을 획득했다(1813. 1. 25). 이는 세력권 내의 모든 나라에서 시행되는 황제 주최의 대대적인 종교의식을 통해서 나폴레옹의 권력을 강화하고 가톨릭교도 신병新兵 획득을 가능케 하는 협정이었다.

협정이 비준되고 1주일 후, 결정의 재검토를 요구하는 교황에게 황제는 미소 지으며 대답했다.

"성하聖下는 무오류의 구현자이십니다. 따라서 성하가 잘못을 저지르는 일은 있을 수 없습니다."

이 시기 온 유럽에 평화의 희구가 퍼져 있었다. 평화조약 체결을 요구하는 제안을, 교황은 비스툴라에서 그리고 메테르니히는 런던에서 하고 있었다. 예전 쉰브룬에서 나폴레옹의 교섭 상대였던 부브나 백작(1768~1825)도 화평을 제안하기 위해 파리에 찾아왔다. 비엔나 정부는 나폴레옹이 요청한 파견부대를 제공할 수도 거절할 수도 없었기 때문이다. 따라서 1813년 2월의 시점에서 나폴레옹이 화평을 손에 넣기란 간단했다. 더구나 그는 누구보다도 화평을 필요로 하고 있었다. 그런데 왜 그는 상대가 받아들이기 어려운 조건을 내걸었을까?

10년간, 그는 초기 연전연승의 여파로 많은 싸움을 강요당했다. 지금은 위기와 고립감이 깊어지는 가운데, 마치 청년 시절처럼 전쟁을 바라는 마음이 그를 감싸고 있다. 승리자였을 때는 더 이상 싸움을 요구하지 않았던 그가 패배 후유증을 겪는 지금 새로운 승리를 갈망한다. 그러나 이 시기에 그가 남발하는 '명예'나 '승리'라는 말은 결국 운명의 신이 그에게 부여한 구실에 지나지 않는다. 러시아 원정으로 위신에 상처를 입은 나폴레옹군의 '명예', 제국 국민 및 자신을 위한 '승리'라는 표현은 그를 조종하는 운명의 신이 말하게 하는 구실에 지나지 않는다. 사실, 그는 1813년에 세 차례 화평을 거부하는 중이다. 한편으론 그의 본성이 해방되었기 때문이고, 또 한편으론 '제반 사정'에 쫓겨 되돌아갈 수 없는 길로 끌려 들어갔기 때문이다.

전진하라! 대프랑스 동맹 제국의 도처에서 전비戰備가 갖춰지기 시작한다. 영국은 프로이센, 스웨덴과 동맹을 체결하고, 짜르는 프로이센의 협력을 확보하기 위해 프로이센 동부를 포기한다. 프로이센은 모든 독일인에게 봉기를 촉구했다. 오스트리아는 러시아와 휴전 협정을 맺는 한편, 작센 공국이나 바바리아 공국, 심지어 제롬에게까지 화해를 제안한다. 그리고 앞으로 닥칠 원정 준비를 갖춘다는 구실로 군대를 크라쿠프(폴란드 남부의 소도시)까지 후퇴시켰다.

오스트리아의 움직임에 대해 전해 들은 황제는 "반란으로 가는 제일보다!"라고 고함을 질렀다. 결과적으로 비스툴라 강변의 주둔군을 오데르강까지 후퇴시켜야 했던 그는 실레지아를 제공하겠다는 뜻을 재차 비엔나 정부에 전달하지만 오스트리아는 이를 정중히 거절하면서 조정역을 맡고 나섰다. 이렇게 무장한 조정자는 배신할 준비를 착착 진행하고 있었다.

모든 열강이 전쟁 준비에 한창인 3월 17일, 프로이센의 선전 포고에 따라 마침내 전쟁이 현실화되었다. 이 소식이 파리에 전해졌을 때 탈레랑은 엷은 웃음을 띠고 말했다.

"이제 황제 나폴레옹이 일개 프랑스 국왕으로 내려올 때가 되었도다."

일리 있는 예측이지만, 다른 사람은 몰라도 탈레랑은 좀 더 조심성이 있어야 했다.

각국이 예상외로 신속하게 전비가 갖추어져서 며칠 내로 대전이 발발할 것이 누구에게나 분명해진 지금, 사태의 진행을 중지시킬 수 있는 유일한 남자는 막다른 곳에 몰려 지칠 대로 지쳐 있었다. 몇 가지 새로운 징후에 피로의 정도가 엿보인다. 첫째 징후는 신변에 간편함을 요구하게 되었다는 것이다.

"인원이 너무 많다. 요리사를 줄여라. 식기도 필수품도 고급은 필요치 않다. 시종도 하인도 필요 없다. 트렁크도 줄여라. 침대도 2대면 족하다. 막사도 4채가 아닌 2채, 가구도 마찬가지다."

궁정에 대해서도 극구 작은 규모의 견적도를 작성하라고 명했다.

"미와 쾌적함은 양립하지 않는다. 필요한 것은 아름다움보다 쾌적함이다. 궁정은 정원과 중정 사이에 설치되어야 한다. 거실에서 정원으로 나갈 수 있도록 하라. 또한 거실에서 남과 북으로 자유로이 갈 수 있게 하라. 유복한 개인 저택처럼 고안해 주었으면 한다. 만년을 맞이하는 남자의 아늑한 거처를 염두에 두고 설계하라."

영광의 정점에 있었던 1805년, 황제는 말했다.

"인간이 언제까지나 싸움에 힘을 발휘할 수 있는 것은 아니다. 앞으로 6년, 싸움에 전념한다. 하지만 그 후는 전쟁이라는 직업을 마감해야 할 것이다."

러시아에서 귀환하고 4개월 후인 1813년 4월 15일, 다시 원정의 기회가 찾아왔다. 사람들이 지켜보는 가운데, 생클루의 안뜰을 가로질러 여행용 4륜 마차로 천천히 다가간 그는 마차 안의 쿠션에 몸을 묻고 이마에 손을 대면서 동행한 콜랭쿠르에게 느닷없이 고충을 털어놓는다.

"황제는 다정한 아내, 귀여운 아들과 헤어져야 하는 비통한 심정을 이야기했다. 그는 '내 제국의 농민이 부럽다. 그들은 내 나이가 되면 조국에 대한 빚도 다 갚고 처자에 둘러싸여 집에 있는다. 그러나 나는 알 수 없는 운명에 이끌려 전장 한가운데에 있게 된다'라고 말씀하셨다."

정신적인 쇠약은 참담한 러시아 원정의 결과일까? 오히려 새로운 패배를 예고하는 것은 아닐까? 실제 나이보다 노쇠하여 병에 시달리고 몹시 지친 이 남자는 40대 중반에 든 지금 가정적인 따뜻함만을 바라고 있다. 그의 침소 장막은 남보다 일찍 내려지고, 어머니나 누이들만큼의 장수를 바랄 수 없을 것을 예감하고 있다. 옛날 단치히에서 집으로 돌아가고 싶은 마음이 굴뚝같은 휘하의 원수들을 호되게 나무랐는데, 지금 그의 심정은 그때 부하들의 심정과 다르지 않다. 20년 동안 간단없이 위업을 성취하여 휘장에 꿀벌을 선택한 남자에게 이것은 지극히 당연한 소망이라 할 수도 있겠다.

그러나 운명의 여신은 어떤 인간에게도 예외 없이 청춘의 어지러운 환희의 대가를 치르게 한다. 너무나 많은 승리를 얻었기에 신들은 승리를 기뻐하는 것마저 그에게 허락하지 않았다. 그는 운명의 신에게 칼을 들이댔다. 그래서 이제 신으로부터 복수를 당하는 것이다.

X

마인츠에서 거행된 최초의 열병식에는 30만은커녕 18만 병력만이 모였다. 기병은 불충분했고 장비는 불완전했다. 최고의 대포는 러시아에서 잃었거나 스페인에 묶여 있다. 참모본부는 궤멸되고 행정부도 위생조직도 온전치 않다. 한심하기 그지없는 군대를 앞에 두고 나폴레옹은 기가 꺾이기는커녕, 젊은 날의 고투와 이후 이어진 수많은 성공을 상기하고 분기한다. 젊은 날의 그 영웅적인 진군, 굶주리고 남루한 병사들을 이끌고 산을 넘어 승리를 이끌어 낸 나날을 상기한 그는 용기와 절망이 얽힌 장렬한 선언으로 새로운 전쟁을 시작했다.

"나는 보나파르트 장군으로서 이 전쟁에 임하겠다."

5월 2일, 뤼첸에서는 오랜만에 맹렬한 돌격을 보여 개전 첫날은 잠시의 휴식도 취하지 않고 진두지휘했다. 다음날, 전세를 낙관하여 마르몽 휘하의 부대 중앙에 곰의 모피를 깔고 잠시 휴면을 취하던 그가 승리 가능성이 높다고 고하는 측근의 목소리에 벌떡 일어나서 소리쳤다.

"행운은 누워서 기다리라는 말은 나를 두고 하는 것이다."

마르몽 장군의 승리가 확정되지도 않은 가운데, 황제는 도처에 승리를 선전했다. 여느 때처럼 거취를 결정하지 못하고 있던 작센 국왕에게는 자기편에 붙으라고 강요하고, 라인연방의 제공에게는 신의 가호가 자기에게 약속되어 있다고 말한다. 러시아 측에는 콜랭쿠르를 보내 프로이센과 폴란드의 교환을 제안한다. 아니면 다른 조건도 상관없다며 준비된 여러 안건을 늘어놓는 콜랭쿠르를 짜르가 참지 못하고 중단시키는 촌극도 벌어졌다. 나폴레옹은 프란츠 황제에게 전에 없는 자화자찬의 서한을 보냈다.

"아군의 모든 작전을 지휘하던 중에 정신을 차려 보면 우박처럼 쏟아지는 포탄 가운데 있었던 일도 몇 번 있었습니다. 그러나 아직 작은 상처도 입지 않았습니다."

체력의 쇠퇴를 의식하면서 그것을 감추려는 남자의 말이다.

5월 20일에는 바우첸에서 다시 승리를 거두지만, 포로는 한 명도 얻지 못했다. 바우첸에서의 싸움 이틀째, 콜랭쿠르와 뒤로크를 동반하고 황제는 포열을 향해 나아가고 있었다. 뒤로크는 10년간 늘 행동을 함께해온 전우다. 병사들이 차례로 쓰러지는 가운데, 부관들을 거느리고 흙먼지와 화염을 뚫고 고지를 향해 말을 달리는 황제의 눈앞에 한 그루의 나무가 쓰러졌다. 한 장교가 따라붙어 더듬거리며 고한다.

"대원수께서 당하셨습니다."

"뒤로크가? 설마! 뭔가 착오겠지. 그럴 리가 없다! 조금 전까지 내 옆에 있었는데…."

"조금 전의 포탄이 나무를 쓰러뜨린 다음 튕겨나와서 프리울 공작을 맞춘 것입니다."

"도대체 언제 내 운이 다할 것인가! 앞으로 얼마나 갈 것인가? 콜랭쿠르, 아직 나의 독수리들은 승리를 거두고 있지만 동반하던 행운의 별은 사라져 버렸다."

황제와 죽어가는 친구, 그 대면은 가슴 아픈 것이었다. 숨을 헐떡이는 전우가 말한다.

"그래서 내가 말했잖아. 너에게, 드레스덴에서 … 신비의 목소리 따위에 나는 속지 않는다고. 아아, 아직 끝난 건 아니야! 아편을 줘."

이 말투, 뜻하지 않은 말투, 지금까지 한 번도 죽음을 무서워한 적이 없는 강한 자의 탄원…. 황제는 비틀거리며 친구 곁을 떠났다.

건초 더미 뒤의 농가 옆에서 전우가 쓰러진 지점을 오래 응시하던 그는 이윽고 친위대가 야영하는 언덕 쪽으로 천천히 걸어갔다. 황제의 막사를 중심으로, 대형은 사각형 진을 치고 있다. 그날 밤, 그는 수행원들을 물리치고 원정용 의자에 쓰러진 채 꼼짝도 하지 않는다. 야영 진지에서 들려오는 낯익은 소음, 주방에서의 소란과 떠들썩한 소리, 멀리 사라져 가는 경비병들의 노래소리. 저무는 5월의 저녁에 기지의 조명이 켜진다. 눈 아래 불타오르는 두 마을은 마치 횃불과 같다. 가까이 다가온 장교가 보고를 주저한다. 표정으로 보아 뒤로크가 죽었음을 알아차린다.

다음날 기념비를 건립하기 위해 땅을 매입한 황제는 다음과 같은 글귀가 새겨진 묘표를 세웠다.

"이곳에 뒤로크 장군, 제국 대원수, 프리올 공작 사망하다. 용감하게도 포탄을 맞고 친구인 황제의 품에서."

보나파르트 장군이 이렇게까지 비탄에 잠긴 적은 없었다. 설사 마음에 고민이 있다 해도, 아내의 배신마저도 극복하고 행군을 계속했다. 이번에 그가 자신에게 부과한 임무는 합스부르크를 우군으로 끌어들이는 것뿐이었다. 실레지아를 가로질러 폴란드까지 러시아군을 추격하여, 대프랑스 동맹군의 약점을 찔러 신속한 승리를 거둔다. 이로써 우유부단한 합스부르크 일족을 압박해 우군으로 만든다. 후년, 그는 이 임무를 게을리했기 때문에 인생 최대의 화근을 남겼다고 자책한다. 다만, 이때도 황제 나폴레옹의 갖가지 정치적 의도가 장군 보나파르트의 행동을 방해했다. 온 프랑스가 평화만을 바라고 있다는 것이 알려진 시점에서 "기탄없이 말하자면, 우리의 승리를 막는 것이 있다면 그것은 오스트리아의 군비 강화 그리고 그것을 위한 시간벌기이다"라고 파리에 써 보냈음에도 불구하고, 황제는 6월 초에 실레지아의 프레시베츠에서 6주간의 휴전 협정을 맺고 적대적 열강 제국에게 시간을 벌어준다. 그동안 대프랑스 동맹은 라이헨바하와 프라하에서 회의를 열어 결속을 굳힌다.

나폴레옹은 독일 대공들의 마음을 잘못 읽은 걸까? 그렇지는 않다. 그들의 심리를 잘 알고 있기에 이런 발언도 했다.

"작센인도 어차피 독일인이다. 기꺼이 프로이센의 본보기를 따를 것이다. 프로이센 국왕은 내게 제물로 자국 군대를 제공했으나, 나는 프로이센군을 신뢰하지 않는다. 오스트리아의 뻔뻔스러움은 한이 없다. 감언이설로 달마티아와 이스트리아 반도를 내게서 빼앗으려 한다. 비엔나만큼 방심해서 안 될 곳은 없다. 오늘 비엔나가 요구하는 것을 양보하면, 내일은 이탈리아와 독일을 요구할 것이다."

그는 지금 합스부르크가가 적으로 돌아서려는 것을 알아차리고, 자신의 결혼이 얼마나 잘못된 것이고 얼마나 큰 기만이었는지를 깨닫고 후회하고 있다. 가족은 서로 돕는 것이 기본이라 알고 있는 가문의 출신으로서, 아무리 왕족이라 할지라도 한번 가족이 되면 서로 돕게 되는 것으로 알았다가 기대를 배신당했다. '상속받은 국왕들'에 대한 왕년의 모멸감이 활활 되살아나고 있었다.

"국왕으로 태어난 놈들에게 혈연 따윈 아무런 가치도 없다. 딸이나 손자의 이익 때문에 프란츠가 오스트리아 내각의 결정 사항을 바꾸는 일은 없을 것이다. 이게 무슨 짓인가! 놈들의 몸속에 흐르는 것은 피가 아니다. 얼음처럼 냉정한 이해타산이다. 우리는 순진한 자에 지나지 않았다. 덩치만 큰 어린애다. 틸지트에서 놈들을 분쇄할 수 있었는데 내가 너무 고상했다. 하지만 이 원한은 반드시 풀게 될 것이다. 후세 사람들의 눈에, 신의 은총과 나의 발탁으로 국왕이 된 놈들은 자기 칼로 왕이 된 나폴레옹에 비해 몇 단계 열등하게 평가될 것이다! … 그토록 관대한 행동을 한 내가 경솔했다. 어린 학생도 그보다 훨씬 교묘하게 처신했을 것이다. 역사의 교훈을 더 잘 활용했을 것이고, 타락한 군주에게는 신앙도 도덕도 없다는 것을 잘 알고 있었을 것이다."

군주들은 이미 그와 함께 걷기를 바라지 않았다. 다만, 아직은 굳이 적대 선언을 하지 않고 갖가지 음모를 짜낸다. 이 와중에 황제가 최강의 카드로서 희생물로 삼을 대상은 배신자 푸셰뿐이다. 불려온 간신에게 황제가 말했다.

"두 포화 사이로 끼어들어 가지 않겠는가? 그대의 친구 베르나도트의 포탄과 나의 위대한 친구 슈바르첸베르크의 대포 사이로? 그대의 베르나도트는 우리에게 막대한 손해를 줄 가능성이 있다. 정치 수법이나 전법이나 우리 쪽을 잘 알고 있기 때문이다. 정통 군주들의 꾐에 빠져서 놈은 제정신이 아니다."

다시 '정통 군주'라는 말이 나온다. 잠재된 독처럼 평생 그를 따라다니는 말이다. 모멸적인 언사든 선망의 표현이든, 그들을 모방하고 싶든 모욕하고 싶든, 나폴레옹이 어떤 전율 없이 정통 군주에 대해서 말하는 일은 앞으로 없을 것이다. 벼락 출세자에게 출신의 미흡함은 평생의 약점이다.

지금 나폴레옹은 높아가는 민중의 소리에 귀를 기울이는 대신 외교관끼리의 흥정에만 신경을 쓰며, 그들의 터무니없는 잔꾀를 재미있어하는 불건전한 기쁨에 빠져 있다. 영국은 프로이센에 약속한 군자금 지불을 아까워하고, 알렉산드르 황제와 프란츠 황제는 동맹자인 프로이센 국왕의 배후에서 통하고 있다. 가련한 프로이센 국왕은 정권 전복을 두려워하여 과격한 지원병으로 이루어진 군대를 해산시키는 동시에 샤른호르스트와 슈타인을 등용했다. 고문 중에 샤른호르스트는 가장 용감하고 슈타인은 가장 지적知的이지만, 두 사람 다 공공문제에는 서툴렀다. 다방면의 정보를 파악한 다음, 나폴레옹은 대프랑스 열강이 이마를 맞대고 있는 프라하에 푸셰를 밀사로 보내기로 한다. 위장 스파이 행위를 위해서였다.

뤼첸과 바우첸에서의 승리를 발판으로 나폴레옹이 지위 강화에 힘쓰고 있는 사이에 스페인의 조제프는 비토리아(바스크 지방의 소도시)에서 웰링턴에게 격파당해 패주했다(1813. 6. 11). 대프랑스 동맹국들은 프라하에서 이 소식을 듣고, 영국이 프랑스 남부를 침략할 가능성마저 기대하게 되면서 더욱 비타협적인 태도를 보인다. 자신이 신중하게 뽑은 장군을 형에게 보내준 나폴레옹은 이에 격노한다.

"패전의 모든 책임은 그에게 있다. 영국군의 보고를 보면 그의 지휘가 얼마나 어리석은지 명백하다. 이런 예는 전대미문이다. 스페인 왕에게는 군인의 소질이 없는 것 같다. 부덕의 책임은 그에게 있다. 인간이 범하는 최대의 부덕은 알지 못하는 일에 손대는 것이다. 여러분이 기가 죽어 그에게 나의 의도를 확실히 알리지 못하면, 많은 자가 그에게 몰려가서 그가 음모의 주범이 될 수도 있다. 그렇게 되면 그를 체포해야 하는 사태에 이를 것이다. 나의 인내에도 한계가 있다."

결국 조제프는 파리 북부의 성城으로 돌아온다. 옛날에는 마음을 허락하는 벗이었던 형의 존재가 이제는 혐오스러운 것이 되었다. 경험에 의해서 드디어 그도 친형제를 경계하게 된 것일까? 그럴 리는 없다. 제롬마저도 기존 군대에 등용되어 새로운 1군을 맡게 되었으니까. 그러나 어리석은 동생은 또 실수를 한다. 어느 장군에게 진군을 지시하며 황제의 명이라고 부언했던 것이다. 황제가 이를 알았을 때 이미 명령은 실행되고 있었다.

"이번의 행동은 도저히 용서할 수가 없다. 또다시 이와 같은 위장 공작을 하면, 이후 그대의 말은 일체 무시하라고 즉시 명령할 것이다. 그런 행동은 우리 군의 활동에 지장을 초래할 수 있다. 이것은 감히 누구도 범할 수 없는 발칙한 행위다."

머지않아 가장 오랜 전우인 쥐노가 과대망상에 빠져 일리리아에서 패전 후, 투신자살하고 말았다. 예전에 금전 문제로 파면되었다가 함부르크에 대리대사로 파견되어 있던 부리엔도 얼마 전 횡령 혐의로 다시 해고되었다.

"또다시 그가 함부르크 문제에 직접 관여하면, 즉각 체포하여 그 도시에서 부당하게 착취한 모든 것을 반환케 할 것이다."

배신자 중에서도 가장 질이 나쁜 베르나도트는 스웨덴군과 함께 포메라니아에 상륙하여, 대프랑스 동맹군을 지원하고 있다. 나폴레옹에게는 불구대천의 적이 하나 더 있다. 바로 모로 장군이다. 이 남자도 적군에 가담하려 한다. 10년 전, 보나파르트 암살계획에 연루되어 미국으로 추방된 그가 이제 적군에 합류하는 과정에 있고, 베르나도트와 함께 조국을 공격한다는 치욕적인 행위를 할 것이다.

이러한 상황을 앞에 두고, 승리를 확신하기에는 조심스럽고 열강이 제안하는 화평 조건을 받아들이기에는 자존심이 허락하지 않는다. 황제는 예전에 사용한 적이 있는 고육지책으로 나온다. 즉 메테르니히를 드레스덴으로 불러 자기편으로 만들려는 것이다. 6월 말 속셈을 품은 회견이 이루어졌다. 장장 9시간이나 끈 회견은 황제에게 아무런 성과도 가져오지 않았으나, 후세의 사람들에게는 큰 이익이 되었다. 메테르니히에 따르면, 나폴레옹은 집무실 한가운데 서서 그를 기다리고 있었다. 허리에 검을 차고 겨드랑이에 모자를 끼고서. 그는 프 프란츠 황제의 안부를 물은 다음 이렇게 말했다.

"요컨대 귀하는 전쟁을 바라고 있군. 좋다, 귀하의 바람은 이루어질 것이다. 나는 뤼첸에서 프로이센군을 궤멸시키고 바우첸에서 러시아군을 쓰러뜨렸다. 그리고 지금, 귀하는 자기 차례를 바라고 있다. 만날 장소는 비엔나로 하자. 인간이란 말로 설득이 안되는 존재다. 나는 세 번에 걸쳐 프란츠 황제를 황위에 앉히고, 내가 살아있는 한 평화를 유지할 것을 그에게 약속하고 그의 딸을 아내로 삼았다. 그때 이미 짐작하고 있었다, 바보 같은 짓을 하고 있다고. 지금은 그것을 후회하고 있다."

이날 그는 특별히 사교적으로 행동할 기분은 아닌 듯했다. 장인의 대리인을 아우스터리츠 다음날에 비해 엄한 태도로 대하는 것만 봐도 이것은 분명했다. 황제가 패권의 일부를 포기하지 않는 한 세계 평화는 바랄 수 없다고 메테르니히가 말했다. 즉 짜르에게 바르샤바를 합스부르크가에게 일리리아를 반환하고, 한자동맹 도시들을 해방하여 프로이센에 그 영토를 반환하지 않는 한 불가능하다고.

"요컨대, 당신들은 나에게 무엇을 요구하고 있는가? 오명을 씌우려는 것인가? 그런 일은 결단코 하지 않겠다! 죽는 한이 있어도 영토는 한 곳도 양보할 수 없다. 그대 세습 군주들은 전쟁에 20번 패배하고도 태연히 성으로 돌아간다. 하지만 나는 그렇지 않다. 나는 벼락출세한 군인이기 때문이다. 나의 지배는, 내가 패자霸者이고 두려움의 대상인 동안만 계속된다. 나를 쓰러뜨린 것은 추위였다. 나는 명예 이외의 모든 것을 잃었다. 우리 군을 보라, 열병식을 보고 싶은가?"

"화평을 바라고 있는 것은 바로 군대입니다"라고 말하는 메테르니히를 가로막으며 황제는 놀라운 솔직함으로 되받는다.

"아니, 군대가 아니다. 화평을 바라는 것은 장군들이다. 내게는 이제 장군이 없다. 모스크바의 추위가 그들의 사기를 떨어뜨렸다. 이름난 맹장이 어린아이처럼 우는 것도 보았다. 2주 전이라면 강화조약을 맺을 수 있었을 것이다. 하지만 지금은 무리다. 두 번이나 계속 이겼기 때문에 이제는 화평을 맺을 이유가 없다."

"지금 말씀으로 이 문제를 표면적으로 검토해 보면 유럽과 폐하가 의견의 일치를 보기 어렵다고 새삼 확신했습니다. 지금까지 폐하가 체결하신 수많은 화평조약은 모두 휴전조약일 뿐이었습니다. 승리와 마찬가지로 패배도 폐하를 전쟁으로 몰고 갑니다. 유럽과 폐하는 장갑을 던질 때가 왔습니다."

악의를 품은 웃음소리를 흘리던 황제가 말했다.

"동맹으로 나를 꺾을 수 있다고 생각하는가? 몇 개국으로 동맹을 맺고 있는가? 4, 5, 6개국, 아니면 20개국? 수가 늘면 늘어날수록 나는 마음이 편하다. 독일을 목표로 하고 있는가? 독일 국민의 고삐를 죄는 데는 우리 병사들로 충분하다. 라인연방 제공의 충성에 대해서는 우리에 대한 그들의 외경심이 이를 보증해 주고 있다. 귀국이 중립을 선언하고 이를 준수한다면, 프라하에서의 협의에 응하겠다."

이후 황제는 탈선하여 오스트리아 군사력의 가능성에 대해서 오랫동안 이야기하기 시작했다.

"귀국의 군사 상황에 대해서는 상세한 보고를 입수하고 있다. 무수한 간첩을 풀어 고적대鼓笛隊에 관한 정보까지 가지고 있는데, 이를 어떻게 유효하게 이용할 것인지가 문제다. 나는 그 점에서 누구보다도 뛰어나다. 내 계산은 모두 수학적 데이터에 근거하여 치밀하게 끌어낸 것이다. 따라서 답은 정확하고 나아가서 이것이 실력 이상의 결과를 낳는다."

그는 러시아 전투 때 자신이 매일 받던 오스트리아군의 기록을 메테르니히에게 보여주고 러시아에서의 작전에 대해 이야기한다.

"한 번 둘러보니 이번에 데려오신 프랑스군의 병사는 모두 어린아이들입니다. 폐하가 소집하신 소년부대가 전장의 이슬로 사라지는 날에는 어떻게 하실 생각입니까?"

지적에 격노한 나폴레옹은 안면이 창백해지고 볼에 경련을 일으킨다. "귀하는 군인이 아니다. 귀하가 병사의 심정을 알 리 없다. 나처럼 싸움터에서 자란 자는 100만의 목숨도 개의치 않는다." 그는 고함을 지르듯 말하더니 모자를 구석에다 내던졌다.

이것은 의도된 분노가 아니었다. 격정 때문에 황제는 본심을 내뱉고 말았다. 다친 말을 보고 창백해지고 사람의 죽음도 직시하지 못하는 그가, 군대 명부에 몇만이라는 병력을 추가하거나 전사자를 말소할 때는 안색 하나 변하지 않는다. 그에게 싸움은 병사와 함께 행해지고 사체와 함께 끝나는 것이며, 병사는 싸움을 직업으로 하는 이 남자의 도구에 지나지 않는다.

그러나, 이것은 명백한 실언이다. 말꼬리를 잡아 우위에 선 메테르니히는 이기기 위해 한 걸음도 물러서지 않았다.

"문을 열어도 될까요? 그러면 지금 하신 발언이 프랑스의 방방곡곡까지 울려 퍼질 것입니다!"

"프랑스인이 나를 비난할 수는 없다. 나는 그들을 배려하여 독일인과 폴란드인을 희생시켰다. 러시아 전선에서는 30만의 군사를 잃었으나 그중 프랑스인은 3만 이하였다."

그렇게 말하고 황제는 스스로 모자를 주웠다. 이것은 10여 년간 전례가 없었던 동작이었다. 그리고 대사 앞에 버티고 서서 말했다.

"확실히 나는 오스트리아 황녀와 결혼하는 어리석은 짓을 범했다. 현재와 과거, 시대착오적인 편견과 내가 살고 있는 시대의 체제를 결부시키고 싶었던 것이다. 그러나 지금은 내 과오의 심각성을 통감한다. 과오 때문에 내가 왕좌를 잃게 되겠지만, 그때까지는 세계를 왕좌의 잔해 아래 묻어버리겠다!"

이것이 본 회견의 절정 부분이다. 전쟁과 평화 문제를 예리하게 찌른 비통한 고백에서는 스스로 범한 과오—모든 이성과 분별과는 달리 아군보다 3배나 강력한 동맹군과의 싸움에 그를 밀어 넣는 과오—에 대한 통한이 느껴진다. 위대한 승부사는 되돌리지 못하는 과오를 자인하면서도 싸움에서 이기려 하고 있다.

메테르니히를 떠나보낼 무렵에는 황제의 말투도 평온을 찾았다. 그는 문손잡이를 잡으면서 "다시 한 번 만나지 않겠소?"라고 말했다.

"기꺼이 그러겠습니다, 폐하. 다만, 저는 희망을 잃고 있습니다. 과연 우리가 사명을 다할 수 있을 것인가라는 점에서요."

"그렇군! 그런데 귀하는 앞으로 어떻게 될 것이라 생각하는가? 귀국은 나에게 전쟁을 걸어오지는 않는다, 뭐 그런 말이지?"라고 대사의 어깨를 두드리며 황제가 말했다.

3일간의 교섭 결과, 메테르니히는 귀국을 통보했다. 결정적인 단절을 두려워한 황제는 그를 불러내 이른 아침 정원에서 알현한다.

"그런데 뭘 그리 화를 내는가?"

10분이 안 되어, 그들은 휴전협정의 연기 및 프라하에서의 화평회의 개최를 결정했다. 이렇게 해서 제반 문제가 보류 상태로 되었지만, 장인의 중립이 과도기적인 것이고 어쨌든 싸움을 피할 수 없음을 알고 있었다. 이러한 상황에서 그는 아내를 만나기 위해 마인츠로 출발한다. 아내를 섭정으로 임명했으나 '때에 따라 번거로운 일로 마음의 상처를 받는 일이 있어서는 안 된다'라는 이유로, 특정 안건에 대해서는 그녀에게 맡기는 것을 엄하게 금지했다.

그녀는 어리석지 않았다. 그래서 황제도 장인에게 말했었다.

"이제 그녀는 나에게 가장 중요한 장관으로서 임무를 수행해 주고 있어서 매우 만족스럽습니다."

하지만 위급 존망의 기로에 선 이때에 정치에 얽힌 모든 일을 그녀에게 알리진 않았을 것이다.

7월 29일부터 시작된 프라하 평화회의에서는 허허실실의 흥정이 전개되었다. 푸셰는 험담으로 주인에게 해를 끼치고, 베르나도트는 나폴레옹 진영의 인물들과 새로운 우호관계를 구축한다. 나폴레옹이 합의를 끌어내기 위해 콜랭쿠르를 통해 최후의 노력을 하고 있을 때, 지금을 절호의 기회로 판단한 짜르와 프로이센 국왕이 메테르니히에게 더 강경한 태도로 임할 것을 촉구했다. 분개한 나폴레옹이 발을 뺐고, 휴전협정의 기한이 만료된 시점에서 장인이 서명한 선전포고를 받았다.

당연한 일이지만 그도 그동안 군비 보완을 하고 있었다. 그러나 라인연방에 믿음을 갖지 못했기에 제공諸公으로부터 파견된 부대를 감시하느라 황제군의 일부를 할애해야 했다. 이런 가운데 나폴레옹은 연합 3군을 통솔하는 적장 슈바르첸베르크를 상대로 어느 때는 작센에서 또 다른 때는 실레지아에서 싸웠다. 3군은 블뤼허, 베르나도트, 그리고 왕년의 독일군 정복자 모로에 의해 각각 통솔되었다.

전투원의 구성은 상식을 뒤집는 모양새였다. 프랑스 황제 아래 3인의 독일 군주가 독일 장군 슈바르첸베르크—러시아 원정 때 나폴레옹 진영에서 싸웠다—를 상대로 싸우고 있고, 나폴레옹은 프랑스인 장군 두 사람을 적으로 돌리고 있다. 그중 한 사람은 황제와 같은 혁명의 아들로서 황제에 의해 원수로까지 끌어올려진 남자인데, 그가 지금은 프로이센군을 지휘하고 있다. 따라서 황제의 진짜 적은 블뤼허뿐인 셈이다. 이 남자는 아직 한 번도 황제의 지휘를 받은 적이 없을 뿐 아니라, 7년 전에는 황제에게 패배한 바 있다. 황제에게 다행인 것은 앞으로 총지휘관 슈바르첸베르크의 활동이 각 군 최고 사령관 3인의 국왕에게 끊임없이 방해받을 것이라는 점이다. 국왕들은 한결같이 싸움이 무엇인지 알지 못하기 때문이다.

8월 말 황제는 드레스덴에서 훌륭한 승리를 거두지만, 3일째 적을 추격하여 바로 섬멸하려는 찰라 심한 통증으로 판단력을 잃는다. 혹시 독이 퍼지지 않았나, 하고 본인이 믿을 만큼 심각한 위경련이었다. 이 때문에 전진을 포기하고 후퇴한 그는 1군단을 통째로 잃었다. 성실한 친구 다루는 이 사태에 대해 "이리하여 1813년의 파국이 예고되었다"라고 표현했다.

증오하는 보나파르트와 처음 맞선 전투에서 모로가 죽었다. 이를 알고 왕년의 적개심이 되살아난 황제는 외쳤다.

"모로가 죽었다! 운이 돌아왔다!"

그러나 별동대는 칼츠바하강에서 블뤼허 군에 패했다. 하지만 나폴레옹은 다시 전략가로서의 힘을 발휘하여 우위에 서게 된다. 즉 적을 분리하려고 보헤미아 군을 방치하고 베를린을 향해 진격하기로 한 것이다. 이는 프랑스군의 연승으로 국내에 동요가 발생한 오스트리아를 이롭게 하는 행위가 되는데, 프로이센군을 실레지아 밖으로 유인해 내는 데 아주 적합한 전법이었다.

그러나 짜르의 말이 옳았다. 기적은 나폴레옹이 있는 곳 밖에서는 일어나지 않았다. 측면부대의 전투 의욕 저하, 군량 부족, 탈주가 작전에 방해가 되었다. 곳곳에서 불상사가 발생했고 그때마다 황제의 지시가 요구되었기 때문이다. 그는 늘 전선의 이쪽에서 저쪽으로 왕래해야 했기에 '바우첸 배달부'라는 별명을 얻게 되었다. 게다가 각 부대의 식량 부족 상황은 악화될 뿐이었다. 프랑스 군이 점령하고 있는 영토는 이미 경작이 끝나 불모의 땅으로 변하고 있었다.

이런 상황에도 불구하고 황제는 병력이 충분치 않다고 판단했다. 1814년도 병은 이미 복무하고 있으므로 1815년도 징집 예비병 및 과거 7년간의 예비병—그중 일부는 농민이지만 그마저도 출병을 원했다—의 소집을 원로원에 강요했다. 하지만 언제쯤에나 증원부대가 도착할 것인가? 누가 얼마 동안 그들을 훈련시킬 것인가? 9월 말, 그는 장인에게 "내 말에 귀를 기울여 주신다면 최대의 희생을 치를 용의가 있다"라는 요지의 친서를 보낸다. 하지만 무소식이다. 프란츠 황제는 미동도 하지 않는다. 라인연방에 균열이 생기게 했을 뿐 아니라, 바바리아 국왕에게 연방 탈퇴까지 결의시켰기 때문이다.

위대한 체스의 명수도 어두워지는 구름에 암담해하며 전우 앞에서 전대미문의 약한 소리를 흘린다.

"마르몽, 내 체스 말이 길을 잃고 헤매고 있구나."

이때를 경계로 나폴레옹의 행운의 별은 사라지고 두 번 다시 나타나지 않았다.

XI

    황제는 작센 동부에 위치한 뒤벤 성채에서 베를린 침공 작전을 짜고 있다. 우선 베르나도트, 다음은 블뤼허를 신속 과감하게 쓰러뜨려 적을 궤멸시킨다는 것이 황제의 복안이다.

    그러나 이 작업은 장군들의 알현 요청으로 중단되었다. 황제는 그들의 의도를 알고 있었다. 각 군을 통솔하는 장성들 사이에 불만이 증대하고, 그들이 라인 연안에서 월동越冬을 바란다는 것을 측근에게 들었기 때문이다. 수일 전에 도착한 네이 원수의 서면에도 "저는 이제 우리 군을 통솔할 수가 없어서…"라고 기술되어 있었다. 그들 앞에 나타난 황제에게 그들은 저마다 주저하면서 악조건을 열거했고, '베를린이 아닌 라이프치히로 가야 한다'라는 것이 전원의 일치된 바람이라고 했다. 말없이 듣던 황제는 잠시 후 무거운 입을 열었다.

    "바바리아 공국의 이탈이 임박했다. 라이프치히로 간다는 것은 곧 철군을 의미한다. 이것은 군대의 사기를 꺾는 일이 될 것이다. 하지만 잘 생각해 보자."

    그 후 그는 모든 면회를 중단하고 종일 혼자서 지도를 노려보며 지냈다. 문밖에서 망보기를 명받은 콜랭쿠르는 성 주위에서 포효하는 바람 소리만 들었다. 겨우 입실이 허락된 그에게 황제는 "프랑스인은 패배를 견디는 법을 모른다"라고 혼잣말처럼 말하고 깊은 생각에 잠긴다.

10월 15일, 황제는 전군에 라이프치히로의 출발을 명한다. 명령이 전해지자 병사들은 사기를 회복했다. 마르몽과 합스부르크 일족의 처세술에 대해 이야기하고 있던 나폴레옹은 이렇게 매듭을 짓는다.

"나는 성실한 남자보다 약속을 지켜 명예를 중히 여기는 사람을 좋아한다. 프란츠 황제는 국민이 좋아할 정책을 실시했다. 그는 성실하지만 명예를 중시하는 남자는 아니다."

다음날 다국적 전쟁의 막이 열렸다. 30만의 대프랑스 동맹군에 비해, 황제는 18만의 병력만 가지고 있었다. 이날 저녁 황제군은 간신히 승리를 거두었지만 싸움터 한 구석을 무너뜨린 데 지나지 않았다. 이튿날 아침 눈앞에 스웨덴군을 이끄는 베르나도트가 있었다. 그의 도착에 위기감을 느낀 황제는 후퇴해야 한다고 생각하면서도 적에게 등을 보이는 행동은 패배처럼 생각되어 결단하기 어려웠다.

난국은 역시 교섭으로 풀어나갈 수밖에 없다. 나폴레옹은 포로 중에서 메르베르트(1764~1815)라는 이름의 장군을 석방하면서 프란츠 황제에게 휴전협정을 요구하는 역할을 맡긴다.

"만일 우리가 자아르강 후방으로 물러가면 러시아와 프로이센군은 엘베강변으로 후퇴하고, 그대가 소속된 오스트리아군은 보헤미아로 후퇴하고 작센군이 중립을 지킨다는 조건이면 나는 철군한다."

이야기를 하면서 흥분한 나폴레옹은 적장에게 유럽 재편에 대해 설명하기 시작한다. 하노버는 영국에 반환되고 유럽 북부는 다시 해방될 것이다. 라인동맹에서 탈퇴하고 싶은 나라는 그래도 상관없다. 폴란드, 스페인, 네덜란드는 독립하게 될 것이다. 단, 이탈리아가 오스트리아의 손에 떨어지는 것은 바라지 않는다.

"자, 돌아가라! 그대는 평화의 사자라는 훌륭한 사명을 띠고 있다. 그대의 노력이 결실을 얻으면 반드시 많은 민중의 사랑과 감사를 받을 것이다. 하지만 오스트리아가 제안을 거부하면, 우리는 영토를 사수하여 계속 싸워나갈 것이다."

오스트리아 진영으로 돌아간 메르베르트의 보고는 '신빙성이 부족하다'라고 평가되었다. 교전 도중에 나폴레옹이라는 자가 유럽의 절반을 포기하는 일이 있을 수 있겠는가? 더구나 그런 중대한 제안을 포로에게 맡기다니? 그 정도까지 그의 마음이 약해졌는가?

황제는 막사에서 안절부절못하면서 메르베르트가 돌아오기를 계속 기다렸다. 밤늦게까지 명령 하달을 늦추면서 아내와 아들 이야기를 하던 그가 갑자기 위경련을 일으켰다. 새파랗게 질려 벽에 기댄 황제 앞에서 측근이 시의를 부르려고 했으나 거부했다.

"안 된다! 군주의 막사는 유리처럼 투명하다. 각자 자기 자리를 지키게 하려면 내가 땅에 발을 붙이고 서 있어야 한다."

"폐하, 누우십시오."

"그건 안 된다. 나는 선 채로 죽어야 한다!"

"폐하, 저에게 의사를 부르게 해주십시오!"

"안 된다고 하지 않았는가. 병사가 병에 걸렸다면 입원 허가증을 받겠지만, 내게 허가증을 내줄 사람은 없지 않은가."

격통이 엄습한다. "대단치는 않다, 그보다도 아무도 들어오지 못하게 하라." 발작 반 시간 후 그는 명령을 내렸다. 그것은 후퇴가 아닌 라이프치히로 접근하라는 명령이었다. 나폴레옹군의 병력은 이제 적군의 절반도 되지 않는다.

다음날인 10월 18일, 나폴레옹은 라이프치히 근교의 어느 제분소 가까이에서 멈추었다. 적은 세 방향에서 일거에 공격을 개시했다. 굉음과 혼란 속에서 급보가 전해졌다. 베르도나트가 작센군의 대포를 프랑스군 쪽으로 향하게 하는 데 성공했다는 것이었다. "비열한 놈!" 황제는 소리치고, 아직도 황제에게 충성을 다하고 있는 작센의 장교들은 모두 차고 있던 검을 부러뜨린다. 호위대에 소속되어 있는 한 기병이 타고 있던 말을 돌리더니 "우리는 놈들 없이도 싸운다. 비겁자들! 프랑스 군인은 아직 여기에 있다. 황제 만세! 작센인에게 죽음을!"하고 외치며 달려 나가자, 모든 호위병이 이를 따랐다. 한 장교가 작센 군으로부터 독수리 문장의 기를 빼앗아 돌아와, 황제의 발아래 풀썩 쓰러졌다. "이런 남자가 있는 한, 프랑스에는 아직 가망이 있다"라고 황제가 중얼거렸다.

10월 19일, 나폴레옹은 6만의 병력을 잃는다. 그가 패배한 것이다. 이날의 싸움에 관한 독일 군사평론가의 견해도 '우리의 기대에 부응할 만한 빛나는 승리를 쟁취한 것은 아니다'라는 점에서 일치한다.

전군이 라이프치히를 통해서 퇴각하는 동안, 황제는 베르티에에게 철군을 위한 갖가지 명령을 구술하고 있었다. "이때 운반해 온 접이식 의자가 들어오자, 피로에 지친 나머지 무너지듯 주저앉아 양손을 무릎에 놓은 채 잠들어 버렸다. 장군들은 말없이 어두운 표정으로 모닥불을 둘러싸고 있었다. 철군하는 병사들의 수군대는 소리를 멀리 들으면서"라고 목격자는 전하고 있다.

이튿날 아침, 추격해 온 적군에 의해 라이프치히 거리는 대혼란에 빠졌다. 엘스테강의 다리가 예상보다 일찍 폭파되었기 때문에 후위는 항복할 수밖에 없었다. 어느 원수는 헤엄쳐 건너고, 다른 원수는 목숨을 잃고, 다른 병사는 부상당하거나 포로가 되었다. 이때 마크도날을 만난 오제로는 "이놈아, 내가 그 미친놈을 위해서 라이프치히 변두리 촌 동네에서 죽을 돌대가리인 줄 알았냐?" 하고 놀려주었다. 오제로는 휘하의 군대와 함께 마크도날이 오기를 기다려 준 것이다.

가장 오랜 전우가 황제의 승리나 영광은 내가 알 바 아니라고 표명한 것은 유례없는 일이다. 일개 병졸이라면 그럴 수 있겠지만 프랑스의 원수로서 이것은 부끄러운 언동이다. 그 무렵 또 다른 황제의 오랜 친구는 "패배하는 전투에서도 절대 물러서지 않고 고군분투했지만 군보에 실리지도 않았을 뿐 아니라, 다른 사람의 공로가 되었다"라고 황제 앞에서 고충을 토로했다. "이번만큼 폐하에게 충성을 다한 적은 없사옵니다. 이러한 상황에서 정당한 평가를 얻지 못하는 것은 본관에게 다시없는 꺼림칙한 사태이옵니다." 마르몽이 서신으로 올린 불만의 목소리였다.

이것이 운명의 전조였다. 머지않아 마르몽과 오제로는 황제를 배신한다.

같은 날, 몇 류lieue 앞의 바이마르에서 괴테가 집무실에 앉아 있었다. 그런데 갑자기 벽에 걸린 나폴레옹의 초상화가 떨어졌다. 라이프치히 방향에서 대포의 굉음이 희미하게 들려오고 사람들은 패배의 소식을 수군대기 시작했다. 황제의 측근도 아직 승패를 알지 못했지만, 이 시인은 철군이 시작된 그날 나폴레옹의 실추를 운문으로 기술하고 있다. 수개월 전까지 무적으로 간주되던 황제의 운명을 미리 예감하고, 추락을 마치 전설과 같이 거리를 두고 장중하게 이야기한 것이다.

왕의 가슴에 용기를 느끼는 자는
전율을 모르며 기꺼이 발을 내딛는다.
왕좌의 계단으로 이어지는 훼손된 길,
위험을 알지만 한 걸음도 물러서지 않고

위험을 알고 있지만 자신감에 차오른다.

황금빛 둥근 관은 엄청난 무게이나,

그는 그 무게 재보려 하지 않고 의연하고 침착하며

그것을 그의 대담한 이마에 기꺼이 올리고

마치 월계관인 양 가볍게 견뎌낸다, 받아들인다.

당신도 그랬군요. 멀리 있는 것처럼 보이던 것을

평온하게 자신의 것으로 만드는 법을 배웠습니다.

어떤 격렬한 장애물이 길을 막더라도

당신은 그들을 보고, 생각하고, 이해했습니다.

즐거운 날이 밝았고, 그것이 당신을 불렀죠.

당신은 소환되었고, 그것은 지나가게 되었어요.

온갖 일이 일어났지만 당신은 여전히 서 있습니다,

전쟁과 죽음을 동반한 적이 있음에도 불구하고

당신을 위협하는 것은 당신이 없는 곳, 그리고 그 내부…

사람들은 허망한 상상력으로 가득 차 있고,

그들은 무엇을 신경 쓰는지…

거짓된 세상은 우리의 보물을 얻기 위해 구애하고

우리를 위해, 우리의 입장을 위해

연인을 우리와 동등하게 만들더라도

사랑으로는 충분하지 않아, 온 왕국을 원하는 거야.

이 사람도 그랬군요! 이제 널리 그것을 포고하세요.

목숨을 잃게 되더라도,

모든 사람들에게, 그가 할 수 있는 사람이 되더라도,

마지막 행복과 마지막 날이 온다.

같은 시기에 셰링은 이렇게 기술한다. "나폴레옹의 종말이 그다지 절박하다고 생각하지는 않는다. 운명의 신은 그의 협력자가 그를 버릴 만큼 철저히 그를 때려눕히지는 않을 것이다. 따라서 그는 굴욕의 쓴잔을 모두 비울 때까지 살아남을 것이다."

바바리아인이 프랑스군의 깃발 아래 속하기를 완전히 포기한 직후, 헤겔은 이렇게 적었다.

"뉘른베르크에서 군중은 무시무시한 환호와 함께 오스트리아군을 맞이한다. 지금껏 이보다 더 천박한 행동을 한 도시는 없다."

독일에서 가장 개명한 정신의 소유자 3명이 '다국적 전쟁'이라 불리는 이 싸움에 대해 낸 목소리다.

확실히 그것은 최후의 싸움은 아니었다. 황제는 연전연승하면서도 철군을 계속했기 때문이다. 10월 23일, 뮈라는 에르푸르트에서 황제에게 이별을 고하고 자국으로 철수했다. 나폴레옹은 만류하지 않고 이렇게 말할 뿐이었다.

"5월에는 라인 연안에 25만의 병력을 가지게 될 것이다."

남은 병력은 이제 10만이 안 되고 더구나 마인츠에서 티푸스가 발생하지만, 황제는 라인강변으로 군을 이동시킨다. 임전 태세를 유지한 채 철군하는 동안 새벽 서너 시에서 밤 11시까지 그는 꼬박 일했다.

그동안 독일 대공들은 하나씩 황제군에서 이탈하여 대프랑스 동맹군 참모본부로 전향했다. 그들의 사죄는 매우 쉽게 받아들여졌으나 그중에는 비판의 목소리를 낼 만한 식견을 가진 이도 있었다.

"여러분은그렇게 비열한 행동에 대해 어떻게 생각하고 있는가! 그들은 그 행위에 마땅한 대우를 받고 있다. 대공들은 하나같이 그릇이 작고 연약한 자들이다. 개탄스러운 행위에 어울리지 않는 명예가 그들에게 부여되고 있다. 그들의 주권은 오만과 쾌락과 횡포에 의해 성립된 것이고, 주권을 유지하기 위해 그들이 한 것은 백성의 피를 강요한 것뿐이다."

같은 패거리라 할 수 있는 프라이헤르 폰 슈타인이 독일 대공들에 대해 언급한 내용이다.

XII

한 통의 편지를 손에 든 레티치아가 난로 옆에 앉아 있다. 루이를 중재하기 위해 그녀가 나폴레옹에게 보낸 편지에 대한 답신이다. 마인츠 발신의 편지에는 루이를 받아들일 조건이 열거되어 있었다. 하지만 그녀에게 충격을 준 것은 그것이 아니라 이번 사태가 치명적이라는 분위기를 풍기는 짤막한 문장이었다.

"전 유럽이 나를 눈엣가시로 여깁니다. 가슴이 찢어질 것 같은 현 상황으로는⋯."

지금까지 아들에게 위험을 피하라고 충고한 적은 없다. 자존심이 강한 그녀가 그런 일은 할 수가 없었으며, 아들의 자존심도 그것을 감수할 수 없었을 것이다. 그러나 그녀가 매번 불안을 표명했던 것은 사실이다. "언제까지 지속될 수 있을지"라고 말이다. 내 몸이 아무리 위험에 노출되어도 끄떡하지 않던 그녀이지만, 가족의 안부에는 계속 신경을 써 왔다. 유사시에는 누가 그들을 구해 줄 것인가? 그녀는 생각한다, 황제에게 아직 의지할 만한 자가 있는가?

더구나 그녀는 독일에서 귀환하려는 황제를 측근인 자가 배신하는 것을 목격하게 된다. 뮈라는 카롤린의 교사敎唆로 영국과는 휴전 협정을, 오스트리아와는 동맹을 맺는다. 엘리자는 푸셰를 고문으로 선임한다. 황제가 몰락할 때까지 파리에 없는 편이 득이라고 믿은 간신은 "모두를 구하는 유일한 방법은 황제가 죽는 것이다"라고 거리낌 없이 그녀에게 말한다. 정치뿐 아니라 오락에도 관심이 많은 엘리자는 이번 겨울에 파리에서 개최될 무도회에 대해 어머니께 상의하는 것도 잊지 않는다. 오스트리아 생활에 진력이 난 루이는 황제의 말을 어기고 파리로 와 버렸다. 황제는 파리에서 40킬로미터 이내에 접근하면 안 된다고 명했으나, 루이는 반항했다. 황태후가 중간에서 두 사람의 만남을 성사시켰으나 이것은 둘의 사이를 더욱 멀어지게 하는 결과가 되었다. 베스트팔렌 국왕 제롬은 왕국과 백성을 버리고 카셀에서 도망쳤다. 조제프는 황제가 누차 재촉하는데도 파리 방위의 임무를 맡기를 거부했다. 견원지간인 뤼시앵은 여전히 먼 곳에 머물러 있다.

이것이 황제의 형제들 모습이다. 오랫동안 황제는 이런 위인들을 의지하고 그들을 기반으로 황조의 확립을 목표로 삼았다. 항시 가장 불행한 아이에게 관심을 보낼 수밖에 없는 어머니의 심경은 어떠한가!

한편 모르퐁텐에 있는 조제프의 성에서는 모두가 희희낙락이다. 스페인 국왕은 이제야 비로소 자신이 나라를 갖지 못한 국왕이라는 것을 깨달았다. 제롬의 아내인 뷔르템베르크 대공녀도 마찬가지다. 이 성에서는 조국에서 쫓겨난 전 스페인의 대종교재판관이 미사를 집행한다. 기타 식민지 출신인 장로 2명을 필두로 이탈리아·독일·스페인의 고관대작들이 기숙하고 있는데, 다들 장엄한 종말을 화기애애하게 기다린다. 그중에는 황제가 맞이한 이번 위기를 이용해 남보다 배나 특권을 인정받으려는 여자가 있다. 베르나도트의 아내이며 조제프의 처제, 보나파르트의 약혼자가 될 뻔했던 여자 데지레다. 그녀는 대프랑스 동맹군의 지휘관인 남편이 이미 라인 강변에 있다는 것을 알고 있었다. 머지않아 그가 노트르담 대성당에서 조제핀의 왕관을 아직도 아름다운 자신의 곱슬머리 위에 얹어줄 것을 꿈꾸고 있다.

게으름뱅이에다 허영뿐이지만 조제프는 음모꾼이 아니다. 그러나 성 안에서는 그가 생각하고 있는 것 이상으로 나폴레옹에 대한 많은 음모가 획책되고 있었다. 황제는 이를 알아차렸지만 때가 이미 늦어 뢰드레에게 얼버무리고 만다.

"내 잘못 중 하나는 황조의 확립에 친형제가 필요하다고 생각한 것이다. 나폴레옹 가문은 그들이 없어도 평안하다. 이것은 격동의 한가운데에 있어도 마찬가지다. 황후만으로도 충분하다. 조제프에겐 자신이 연장자라는 자부심이 있다. 이런 바보 같은 일이 있을까? 그는 장남이다. 부친의 포도밭 문제라면 그럴지도 모른다. 그에게 중요한 것은 여자나 가족, 가구뿐이며 오로지 여자만 쫓아다니고 있다. 나에게는 집착해야 할 것이 아무것도 없다. 저택과 여자는 아무래도 좋다. 아들에 대해서는 다소 신경이 쓰인다."

나폴레옹에게는 궁정을 포함해서 모든 것들이 그저 게임에 지나지 않았음을 알 수 있다. 아들이 걱정되기는 하지만, 자기 영혼이 품고 있는 하나의 열정 말고 중요한 것은 아무것도 없다.

그가 스페인의 왕위를 페르디난드에게 반환한 것이, 아니 정확하게는 조제프를 왕좌에서 해방시킨 것이 이 시기다. 다만, 탈레랑의 조언에 따라 스페인 의회가 이를 승인하도록 강력하게 요구했다. 이 문제를 해결하는 데 시간이 걸리자 프랑스군은 필요 이상으로 스페인에 발이 묶였고, 배신자 탈레랑이 가담하는 대프랑스 동맹군은 예상보다 쉽게 승리할 수 있었다. 왕위 반환에 항의하는 조제프에게 황제는 대답했다.

"현 상황에서 외국의 왕위에 대해 고려할 여지는 없다. 구 프랑스국경의 유지를 인정하는 화평조약을 얻는 것만으로도 다행이라고 할 만큼 난관에 처해 있다. 내 주변은 모든 것이 붕괴 위기다. 군은 약화되어 피해 복구에 시간이 걸릴 것이다. 나는 네덜란드를 잃고 이탈리아도 이제 장담할 수 없다. 벨기에와 라인연방은 위험하고 스페인 국경은 적의 손에 들어갔다. 이러한 상황에서 외국 왕위 따위는 생각할 여유가 없다!"

어느 장관이 다음 원정 때에는 파리에 국민군의 절반을 남겨 두자고 진언하자 황제가 답한다.

"그들이 나에게 충성을 다할 것이라고 누가 보증하는가? 이 정도의 병력을 배후에 남겨 둘 수 있는가?"

이 절망적인 말에서 그가 얼마나 불안감을 품고 있는지 알 수 있다. 라이프치히 전투 후, 여론이 급변하고 그에게는 모든 것이 의심스럽다. 가족도 친족도 수도도. 그런 가운데 파리에서 가장 성실한 남자 중 하나로 황제에게 두터운 신임을 얻고 있는 인물이 있었다. 역참장관인 라바레트 백작(1769~1830, 조제핀의 조카딸인 에밀의 남편)이다. 때마침 황제의 부름을 받은 백작은 침울한 모습으로 난로 앞에 앉아 있는 황제에게 용감하게도 화평을 진언했다. 그는 프랑스인의 변덕에 주의를 촉구하고 끝내는 결사의 각오로 황제의 후임을 노리는 부르봉가를 거론했다. 그런데 나폴레옹은 갑자기 난로 앞을 떠나 침대에 몸을 던졌다. 그리고 몇 분 후 백작이 다가갔을 때는 이미 잠들어 있었다.

몰락이라는 최악의 사태를 예감하면서도 부르봉 일족에 대해서 논하는 것은 참을 수가 없었다. 잠이 깨었을 때, 그는 자신을 둘러싸고 있는 상황과 갖가지 위험을 좀 더 명확히 깨닫는다. 북부 지방의 부르봉 일족에게 보내는 친근감, 50프랑으로 내린 금리, 반으로 떨어진 프랑스 은행의 주식, 국민군을 조직하는 데 따른 난점…. 이러한 상황에서 프랑크푸르트에서 발송된 화평 조건을 기꺼이 받아들인다. 황제의 기대대로 대프랑스 동맹 제국도 다시 분열 상태에 있었다. 모든 것을 정치적 관점으로 보는 메테르니히는 파리로 진격하는 것을 바라지 않았고, 근본적으로 몽상가인 짜르는 튈르리궁을 파괴하여 모스크바의 보복을 하고 싶었다. 그러나 프랑스는 자연 국경—즉 라인강과 알프스 및 피레네 산맥—까지 후퇴해야 한다는 오스트리아가 낸 안에 짜르의 마음이 움직인다. 나폴레옹은 이 안에 안도하여 즉시 조건을 수락한다는 결론을 내린다. 그런데 외무장관 마레가 이미 답서 작성을 끝낸 시점에서 갑자기 황제가 번복한다.

왜인가? 12월 말에 개최된 입법회의에서 의원의 저항이 그를 화나게 한 것으로 생각된다. 이때 처음으로 의회는 황제에게 소견을 언급했다. 즉 재무장再武裝은 영토 방위를 위해서만 인정할 것, 또 황제는 자유보호법의 시행을 약속해야 한다는 것. 의사당은 소란스러웠고 발언자에게는 만장일치의 박수가 보내졌다. 15년 동안 의회가 나폴레옹을 비판한 것은 이것이 처음이다. 모든 입법의원에 대한 증오가 불타는 가운데 나폴레옹은 이 연설의 간행을 금지하고 의회를 연기했다.

"왕좌란 무엇인가? 그 자체는 벨벳에 싸인 나무토막의 집합체에 지나지 않다. 왕좌 그것은 사람이다. 그리고 그것은 나다. 나의 의사와 나의 자질과 나의 명성에 의해 뒷받침된 존재, 그것이 왕좌다. 프랑스가 다른 법전을 바란다면 다른 군주를 선택하면 될 것이다. 여러분은 내 말을 불손하다고 여기는가? 내가 불손한 것은 내가 용감하기 때문이고, 프랑스의 위대함이 나로 인해 가능했기 때문이다."

태양왕을 연상케 하는 대사를 대의원들에게 던진 뒤, 황제는 그들을 감시하겠다고 경고했다. 1814년 1월 1일의 일이다.

같은 날, 블뤼허가 라인강을 건넜다. 나폴레옹에 의한 20년의 노력과 여섯 차례의 대전을 겪으며, 낡아빠진 군주 사상에도 드디어 변화의 때가 찾아왔다. 군주 국가와 혁명 국가를 나누고 있는 강을, 군주 사상의 신봉자인 프로이센의 원수가 건넜기 때문이다. 그런데 때를 같이 하여, 근대 사상의 아들인 황제는 국민의 대표를 내쫓고 그들의 자유를 위협한다.

20년간 황제의 승리를 축하하는 감사의 성가만 울려퍼지던 노트르담 대성당에서 이제 프랑스군의 승리를 기원하는 소리만이 가득하다. 한편 피압박민의 해방자를 자처했지만 나폴레옹에게 연전연패한 군주들이 프랑스 국민의 해방자임을 호언한다.

비록 대프랑스 동맹군이 위대한 적의 전술이나 민심을 끄는 목소리를 학습했다 해도, 이번 그들의 승리는 수적인 우세와 적의 극도의 피로에 의한 것에 지나지 않는다. 20년에 걸친 연승 끝에 프랑스는 이제 휴식만을 바라기 때문이다. 그런데 대프랑스 동맹은 과도한 요구로 모든 합의를 위험에 노출시킨다. 그들은 자연 국경이 아닌, 1792년 당시의 프랑스 국경만을 인정하겠다고 주장하기 시작한다. 황제는 교섭을 끝내고 전선을 향해 진군 개시 준비에 들어갔다.

지금 나폴레옹은 심신이 온전하다. 어느 신앙심 깊은 남자가 황후와 시녀들을 성 주느비에브 교회에 보내 성모의 가호를 기원하는 게 좋겠다고 진언하자 크게 웃으며 돌려보냈다.

"그렇게 신앙심에 의지한다면 끝이군! 나는 내 힘으로 싸운다!"

이 위기 상황에서 도대체 그는 누구에게 수도를 맡길 것인가? 누구에게 신뢰를 두는가? 조제프이다.

이렇게 해서 전쟁에 대해 무지하고 황제의 적들에게 숙소를 제공하고 있는 조제프가 제국 총사령관 겸 파리 지구 사령관이 된다. 이 새로운 시도는 무엇을 의미하는가? 황제의 가족애, 경계심, 고립감을 나타내는 것뿐이다! 출발 직전 그는 느닷없이 조제프에게 양자택일을 촉구했다. '섭정 황후를 공식적으로 인정하겠는가 아니면 파리로부터 추방 처분을 받겠는가'라고.

"내가 살아 있으면 추방지에서 조용히 여생을 보낼 수 있을 것이다. 아니면 거기에서 죽임당하거나 체포될 것이다. 당신이란 존재가 앞으로 내게 도움 될 일은 없을 것이고, 보나파르트가문에도 프랑스에도 무용지물이겠지만, 내게 유해하지는 않을 것이다. 신속히 선택하여, 어느 쪽인지 결정해 주기 바란다."

이것은 자신의 왕좌를 지키기 위해 싸우는 남자의 말투다. 죽음을 예감하고 있는 듯 그는 무수한 서류를 파기하고, 서자庶子들의 생활이 곤란하지 않도록 배려하고, 어린 레옹에게 연금을 마련하고, 발레프스카 부인의 아들에게 귀족 세습재산을 주었다. 곧 3세가 되는 적자에 대해서는 아이를 품에 안고 국민군 장교들에게 다가가서 말했다.

"세상에서 첫째가는 보물을 여러분에게 맡기겠다. 여러분은 이 아이를 지킬 의무가 있다."

출발 전날, 그는 조제핀과 마리 루이즈에게 같은 충고를 되풀이했다. 형에게는 '국민의 저항에 대해서는 끈질긴 태도로 임하라'라고 하고, 마리 루이즈에게는 '용기를 가지고 정무를 보라'라고 말했다. 1814년 1월 25일 아침, 황제는 파리를 뒤로하고 떠났다.

우여곡절을 거쳐 그가 여기 돌아오는 것은 꽤 먼 날이다.

XⅢ

수일 후, 그는 패배를 맛보았다. 그때까지는 작전대로 순조롭게 승리해 나갔으며, 왕년의 학사가 있던 브리엔 근교에서는 블뤼허를 격파했다. 검을 빼 들고 자기방어를 해야 할 상황에 몰린 그가 한 그루의 나무 아래에서 일순 움직임을 멈추었다. 본 적 있는 나무다. 열두 살 때 이 나무 그늘에서 책을 읽었다. 어린 시절의 로맨틱한 추억…, 불현듯 자신의 숙명에 대한 생각이 일어나 서사시가 되어 뇌리를 돌아다닌 것은 이 순간이었다.

새로운 패배를 당한 것은 다시 3일 후의 일이다. 2월 1일 블뤼허가 라로티에르에서 나폴레옹군을 격파했다. 파리는 위험에 빠지고 무적이던 황제도 나가떨어진 모양이다. 외상 콜랭쿠르는 서면으로 항복을 탄원하고 국무장관 마레도 격렬한 어조로 직소했다―둘 다 전년인 1813년 11월 이후 직무를 맡고 있다. 황제는 마레의 탄원에 귀를 기울이는 척도 않았다. 몽테스키외의 책을 펄럭펄럭 넘기던 황제가 한 대목을 짚으며 큰소리로 읽으라고 한다.

"우리 시대를 통치한 어느 군주의 결의만큼 고결한 것은 없다. '들어줘서는 안 될 제안을 받아들이느니 차라리 왕좌의 잔해 밑에 묻히기를 바라노라'라는 결의처럼!"

"폐하, 그 이상으로 고결한 결의를 알고 있사옵니다. 그것은 프랑스가 폐하와 함께 떨어질 나락을 메우도록 폐하의 영광을 던져 넣으라는 것이옵니다."

"좋다! 화평조약을 맺어도 좋다! 콜랭쿠르에게 맡겨라. 체결에 필요한 서명은 모두 그가 하도록 지령하라. 나는 치욕을 참겠다. 그러나 이 굴욕을 내 입으로 선언하는 것은 생각하지 말아주기 바라네!"

이렇게 해서 마레는 샤티용에서 적과의 협상에 몰두 중인 콜랭쿠르에게 서찰을 썼다. 생각지도 못한 전개에 반신반의한 콜랭쿠르는 더 정확한 지령을 요구했고, 황제는 주저하며 조제프에게 편지를 보냈다.

"파리의 관문을 지키고, 각 시문市門에 대포 2문을 설치하라. 무장 국민군에게 시문을 지키게 하라. 소총 무장병 50명, 엽총 무장병 100명, 창 무장병 100명, 총 250명을 배치해야 한다."

크로이소스(막대한 부를 가진 고대 리디아 최후의 왕, 재위 BC 561~547)가 거지가 되었다. 반년, 아니 3개월 전까지 이 숫자에 적어도 0을 3개 더해야 했을 것이다. 그런데 지금은 구름 같은 적군에 포위된 파리를 대포 2문과 엽총 100자루로 방어하려 하고 있다! 황제는 사태의 심각성을 깨닫고 있다. 마레가 화평의 조건으로 벨기에 및 라인 좌안의 해방과 더불어 이탈리아의 포기를 수락하는 요지의 구술을 간신히 끌어내 필기를 마쳤을 때, 황제의 낙담에서 이것을 엿보게 된다. 보나파르트와 나폴레옹이 정복한 전부가 파리와 벨벳에 싸인 나무토막 4조각을 지키기 위해 반환되려 하고 있다!

"서명은 내일 하자."

그를 사랑하는 측근들은 자력으로 쟁취한 모든 것을 일필로 말소시켜야 하는 황제의 가슴속을 알고 마음 아파했다.

그러나 운명은 다른 결단을 내린다. 단초가 된 것은 야반에 가져온 정보였다. 적의 포진에 빈틈이 있음을 간파한 나폴레옹은 일거에 생기를 되찾았다. 그는 다음날 아침 서명을 청하는 마레를 본체만체하고, 지도를 들여다보며 말한다.

"이제는 전혀 다른 문제를 검토할 필요가 있다. 이제 블뤼허를 때려 부술 수 있다."

때마침 파리가 위기 상황에 있다는 보고가 조제프로부터 도착했다. 황제는 형에게 갖가지 지시를 하는 동시에 격렬하고 엄한 회답을 구술한다.

"내가 살아 있는 한, 파리가 적에게 점령되는 일은 결코 없을 것이다. 이러한 사태에 대비해서 황후 및 로마왕(1811~1832, 나폴레옹과 마리 루이즈의 아들로 로마왕, 또는 나폴레옹 2세로 불렸으나 즉위하지는 못했결핵으로 요절했다), 그리고 우리 일족의 보호를 귀하에게 명한다. 나는 측근들과 내 은혜를 받은 자들의 도움을 받아 마땅하다. 나의 부대가 황후를 파리에서 피난시키기 위해 갈지도 모르지만, 만일 탈레랑이 그녀를 파리에 잔류시켜야 한다고 진언해도 그 것은 음모에 지나지 않는다. 다시 말하지만 그를 조심하라. 그자 를 16년간 가까이하고 총애를 한 적도 있으나, 우리 일족 최대의 적이 바로 그자다. 이 충고를 깊이 새기기 바란다. 나는 이런 자들 을 아주 잘 알고 있다. 만일 패배 끝에 내가 목숨을 잃는다면, 그 보고는 장관들에 앞서 귀하에게 전달되게 되어 있다. 이미 알고 있는 대로, 황태후 및 황태후가 몸을 의탁하고 있는 베스트팔 렌 비는 파리에 머물 수 있다고 생각한다. 그러나 황후 및 로마왕 이 적의 손에 넘어가는 일이 있어서는 절대 안 된다. 머지않아 오 스트리아가 싸움에 흥미를 잃을 것이라는 점, 친왕 영지를 미끼로 황후를 비엔나로 데려가려는 시도가 있을 것이라는 점을 머릿속 에 단단히 넣어두기 바란다. 영국과 러시아의 제안 전부를 프랑스 국민에게 강요하는 일이 있을지도 모르고, 내 군대가 전멸해 버릴 수도 있다.

조만간 화평 체결의 가능성도 있다. 천지개벽 이래, 비무장 도 시 안에서 군주가 체포되었다는 말을 들은 일이 없다. 하지만 내 가 살아 있는 한, 누구라도 나를 따를 것이다. 비록 죽었다 해도 황태자와 섭정 황후는 프랑스 국민의 명예를 위해 포로가 되는 일 없이 병사들과 함께 오지까지 후퇴해야 한다. 그렇지 않으면 세상 은 그녀가 내 아이의 왕좌를 포기했다고 말할 것이다. 황후와 로 마왕이 비엔나 혹은 적의 손에 들어가게 된다면, 귀하와 고관들에 의한 모반의 결과일 것이다. 앞으로 내 아이가 오스트리아 왕자로 비엔나에서 양육되는 일이 있다면 차라리 그의 목을 베어버리는 편이 나을 것이다. 귀하는 프랑스 국민을 모른다. 이번 비상사태가 가져올 결과의 중요성은 짐작할 수도 없다."

쫓기고 몰린 남자의 가슴에 고동치는 두려움이 느껴진다. 소년 시절 이후 처음으로 그는 죽음과 좌절, 두 가지가 눈앞에 닥쳐온다는 사실을 확실히 느꼈다. 죽음과 좌절은 그의 가슴속 바닥에 깃든 상념으로 비극적 순간에 일어나서 뒤엉킨다. 싸움에 흥미를 잃은 오스트리아의 철수에 수반되는 갖가지 파멸적 결과를 냉정하게 계산하면서도 상상력에 의해 미래를 예단하고 친족에게 닥칠지도 모르는 운명을 상상해보지 않을 수 없다. 예전과 같이, 그는 지금도 역사적 인물의 행위를 답습한다. 영광과 명예는 영웅적 행위에 수반되는 눈부신 빛에 비춰짐으로써, 비로소 역사책의 행간에서 떠오르기 때문이다. 냉철한 눈길과 타는 듯한 정념이 뒤엉키는 이 서찰은 정치가이면서 시인의 표현법을 쓰고 있다.

이것은 군을 통솔하는 자의 문장이기도 하다. 통솔자로서 그는 군단을 양분하여 과감한 공격으로 블뤼허를 쓰러뜨렸다. 샹포베르에서 몽트로에 이르는 9일 동안 6승을 올리는 진군이었다. 이 신속함은 보나파르트 장군 시절을 연상시키지만, 이번 전투에는 프랑스 지명이 적혀 있다. 2월 18일 몽트로의 교전에서는 툴롱 전처럼 대포의 장전 작업까지 하면서 외쳤다.

"전우여, 전진하라! 두려워 말라! 나를 쓰러뜨릴 포탄이 만들어 지려면 아직 멀었다."

블뤼허는 패했다. 다음은 슈바르첸베르크다. 그는 아군의 명예 가 손상되는 것을 두려워했다. 황제와의 결정적인 충돌을 피하기 위해 즉시 샤티용에서 휴전 협정을 맺어야 한다고, 베르티에에게 직접 호소했다. 이 제안을 보고받은 순간, 황제의 투쟁심은 배가 했다. 그가 손수 펜을 잡고 조제프에게 적어 보낸 서찰이다.

"부르봉 일가에 대해 아내에게 말하다니 유감이다. 부탁이니 이러한 이야기를 그녀에게 하지 않았으면 한다. 아내를 감싸주길 바라는 것이 아니다. 그러한 생각은 그녀의 자만심을 키워, 부부 간에 불화의 씨를 뿌리는 셈이다. 오페라의 등장인물도 아니고 파 리 시민으로부터 갈채를 받겠다는 생각 따위는 단 한 번도 해본 적이 없다. 첫째 파리의 기질을 이해하는 데는 더 실리적인 눈을 가질 필요가 있다. 소요를 일으키는 삼사 천의 무리와 같은 열광 을 그 이외의 자가 갖고 있는 것은 아니다. 병력 동원을 시도하지 도 않고 불가능하다고 선언하는 것은 성급하고 너무 안일하다…. 마음을 담아."

'마음을 담아'와 같은 맺음말을 보는 것은 오랜만이다. 마렝고 전투 무렵에 이미 형제나 휘하의 장군에게도 이러한 말을 쓰지 않 게 되었고, 조제프 쪽도 쓰지 않는다. 억제하기 어려운 고양감과 읽는 쪽을 감동시키겠다는 의사가 뚜렷이 느껴진다.

다음날 경찰장관 사바리(1774~1833, 마렝고 전투 이후 나폴레옹의 부관이 되었고 1810년 푸셰 후임으로 경찰장관이 되었다)에게 적어 보낸 서찰은 더욱 과격하고 전투적이다.

"그들은 충분히 알아 둘 필요가 있다. 지금도 내가 바그람, 마렝고 시절과 동일 인물이라는 것을. 내가 국내에서의 어떠한 음모도 용서하지 않는다는 것을. 반정부 운동이 시도되어 정부요인이 청원에 서명하는 일이 있다면, 조제프와 장관들뿐 아니라 서명자 전원을 체포할 것이다. 나는 국민의 호민관 따위 인정하지 않는다. 위대한 호민관은 나 자신이라는 것을 잊지 않고 있다."

한편, 대프랑스 동맹군 측은 타협점을 발견하지 못하고 있었다. 짜르는 프랑스 국민이 베르나도트 내지 다른 사람을 선출할 때까지 러시아인 총독이 파리를 통치하길 바라고, 오스트리아는 부르봉가 사람만을 받아들인다고 표명하고, 슈바르첸베르크는 전투 재개보다 신속한 화평을 바라면서도 '군사적 대응은 지속해야 한다'라고 진언하고 있었다. 그러는 사이에 전번 패배에서 다시 일어선 블뤼허가 진군을 시작해 버린다. 나폴레옹은 오래전의 프랑스 국경을 받아들이도록 재차 진언하는 측근에게 "뭐라고? 내가 그런 조약에 서명할 것을 바라고 있는가!"라고 고함쳤다. 적군의 수가 나폴레옹군의 3배라고 알리자 황제는 용맹하게 외쳤다.

"내게는 5만의 병력이 있다. 거기에다 나를 더하면 합계 15만이다!"

3월 초, 다시 블뤼허가 공격을 개시한 시점에서 그는 별동대의 지휘권을 마르몽에게 맡겼다. 결정적 순간에 별동대와의 연대를 확실히 하기 위해서는 전폭적 신뢰를 하는 인물이어야 하기 때문이다.

그러나 불복종 정신은 이미 휘하 장군에게까지 파급되어 있었다. 황제에 대한 불복종은 친형제에 의한 일시적인 감정에서 싹튼 것이었다. 이 징후가 군 내부에 스며들고 있다는 것을 황제가 처음으로 눈치챈 것은 작년 뒤벤 성에서였는데, 지금은 싸움터에서 장성들의 배신으로까지 악화되고 있다. 나폴레옹을 최초로 섬긴 마르몽이 최초로 그를 배신한다. 이미 2월 말에 우디노와 마크도날이 바쉬르오브(상파뉴 지방 남부) 싸움에서 패하기 시작했다. 랑(상파뉴 지방 남부)에 있던 마르몽도 이제는 체면치레 정도로만 싸우고, 3월 9일에는 휘하의 포격대를 돌보지 않아 승리를 멍하니 놓치기도 하여 나폴레옹을 경악시켰다. "황제가 그에게 지휘권을 준 것은 분명한 이유가 있기 때문이었다. 그러나 황제는 원래 그에게 너그러웠다. 그래서 마음이 진정되자 또 그에게 지휘권을 맡긴 것이다"라고 베르티에가 그간의 사정을 밝힌다.

존망의 위기에서 옛 친구에게 의지하는 것은 매우 자연스러운 일이다. 그러나 황제를 배신한 것은 마르몽만이 아니었다. 리보르노에서 함께 싸웠던 옛 친구, 오제로도 몰래 오스트리아와 내통하면서 나폴레옹의 소집에 핑계를 대고 출두하지 않고 있다. 그런데도 이 남자에 대한 나폴레옹의 질책은 너그럽기 짝이 없다.

"뭔가? 6시간이 지났는데도 그대는 아직 싸움터에 없다고? 6시간이나 휴식을 취하면 충분했을 터인데. 돈이 없다고? 말이 모자랐다고? 오제로, 그대는 어떻게 그렇게 말도 안 되는 이유를 대는가! … 본 서찰을 받고 2시간 이내에 군사행동을 시작할 것을 명한다. 그대가 지금도 오제로 드 카스틸리오네라면 지휘권을 지켜라! 60세라는 나이가 부담이 되면, 지휘권을 놓고 휘하의 장군 중 최고참에게 물려주는 게 좋다. 조국이 위협받고 있다. … 포탄의 최전선에 서서 기백과 각오를 회복하라! 프랑스 국민이 그대의 용맹을 전위에서 보게 되면 그대는 생각대로 그들을 움직일 수 있을 것이다!"

이것은 보나파르트 장군의 말투다. 가라앉던 별이 솟아올라 휘황한 빛을 낼 것이다.

마르몽의 철군 탓에 원군이 없는 황제는 3월 20일 아르쉬르오브에서 불과 수천의 병력으로 적의 대군과 맞선다. 황제의 패배는 필연이었다. 전투 중에 거대한 흙먼지가 돌진해 오는 것을 본 용기병 부대가 "코사크다!"라고 외치면서 달아나자, 황제는 말에 박차를 가해 한가운데로 뛰어들었다.

"용기병! 이게 무슨 꼴인가. 수치를 알라! 내가 여기 있다. 하나가 되어 싸워라, 전진하라!"

검을 빼 들고 적을 향해 돌진하는 그의 뒤를 참모와 친위대가 따른다. 그러자 6천의 코사크가 패주하기 시작했다. 나폴레옹이 용기병 부대의 선두에 서서 싸운 것은 수년 만의 일이었다. 그의 말이 부상당했기 때문에 다른 말로 갈아탔다. "이날, 황제는 분명히 죽음을 청하고 있었다"라고 베르티에는 보고한다.

그러나 그는 죽지 못했다. 카이사르, 크롬웰, 프리드리히 대왕과 마찬가지로 나폴레옹에게도 싸움터에서의 영웅적인 죽음은 약속되어 있지 않았던 것이다. 그들은 모두 군인이기 전에 국민의 지도자이며, 자신의 운명에 최후까지 따를 의무가 있었다. 설령 자국 백성을 상대로 싸우는 한이 있어도.

이후 암시로 가득한 운명의 장난이 계속해서 이어진다. 사람을 사람으로 생각하지 않는 자가 사람에게서 외면당했다 한들 누가 놀라겠는가? 그에 의해 대공으로 앉혀진 군인이 군인들의 목숨보다 자기 공국을 존중했다 한들, 유럽 최고 혈통을 이은 여자가 억지로 벼락출세한 자와 결혼한 후에 이를 기피하고 합스부르크가로 돌아갔다 한들, 과도한 신뢰를 받은 친형제가 파국과 함께 은인을 구하는 대신에 자신의 안전에만 급급했다 한들, 누가 놀랄 것인가?

부친에게 중재의 편지를 써 달라는 황제의 부탁을 마리 루이즈는 마지못해 떠맡았다. 그런데 그 문장은 애매하게 되어 있어 딸의 속내를 부친이 깨닫게 하는 결과를 낳는다. 증조모에 해당하는 위대한 여제 마리아 테레지아처럼, 마리 루이즈는 부친을 위협하는 대신 남편을 추락시키는 데 일조했다. 부르봉가의 깃발이 펄럭이는 보르도에 영국군이 상륙했다는 것, 황제가 아내에게 보낸 편지를 탈취하여 황제가 마르느강 후방으로 철군하려 한다는 것을 오스트리아 참모본부가 안 시점에서 동맹군은 즉각 파리 진격을 결정한다.

팔방이 막혀있는 가운데 황제는 또다시 대담한 전략을 짜낸다. "농민을 무장시키자. 그들이라면 확실하게 달려올 것이다."

침략자에 대한 농민의 격렬한 증오는 사실이며, 황제가 그렇게 생각하는 것도 틀린 것은 아니다. 때마침 마르몽이 두 번째로 패하고 모르티에 원수(1768~1835) 등이 파리를 향해 퇴각 중이라는 소식이 도착한다. 자기 집에 불이 났다는 소식을 들은 것처럼 황제는 즉각 파리로 가기로 한다. 군의 지휘는 베르티에에게 맡기고 친위대와 함께 출발한다. 얼마 후 별안간 호위를 떼어 버린 황제가 콜랭쿠르와 마차에 뛰어올라 곧바로 내달리기 시작했다. 또 한번 정권을 장악하려면 일각이라도 빨리 도착해야 한다!

파리의 관문에 다가가는 것이 몇 번째인가? 원정의 귀로, 관문에 접근할 때마다 불안을 느끼지 않을 수 없었다. 파리는 어찌 되었는가? 그러나 이날 밤 그의 생각을 차지한 것은 한 가지뿐이었다. 제국을 맡은 자들은 제대로 사명을 다하고 있는가, 섭정 황후는, 파리 사령관 조제프는, 제1군을 통솔하고 있는 마르몽은?

야간에 역참에서 장교가 인솔하는 병사들을 만났다. 장교의 보고에 의하면, 현재 퇴각 중인 군의 숙소를 확보하라는 명을 모르티에 원수로부터 받았다고 했다.

"퇴각 중인 군대? 황후는 어디에 있나? 조제프 왕은?"

"황후 폐하는 어제 로마왕과 함께 부로와(파리 남서쪽 도시)로 떠나셨습니다."

"마르몽은?"

"모르옵니다, 폐하."

황제의 이마에는 구슬땀이 배어나고 입가에는 경련이 일고 있었다. 소름 끼치는 소식을 듣고 그는 외쳤다.

"나아가라! 국민군과 백성이 나를 지지할 것이다. 다음에 내가 여기서 나갈 때는 승리자이거나 사망자이거나 둘 중 하나다."

콜랭쿠르가 간신히 단념시킨다. 황제는 마르몽의 부대를 에손 강(파리 남방의 센강 지류) 후방에 집결시키도록 명한 다음, 장관에게 말한다.

"전속력으로 파리로 가라! 조약에 개입할 여지가 아직 있는지 확인해다오. 나는 배신당했다. 하지만 그런 일은 아무래도 좋다. 즉시 떠나라, 그대에게 전권을 맡긴다. 나는 여기서 기다린다. 그리 먼 거리는 아니다. 서둘라!"

황제는 100미터 정도 앞에 센강이 흐르고 있음을 알아차린다. 수면에 비치고 있는 것은 침입군의 모닥불이었다. 건너편에 전위의 병사들이 있는 것이다. 나폴레옹은 어둠 속에서 이를 노려보았다. 곁에는 2대의 역마차와 하인 몇 명만 있을 뿐이다.

얼마 후 그는 길을 되돌아갈 것을 명했다. 마차는 퐁텐블로로 달리기 시작했다. 1814년 3월 21일 미명의 일이었다.

XIV

하인의 시중을 받으며 아침 채비를 하고 있는 탈레랑에게 어떤 인물이 찾아왔다. 갑자기 침실의 문이 열리고 뛰어 들어온 사람은 파리 주재 러시아 대사, 네셀로드 백작이다. 그는 혁명정부의 장관이었는데도 루이 15세 시대처럼 가발을 쓰고 있었다. 2시간 후 짜르가 탈레랑의 저택에 행차하기로 했다. 포격을 우려하여 엘리제궁에 숙박하는 것을 피한 것이다. 이것은 나폴레옹의 총신寵臣이 10년을 준비한 끝에 마침내 거머쥔 기회이고 노력의 결실이다. 승리자들은 화기애애하게 악수를 나누었다. 거대한 승리로 이끈 기분 좋은 성취감과 함께…. 22년이나 두드려 온 파리의 관문이 드디어 세 사람의 정통 군주 앞에 열렸다. 얼마나 감격스러운 날인가! 부르봉가 지지자들이 그들을 해방자로서 환영하고, 포부르 생제르맹의 귀족들도 달려오지만, 파리 시민은 움직이지 않는다. 내일의 군주가 나폴레옹인가 아니면 루이인가, 정식 발표를 기다리는 것이다.

비열하게도 파리를 탈레랑에게 맡기고 달아난 조제프. 보나파르트 가문에서 사자 몸속의 벌레 같은 맏형이 나폴레옹의 추락을 앞당겼다. 프랑스 국민이 패배한 황제의 퇴위를 요구한 것도 아니고, 동맹을 맺고 있는 네 군주의 나폴레옹에 대한 처우가 정해진 것은 아니다. 그러므로 나폴레옹의 파멸은 교활한 측근과 성의 없는 친구 탈레랑에 의해 초래된 것이다. 이 남자는 짜르를 방패로 이후 10일 동안 일어나는 사건을 추진한다. 이 성직자가 황제에게 증오를 품은 일은 단 한 번도 없다. 하지만 황제 몰락의 징후를 극히 초기 단계에서 알아챘고, 이후 그의 활동을 주목하고 있었던 것이다. 죄수의 치욕을 받아들이는 황제의 모습에서 즐거워할 마음도 없었다. 따라서 황제를 완전히 없애버리는 것이 그에게는 가장 편리한 해결법이었다. 그가 모브뢰이라는 뒤가 구린 왕당파 장교를 불러 "퐁텐블로 가도에서 매우 중요한 임무를 수행하면 막대한 보수를 주겠다"라고 약속한 것은 이 때문이다. 그런데 이 악당은 중요한 판에 물러서서 제롬의 아내를 습격했을 뿐이다. 황제의 목숨을 빼앗는 대신, 뷔르템베르크 대공녀의 보석을 빼앗은 것이다. 비슷한 무렵, 블뤼허는 단독으로 치밀하게 준비한 나폴레옹 암살부대를 파견했다.

프랑스는 지금 무엇을 요구하고 있는가? 짜르의 분부에 탈레랑은 공손하게 조언을 청했다. 부르봉가의 늙은 군주를 옹립하는 것이야말로 그가 오랫동안 짜온 복안이었으나 그런 생각은 조금도 비치지 않는다. 짜르가 주저하면서도 베르나도트의 이름을 들자, 뱃속 검은 성직자는 엷은 웃음을 띠고 말했다.

"프랑스는 이제 군인을 주군으로 요구하지 않습니다. 군인을 요구한다면 우리는 지금 모시는 인물을 그대로 앉히겠습니다. 그는 세계에서 첫째가는 군인입니다. 다른 자가 뒤를 잇는다 해도 100명의 병사도 모으지 못할 것입니다."

승리자 앞에서 겁도 없이 이렇게 말했다. 이 남자의 입에서 이 정도의 칭찬이 나온 것을 퐁텐블로에 있는 나폴레옹이 들었다면 놀랐을 것이다.

4월 1일, 탈레랑은 원로원 의회를 소집한다. 의회는 황제 퇴위의 필요성을 인정하고 다음날 이를 선언했다. 이렇게 해서 모두가 나폴레옹 지지를 포기하는 가운데, 한 사람 콜랭쿠르만이 그를 위해서 싸워 짜르를 자기편으로 만들려고 시도했다. 그리하여 짜르의 불안정한 마음에 왕년의 우정을 불러일으키는 데 성공했다. 콜랭쿠르는 프랑스의 왕관이 로마왕의 머리 위에 머물도록 동맹 제국에게 교섭해 보겠다는 약속을 받기에 이르렀다.

그러나 콜랭쿠르가 보나파르트 구제를 위해 짜르에게 힘을 쏟는 동안에 탈레랑은 마르몽을 파리로 불러들였다. 4월 3일의 일이다. 마르몽이 이끄는 1만 2천 명의 부대는 나름대로 위력을 보이고 있으나, 그것은 대프랑스 동맹군의 주력부대가 아직 도착하지 않았기 때문이었다.

이렇게 해서, 나폴레옹의 가장 오랜 전우와 최고참 장관이 마주 앉는다. 노회한 외교관은 군인을 자기편으로 만들려고 교묘한 심리전을 구사하며 차근차근 설득하고 있었으나, 듣는 쪽은 건성이다. 꽤 오래전부터 마르몽은 나폴레옹에게 실망하고 있었다. 결정적 계기는 스페인에서였다. 그는 '내리막인 남자를 지지할 필요가 있을까'라고 생각했다. 이제는 '황제 몰락, 신 국왕 만세!'의 상황이다. 그러고 보면 육군학교에서 우리는 모두 왕당파였다. 나폴레옹의 패배는 부르봉가의 권리 탈환을 의미한다. 그러면 황제에 대한 충성 맹세에서 해방되었다는 것이다. 하지만 오랜 시간에 걸친 우리의 우정은? 그까짓 게 뭐라고! 녀석은 랑에서 우리를 우롱하지 않았는가!

끝내 탈레랑의 심리전에 걸려든 마르몽이 대프랑스 동맹군 지휘관 슈바르첸베르크에게 서찰을 보냈다.

"원로원에 의해 공시된 사항에 의해, 프랑스군 및 국민은 황제 나폴레옹에 대한 충성의 맹세에서 해방되었다. 본관은 프랑스에서 국민과 군대의 의견일치를 도모하고자 힘을 다할 생각이다. 양자의 일치는 온갖 내전 발발을 봉쇄하고 프랑스인의 유혈을 저지할 것이다."

황제군 최고참 원수가 그럴듯한 구실로 황제 추락의 단서를 열었다. 배신자는 모두 이런 수법으로 핑계를 대는 법이며, 머지않아 오제로도 이를 본떠 황제를 비방하는 무례한 성명을 낸다.

이 무렵, 황제는 퐁텐블로에서 친위대를 열병하고 있었다.

"수치스러운 프랑스인들, 즉 망명 귀족들이 왕당파의 모자 장식을 과시하고 있다. 비열한 놈들은 언젠가 배신행위의 보답을 받을 것이다!"

"자아, 파리로 가자! 황제 만세!"

검을 빼 들어 휘두르며 열광적으로 부르짖는 장교들에게 밝게 손을 흔들고 넓은 보폭으로 계단을 오르는 황제의 주위에는 지금도 그에게 충실한 몇몇 신하가 따르고 있다.

이때 콜랭쿠르를 태운 마차가 안마당으로 미끄러져 들어왔다. 안색이 창백하고 피로에 지친 모습이지만 자기 발로 황제에게 다가가는 그를 향해 베르티에가 소리쳤다. "어이, 자네. 일은 잘되어 가는가?"

이 말투가 콜랭쿠르의 비위를 거슬렀다. 얼마나 경박한 말솜씨인가. 불쾌하다. 집무 중인 황제가 입을 열었다.

"어찌 되었나? 모두가 나에게 무엇을 바라고 있는가?"

"아드님에게 프랑스의 왕관을 위양함에 있어 폐하께 큰 희생이 요구되고 있습니다."

"그러니까 이제 나와는 교섭을 않겠다는 말이다. 나를 노예로 삼을 작정이다. 천부의 자질만으로 군을 통솔한 자, 부패한 왕좌에 앉는 타고난 국왕들을 두렵게 한 자의 말로를 보여주는 본보기로 삼기 위해."

이 말투는 보나파르트의 것이다! 창밖의 친위대, 책상 위의 군대 명부와 지도에 시선을 주는 사이에 감정이 격해진다. '아들에게 양위하고 섭정 문제에 대해서는 추후 결정할 것'이라는 짜르의 제안을 전달하고, 부르봉 일족의 복귀 가능성에 대해서 콜랭쿠르가 이야기하기 시작했을 때 황제가 소리쳤다.

"뭐라고? 놈들은 어리석다! 부르봉가를 프랑스에 부활시킨다고? 그런 짓을 해도 1년을 가지 못할 것이다. 프랑스 국민의 9할이 부르봉에 반감을 품고 있다. 우선 나의 병사들이 그들 쪽에 붙는 일은 있을 수 없다. 그들은 국가의 원칙과 이익을 내걸고서 전쟁 상태에 있는 조국을 버리고 도주하여 외국의 은혜로 20년 동안 살아왔다. 그것을 국민이 잊을 리가 없다. 무엇보다 원로원에서 어떤 자리를 놈들에게 할당할 것인가! 놈들 혹은 놈들의 부친들은 법원에서 루이 16세를 끌어내렸다. 단두대에 올리려고! 나는 밑에서 출세한 사람이다! 그래서 되찾아야 할 것이 아무것도 없었다. 나는 이 나라의 재건에 전력을 쏟아 왔다. 동맹군에 의한 점령이라는 사태가 초래한 수도의 혼란에 편승해, 나와 내 가족을 추방하고 최고 권리를 남용할 수는 있다. 그렇다고 앞으로 부르봉 일족이 평온한 통치를 이룰 수는 없다!"

지금까지의 인생이 주마등처럼 스쳐가며, 그는 다시 군인으로 돌아간다.

"놈들이 나의 양위를 강요한다? 양위와 교환이라면 왕관은 아들에게 줄 수 있다. 내 수중에는 아직 5만의 군사가 있고, 그들은 '파리로 진군하라'라며 내게 소리 높여 요구하고 있다. 먼저 승리를 거둔 다음, 국민에게 심판토록 하겠다. 프랑스 국민이 나를 옥좌에서 추방하지 않는 한, 퇴위는 하지 않겠다."

정치가로서의 그는 이미 아들에게 양위할 결의를 굳히고 있다. 하지만 군인으로서의 그가 이를 유보한다.

"우리의 황제를 사수하자!" 이런 일념에 불타는 병사들의 흥분을 외면하고 황제에 불만을 품은 원수들이 회의를 열었다. 그들은 아직 마르몽의 이탈을 모른다. 하지만 자기 정당화의 구실만 찾으면, 기뻐하며 달아날 것이다. 병졸들과 지휘관 사이에 생긴 괴리는 이권에 따르는 필연적인 대가였다. 원수元帥로 진급한 장성에게는 황제가 베푼 직급이나 물질적 이익이 오히려 해가 되었다. 다음날, 최고참 원수인 네이, 마크도날, 우디노, 루베블 등은 양위가 상책이라는 뜻을 정중히 올리자는 결론에 도달했다.

황제는 무수한 핀을 새로 꽂은 지도를 가리키며 적군이 얼마나 불리한 형세에 있는지를 그들에게 설명하고 수중에 남은 군의 작전을 열거하지만 허사였다. 듀벤에서 노출되기 시작한 불만은 점점 팽창하여, 황제 앞을 가차 없이 가로막고 있었다. 말없이 일동을 물러가게 한 황제는 한 번 더 전략을 검토했다. 군단의 배치에 빈틈은 없었고 자기 입장도 절망적은 아니다. 요컨대 옥좌의 포기는 휴전협정에 지나지 않는, 아니 오히려 유예 기간이 주어지는 것과 같은 것이다.

접견 몇 시간 후 콜랭쿠르가 불려 들어왔다. 황제는 책상 위에 놓인 서류 한 통을 내밀며 "나의 양위서다, 파리로 가지고 가라" 라고 말했다.

장관이 황제 직필의 서류를 확인했다.

"유럽 평화 재건의 유일한 장애는 나폴레옹 황제라고 열강 동맹 제국이 공포한 이상, 황제 나폴레옹은 자신의 서약을 지켜 여기에 선언한다. 즉 그는 아들의 권리 및 섭정 황후의 권리, 나아가서 제국 헌법의 유지에 불가분한 조국의 이익을 위해서 옥좌에서 내려와 프랑스를 떠나며 또한 목숨마저 버릴 용의가 있다."

자로 잰 듯한 문장, 신중하고 간접적인 정치가 특유의 문장, 노련한 외교관들이 트집 잡을 수 없도록 치밀하게 작성된 이 문서에서 나폴레옹다운 언사는 조금도 발견되지 않는다. 이렇게 중요한 사명을 수행함에 있어, 제국의 고관 2명이 같이 가기를 원한다고 장관이 제의했다.

"마르몽과 네이를 데리고 가는 것이 좋겠다. 마르몽은 가장 오랜 전우다."

"마르몽은 여기에 없습니다."

"그러면 마크도날을."

3시간 후, 3명의 전권대사는 대프랑스 동맹국 군주와 장관들 앞에 앉아 있었다. 이미 해가 진 지 오래였다. 담판은 대체로 콜랭쿠르와 짜르에 의해 진행되었다. 부르봉 일족은 기쁨을 감추지 못했으나, 콜랭쿠르는 국민은 그들에게 호감을 갖고 있지 않다고 주장했다. 콜랭쿠르의 주장이 먹혀들 무렵, 한 사관이 갑자기 들어와 러시아어로 무언가를 전달했다.

짜르가 천천히 입을 열었다. "여러분들은 황제군의 충성에 희망을 갖고 있는 듯하지만, 나는 방금 황제의 전위대인 제6군단이 우리 전열로 옮겼다는 보고를 받았다."

동맹국 측에 안도의 빛이 퍼지고 그들은 무조건 즉각 양위를 재촉했다. 그동안에도 콜랭쿠르에겐 나폴레옹으로부터의 지시가 속속 도착했다.

"나와 교섭할 마음이 없으면 조약은 뭐가 되나! 내 양위서를 가지고 돌아오라, 이것은 명령이다. 그런 조약이라면 맺을 생각이 없다."

다음날 아침 6시, 베르티에와 집무 중인 황제에게 모르티에의 부관이 안내되어 왔다.

"이번엔 또 뭔가?"

"제6군단이 적에 투항했습니다. 지금 전군이 파리를 향해 진군 중입니다."

황제가 부관의 팔을 움켜쥐었다.

"확실한가? 병사들이 행선지를 알고 있는가?"

"아닙니다. 아마 그들은 평소대로 묵묵히 명령에 따른 것 같습니다."

"내게서 뺏으려고 병사들을 속인 것이 틀림없다. 그대는 라규즈 남작(마르몽)을 만났는가?"

"아닙니다, 폐하."

"그런데 기병단은? 기병단도 이 행동에 따랐는가?"

"네, 폐하. 전군이 같은 방향으로 진군을 시작했습니다."

"모르티에는 어찌하고 있는가?"

"폐하, 원수님이 소관을 여기로 보내신 것은 자신의 충성을 폐하께 전달하기 위해서입니다. 우리는 신명을 바쳐 황제 폐하께 충성을 다할 생각입니다. 청년 친위대와 프랑스의 모든 청년은 황제께 목숨을 바칠 각오라고 하셨습니다."

나폴레옹은 부관에게 다가가더니 눈을 똑바로 들여다보며 한 손을 어깨 장식 아래에 얹었다. 마치 프랑스 청년들에게 지지를 구하는 듯이. 황제는 부쩍 늙어 보였다.

퐁텐블로로 돌아온 콜랭쿠르는 황제 곁에 마크도날밖에 남아 있지 않음을 알아차린다.

"네이는 어떻게 되었나?"

황제의 물음에 대답하는 자는 없었다. 콜랭쿠르가 새로운 조건을 보고했다.

"뭐라고, 황통을 인정치 않는다고? 나는 10년간 그것만을 목표로 전력을 기울여 왔다. 그런데 그것을 단념하라고? 나의 황위 포기로는 부족하다는 말인가? 놈들은 내게 아내와 아들의 폐위마저 시키려 하고 있다! 그건 못 한다! 황위는 내가 내 공훈으로 쟁취한 것이 아닌가?"

이 발언 자체에 모순이 있다는 것조차 깨닫지 못할 정도로 황통을 지속해야 한다는 그의 집념은 뿌리 깊었다. 그리고 또다시 병력수를 열거하기 시작했다.

"지금 여기에 나는 친위대 2만 5천을 가지고 있다. 1만 8천이 이탈리아에서 온다. 여기에 더해서 슈쉐가 이끄는 병력이 1만 5천, 술트의 수하에 4만의 병력이 남아있다. 나는 아직 건재하다!"

일부의 병사는 황제를 지지하고 있으나, 지휘관은 자신의 성城으로 돌아가고 싶어 하고, 부르주아들은 평화 시대에서 살기를 원한다. 이러한 상황에서 나폴레옹은 왜 전위대의 선두에 서려고 하지 않는가? 원수의 존재가 불가결하게 되었기 때문이다. 지금 나폴레옹군에게는 봉건시대로 되돌아간 듯한 고풍스러운 분위기가 조성되어, 그가 병졸과 직접 접하는 일은 어려워졌다.

장군들이 재차 설득에 나섰다. 이번에는 베르티에마저 장군 편에 가담하여 퐁텐블로가 포위될 위험이 있다고 말한다. 나폴레옹은 태연히 일동의 말을 듣더니 돌연 물었다. "나와 함께 로와르나 이탈리아까지 진군하여 외젠과 합류할 생각은 있는가?" 새로운 작전이 그려진다. 하지만 그의 앞에 있는 것은 역전의 용사에 더구나 프랑스인이다. 장군들은 새 작전의 위험성, 특히 내란의 위험을 우려하고 퇴위를 진언했다. 그들은 황제를 위해 엘바섬을 확보하고 있었다. 머지않아 황제는 이를 받아들이게 된다. 일동이 물러간 다음, 황제는 콜랭쿠르에게 말했다.

"놈들에겐 피도 눈물도 없다. 나는 운명이 아닌, 전우의 이기주의와 음모에 졌다. 참으로 비열하다! 이젠 모든 것이 추락했다."

측근과 고관이 궁전의 살롱에 모여, 마치 국왕의 임종 전처럼 소리 죽여 말하고 있다. 그들은 황제가 퇴위증서에 서명하는 것을 기다리는 중이다. 하지만 황제는 아무도 방에 들어오지 못하게 하고 모든 접견을 다음날로 미뤘다.

다음날인 4월 6일 아침, 교섭 담당자들은 난로 옆 팔걸이의자에 물에 잠기듯 앉아 있는 실내복 차림의 황제를 발견한다. 한숨도 자지 못한 황제는 초췌하기 그지없다. 어젯밤 심의 결과가 보고되었다. 유형지는 엘바섬으로 하고 연금 300만 프랑을 보장한다는 요지의 합의가 성립했다. 나폴레옹은 황제의 칭호를 유지하고 병사 400명으로 이루어진 친위대를 대동하는 것이 허락되었다. 유형지인 엘바섬이 프랑스에 너무 가깝다는 점을 우려하던 탈레랑은 코르푸섬 정도가 아닌 세인트헬레나섬까지도 제안하고 있다. 푸셰는 새로운 인생을 출발하는 데는 아메리카 대륙이 최고라면서 부디 그쪽으로 가시기를 진언하고 있었다. 유럽 연안에서 가능한 한 멀리 떨어진 땅으로 가주길 바라는 것이 역신逆臣의 본심이었다.

그런데 황제의 마음은 지금 여기에 있지 않다. 다른 장교들의 행동과 비교하면 마크도날의 그것이 얼마나 고결한가! 자신이 그의 인격을 얼마나 잘못 봤는지를 깨닫는다.

"내가 너무 늦게 그대의 충성을 평가하는군. 이제 와서는 말로밖에 감사하지 못하는 것을 참으로 유감으로 생각한다. 하지만 이것이라면 그대의 성실함을 손상하지 않으면서 감사의 표시를 할 수 있다고 생각한다. 이것은 뮤라드 베이(맘루크 기병단의 대장으로 1798년의 피라미드 싸움에서 나폴레옹에게 토벌되었다)의 검이다. 우정의 징표로 간직해 주길 바란다."

일동이 퇴위 서명을 기다리는 동안 투르크의 검을 가져오게 한 황제는 장군을 포옹한 다음 천천히 문서에 서명했다.

"유럽 평화의 재건에 있어 유일한 장애라는 열강동맹 제국의 성명에 따라 황제 나폴레옹은 서약을 지켜, 본인 및 후계자들에 대해서 프랑스 및 이탈리아의 왕위 포기를 선언하는 동시에 프랑스의 이익을 위해서는 어떠한 개인적 희생도 마다하지 않고 목숨마저 희생할 각오임을 선언한다."

일동은 안도의 한숨을 토했다. 장군과 측근들은 마레를 제외한 전원이 퐁텐블로를 떠나 파리로 향했다. 베르티에마저도 푸셰와 탈레랑이 이끄는 임시정부 진영에 몸을 던졌다.

황제는 9일간 궁전에 더 머물렀다. 고립무원은 아니다. 총 2만 5천의 친위대가 그의 경호를 맡고 있기 때문이다. 형제들은 몰래

도주했다. 말메종의 조제핀은 펑펑 눈물을 쏟고 버림받은 황제의
뒤를 쫓겠다고 스스로 맹세하면서도, 있는 대로 장신구로 치장하
고 그를 쓰러뜨린 자들의 방문을 받아들인다. 의협심 넘치는 중세
기사가 된 듯이 초대 황후를 방문한 짜르는 그 매력에 빠져 버린
다. 조제핀의 딸 오르탕스는 짜르 앞에서도 담담했다. 지체 없이
퐁텐블로로 옮긴 그녀는 이후 나폴레옹이 유형지로 떠날 때까지
곁을 떠나지 않는다.

　당초 그의 곁에 있던 사람은 어머니뿐이었다. 하지만 황제는
어머니의 안전을 생각해서 그녀를 제롬과 함께 출발시킨다. 나중
에 황후 마리 루이즈가 작별 인사를 하려고 찾아왔다. 앞으로 잘
지내라고 건성으로 인사하자, 노부인은 합스부르크가의 딸에게
대답했다. "마담, 그것은 앞으로 당신의 행동에 달렸어요." 며느
리의 관심은 자신의 안전과 향락뿐이란 사실을 간파하고 있었던
것이다.

　황제가 파발이나 서찰을 아내와 아들의 수행원 앞으로 보내도
무소식이었다. 자신을 위해서는 땅도 돈도 요구하지 않았으나, 마
리 루이즈를 위해서는 파르마 공국을 주도록 요구했다. 퐁텐블로
조약의 체결과 함께 공국의 지배권을 얻은 그녀에게 황제는 너무
멀리 떨어져 있지 않도록 하라고 당부했다. 여행 도중 그녀에게
맞는 숙소의 이름을 가르쳐 주고, 마실 물에 대해서는 시의侍醫 코
르비잘과 상의할 것, 개인적인 재산은 가져갈 것을 권하는 한편,

황후의 재산 관리인에게는 그녀의 개인 혹은 황후로서의 사적 소유물 외의 보석은 모두 프랑스에 반환하라고 엄명했다.

그런데 탈레랑이 대표를 맡은 임시정부는 황실 재산을 몰수하기 위해 튈르리에 관리를 보낸다. 이렇게 해서 모든 귀중품, 황제가 황실 비용을 절약하면서 14년 동안 모은 1억 5천만 프랑의 사재가 압수, 아니 횡령되었다. 은 식기, 신변 물품, 금 담뱃갑, 심지어 N 글자가 자수로 놓인 손수건까지…. 그런데 일련의 재산 횡령 명령서의 서명 중, 특히 자주 눈에 띄는 것이 탈레랑의 것이다. 어제까지 유럽 첫째가는 재산가였던 황제가 엘바섬으로 가져간 것은 불과 300만 프랑이었다.

나폴레옹은 태연했다. 더이상 그에게 상처가 될 만한 일은 세상에 없었다. 뤼시앵은 황제 퇴위 다음날 교황에게 편지를 띄워 이제는 로마의 대공이 된다. 뮈라는 푸셰―이 남자가 최후의 음모를 주도했다―의 조언과 아내 카롤린의 압력, 그리고 공국을 점령하고 있던 영국군의 협력으로 로마를 경유하여 토스카나 공국으로 진군했다. 토스카나 대공비로 있던 엘리자는 중요한 판에서 꽝을 뽑는다. 잠시 착각을 해서 나폴레옹 옆에 머물렀던 것이다. 막내 여동생 카롤린의 군대를 앞에 두고 도주하다가 산중 여인숙에서 출산을 한 그녀는 볼로냐에서 오스트리아군의 포로가 된다. 사리에 맞게 행동한 것은 제롬 부부뿐이었다.

퐁텐블로에서는 마지막 나날은 놀랍다고 할 정도의 정적 속에서 지나가고 있었다. 한 대의 마차가 안마당으로 들어오기만 해도 모두 귀를 곤두세웠다. 누구일까? 황제에게 작별을 고하려고 찾아오는 것은 볼일이 있는 자들뿐이다. 그런데 출발 직전, 얼굴을 베일로 가린 귀부인이 찾아왔다. 발레프스카 부인이다. 손님 영접도 받지 못한 채 밤새워 기다리던 그녀는 이른 아침 한 통의 글을 남기고 떠났다. 나폴레옹은 즉시 뒤를 쫓게 하지만 따라잡지 못하고 다음과 같은 글을 적어 보낸다.

"마리아! 그대의 강한 마음에 감동했다. 그 마음은 그대의 아름다운 정신과 다정한 성품에 참으로 어울린다. 부디 밝은 기분으로 나를 생각해 주길 바란다. 내 마음을 의심하지 말라. N."

머지않아 황제는 다시 기력을 회복했다. 내게는 아직 섬이 남아 있지 않은가, 활동 재개의 가능성을 간직한 섬이…. 그는 엘바 섬에 관한 자료를 가져오게 하여 지리학 및 통계학적 견지에서 섬의 풍토를 검토했다.

"공기는 양호, 주민은 우수, 여기서 지내는 것도 나쁘지 않을 것 같다. 마리 루이즈가 마음에 들어 하면 좋겠는데."

함께 떠날 4백 명의 선발에 착수했다. 역전의 병사들이 동행하고 싶어 했다. 옛날, 젊은 명장 보나파르트에 심취한 자들이 지금도 그를 사모하는 것이다. 그중에는 카이로에서 모스크바까지 60회나 적진을 함께 뚫어 온 용사도 있다!

정신적인 안정을 되찾은 나폴레옹은 궁내부 장관에게 신의 섭리나 최후의 교전에서 몇 번 죽음과 마주한 경험에 대해 이야기하던 중 이런 발언을 한다.

"비록 절망한 나머지 죽음으로 달릴 수밖에 없다 해도 그런 죽음 역시 비열한 것이다. 자살은 나의 신념에도, 세계를 무대로 활동해 온 나의 입장에도 어울리지 않는다."

4월 20일, 여러 가지 수속이 완료되었다. 동맹국이 임명한 섬까지 함께 갈 4명의 감독관도 도착했다. 출발은 오후로 정해졌다. 황제는 이 내용을 짧게 아내에게 알리고 '아듀! 마음 착한 루이즈. 앞으로도 남편인 나의 용기와 냉정과 사랑이 필요할 때는 언제든 연락하도록 하시오. 어린 국왕에게 입맞춤을!' 하고 맺었다.

작별 인사를 할 상대는 이제 아무도 없다. 그래서 출발하면서 괴로운 심정이 되지 않아도 될 것 같다. 그런데 고참 친위대 병사들이 안마당에 진을 치고 빽빽이 들어찬 상태로 대기하고 있었다. 정면 계단에 나타난 황제에게 몇천의 시선이 쏟아졌다. 20년간 그들에게 직접 말하는 것은 전투 직전이나 승리 직후였다. 전투 전에는 그들을 고무하고 승리 후에는 사의를 표하는 것이 보통이다. 한 발 나서자 "황제 만세!"란 외침이 터졌다. 그들에게 다가가며 호소했다.

"나의 고참 친위대 제군, 나는 제군에게 이별을 고한다. 20년간 나는 명예와 영광의 길에서 항상 제군의 용감한 모습을 보아왔다. 융성할 때와 마찬가지로 지금도 제군은 계속 늠름함과 충성심의 표본이다. 제군과 같은 병사와 함께였기에 우리는 대의를 잃는 일이 없었다. 하지만 그대로였다면 내란으로 치달았을 것이다. 따라서 나는 우리의 모든 이익을 조국의 이익을 위해서 바쳤다. 그리고 지금 나는 출발한다. 친구여, 제군은 계속 프랑스를 위해서 봉사해 주기 바란다. 나는 프랑스의 행복만을 마음에 둔다. 이것은 앞으로도 영구히 나의 기도가 될 것이다! 나의 운명을 탄식할 것은 없다. 내가 오래 살아남는 것에 동의한 것은 제군의 명성을 더욱 높이기 위해서이다. 나는 제군과 함께 이룬 위업을 집필하려고 생각하고 있다! 아듀, 나의 아들들이여! 가능하다면 제군 한 사람 한 사람을 이 가슴에 포용하고 싶다. 적어도 군기에라도 입맞춤을 하리라! 다시 한 번, 아듀···. 나의 전우 제군! 이 마지막 입맞춤이 제군의 가슴에 전해지기를!"

나폴레옹은 군기를 내민 장군을 포용하고 이어서 영광스러운 비단 천에 입술을 댔다.

"아듀, 친구여!"

마차 안으로 들어간 그는 "황제 폐하 만세!" 소리를 뒤로하고 사라졌다. 역전의 노병이 어린아이처럼 훌쩍이고 운다. 아버지가 가버렸다. 황제가 그들에게 이렇게 호소한 적은 한 번도 없었다. 여기에는 비장감을 자극하는 웅변도, 웅장함을 돋보이게 하기 위한 연출도, 상징 어법도 없다. 황제는 부대장처럼 호소했다. 남자답게 간결하게 호소했다. 거기다 군기에 입맞춤하는 행위는 얼마나 감동적인가! 그것은 지금까지 그가 보여준 적이 없는 자연스러운 행동이었다. 이 광경은 병사들에 의해 손자에게 전해지고, 손자가 또 손자에게 이야기하여 지금까지 전승된 것이다.

병사들과 헤어지고 만난 것은 하층민이었다. 고참병의 오열 뒤에 나폴레옹에게 달려든 것은 무서운 욕설과 적의였다! 왕당파의 거점인 프로방스 지방을 통과하는 동안, 마차 안에서 그가 들은 것은 사납게 날뛰는 민중의 분노뿐이었다.

"폭군 타도! 악당! 인간쓰레기!" 말을 바꾸기 위해 들른 마을에서는 화가 나서 날뛰는 여인들이 마차로 쇄도해 그에게 욕설을 퍼붓고 마부에게까지 "국왕 만세!"를 외치라고 했다. 역참에는 황제를 닮은 피투성이 인형이 매달려 있고, 구경꾼들이 "죽여라! 살인자!"라고 떠들어대는 마을도 있었다. 여행은 필사의 도피로 바뀌었다. 나폴레옹에게는 태어나서 처음 하는 경험이었다.

어떤 공포로 몸이 굳어 있으면서도, 황제는 그 모습을 바라보고 귀를 기울였다. 저들이 지난날 그를 스쳐서라도 한 번 보려고 마차 곁을 달리고, 그가 프랑스에 가져다준 영광을 영원히 감사한다고 맹세한 자들인가? 그렇다, 틀림없이 같은 자들이다. 그러고 보면, 처음으로 파리에 개선했을 때도 이런 사태를 상정하고 있었다. 창백한 얼굴을 하고 입을 다문 채 그는 마차 구석에 가만히 앉아 있었다. 마차가 정지할 때마다 동맹군 감시관들이 황제를 호위하려고 달려왔다. 그는 검을 뽑지 않고 이 굴욕을 참을 셈인가?

사실 검을 휴대하지도 않았고 낡은 녹색 군복도 입지 않았다. 황제는 평복으로 프랑스를 떠나야 했다. 이전에 한번 비슷한 상황에 빠진 일이 있었다. 브뤼메르 18일이었다. 그때도 그는 검을 뽑지 않았다. 민중을 앞에 두고 있는 지금도 그렇지만, 그때도 급진파들 앞에서 어찌할 바를 몰랐다. 나폴레옹은 혀끝으로 대중을 선동하는 웅변가는 아니다. 그는 싸움터에서 온 힘을 기울여 싸우는 법밖에 모른다.

몸을 움직이고 싶다. 바깥 공기를 호흡하고 싶다! 인적 없는 도로에 마차를 세우게 한 황제는 말 한 필을 떼어내더니 중산모를 쓰고 질주하기 시작했다. 하인이 뒤를 쫓았다. 엑스(마르세유 북방의 도시) 앞에서 되돌아온 그는 작은 여관 앞에서 내려 영국 지휘관 캠벨이라고 자칭했다. 여관의 급사인 프로방스 아가씨는 계속 수다를 떨었다.

"바다에 도착하기 전에 모두가 그놈의 멱살을 틀어쥘 거예요!"

"아무렴, 그렇겠지."

하나하나 맞장구를 치던 황제이지만 나중에 하인과 단둘이 되자, 그의 어깨에 기대어 잠들어 버린다. 이틀 밤을 꼬박 새운 덕분에 간신히 얻은 고마운 잠이다. 잠을 깨자. 며칠간의 욕설과 소란이 생각나서 공포에 몸을 떨며 작은 목소리로 말했다.

"한 번도 가본 적은 없지만 엘바섬에서는 좀 평온하게 생활할 수 있겠지. 이젠 학문만 할 것이다. 유럽의 어느 왕관도 바라지 않

650

는다. 국민이란 어떤 것인지 너도 알았겠지. 내가 인간을 경멸하는 것을 당연하다고 생각하지 않나?"

마차가 합류하자 그는 만일을 위해 옷을 갈아입기로 한다. 서둘러 오스트리아의 장군복에 프로이센 사령관의 군모, 러시아제 군용 외투로 갈아입었다. 황제 나폴레옹이라는 자가 우스꽝스러운 꼴로 조국을 떠나야 했던 것이다.

아! 드디어 프레쥐스다! 옛날 이집트에서 귀환할 때 접안했던 항구다. 모든 함정을 잃고 자군을 포기함으로써 군법회의에 소환되어도 마땅할 패군의 장으로서. 그런데 그때는 이탈리아 전선에서 연승이 있었던 직후라 군중의 환호를 받으며 파리까지 북상했었다. 지도자를 희구하여 더욱 커지는 군중의 환호와 열광 속을. 어제까지 연도에서 그를 매도하던 것도 그때와 같은 국민이다. 다시 이곳에 오기까지 15년의 세월이 흘렀고, 그동안 그는 국가를 재건하여 국민에게 불멸의 영광을 안겼다. 그것은 무기가 부딪치는 소리, 묘에서 부패해 가는 병사들의 시체, 승리 후의 신나는 귀환, 원수元帥들의 빛나는 출세, 승리한 국가에 대한일시적 정신의 고양에 묻혀버린 15년이었다. 이 모든 것 위에 군림하는 얄팍한 황금의 월계관, 일개 코르시카인이 천부의 자질만으로 손수 머리에 얹은 왕관으로 장식된 15년!

XV

코르시카는 얼마나 큰가! 산들도 높다! 바스티아는 아름다운 항구다. 망원경을 통해 보면 몇 군데 성채가 보이고, 성채를 따라 서쪽으로 나아가면….

말을 타고 영지를 산책하는 엘바섬 군주의 눈동자에는 조국의 섬, 코르시카가 희미하게 비친다. 무엇이나 여기보다 훨씬 크다. 영토는 40배, 주민은 10배, 그의 머리에는 모든 숫자가 입력되어 있다. 엘바섬은 두더지 굴에 지나지 않는다.

5월 4일 아침, 엘바섬에 상륙한 나폴레옹은 농민이나 촌락의 대표로부터 환영 인사를 받은 후, 즉시 새 제국의 요새를 시찰하기 위해 말을 달렸다퐁텐블로 조약에서 나폴레옹은 황제 칭호의 유지 및 엘바섬을 국가로 통치하는 권리를 인정받았다. 준비되어 있던 연회도 거절하고, 실망하는 섬 주민을 아랑곳하지 않은 채.

반쯤 잠자던 상태인 섬은 다음날부터 시작된 무수한 명령으로 파상 공격을 받았다. "피아노자(남방에 위치한 부속 섬)에 대포 2문을 더 설치하라. 부두를 확대하고 모든 도로를 보수하라." 도민은 400명의 선발 친위대가 상륙하는 것을 경이의 눈으로 바라보았다. 그들의 새로운 군주는 외인부대 및 일종의 국민군을 창설했다. 국민군의 병력은 순식간에 늘어났다. 나폴레옹은 다시 1천을 헤아리는 병력의 정점에 서고, 머지않아 소형함대까지 거느린다.

왜냐하면 친위대를 돌볼 필요가 있기 때문이다. 그러기 위해서는 할 일을 주어야 했다.

국무원이 설치되어 수행해 온 두 장군과 도민 10명이 의원으로 임명되었다. 장군은 베르트랑Bertrand(1773~1844, 장군으로 엘바와 세인트헬레나에서 나폴레옹을 충직하게 모셨다)과 드루오Drouot(1774~1847, 라이프치히 전투에서 활약했다)다. 그들은 나폴레옹 주도하에 철광 및 염전을 개량하고 제반 안건을 협의했다. 뽕나무 재배는 어떨까? 리용의 견직물업자는 자금 결제를 잘해주지만, 우리 상품에 관세가 부과된다면 이탈리아에 파는 건 어떤가?

아무튼 절약하자. 우리는 대단한 재산도 없고 프랑스는 약속한 연금을 보낼 기미를 보이지 않는다. 황제의 거처도 아작시오의 본가보다 훨씬 비좁고 썰렁하지만 건축비가 없다. 대원수 베르트랑이 침대용 매트리스나 시트의 리스트를 보이자 군주가 잘못을 지적한다. 군주는 소지품을 정확하게 파악하고 있었던 것이다.

황제가 이런 빈약한 섬이나 군대를 다스리다니 우습다고 생각하는 일은 없다. 그에게 의욕을 불러일으키는 것은 사업의 규모가 아니다. 망명 초기 엘바섬에서 몸과 마음이 건강했던 나폴레옹이 이 사실을 증명했다. 인간을 조직하고 교화하고 가르친다. 이것이 그의 예술가로서의 본능을 부추긴다. 그러나 소재는 찰흙이 아니다. 가변성이 풍부하고 다루기 어려운 인간이라는 존재라서 작품을 완성시키려면 그들을 강제하여 정복하는 수밖에 없었다. 엘바섬에서 정책을 실시하는 데 있어서도 적당히 임하는 일은 없었다. 왕년의 거대 제국과 마찬가지로 빈약한 섬을 진지하게 통치해 나갔다. 그러나 토대 만들기를 마치자 할 일이 없어졌다. 수학 연구를 시도해보기도 했으나 무료함을 떨칠 수 없었다. 그러는 중에 자신의 경우를 새로운 시점에서 고찰하기 시작한 그는 이런 소감을 적었다.

"자기의 가능성을 믿으면, 사색에 몰입하는 생활에 익숙해지는 것이 어렵지 않다. 충분히 일을 하고 집무실을 나왔을 때, 친위대 고참병의 모습을 보면 마음이 편안해진다. 전통 국왕이 왕위를 박탈당한다면 아마도 쓰라릴 것이다. 그들에게 허영이나 의례는 존재의 일부이기 때문이다. 나와 같이 항상 군인이고 우연히 군주가 된 자에게, 허영이나 의례는 무거운 짐이기만 했다. 전쟁이나 야영 생활이 내게는 훨씬 어울린다. 다만 군사를 잃은 것은 너무나 뼈아프다. 몇 벌의 군복이 나의 보물이고 나의 왕관이다. 수중에 남은 이 프랑스군 제복이 내게는 최고의 귀중품이다."

누가 이 말을 믿을 것인가? 머지않아 유럽은 이 문장에 이면이 있음을 알고, 그가 소인국에서 준수하고 있는 의례를 비웃는다. 그러나 이를 방문자에게 강하게 요구하는 것은 나폴레옹이 천성적으로 갖춘 왕자王者로서의 자부심이고, 그때까지도 출신에서 자기를 능가하는 자들에게 같은 것을 강제했다. 그래서 방문객들은 조소를 삼키고 감복하기조차 한다. 궁정도 장관도 없는 버려진 황제가 위대한 것이라곤 영광스러운 과거밖에 없는 거처에서 "폐하"라고 부르게 하는 기개에 감복한다.

이탈리아 땅으로 돌아왔다는 사실이 그의 마음에 평온을 가져왔다. 농민들은 모국어로 응답하고, 그를 키운 해안가나 눈에 익은 경치가 소년 시절을 떠올리게 한다. 여기에는 무화과와 암벽, 포도밭, 평평한 지붕의 하얀 집들, 바다에 떠 있는 범선이 있고 항구에는 어망이 널려 있다. 주민들에겐 이탈리아인 특유인 자부심이 있고 여자들은 일요일이 되면 삼각건을 쓰고 교회로 간다. 모든 것이 어린 시절의 추억으로 그를 이끌어 피곤한 신경을 달래 준다. 기력을 회복한 황제는 태어난 고향으로의 여행이 꿈처럼 멋진 일로 여겨진다. 코르시카에서 엘바에 이르는 사이에 일어난 일을 상기시키는 것은 친위대의 모습뿐이다.

"황제는 이곳에 만족하시는지 과거의 일 같은 것은 잊으신 듯하다. 현재 별장을 지으려고 부지를 물색 중이시다. 말을 달리거나, 마차로 출타하거나, 범선으로 바다에 나가는 일도 흔히 있다"라고 측근이 보고하고 있다.

시간은 많았지만 절약해야 했기에 황제는 사소한 것까지 유의해야 했다. 황제가 베르트랑 앞으로 쓴 글이다.

"리넨은 한심한 상태다. 일부가 정리되지 않은 채 짐짝 안에 그대로 있다. 리넨을 옷장에 수납하고, 누구든 수령서 없이 물품을 황제의 거처에서 반출하는 일이 없도록 하라. 황제의 거처에 의자가 부족하다. 그러나 하나에 5프랑 하는 의자는 주문을 취소하라. 피사에서 제조된 의자 중에 앉았을 때 가장 편안한 것을 선택해야 한다.”

유럽은 이글을 보고 그의 처지에 놀라는 동시에 깨끗한 달관에 찬탄했다. 하지만 어느 저녁, 섬이 내려다보이는 산에 서서 흘린 황제의 한숨 소리를 측근은 놓치지 않았다.

“젠장, 정말 작은 섬이군!”

19세기의 민주적인 분위기 속에서, 전 유럽을 숨 막힐 듯 답답하게 느꼈던 남자의 원통한 심정이 가슴 아프다.

8월 초 어머니가 도착했다. 지금 그녀는 행복하다. 아들은 이제 테러에도 전쟁 위험에도 노출되어 있지 않기 때문이다. 여기서는 만사가 평온하다. 기후도 좋아 마치 코르시카에 있는 것 같다. 황제와의 생활은 과거의 좋은 시절을 방불케 한다. 그녀의 방문은 아들에게도 요행이었다. 오랫동안 저축한 돈을 가져와 주었기 때문에⋯. 그녀가 돈을 건넸을 때, 두 사람은 함께 웃음을 띠었을 것이다. 곧이어 어머니는 시골 분위기 물씬한 연회를 열어 아들의 생일을 축하한다.

레티치아는 파리에서 열린 성聖 나폴레옹 축제에 열 번 정도 참석했다. 황제의 탄생을 축하하는 날은 튈르리궁에서 거행되는 미사에 고관들과 원로원 의원, 각국 외교관이 열석하고 저녁에는 파리의 상류인사가 불이 밝혀진 살롱으로 몰려들었다. 여름의 밤하늘에 작열하는 불꽃놀이나 무수한 램프로 만들어진 N 글자를 귀족이 된 아이드에게 둘러싸여 창가에서 바라보면서도 레티치아의 마음은 늘 불안했다. 하지만 지금은 행복하다. 소박하고 쾌활한 이곳의 연회는 고향 아작시오를 추억하게 한다. 이때 그녀는 생각하지 않았을까? 일족이 걸어온 길이 꼭 잘못된 것만은 아니다!

황제의 퇴위 후 로마에 체류하던 그녀는 퇴위에 덧붙여 생긴 갖가지 문제를 해결하는 동시에 교황의 용서도 얻었다. 로마로 귀환한 교황이 원수의 어머니를 용서한 것이다. 이전부터 모든 것을 예감하고 있던 그녀는 어떤 일에도 동요하지 않는다. 고관뿐만 아니라 그녀의 비서관인 코르시카인 청년이 부르봉과 내통했을 때도 태연했다. 그러나 딸 카롤린만은 만나려 하지 않았다. 허망한 왕관보다 진짜 다이아몬드나 사랑 가득한 저녁을 선택하는 건실함을 가진 폴린은 의기양양하게 엘바섬에 상륙했다. 자매 중에서도 가장 명랑하고 붙임성 있는 보르게세 대공비는 갖가지 일화나 소문을 재미있게 얘기해서 오빠의 마음을 위로해 주었다.

형제들로부터의 소식은 거의 없었는데, 어느 날 뤼시앵에게서 한 통의 편지가 도착했다. 그는 무엇을 바라고 있는가? 지금은 로마에서 왕후 귀족과 같은 호화로운 생활을 하고 있는 뤼시앵이다. 황제에게 아낌없이 원조하려는 걸까? 교황의 주선으로 카니노 대공이 된 그는 제철소를 소유하고 있고, 엘바섬에는 고로高爐에 공급할 수 있는 철광산이 있다. 왕관도 황금도 거절한 뤼시앵이지만, 황제가 소유한 철은 탐이 난 듯하다.

조제핀이 말메종에서 죽었다. 나폴레옹이 출발한 지 수주 후인 5월 29일의 일이다. 그동안 그녀가 편지를 썼는지는 불분명하지만, 그의 명의로 3백만 프랑의 부채를 남긴 것은 확실하다. 루이와 헤어져 여 공작이 된 오르탕스가 부르봉 일족을 예방했다. 루이 18세에 의해, 그녀는 공작으로 서품되어 연금을 약속받았다. 한때 레티치아가 로마에서 돌봤던 어린 레옹은 아버지를 닮아 여간 개구쟁이가 아니다.

어느 여름날 영국 선박이 젊은 귀부인을 태우고 항구에 도착했다. 퐁텐블로에서 알현을 시도했으나 이루지 못한 여인이다.

나폴레옹은 발레프스카 백작 부인을 밤나무 숲에 있는 막사로 맞이하여 2주간을 함께 지냈다. 폴란드 민속 의상을 입은 네 살 아들은 들판에서 친위대 병사들과 놀고 있었다. 황제는 애인을 그대로 잡아두고 싶었지만, 아내가 올지도 모른다는 희망을 버리지 못해 자제했다. 문제가 될 구실은 한 조각도 만들고 싶지 않았기 때문이다. 이러한 환상 때문에 행복을 망친 것이 이것으로 두 번째다. 백작 부인이 출발한 후 맹렬한 폭풍우가 몰아쳐서, 그녀가 리보르노에 도착했다는 통지를 받기까지 황제의 걱정은 보통이 아니었다.

마흔다섯 살 마술사 주위에는 만사가 동화처럼 전개되고 있었다. 엘바섬 군주는 쉰브룬 성에서의 석별 이후 재회하지 않았던 연인을 맞이했다. 그러나 재회를 이루기까지 왕은 그 성에서 오스트리아의 황녀를 아내로 맞으려고 계획했다. 지금 아들—쇤브룬에서의 사랑의 열매로 폴란드의 쓸쓸한 성에서 태어난 아들—은 남유럽의 나무 그늘에서 황제의 친위대 병사들과 놀고 있다. 예전에 황제가 자유를 약속한 폴란드의 옷을 입고 있다. 지난 5년 동안 1세기 분량의 사건이 일어났다. 나폴레옹의 발자국을 더듬어가면 가공의 전설을 풀어가는 듯한 착각을 일으킨다.

"옛날에 어느 위대한 황제가 섬에 유배되어 모두에게 버림받았습니다. 그런데 아름답고 우수에 찬 이국 아가씨가 황제의 아들을 데리고 바다를 건너왔고…."

사실 황제는 처자에게 버림받고 있었다. 이것은 부르주아적 또는 보수적인 심성의 소유자인 그에게, 권력의 몰락 이상은 아니라 해도 적어도 같은 정도의 아픔임에 틀림없다. 프랑스를 남하하면서 역참마다 마리 루이즈에게 편지를 썼고, 섬에 도착하자 그녀를 위한 거처를 마련하기 위해 손수 설계도까지 그렸다. 우편물이 거의 도착하지 않는 것을 보면 편지가 모두 몰수되고 있을지 모른다고 생각한 그는 아내의 숙부인 토스카나 대공(프란츠 2세의 동생 요한)에게 전언을 의뢰하기도 했다.

"많은 사람의 마음을 변하게 한 일련의 사건에도 불구하고 전하가 나에게 다소나마 우정이 남아 있으실 것으로 생각하여, 이 소국에 조금이나마 후정을 내리시기를…."

주민 2만도 안 되는 소국을 통치하는 왕이 절대적 영향력을 가진 대공에게 이런 서찰을 쓴 것이다. 하지만, 대공은 답장을 보내지 않았다. 분개한 나폴레옹은 군주들을 향해 왕년의 분노를 다시 한 번 내뿜었다.

"내게 정중히 대사를 파견하고 자기 딸을 내 품에 안겨주고 나를 '형제'라고 부르던 주제에 지금 와서는 '찬탈자'라고 부른다."

3월 말의 대혼란의 날, 세 살이 된 아들이 아버지의 궁전을 떠나며 힘껏 저항한 일, 그리고 처음 만난 외조부에 대해서 "오스트리아의 황제를 만났지만 그분은 아름답지 않다"라고 순진하게 발언한 것을 전해 듣고 그는 어떤 생각을 했을까. 이번 일로 가장 두려워한 것은 아들이 비운을 당하는 것이었다. 더구나 아이가 아무리 아버지를 좋아하더라도 아버지 이야기는 금지되고 있다는 것이다. 세계 2대 대국의 통일을 상징하는 이름이 부여된 '나폴레옹 프랑소와'이지만 합스부르크 궁정에서는 '프란츠'로만 불리게 된다. 황후 마리 루이즈의 비서관을 하고 있던 므네발이 휴가를 얻으려고 찾아갔을 때, 소년은 그를 구석으로 끌고 가서 작은 목소리로 말했다고 한다. "저기, 아버님에게 전해 줘요. 나는 언제나 아버님을 사랑하고 있다고요."

황제는 나이페르크(1775~1829, 마리 루이즈의 시종장이 되어 1822년 비밀리에 그녀와 결혼했다)를 어떻게 생각하고 있었을까? 나폴레옹의 아내인 합스부르크 황녀의 총애를 받아, 그것만으로 역사에 이름을 남기게 되는 오스트리아의 장교를?

폴린이 나타난 것은 그런 때였다. 여전히 명랑하고 매력적인 그녀는 섬의 주민들이 놀라 자빠지는 흉내로 황제의 웃음을 끌어 냈다. 거리에서 황제가 "아이는 몇 명이나 있는가, 병원을 세우는 게 좋겠는가"라고 물었을 때 재봉사나 구두 수선공 등의 표정을 재현해 보이는 것이었다. 황제의 거처에는 이탈리아에서 오는 방문객도 늘어나고 역사가, 시인, 귀족 게다가 영국인까지 접견이 허락되고 있었다. 황제는 그들을 상대로 몇 시간이고 이야기에 빠지지만, 화제는 과거의 일에 한정되고 미래를 논하는 일은 없었다. 이탈리아인들이 낡아빠진 오스트리아의 통치하에 다시 놓였다고 한탄하는 것을 어떤 만족감을 가지고 받아들이기는 하나, 이탈리아에서 반란군의 선봉을 맡아달라는 패거리는 당장 내쫓아 버렸다. 황제의 뇌리에는 다른 나라의 연안이 그려져 있어서, 이윽고 이 상념이 실현 가능한 계획으로 형태를 이루어 갔다.

"파리는 뭐라고 하는가?"

이것은 항시 그에게 붙어 다니는 걱정이다. 주 2회 도착하는 신문·잡지의 보도와 방문자가 가져오는 정보를 통해 그는 새로운 가능성이 열리고 있음을 깨닫는다. 그러나 이번에도 미리 계획을 세우지는 않았다. 이 섬에서 다시 나가게 될 것인지도 정해져 있지 않았기 때문이다. 다만 모스크바 원정 이래 본래의 모험가로 돌아가 있던 그의 입버릇은 "살아 있는 병졸이 죽은 황제보다 낫다"라는 얘기였다. 시국의 변화에 따라서 그는 계획의 큰 줄기를 세우고 수정·보완했다. 모든 것이 파리와 비엔나에 달렸다.

　파리는 어떻게 부르봉 일족을 맞이했는가? 황제가 프랑스에서 출항한 후 곧 그들이 입성했다(1814. 5. 3). 나폴레옹 정부의 검열에 의해 신문들의 함구령이 시행되는 시기이므로 기사의 내용은 정확하지 않았지만, 분위기는 섬에 있는 황제에게도 전해졌다. 작은 마차에 동승한 왕족 4명의 진기한 도착 모습이 파리 시민의 조소를 샀다고 했다. 뚱뚱한 국왕은 커다란 어깨 장식이 달린 옷깃에 3중턱을 얹고 미소를 짓는다. 곁에는 고상하고 어색해하는 듯한 여인이 있다. 앙굴렘 공작부인(1778~1851, 루이 16세와 마리 앙투아네트의 딸, 루이드부르봉 공작의 부인이다)의 눈동자는 예전의 추억으로 젖어 있다. 맞은편에는 고령인 콩데 대공(1736~1818, 망명 귀족이 되어 혁명군에 저항한 앙기앵 공작의 조부이다)과 앙시앵레짐 시기의 군복을 착용한 루이 드 부르봉 공작(1775~1844, 루이 18세의 동생 아르트와 백작[샤를 10세]의 장남)이 있다. 저승 문턱까지 갔다가 돌아온 것 같은 몰골의 승객과 마차는 나폴레옹 황제 친위대의 호위를 받고 있었다. 친위대는 낡은 군복을 걸치고 시무룩한 표정이다. 이 군복이야말로 과거 22년—부르봉 일족의 프랑스 탈출에서 귀환에 이르는 세월— 동안 펼쳐진 허다한 전투의 상징으로 처절함을 보여주는 것이다.

　자신을 대신해 통치자가 된 자의 소식을 구하는 황제는 후계자가 튈르리의 자기 거실로 이사 온 것에 만족감을 느꼈다. 게다가 새로운 국왕은 별로 변변치 못한 남자인 듯하다. 어느 독일인의 보고다.

"새로운 국왕은 제대로 보행도 못 할 만큼 비만형이다. 검은 벨 벳 구두를 신고 양쪽에서 부축을 받고 걸어간다. 한 가닥 지푸라 기에도 걸려 넘어질 우려가 있기 때문이다. 빨간 깃과 금빛 어깨 장식이 달린 청색 잠옷 같은 옷을 입고 있었다."

이 기사를 보고 황제는 배를 쥐고 웃었다. 거의 10년 동안 풍자 만화나 영국 신문은 나폴레옹을 멋이 없는 시골뜨기로 묘사하고 있었다. 그러나 영국에 의해 왕위에 오른 세습 군주의 꼴사나움을 보라!

민심을 장악하기 위해 신 국왕은 흠정헌법欽定憲法을 제정했다 (1814. 6. 4). 하지만 사람들은 곧 대단한 연구로 제정된 신헌법이 탁상공론임을 알아차린다. 이렇게 해서 왕년의 불평등과 그로 인 해 형 루이 16세가 참수된, 계급에 부수되는 모든 특권이 재등장 한다. 귀족은 병역이 면제되고 앞으로 평민이 고위직에 오르는 일 은 없을 것이다. 구 귀족은 제국 귀족을 비웃는다. 천성적으로 양 심적인 인물인 노국왕은 우둔한 아우 아르트와 백작에게 통치를 맡겨 버렸다. 재산 반환을 요구하며 왕의 동생 주위에 떼 지어 있 던 복수심 강한 망명 귀족들이 이제 대귀족으로 임명되었고, 국왕 은 그들에게 예외 없이 방대한 연금을 지급했다.

뭐라고? 성직자도 모든 권리를 되찾았다고? 이제 성직자는 귀족의 의도에 따라 행동하고 있다. 즉, 임종을 앞둔 사람들을 찾아내 지옥으로 떨어진다고 위협하여 상속자로부터 소유권을 빼앗는 짓을 저지른다. 신헌법에서도 예배의 자유는 보장되어 있으나, 사람들은 천벌을 두려워하여 일요일에는 빠짐없이 교회로 가서 구석에 몸을 웅크리게 되었다. 기도 행진도 부활하여 갖가지 행렬이 시가를 누빈다. 그러는 사이에 동성애자로 살아온 인기 여배우가 사망하자, 교회는 기독교도로서 매장하지 못하게 했다. 이것을 계기로 민중이 봉기했다. 왕정이 복구된 후 최초의 봉기였다.

국민은 이제서야 자신들이 이방인 해방자에게 얼마나 많은 은혜를 입고 있었는지 깨닫는다. 유형지流刑地에서 이방인 해방자는 한 컷의 풍자화를 들여다본다. 코사크 병사에 의해 말 궁둥이에 태워진 루이 18세가 프랑스인 시체 위를 질주하고 있는 것이었다. 스페인 전쟁의 승리자로서 현 파리 주재 영국대사로 있는 웰링턴은 시민들의 성난 눈길을 받고 있다. 그런데 새로운 정부는 휴직당한 수천의 군사에게 어떤 조치를 강구하고 있는가? 사관급에겐 현역 시절의 절반에 해당하는 급료를 지급하고 있으나, 착실한 가톨릭교도가 아닌 자는 해고되었다. 한편 귀족으로 구성된 신 국왕 친위대는 대대적인 국고 보조를 받아 사관학교의 문호가 다시 귀족에게 열리게 되었다. 레종도뇌르 수상자의 유족을 위한 교육기관은 폐지되었다. 실망감은 황제가 예상한 것보다 훨씬 빠르게 프랑스 전역에 퍼졌다.

하지만 엘바섬 주민이 된 나폴레옹은 이제 자코뱅파가 아니다. 나폴레옹은 자신의 실수는 인정하지만, 자신이 확립한 체계를 포기하지 않는다.

"프랑스에는 귀족제가 필요하다. 그러나 이것은 하루아침에 이루어지는 것이 아니고 시간과 전통이 필요하다. 나는 대공이나 공작의 지위를 만들어 그 지위에 오른 자에게 토지나 재산을 주었다. 그러나 그들을 진짜 귀족으로는 만들지 못했다. 그래서 명문가와의 혼인으로 구 귀족과 제국 귀족을 통합시키려고 했다. 나는 프랑스를 위대하게 하려면 20년이 필요하다고 말해 왔다. 20년의 유예 기간이 주어진다면 위업을 성취했을 것이다. 하지만 운명은 다른 결정을 내렸다."

체스 게임을 하는 자가 대국 후에 복기하듯, 그는 자기를 파국으로 몰아넣은 패착을 태연히 밝힌다. 그것도 상대를 가리지 않고! 영국인들 앞에서 드레스덴의 화평조약에는 조인해야 했다고 고백했을 때, 샤티용 조약은 왜 거절했는지 질문받았다. 그는 자못 자랑스럽게 대답했다.

"프랑스에게 불명예스러운 평화를 만들 수는 없었다. 내가 권좌에 올랐을 때 벨기에는 프랑스의 일부였다. 내가 정복했던 땅들을 양도하고 부르봉 시절의 국경으로 돌아갈 수 있을까? 절대로 그렇게는 할 수 없다! … 나는 타고난 군인이다. 혁명이 한창일 때

나는 왕좌가 비어 있는 것을 발견했다. 나는 그것을 내 것으로 했고, 가능한 한 오래 유지했다. 이제 나는 본래의 일개 군인으로 돌아와 있다. 고난을 앞에 두고 두려워하는 것은 겁쟁이뿐이다."

나폴레옹을 잘 아는 자는 이 발언을 접하고 그가 본래의 자기를 되찾았다고 생각했다. 과거 이야기할 때의 놀라운 솔직함을 여기서 다시 발견할 수 있었던 것이다. 엘바섬 시절, 그가 지어낸 이야기로 세계를 속이려 한 적은 없다. 오히려 자신의 정치적,군사적 생명은 끊어진 것으로 생각하고 쿠데타를 일으키는 것은 생각도 하지 않았다. 영국에서 치안판사가 될 가능성마저 검토했으니까.

"내가 영국으로 가면 사람들은 어떤 식으로 나올까? 돌로 쳐서 죽일 것인가? 런던의 민중은 과격하다."

그의 속마음을 들은 영국인들은 자신 있게 보증했다. '황제를 가장 순수하게 환영하는 것은 영국 민중'이라고. 후년 나폴레옹은 이 말을 추억하게 된다.

이런 완전한 활동 정지 상태에서 황제를 끌어낸 것은 비엔나회의(1814년 9월에서 1815년 6월까지 열렸다). 거기서는 4개 군주국이 1개 공화국과 대치하고 있었다. 동맹한 4국이 10년의 노력 끝에 간신히 쓰러뜨린 공화국의 처리를 논의한 것이다. 왕정복고를 한 프랑스 국왕을 포함한 다섯 군주가 유럽을 재조직하려고 집합해 있지만, 타고난 질투심으로 인해 내일이라도 사분오열될 것이 너무나 뻔하다. 그들을 위협하는 공통의 적이 사라졌기 때문이다. 뭐라고? 짜르가 폴란드를, 프로이센이 작센을 탐내고 있다고? 하지만 그렇게 되면 가리시아는 어떻게 되는가? 부르봉의 동맹인 사람 좋은 작센 국왕은 어찌 되는가? 해가 바뀌어 회의가 시작되고 3개월여 지난 시점에서 제8차 대프랑스 동맹은 해체되었다. 승리를 축하하러 모인 전제 군주 및 장관들은 연회가 거듭되면서 본심을 노출하기 시작했다. 1815년 1월 3일 드디어 합스부르크가가 어제까지 어깨를 나란히 했던 러시아, 프로이센에 대항하여, 영국 및 프랑스와 동맹을 맺기에 이른다.

프라이헤르 폰 슈타인은 "메테르니히의 경망, 태만, 허영, 음모에 의해 모든 결의가 관장되고 유덕한 군주들은 그의 뜻을 따른다"라고 기술했고, 작센의 어느 귀족은 비엔나에서 이렇게 써 보냈다. "프로이센 국왕은 분노한 표정이고… 덴마크 국왕은 때로는 상냥하게 때로는 매우 분별 있게 행동하고…, 바바리아 국왕은 마부처럼 조잡하다. 꺽다리에 우둔한 바덴 대공은 사고력이 모자라지만 아주 활기차다. 바이마르 공은 여전히 명랑하게 노년의 나날을 즐기고 있다."

비엔나에서의 일련의 사건을 엘바섬에서 지켜보고 있던 나폴레옹의 마음에 희망이 살아난다. 교섭이 결렬되었을 때가 기회다. 마레가 충실하게 역할을 다해 준 덕분에 황제는 비엔나에서 일어나고 있는 일을 차례로 파악하고 있었다. 한편 성대한 연회와 음모로 날이 가는 회의의 와중에서도 탈레랑은 항시 나폴레옹의 동향을 우려하여, 부하를 시켜 리보르노 항에서 엘바섬으로 가는 선박을 감시하고 있었다.

이렇게 해서 두 숙적은 바다, 산, 외교관들의 머리 너머로 서로 감시하고 탐색하고 있었다. 이외의 사람들은 두 거물의 대결을 보조하는 조연처럼 보였다. 브뤼메르 18일의 전야, 창밖의 말발굽 소리에 귀를 기울이면서 '체포되는 것은 아닐까' 하고 서로 불안해 했던 일을 그들은 기억하고 있을까?

확실한 것은 비엔나 회의 동안, 탈레랑은 통찰력을 완벽하게 유지하고 있었다는 것이다. 그래서 대륙에서 500해리 떨어진 아조레스 제도(포르투갈 북방에 위치한 군도)에 위험인물을 격리시키자고 제언했던 것이다. 그가 이 안을 보류한 것은 오로지 금전욕 때문이었다. 역시 빈틈 없는 뮈라가 나폴리 왕국을 유지하기 위해서 속령인 베네벤토 공국(이탈리아 남부 캄파니아주 북부)을 유리한 조건으로 그에게 매각하기로 약속했던 것이다. 달콤한 말에 솔깃해진 탈레랑은 아조레스 제도 건을 보류해 두었던 것이다. 그 후 다른 시도를 검토하지만, 황제를 납치하자는 안은 리보르노 밀정들의 반대로 거부되었다. 적어도 나폴레옹이 소유한 전함 4척 중의 1척을 빼앗아 함장을 자기편으로 끌어들이지 않는 한 절대로 불가능하다는 것이 그들의 주장이었다.

이런 기도企圖를 전해 듣는 것만으로도, 몸 안에 면면히 흐르는 코르시카 용병대장의 피를 끓게 하기에 충분했다. 나폴레옹은 대포의 재정비와 발포 훈련의 재개를 명한다.

"군인인 이상 총살되는 것은 어쩔 수 없다. 그러나 납치당하고 싶지는 않다. 올 테면 와라, 먼저 나의 성채로 돌격하라."

나폴레옹의 성채에 돌격하려는 자가 있을 리 없다. 어쨌든 비엔나에서는 타협점을 찾아낸 듯했다. 당장 돌발적인 결렬은 없을 듯하다. 그러나 프랑스 국내에서는 불만이 증대하여, 상황은 황제에게 조급한 결단을 재촉하는 방향으로 움직이고 있었다.

"모든 조약이 체결되어 출석자 전원이 해산하는 것을 기다리고 있다면, 우리는 반석 같은 왕당파 군단을 상대하게 된다. 하지만 아직 적군의 방향은 정해지지 않았다. 교묘하게 습격하면 일거에 전복시킬 수 있을 것이다. 프랑스는 부르봉 왕가에 불만이 팽배하다. 파리는 그들을 조소하고 그들을 보호하는 열강 동맹 자체를 혐오한다. 프랑스군은 내 편이다. 그 징후는 산더미처럼 있다. 부르봉 일족은 겁쟁이만 모여 있으니 달아날 것이 틀림없다. 다시 권력을 회복하면 아들도 돌아와 줄 것이다."

이때만큼 나폴레옹이 냉정하게 계산한 적은 없다. 정확하고 실익이 수반되는 계획. 그런데 모든 희망을 심리적 요소에 맡기고 그 위에 구축한 계획이다. 즉 그의 계획은 상대의 심리적 동요를 예견하고 이를 토대로 세워진 것이다.

"나는 대담하고 의표를 찌르는 공격으로 적군이 놀라 냉정을 잃은 행동을 할 것이라고 예견한다. 프랑스가 불행해진 원인이 내게 있는 이상, 내겐 이를 속죄할 의무가 있다."

1815년 2월 말, 재무관에게 물었다.

"돈은 충분한가? 금화 100만 프랑의 무게는? 10만 프랑으로는? 트렁크 1개분의 책 무게는? 알았다! 트렁크를 준비하여 금화를 채워 넣고 그 위에 서가에 있는 책을 얹어라. 책은 마르샹 (1791~1876, 나폴레옹의 하인으로 엘바와 세인트헬레나까지 수행했다)에게 보내고 하인은 전원 해고하라. 다른 말은 일절 금지하라."

깜짝 놀란 재무관은 드루오 장군에게 달려가서 눈짓만 교환하고 서로 아무 말도 없었다. 다음날 모든 선박에 출항 금지령이 내려졌다. 황제는 완벽하게 준비를 마쳤다. 마치 이집트 원정의 축소판 같다.

출항 전날 저녁, 평소처럼 부인들과 에카르테(카드게임)를 하고 있던 그는 정원으로 나간 채 돌아오지 않았다. 무화과나무 아래에서 그를 발견한 어머니에게 황제는 잠시 주저하다가 이렇게 고한다. 그녀의 이마에 손을 대고서.

"어머니께는 말씀드려야겠군요. 그렇지만 지금 드리는 말씀은 입 밖으로 내지 마세요. 폴린에게도…."

베르티에에게 말할 때처럼 엄한 말투였다.

"저는 떠납니다."

"어디로?"

"파리로요. 어머니의 의견을 말씀해 주세요."

그녀에겐 심장이 멎을 것 같은 충격이었다. 반년 동안 모든 것이 즐거웠다. 아들이 옆에 있었고 그는 평온하게 생활했다. 지금 그녀 행복의 전부가 소멸하려 한다. 그러나 총명한 레티치아는 그 누구도 그를 붙잡을 수 없으며 자신의 탄식은 그의 각오를 방해할 뿐이라는 사실을 깨닫는다.

"그대의 어머니라는 것을 잊고 말하겠다! 하늘은 그대가 검을 손에 들고 죽는 것만을 허락하실 테니까. 독약을 마시고 죽는 것도 조용히 천수를 다하는 것도 하늘의 뜻이 아닐 것이다. 수많은 싸움에서 내내 그대를 지켜주신 하느님이 다시 지켜주시기를 빌겠다!"

이날 밤, 소집된 섬의 유력인사들 앞에서 군주는 호소했다.

"나는 떠난다. 주민 여러분의 일하는 태도에는 더없이 만족하고 있다. 그래서 이 나라의 방위를 주민 여러분에게 맡기는 것이다. 내가 그 능력을 최대한으로 평가하고 있다. 그 증명으로 어머니와 누이동생을 남기고 간다. 이는 여러분에 대한 신뢰를 나타내는 것이다."

시장 등이 유감을 표했고, 다음은 마치 아름다운 섬에서 쾌적한 휴가를 수개월 지낸 다음 작별을 고하는 손님을 대하듯이 진행되었다. 다음날인 2월 26일 새벽, 1천여 명의 군사와 수문의 대포를 실은 7척의 소형 프리깃함이 외해로 나왔다. 프랑스 연안으로 향하는 배의 갑판에 자리해 하늘에 우뚝 능선을 그리는 엘바섬을 바라보는 나폴레옹. 저편으로는 코르시카섬이 보인다. 옛날 수많은 장애를 극복하고 비상飛翔했던 조국…. 3월의 아침 안개 속에 니스와 칸이 모습을 드러냈을 때 황제는 자문했다.

"최악의 사태라면 무엇일까? 패배와 죽음이다. 최선의 전개는? 유럽의 통일? 아니다. 유럽합중국의 꿈은 무너졌다. 이 꿈을 돌이키려고 다시 100만의 프랑스인을 희생시켜서는 안 된다. 무엇보다 프랑스 국민은 그런 마음의 준비가 되지 않았다. 프랑스에 헌법을 부여하여 양원과 협상해야 한다. 이미 전제 군주의 시대는 지나갔다. 우리는 아직 파리에 도착한 것도 아니다. 국왕군은 어떤 행동으로 나올 것인가?"

이렇게 45세의 남자는 낯익은 해변에 발을 디디려 하고 있다. 빛나는 과거를 짊어지고 있으나 앞길은 막막하다. 새로 달려드는 폭풍우에 감연히 맞서기에는 나이가 들었고 모험을 체념하기엔 아직 젊은 남자. 마음속에 용기와 체념을 간직하고 있는 남자다.

XVI

산과 계곡에 울려 퍼지는 열광적인 환호! 3월 1일, 칸 항구에 상륙한 1천 명의 황제군은 산촌을 북상하면서 점점 부풀어 올라 열광하는 군중이 친위대를 둘러쌌다. 하지만 역사에 기록된 수많은 전투를 겪은 병사들은 얼굴색도 변하지 않고 그 가운데를 지나갔다.

옛날 산山사람들은 친위대에 섞여 젊은 장군이 오는 것을 보았다. 약탈행위를 거듭하는 병사들을 알프스 너머로 데려가서 피해를 막아준 것은 이름도 들은 적 없는, 작은 몸집에 비쩍 마른 장군이었다. 그때 기적의 증인인 농부들은 이후 황제를 동료로 간주했고, 황제는 자신들의 계급에서 몸을 일으켰다고 주장해 왔다. 지금 다시 그 장군과 친위대가 왔다. 그들의 눈에는 예언자나 해방자로 보이는 장군과 친위대가! 씩씩한 농부가 속속 하산하고 뒤이어 처자가 따랐다. 반反 국왕을 표방하는 노래를 즉흥적으로 부르고, 통과하는 소도시에서는 시장市長들에게 황제께 인사 올리라고 촉구했다. 50류(약 200㎞)의 여정에서 나폴레옹이 만난 것은 농부들뿐이었다.

모든 것이 예정된 행동이었다. 무슨 일이 있어도 왕당파의 거점인 엑스, 아비뇽, 프로방스는 두 번 다시 통과하지 않으리라. 비록 눈길에 대포를 방치하는 일이 있어도 일찌감치 드피네 지방에 당도하는 편이 낫다고 생각했다. 드피네 지방의 산악민이 소유한 토지의 태반은 이전에 귀족들이 소유하던 국유지다. 그들 농부가 국왕이나 사제, 망명 귀족에 대해 심한 분노를 가지는 것은 당연하다. 왕당파 패거리가 농부들이 25년 동안이나 소유하고 경작해

온 땅을 빼앗으려 하고 있기 때문이다. 혁명은 빈민을 위해서 국민의 손으로 이루어지지 않았는가? 제1통령은 그들로부터 아무 것도 압수하지 않았으며, 황제는 그들의 아들을 요구했을 뿐이다. 따라서 사고력이 둔한 산악 주민은 나폴레옹을 자기들 편이라고 여기고 있는 것이다.

15년 전, 이집트에서 귀환한 나폴레옹을 맞이한 것도 같은 심정에서였다. 그때는 남프랑스 전체가 해방자로서 그를 환영했다. 그런데 이번에도 이런 환호를 받다니! 10개월 전에는 그토록 매도당한 남자가! 그동안에 무슨 일이 일어났는가? 10개월 전 황제는 다른 지방을 통과했다. 자신들을 불행에 빠뜨린 원흉을 찾아내려고 기를 쓰는 지역을 통과한 것이다. 제국이 어이없이 붕괴한 것처럼 나폴레옹에 대한 국민의 증오도 어이없이 사라졌다. 황제에 대한 신뢰감은 명성과 같이 영구히 계속되어야 하는 것이었다.

지금부터 만나는 병사들은 어떤 행동을 할 것인가? 나폴레옹도 처음엔 나라를 위해서, 즉 국왕에게 봉사하려고 입대했다. 따라서 군대는 국왕이 지급하는 빵을 먹었다. 당시 동료였던 구체제 귀족 장교들은 국왕군의 병사들에게 나폴레옹에 관한 중상을 하고 있을 것이 틀림없다. 앞으로의 성패가 자기의 개인적 영향력에 달려 있다는 것을 나폴레옹은 알고 있었다. 칸을 출발할 때 왼편에 있는 앙티브 항을 보았다. 로베스피에르가 실각 후에 갇혔던 격자 탑도 보았다. 그 눈길과 웅변으로 인망을 얻어 내일이라도 승리를 거머쥐지 않는 한, 부르봉 일족의 손에 체포되어 탑 속에 갇힌 후 유럽 열강의 손에 처형될 것이다.

그르노블 근교인 라뮈르에서 드디어 일행은 일전을 벌이려고 다가오는 국왕군과 만났다. 황제에게 충성을 맹세했던 것처럼 지금은 국왕에게 충성을 맹세하는 장교들이 공격 명령을 내렸다. 이 것이 내전의 발발을 의미하는가? 지금까지 내전만은 피해 왔는 데, 여기가 싸움터가 될 것인가? 나폴레옹은 말에서 내려 열 걸음 나아가더니 이렇게 호소했다.

"제5연대 병사 제군. 제군의 황제다! 나를 알아보겠지. 원한다 면 그대들의 황제를 죽여라!"

이렇게 말한 후 황제는 회색 군용 코트를 크게 벌렸다. 숨 막히 는 침묵. 모두가 마른침을 삼킨다. 이때 고함소리가 일어났다.

"저들은 모두 우리의 형제다! 저 사람은 우리의 장군이다! 도처 에서 저 사람을 보았다. 여기저기 싸움터에서, 야영지에서, 포화 속에서!"

지난 기억이 되살아난 병사들은 국왕과 나눈 새로운 서약을 잊 는다. 5연대가 "황제 만세!"라고 외치자, 이에 호응하듯 "황제 만 세!"하고 친위대가 외친다. 얼굴을 마주보는 장교들. "황제 만세!" 일대는 대소동이 일어나고 병사들은 샤코 모자를 총검으로 찔러 댔다. 1시간 후에는 2천의 군사가 대장 뒤를 따르고 있었다.

그르노블로 가는 도중에서의 이 만남은 결정적이었다. 다시 나폴레옹이 승리했다. 초로의 군인이 눈빛과 웅변만으로 다시 권력을 손에 넣은 것이다. 자, 그르노블로 가자! 얼마 후, 한 통의 성명문을 통해 그는 국민에게 의도를 전달했다.

"프랑스 국민 여러분! 파리 함락 후 내 마음은 찢어졌다. 하지만 혼은 미동도 하지 않고 있다. 나의 목숨은 여러분의 것이었으며, 아직도 충분히 여러분에게 도움이 될 터이다. 유배지에서 나는 여러분의 한탄에, 여러분의 소망에 귀를 기울이고 있었다. 여러분은 나의 긴 잠을 책망하며, 나의 휴식 때문에 조국의 커다란 이익을 희생시키고 있다고 비난하고 있었다. 나는 갖가지 위험을 무릅쓰고 바다를 건너 여러분에게로 당도했다. 나의 권리, 즉 여러분의 권리를 되찾기 위해서다. 병사 제군! 우리는 패한 것이 아니다. 우리와 같은 계급에서 나온 두 남자가 우리의 영광을 짓밟았다. 국민에 의해서 선출되어 황위에 올려진 제군의 장군이, 지금 제군이 있는 곳으로 돌아왔다. 오라, 이 장군에게로! 다시 잡아라, 독수리 문장 군기를. 울름, 아우스터리츠, 예나, 아일라우, 바그람, 프리틀란트, 에크뮐, 에슬링, 스몰렌스크, 모스크바강, 뤼첸, 몽미라유에서 제군이 쥐었던 독수리 군기를. 제군의 재산, 계급, 영광, 그리고 제군 자녀의 재산, 계급, 영광에 있어, 외국이 우리에게 떠맡긴 군주들보다 더 큰 적敵은 없다. 승리는 확고한 발걸음으로 전진하게 될 것이다. 3색으로 채색된 독수리가 종루鐘樓에서 종루로 비상할 것이다."

황제 만세! 그르노블 연대는 왕년의 독수리 군기와 함께 나폴레옹군으로 돌아섰고 나폴레옹은 7천의 병력과 함께 리옹으로 향했다. 리옹시도 나폴레옹 측에 가담했다. 국왕에 봉사하고 있던 마세나가 황제에게 봉사하기 위해 마르세유에서 달려왔다.

"네이는?" 황제의 물음에 곤혹스러워하며 대답이 없는 마세나.

"국왕에게 붙었는가."

이윽고 황제는 파리 군법회의에서 일어난 일련의 사건을 알게 되었다. 나폴레옹 귀환 소식에 뚱보 국왕도 신하들도 떨었다. 15년 동안 황제를 위해 거짓만을 늘어놓던 〈모니퇴르〉지는 지금 국왕을 위해 날조된 기사를 쓰고 나폴레옹은 죽었다고 보도했다. 대비책을 심의하던 중에 콩데 공이 들어왔다. 종제從弟인 국왕이 성목요일에 세족식(부활절 전의 목요일에는 그리스도가 최후의 만찬 때 사도들의 발을 씻은 것을 기념하여 세족식을 한다) 행사를 스스로 집행할지 확인하기 위해서였다. 국왕은 군대에게 내리는 성명문을 쓰는 중이었다. 그런데 누가 국왕의 군사 고문인가? 부르봉 군의 진짜 통솔자는 누구인가?

네이 원수다. 러시아에서 철군 중 원수의 소식을 알 수 없게 되자 죽은 것으로 알았던 나폴레옹은 "그만한 남자의 죽음을 돈으로 되돌릴 수 있다면 사재 300만 프랑을 내겠다!"라고 외쳤던 것이다. 그러나 지금은 국왕으로부터 절대 권력을 부여받는 네이가 지난날의 주군을 궤멸시킬 것을 서약한 것을 나폴레옹은 모른다. 그러나 거국적인 황제 찬가를 듣자 네이는 국왕에 등을 돌리고 휘하의 군과 함께 3색 모장帽章을 펼치며 브장송에서 황제에게 편지를 썼다. 재회하기 전에 서면으로라도 자기를 정당화하려던 것이다.

"나는 지금도 그 남자를 귀엽게 여기고 있다. 내일은 포옹하며 맞이할 것이라고 전하라." 나폴레옹은 답했다.

얼마나 교묘한가! 용서는 하되 지금 당장은 아니다. 이튿날까지 괴롭게 한다. 다음날 네이는 해명했다.

"저는 폐하를 따르고 있사옵니다. 하지만 무엇보다 먼저 조국이 있고 나서의 이야기입니다. 놈들을 추방하려고 폐하께서 오시지 않았더라면 우리 손으로 추방할 생각이었습니다."

이 남자는 얼마나 창백하고 얼마나 떨고 있는가. 황제는 스스로에게 질문했다.

아르트와 백작은 도망갔다. 그날 아침까지 백작에게 충성을 맹세하던 국왕군 친위대가 정오에는 황제에게로 돌아섰다. 이 행동에 불쾌감을 느낀 나폴레옹은 친위대를 신변에서 멀리하고, 반대로 파리를 떠난(1815. 3. 19일) 루이 18세를 버리지 않고 끝까지 안전한 장소로 이끈 남자를 불러서 손수 레종도뇌르 훈장을 달아주었다.

수도를 향해서 질주하는 병사의 대군이 불어남에 따라서 통과하는 도시의 고관이나 시민에게 호소하는 황제의 말은 온건해졌다.

"싸움은 끝났다. 평화와 자유에 행운 있으라. 혁명의 원칙을 지키고, 망명자를 보호하고, 유럽과 맺은 조약을 존중해야 한다. 프랑스는 싸우지 않고 영광을 다시 쟁취했다. 우리는 타국민을 지배하는 일 없이 가장 존경받는 국민이라는 것으로 만족해야 한다."

국민은 황제의 새로운 견해를 이해하고 있을까? 설령 이해한다 해도 황제가 본심으로 말하고 있다고 생각하는가? 나폴레옹은 이 점에 대해 우연히 만난 고관 앞에서 열변을 토한다.

"국민의 정신은 크게 바뀌었다. 이전에 그들은 명성을 얻는 것만 생각했으나 지금은 자유만 생각하고 있다. 나는 프랑스에 아낌없이 명성을 부여했다. 앞으로는 자유도 아낌없이 부여할 생각이다. 하지만 무정부주의는 안 된다. 무정부주의는 공화주의자의 독재를 초래할 것이다. 나는 통치하는 데 필요한 정도의 권력만 가질 생각이다."

제법 솔직한 발언이지만, 여기에는 동시대의 온갖 문제가 제기되고 있다. 황제는 국민이 요구하는 민주적 원칙을 손수 확립시킬 결의를 한다. 그러나 파벌은 인정치 않는다! 이 점만은 결코 양보하지 못한다. 이것은 브뤼메르 18일 이래로 그가 견지하고 있는 견해다. 반대파로 돌아선 자들을 용서하라고 진언한 사람들에게는 이렇게 말했다. "싫다, 놈들에게 편지 쓸 생각은 없다. 그런 짓을 하면 놈들은 은혜를 입은 눈으로 나를 볼 것이다. 나는 누구에게도 의리상 뭔가를 받고 싶지 않다."

황제는 유쾌했다.

"튈르리는 어찌 되었나?"

"전혀 고치지 않았습니다, 폐하. 독수리 문장도 그대로입니다."

"나의 감각도 상당하다고 생각했을 것이다. 그런데 연극은? 탈마는 어떻게 되었나? 그대는 궁정에 있었겠지? 누구나 벼락부자가 된 듯 적절한 말이나 행동을 하지 못한다고 하더군."

파리 도착에 마음이 설레면서도 호기심 이면에 잠재된 야유의 신랄함이란! 자기를 조롱한 자들을 얕보고 예전의 복수를 하고 있다. 국왕의 궁정에서 극도의 긴축재정이 강요되고 있음을 알고, 국왕의 초상이 들어간 20만 프랑 화폐를 본 그는 "놈들은 내가 적은 '신이여, 프랑스를 지켜주소서'라는 말을 '신이여, 국왕을 지켜주소서'로 슬쩍 바꿨다. 이것은 놈들이 전혀 변하지 않았다는 증거다. 모든 것이 자신들을 위해서이지 프랑스를 위해서가 아니다!"라고 말하고 거의 3분 동안 20명의 소식을 물었다. 오르탕스가 여공작이 되었다는 보고에는 "그녀는 마담보나파르트라 불려야 했다. 그게 다른 이름보다 가치가 있다"라고 말했을 뿐이다.

이 발언은 새 시대의 도래를 알리는 듯 들린다. 황제가 다시 보나파르트를 자처하고, 헌법에 준한 행동을 하고, 통치하기 위해 필요한 최소한의 권리만 갖는다면, 그는 프랑스 국왕이 될 수 있을 것이다. 앞으로 그는 유형 생활에서 꿈꾼 유럽의 통합을 목표로 하여, 좌절된 체험에서 갖가지 교훈을 끌어내게 될 것이다. 그런 교훈을 바탕으로 현시대에 적합한 군주의 귀감이 되어, 신神이 아닌 정신精神의 축복으로 탄생하는 국왕의 귀감이 될 기회를 거머쥘 것이다. 그리고 다시 권좌에 지명받을 때에는 그 절도로 세계를 깜짝 놀라게 할 것이다. 지금 그의 눈앞에는 국왕으로 가는 길이 열려 있다.

물론 파리로 가는 길도 열려 있다. 루이 18세는 벌써 파리를 떠나고 주민의 대다수가 황제 편이다. 국왕군의 저항을 우려하는 자도 있었으나 기우에 그쳤다. 황제가 수도에 도착하기 40시간 전에 국왕 친위대는 달아났다. 한편, 도주 중인 국왕을 잡은 황제군은 확실한 철군을 보장하고 대포와 그 뒤 60대의 마차에 실린 은화를 압수했을 뿐이다. 프랑스는 뚱보 국왕 도주극을 비웃었다. 영국에서 적군의 시중을 받고 파리로 되돌아왔는가 했더니, 이번에는 프랑스군에게 호위되어 국외로 도망이라니!

스스로 행동하는 법을 잊어버린 파리는 순종과 무저항이다. 황제가 남프랑스에 상륙하고부터 파리에 도착하기까지 20일 동안 보도기사의 논조는 여론의 움직임을 반영하여 변화했다.

'악마, 유형지를 탈주', '코르시카의 늑대, 칸에 상륙', '호랑이가 가프(그르노블 남동부)에 출현했지만 국왕군이 격퇴하려고 파병되었으므로 호랑이는 산속에서 비참한 사기꾼 꼴이 될 것이다', '괴물이 배신에 편승하여 그르노블에 도착', '폭군이 리용에 들르자 도시는 공포에 휩싸이다', '보나파르트는 거인처럼 달려 왔지만 파리

로 들어오는 일은 결코 없을 것이다', '나폴레옹, 내일 시 관문에 도달', '폐하는 퐁텐블로에 납시다!'

1815년 3월 20일, 한 발의 포탄도 발사하지 않고 황제는 13개월 전에 떠난 튈르리궁의 계단을 올랐고 수도는 나폴레옹군에 점령되었다. 망명 귀족은 국왕과 함께 떠나고 모든 것이 평온하다. 풍문에 귀를 곤두세우고 있던 황제는 파리 시민의 무관심에 충격을 받고 말했다.

"가는 자는 쫓지 말고 오는 자는 막지 말라."

우선, 첫째 실망은 파리로 가는 진군이 너무도 순조롭게 진행된 것이었다. 이 진군이 인생 최고의 순간이 되기를 원하고 있었건만. 나폴레옹에게는 파리의 지지를 얻는 것이야말로 늘 최우선 과제였고, 파리를 정복하기 위해 최대의 희생을 치러왔다. 그런데 이 도시를 완전히 정복하는 일은 아무래도 안 되는 일이었다. 이번에야말로 더욱 열광적으로 귀환을 환영받을 것으로 생각했을 것이다. 하지만 너무도 초췌해진 파리는 솟구치는 환희에 몸을 맡길 상태가 아니었다.

나폴레옹은 이제 무엇을 하려는가? 비엔나를 주시하고 있다. 나폴레옹의 칸 상륙에서 1주일이 지났다. 메테르니히는 아침 8시에 깨어나야 했다. 새벽 3시에야 겨우 잠자리에 든 재상은 '제노바 영사관으로부터'라고 쓰인 문서를 보고 짜증을 내더니 다시 잠이 들었다. 보고서를 본 것은 몇 시간 후였다.

"엘바섬에서 나폴레옹이 탈출했음."

청천벽력! 어제까지 서로에게 암묵적인 음모를 펼치던 패거리가 새로운 위기를 앞에 두고 영원한 우정을 맹세한다. 지난 수년간 이 맹세가 수없이 깨졌다가 다시 맺어진 것도 잊고서. 나폴레옹의 사회적 추방을 제안한 사람은 6년 전 나폴레옹으로부터 같은 선언을 받았던 폰 슈타인이다. 이 안건을 둘러싸고 회의가 열렸으나 합스부르크가는 주저하며 마리 루이즈의 의견을 존중하고 싶다고 생각한다. 어쨌거나 그녀는 4년 동안 황제를 진심으로 사랑하여 부친에게는 물론이고 친한 친구들에게도 부부 관계에 대해 한마디 불평도 뱉지 않았다. 사실 그녀에게 불만을 내세울 근거는 전혀 없었다. 그녀에게 있어 나폴레옹은 완벽한 남편으로, 원하는 것은 모두 들어주었다. 애지중지 응석을 받아주고 함께 아들과 놀아주었다. 당시를 추억하며 마리 루이즈는 남편을 비호하려 할까?

지금은 오스트리아 장교의 애인이 된 마리 루이즈는 의회로 보낸 신고서상에서 엄숙하게 선언하는 길을 선택한다. "나폴레옹과 공유하는 것은 일체 없으며 내 몸은 전면적으로 동맹 제국의 보호하에 있다." 아내의 목숨과 아들의 목숨을 저울질하면서 그가 내린 결단에 대한 감사 표시는 이 정도였다. 그녀의 회답이 알려진 시점에서 나폴레옹의 '민권 박탈'이 포고되었다.

"열강은 나폴레옹보나파르트가 시민적, 사회적 관계의 허용범위 밖에 위치하고 있다는 사실과 세계평화의 적이며 교란자로서 사회적 제재에 처해진 것을 선언한다."

1815년 3월 13일의 일이었다. 이 소식에도 나폴레옹은 안색 하나 변하지 않았다. 이미 세 차례나 이단 배척의 대상이 되었기 때문이다. 먼저 코르시카에서, 다음은 생클루의 오랑주리에서 그리고 로마교황으로부터 파문 선고를 받았다. 세 번에 걸친 저주는 아무런 효과도 없었고 그는 마치 불사신과 같았다. 하지만 이제 그는 더 이상 불사신이 아니다.

상황이 이런데도 그는 아직 합스부르크가에 희망을 걸고 있다. 카롤링거 시대에 모든 병사를 모아놓고 거행된 열병식에 비유하여 '5월 집회'라고 이름 붙여진 제국 집회에서 황후와 아들에게 대관을 하려는 것이다. 그는 이로써 오스트리아를 자기편으로 만들 작정이었다. 그래서 아내에게 편지를 보냈다.

"나는 프랑스의 지배자다. 국민도 군대도 극도의 열광상태에 있다. 자칭 국왕(루이 18세)은 영국으로 도망갔다. 당신을 기다리고 있다. 4월까지 아들과 함께 돌아오도록."

황통사상은 조금도 흔들리지 않고 있다. 민권 박탈을 지금 막 통고한 프란츠 황제에게는 '신이 나를 조국의 수도로 재차 인도해 주신 지금, 최대의 소원은 한시라도 빨리 사랑하는 아내와 아들과 재회하는 것입니다'라고 쓰고, 황후는 분명 귀환을 강력하게 원할 것이라고 말했다.

"나는 황위를 강화하고 이를 확고한 기반 위에 올려, 후대에 내 아이에게 물려주는 것만을 목표로 노력하고 있습니다. 숭고한 목적을 달성하기 위해서는 기본적으로 평화의 유지가 필요하며, 전력을 다해 평화 유지에 마음을 쓰고 있습니다."

이런 내용의 편지는 바보스러운 것인가, 숭고한 것인가? 전쟁과 유럽을 단념하고 앞으로는 프랑스 한 나라로 만족한다고 한다. 그러나 그를 타도한 군주들은 그에 대한 동맹을 재결성하고, 그의 사회적 추방을 선언한다. 이 선언서에서 오스트리아 황제는 딸의 특별위임장을 첨부한 후 서명했다. 딸은 남편의 패배 후 섭정을 포기하고 아이를 데리고 친정으로 돌아와서, 지금은 다른 남자와 살고 있다. 모든 것을 아는 황제 나폴레옹은 과거의 일체를 없던 일로 하고 새 시대의 막을 열 생각이다. 하지만 일체를 불문에 부치는 대신 합스부르크가와의 우호관계를 얻으려고 시도한다. 자신의 왕조를 쓰러뜨린 유서 깊은 왕조와의 혈연관계를 강하게 요구하는 중이다. 그러나 이것이야말로 숙명적 비운의 씨이며, 그가 다시 맛보게 되는 비극적 배척의 원흉이다.

XVII

당장 필요한 것은 지지자를 모으는 일이다.

루이 18세는 재능 있는 인물들을 거느리는 법을 알고 있어서, 만인이 국왕의 대대적인 선전에 응했다. 지금 그런 사람들이 거취를 정하지 못하고 경과를 지켜보고 있다.

지금이야말로 황제가 능란한 민심 장악 능력을 마음껏 발휘할 때다. 엘바섬에서 수행했던 충성스러운 마레, 다부, 콜랭쿠르는 자동으로 원래의 자리로 되돌아갔다. 배신자에 대해서는 행적에 따라 처우를 결정했다. 어느 날 아침 알현에서 되돌아온 많은 관료들, 장교, 고관에 섞여 유서 깊은 귀족인 늙은 백작이 얼굴을 내밀었다. 몇 년 전 나폴레옹에 의해 추방의 몸에서 풀려나서 원로원 의원으로 임명되었는데도 재차 국왕의 발아래로 달려간 남자다. 황제가 다가가자 노귀족은 하늘을 우러러보았다. 자기의 행위는 예측할 수 없는 신의 뜻에 의한 것이라는 듯…. 황제는 슬쩍 웃고 주위는 조용해졌다. 이후 백작이 황제 앞에 모습을 나타내는 일은 없었다. 그러나 마르몽 원수가 배신할 때 원수 저택에서 열린 군법회의에서 결정적 발언을 한 남자가 나와서 더듬거리며 사죄했을 때는 엷은 웃음도 없이 질타했다.

"내게 무엇을 바라는가? 너 같은 자를 받아들일 생각이 없다는 것을 모르는가?"

20년 전우인 우디노. 그는 국왕군의 원수 중 가장 헌신적으로 국왕에게 봉사하고 있었다.

"우디노, 너는 로렌 주민에게 숭배의 대상이었다. 너를 위해서라면 20만의 농민이 전투에 몸을 던졌을 것이다. 그런데 이번에는 내가 그대의 몸을 그들로부터 지켜야 한다."

다음은 랍이다. 다른 자들에 비해서 훨씬 늦게 문안 인사를 한 그는 황제 앞에 나오기를 주저했다.

"어허, 이거 랍 장군 아닌가! 몹시도 고민했나 보군. 그대는 본심으로 나와 싸우고 싶었는가?"

"아마도 저의 의무는…."

"그래, 됐다. 아마도 병사들은 그대를 따르려 하지 않았을 것이고 그대가 지배하는 알자스 지방의 농민은 그대에게 돌을 던졌을 것이다."

"괴로운 입장이었사옵니다. 이에 대해서 언젠가는 알아주실 것으로 아옵니다. 폐하는 폐위되어 물러나시고 국왕을 섬기도록 권고받았는데, 지금 돌아오셨습니다…."

"튈르리에는 자주 문안드리고 있는가? 조신朝臣들은 그대를 어떻게 대우하고 있는가? 처음엔 알랑거렸어도 그 후 문전 배척을 했겠지. 그대를 기다리고 있던 것은 어차피 그 정도의 조치였겠지. 샤토브리앙의 풍자문을 그대도 읽었겠지? 이 남자는 싸움터에서의 내 용기마저도 업신여기고 있다. 나는 비겁자인가? 이제 놈들은 나를 야심가로 부르며 규탄하려 한다. 하지만 하나밖에 외우지 못하는 바보처럼 노상 같은 말만 되풀이한다. 하여간 우리는 다시 프랑스를 위해서 일해야 한다. 그리고 지금의 상태에서 탈출하지 않겠는가?"

"드레스덴에서 화평조약을 맺지 않은 것은 당신의 잘못이었다는 것을 인정해 주십시오, 폐하. 폐하는 독일의 정서에 대한 저의 보고를 터무니없는 것으로 취급하셨습니다."

"그 조약의 내용을 그대는 모른다. 무서운가, 자네는? 싸움의 재개를 두려워하는가? 10년이나 내 부관이었던 자네가? 이집트에서 귀환했을 때도, 드세가 전사했을 때도 너는 일개 병사에 지나지 않았고 내가 너를 남자로 만들었다. 지금 너는 무엇을 바라고 있는가. 뭐든 좋으니 말해 보아라. 모스크바 철군 때 네가 통솔하던 모습을 결코 잊지 않는다. 네이와 너는 굳센 신념을 가진 드문 인재다. 단치히 포위전 때 너는 불가능을 가능으로 만들었다. 어떤가? 이집트의 용사, 아우스터리츠의 용사가 나를 배신할 수는 없을 것이다. 너는 라인군을 지휘하라. 그동안에 나는 프로이센과 러시아군을 처리하겠다. 1개월 후에는 스트라스브르에서 나의 아내와 아들을 맞이해 주기 바란다. 오늘 밤부터 나의 부관이 되어 나의 신변에서 임무를 맡아주기를 희망한다."

독일에 체재하는 동안 황제는 〈발렌슈타인의 죽음〉(쉴러의 희곡 3부작인 발렌슈타인(1799) 중 제3부. 30년 전쟁 당시 무장의 비극적 생애를 묘사했다)을 보았던가? 황제에게는 랍을 한 번 더 수하에 둘 필요가 있었다. 근본이 정직하고 용맹한 랍은 가장 많은 희생자를 낸 러시아 원정에도 참가한 장성이며, 의무감에서 국왕군으로 옮겼을 뿐인 이 남자는 변명하지 않았다. 그런데 15분 후, 랍은 다시 황제에게 귀순하여 군사령관뿐 아니라 부관의 직무까지 받아들였다. 지금 황제에게는 충실한 부하가 필요하다는 것을 깨닫고.

네이의 경우는 좀 미묘하다. 황제 복귀의 첫날부터 튈르리로 돌아와 있기는 했으나, 원수는 회한으로 괴로워하며 밤에 제대로 잠 못 들고 있었다. 그가 어느 날, 긴장된 얼굴로 황제 앞으로 나와서 더듬거리며 말했다.

"아마도 들어주실 것으로 아옵니다만, 폐하. 브장송으로 가시기 전에 저는 군법회의에서 약속했습니다. 국왕에게요."

"무엇을 말인가?"

"폐하를 쇠창살 우리에 가두어 국왕 앞으로 끌고 오겠다고."

일순 황제는 입을 다물었다.

"이 바보 같은 군인 같으니라고, 그런 말은 하지 않는 법이다."

"잘못 생각이십니다, 폐하." 격정에 휩싸인 원수가 외친다. "끝까지 말씀드리게 해 주십시오. 저는 확실히 그렇게 말했습니다. 다만 그것은 본심을 감추기 위해서였습니다."

황제는 서서히 노여움에 떨었다. 총총히 물러난 네이가 그 후 모습을 드러낸 것은 2개월 후였다. 군사행동이 개시된 후였다.

의무와 우정 사이에서 고민하다가 자제심을 잃고 죽음의 유혹에 몸을 맡긴 외골수도 존재한다. 역시 국왕에게 달려간 베르티에가 그 전형이다.

베르티에에게 변치 않는 우정을 품고 있던 황제는 "바보 같은 자, 녀석은 용감한 남자다. 루이 18세 근위대장의 군복을 입은 녀석을 보고 싶었을 뿐인데"라고 측근에게 털어놓았으나, 왕년의 지장智將은 죽음을 선택했다. 나폴레옹의 귀환 이래 장인의 성城에 틀어박혀 지내던 그는 이윽고 미친 듯이 저택 안을 뛰어 돌아다니다가 끝내는 발코니에서 몸을 던졌다. 쥐노처럼.

계속하자! 어물거리고 있을 수 없다. 그 밖에 누가 있는가? 스탈 부인이다. 그녀는 다시 침묵을 깨고 황제에게 편지를 보내고 있었다. 지금도 황제를 숭배하고 있으며, 프랑스가 자신의 부친 네케르에게 지고 있는 부채 200만 프랑을 그녀에게 변제할 것을 약속한다면 이후 나폴레옹을 지지한다는 논평을 낼 것이라고 한다. 하지만 이는 이치에 맞지 않은 요구이며, 후세 사람들로부터 규탄받아 마땅한 조건이다. 왕년의 라이벌은 야유가 담긴 회답을 써서 보내게 한다. 하시는 말씀에 깊이 감동하고 있사오나 받아들일 수 있을 정도로 금전적으로 넉넉하지 못한 것이 참으로 유감이라고.

마르몽과 오제로에 대해서는 조국을 적에게 팔았다는 이유로 '추방'이 선고되고, 탈레랑에게도 마찬가지였다. 역신과 엮인 18년간에 걸친 유화와 반목은 비엔나-파리 간에 교환된 치열한 비난을 겪고 이제 겨우 끝을 맺었다. 그러나 또 다른 역신 푸셰는 아직도 튈르리에 버티고 있었다. 다시 경찰장관이라는 요직을 얻으면서도 여전히 황제를 없애버리려고 신민들에게 호소하고 있다.

"놈이 다시 돌아왔다. 우리는 놈이 귀환하는 것을 바라지 않았으나 지금은 가까이에서 놈을 감시해야 한다. 그는 떠날 때보다 더 광포해져서 돌아왔다. 지금은 억척스럽게 활동하고 있지만 세 달도 채 가지 못할 것이다."

그는 메테르니히와 내통하고 있다. 황제의 밀정이 이 사실을 밝히는 데는 시간이 걸리지 않았다. "그대는 반역자다"라면서 황제가 꾸짖는 소리를 근무 중인 라바레트가 반쯤 열린 문 너머로 들었다.

"내게 반역할 생각이라면 왜 경찰장관 자리에 머물러 있는가? 바젤(스위스 북부 도시) 은행원을 통해 그대가 메테르니히와 내통하고 있음을 알고 있다. 그대를 체포하는 것은 나의 재량에 달렸다. 체포하면 만인이 갈채를 보낼 것이다."

이에 대해 그가 어떻게 답변했는지는 알려지지 않았지만, 푸셰가 황제정부에 다시 불려온 것은 로베스피에르 이래의 급진적 신조를 계속 고집해 왔기 때문이다. 황제는 민주주의자를 자기편으로 끌어들이는 미끼로 이 남자를 이용하고 있다. 한편 푸셰는 메테르니히와 결탁하여 황제를 반역하는 것만으로 만족하지 않았다. 그는 급진파와 결탁해 메테르니히도 배신하고 있었다. 그가 목표하고 있는 것은 공화국가의 건설이고 자신이 군주가 되는 것이었기 때문이었다.

카르노도 총재정부 이래 처음으로 신정부의 일익을 담당한다. 그는 어엿한 반 국왕파였다. 현재 망명 중인 국왕 루이가 나폴레옹보다 훨씬 비타협적인 교조주의자이기 때문이다.

하지만 신정부의 진짜 지도자가 되는 것은 스탈 부인의 친구이자 15년간 황제에게 계속 반발해 온 뱅자맹 콩스탕이다. 황제가 귀환하기 직전에도 아틸라나 칭기즈칸과 황제를 비교한 신랄한 평론을 발표하고 있었다. 지금 나폴레옹은 1813년 당시의 민주주의자를 필요로 하고 있다. 양원의 지원을 지렛대로 나라를 통치하겠다고 생각하기 때문이다. 콩스탕을 불러낸 황제는 그와 함께 온갖 국면에 대해 기탄없이 검토를 거듭했다. 콩스탕이 직접 만든 상세한 회견 보고서에는 상황에 따라 방침을 전환하는 '정치가' 나폴레옹의 모습이 생생히 묘사되어 있다.

"지금 국민은 토론의 자리 및 의회를 요구하고 있다고 생각한다. 하지만 그들이 항상 그것을 요구하고 있던 것은 아니다. 내가 권력의 자리에 앉았을 때, 국민은 내 발밑에 엎드렸다. 나는 국민이 부탁하는 것 이상의 강권을 쥔 것이 아니다. 이제는 사태가 달라졌다. 다시 국민은 정체政體, 선거, 연설에 관심을 두기 시작했다. 다만 그것을 바라고 있는 것은 극히 일부에 지나지 않는다. 이 점, 오해 없기 바란다. 국민이 요구하고 있는 것은 나뿐이다. 이제 나는 단순히 병사의 황제일 뿐만 아니라, 노동자와 농민의 황제이기도 하다. 그래서 보듯이 국민은 내 밑으로 돌아왔다. 과거의 온갖 곡절에도 불구하고 돌아와 있다. 그들 농민의 자제, 즉 신병이 이렇게 모여 있다. 나는 농민에게 아첨한 일이 없다. 오히려 엄하게 대하고 있다. 그래도 그들은 나를 둘러싸고 '황제 만세!'라고 외친다. 그것은 그들과 나 사이에 통하는 것이 있기 때문이다. 나는 세계 제국을 바랐다. 그런데 그것을 바라지 않는 젊은이가 있겠는가? 세계가 이 제국을 통치하라고 나에게 호소하고 있다. 군신이 앞을 다투어 내 아래로 쇄도했다. 그대의 견해를 들려주기 바란다. 무엇이든 상관없다, 공개토론, 자유선거, 책임내각, 언론의 자유에 관한 견해를 알고 싶다. 나는 평민 출신이다. 따라서 인민이 참으로 자유를 바라고 있다면, 그들에게 그것을 줄 의무가 있다. 나는 이제 정복자가 아니다. 이제 정복자로 있을 수 없다. 나에게는 프랑스를 재건하여 프랑스에 적합한 정부를 프랑스에 줘야 한다는 사명밖에 없다.

자유를 혐오하는 것은 결코 아니다. 내가 자유를 배제한 것은 자유가 나의 갈 길을 막고 있기 때문이다. 하지만 자유가 어떠한 것인지는 이해하고 있다. 나는 자유사상 속에서 자란 인간이기 때문이다. 어쨌거나 15년간의 업적은 붕괴하였고 다시 할 수도 없다. 성공시키는 데는 20년의 세월과 200만의 희생자가 필요했다. 나는 지금 자유를 원하고 있다. 하지만 그것을 얻기 위해서는 싸움에서 이기는 것뿐이다. 그대들에게 거짓 희망을 주고 싶지는 않다. 그래서 여론은 무시하고 있다. 아직 교섭의 여지가 있다고 여론은 호소하지만 교섭의 여지는 이제 티끌만치도 없다. … 곤란한 싸움, 장기전을 예고하고 있다. 그것을 유지하려면 국민의 지원이 필요하다. 그 대가로 국민이 자유를 강하게 요구할 것은 분명하다. 국민은 자유를 얻을 것이다. 상황이 바뀌고 있으니까. 나도 나이가 들었다. 마흔다섯이나 되면 만사가 서른 살처럼 되지는 않는다. 입헌군주로서 휴식을 얻는 것은 내게도 좋다. 내 아들에게는 더욱 좋을 것이다."

이것이 엘바섬을 떠날 무렵 나폴레옹이 품고 있었던 기본적인 생각이다. 상당한 현실감각으로 진지하게 생각하고 말하는 것이 뚜렷이 보인다. 여기 있는 남자는 내적 성장을 과시하는 사람도 아니거니와 성자가 된 사람도 아니고, 항상 상황에 따라서 통치하고 여론에 귀를 기울여 온 군주다. 나폴레옹은 바야흐로 새로운 시대가 개화하려 하는 것을 감지하고 있었다. 새로운 정신 상황을 창출한 것은 그가 아니다. 하지만 그는 실각을 통해 이것을 준비했다. 어떤 나라에서도 천부의 재능을 타고난 개인의 독재체제에서 신수권神授權에 의한 독재체제로 되돌아가는 것은 이제 불가능하다. 이것을 지금 나폴레옹은 몸으로 확신하고 있다. 몰락의 위기에 직면했던 시점에서는 그 확신은 없었다. 만약 혁명정신이 하나의 거대한 석조 건물로 구현된다면, 폐허에서 새로운 구조물이 생겨나고 건물에 사용되는 석재 블록들은 더 넓은 층과 더 안정적인 정점을 확보할 수 있도록 배치되어야 한다. 사실 혁명의 아들은 폭군이 되어도 신의 은총으로 군림하는 왕에 의해 계승될 수 없다. 민주주의가 그를 계승할 수 있을 뿐이다.

그래서 지금, 황제는 망명 귀족을 이전보다 훨씬 엄한 태도로 대한다. 재산을 몰수하고 왕실 근위대를 해체했을 뿐 아니라 통치의 말기이긴 하지만 상당한 조치를 강구했다. 통치 초기에 강구했어야 할 조치들이다. 즉 봉건제도를 폐지하고, 구 귀족들을 물리쳤어야 했다. 그는 이 법령들을 통해 혁명 정신을 재현하고, 그 정신을 11년 전에 자신이 즉위할 때보다 더 강하게 만들었다. 그는 다음과 같은 포고문을 시민 당국에 발표한다.

"이번에 귀환한 것은 이전에 이집트에서 귀환한 것과 마찬가지로 조국이 위기에 빠져있기 때문이다. 나는 이제 전쟁을 바라지 않는다. 우리가 세계의 패자覇者였다는 것을 잊어야 한다. 이전에 나는 유럽합중국 체제 건설을 목표하고 있었으며, 그 때문에 시민의 자유를 보장하는 제도 설치를 미루지 않을 수 없었다. 목하 내가 목표하는 것은 프랑스의 강화와 안녕, 소유권의 보호, 정신의 자유 이외에는 없다. 왜냐하면 군주는 국가 제1의 종복이니까."

불과 1년 전, 위기의 한가운데서 "내가 국가다"라는 황제의 말을 들은 자가 적지 않다. 그런데도 그들은 콩스탕이 제시한 신헌법에 믿음을 가진다.

그런데 도대체 신헌법이란 뭔가? 부가법은? 이번에도 속고 있는 것이 아닌가? 고개를 갸웃거리는 동안 비엔나에 재집결한 열강 제국이 나폴레옹 타도를 결의했다(1815. 3. 25)는 보고가 전해진다. 그것도 프랑의 존속은 허용하되 나폴레옹은 용서하지 않겠다는 결의다. 국민은 불만의 목소리를 터뜨렸다.

"20년이나 평화를 원해 왔는데, 또 전쟁인가!"

"폐하, 확실히 말씀 올리자면 지금 여자들은 프랑스에서 당신의 공개적인 적이며 다루기 어려운 상대입니다"라고 어느 국무위원이 말했다. 이제 국민은 국가 총동원을 바라지 않는다. 25만 동원 목표에 응한 것은 불과 6만의 젊은이에 지나지 않았다.

열강에 의한 선언은 제 군주가 나폴레옹에 대해 원한을 가졌기 때문이며 국민의 의사는 아니었다. 프랑스 국민과 마찬가지로 열강 제국의 국민도 평화를 갈망하고 있기 때문이다. 또 황제에 대한 추방 조치도 정치적 이유라기보다 사적 원한을 갚으려는 욕구에 뿌리를 두고 있다. 그러나 이러한 결의들은 나폴레옹의 권력을 약화시키기에 충분했다. 당초 나폴레옹의 편이었던 프랑스도 열강이 그를 적대하고 있는 이상, 새로운 희생을 치르는 것은 안 된다고 말하고 있다. 황제의 귀환과 함께 상승한 금리가 다시 하락했다.

황제는 이 사실에 쩔쩔맨다. 측근에게 징병 상황을 조회한 바 "폐하가 고립무원이 되는 일은 없사옵니다"라는 답이 돌아왔다. 하지만 그래도 안심이 안 되어 중얼거리듯이 말한다.

"아니다, 그런 일도 있을 수 있다. 그래서 걱정이다."

그는 더욱 비대해져서 움직임도 둔해졌다. 얼굴은 초췌해지고 뜨거운 탕에 오래 있어야 하고 수면시간도 길어졌다. "황제는 불안에 쫓겨 예전의 자신감과 위엄도 가지고 있지 않다"라고 측근이 기술하고 있다. 4주일 전에는 젊어진 것으로 보였는데 이 변화의 원인은 어디에 있는가?

실의失意의 원인은 우선 아내에게 있다. 비엔나에서 라바레트 앞으로 한 통의 서간이 도착했다. 남편에 대한 마리 루이즈의 멸시와 그녀와 나이페르크의 관계를 확증하는 무기명 서찰이었다. 그날 저녁, 어두침침한 집무실 난로 옆에 축 늘어져 앉아 있는 황제의 모습이 보였다. 굴욕적인 사실이 상세하게 적힌 편지를 손에 들고.

황후의 비서관 므네발이 비엔나에서 돌아왔을 때, 시국의 심각함에도 불구하고 황제는 소파에 누워 사색에 빠져 있었다. 그곳에서 보고 들은 것을 몇 시간에 걸쳐 보고하는 비서관은 이렇게 기록했다. '황제의 말투가 슬픔과 체념에 가득한 것에 큰 충격을 받았다. 이제는 예전의 자신감에 찬 모습이 아니었다. 반드시 성공한다는 확신으로 분기하는 모습을 찾아내기 어려웠다. 프랑스 전역에서의 경이적인 진격 중 그를 계속 받치고 있던 행운의 별로부터도 버림받은 것처럼 생각되었다.' 므네발은 황자皇子에 대해 상세하게 보고하라는 요구를 받았다. 자신의 늙음을 의식하며 버림받은 황제는 정원을 왔다갔다하면서 자신의 아들이 누구를 닮았

697

는지 남에게 물어야 할 상황에 있다.

나폴레옹은 불안에 시달리고 있었다. 시대정신이 바라고 있다면 민주적 통치로 들어가자, 평화도 유지하자, 그렇게 마음을 정하고 진지하게 그것을 수행하려는 지금, 주변국들이 어느 쪽도 실행하지 못하게 하고 있다.

이 시기 유럽에서 루이 18세를 왕위에 다시 앉히려고 시도하는 자들만 없다면, 나폴레옹은 아마 구 국경까지 축소된 프랑스에서 약속한 온갖 자유를 인정했을 것이다. 그러나 프랑스혁명 이전에 소유하고 있던 모든 영토가 반환되고 빼앗은 작은 땅도 없어져 버린 열강은 1792년의 의론을 다시 거론한다. 즉 그때처럼 부르봉이 재궐기를 꾀하고 있는 것은 아닐까? 부르봉의 혈통을 이은 남자가 영국 연안에서 조국을 바라보고 있다면 언제 또 프랑스에서 내전이 일어날지 모르므로 우리도 편히 잠들지 못한다. 차라리 서둘러 나폴레옹을 쫓아내고 부르봉을 원래의 의자에 다시 앉혀 버리자.

비엔나회의가 결정한 이번 싸움은 어떻게 보아도 강요이고, 나폴레옹이 이렇게 노골적으로 전쟁을 강요당한 것도 처음이다. 또한 위기 가운데 이를 타개할 대책이 이처럼 긴급히 요구되는 것도 처음일 것이다. 왕년의 그라면 독재와 검열이라는 수단으로 신속하게 대응했을 것이다.

그런데 나폴레옹은 만민이 평화를 희구하는 이 시기에 전비戰備

를 갖춰야 할 처지에 몰린 데다가, 양원에 회복시킨 '자유'에 의해 확실하게 행동을 저지당한다.

신헌법에서 쇄신된 부분은 극히 한정적이고 '주권을 가지는 국민'은 그 한정적 부가 항목을 비준하도록 요구받는 데 지나지 않고 강제되는 것은 아니다. 하지만 콩스탕에 의해 다듬어진 67개의 조항은 시대에 맞는 민주적 헌법이 갖춰야 할 온갖 요소를 내포하고 있을 뿐 아니라 영국 헌법보다 확실히 진보적이며 19세기에 있어서 모든 입법자의 모범이 된다. 이제는 누구도 재판관의 손에서 벗어날 수 없다. 누구도 재판 없이 투옥되거나 추방되는 일은 없다. 모든 자유가 언론 및 종교적 의식으로 반환된다. 입법기관은 대의원에, 원로원은 귀족원으로 이양되는 동시에 양원의 모든 특권은 폐지되고 토론은 공개된다. 양원은 법률의 제안권 및 예산 거부권을 가지고, 제 장관은 양원에 대한 책임을 지고, 대의원은 새로운 법안을 제출할 의무를 진다.

국민의 권리가 늘어나면 늘어날수록 독재자가 타격을 입는 정도도 늘어난다. 하지만 나폴레옹은 세습상속권과 몰수권 2가지를 제외하고 모든 것을 양보했다. 세습상속권에 대해서는 두세 차례 전투 후, 귀족에 의해 재침범 당할 우려가 있다고 했고, 몰수권에 대해서는 "이것 없이는 제 정당에 대해 내가 무방비가 된다. 나는 천사가 아니지만 자기방어도 하지 않고 공격당하는 사람은 아니다"라고 주장했다.

이런 2가지 양보 사항은 '부가법'이라는 말과 같은 악영향을 만들었다. 토론을 몹시 싫어하는 나폴레옹은 왕년과 같이 현실적 근거가 희박한 국민투표에 의지했으나 그의 예상은 빗나갔다. 불만을 품은 자유주의자들이 그들에게 주어진 제안 중에는 뛰어난 것도 있다는 것마저 깨닫지 못하고 저항했기 때문이다. 이렇게 해서 13년 전과 마찬가지로 400만 표는 될 것이 150만 표밖에 모이지 않았다. 부르주아의 대부분이 기권했기 때문이었다.

　　그런데 간언諫言을 불사하는 자도 있었다. 정직한 카르노는 다음과 같이 말했다.

　　"당신의 부가법은 국민의 요구를 만족시키는 것이 아니었습니다. 국민은 폐하가 약속하신 안건만을 생각하고 투표에 임하는 것은 아닙니다. 부가법을 수정한다고 약속해 주십시오. 저에게는 진실을 말씀드릴 의무가 있습니다. 폐하와 우리 쌍방을 구하는 길은 폐하의 도량에 달렸기 때문입니다."

　　이 무슨 말인가! 중위 시절 이후, 이런 어조로 보나파르트에게 말하는 자는 한 사람도 없었다. 황제는 약간 항의하는 몸짓을 했지만 카르노는 계속했다.

　　"도량이라는 말씀은 뜻밖이라고 생각하실지 모르겠습니다, 하지만 사태는 문자 그대로 거기에 달려 있습니다. 국민의 의사에 대해서 폐하가 얼마나 속이 넓은지 말입니다."

　　"적은 문 앞에 박두해 있다. 먼저 이를 쫓아버리게 나를 지원해

주었으면 한다. 그다음에 자유주의 문제에 착수하자."

새 시대의 요구에 따라야 한다는 것을 충분히 인식하고 있으나 국민의 대표와 대화하는 것은 불가능했다. 나폴레옹은 명령하는 법 밖에 모르는 남자이니까.

XVIII

1815년 6월 1일, 햇볕이 내리쬐는 들판은 파리 시민의 들뜬 웅성거림에 가득해 더없이 기쁜 축제일 같았다. '5월 집회'의 회장은 나폴레옹군의 노병이나 신병이 찬 칼 소리로 시끄럽고, 연단에는 3색기가 펄럭이고 있다. 600명의 대의원 의원과 수백 명의 귀족원 의원도 이날 여기서 새 헌법을 선언하게 될 황제를 기다리고 있다.

파리가 환희에 몸을 맡기는 것은 2, 3년 만의 일이다. 엄격주의를 신조로 하는 루이 18세 치하에서 마음 설레는 행사는 일절 없었기 때문이다.

행렬이 시 관문을 나섰다. 트럼펫 소리가 들린다. 드디어 식전의 시작이다. 그래도 좋은 때에 식이 개최된다. 앞으로 며칠 후면 황제는 프랑스군의 선두에 서서 출전을 할 테니까. 아직도 낡은 초록색 군복을 입고 있지 않을까?

그런데 저게 뭔가? 무수한 독수리와 군기에 선도된 친위대가 행진하고 궁정복 차림인 전령관과 시종의 열이 이어진다. 드디어 나타난 것은 위에서 아래까지 흰 비단으로 덮인 남자다. 여덟 필이 끄는 대관식용 마차 안에서 남자는 타조 깃이 달린 커다란 모자와 식전용 외투에 눌려있다. 이것이 황제인가?

카이사르의 행차를 연상케 하는 광경을 보게 되자 완전히 흥이 깨진 민중은 실망감과 함께 멍하니 행렬을 바라본다.

미사 후, 대의원 대표가 황제 앞으로 나아가 소리 높여 말했다.

"폐하의 서약을 믿고 이후 우리 대의원은 입법 의회법을 검토한 다음 신헌법과의 합의점을 찾아낼 생각입니다."

바꾸어 말하자면 자기들은 신헌법에 만족하고 있지 않다. 추가 조항으로는 불충분하다는 말이다. 이어서 대표는 황제의 독수리 위에 승리가 찾아오도록 기원한다고 덧붙였다.

화를 꾹 눌러 참고 황제는 즉시 신헌법을 선언케 하고 이에 서약한다. 다음은 황제군 병사들의 차례다. 하지만 그들은 지금 황금으로 장식된 진기한 깃 장식을 한 남자가 자신들의 총대장이라는 생각이 도무지 들지 않았다. 우리의 영웅은 어디에 있는가? 녹색 군복에 3각모를 쓴 영웅은? 서약에 응한 병사들의 목소리에는 패기가 없었다. "그것은 아우스터리츠나 바그람의 함성이 아니었다"라고 어느 목격자는 기술한다.

일주일 후 나폴레옹은 옥좌에서 연설을 한다. 이때는 '5월 집회'

에서 샀던 '불평'을 다시 받는 일이 없도록 배려했다. 대의원 의회는 조국 방위에 필요한 권력을 황제에게 위탁하는 것은 인정했으나 "이후 그가 승리자가 되어도 군주의 의향이 국민과 국력의 범위 밖까지 이끄는 일이 있어서는 안 된다"라고 언명했다. 귀족원 의원들도 "프랑스 정부는 결코 승리에 끌려가는 일은 없을 것이다"라고 못 박았다. 노여움에 떨며 그들을 악마에게 던져버리고 싶다고 생각했으나 나폴레옹은 말없이 듣고 있었다.

드디어 형에게 찾아온 뤼시앵은 대귀족으로 임명되어 새로 귀족원 의원이 된 자들 사이에 자리를 차지하고 있었다. 눈길을 나누고 악수를 하는 것만으로 형제는 화해했다. 뤼시앵이 '황족'에 자리하여 '전하'라고 불리는 것은 난생처음이다. 이제 그는 황제를 따라서 연설을 하고 학술원에서 문화 문제에 관한 회의를 주재하며, 거액의 돈을 모았다. 루이는 병으로 오지 못했다. 남 돌보기를 좋아하는 제롬은 무슨 도움 될 일은 없나 신경을 쓰고, 오르탕스는 마리 루이즈의 대리 일을 하고, 오르탕스의 아들들은 황제가 친아들을 합스부르크가에 빼앗기고부터 중요한 입장을 되찾고 있었다. 친아들 이외에도 후계자가 있다는 것을 프랑스에 인지시키기 위해 나폴레옹은 발코니에서 조카들과 함께하는 모습을 보였다. 비극의 종반을 채색하는 아이러니한 정경이기는 하다. 황위 계승에 집착한 나머지 언젠가는 초래될 비극이다.

오르탕스와 함께 말메종에 간 나폴레옹은 혼자 조제핀의 유해

안치소로 들어갔다. 빠져나온 그는 침묵할 뿐이었다.

　황제는 내일 다시 싸움터로 향한다. 이것이 마지막 원정이 되기를 원한다. 그리고 확실히 이것이 마지막이 된다.

　황제로부터 작전이 전달되자 카르노는 즉시 권고했다. 출병은 좀 더 기다려야 한다. 황제군이 너무 약체라 보강이 필요하다. 러시아군도 영국군도 7월 말 이전에 싸움터에 도착하기란 불가능하다. 따라서 영국과 프로이센이 그 전에 공격을 가해오는 일은 없을 것이다. 그때까지 6주일이나 있다. 그동안 병력을 배가할 수도 있고 프랑스를 참호를 완비한 견고한 진지로 바꾸는 동시에 주변의 무방비 지대에도 요새를 구축할 수 있다고 열심히 설득했다. 하지만 나폴레옹은 고개를 저었다.

　"우선 1승이다. 그 전에 다른 수는 없다."

　그러나 황제는 이번 싸움의 쟁점이 무엇인지 가늠하고 있었고, 선제공격으로 들어가면 침략자라는 낙인이 찍히게 될 것이라는 것도 알고 있었다. 그러나 계산이 남보다 배는 정확하다는 것을 자부하는 만큼 군의 보강에 시간을 들이고 싶지 않았다.

　"내게 필요한 것은 우선 1승을 하는 것이다."

　패군의 장이 전개하는 뻔한 논리다. 하지만 이때 나폴레옹의 뇌리에는 왕년의 기억이 되살아나고 있었다. 무명인 젊은 장수 시절 신속 과감하게 이동 가능한 소수부대를 이끌고 적을 분단시켜 합류를 저지하지 않았는가? 황제는 근년에는 사용한 적 없는 이

전법을 샤를로와(벨기에 중남부의 도시)의 교전에서 시도했다. 대프랑스 4동맹군의 집결을 방해하려고 프로이센군과 영국군 사이에 끼어들어서 양군을 각개 격파하는 전법은 과거 이탈리아의 밀레시모에서 오스트리아 피에몬테 군과의 전투 때 착안한 수법을 그대로 답습한 것이었다. 인생 최후의 싸움을 앞두고 처음 전투 때를 회상했는지도 모른다.

그러나 이것은 나폴레옹이 이미 써먹은 전술로, 이젠 유럽의 장군들이 숙지하고 있었기 때문에 별로 효과를 바랄 수 없었다. 게다가 황제는 이러한 군사행동에 필수적인 신속 과감한 대응능력을 잃었다. 망설임이 대담한 행동을 방해했다. 생애 최후의 군사행동 중에도 이것이 큰 장애가 되었다. 샤를로와가 적의 손에 떨어졌을 때, 나폴레옹은 전군을 이끌고 블뤼허를 추격했어야 했다. 그러나 그는 전력의 절반을 네이 원수에게 맡기고 영국군의 침공을 저지하기 위해 브뤼셀로 보냈을 뿐이다. 그런데 그날 오후에 이미 모든 프로이센군이 눈앞에서 세력을 모으고 있었다. 황제는 당황하여 네이를 불러들이려고 전령을 급히 보냈다. "프랑스의 운명이 그대의 어깨에 걸려 있다. 전진하는 대신 적을 포위하도록 힘쓰라." 하지만 카토르브라(벨기에 남서부 마을)에서 웰링턴과 교전했던 네이는 1군단을 떼어내는 것 말고는 방도가 없었다. 이 군단의 귀환이 너무 늦어 병력의 일부가 줄어든 네이는 영국군과의 전투에서 패했다.

그러나 6월 16일, 나폴레옹은 리니(벨기에 남부 마을)에서 승리를 거두었다. 나폴레옹 최후의 승리다. 블뤼허는 낙마했지만 냉정하고 침착한 네이즈노(프로이센의 원수로 블뤼허의 사령장관을 맡았다)는 견실하게 철군하여, 와브르(벨기에 중앙부의 도시)를 확보했다. 이후 와브르는 대프랑스 동맹군의 집결 거점이 되었다.

황제는 노화와 지병에 수반된 설명하기 어려운 무기력과 우유부단으로 승리 후 꼬박 하루를 낭비한다. 간신히 3만의 병력과 함께 프로이센군을 추적하려고 그루시 원수Grouchy(1766~1847, 나폴레옹의 많은 전쟁에 참여해 공을 세웠으나 워털루 전투의 패인을 제공했다)를 보냈을 때는 이미 늦었다. 패주한 프로이센군이 그렇게 신속하게 합류하여 영국군과의 연합군을 조직하다니, 황제의 견해로는 도무지 불가능한 일이었다. 그는 수중에 남은 7만의 병사와 함께 다음날 영국군을 쓰러뜨릴 생각이었다. 어제 프로이센군을 쓰러뜨린 것처럼. 그러나 이것은 적군 장수 네이즈노와 블뤼허의 능력을 얕본 판단이었다. 나폴레옹이 적군의 병력 및 통솔자를 과소평가하기는 처음이다.

프리틀란트와 마찬가지로 아스페른, 랑, 러시아에서 나폴레옹은 타도당한 것이 아니었다. 라이프치히, 아르시 쉬르 오브에서 그는 열강군의 압도적인 대군 앞에 패퇴했으나, 이때도 "나폴레옹을 쓰러뜨린 것은 나다"라고 단언할 수 있는 장군은 없었다.

금번에 자신을 과시하며 적의 병력을 과소평가했다고는 하지만, 황제는 측근에게 지휘를 맡기지 않는다. 그루시 원수를 잡아둔 것도 원수 휘하의 병력이 적의 병력보다 적었기 때문이지 그것이 결정적인 과실이라고는 할 수 없다. 이 싸움에서 나폴레옹이 패배한 진짜 이유는 체력의 쇠퇴에 있다고 봐야 한다. 워털루의 여명과 함께 공격 개시의 격문을 띄우는 것을 저지한 것은 지병 탓이다. 때는 6월, 해는 4시에 뜬다. 프로이센군이 비로 진창이 된 길을 진군할 수 있다면, 전쟁에 훨씬 익숙한 프랑스군에게도 그것은 가능했을 것이다. 정예부대를 배치했음에도 불구하고 나폴레옹은 지면이 더 마른 다음에 포열을 펴는 것이 좋다고 판단하고 정오까지 기다렸다. 예나 전에서는 짙은 안개에 덮인 이른 새벽에 열병을 개시하여 잠이 덜 깬 적군을 경악시켰던 나폴레옹이 지금 워털루에서는 정오가 되기를 기다리고 있다. 이 한나절의 지체가 치명적이었다.

'우호동맹'이라고 이름 붙여진 고지로 나아가서 눈앞의 고대에 포진한 웰링턴의 영국군과 대치하기 위해 황제군을 3열로 배치하자, 나폴레옹은 여느 때처럼 격렬한 말로 병사들에게 호소하며 이대로 브뤼셀로 돌진한다고 말한다. 품속엔 벨기에군에게 발표할 성명문까지 준비되어 있었으나, 귀중한 시간이 낭비되고 있었다.

한창 전투가 이루어지던 오후에 급보가 날아들었다. 뷰로(프로이센의 군인)가 이끄는 적의 원군이 접근 중이라는 내용이었다. 급보 앞에 황제는 창백해졌다. 황제는 그루시에게 철군 명령을 보낸다. 과연 시간에 닿을 것인가? 그렇게 쉽게 적군이 그루시를 철군하게 둘 것인가?

모든 것이 시간 문제다. 프로이센군이 도착하기 전에 영국군을 쓰러뜨려야 한다. 황제는 기병대에게 적군의 중앙부를 공격하라고 명하지만 영국군도 필사적으로 응전한다. 드디어 백전노장으로 이루어진 정예부대인 고참 친위대의 출전인가? 아니다, 아직 멀었다. 뷰로의 부대는 이미 전투를 개시하고 있다. 어떻게든 그루시 부대에게 철군의 여지를 남겨 둘 필요가 있다. 아니면 파멸이다. 한편 영국군에게도 동요가 일고 있었다. 프랑스군의 잇따른 공격에 주저하며 공포심이 퍼지기 시작하고 있었던 것이다. 오후 5시, 웰링턴은 프로이센군에게 전언을 보낸다. "신속한 진군과 빠른 공격을 하라. 아니면 싸움에 진다." 절호의 승기를 잡았다. 그러나 황제는 신중을 기해서 정예부대를 아직 붙들어 두고 있다. 저편에서는 프로이센의 제2군단이 전투를 개시했다.

긴장이 흐른다. 황제의 운명은 이 결단에 달려 있다. 오후 7시, 드디어 나폴레옹은 수하에 남은 최고참 5천 명을 전투에 투입하기로 결정한다. 건곤일척의 대승부이다.

"황제 만세!"

유럽을 뒤흔들어온 이 함성, 10년이 안 되는 동안에 전설이 되어 사람들의 이야깃거리가 된 이 함성은 오늘 저녁 마력을 발휘할 것인가? 독수리의 표장은 마렝고 때와 마찬가지로 지금도 군기에서 펄럭이고 있다. 하지만 세상에 불멸인 것은 없고, 이제 그 함성이 울려 퍼질 일은 사라진다.

프로이센의 제2군단에 포위되어 가차 없이 후퇴를 당하는 나폴레옹군, 적의 병력은 더욱 증가해 8시에는 프로이센의 제3군도 전열에 참가했다. 연합군 12만에 비해 나폴레옹군은 그 절반도 되지 않는다. 제아무리 황제군이라 해도 역부족이다. 힘이 다한 보나파르트는 전투 마지막 날 처음으로 휘하 병사들이 패주하는 모습을 목격하게 된다. 1815년 6월 18일의 일이다.

그래도 고참병들은 두 편으로 나뉘어 방진을 치고 저항을 계속했다. 황제는 한쪽 진중에서 1시간가량 영국군의 포화에 노출되어 있었으나, 끝내 양쪽 진이 모두 붕괴되고 수 명의 기마 친위대에 호위되어 후퇴했다. 그런데 황제용 마차가 보이지 않는다. 황제는 분통한 마음으로 괴로워하며 마상에 머물러야 했다. 간신히 몇 시간의 휴식을 취할 수 있게 된 것은 새벽 5시가 지나서였다.

황제는 극도의 낙담에 빠졌을까? 그런 기색은 티끌만큼도 없다. '그런데 파리는 뭐라고 하는가?' 그 생각이 그를 지탱하고 있다. 작년처럼 랑이나 수아송에서 친위대를 재편성하거나 각 요새에 배치된 수비대를 투입한다는 생각조차 하고 있지 않다. 그저 파리에 대한 생각밖에 없다. 새로운 병력의 원천인 파리. 동원 가능한 병력은 아직 15만이 있다. 국민군과 합치면 30만이다. 이 정도 병력이 있으면 적을 저지할 수 있다. 파리로 보낸 이날 최종 지령서에는 '용기, 의연'이라는 두 단어가 보였다.

이틀 후 나폴레옹은 새로운 황궁이 된 엘리제궁으로 귀환했다. 이 원정은 악몽이었을까? 9년에 걸쳐 쟁취한 황제 자리를 9일 만에 잃고 말았다.

XIX

물론 전부를 잃은 것은 아니다. 국무원과 양원도 이점에서는 공통의 견해를 보인다.

나폴레옹은 앞으로 내려야 할 결단에 대해서 형제 및 장관들과 토의했다. 완전히 녹초가 되어 있었으나 전혀 내색하지 않았다.

그는 양원의 협력을 제안할 작정일까? 그 반대다. 전제 체제를 요구할 생각이었다. 국가가 존망의 위기에 있는 지금, 자신에게는 당분간 마음먹은 대로 행동할 자유가 필요하다. 양원은 이제 그런 말은 믿지 않는다고 참석자가 입을 모아 반론하는 가운데, 뤼시앵이 일어서더니 열을 올려 황제에게 호소한다. 양원을 해산하고 파리에 계엄령을 발령함으로써 한 번 더 정부를 장악해야 한다. 그리고 모든 나폴레옹군을 재집결시켜야 한다. 이밖에 달리 조국을 구할 방도는 없다고.

황제는 그 말에 귀를 기울였다. 생클루에서 이와 같은 조치를 제안한 11월의 그날 이후, 16년의 세월이 흘렀다. 그리고 의회에서 뤼시앵의 발언 덕분에 나폴레옹은 비상할 수 있었다. 황제는 아우의 의견이 일리 있다고 생각하면서도 채택할 기색은 보이지 않는다. 육군장관 다부는 예비대의 출병을 거부한다. 그러는 사이에 대의원으로부터 온 속보로 토론은 중단되었다. 앞으로 의회는 항상 개최되는 것으로 결정된다. 의회를 해산시키려는 시도는 모두 대역죄로 간주되고, 누구든 이를 시도하는 자는 재판에 회부한다.

"우리와 평화 사이에 끼어드는 것은 오직 한 사람이다. 그를 은퇴시켜라. 그러면 우리는 평화를 얻을 수 있다." 늙은 라파예트 (1757~1834, 군인이자 정치가로 미국 독립전쟁을 원조하고 프랑스혁명 시에 국민국 사령관을 지냈다)가 언명했다.

이것이 민중의 목소리일까? 아니다. 지금 파리는 평온하기 때문이다. 이것은 마침내 해방된 민주주의의 외침이며, 변화에 굶주리고 역경에 견디다 못한 사회의 부르짖음이다. 귀족원 의원들도 대의원 의회를 지지하고, 의회는 황제에게 출석을 요구했다. 왜 황제는 응하지 않는 것인가? 황제에게 공공연히 대드는 자는 없지 않은가? 후년 그는 이렇게 술회하고 있다.

"의회에는 출석했어야 했다. 하지만 나는 지쳐 있었다. 양원을 해산시키는 것도 가능했을지 모른다. 하지만 내게는 용기가 결여되어 있었다."

황제에게 출석을 거부당한 대의원 의회는 제 장관의 출석을 요구했지만, 황제는 허락하지 않았다. 이에 항의하는 의회가 황제를 폐위로 몰자, 황제는 마지못해 그들의 출석을 인정했다. 황제의 대리로 의사장에 나온 뤼시앵과 제 장관이 황제에 의해 적과 평화 협상을 하기 위한 위원회가 결성된 요지를 알리자, 의원들은 맹공격을 가한다. "열강은 이제 황제와의 교섭을 바라지 않는다! 열강은 황제에게 민권 박탈을 선언했다! 그는 퇴위해야 한다. 본인이 거부하면 우리가 퇴위시킨다!"

심의가 진행되는 중, 황제는 몹시 화가 난 듯 정원을 왔다갔다 하고 있다. 곁에 있는 것은 뱅자맹 콩스탕이다. 열을 올려 말하는 황제의 모습에 피로의 기색은 없었다.

"이제 이것은 나 개인의 문제가 아니다. 프랑스의 문제다. 모두가 나의 퇴위를 바라고 있다. 하지만 그들은 그에 수반되는 영향을 충분히 감안하고 있는가? 군이 결집하는 것은 내 주변이며, 내이름 주위이다. 군에서 나를 배제하는 것은 군을 해체하는 것이나 다름없다. 군대는 그들의 공리공론에 귀를 기울이지 않는다. 형이상학적인 공리나 권리선언, 법정 연설로 앞다투어 달아나는 병사를 막을 수 있다고 생각하는가? 칸에서 상륙을 저지당했다면 납득했을지도 모른다. 그러나 이 시점에서 나를 포기하는 것은 납득이 되지 않는다! 적군이 목전에 닥친 지금 정권을 전복시킨다면 반대파라 해도 상처를 입을 것이다. 다들 빈말로 외국군을 속일 수 있다고 생각하는가? 2주일 전에 나를 실각시켰다면 그것은 용기 있는 행위였을지도 모른다. 하지만 지금 나는 적의 공격 대상 일부를 이루고 있고, 그것은 프랑스가 지켜야 할 일부를 이루고 있다는 말이 된다. 나를 팔아넘기면 프랑스 자신도 적에 항복하여 스스로를 패자로 인정하는 것이며, 승자가 된 적을 돕는 것이다. 나를 퇴위시킨다고 해서 자유가 얻어지는 것은 아니다. 얻은 것은 워털루의 재현이다. 무엇보다 어떠한 명목으로 의회는 나에게 퇴위를 요구하는가? 의회는 이미 합법적 활동 범위를 일탈했고, 이제는 아무런 임무도 띠고 있지 않다. 거기다 내게는 의회를 해산할 권리와 의무가 있다."

이때 환성이 오른다. "황제 만세!" 아직도 황제를 비할 데 없는 사람으로 생각하는 것은 누구인가? 포부르 생 앙투안의 노동자다. 평등의 정신에 의해 이미 자유의 몸이 된 그들은 자유가 다소 억압되었다 해도 괴로워하는 일은 없다. 정원 울타리에 매달려 쇠창살 너머에서 외친다.

"독재를! 국민군을! 황제 만세!"

"어떤가, 그대도 알겠지? 나는 그들을 명예로 꾸며준 것도 아니고 억지로 돈을 안겨준 것도 아니다. 어떠한 은혜를 내가 베푼 것도 아니다. 저것은 뇌리에 번득이는 본능의 외침, 그들의 입을 빌린 국가의 목소리다. 내가 마음만 먹으면 1시간 후에 반정부 의회를 소멸시킬 수 있다. 하지만 그런 짓은 하고 싶지 않다. 한 남자의 목숨과 저울질하기엔 대가가 너무 심대하다. 나는 쟈크리의 난(14세기 북프랑스에서 일어난 농민 반란)의 선도자가 되고 싶지는 않다. 파리를 피바다로 만들려고 엘바섬에서 돌아온 것은 아니다."

이 폭력행위의 포기는 브뤼메르 18일을 상기시킨다. 그러나 지금 여기서 관찰되는 것은 출세의 제1보를 더럽히지 않으려는 정치가로서의 깊은 조심성이 아니라, 불길한 예감에서 생긴 자제심에 지나지 않는다. 아마도 거기에는 새로운 시대의 영향, 이제는 무력에 호소하는 것을 바라지 않는 시대의 영향도 있었을 것이다.

그동안 뤼시앵은 비밀회의에서 귀족원 의원들에게 황제의 제안을 전달했다. 이에 관한 토의가 행해지고 그중에는 '황제의 퇴위는 국가를 위한 희생적 행위로 받아들여 주시라'라고 예의를 갖춰 말하는 자들도 있었다. 갑자기 카르노가 연단으로 올라왔다. 비극적 순간에 나폴레옹을 옹호하는 유일한 사람이었다. 만민이 황제 앞에서 무릎을 꿇고 있을 때 그를 공격한 것도 그뿐이었던 것처럼.

시에예스도 돌연 황제 지지를 표명하며 명예를 위해 모든 것을 바치는 고대의 고결한 무사와 같은 연설을 했다.

"나폴레옹은 패배하여 지금 우리를 필요로 한다. 그와 함께 진군하지 않겠는가? 그것이 우리를 구하는 유일한 방법이다. 위기가 사라진 날에 그가 전제정치를 바란다면 그를 교수형에 처하기 위해 재집결하자. 지금은 그를 구하자, 그가 우리를 구하게 하기 위해서!"

라파예트가 이를 차단했다.

"여러분은 잊었는가? 동포의 뼈가, 우리 자제들의 뼈가 도처에 내팽개쳐지고 너무나 오랫동안 우리의 열광과 충성의 증거를 도처에서 보여주고 있다는 것을. 러시아의 얼어붙은 황야와 이집트의 사막에서, 비스툴라 연안에서 10여 년 동안 300만의 프랑스인이 횡사했다. 한 남자의 교만과 권력 때문에! 게다가 그 남자는 아직도 유럽 열강과 싸우기를 바란다. 시민 여러분은 이 자를 인정해서는 안 된다!"

토의는 새벽 3시까지 계속되고 사람들은 퇴위를 강력하게 요구했다. 1815년 6월 22일 아침, 부르봉 궁 부속사령관이 알현하러 왔을 때도 황제는 극도의 흥분 상태였다. 그는 집무실을 돌아다니며 자코뱅파를 경멸하고 다시 총재정부가 설치될 것을 예상하고 있었다. 황제가 퇴위를 거부하면 의회는 황제의 민권을 박탈할 것이라는 선언이 내려졌다는 얘기를 사령관이 머뭇거리며 고했다. 사바리나 콜랭쿠르뿐만 아니라 뤼시앵마저 전쟁을 단념하고 퇴위하도록 촉구했다.

"나는 놈들에게 빛나는 승리에 너무 익숙하게 했다. 놈들은 단 하루의 불행도 견디지 못한다! 가련한 프랑스는 어떻게 될 것인가?"

그리고 "할 바를 다 했다"라고 중얼거리며 조용히 대국민 성명문을 구술했다. 요청하는 희생은 치른다. 나의 정치생명은 끝났다. 따라서 아들이 나폴레옹 2세로서 황위를 계승할 것을 선언하며, 양원에 섭정의 임명을 청한다. 누구에게 문장을 필기시킬 것인가? 충신 중에서 이 최후의 성명문을 기록할 만한 권위 있는 자는 누구일까?

아우였다. 그 자신이 오랫동안 황제의 자리를 갈망하고 있었던 뤼시앵이었다. 그가 이 정도의 이상주의 기질이 아니었다면, 진작 불만분자를 모아 국가 요직에 앉아 있었을 것이다. 제2의 나폴레옹으로서가 아닌, 또 다른 보나파르트로서. 그러나 지금 우리 앞에 있는 것은, 영광의 꿈을 버렸음에도 불구하고 나이 마흔에 겨우 한 달간 황족으로서 재능과 학술 정신을 잠시 보이고 조용히 활동을 마치려는 남자다. 남몰래 괴로운 웃음을 삼키면서 그는 자신을 능가하는 능력의 소유자인 형의 퇴위 선언을 기술한다. 여전히 부차적 역할이기는 하나, 원통한 심정은 두 사람 사이에 응어리졌던 오랜 반목을 씻어주었다.

사실 사태는 나폴레옹의 출발 당시와 같은 전개를 보이고 있었다. 그때처럼 '추방'의 성난 외침이 거세어 임시내각에는 5명의 총재가 입각했다. 총재 중에 누구를 수석으로 선발할 것인가? 나폴레옹의 손에서 권력을 빼앗으려는 자는 누구인가?

푸셰다. 푸셰는 일시적 방편으로 수석 자리를 차지했다. 그러나 이 시점에서 황제에 대한 의회의 태도는 꽤 누그러져서 어제까지 황제의 목을 요구하던 무리가 희생적 행위에 감사하기 위한 대표단을 보내왔다. 그들에게 나폴레옹은 말했다.

"나의 퇴위가 프랑스에 행복을 초래하기를 원한다. 하지만 프랑스가 행복해질 것이라고는 도저히 생각되지 않는다. 지금 프랑스에는 국가원수가 없고 정치도 기능하지 않기 때문이다. 아들을 프랑스에 추천한다. 내가 퇴위한 것은 오로지 아들을 위해서임을 프랑스는 잊지 말아 주었으면 한다. 또 나는 국민의 이익을 위해 막대한 희생을 치렀다. 나의 황통하에 있을 때만 국민은 자유와 행복과 독립을 기대할 수 있을 것이다."

그러나 그동안에도 푸셰와 부하들은 나폴레옹의 후계자로서 오를레앙가 출신자나 브라운슈바이크가의 대공, 또한 작센 국왕까지 제안하고 있었다. 선발된 5명의 총재는 임시정부의 대표자였지 섭정은 아니다. 푸셰가 발표한 문안이 검토하고 있는 것은 국민의 처우이지 나폴레옹 2세가 아니다. 황제는 이 점을 알아차렸지만 침묵을 지켰다. 이렇게 해서 목숨을 걸고 싸워온 나폴레옹 왕조 수립이란 꿈은 이루어지지 못했다.

저녁 때 라바레트가 인사하러 왔을 때 나폴레옹은 이미 몇 시간 욕조에 잠겨있는 중이었다.

"어디로 가고 싶은가? 왜 미국은 안 되는가?"

"그 땅에는 모로가 있었습니다."

황제는 이 반론을 물리쳤다. 미국행을 진지하게 고려하고 있었기 때문에 프리깃함 한 척을 정부에 요청했다. 그런데 정부는 한 시라도 빨리 파리를 떠나라는 회답만을 보내왔다. 민중이 엘리제 궁을 에워싸고 전제정치를 요구하고 있다는 것이다. 서류의 일부를 소각한 후 나폴레옹은 말메종으로 향했다.

꼬박 이틀 동안 그는 조제핀이 손수 가꾼 정원을 돌아다녔다. 말메종까지 행동을 함께한 것은 두 마음이 없는 자들이다. 어머니, 오르탕스, 콜랭쿠르, 라바레트, 뤼시앵 그리고 조제프도 있었다. 그러나 "함께 떠날 자는 누군가?"라고 하는 황제의 물음에는 막연한 대답만이 돌아왔다. 어머니는 동행을 결심했으나 도중에 맞게 될 위험 때문에 황제가 바라지 않았다. 라바레트에게는 아직 어린 딸이 있고 부인은 임신 중이다. 아마도 훗날 합류하게 될 것이다. 엘바섬에 동행했던 드루오는 프랑스에 남을 필요가 있다. 조국이 그를 필요로 하기 때문이다. 어제까지 수행을 약속했던 어느 비서관은 눈이 먼 어머니의 탄원에 굴복했다. "잘했다, 그대는 어머니를 모실 의무가 있다"라고 말하면서 황제는 얼굴을 돌렸다.

황제가 최후의 원정을 출발하기 전날, 폴린은 소지한 보석류를 억지로 건네주었다. 오르탕스는 다이아몬드 목걸이를 건넸다. 원래 황제가 준 선물이고 본래의 소유자에게 돌려주는 것은 당연하다고 하면서. 나폴레옹은 그녀에게 100만 프랑을 지불하도록 장관에게 지시했으나 그것이 지불된 흔적은 없다. 뤼시앵과 외젠도 돈을 받았다. 어린 레옹을 걱정하여 그 어머니에게도 돈을 맡겼다. 이렇게 분배된 돈의 총액은 막대한 것이었다. 만사가 장례식처럼 엄숙한 분위기에서 진행되었다. 황제는 과거와 조제핀 얘기만 했다.

"출발한다고 장관들에게 약속했다. 오늘 저녁 떠난다. 자신에게도 프랑스에도 파리에도 지쳤다. 준비를 하라."

그런데 도대체 어디로 가는 것인가? 이때 구술한, 병사들에 대한 결별사는 저세상에서 말하는 느낌이다.

"병사 제군! 내가 부재한다 해도 나는 항상 제군과 함께 있다. 나는 전군을 숙지하고 있으며, 적에 대해 우위에 서지 않은 군단이 없다는 것을 믿는다. 앞으로 제군이 승리함으로써 적에게 알려라. 나의 지휘하에서 제군이 싸웠던 것은 무엇보다 조국을 위해서였다는 것을. 또 다소나마 내가 제군으로부터 사랑받고 있다면 그것은 우리 모두의 어머니인 프랑스에 대한 나의 열렬한 사랑에 힘입은 것이다. 한 번만 진격하면 대프랑스 동맹군은 와해된다. 나는 제군이 앞으로 적에게 안겨줄 공격으로부터 그것이 어느 군단인지 알아차릴 것이다. 프랑스 국민의 명예를 구하여 독립을 지켜라. 최후의 최후까지 20년간 내 눈에 익숙한 용사로 남으라. 그러면 제군은 무적이다."

위험성이 없었지만 정부는 성명문 발표를 허락하지 않았다. "유례없는 패전의 장수에게 소신 표명 따위가 허락될 리가 없지 않은가"라면서.

갑자기 황제는 몸을 떨었다. 귀에 익은 울림이 들려왔기 때문이다. 포성이 생드니 평원에 울려 퍼지고 있다. 적군이 파리의 관문까지 들이닥친 것이었다. 넝마 같은 군복차림의 장교와 병사가 차례차례 정보를 가져오자, 황제는 단숨에 기력을 회복했다. 적이 2군으로 나뉘어 진격하고 있다고? 각 군을 순차로 공격해 타도해야 한다. 밤에 파리 방위계획을 짜낸다. 다음날 아침 그는 포성과 함께 소생한 것처럼 젊어졌다. 몸짓까지 보나파르트 시절의 기민성을 회복한 듯 보이는 황제는 방위계획을 담은 서간을 총재들에게 보내도록 명한다.

"프랑스의 현상이, 애국자의 소망이, 병사의 부르짖음이 나에게 조국을 구하라고 촉구한다. 내각위원회에 전달해 주었으면 한다. 황제로서가 아니라, 국가의 귀추에 아직 심대한 영향력을 미칠 수 있는 장군으로서 내가 지휘권을 요구한다는 것을. 나는 군인, 시민, 프랑스의 명예를 걸고 적군을 후퇴로 몰아넣은 당일에 내 운명을 완수하기 위해 미국을 향해 출발할 것을 맹세한다."

그렇다. 그는 도박을 걸었다. 승자가 될 것인가, 아니면 전사戰死인가. 얼마 남지 않는 장교들에 둘러싸여 그는 안절부절못하면서 정부의 회답을 기다린다.

정부를 좌지우지하는 것은 이제 푸셰이다. 이전 주군을 혐오하는 그는 무례하게도 서면에 의한 회답마저 생략한다. 사자使者가 가져온 회답은 차가운 것이었다. 그의 제안을 받아들일 만큼 경솔한 각료는 없을 것이다. 무엇보다 한시라도 빨리 그가 떠나 주었으면 한다.

"진작 놈을 목매달았어야 했는데…, 놈의 처리는 부르봉 일족에게 맡기도록 하자." 나폴레옹은 얼굴을 돌리며 말했다.

그는 서둘러 사복으로 갈아입었고, 오르탕스는 기도를 중얼거리며 그에게 준 목걸이를 검은 비단 허리띠에 꿰매었다. 한때 코르시카가 화제에 올랐다. 거기라면 뤼시앵이 총독이 될 가능성도 있지 않을까. 레티치아의 눈동자가 빛났다. 아니야, 역시 무리다! 다음은 미국밖에 없다. 약간의 지체도 황제의 자유를 위험에 빠뜨릴 수 있음을 모두가 느끼고 있다. 이미 웰링턴이 국가간 범죄인으로 나폴레옹의 인도를 요구하고 있고, 내각위원회에도 이 요청에 응하는 자가 나오기 시작했다는 소문도 들린다.

라바레트가 일각이라도 빨리 출발할 것을 재촉하지만, 황제는 응하지 않는다.

"정부가 함장에게 명령을 내리지 않는 한, 출발하지 못한다."

"아무튼 출발하십시오. 닻을 올리고 선원에게 금전을 약속하십시오. 함장이 저항하면 해안에 내던지고 출항하는 겁니다. 푸셰는 반드시 폐하를 동맹군에 팔아넘길 것입니다."

"한 번 더 해군장관과 협상을 해주게."

드크레의 저택으로 달려간 라바레트에게 장관이 말했다. 자기는 일개 장관에 지나지 않는다. 푸셰를 찾아가 정부의 대표로서 협상하는 것이 좋겠다. 나는 아무것도 하지 못한다. 이때의 상황을 라바레트는 다음과 같이 기록하고 있다.

'나는 화가 나서 장관의 집에서 뛰어나왔으나, 푸세도 다른 총재도 못 만나고 새벽 2시에 말메종으로 돌아왔다. 황제는 잠자리에 들어 계셨으나 입실이 허락되어 경위를 알린 다음 다시 출발을 간청했다.'

"합중국으로 가기로 하자. 땅을 얻게 될지도 모른다. 아니면 살 수도 있다. 모두가 그것을 경작한다. 나는 거기서 다시 시작한다. 그리고 자급자족 생활을 하겠다."

"총재들은 폐하를 인도하거나 적어도 미국에서 멀리하게 하려고 미국에 강요할 것입니다."

"그런가, 그러면 멕시코로 가자! 거기에는 애국자도 있을 것이며 나는 그들의 지도자가 되겠다."

"그들에게는 이미 지도자가 있다는 것을 간과하고 계십니다. 게다가 그곳의 지도자는 독립심이 강해서 폐하를 쫓아버리고 다른 장소를 찾으라고 강요할 것입니다."

"그런가, 그렇다면 카라카스로 간다! 거기도 안 되면 부에노스아이레스로. 결국 나는 바다에서 바다로, 인류의 악의와 박해에 노출되어 싸우면서 도망갈 자리를 찾아 돌아다니게 되겠지."

"폐하는 진심으로 영국군이 설치한 무수한 덫과 전함을 계속 피할 수 있다고 생각하십니까?"

"피하지 못하면 붙잡히겠지. 영국 정부는 무능하지만 국민은 위대하고 고상하며 관용이 있다. 그들은 나를 나름대로 대접해 줄 것이다. 요컨대 그대는 내가 어떻게 하기를 바라는가? 바보처럼 멍하니 웰링턴에게 잡혀서, 놈의 전리품으로 런던 거리를 끌려다니기를 바라는가? 쟌 2세(1356년 프와티에 싸움에서 영국군에 붙잡혀 런던의 감옥에서 죽은 프랑스 왕이다)처럼? 국가가 나의 공헌을 거부한 이상 취할 길은 한 가지뿐이다. 출발하는 것 외에 방법이 없다. 다음은 운을 하늘에 맡길 뿐이다."

"폐하는 위기에서 달아나기 위한 수단도 다 하지 못하고 계십니다."

"달아난다는 것은 무슨 의미인가?"

나폴레옹은 긍지와 분노의 눈길로 라바레트를 노려보고 말을 이었다.

"도대체 어디로 달아나라는 것인가?"

"영국군은 폐하가 합중국으로 가시려는 의도를 이미 알고 있습니다. 적어도 가능한 한 고귀한 패배의 길을 찾으셔야 합니다."

자살을 암시하고 있다고 생각한 황제는 말했다.

"그러니까 무엇을 말하고 싶은가? 한니발을 따르는 방법을 모르는 것은 아니다. 하지만 자살은 연약한 무리, 병든 정신의 소유자에게 맡겨야 한다. 나의 운명이 어떤 것이든, 나는 최후의 순간까지 내 죽음을 재촉할 생각은 없다."

"제 말은 그런 뜻이 아닙니다, 폐하. 대 나폴레옹이 대관戴冠 이래 10년에 이르는 영광을 거쳐 다시 조국의 독립을 되돌리기 위해 자진하여 몸을 희생하는 모습을 보고 감동하지 않는 자가 있겠습니까?"

"과연, 꽤 아름다운 종말이군. 그런데 도대체 누구에게 항복한다는 것인가? 블뤼허인가, 웰링턴인가? 그들은 나와 교섭할 만한 권력을 가지고 있지 않다. 그들은 그저 나를 포로로 잡고 프랑스와 나를 그들 마음대로 하고 싶은 것이다."

"저라면 알렉산드르 황제에게 가겠습니다."

"그대는 러시아인을 모른다! 큰 승부에 나서기 전에는 심사숙고가 빠져서는 안 된다. 내 몸을 희생시킨다는 것은 나에게 아무것도 아니다. 하지만 그것은 프랑스의 파멸을 초래하는 길이 될 것이다."

나폴레옹은 다시 위험을 갈망하는 모험가가 되었다. 뿌리 없는 풀처럼 무국적자로, 폭풍우와 맞서는 해군 공병으로, 죽음을 두려워하지 않는 대담한 해적으로 되돌아간 것이다. 자살을 거부하고 비서관의 제안을 즉석에서 이해하여 호기를 엿보이는 깨어난 태도와 용기가 불굴의 생명력을 보여준다.

출발 직전, 어머니와 최후의 말을 나누는데 갑자기 병사 하나가 뛰어들었다. 탈마였다. 황제에 대한 우애와 어머니와 아들의 숭고한 작별 장면에 함께하고 싶어서 온 것이었다. 나폴레옹의 총애를 받은 자는 꾸밈없고 감동적인 이별을 거창한 문장으로 전하고 있다.

황제의 마차에 동승한 것은 다섯이었다. 열렬한 이상주의자인 젊은 장군 구르고Gourgaud(1783~1852, 브리엔 전투에서 총 맞은 나폴레옹을 구했고 세인트헬레나로도 수행했다), 엘바섬으로 수행한 베르트랑과 그의 아내, 그리고 두 하인이다. 행선지는 로슈포르(서부 항구)다. 거기라면 프리깃함을 찾아내게 될 것이다.

얼마나 멀고 지루한 길인가! 도망자는 끊임없이 뒤를 돌아본다. 반드시 돌아와 주기 바란다는 목소리가 쫓아올 것이라고 귀를 곤두세우면서…. 드디어 일행은 북진하는 2연대와 조우한다. 행진을 멈추고 황제의 모습을 알아본 병사들이 환호성을 지르는 것을 본 황제는 수행하는 장군들에게 말을 건다. 마차는 다시 전진한다. 드디어 대서양이 보인다. 아우를 기다리던 조제프가 출항 직전인 미국행 증류주 운반선을 빌리라고 독촉한다. 뇌리에 과거의 정경이 떠오른다. 지중해, 코르시카섬, 이탈리아, 회청색 눈동자의 젊은 장군과 프랑스의 운명이 걸린 로디의 다리, 뮈롱 중위가 장군을 감싸서 그의 목숨을 구한 것이 그 다리 옆에서의 일이었다. 그때 부하의 행동은 영원히 황제의 뇌리에서 지워지지 않을 것이다. 하지만 지금 황제를 끌어당기는 것은 대양 건너편이다. 다시 모험가로 돌아온 그는 대양 건너편에 자리하고 있는 광대한 평원에서 목축을 생업으로 하며 멕시코의 통령으로서 죽음을 맞을 생각이다.

그러나 신은 다른 결단을 내렸다. 신은 위대한 생애에 걸맞은 종언을 바란다. 그래서 다시 영웅의 기력을 쇠약하게 만든 것이다. 이렇게 검토와 교섭으로 머뭇거리는 사이에 10일이 지나갔다.

황제는 부근의 작은 섬으로 옮겼다. 영국군이 눈감아줄 만한 소형전함을 2척 빌릴 준비가 되었으나 황제가 거절했다. 앞바다에는 출항 준비를 마친 미국 군함 2척이 있다. 어느 덴마크인 선장과도 교섭이 시작되었다. 한편으로 해군 사관후보생들이 자청해서 황제에게 제의했다. "부디 저희 함정에 타주십시오. 저희 16명이 야음을 타서항구 바깥으로 모시고 나가겠습니다"라고. 청년들은 작은 살롱에 모여 이 계획을 황제의 새로운 심복인 라스카즈(1766~1842, 군인이자 작가로 구체제의 해군사관이다. 1808년 나폴레옹에게 귀순했고 후년《세인트헬레나 회상록》을 출판했다)에게 열심히 설명했다.

나폴레옹은 감정으로 달리는 일 없이 침착한 태도로 측근을 불러 모아 의견을 들었다. 대다수가 다시 한 번 군대에서 지휘를 해야 한다고 진언했다.

"남프랑스에 있는 병사들은 모두 황제를 지원할 것입니다."

하지만 그는 반박했다.

"내전의 불씨를 만들고 싶지는 않다. 정치 이야기는 이제 질색이다. 휴식을 바란다, 미국으로 가고 싶다."

그렇다고 변장을 하고 달아나는 것은 자존심이 허락지 않는다.

국왕 루이가 대프랑스 동맹군의 호위를 받아 두 번째 파리에 입성했다(1815. 7. 8)는 소식이 도착한 것은 그런 때였다. 게다가 '벨레로폰'(그리스신화에 나오는 포세이돈의 아들. 천마 페가수스를 타고 괴물 키메라를 퇴치했다)이라는 불길한 이름의 영국 순양함이 로슈포르의 앞바다에 닻을 내렸다고 한다. 이제 파리로의 귀환은 불가능하고 항구도 봉쇄되어 버렸다. 황제는 미적미적하다가 호기를 놓치고 만 것이다. 일개 해적처럼 붙잡혀 국사범으로 런던으로 연행될 것인가. 영국은 21년 동안이나 적이었으나, 영국인은 프랑스인 다음가는 세계에서 유수한 위대하고 고귀한 국민이다. 고대 그리스인과 로마인은 예로써 적을 대우하는 많은 사례를 우리에게 보여주었다.

코르시카에서는 환대할 권리를 침해하는 자는 누구라도 칼로 찌른다. 7월 13일, 그는 영국 황태자 앞으로 서찰을 구술했다.

"전하, 우리나라를 분단하는 과격파 및 유럽 열강의 화살 앞에 세워진 저는 정치활동과 인연을 끊고 테미스토클레스(아테네의 정치가이자 장군으로 페르시아군을 살라미스 해전에서 격파한 후 스파르타의 반감을 사서 망명했다)와 같이 영국 국민에게 보호받는 것을 생각해 냈습니다. 그들 법률의 보호 아래 몸을 두는 것을 허락해 주시기를, 적에게도 가장 유력하며 관용과 흔들리지 않는 마음을 가진 전하께 부탁 올리는 바입니다."

거만하지도 비겁하지도 않은 문장이지만, 그의 생각을 가감없이 토로하고 있는 대목이 있다. 나폴레옹은 옛날 테미스토클레스가 페르시아인에게 후하게 대접받았듯이 영국인에게 대우받기를 바란다는 것이다. 역사상의 영웅을 찬미한 나머지 생긴 혼자만의 생각이 그를 파멸시키려 한다.

다음날 라스 카즈는 이 서찰을 상층부에 전하기 위해 '벨레로폰'의 함장에게 맡겼다. 성실한 군인인 함장은 황제의 신변 안전이 보장되어야 마땅하다는 견해를 드러내면서, 나폴레옹을 선상으로 맞이할 것인지 아닌지에 대해 대화를 나눴다. 함장 메이트랜드의 상관인 해군제독 보덤에게는 문제의 도망자를 체포하라는 명령이 이미 오래 전에 전달되었으나, 교섭은 제독이 모르는 곳에서 행해지고 있었다. 비엔나 회의에서 영국이 나폴레옹 추방을 승인한 이상, 나폴레옹 체포는 국제법으로도 합법적 행위였다. 하지만 메이트랜드 함장은 선장으로서 함 내에서 손님의 자유를 보장했다. "나폴레옹은 그 입장을 고려하여 정중하게 대접받을 것입니다. 우리나라 국민은 관용적이고 민주적이니까요"라고 말하면서.

한 장의 문서도 교환하는 일 없이 간단한 구두 약속만으로 유럽의 지배자였던 남자는 적함에 승선했다. 황제는 결코 충동적으로 행동한 것이 아니었으며, 절망하여 자포자기한 행동도 아니었다. 교섭은 수일 동안 진행되었고 결정은 심사숙고 후의 일이었다. 그렇지만 20년에 이르는 통치 경험을 가진 나폴레옹이 구두 약속이 어느 정도의 가치를 가지는지 모를 리는 없다. 서면에 의한 승인만이 일정한 보증을 제공한다는 것을 충분히 알면서, 왜 그는 공식 문서 없이 '벨레로폰'에 승선했는가? 물론 런던에서 회답을 기다릴 수 있는 상황은 아니었다. 사실 그는 함장의 말을 전면적으로 신뢰한 것도 아니다. 다만, 그 태도에서 의리를 중히 여기는 인물로 판단하고 이에 기대했던 것이다. 이렇게 해서 후세까지 이야깃거리가 된 영국 황태자 앞으로 편지를 쓴 다음, 나폴레옹은 군복 차림으로 영국 군함에 올랐다. 1815년 7월 15일의 일이었다.

X X

함장은 갑판에 있었다. 나폴레옹은 드물게 모자를 벗고—군주에게도 이런 예절을 꼭 지키지는 않았다— 명료한 목소리로 말했다.

"귀국의 황태자와 귀국의 법 아래 보호를 요청하려고 왔노라."

이어서 함정의 장교들이 소개되고 어느 해전에 참가했는지 질문을 받았다. '폐하'가 아닌 '귀하'라고 불러야 하는 것에 함장은 곤혹스러워했다. 나폴레옹은 평소와 다름없는 위엄 있는 태도로 모든 것을 감수하고, 20년간 적대해 온 영국 해군에 관한 지론을 전개했다. 역사상의 사례라도 논하듯이 냉정한 어조로 영국 해군은 타국 군에 비해 훨씬 유능하고 공격이 정확하다고 말하고, 영국군에서의 엄한 징계 처분에 대해서도 장교들과 의견을 교환했는데 논쟁은 명령 계통의 문제에까지 미쳤다.

"귀국의 군함이 프랑스 군함을 그렇게 쉽게 격파한 것이 아직도 이해되지 않는다. 현재 운행되고 있는 전함 중 가장 뛰어난 것은 프랑스제이다. 프랑스 함은 동형 영국 함에 비해서 여러 면에서 견고하게 만들어져 있다. 대포의 수도 우세하고 구경도 크고 인원도 많이 승선한다."

"그것은 아까도 말씀드린 대로 우리 해군 지휘관이 경험이 풍부하기 때문입니다."

나폴레옹은 눈썹 하나 까딱하지 않는다. 이윽고 대화는 항해술로 이어졌다.

"이런 프리깃함들이 바다로 나가면 우리 항해술이 어떤 것인지 아시게 될 것입니다."

황제는 반론도 저항도 하지 않으며 다시 한 번 질문한다. "24구경의 대포를 탑재한 프리깃함 2척이라도 74문의 대포로 무장한 '벨레로폰'의 진격을 저지하지 못할 것인가?"라고. 함장은 불가능할 것이라고 말하며 쉽게 증명해 보였다. 포열 앞으로 안내된 나폴레옹은 칭찬하거나 약점을 지적하면서 돌아다녔다. 함장은 그 뛰어난 식견에 감탄하고 회견 후 이 일을 공석에서 얘기했다. 드디어 '벨레로폰'이 외해로 나아갔다.

그동안 유럽 제 군주와 장관들은 회의를 열어 의논을 거듭하고 있었다. 하지만 배짱이 두둑한 인물이 없어서 유럽 및 역사를 앞에 두고 나폴레옹의 유죄 선언 철회를 거론할 만한 용기를 가진 군공은 전무했다.

로슈포르를 출항하여 10일 후, '벨레로폰'은 플리머스(잉글랜드 남서부 항구)에 입항했다. 7월의 아침, 항구는 악명 높은 포로를 구경하려고 쇄도한 무수한 작은 배로 붐비고 있었다. 런던으로부터의 회답은 아직 도착하지 않아서, 선상을 방문하는 것은 일절 금지되어 있었다. 뜻하지 않은 특권을 누린 것은 수부들이었다. 매일 황제를 볼 수 있었으니까.

프랑스어를 할 수 있는 자라면 누구나 나폴레옹과 대화할 수 있었다. 함선을 둘러싼 구경꾼에게 그는 풍자화를 통해서 접한 '괴물' 외에는 아무것도 아니었고, 증오와 조소의 대상일 뿐이었다. 그래서 괴물을 한번 보려고 기다리고 있었으나 선실에 틀어박힌 채 나올 기미가 보이지 않는다. 상륙할 전망은 전혀 없고 그에게 자유가 허락될지는 아무도 모른다. 어느 날, 그는 바깥바람을 쐬려고 갑판으로 나오게 되었다. 녹색 코트를 입은 비무장의 적장들로부터 몇천 개의 화살 같은 시선이 쏟아졌다.

그런데 이때 놀라운 일이 일어났다. 짐작할 수 없는 표정의 내면에서 빚어진 어마어마한 위엄과 고뇌에 압도되어 모두가 모자를 벗은 것이다. 대형선에도 보트에도 항구에도 나폴레옹의 시선이 닿는 곳에, 모자를 쓰고 있는 자는 없었다.

놀라는 기색 하나 없이, 경의를 표하는 군중 앞에 그만이 계속 삼각모를 쓰고 있었다. 영국의 민중은 본능적으로 감지한 외경심의 표현으로써, 그들 정부가 범하고 있는 과오를 미리 속죄했던 것이다. 런던으로부터의 회답은 3일 늦게 도착했다. 4일째인 7월 31일, 수명의 영국인 장교가 황제의 선실에서 1통의 문서를 건넸다. 황태자가 아닌 영국 정부의 봉서였다.

"우리는 보나파르트 장군에게 유럽 평화를 재차 교란당했다. 온갖 전란이 재차 초래될 수 있는 편의를 제공하는 것은 우리나라에 대한 또 국왕 폐하의 동맹 제국에 대한 의무에 어긋나는 것으로 생각된다. 따라서 우리의 최우선 목적을 보장하기 위해서는 그의 개인적인 자유가 구속되는 것은 피할 수 없다."

그리고 거기에는 이하 사항이 부기되어 있었다. 장군의 건강에 맞는 환경인 고립된 섬, 세인트헬레나(남아프리카 앞바다에 있는 영국령 화산섬)로 연행하는 것으로 결정한다. 이에 장교 3명, 의사 1명, 하인 12명의 동반이 허가되었다. 이것이 현세의 크세르크세스(고대 페르시아 아케메네스 조 10대 왕의 아들로 보호를 요청한 적장 테미스토클레스를 정중하게 대접했다)가 보낸 회답이었다.

보고에 의하면, 나폴레옹은 서간을 탁상에 놓아둔 채 한동안 말이 없었으나 이윽고 격렬한 어조로 항의를 펼쳤다.

"신과 인류 앞에 나는 엄숙히 항의한다. 나에 대한 폭력에 대해서, 침범할 수 없는 나의 권리 침해에 대해서 항의한다. 귀국은 힘으로 내 자유를 침해하고 있기 때문이다. 나는 자진해서 '벨레로폰'에 승선했다. 나는 영국의 포로가 아니라 손님이다. 나는 함장의 권고로 영국에 온 것이다. 함장은 영국 정부로부터 그것이 나의 뜻에 맞으면 그것을 받아들여 측근들과 함께 영국으로 모셔가도록 명령을 받았다고 말했다. 나는 대영제국의 보호하에 몸을 두려고 권고를 받아들였다. '벨레로폰'에 승선한 시점에서 나는 영국의 보호를 받을 권리를 얻었다. 만일 영국 정부가 덫을 놓을 목적으로 '벨레로폰' 함장에게 명했다면, 정부의 행위는 명예를 더럽히는 것이며 함기艦旗의 품위를 손상시키는 일이다. 이러한 행위가 버젓이 통하게 되면 앞으로 영국인이 유럽에서 아무리 성의, 법률, 자유를 운운하더라도 헛수고에 그치게 될 것이다. 영국에 대한 신뢰는 '벨레로폰'에 의한 거짓 보호로 무효가 되었다.

나는 본 건을 역사에 호소한다. 역사는 말할 것이다. 10년에 걸쳐 영국 국민과 싸워온 한 남자가 그들의 보호하에 몸을 맡기려고 군복차림으로 찾아왔다. 이것은 영국 국민에 대한 그의 신뢰와 존경을 나타내는 최고의 증표가 아닌가? 그런데 영국은 그 고매한 적의 정신에 어떻게 보답했는가? 보호의 손길을 내미는 척하고 몸을 맡긴 순간 눈을 감아 버렸다."

이 문언에서 특징적인 것은 그를 자극하고 있는 도의적인 분노다. 국제법에 대해서는 거의 언급하지 않고 오로지 영웅의 권리에 대해서만 피력한다. 그에게는 영웅으로서 청구할 수 있는 권리가 있을 터이며, 이것을 부여하지 않는 것은 이치에 맞지 않는다는 주장이다. 곤혹스러워하는 몇 사람의 영국 장교들을 앞에 두고 사방이 막힌 좁은 선실에서 소리 높여 말했지만, 사실 이 항의는 후세를 향해 던지는 말로 생각된다. 심하게 상처받은 정신은 잃은 자유보다 짓밟힌 명예를 한탄하고 있다. 이것으로도 나폴레옹이 당초부터 자신의 운명에 대해 명확한 비전을 가지고 있었으며, 100년 후 나폴레옹 전설에 의해 길러지는 세대에게 어떠한 이미지를 가지게 할 것인지를 염두에 두고 행동하고 있었음을 파악할 수 있다.

테미스토클레스는 배신당했다. 또다시 전통의 세습 군주는 훌륭한 행위를 할 절호의 기회를 놓쳤다. 모처럼 하늘에서 떨어진 손에 든 구슬을 아깝게 깨뜨렸다. 먹이가 너무 훌륭해서 그의 손에는 과분했던 것이다.

그러나, 나폴레옹은 거대한 정신적 중압감을 털어버린다. 그 정도 타격을 받았는데도 이 남자는 갖고 있는 힘을 전면적으로 회복할 수 있는 새로운 용기를 획득하기에 이른다. 노여움이 가라앉자 그는 흔들림 없는 정신력으로 자기가 입은 부당한 행위를 인내한다. 그래서 그 후 10일 동안 플리머스에서 받은 죄수의 치욕과 수하물 및 금전의 몰수에도 태연했다.

8월 7일, 드디어 닻이 오르고 황제와 측근을 태운 '노섬벌랜드'

호는 프리깃함 2척 사이에 끼여 천천히 항구를 빠져나갔다. 여름 아침 안개 저편에 프랑스 연안이 희미하게 떠오르고 있었으나, 나폴레옹의 안중에는 없었다! 지금 그의 생각을 차지하고 있는 것은 훨씬 동쪽 내륙에 위치한 도시, 그를 추방한 파리다.

저녁이 되자 그가 지배했던 유럽이 시야에서 사라졌다. 컴컴한 바다가 밤의 항해자 앞에 펼쳐진다. 그는 바다를 지배할 수는 없었다. 뱃머리에 선 나폴레옹은 앞도 뒤도 보지 않고 있다. 옛날 이집트를 목표로 항해할 때와 같이 하늘을 쳐다본다. 자신의 별을 찾아서.

파란만장한 이야기도 이제 종반에 접어든다.

NAPOLEON

5

암초 세인트헬레나

세인트헬레나, 도착에서 죽음까지

신의 옥좌 앞, 최후의 심판 자리에 나폴레옹이 출두했다.
그가 한 일로 시작되는 긴 고발장을 악마가 준비했다.
아버지이신 신인지 아들인 신인지는 모르나
그중의 한 신이 옥좌에서 악마에게 외친다.
"그만하라! 그대는 현학자처럼, 독일인 교수처럼
그 지루한 것을 다 읽을 셈인가?
그 남자에게 맞설 용기가 있다면 그대에게 맡기마.
지옥으로 데려가고 싶으면 데려가라.

— 괴테 *Johann Wolfgang von Goethe* —

I

강철 거울처럼 잔잔한 잿빛 바다를 남자가 응시하고 있다. 손은 뒷짐을 지고 혼자 우뚝 서 있다.

비단 양말에 녹색의 프록코트, 가슴에는 레종도뇌르 훈장이 장식되어 있다. 나이는 확실치 않다. 멀리서 보기에는 땅딸하고 다리가 짧다. 머리는 크고 상당히 편평하다. 후두부에 흐르는 밤색 머리털은 아직 풍성하고 백발은 한 올도 없다. 굵은 목을 떠받치는 강인한 어깨. 표정은 굳어 있다. 세월을 겪은 대리석 같은 누런 안색. 주름은 없으나 고대의 조각품처럼 정돈된 옆얼굴 선이 턱 뒤에 붙은 두툼한 살집으로 손상되었다. 다소나마 왕년의 아름다움을 간직하고 있는 것은 코와 치아, 손뿐이다. 치아는 하나도 빠지지 않았고 손은 교전 중에도 손질을 게을리하지 않았다. 잉크 얼룩이 묻지 않도록 자구字句의 수정도 연필로 할 정도였다. 맥박수는 62를 넘은 일이 없고 흉부는 매우 발달했으며 체모는 적고 성기가 매우 작아서 어린아이의 것과 같다고 한다. 이것이 육체적으로 본 나폴레옹이다. 자신의 신체를 있는 그대로 인식한 그는 가능한 한 거기서 장점을 끌어내는 방법을 알고 있었다.

"나는 아직까지 심박수가 오르는 것을 경험한 적이 없다. 내게는 심장이 없는 게 아닌가 생각될 정도다"라고 진지하게 말하곤 했다. 이것은 주목할 만한 절제節制 덕분이며, 절제야말로 그가 비범한 일 처리 능력을 발휘할 수 있는 원천이다.

"나는 천성적으로 매우 귀중한 두 가지 장점을 가지고 있다. 하나는 휴식이 필요하면 언제 어디서나 잠잘 수 있다는 것, 또 하나는 폭음폭식을 하지 못한다는 것이다. 과식이 병이 되는 일은 있어도 소식이 그럴 우려는 없다."

집무실에서 칩거 생활을 하더라도 그다음에 오는 야전 생활과 이에 수반되는 옥외에서의 장시간에 걸친 승마가 결과적으로 건강을 회복하는 데 유효하게 작용했다.

"물, 공기, 청결이 나에게는 최고의 보약이다."

틸지트에서 드레스덴까지 100시간을 마차로 흔들리며 가도 피로를 모르는 그는 의기양양하게 목적지를 밟았다. 알프스의 고개에서 점심을 먹으려고 비엔나까지 달렸다가 저녁때 쉰브룬으로 돌아와서 다시 일에 들어갔다. 스페인에서는 바야돌리드에서 뷰르고스까지 거의 130킬로미터를 5시간에 주파했다. 폴란드에서는 가혹한 행군 끝에 바르샤바로 되돌아온 것이 한밤중이었으나, 다음날 아침에는 신임 관료를 알현하고 있다. 과로로 24시간을 틀어박혀 있다가도 일단 집무를 재개하게 되면 거뜬히 60류(240㎞)를 질주하며 종일 사냥을 하는 것도 마다하지 않았다. 이것이 체력 회복을 위한 나폴레옹식 요법이었다. 어느 날 사고를 당해 구사일생한 그는 그것이 기력에 의한 것이라 확신하고 이렇게 말한다.

"어제 의지의 힘에 대해 생각해 보았다. 명치에 일격을 당했을

740

때 이제 틀렸다고 생각했다. 그러나 결코 죽지는 않겠다고 생각할 여유는 있었다. 그리고 살아났다! 다른 자였다면 그때 죽었을 것이다."

그에게 있어서는 신체적 강건함과 신경의 기민성이 정비례한다. 명령하는 것이 천성처럼 되어 남으로부터 받는 구속은 사소한 것이라도 참지 못하고, 옷이나 신발도 약간의 불편이 있다는 이유로 하인의 머리에다 집어 던진다. 하인들은 그에게 옷 입히는 순간을 잘 선택하여 재빨리 일을 해내야 했다. 무슨 생각에 집중할 때—그렇지 않을 때가 거의 없지만—는 점심을 물리치거나 의자를 뒤집어 버리는 일도 있었으며, 이야기하거나 명령을 내리면서 실내를 넓은 보폭으로 돌아다니는 것이 습관이었다. 성미가 급하고 사고의 속도에 손이 따라가지 못하다 보니 필적은 부정형의 생략 철자라고나 할까, 휘갈겨 쓴 글씨는 100년에 걸친 연구에도 불구하고 아직도 판독 불가능한 부분이 있다. 온갖 악취로부터 몸을 지키려고 늘 오데코롱을 사용하고 극도로 신경이 곤두섰을 때는 목욕으로 진정시켰다. 영국과의 전쟁 초기에는 4인의 비서관을 상대로 사흘 밤 사흘 낮의 집무를 계속하고 따뜻한 물에 몸을 담그면서 빠른 속도의 구술口述을 6시간 계속한 일도 있었다.

그는 목욕에 의한 혈액의 완만한 순환이 예민한 신경을 누그러뜨린다고 믿는다.

"내 신경은 예민해지기가 쉽다. 그럴 때 혈액이 천천히 흐르지 않으면 발광하기 십상이다."

이 신경성 흥분이 간질 발작을 일으키는 것이 아닐까, 하는 설도 있다. 그러나 그것만큼 근거가 희박한 설은 없고, 무엇보다 나폴레옹이 그런 증상을 일으키는 것을 목격한 사람이 전혀 없다. 육체가 건강한 한, 나폴레옹은 어떠한 고통이나 고난도 견딜 수 있는 사람이었다.

하지만 그런 그도 병에는 이기지 못했다. 그가 위장병의 징후를 느끼기 시작한 것은 30대 말이었으며, 이것이 암 같은 질환이라고 진단된 것도 이 무렵이었다. 보나파르트 가문 특유의 유전 질환이 최후의 3년 동안 싸움터에서의 결정적인 순간에 그의 행동을 둔하게 만들었다. 이 병에 시달리지 않았더라면 그의 용기나 결단력이 둔화되는 일은 없었을 것이며, 몰락의 경위도 다른 양상을 보이지 않았을까?

II

육체는 정신에 지배되고 있으며 정신은 3가지 주요한 힘, 즉 자신감, 에너지, 상상력에 의해서 앞으로 추동된다.

"나는 다른 사람들과 같지 않다. 도덕과 관습의 법칙은 내게 적용될 수 없다."

이것이 황제의 자리에서 쫓겨나 유배의 몸이 된 시점에서 술회한 '나'의 자리매김이다. 예전의 정치적 서간에서는 '나'라는 말이 서두에 놓여 강조된 적이 많다. 다음은 허영심의 화신이었던 30세 무렵의 발언이다.

"나만이 정부政府가 무엇인지를 알고 있다. 나 이외에 현재 프랑스를 통치할 수 있는 자는 없다고 확신한다. 나의 죽음은 국민에게 크나큰 불행이 될 것이다."

젊은 통령으로서의 발언은 그가 얼마나 예리하며 객관적으로 상황을 파악하고 있는지를 증명하는 것이다. 그 상황이란 세상이 '나폴레옹 현상'이라고 부르는 것을 말한다. 나폴레옹이 본마음을 피력하는 일은 극히 드물고, 그 드문 경우에도 측근에게만 털어놓았다. 그의 됨됨이를 보여주는 이러한 측면을 동시대인과 후세 사람들은 부당하게도 오만으로 치부해 버렸다. 오만이라는 말은 엄밀한 의미에서 그가 천성적으로 가진 감성과 어울리지 않는다. 기어 다니는 습성을 가진 동물과 원을 그리며 창공을 비상하는 맹금류가 다르듯, 나폴레옹이 권력을 희구하여 그것을 향해 날갯짓을 한 것은 타고난 기질이었지, 지칠 줄 모르는 질투심이나 집착에 얽매인 행동이 아니었다. 이런 관점에서 통령 시절 심복인 뢰드레에게 한 말은 핵심을 찌른다.

"나에게 야심은 없다. 비록 있다 해도 나에게는 극히 자연스러운 천성이다. 나의 존재와 너무나 일체화된 나머지 체내를 흐르는 혈액이나 호흡하는 공기와 같다. 그래서 충동적인 야심으로 무분별한 행동을 하는 일은 결코 없다. 야심 때문에 싸울 필요도, 야심에 저항하기 위해 싸울 필요도 없으며 야심이 나를 앞서 달린 일도 없다. 나에게 야심이란 주위 상황과 나의 총체적 견해에 의거해서 작동하는 것일 뿐이다."

시국과 여론에 밀려 프랑스를 재건할 수 있는 것은 자기뿐이라고 확신하기에 이른 보나파르트는 뢰드레에게 이렇게도 말했다.

"굳이 말하자면 나는 국가 건설자이지 망치는 인간이 아니다."

다음은 코르네유에 관해서 한 말인데, 경애하는 비극 작가에게 자신을 겹쳐놓은 것이 명백하다.

"도대체 그는 어디서 고대 로마의 위대성을 얻었을까요? 그 자신으로부터? 그의 영혼으로부터? 그런데 영혼이란 무엇인지 아십니까, 추기경님? 그것은 천재라고 불리고, 하늘에서 날아오는 불꽃입니다. 하지만 날아오는 이 불꽃을 받아들일 준비가 된 머리는 좀처럼 찾기어렵습니다. 코르네유에게는 그것이 가능했지요. 그는 세계가 알아본 사람이었어요."

불꽃을 본 적이 없는 코르네유가 그것을 알아보는 것은 불가능하다고 반론하는 상대에게 황제는 경멸하는 어투로 답했다.

"바로 그 이유 때문에 나는 코르네이유가 위대한 사람이라고 생각합니다."

괴테가 자신의 천재성을 공표한 것처럼, 그는 간접적인 방법으로 예견에 의해 자신의 천재성을 세상에 공표한다.

그에게 권력은 목표가 아니었다. 권력을 얻기 위해서 태어났다고 생각한 일도 없다. 그래서 태연히 권력을 행사한 것이다. 한편으로 인간 생활에서 하는 활동의 요체는 이익을 얻는 것이고 인간이 품는 정념의 으뜸은 지배욕이라는 것은 확실히 알고 있었다. 그러나 천재예술가 나폴레옹에게 권력은 단순한 도구에 지나지 않았다.

"나는 권력을 좋아한다. 하지만 어디까지나 예술가로서 좋아하는 것이다. 음악가가 바이올린을 사랑하는 것처럼 나는 권력을 사랑한다. 소리와 화음, 조화를 이끌어내는 수단으로 권력을 사랑하는 것이다."

이러한 남자가 지배자가 될 운명을 짊어지고 태어났다. 나폴레옹은 "나는 명령하거나 입을 다물 뿐이다"라고 말했으나 "아니면 담판한다"를 덧붙일 수도 있었을 것이다. 인생의 4분의 1을 그렇게 소비했으니까. 그에게 있어 자신의 권위를 타인에게 인정시키는 일은 망아지가 태어나자마자 일어서서 걷는 것처럼 자연스러웠다. 리더십에 관해서는 누구에게도 뒤지지 않았던 그도 남에게 머리를 숙이는 법은 몰랐다. 자신감이 그에게 위엄을 부여하고 있었으나, 그의 위엄은 품위나 기품이 유전적 특질이라고 믿는 전통적 세습 군주들을 놀라게 하고 신경을 곤두서게 했다. 젊은 시절의 동료는 첫 대면부터 자기들과 선을 긋고 거리를 두는 젊은 장군의 태도에 당황했다. 군대 동료 중 그에게 외경심을 품지 않는 자는 없었다.

"그가 이야기를 시작하면 모두가 귀를 기울였다. 그 문제에 정통한 자로서 탁월한 의견을 피력하기 때문이다. 그가 입을 다물면, 주위는 침묵마저도 존중하여 무례하게 방해하는 자가 없었다. 그의 기분을 해칠까 두려워해서가 아니다. 그와 나 사이에 뭔가 위대한 사고思考가 개재하고 있는 듯한 느낌이 그에게 쉽사리 접근하는 것을 금하고 있었기 때문이다."

이것은 원정 보고서의 기록으로, 원정 중에는 상하관계의 의례가 생략된다는 점을 고려하면 놀라운 일이 아닐 수 없다. 그는 말메종에서 친구나 부인들과 환담 중에도 말에 거리낌이 없었다.

"나는 웃음거리가 될 의견을 갖고 있지 않다. 어떠한 경우도 권력은 조소의 대상이 되어서는 안 된다."

자타가 공인하는 분석의 신봉자이고 당대 제일의 심리분석가였던 나폴레옹은 서서히 자신의 직감을 도덕적 규범으로까지 승격시켰다. 다음은 아우인 네덜란드 왕 루이에게 내린 훈계다.

"국왕에게는 국왕의 선의가 있고 이는 국왕의 특질을 수반하는 것이어야 한다. 성직자와 같은 특질이 아니다. 국왕에게 품어야 하는 애정에는 두려움과 외경심이 혼재한다. 늠름한 애정이어야 하며, 선량한 국왕이라는 평가는 통치의 실패를 의미한다."

그가 국민에게 품게 한 사랑과 두려움이 최악의 결과를 초래했다. 그러나 나폴레옹 특유의 거리를 둔 위엄에 거드름은 티끌만치도 없었다. 그것은 놀라운 솔직성과 연결되어 있기 때문이다.

때로는 승리의 인과관계를 검토한 뒤에 어린아이처럼 웃는 일도 있었다. 나폴레옹의 웃음은 그를 접한 모든 사람에게 충격을 주었다. 웃음에 온갖 뉘앙스를 담는 기술을 구사할 줄 알았기 때문이다. 병졸의 천박한 큰 웃음에서 그냥 넘길 수 없는 미묘한 냉소까지.

대관식 직전의 어느 날 "모든 국왕으로부터 형제로 불리는 것은 나쁘지 않다"라는 나름 겸손한 발언을 하기도 했다. 상트페테르부르크에 대사를 파견할 때는 "내 러시아 아우님은 사치와 잔치를 좋아한다. 화려하게 하는 것이 좋다. 그런 지출을 위해 적당한 돈을 보내라"라고 말한다. 온갖 의례를 무시하는 그 숨김없는 발언이 정통 군주들을 창백하게 만드는 일도 가끔 있었다. 드레스덴에서 열린 제 국왕이 참석한 연회에서는 "내가 젊은 중위였을 때…"라고 말을 꺼내어 모두가 당혹해 자기 접시만 바라보게 했다. 그러자 나폴레옹은 가볍게 헛기침을 하고서 "영광스럽게도 내가 소위였을 때, 3년 동안 발랑스에 주둔하여…"라고 고쳐 말했다. 틸지트에서는 짜르와 식사 중, 이전부터 신경이 쓰였던 점을 단도직입으로 질문했다.

"사탕세로 연간 수입을 얼마나 얻고 계십니까?"

함께 있던 측근들은 심한 동요가 왔다고 보고하고 있다. 왜인가? 실업가 나폴레옹은 금화에다 자기 이름을 붙이고 있고, 말은 하지 않지만 모든 국왕이 이 금화를 기꺼이 받아들이고 있었기 때문이다.

나폴레옹은 허영심이 많은 사람은 아니다. 대부분 자기가 완벽하지 않다는 것을 솔직하게 인정한다. 그의 주변에 있는 사람들은 늘 '내일은 패배할지 모른다'라는 그의 목소리를 들을 수 있었다. 그는 일이 있을 때마다 측근이나 전문가에게 의견을 청했다. 하지만 막상 때가 되면 직감을 중시하여 즉흥적으로 행동을 전개했다. 숭고한 별 아래서 태어났다는 자각이 이러한 행동을 하게 한 것이지만, 사실 그는 즉흥의 천재이기도 했다. 또한 진실을 정면에서 응시할 수 있는 사람으로, 이 점에 대한 마르몽의 증언에는 설득력이 있다.

"나폴레옹에게는 정의감이 있었으며, 무의식적으로 버릇없는 발언을 한 자는 물론이고 화가 나서 분통을 터뜨린 자라도 깨끗이 용서했다. 사람들이 스스로 호소하지 않아도 기분을 알아차렸다. 인간이 가진 약점에 연민의 정을 가질 줄 알고, 진지한 고뇌 앞에 태연할 수 없는 사람이었다. 시기를 살피는 것도 소홀히 하지 않았고 무엇이든 의견을 말할 수 있었다. 그가 진실에 귀 기울이기를 거부한 일은 한 번도 없었다. 반드시 그 발언을 존중하는 것은 아니라 해도 진실을 그에게 말하는 데 불편함은 없었다."

나폴레옹은 아첨꾼의 농간을 꿰뚫어 보았다. 그런 자에게는 바로 등을 돌렸다. 따라서 정치적 가치를 갖지 않은 단순한 허례는 그의 노여움을 유발했다.

반대로 두려움 없이 사실을 말하는 자들을 높이 샀다. 오로지 나폴레옹을 공격 대상으로 삼고 있던 샤토브리앙을 칭찬하고, 국무원 회의 후 조금 전까지 격렬하게 논쟁하던 적수를 만찬 자리에 붙잡는 모습을 자주 본다. 포로가 되었던 러시아의 장군이 모스크바의 화재에 대해 소견을 말했을 때 격노한 나폴레옹은 그를 내쫓았으나 바로 생각을 바꿔 악수하고 "그대는 용감한 남자다"라고 칭찬했다.

스탈 부인은 15년 동안이나 그를 괴롭혔다. 나폴레옹은 자유를 희구하는 유럽인을 대변하는 그녀를 사회적 위험 분자로 간주하여 저작물을 간행 금지 처분하고 국외로 추방했으며 다시 러시아의 오지까지 밀어냈다. 하지만 그녀에 대한 외경심을 감추지는 않았고, 많은 편지에서 이를 고백하고 있다.

연대 근무 시절의 친구이자 열광적인 왕당파가 바바리아 군에 종군하고 있는 것을 알았을 때는 즉시 친구를 대사관의 육군주재무관으로 임명했다.

"중위 시절에 식사를 하다가 그대는 내 냅킨을 테이블 가운데로 내던졌다. '정치결사에 출입하는 장교와 동석하는 것은 질색이다!'라고 하인에게 호통치면서. 하지만 그건 옛날이야기다. 이젠 아무렇지도 않다."

그리고 다음 순간 본론으로 돌아가서 "탄약은 풍부한가? 그대의 포병대 상황은? 준비는 괜찮은가?"라고 말하는 것이다.

1813년 바이마르의 재상 폰 뮐러가 에르푸르트에서 일으킨 사건은 나폴레옹의 경험 중에서도 특이한 것이리라. 재상은 암호 문서를 압수당한 두 사람의 추밀원 고문에게 분통을 터뜨렸다. 이에 격노한 황제가 예나를 불 지르고 두 고문을 총살하겠다고 하자 재상 뮐러가 탄원했다.

"폐하, 아무쪼록 그렇게 부당한 조처를 하지 마십시오. 자신의 광휘를 흐리게 하여 무고한 피를 흘리게 하는 일은 영원히 있어서는 안 됩니다."

흥분한 상태에서 뮐러가 황제에게 다가갔기 때문에 위협을 느낀 황제가 검 손잡이를 잡자, 당황한 뮐러의 비서가 주인을 억지로 끌어당겼다. 일순의 정적이 흐른 후 황제가 입을 열었다.

"무모한 사람이로구나. 하지만 그대가 우정이 두터운 사람이라는 것은 알았다. 베르티에에게 재조사를 시키겠다."

이 장면은 옛 친구와의 일화와 마찬가지로 나폴레옹의 타고난 아량을 보여주는 것이다. 하지만 명예에 관한 일은 아무리 보잘것없는 것이라 해도 그를 흥분시켰다. 그에게 명예가 손상되는 것만큼 참을 수 없는 일은 없었으며 이것이 그의 약점이었다.

"내가 어떠한 이익을 가져온다면 프랑스 국민은 나의 단점도 허용해야 한다. 나의 단점은 모욕을 참지 못한다는 것이다." 그리고 이렇게도 말했다. "누군가가 나를 죽일 수는 있다. 하지만 모욕할 수는 없다. 나는 그런 사람이다."

부리엔에 따르면 나폴레옹은 법이나 도의에도 믿음을 두지 않았으나, 명예는 매우 중히 여겼다. 결과적으로 명예심이 그의 도덕심의 부재를 메웠다. 나폴레옹은 통령 시절 친구이자 비서이기도 했던 부리엔을 정계에서 추방했다. 수상한 돈에 얽힌 사건에 가담했기 때문이다. 황제가 되고서도 부리엔에게 레종도뇌르 훈장을 주는 것을 거부했다.

"황금송아지를 숭상하는 자의 손에 굴러 들어가는 것은 재산이지 명예가 아니다."

제롬 왕이 어음 지불을 거절했을 때도 "수중에 있는 보석, 식기, 가구, 말을 팔아서라도 부채를 갚아라. 명예가 모든 것에 우선한다"라고 말했다.

명예에 극히 민감했던 그는 대관식 후 초혼 때의 입회인이었던 공증인을 부르게 했다. 그의 코를 납작하게 하여 명예를 만회하기 위해서였다. 그는 조제핀에게 이렇게 출신이 나쁜 남자와 결혼하는 것은 포기하는 것이 좋다고 조언했던 것이다. 사관학교에서 그를 실컷 바보로 만든 독일어 교사는 세인트헬레나에 가서도 잊지 않았다.

명예와 마찬가지로 올바른 품행에도 집착했다.

"군주가 초래하는 유해 행위 중에도 배덕背德 행위가 최악이며,

여기에 반론의 여지는 없다. 더구나 그 행위가 신하의 본보기가 되고 나아가서는 항간에 만연하는 것을 비추어 보면 이것은 국민에게 재앙의 씨앗이다."

그가 이러한 발언을 한 것은 단순히 부르봉 일족 및 총재 정부의 행각 때문이 아니고, 자신의 품성에 의거한 타고난 절도節度 때문이다. 졸병 시절 나폴레옹이 외설스러운 말을 했다거나 그런 이야기를 듣고 좋아했다는 기록은 전무하다. 통령으로 임명되면서 조제핀에게 몸가짐이 헤픈 여자 친구와의 교제를 금지시켰는데, 몇 년 후 그녀가 탈리앙 부인의 방문을 허락한 일이 있었다. 이것을 안 황제는 분노하여 황후를 엄하게 질책했다.

"내게는 어떤 핑계도 통하지 않는다. 가련한 남자가, 여덟 명이나 되는 사생아를 가진 부인과 결혼했다는 얘기를 들었다. 그래서 예전보다 더 그 여자가 비열하게 느껴진다. 예전엔 나름대로 귀염성이 있는 여자였으나 지금은 그저 비천한 여자다."

탈레랑에게는 '25년 동안 정부情婦였던 여자와 결혼할 것인지 24시간 이내에 사임할 것인지'를 선택하라고 촉구한 일도 있다. 베르티에를 대공으로 임명할 때도 마찬가지 조건을 붙였다.

"도락도 그렇게 오래 계속하면 웃음거리가 된다. 지금 그대는 50이지만 80까지는 살 것이다. 앞으로의 30년은 결혼을 위해 산다고 생각하라."

혁명기에 신화를 소재로 하는 나체화가 크게 유행했다. 그런데 이를 금지한 것이 바로 그였다. 반면, 남편이 아내와 침실을 공유하는 것이 옳다고 하는 부르주아 계급의 풍습에 대해서는 크게 칭송했다.

"부부생활에서 이것은 중대사다. 이 풍습에서 남편의 영향력이 강화되어 애정의 무게가 늘어나고, 나아가서는 부부 사이의 금슬이 보장되는 것이다. 하룻밤 잠을 공유하면 부부가 낯선 사람이 되는 일은 없을 것이다. 이 습관을 지키고 있는 동안엔 조제핀도 내 생각을 샅샅이 이해하고 있다."

그의 자존심이 가장 높아지는 것은 감사를 표할 때다. 그가 사의를 표하는 것은 선의에서가 아니다. 어디까지나 자존심에서 생겨난 것에 지나지 않기 때문이다. 그를 위해 용맹을 다한 자에게는 넘치는 보상이 주어졌다. '빚은 반드시 갚는다', 이것이 나폴레옹의 신조였기 때문이다. 파벌에 이용당하는 것을 꺼려 어느 당에도 속하지 않았는데 이것도 의리에 묶이는 것을 피하기 위해서였다.

앞의 사례에서 감정은 일절 개입되지 않았다. 하지만 친구나 지인에 대한 감사 표시에 대해서는 반드시 그렇지만도 않았다. 정권을 차지한 후엔 죽마지우나 사관학교 동창생을 측근으로 앉히고, 사관학교 수위를 성의 문지기로 고용했다. 중위 시절 사귀었던 어느 귀족 아가씨가 도움을 청했을 때는 16년 전의 옛날 일을 상기하며, 즉시 그녀의 형제에게 일자리를 마련해 준다는 짧지만 다정한 회답을 보냈다. 그래서 유언증서의 증여 목록도 방대하다.

사의를 표해야 할 대상을 차례로 생각해 내어 분배 건수가 계속 늘어났기 때문이다. 오래전의 애인 조르지나가 곤경에 처한 것을 알았을 때는, 부탁도 받지 않았는데 거액의 재산을 나눠주었다.

그렇지만 이런 사례들은 돈으로 마무리되는 일에 지나지 않는다. 여기에 정이 개재되면 양상이 전혀 달라진다. 마르몽은 조제핀에 대한 황제의 태도를 증언하는데 매우 인상적이다. "그는 상처받기 쉽고 호인으로 정이 많았다." 그의 숙적이 황제를 변호하고 있다. 뢰드레도 대관식을 앞두고 있었던 무렵 황제가 흘린 말을 전하고 있다.

"내가 높아졌다 하나 그것만으로 그렇게 마음씨 좋은 여자를 어찌 쫓아 버리겠는가? 안 된다. 내게는 그런 용기가 없다."

조제핀에게 보낸 편지에는 이렇게 썼다.

"생각해 보면, 배은망덕이야말로 인류 최대의 약점이다."

III

나폴레옹이 혁명과 정통성 사이에서 방황하게 되는 근원에는 자신감과 자존심, 그리고 자기중심성이 자리 잡고 있다. 자존심은 출생이라는 우연에 의해 좌우되며, 전적으로 자기가 할 탓이다. 그렇지만 자기중심성은 성취로 구체화하는 만큼 다른 사람들의 자기중심성을 고려하지 않을 수 없으며, 자신과 동등한 지위에 있는 사람을 괴롭히는 것은 헌법상 불가능하다. 자신을 위해 그는 행정 및 기타 직책을 가장 잘 수행할 수 있는 사람을 선택해야 하지만, 동시에 대중을 기쁘게 해야 한다. 대중에 영합하기 위해서는 모든 사람의 평등을 지지해야 하는 동시에 개개인을 무시해선 안 된다. 이러한 모순들이 비극적인 갈등을 야기한다.

삶이라는 전투를 위해 나폴레옹이 선택한 무기는 정신과 검, 곧 지력知力과 무력武力인데, 그는 그 두 무기 모두를 혁명의 맥락에서 생각한다. "왜 프랑스 군대가 세상에서 가장 강한가? 혁명으로 인해 귀족 출신 장교들이 망명했기 때문에, 부사관副士官들이 장교를 대체했고 장군이 되었다. 지휘관은 부사관들과 함께 인민의 군대를 이끌 수 있었다. 그들도 서민 출신이었기 때문이다. 몇 년 동안 나폴레옹은 메테르니히와 슈바르첸베르크에게 철십자 훈장이나 레종도뇌르 훈장 수여를 거부했다. 그러다가 슈바르첸베르크의 저택에서 화재가 발생했고, 화재에서 그들이 보인 용감한 행동이 알려지게 됐다. 그제서야 황제는 뉘우치고 장식품, 즉 훈장을 수여했다. 네덜란드의 왕인 동생 루이는 꽤나 후하게 훈장을 뿌려댔지만, 나폴레옹은 파리에서의 훈장 착용을 허락하지 않았다. 나폴레옹은 동생에게 왕을 위한 지침을 보냈다.

"어떻게 하면 모르는 사람, 어쩌면 금방 사기꾼으로 드러날 수도 있는 사람에게 잊을 수 없는 감사의 표시를 할 수 있을까? 그대의 왕좌 주위에 모이는 사람들을 간파하는 법을 배워라! 장식품을 나눠주고 싶은 소망을 성급하게 충족시켜서는 안 된다. 왜냐하면 전투에 나가고 싶은 욕구를 미리 충족시켜 전투 욕구가 줄어들 수도 있기 때문이다. 먼저 주목할 만한 업적이 있어야만 한다. … 그대는 아직 그대의 초상肖像으로 다른 사람을 장식하는 영광을 누릴 자격이 안 되는 사람이다."

독창적인 사람이나 비범한 사람에게는 내세울 만한 혈통이 아니라는 사실이 장점으로 작용한다고 그는 강조한다. 변변찮은 자신의 혈통에 대한 자기중심적이고 자기방어적인 생각이다. 아첨꾼들이 그의 이탈리아 조상 중 한 분을 시성諡聖해야 한다고 제안하자, 황제는 '멍청한 짓'이라고 한심해한다. 메테르니히가 토스카나에 있는 부오나파르트 가문의 기록에 따라, 비엔나에서 만들어진 가계도를 나폴레옹 앞에 내놓자 황제는 이렇게 말한다. "이 종이들을 치워버려라!" 나폴레옹은 관보에 다음과 같은 고지문을 싣기도 했다 "언제 보나파르트 왕가가 시작되었는지에 관한 모든 질문에 대한 답은 간단하다 '브뤼메르 18일'이다. 사람이 얼마나 눈치 없고 버르장머리가 없으면 황제의 혈통에 관한 질문을 강조하는가?" 한번은 황제가 자신의 계보에 관한 문제로 누군가와 말다툼을 하게 되었는데 몹시 화가 나서 소리쳤다. "나는 나를 왕처럼 대함으로써 모욕하는 그 누구도 용서하지 않을 것이다!"

그런 다음에 분열이 나타나기 시작하는 과도기가 온다. "나는 왕들의 브루투스가 될 것이고, 공화국의 카이사르가 될 것이다."
이 말은 분명 모호하다. "나는 내가 도망치도록 허락한 폭도들 외에는 귀족이 없고, 내가 만들어낸 귀족들 말고는 폭도가 없다는 사실을 안다." 여기에는 어떠한 모호함도 없다. "타키투스는 폭군들로 하여금 백성들을 두려워하게 만들었기 때문에 찬양받는다. 그리고 그것은 백성들에게 아주 좋지 않은 일이었다." 이 말은 여러 해석이 가능한 것 같지만 한 가지 해석만이 존재한다.

나폴레옹의 일생을 조금이라도 아는 사람이면, 나폴레옹이 자유의 원칙을 신봉하는 척하다가 권력을 장악하자마자 곧바로 배반했다는 겉핥기식 주장에 만족할 리가 만무하다. 오히려 우리는 여기서 정신적 투쟁과 관련지어서 생각해 봐야 한다. 이것은 자신만만했던 남자 나폴레옹이 씨름해야 했던 유일한 문제, 즉 결코 해결하지 못한 문제다.

"나는 일반 백성 출신이다. 백성들의 심장은 나의 심장과 같이 뛴다. … 귀족은 언제나 냉담하고 용서하지 않는다." 이 말은 그의 성격이 지닌 본래 경향을 보여준다. 나폴레옹이 이 성향을 극복하여 이념가가 되지 않는 동시에 타고난 동정심을 이겨내는 한, 그는 천재적인 정치인이다. 오직 공적功績에 대해서만 보상하는 인간인 그가, 어린 아들의 요람을 레종 도뇌르 훈장의 수장綬章으로 장식하거나, 그를 경卿이라고 부르는 폐위된 스페인 왕에게 황제를 "폐하"라고 불러야 한다고 통보했던 것을 보면 우스꽝스럽기 짝이 없다. 이 약점들은 기괴하지만 표피적이다. 즉 그 자신도 그렇다는 것을 인식하고 있으며, 기분이 좋지 않을 때는 그런 짓들을 경멸한다. 에르푸르트에 '제국의회'의 기반을 닦기 위해 외젠을 보내야 할지, 구 귀족 출신인 탈레랑을 보내야 할지 망설이던 그는 갑자기 젊은 남자다운 씩씩한 태도로 고민을 끝낸다. "내가 비난을 받든 안 받든 그게 나와 무슨 상관이란 말인가? 그런 건 신경 쓰지 않는다는 것을 그들에게 보여주겠다."

그와 우리 모두에게 더 심각한 문제는 왕위 계승권의 기원起源과 법칙이 논의될 때이다. "나를 찬탈자라고 부르는 것은 거짓이다. 나는 루이가 스스로 지킬 수 없어 비어 있던 자리를 차지했을 뿐이다. 내가 루이였다면 그 변화로 인해 생긴 놀라운 진보에도 불구하고 혁명을 막았을 것이다. 나의 힘은 나의 행운에 있다. 나는 제국처럼 새롭다." 다소 혼란스러운 이 추론에도 불구하고 그는 한 걸음 더 나아가서 "나는 프랑크왕국의 클로비스 1세부터 공공안전위원회 시절까지 일어난 모든 일에 책임을 지고 있으며, 정부에 대해 의도적으로 말한 모든 것을 나 자신에 대한 공격으로 간주할 것이다"라고 동생 루이에게 썼다

따라서 우리는 그의 자기중심성이 정통성의 옹호와 관련해서 아이러니할 정도로 강해지는 것을 본다. 또한 신성한 권리에 의한 통치를 너무나 심각하게 받아들임으로써, 그가 권력을 장악할 수 있도록 퇴위退位를 통해 길을 열어준 바로 그 왕들이 한 행동에 대

해서까지 스스로 책임을 지게 되는 것이다!

그는 평생 쉴 틈도 없이 이 신분身分의 문제 주위를 떠돈다. 아우스터리츠 전투 다음날 밤 카우니츠 성에는 오스트리아와 러시아의 깃발들, 포로가 된 장군들, 패배한 지휘관들로부터의 급보가 시시각각 그에게 밀어닥치고 있었다. 그런데 그는 파리에서 우편물이 왔다는 이유로 모든 업무를 중단하고, 한 여자가 쓴 항간의 뜬소문으로 가득한 편지를 읽는다. 편지 속에서 여자는 포부르 생 제르맹의 반란자들이 어떻게 법정에 출두하지 않겠다고 맹세했는지를 전한다. 그는 노여워한다. "아! 그러니까 이놈들은 자기들이 나보다 더 강하다고 생각하는 거야? 좋아, 구 귀족들이여, 두고 보자!"

여기서 우리는 남자가 자신의 구애를 완강히 거부하는 여자에게 느끼게 되는 것과 같은 증오를 목격한다. 그는 어떤 대가를 치르든 전통傳統의 정신을 이겨내야만 한다. 방금 묘사한 장면이 나오기 얼마 전 어느 저녁, 그는 뢰드레를 데리고 응접실 한쪽의 당구장으로 들어가 공을 친다. 그리고 별로 특별할 것도 없는 이야기를 건넨다.

"그대들 원로원은 귀족에 대해 아무런 감정도 없고, 제국주의 체제에 찬성하는 협조성도 없다."

"폐하, 원로원은 오직 당신께만 충성합니다."

"그것은 내가 원하는 것이 아니다. 충성은 내가 입고 있는 망토에 바쳐야 한다. 누가 그 망토를 입고 있든 마찬가지다. 그 망토는 착용하는 사람들의 안전을 보장하기에 충분해야 한다. 이것은 당신 같은 사상가들에게는 부족한 귀족 정신이다!"

이런 고찰 속에는 세습이라는 문제 전체가 함축되어 있다. 그로부터 논리적으로 발전된 생각이 제2의 결혼으로 이끌고, 그렇게 비극적인 문제로 나아간다. 나폴레옹이 자기 마음대로 만들어낼 수 없는 것은 자녀와 조상, 두 가지뿐이다. 따라서 그는 정통성을 갖고 있는 통치자들의 세계에 자신과 동맹을 맺으라고 요구하고, 그렇게 이루어진 동맹은 그의 곤경을 해결하고 자식들에게 정통성을 가진 혈통을 주게 될 것이라고 기대했다. 그는 인민의 아들이 아니라 귀족이다. 그가 스스로를 그렇게 생각한다고 불평할 사람이 어디 있겠는가?

"나는 특이한 입장에 있다. 어떤 족보학자는 내 혈통을 노아의 홍수 때까지 거슬러 올라가려고 하고, 어떤 이들은 나를 중산층 하층에서 시작된 일족이라고 한다. 진실은 바로 그 사이에 있을 것이다. 보나파르트 가문은 훌륭한 코르시카 가문이며, 이름있는 가문은 아니지만 자기들에게 우리를 모욕할 자격이 있다고 믿는 허영과 자만 가득한 족속들보다는 확실히 낫다."

이것은 작은 봉토封土를 가진 귀족의 후손인 열여섯 살 청년의 말투다. 몇 명의 백작이 유년의 군사학교에서 그를 놀렸을 때, 파리의 기숙사관학교에서 무시당했을 때 그가 한 말이다. 프랑스 왕정의 귀족들이 그를 조롱했을 당시에 그가 사용한 말은 청년 시절 편지와 문학 스케치에서 사용했던 바로 그 단어들이다. 그 무엇으로도 그의 초기 굴욕에 대한 기억을 지울 수는 없다. 어리석은 몇 명 후작들에게 당한 결코 잊을 수 없는 무례한 언동이 없었더라면, 어쩌면 정통성에 관련된 문제에 대한 그의 모든 견해는 달라졌을 것이고, 그의 궁정 생활, 결혼, 운명이 달랐을 것이며, 그에 따라 유럽 역사의 흐름도 달라졌을 것이다.

귀족들과의 싸움에서 그랬던 것처럼, 그의 자기중심주의 성향은 프랑스와의 싸움에서도 드러난다. 그는 상류 귀족 출신이 아니었으며, 따라서 평생 그는 출생이라는 가식假飾에 대해 비판적이었다. 마찬가지로 그는 형식상 프랑스인이었지만 혈통상으로는 프랑스인이 아니었다. 귀족들에게 과민하게 비판적이었던 것처럼, 프랑스인들에 대해서도 까다롭고 비판적이었다. 그는 양쪽 모두를 정복했지만, 어느 쪽에서도 완벽한 안정감을 느끼지 못했다.

그러나 그는 소위 정통성을 가진 사람들보다 프랑스에서 더 성공했다. 그가 진정한 프랑스인이 아니기 때문에, 프랑스는 결코 그의 합법적인 배우자가 되지 못하고 그의 사랑을 받는 정부情婦로 남았다.

나폴레옹은 이 사실을 알고 있다. 그는 구애하고, 헌신하고, 포기하였으며, 프랑스와의 관계에 개재된 영원한 불확실성으로부터 그의 인생에서 가장 뜨거운 기쁨을 얻었다. "나는 오직 하나의 열정을 가지고 있다. 프랑스. 나는 그녀 곁에 누워있다. 그녀는 나에게 진실하지 않은 적이 없다. 그녀는 나를 위해 그녀의 피를 쏟아붓고, 그녀의 보물들을 나에게 아낌없이 준다. 내가 50만 명의 남자가 필요하다면 그녀는 그 남자들을 준다!" 그가 자신의 정부情婦를 비난할 때면 그는 질투심 많은 연인이 된다. 그는 벨벳 장갑을 낀 강철의 손으로 그녀를 지배하고, 그녀의 모든 변덕을 받아준다. 그는 명성과 환상의 매력으로 그녀를 유혹하는 방법을 누구보다 잘 알고 있다. 그래서 그녀가 승리하고 집에 돌아온 그에게 미소 짓는 것이고, 그에게 자기 아이들을 주는 것이다.

프랑스인들도 마찬가지로 회의적이다. 그들은 그가 한때 네덜란드의 왕이었던 동생 루이에게 했던 말이야말로 이 이탈리아인 자신에게 해당하는 내용이라고 생각한다.

"네가 왕좌에 오른 후부터 너는 자신이 프랑스인이라는 것을 잊었고, 자신이 네덜란드인이라고 스스로를 설득하기 위해 모든 신경을 긴장시켰다. 외국 환경은 너의 상상력을 자극하지만 그것은 여전히 외국이다."

뢰드레는 나폴레옹에 대해 다음과 같이 썼다. "그는 실수하고 있다. 프랑스인들은 결코 (그들을 위해 실용적인 것을 아무것도 하지 않은) 라파예트에 대해 열광했던 것처럼 나폴레옹에게 열광하지 않는다. 실제로 프랑스인들은 단지 나폴레옹을 존경하고 찬탄할 뿐이다. 왜냐하면 그는 프랑스인들에게 유용하기 때문이다."

그런 관계는 비극으로 끝날 수밖에 없다. 정부情婦는 연인이 더이상 쓸모없게 되었을 때 그를 버린다. 비극적인 것 역시 자기중심성의 또 다른 구체화, 즉 자기중심성을 가장 고귀한 방식으로 통합한 결말이다. "나는 나 자신의 후손이 되어, 코르네이유와 같은 시인이 나를 느끼고, 움직이고, 말하게 하는 것을 읽을 수 있었으면 좋겠다." 소년 시절부터 유배 시절까지, 그가 태어난 섬 코르시카로부터 죽음을 맞이한 섬 세인트 헬레나에 이르기까지, 그의 자존심은 역사적인 평행 사건으로부터 자양분을 공급받는다. 그는 역사가 유일하고 진정한 철학이라고 말했다. 만일 그가 역사에 대해 특별한 감정이 없었다면 나폴레옹의 생애는 매우 달랐을 것이다. 아니, 불가능했을 것이다. 그의 정치적 계산은 역사와 상상력, 즉 지적인 능력과 열정의 두 가지 원천에서 비롯된다. 상상력의 비행飛行으로부터 땅에 내릴 곳을 그에게 제공하는 것은 역사뿐이다. 카이사르와 함께 중위는 비상飛翔하기 시작한다. 황제는 로슈포르에서 테미스토클레스의 영웅적인 본보기를 은연중에 너무나 신뢰함으로써 자신의 능동적인 삶의 단계를 마감한다.

그는 로마에서 유행했던 방식으로, 승리의 아치 위에 자신의 치적을 묘사하는 여덟 개의 훌륭한 부조들에 대한 아이디어를 스케치하고 있다. 그것들은 사실의 표상이 되어야 하고, 자기 칭찬이 없어야 하며, 오직 형식적인 의미에서만 역사적 자기중심주의의 실례일 뿐이다. 그는 역사학자들을 소환하고 상상력이 풍부한 모든 문명국 출신의 작가들과 몇 시간씩 대화를 나눈다. 그들의 중재를 통해 후세의 인정을 받기 위해서다. 그는 자신의 초상화가 너무 조잡하게 보일 때 "알렉산더는 결코 화가 아펠레스 앞에 모델로 앉지 않았다"라고 말하고, 다윗에 대해서는 "불타는 말 위에 올라탄 고요한 자세로 그를 그려야만 한다"라고 말한다. 프리드리히 대왕의 서재에 앉아서 휘하 군대에게 명령하는 것이 그를 기쁘게 한다.

상수시 궁전에서는 이 집의 옛 주인인 프리드리히 대왕의 전기를 쓴 작가를 초대해 함께 식사한다. 롬바르디아에서는 아우구스투스의 아치를 방문하고, 이집트에서는 폼페이의 기둥을 방문해서 이 기념물들 위에 최근에 몰락한 사람들의 이름을 새긴다. 그러나 이런 활동에서 느끼는 그의 즐거움은 순수하게 심미적인 것은 아니다. 그가 그들에게 바치는 시간은 영웅적이다. 그 시간은 나폴레옹에게 진정한 보상이다. 그가 생애 초기에 꾸었던 꿈의 실현이다.

그는 자신의 손으로 끊임없이 자신의 역사를 쓰고 있다. 젊은 장군은 새로운 작전을 펼칠 때마다 그날의 순서대로 승전보를 기록하고, 전투가 끝날 때마다 긴 시리즈를 추가한다. 이렇게 작품은 한 사람의 예술가에 의해 완성된다. 예술가는 불멸의 명성에 눈독을 들인다. 그가 이탈리아의 왕권을 제의받았을 때, 그는 마치 전설 속에 내려온 것처럼 5년여 시간 동안의 자신의 행적을 조사한다.

"몇 년 후 나일강 유역에서 우리의 목적이 수포로 돌아갔다는 사실을 알게 되었을 때, 우리는 이 불운한 운명의 전환에 몹시 괴로워했다. 하지만 우리 군대의 용기 덕분에 이탈리아가 아직도 홍해의 해안에 우리가 있다고 믿었던 그 시기에 우리는 밀라노에 나타날 수 있었다."

사실 그동안 그는 전 세계의 눈앞에서 프랑스의 헌법을 짓밟았고, 심지어 아펜니노산맥에 사는 가장 평범한 무리들조차 그가 이집트에서 돌아온 것을 알고 있었다.

그가 교황과 싸우고 있을 때 그는 장문의 편지를 써서 외젠에게 보낸다. 표면상으로는 외젠이 교황에게 보내는 편지 속에서 외젠(사실은 그 자신)은 나폴레옹이 오직 키로스 2세와 샤를마뉴 대제에 비견될 만한 인물이라고 말한다.

그의 경력이 최고조에 달했을 때 나폴레옹은 오스트리아 대사에게 다음과 같이 말했다. "실수하지 말라. 나는 로마 황제다. 로마 황제의 최상급 반열에 있다. 샤토브리앙은 로마에서 카프리까지만 다닐 수 있었던 티베리우스를 나와 비교했다. 정말 매력적인 생각이다! 트라야누스, 아우렐리아누스, 그건 또 다른 이야기일 것이다. 그들은 자수성가한 사람들로 오랫동안 이어지던 단조로운 삶에서 벗어나 세상을 뒤흔들었다. 내 정권과 디오클레티아누스 정권의 닮은 점이 보이지 않는가? 그물은 아주 넓게 퍼져 있고 황제의 눈이 도처에 있다. 근본적으로 전쟁과 같은 제국에 전능한 공권력…, 어떤 사람은 날 때부터 로마 황제다.”

이것은 선언도 아니고 정치적인 편지도 아니며 누구를 유혹하려는 시도도 아니다. 그 말들은 자신의 힘을 자각한 사람의 모든 단순함으로, 감정도 없이 속셈도 없이 응접실에서 가볍게 말해진 것이다.

승리와 성공 이후, 자신의 개성에 대한 이러한 역사적 느낌은 체스판 위에 놓인 말들을 대하는 체스 선수의 태도만큼이나 객관적인 것이 된다. 우리는 게임에 대한 애정만이 승리를 원하는 유일한 이유이고, 승리를 거두자마자 패배한 상대와 자기들이 저지른 실수와 의지할 수 있는 기술에 대해 냉정하게 대화할 수 있는 남자를 생각하는 것 같다. 그는 적군의 장군들과 이야기할 때, 즉 포로로 잡았거나 협상하고 있는 사람에게 이렇게 말할 것이다. “그대는 이러저러 했어야 했다. 거기서 그대는 유리한 위치에 있었으므로 그렇게 했더라면 훌륭한 조치였을 것이다.”

바그람에서 승리를 거둔 직후, 그는 부브나 백작에게 이렇게 말했다.

“당신은 기민한 타격을 줄 수 있었습니다. 당신은 내 병력을 어느 정도로 추산합니까? … 적어도 이 지도에서 내 입장을 연구하시는 게 좋을 것 같습니다. 내가 아스페른-에슬링 전투에서 승리를 거두지 못한 것은 나의 잘못이었어요. 나는 마땅히 받아야 할

벌을 받았던 것입니다."

단 한 번의 무심함이 그를 실패하게 만들었는데 그것이 바로 '워털루' 전투이다. 세인트 헬레나에서 한 영국인 외과 의사는 감히 영국 백성들이 웰링턴에 대한 나폴레옹의 의견을 듣고 싶어 할 것이라고 말했다. 그 말은 난처한 침묵으로 이어졌다.

명성은 그의 자기중심주의 최고의 목표이며 실질적으로 유일한 목표이다. 그의 모든 에너지는 명성을 지향한다. 자신의 독특함에 대한 의식, 역사적 감각, 명예감, 품위, 소년의 꿈, 청년의 계획, 그 남자의 위업과 유형자流刑者의 불안! 그리고 그의 마음속 욕망은 동시대인들의 미소 속에서 스스로를 비추는 프랑스어 '글루아gloire'라기보다 미래세대를 생각하는 라틴어 '글로리아gloria'인 것 같다. 그는 다른 모든 인간과 마찬가지로 유한한 운명을 벗어날 수 없다는 것을 알면서도, 불사不死를 간절히 바라는 신적 존재의 마음에 의해 생명력을 얻는다.

"더 좋은 것은 존재하는 것이 아닌 살아본 적이 없는 것이고, 흔적도 남기지 않고 사라지는 것이다."

그는 "프랑스의 영토와 행복을 보호할 뿐만 아니라 그의 국민들의 영광을 위해 통치하리라"라고 맹세함으로써 대관식 선서를 수정한다. 노르망디에 있는 헨리 4세의 전투 장소 가운데 하나에 "위대한 사람은 자신을 닮은 사람들의 명성을 사랑한다"라는 문구가 적힌 기둥도 세웠다.

"프리드리히 대왕의 검劍은 프로이센 왕들의 모든 보물보다 더 소중하다."

황제로서의 경력이 끝나갈 무렵, 그는 자신의 명성을 정복하는 데 필요한 영토 포기와 관련된 조건들에 동의하지 않는다. 삶의 마지막을 향해 가는 그는 우울한 비유를 말한다.

"영광에 대한 사랑은 사탄이 천국으로 가기 위해 혼돈을 가로 질러 세우려 했던 다리와 같다. 영광은 과거와 미래를 연결하는 연결고리이며 심연深淵이 그를 영광으로부터 갈라놓는다. 아들에 게 남기는 것은 오직 나의 이름뿐이다."

IV

에너지는 나폴레옹의 자질 중 자신감 다음가는 중요 덕목이다. 그것은 도대체 어떻게 발휘되는 것일까?

무엇보다 계산이다. 그것도 천재적인 번득임이 아닌 끊임없이 이어지는 사고思考, 그는 부지런한 검토 끝에 계산된 결과에 따라 에너지를 사용했다.

"군사작전을 세울 때, 나 이상의 겁쟁이는 없다. 가능한 한 위 기나 최악의 사태를 상정하여 작전을 짜므로 참기 어려운 불안에 시달린다. 옆에서 보기에는 태연한 듯하지만 실은 출산을 기다리는 계집아이 같은 심정이다."

그는 작품을 창작하는 예술가의 고뇌를 닮은 이 과정을 뢰드레에게 이렇게 말했다.

"항상 일을 생각하고 숙고에 숙고를 거듭한다. 어떠한 상황에도 적응하여 모든 일에 대처할 태세가 된 것처럼 보이는 것은 일을 시작하기 전에 장고하여 일어날 수 있는 사태를 예측하여 검토하기 때문이다. 돌발 상황에서의 나의 언동은 심사숙고 끝의 결론이고, 내가 내리는 명령은 결코 신의 계시나 천재적 번득임에 의한 것이 아니다. 만찬 때도 연극 관람 때도 머리는 일에 관한 것으로 가득하다. 밤중에 일이 걱정되어 잠이 깨는 일도 간혹 있다."

이 끊임없는 숙고에서 그가 말하는 '에스프리드라쇼즈(사물의 진수)'라는 것이 생겨났다. '사물의 진수眞髓'란 정확성과 수학적 사고를 가리킨다. 즉 한 번 착수했다 하면 본질을 철저히 규명하려는 정신과 일을 숫자로 생각하는 습관이다. 특히 일을 숫자로 생각하는 습관은 스스로도 높이 평가하고 있으며, 수학적 소양의 단련이 성공의 원인이 되었다고 인정한다. 아무리 사소한 것이라 세부사항을 소홀히 해선 안 된다. 세계는 무수한 미세한 것으로 이루어져 있기 때문이다. 이것이 그의 소신이었다.

보고서에 '황제의 명령은 시행되었습니다'라고만 기술한 어느 장군은 심한 노여움을 샀다. 막연한 문장이 정확성을 요구하는 나폴레옹의 화를 돋운 것이다. 숙영지의 상황에 관해 외젠 앞으로 보낸 서찰을 보자.

"374만 7천 식분의 식용육이 소비되었다고 되어 있으나, 이미 오랫동안 고기의 지급은 끊겨 있다. 그런데도 어찌해서 그런 숫자가 나오는가? 이것이 어떤 결과를 초래할지 어쨌든 그대는 알게 될 것이다. 건조야채, 소금, 포도주, 증류주에 대해서도 마찬가지다. 부대마다의 배급명세서를 작성하여 내게 제출하라. 나는 양식의 5할, 제 물품 중 7할을 부당하게 착취당하고 있다. 말 먹이 137만 1000식 분이라니 무슨 말인가? 이 계산이라면 이스트리아와 달마티아 부대를 빼도 내가 1만 2천 필의 말을 갖고 있다는 얘기다. 너무 많다. 나는 이제까지 7천 필 이상의 말을 가져본 적이 없다. 이것은 그대도 충분히 알 것이다. 사무비도 지나치다. 4개월에 11만 8천 프랑이면, 연간 대략 40만 프랑을 지출한다는 계산이나온다. 이래서는 이탈리아 왕국의 사무비와 프랑스 전국의 사무비가 같은 액수가 되어 버린다."

이것은 일례에 지나지 않는다. 군사 및 민사 행정에 관한 몇천 통의 편지 태반은 이런 사소한 지시로 채워져 있다. 교전 도중에도 현 상황과는 무관한 세세한 일에까지 신경을 쓰고, 이탈리아에서는 포화가 날아오는 가운데 독일인 애국자의 편지를 등사해서 독일 전역에 배포하도록 지령을 내리는가 하면, 나폴리 왕인 뮈라 앞으로 무도회나 극장에서의 행동에 관한 주의사항을 구술하여 뮈라가 초대해야 할 손님의 리스트까지 작성하고 있다. 에르푸르트 회담 준비로 한창일 때도 여자를 좋아하는 카를 대공에게 여배우들을 만나게 하는 역할을 담당할 자를 동반하라는 지시를 잊지 않았다. 숫자를 써서 견해를 표명하는 것이 그의 독특한 표현 방식이라고는 하나 사회경제에 관한 다음과 같은 생각에는 놀라지 않을 수 없다.

"각 가정은 6명의 아이를 가져야 한다. 그중 평균 3명이 사망하고, 나머지 2명은 대를 잇기 위해 부모 슬하에서 성장하고, 또 한 명은 불의의 사태에 대비한 요원으로 간주한다."

마치 전장의 사령관이 말하는 듯한 난폭한 소견이지만, 정확성을 요지로 하는 뛰어난 꼼꼼함은 이런 영역에까지 도달하고 있다.

그는 사무 능력에 뛰어났을 뿐 아니라 실행 단계에서도 신속을 요구했다. 명령서 아래에는 '활력!' '신속!'의 문자가 자주 보인다. 프로이센 국왕 프리드리히 빌헬름은 그의 성급함에 대해 이렇게 말했다.

"그의 성질을 알고 싶으면 기마 모습을 보면 충분하다. 뒤에서 누가 낙마를 해도 상관하지 않고 그냥 달린다."

그러나 말을 타고 있지 않을 때의 나폴레옹은 신중해서, 숙고한 다음이 아니라면 무턱대고 달리지 않았다. 특히 위기 상황이 아닌 때에도 "일각이라도 헛되이 할 시간은 없다!"라고 입버릇처럼 말했다. 우려가 그를 조급하게 만든 것이다. '인생은 지나칠 만큼 충실했지만 그만큼 단명하지 않을까', 혹은 '정해진 기한 내에 공적功績을 성취할 수 있을까' 하는 걱정이 그를 앞으로 밀어내고 있었던 것이다. 원정 도중 그가 베르나도트에게 한 말이다.

"그대 때문에 꼬박 하루를 헛되이 보냈다. 세계의 운명은 하루에 달려 있는데."

이 성급함은 군사軍事에 머물지 않았다. 그때까지 각국의 관습에 부응하여 지지부진했던 행정에 있어서도 부하를 질타하게 되었다. 탈레랑은 러시아와의 조약을 몇 시간 안에 기안해야 했고, 모든 대사 및 영사에게 보낼 재혼 이유 해명서의 초안을 '오늘 중으로' 만들라는 요구를 받았다. 파리의 미화를 계획하던 통령이 어느 날, 내무장관에게 문의했다.

"나는 파리를 세계에서 제일가는 도시로 만들 생각이다. 10년 이내에 2백만의 인구를 가지는 도시 말이다. 파리를 위해서 뭔가 위대하고 유익한 일을 하고 싶다. 묘안은 없는가?"

"물을 공급해 주십시오."

"그 안을 채택하겠다. 돌아가는 길에 무슈 고테이를 찾아가 내일 라비레트에 운하를 굴착하기 위한 요원 500명을 배치하도록 전하라."

그의 기억력은 경이적이었다.

"원정 중에 내가 어느 지점에서 어떤 상황에 있었는지를 모두 기억하고 있다. 12음절 시를 암송할 기억력은 없어도 군사적 상황에 대해서는 모든 절을 외우고 있다."

사실 그의 기억장치는 극히 성능이 좋아서 발음은 부정확하더라도 자기가 원정한 나라들의 주요 거점의 이름을 모두 기억하고 있었다. '황제는 각 역참 간의 거리를 외우고 있다'라고 역참장관인 라바레트가 보고했다. 자기도 장부를 봐야 했는데 말이다. 불로뉴에서 돌아오는 길에 길을 잃은 일단의 병사를 만난 황제는 그들의 연대 번호를 확인하고 몇 시에 어디서 출발했는지를 물은 다음, 진로를 지시하면서 말했다.

　"이런저런 숙영지에서 소속 부대와 합류할 것이다."

　당시 나폴레옹은 20만의 병력을 가지고 있었다. 그의 머릿속은 정리 서랍처럼 모든 것이 분류되어 있었다.

　"어떤 일을 중단하고 싶다고 생각하면, 그 서랍을 닫고 다른 것을 연다. 서랍 속의 내용이 뒤섞이는 일은 결코 없으며, 나를 괴롭히는 일도 피곤하게 하는 일도 없다. 잠이 오면 어떻게 하는가? 서랍을 모두 닫고 자면 된다."

　나폴레옹이 자신을 상징하는 문장紋章으로 선택한 것은 인기가 많은 별, 수호신, 성인, 맹수가 아닌 꿀벌이었다. 꿀벌을 선택함으로서 자기 신념을 강조했다. 세상이 안이하게 천재의 이름으로 장식한 것은 사실 끊임없는 노력으로 획득할 수 있음을 강조한 것이다. 그는 천재란 일하는 것이라고 말했는데 '일하지 않는 천재는 있을 수 없다'라는 뜻이다. 등 뒤에 아무 흔적도 남지 않고 공적이 모두 소멸된다고 해도 근면에 의해서 쟁취한 영광은 영원히 인류의 훌륭한 본보기로 남으리라는 것이다.

다음은 통령 시절을 함께한 뢰드레의 술회다.

"그는 한 가지 일이거나 잡다한 일이거나 16시간 내내 계속할 수 있었다. 무기력해지거나 의욕이 사라지는 것을 본 적이 없다. 육체적으로 피곤하든, 격렬한 운동을 하고 있을 때든, 격노해 있을 때든 변함이 없었다. 다른 문제에 마음을 빼앗겨 검토 중인 문제가 소홀해지는 일은 없었다. 이집트에서 날아온 정보가 낭보든 흉보든 법의 편찬 작업이 방해되는 일은 없었다. 그만큼 전심전력을 일에 쏟아 부은 사람은 없으며, 그만큼 능란하게 시간을 배분하여 일을 처리한 자도 없다. 시기가 아니라고 판단되는 문제에 손대는 일은 없지만, 이때라고 판단되면 그 문제를 철저히 규명하고 기민하게 행동하여, 그 해결 방법도 유례없이 명료했다."

황제는 체력의 한계를 능가하는 엄청난 양의 일을 떠맡겨 많은 부하의 건강과 젊음을 빼앗았다. 한밤중에 불려간 비서관이 나오는 것은 새벽 4시, 7시에는 이미 9시까지 공표해야 할 서류를 황제로부터 건네받고 있었다. 함께 일할 때는 구술과 필기에 전념해야 하는데, 그럴 때는 두 사람분의 식사를 주문하여 책상 구석에서 비서와 함께 먹었다. 행군 도중에는 부관과 어깨를 나란히 하고 길바닥에서 식사하는 일도 있었다. 통령 시절에는 저녁 6시에 시작한 회의가 새벽 5시까지 가는 일도 드물지 않았다. 쇤브룬에 체재한 3개월 동안 작성된 공식 서신—그것도 순수한 정치적, 행

774

정적인 서신—은 435통, 2절지 4백 페이지에 이르렀다. 구두로 내려진 무수한 명령 및 수많은 서신을 더하면 그 수가 얼마나 방대한지 상상할 수 있다.

이것으로 나폴레옹이 세계를 상대로 한 결투에 어떠한 무기를 휴대하고 임했는지를 알 수 있을 것이다. 이런 다채로운 능력을 무기로 하여 그는 술책을 쓰면서 위험한 다리를 즉흥적 재치로 건넜다. 그리고 술책의 교묘함이야말로 하늘이 부여한 진짜 재능이라고 스스로 말했으며, 이 술책에 의해 계획이 실행단계에서 '갑자기' 중단되는 일도 가끔 있었다. 어떠한 원칙에도 속박되는 일이 없는 그는 행동도 자유로이 변환시켜서, 경과에 따라 계획을 변경할 용의가 있을 때는 반드시 세부사항까지 스스로 확인했다. 강철의 의지를 가졌으면서도 정신은 유연해서 자신의 결정을 각자에게 강요하는 한편, 경과에 따라 융통성 있게 대응한다는 자세를 유지했다.

"프리깃 함장의 약한 태도와 함선의 미비로 나는 세계를 바꾸지 못했다. 함장은 적함을 항내로 끌어들여야 할 것을 앞바다로 격퇴시켰고, 더하여 함대 소속의 일부 소형 선박에 결함이 있었다. 그때 아크레가 함락되었다면, 프랑스군은 즉시 다마스쿠스로 진격하여 일거에 유프라테스 연안에 도착했을 것이다. 그렇게 되면 시리아의 기독교도나 두르즈 교도(11세기 남 레바논에서 창설된 독립교파로 기독교, 유태교, 이슬람교의 요소를 가진 극우 이스마엘 파를 지칭한다), 아르메니아의 기독교도가 합류하여 그 일대 주민은 위기 상황에 빠졌을 것이다. 또한 콘스탄티노플을 거쳐 인도에 도달하여 세계의 국면은 완전히 달라졌을 것이다."

이 추론의 타당성은 불분명해서 그의 예측이 현실성이 있는 것인지는 의문이다. 그러나 확실한 것은 나폴레옹 정도의 현실주의자가 가능하다고 생각했다는 점이다. 다만 그가 살고 있던 권모술수의 세계에서는 한 사람의 행동이 만사를 결정하는 일이 드물지 않았다. 한 사람의 무능함이 사태를 다른 방향으로 이끄는 일도 있을 수 있으므로 그는 항상 그런 사태에 대비하고 있었다. 하지만 그의 성공은 임기응변의 재능 때문이 아니라 때를 얻어 태어난 덕분이다. 루이 14세 치하였다면 튜렌(1611~1675, 프랑스의 원수로 30년 전쟁에서 신성로마제국 군을 격파한 명장이자 전략가로 유명하다) 정도의 인물에 그쳤을 것이라고 본인도 말하고 있다.

무엇보다 감정에 좌우되는 일이 없었다. 자제하는 법을 일찍부터 익히고 있었으며 예측 불능인 사태 대응에도 능숙했다. 무슨 일이 있어도 냉정하고 침착할 수 있었던 것이다.

"항시 위험 상황에 있었기에 실감하는 것은 보고받는 순간이 아니라 잠시 후였다. 아무리 불행한 사건도 그것을 불행으로 느끼는 것은 1시간 후였다."

측근들이 놀랄 만큼 금욕적으로 보이는 것은 이 때문이며, 본인도 그렇게 생각되기를 바랐다. 아들을 잃은 오르탕스에게 '더

의연하라'고 말하기도 했다.

"산다는 것은 괴로워하는 것이다. 궁정에 사는 자는 항상 자제심을 유지하도록 노력해야 한다."

하지만 노여움에 휩싸이는 일이 없는 것은 아니다. 노여움은 대개 자존심이나 과민한 신경을 건드렸을 때 폭발하는데, 종종 측근의 잘못에 인내의 끈이 끊어지는 일도 더러 있었다. 어느 대사에게 주먹을 휘둘렀다거나 장관의 배를 걷어찼다는 것은 조작된 이야기이지만, 통령 시절 베르티에가 일으킨 사건은 실화다. 악마처럼 교활한 탈레랑에게 부추김을 받은 베르티에가 어느 저녁 튈르리궁에서 '국왕제를 채택해야 한다'라고 말을 꺼내자, 보나파르트의 두 눈이 번득였다. 그는 베르티에의 멱살을 잡고 벽까지 밀고 가서 고함을 질렀다.

"바보 같은 놈, 누구에게 듣고 그런 말을 하는가? 두 번 다시는 그런 말을 전하지 마라."

이것은 심리학적 관점에서도 주목해야 할 장면이다. 보나파르트는 분노하면서도 호인인 베르티에가 그런 간계를 생각해낼 수 없다는 것을 잘 알고 있었다.

때로는 불량배처럼 행동하기도 했다. 잘 닫히지 않는 창문을 난폭하게 밀어 거리로 내던지거나, 마부를 채찍으로 때리거나, 구술할 때 비서가 삭제해야 할 저주나 욕을 섞었다.

정략으로 노여움을 가장하는 경우도 적지 않았다. 때로는 즉석에서 진의를 밝히는 경우도 있다. 바르샤바 체재 중에는 "화가 났다고 생각들 했겠지. 그곳에 있는 한 나의 분노가 여기를 넘는 일은 없다는 점을 알아차려야지"라고 말하면서 황제는 자신의 목을 가리켰다.

어느 날, 어린 조카가 노는 것을 지켜보며 궁녀들과 편한 대화를 나누던 그가 영국 대사의 방문 소식이 전해진 순간 배우처럼 표정을 바꾸었다. 찡그리고 창백해 보이는 얼굴로 일어서서 방문객이 있는 곳으로 돌진하더니 모두가 보는 앞에서 매도를 계속했다. 영국에 대한 노여움도 귀찮은 대사에 대한 노여움도 진짜였으나 표정이나 행동, 발언 내용은 모두가 정략에 따른 연출이었다.

이러한 장면을 여러 번 보였기에 나폴레옹은 화를 잘 내는 사람으로 알려져 있으나, 탈레랑의 눈은 예리했다. "이 사람은 온갖 측면에서 사람을 속이는 악마다. 그 야심마저 사람들은 간과한다. 그가 정말로 야심을 품고 있다 해도 그것을 감추는 법을 알기 때문이다."

평생 복수심에 몸을 맡긴 일이 없었던 것은 냉정과 자제심에 의한 것이지만, 이것은 또한 상처받기 쉬운 자존심과 절대 권력을 가진 사람으로서의 처세술이기도 했다. 라이벌이나 배신자를 부당하게 벌한 일은 단 한 번도 없다. 파면해야 한다고 판단한 자만을 축출했으며, 포로는 직위를 불문하고 풀어주는 일마저도 드물지 않았다.

하지만 브라운슈바이크 공에 대해서는 달랐다. 그에 대한 배상을 맹세하려고 바덴에서 파견된 대사는 여지없이 거절되었다. 공작이 프로이센에 대프랑스 전쟁을 부추겼기 때문이 아니다. 1792년의 1차 대프랑스 전쟁 때, 유명한 '코블렌츠(독일 서부, 라인강과 모젤강 합류 지점에 위치한 도시) 선언'을 발표하고 파리를 철저히 때려 부수겠다고 호언한 바 있기 때문이다.

"파리가 이 자에게 어떠한 해를 가했다는 말인가? 이 모욕은 씻어야 한다!"

20년 후 황제는 설욕했다.

V

행동 에너지 중에서도 그가 가장 명쾌한 형태로 보여주는 것은 정복자로서의 행동력이다. 그런데 그 에너지는 통상 우리가 군인에게 상정하는 이상으로 정신적으로 높은 경지에 달한 형태로 발휘되었다.

"내가 검을 뽑는 일은 드물었다. 나는 내 무기가 아니라 내 눈으로 전투에서 이겼다."

나폴레옹의 내면의 움직임을 알고 싶어하는 자에게는, 그가 전략에 도입한 수많은 신개념보다 전투하기 전과 전투 중, 전투 후

779

에 취한 행동이 훨씬 흥미 있을 것이다. 하지만 그의 새로운 개념에도 타고난 독창성이 발휘되어 있다.

젊은 시절에 그랬고, 마지막 전투 수행 기간에도 그랬다. 그는 어떤 병사도 인정할 정도로 엄청난 개인적 용기를 보여주었지만, 그러한 공포의 순간들은 반드시 적을 꺾기 위해 이용되어야 한다. 적군에게 생기는 공포를 이용하여 재빨리 승기를 잡는 데에 당대 제일이었던 나폴레옹은 '새벽 2시의 용기'를 가지고 있는 것은 자신뿐이라고 믿었다. '새벽 2시의 용기'란 그가 만든 말로, 기습을 당해도 기지를 살려 극복하는 대담함을 가리킨다. 한편으로 결투는 경멸했다. 그런 기사도를 빙자한 용기는 식인종의 만용 같은 것이라는 지론으로, 휘하의 장군이 서로 장갑을 던졌을 때도 이렇게 말했다. "마렝고와 아우스터리츠의 전사戰士인 그대들이 더이상 용기를 보일 필요는 없다. 여자의 마음은 변하기 쉬우며 전쟁에서의 행운도 덧없다. 연대로 돌아가서 원래의 전우로 돌아가도록 하라."

군인 나폴레옹은 '정'과 '비정함'을 분별하는 법을 완벽하게 터득하고 있었다. 집무실에서 메테르니히에게 "나 같은 입장인 사람은 100만 군사의 목숨도 문제 삼지 않는다"라고 말했으나, 싸움터에서는 "온 세계의 국왕이 이 참상을 보면 싸움이니 정복이니 하고 떠들어대지 않게 될 것이다"라고 개탄했다. 또 한 번은 조제핀에게 토로했다.

"이 나라는 사상자로 메워져 있다. 전쟁의 비참함이란 바로 이런 것이다. 많은 희생자를 앞에 두고 사람들은 비탄에 젖어 있다"라고 말한 다음 군사적 상황에서 수행해야 할 의무를 강조하면서 "이성과 감정을 섞어서는 안 된다. 싸움터를 냉정한 눈으로 보지 않는 자는 병사를 헛되게 죽게 한다"라고 단언했다.

'병사를 헛되이 죽게 하는 것'이야말로 어떻게든 그가 피하고 싶었던 것이다. 유럽을 손안에 넣기 위해서 백만 군사의 목숨도 아끼지 않았으나, 특정 요새나 진지를 탈취할 때는 인명 손실을 최소한으로 하도록 최대의 노력을 다했다.

"두 개의 목숨만 잃었어도 될 것을 무지로 인해 열 개의 목숨을 잃었다면 여덟 목숨의 책임은 그 무지가 져야 하는 게 아닌가?"

황제가 전쟁을 한 것은 어디까지나 정치적 필요성, 혹은 강요에 의한 것이었다. 따라서 적을 증오하면서 싸운 적이 없었고, 일이 수습되면 이미 적은 존재하지 않았다.

"로보섬(비엔나 근교 다뉴브강에 있는 섬)에 수용된 1만 8천의 포로가 굶주리고 있는 것을 알고 치를 떨었다. 이것은 비인도적이고 용인할 수 없는 일이다. 즉각 1일 2만 식분의 빵과 밀가루를 보내라"라고 쇤브룬에서 적어 보내고 있다.

그러나 티롤군이 휴전협정을 깨고 프랑스군을 살육했을 때는 "적어도 큰 마을 6개를 약탈하고 불을 질러라, 산악 놈들에게 본때를 보여줄 필요가 있다"라고 격문을 띄웠다.

나폴레옹에게 있어 전쟁은 예술, 그것도 '다른 모든 예술을 포함해 가장 중요한 예술'이었다.

"죠미니(1779~1869, 스위스의 장군으로 나폴레옹군에 참가 후 러시아에 가서 군사 고문이 되었다)가 기초한 조약을 읽었다고 전쟁하는 법을 배웠다고 생각하는 자가 있을까? 전쟁이란 특수한 예술이다. 나는 분명히 60회를 싸웠으나, 초전 이래 새로운 것을 배우지 않았다. 카이사르를 보라. 그는 최후의 싸움에서도 초전과 같은 전술을 사용하고 있다."

전술에 대해서는 달인의 경지에 도달한 나폴레옹이 "전술을 배우는 것은 불가능하다"라고 말했는데, 이런 발언 자체가 진짜 예술가의 발언이다. 스페인에서는 어느 장군을 향해 "나의 계산은 수학적 데이터에 근거하고 있다. 그래서 정확하다"라며 질타했다. 그러나 승패의 기본 요인은 병사의 사기에 있다고 말하는가 하면, 영감을 거론하는 일까지 있었다.

"승패의 귀추는 순간적인 한 가지 판단의 결과다. 다양한 작전을 갖추고 적과 우군이 뒤섞여 일정 시간 교전한다. 그러면 결정적 순간에 영감이 번득여 적은 병력으로 승리가 가능할 때도 있다. 하지만 이런 호기는 15분도 지속되지 않는다. 어떤 전투에서든 부대에서 가장 용맹한 자마저 달아나고 싶은 순간이 온다. 이때 그들의 사기를 회복시키는 데는 극히 사소한 암시만으로도 족하다."

이 암시 능력이 그에게 승리를 안겨주었다. 그가 병사에게 영향력이 있었던 것은 언동이 단순 명쾌하여 이해하기 쉬웠기 때문이다. 그는 "전술은 아름답고 간명한 모든 것과 비슷하다"라고 말하고 "군인은 석공 조합원이며 나는 조합을 관장하는 두목이다"라고 덧붙였다.

나폴레옹의 출세 이야기는 모르는 자가 없었으니 이를 지렛대 삼아 병사들의 인망을 얻었다. 장군 시절 관료에게 머리를 숙여야 하는 굴욕을 경험한 만큼, 군주를 섬기는 장군들을 동정하고 있었다. 그들이 관료의 질곡을 끊어내지 못하고 있었기 때문이었다. 한편 문외한이 함부로 군사에 개입하는 것을 위험하게 여긴 그는 조제프에게 충고했다.

"국왕이 직접 명령을 내리면 병사는 장군의 권위를 느끼지 않게 된다. 장군이 아닌 이상, 사령권은 장군에게 일임해야 한다."

유럽의 군주 중에 병사와 섞여서 군무에 임한 것은 나폴레옹뿐이다. 그런 만큼 군대 생활의 세부사항까지 알고 있었고 장교들의 심리에도 정통했다. 그래서 다음과 같은 편지를 보내기도 했다.

"대포용 화약을 제조할 자가 없다면 내가 방법을 알고 있다. 포대를 조립할 수도 있다. 대포 자체가 필요하면 주조할 수도 있다. 조작에 관한 세부사항이 필요하면 지도도 하겠다."

하지만 필요할 때 외엔 끼어들지 않았다. 반대로 혁명의 원칙인 평등이 군대 내부에 철저히 미치도록 끝까지 신경 썼다. 승진할 만한 자격이 없는 자가 승진하는 일은 결코 없었다. 물론 형제에 대해서는 예외적 조치를 취했으나 국왕이 된 그들을 질책하는 것은 마다하지 않았다. 제롬이 실레지아에서 보낸 보고서를 보고는 "그대의 서장書狀은 아무래도 호전적이다. 문장을 보면 전쟁 외에 길이 없다. 그런데 여기에는 정확성, 엄격함, 간명함이 빠져 있다"라고 질책한다. 또 불로뉴에서 술트 원수 주최의 축하연이 열렸을 때, 원수 곁에서 잘난 척하며 손님을 맞이하는 조제프의 태도에 눈썹을 찌푸리고 꾸짖는다.

"군대에서 총사령관의 지휘권을 손상시킬 수 있는 것은 없다. 열병 일에 축연을 여는 것은 장군이지 군주가 아니다. 또 군주가 장군을 겸하는 경우, 열병할 때 그는 군주가 아닌 장군이다. 이 규율에는 어떠한 예외도 허락되지 않는다. 군대는 하나의 집단이며 이것을 통괄하는 자가 전권을 가지고 있다. 즉각 소속 연대로 돌아가라."

환자는 총사령관이든 병졸이든 나폴레옹군에서는 동등하게 대우받을 권리가 있었다. 대량의 희생자를 낸 아일라우 전투 때, 어느 장군이 부상했다는 소식을 듣고 즉각 달려가려는 저명한 군의를 그가 저지했다.

"모든 자의 치료에 임하라, 한 사람에게만 매달리지 말고."

어느 독일인 장교의 증언에 따르면, 황제는 전투 후 반드시 부상병을 위문하여 한 사람 한 사람을 격려했다고 한다.

많은 회상록에서도 황제가 야영지에서 병사들과 친근하게 접촉하며 질문하고, 그들의 대답에 소리 내어 웃으며 그들의 이야기에 귀 기울이는 모습이 묘사되어 있다. 그가 병사들과 허심탄회한 대화를 나눴던 것은 성격이 좋아서가 아니라, 진짜 아버지와 아들 같은 관계였음을 보여주는 증거이다. 그래서 황제는 병사들에게 '나의 아이들'이라고 부르고, 병사들은 황제를 '꼬마 하사'라는 별명으로 불렀다. 자기들을 통솔하는 전우라는 의미에서 붙여준 애칭이다. 다음은 복귀를 바라는 고참 친위대 병사에게 보낸 답장이다.

"친애하는 전우여, 편지 잘 받았다. 공적에 대해서는 아무것도 쓰여 있지 않지만 그대가 황제군 제일의 용사였다는 것을 알고 있다. 꼭 만나고 싶노라. 육군장관으로부터 소환장이 갈 것이다."

계획에 참가하는 특권은 아무에게나 부여하지 않았으나, 보상을 분배할 때는 말단 병사의 의견도 채용했다. 교전 후엔 주위에 원진을 펴게 하고 장교나 하사관, 병졸들에게 누가 가장 용감했는지를 묻고 그 자리에서 포상했다. 손수 독수리 표장을 배부하는 일도 흔했다. "장교들이 지명하면 병사들이 확인하고 황제가 동의했다"라고 목격자인 세규르는 말한다.

확실히 나폴레옹은 전쟁을 좋아했다. 다만, 권력의 경우와 마찬가지로 예술가로서 전쟁을 좋아하고 있었던 것이다.

한편으로 그는 새로운 시대의 도래를 예측하였다. 나폴레옹은 당대 제일가는 위대한 군인이면서 검보다 정신을 상위에 두었다. 그래서 수많은 장성을 거들떠보지 않고 일거에 정상에 오를 수 있었다. 안토니오카노바(이탈리아의 조각가)가 제작한 위압적인 나폴레옹 상 앞에서 "이 사람은 내가 철권으로 유럽을 제패했다고 생각하고 있는가?"라고 경멸하듯 말했다.

총사령관이라면 단순히 군사적 영역만이 아니라 그 이외 분야에 대한 자질도 가지고 있어야 한다. 이것이 통수권을 가진 자에 대한 나폴레옹의 정의이다. 통령 시절 그는 국무원에서 다음과 같이 말했다.

"전투가 시작되는 그 순간부터 개인적 능력에 의지하는 것은 거의 불가능하게 된다. 의지할 수 있는 것은 시민적 정신이며 군사적 힘이 아니다. 즉, 지휘나 명령으로 군사를 움직일 수는 없게 된다. 용감한 병사와 어깨를 나란히 하여 나도 싸우고 있다. 어떠한 사태에 이르러도 겁내는 일 없이 싸움을 계속한다. 병사들 역시 겁내지 않았을 것이다. 지략에서 나를 능가할 자가 없다고 그들이 믿지 않았다면 모든 것을 잃었을 것이다. 이제 지휘권은 시민적 색채가 짙은 것이 되었다. 국가를 통치하는 것은 군사력이 아니라 정신에 의해 관장되고 있다. 장군의 자질이란 계산력이며 곧 시민적 자질에 다름 아니다. 장군의 자질이란 인심 장악력이다. 장군의 자질이란 법학자의 웅변이 아닌 병사를 열광시키는 웅변으로 역시 시민적 자질이다!"

후년 그 예측은 더욱 명확해진다. "전쟁은 시대착오다. 언젠가는 대포나 총검 없이 승리가 달성될 것이다. 지금 유럽 평화의 교란을 바라는 자는 내란을 바라는 자에 다름 아니다."

군인 나폴레옹이 한 말이다.

VI

그의 놀라운 에너지는 인간에게 집중된다. 나폴레옹이 자연의 힘에 맞선 적은 거의 없고, 자연을 상대로 싸우는 처지에 빠졌을 때는 거의 실패했다. 하지만 인력을 움직여서 대평원이나 산을 정복하는 경우에는 항상 승리를 거둔다. 인간은 그의 에너지와 상상력을 최대한 고무시키는 악기이며, 가장 마음에 드는 악기였다. 이 세상에 태어난 사람으로 그만큼 많은 인간을 굴복시킨 자는 없다. 더구나 그 가운데 제1인자들을 굴복시켰다. 그것도 모멸적인 태도로 명예와 금전을 부여함으로써 굴복시켰다. 나폴레옹은 체험을 통해서 인간이 행동을 일으키는 유일한 동기는 '이익'이라고 확신했다. 그는 소유욕, 인색함, 가족 제일주의로 금전을 갈망하는 타입과 허영심, 질투, 야심으로 사회적 영예를 갈망하는 타입이 있다고 생각했다. 이상理想에 대해서는 회의적이었다. 이것이 인심을 끄는 힘은 미약해서 이상을 내걸어도 사람은 따라오지 않는다고 판단했기 때문에, 의욕을 끌어내는 데는 물질적 수단을 쓸 수밖에 없었다. 사람들의 이기심을 자극하는 가운데 역사적인 영웅의 말을 빌리는 일이 많았다. 하지만 이는 카리스마가 강한 그가 천성으로 가지고 있는 마술적인 힘이 본인의 의사와는 관계없이 작용하여 미리 세워둔 작전에 침투한 결과다. 괴테는 그에 대해 다음과 같이 말했다. "나폴레옹은 이상理想으로 살아간 사람이지만, 타인의 의식 속에서 이상의 존재를 인정하려 하지 않았다. 이 때문에 이상의 유효성을 부당하게 부정했지만 그래도 이상을 실현하기 위해 노력했다."

괴테도 나폴레옹도 인간을 부정적인 관점에서만 판단하지 않았다. 두 사람 모두 "대다수의 인간은 선의와 악의, 영웅주의와 비열한 성질을 함께 가지고 있다. 사람은 그렇게 만들어져 있기 때문이고, 그 외의 성질은 교육과 환경으로 형성된다"라고 생각했다. 유혹에 저항할 수 있는 인간은 드물다는 데에도 두 사람의 의견이 일치한다.

나폴레옹에게 있어서는 인간의 가장 미묘한 심리를 식별하는 것이 성공의 최우선 과제였다.

"심리 분석에는 쭉 흥미를 가지고 있다. '왜? 어째서?'처럼 유익한 질문은 없다. 몇 번 입에 올려도 지나치지 않은 질문이다."

그는 온갖 수법을 구사해서 온갖 심리적 징후를 정신과 의사처럼 냉정하게 관찰했다. 그중에서도 요한 라바텔(1741~1802, 스위스의 시인이자 관상학자)의 관상학에 통했던 그는 그 수법을 구사하는 일이 많았다. 즉 일부러 누군가를 꾸짖는 것이 사람을 알아보는 한 가지 방법이었다.

"아랫사람에 대해서는 우선 심하게 다룬다. 반응을 보면 사람 됨됨이를 금세 알게 된다. 어느 정도까지 감정을 곤두세우는가를 파악하는 것이다. 장갑을 끼고 구리를 아무리 두드려도 소리가 나지 않으나 쇠망치로 두드리면 소리가 난다."

그의 눈길에는 저항하기 힘든 매력이 있어서 처음 그와 대면한 자는 예외 없이 압도되었다. 연달아 질문을 퍼부어서 미리 작성해 둔 유형별 인물표를 부단히 확대하고 있던 황제는 상대가 공포감을 가질 만큼 집요하게 질문했다. 황제라 해도 생각대로 행동하지 못하는 일도 있는 만큼, 알아야 할 것은 질문해야 했다. 세인트헬레나에서도 옆에 의사가 대기하고 있는 20분 동안을 어떻게 유용하게 이용할 것인가 항상 마음을 썼다.

"싸움터에서 몇 사람의 간질환 환자를 진료했는가? 이질 환자의 수는? 군의의 연금은 어느 정도까지 오르는가? 죽음을 무엇이라 정의하는가? 혼은 언제 육체에서 떠나는가? 육체는 언제 혼을 받아들이는가?"

측근에 의하면, 누구도 끼어들지 못하게 하고 이야기할 권리를 가지는 것이 황제가 끌어낸 유일한 기쁨이었던 것 같다. 역사상 크게 활동한 인물은 이루 헤아릴 수 없으나, 나폴레옹만큼 말을 많이 한 사람은 없다. 세계를 마주하고 홀로 우뚝 선 그는 끊임없이 자기표현을 하는 것으로 독자적이라는 인상을 세상에 보여줄 필요가 있었다. 6시간 정도의 변설辯說은 보통이며 11시간에 이르는 일도 있고, 게다가 상대에게 발언을 양보하는 일은 좀처럼 없었다. 이 수다스러움은 로마인이라기보다 이탈리아인의 것인데, 사실 이탈리아 사투리도 평생 버리지 못했다. 그러나 화려한 몸짓을 하는 일은 드물고 심한 흥분에 휩싸이면 보통은 뒷짐을 지고 있던 손을 도전적으로 흔드는 정도였다.

휘하에게는 호기롭게 금전을 주었지만 본인은 돈을 거의 필요로 하지 않았다.

"이렇게 자주 출병하면 확실히 돈이 필요하다. 내게는 8만 내지 10만 프랑의 연금과 파리와 시골에 집이 한 채씩 있다. 더 이상의 재산은 필요치 않다. 내가 프랑스 국민에게 불만을 품고 국민도 나에게 불만을 품고 있다면 은퇴하여 시골로 내려갔을지도 모른다. 지금까지 프랑스 국민은 나를 환영하고 있으며, 내가 원하는 바를 예측하고 선수를 치고 있다. 문제는 이 나라의 부패다. 지금까지 계속 그랬다. 이것을 어떻게 해야 할 것인가? 장관 취임 후 성을 짓는 자마저 있었다. 내가 튈르리궁 개축비로 얼마나 요구받았는지 아는가? 200만이다! 80만 프랑으로 삭감하기까지 견적서를 제출하지 말라고 명했다. 나는 무뢰배에 포위되어 있다."

"측근의 착복보다 군사행동에 수반되는 지출이 더 큽니다"라고 뢰드레가 대답했다."

"그래서 내 개인 관련 지출을 엄격하게 감시할 필요가 있다."

이것이 30세에 국가 원수가 된 남자의 금전 감각이었다. 자기를 둘러싼 배금주의拜金主義 및 사치를 개탄하고, 현 상태로 만족하고 있는 궁전의 개축비에 200만 프랑을 요구했다는 이유로 납품업자를 사기꾼 취급한다. 그러나 혁명에 의해서 생긴 규범의 일탈을 간신히 시정하여, 무기상인을 비롯한 부정 이득자에게 기만당한 금품을 모두 회수했다. 엄격한 제재로 인해 전쟁을 통해 재물을 늘리는 자가 사라지자, 휘하의 장군들에게 거액의 연금을 주게되었다. 통령에 의해 공공의 재산이 도둑에게 뺏길 염려에서 해방된 국가는 황제에 의해 직권 남용이라고 할 만큼 큰 액수의 보상을 지불하게 되었던 것이다.

신하 중에는 그의 후원과 개인적 지출로 재산을 조성하는 자도 있었다. 다음은 탈레랑과의 문답이다.

"내가 빈털터리가 되면 그대에게 의지하게 될 것이다. 그런데 솔직히 나를 상대해서 얼마 정도 벌었는가?"

"저는 그다지 부자는 아니옵니다, 폐하. 하지만 부디 제 전 재산을 마음대로 사용하십시오."

사람 다루는 것은 극히 유연하고 변화가 풍부했는데 그중에서도 뛰어난 것이 고위 군인 다루기였다. 그들에게는 영예를 안기는 기회가 부단히 주어졌으며, 공로에 대해서는 황제가 대대적으로 보상하였기에 재산은 계속 늘어났다. 황제는 돈으로 최고 간부를 묶어 종속 상태로 만든 것이다. 감당할 수 없는 돈을 손에 넣은 군인들이 무분별하게 지출해서 빚을 지고 도움을 청하러 달려오는 것을 기다리고 있었다. 그들을 낭비에서 빈곤으로 유도하여, 일단 맛본 영화를 다시 누릴 수 있도록 재차 분발을 촉구했다. 이것이 나폴레옹의 수법이었다. 모든 결정권을 장악하고 장성이라고 해도 주도권을 주는 일은 드물어서, 각 군 지휘관마저도 재능을 발휘할 기회가 좀처럼 없었다. 황제는 그들의 전황 보고서를 자세히 점검하여 표현이나 시기의 타당성을 검토한다. 이를 단서로 그들의 허영심과 질투를 조종하기 위해서이다. 휘하 장수에게 황제에 대한 애증이 생긴 원인이 여기에 있고, 이 굴절된 감정이 당초 품고 있던 순수한 우정 이상으로 황제와의 관계를 강하게 하는 결과가 되었다.

시종일관 그에게 충성을 바친 것은 베르티에와 뒤로크뿐일 것이다. 나폴레옹은 어린이나 충견과 같은 애정이라고 표현했다. 네이는 항시 장전 상태인 소총에 자신을 비유하며 언제 황제의 명령이 내려져도 만반의 준비가 갖춰져 있다고 호언했다. 나폴레옹으로서도 출세길에 들어선 때부터 어울리던 자들만 중용했으며 회상록에서도 그들을 칭찬하고 있다. 드세의 침착함을 칭찬하고 모로에 대해서는 천부적 자질보다는 직감력을, 랑느에 대해서는 지력보다 용기를 샀다. 클레베르는 쾌락을 위해 영광을 찾고 마세나는 포화 앞에서만 진짜 용기를 발휘하는 남자이고, 뭐라는 짐승 같은 놈이지만 영웅이다. 출세를 시작하던 때부터의 증인인 그들을 해고한 것은 본심이 아니었지만 화를 내야 할 때는 화를 냈다. 바그람 전투 후, 전법이 엉망이라고 마르몽을 비난했으나 15분 후에는 원수로 임명했다.

때로는 인간에 대한 증오로 고통받는 일도 있었으나, 그래서는 전우마저 경계하게 되고 그것이 너무 괴로워서 그런 의심은 떨쳐 버리려고 노력했다.

나폴레옹은 결코 환상을 품지 않았다. 랑느의 임종을 접하고 타격을 받았으나 이런 때마저 격려의 말은 전혀 하지 않았다. 후년에 메테르니히에게 말했다.

"임종 때 랑느가 흘린 말의 진의를 귀하는 알고 있을 것이다. 그것은 아무 뜻도 없이 내뱉은 말에 지나지 않는다! 그가 내 이름을 불렀다고 전령이 고한 순간 그가 숨을 거두었다는 것을 알았다. 랑느는 내심 나를 미워하고 있었다. 내 이름을 부른 것은 무신론자가 죽을 때 신의 이름을 부르는 것과 같다. 그래서 그것을 들은 순간 그를 잃은 것으로 간주해야 했다."

어리석은 짓을 저질렀거나 비열한 행동을 했을 때는 옛 친구라 할지라도 악동처럼 꾸짖었다.

"그대에겐 재치라는 것이 전무하다. 이런 졸렬한 지휘는 전대미문이다. 군무가 어떤 것인지 그대는 알지 못한다. 그대와는 인연을 끊겠다"라고 쥐노를 질책했다.

롬바르디아에서는 어느 장군에게 호통쳤다.

"그대의 부대에서는 돈 욕심만 통하고 청렴성은 없는 것과 같다. 그러나 지금까지도 그대가 겁쟁이라는 것은 몰랐다. 군적을 떠나서 두 번 다시 내 앞에 나타나지 말라."

스페인 전쟁 때 전투에서 항복한 장군이 반년 후 뻔뻔스럽게 열병식에 모습을 나타내자, 격노한 황제는 꼬박 1시간 동안 그를 매도했다.

"휘하의 군대가 위기 상황 내지 열세에 빠져 있을 때 장군은 무엇을 해야 할 것인가? 가능하면 그 상황을 바꾼다, 그것이 불가능하면 자기의 용기에 의지하여 적과 싸운다. 일말의 가능성이 있기 때문이다. 패배를 당할지도 모른다, 그래도 상관없다! 모든 것을 잃는 것은 아니다, 명예는 남는다."

황제는 일종의 솔직함을 표현함으로써 당대의 외교관들을 쩔쩔매게 만들었다. 그 점은 모두가 경계하여 미리 대비하고 있었는데도 말이다.

"기지와 수중의 카드를 능란하게 드러내는 대담성, 이편이 잔꾀를 부리는 것보다 효과적이다. 전통적인 외교관들의 수법은 모두 구태의연한 것이다. 우선 정정당당히 이야기할 수 있을 때는 책략을 써도 의미가 없다. 일시적 방편보다 더 약점을 드러내는 것은 없다"

대영전 재개 직전, 그는 영국대사에게 프랑스 함대가 영국 함대와 같은 수준에 도달하는 데 어느 정도 기간이 필요한지를 밝히는 한편, 자신이 얼마나 신속하게 프랑스군 병력을 40만까지 증강시킬 수 있는지 말하고 있다. 쇤브룬에서는 오스트리아 대표에게 전했다.

"이것이 나의 최후통첩이다. 내가 패하면 귀국에 유리한 조건을 추가 제안하게 될 것이며 이기면 더욱 심한 조건을 덧붙이게 된다. 그러나 나는 화평을 바라고 있다."

열강 제국의 대표에게 강렬한 인상을 줄 필요가 있다고 판단했을 때는 사전에 세부사항까지 계산한 다음 자리에 임하는 것이 상례였다. 그중에서도 표적으로 삼은 것이 합스부르크가의 전통이며, 이것을 공략하면 가장 효과적이라고 믿고 자신의 탄생을 축하하는 식전에서도 이 수법을 썼다. 당일 엄숙한 알현을 기다리고 있던 그는 메테르니히 앞에 멈추어 서서, 유럽 외교관이 둘을 주시하는 가운데 유유히 말했다.

"이게 누구신가! 대사님. 귀하의 주군은 무엇을 바라시는가? 내가 비엔나로 가는 것인가?"

교섭 상대를 위협하는 동시에 자기가 위협적인 존재임을 전 유럽에 보여주려는 그의 독특한 연극이었다. 그러나 2일 후, 메테르니히와 사적 회견을 할 때는 이렇게 제안한다.

"프랑스 황제나 오스트리아 대사를 떠나서 얘기해보자. 빈말도 걷어치우고. 오늘은 유럽의 청중을 앞에 두고 있는 게 아니라 둘뿐이니까."

처음으로 대 오스트리아 화평조약 체결 직전 쇤브룬에 있던 제1통령은 오스트리아 대공 카를과의 회견을 오두막에서 하도록 조치했다. 회견을 오래 끌면 대공의 페이스에 말려 상대에게 유리한 조건으로 흐를 우려가 있다고 판단했기 때문이었다.

"거기라면 내가 머무는 것은 고작해야 2시간이다. 1시간은 저녁 식사에 배당하고 나머지 1시간은 이번 싸움에 얽힌 세상 이야기와 인사치레에 할당할 것이다."

튈르리궁에서 오스트리아 대사 코벤츨 백작을 맞이하기 위해 제1통령은 집무실의 가구 배치를 바꾸도록 지시했다. 책상은 구석으로 붙여라, 의자는 두지 말라, 그렇게 하면 소파에 앉을 수밖에 없다, 해가 져도 샹들리에에 점화하지 말고 램프 하나만 켜라. 탈레랑이 백작을 안내해 왔을 때 방안이 컴컴해서 안쪽에 있는 통령의 모습이 잘 보이지 않았다. 낭패한 손님이 주인의 의도대로 소파에 착석했다.

군주를 상대로 할 때 행동은 더욱 신중해진다. 상대에게 영접받기보다 맞이하는 쪽을 좋아하여, 틸지트에서는 이틀째에 이미 맞이하는 입장을 확보했다. 드레스덴에서는 작센 왕의 손님 입장임에도 주인 행세를 했다. 왕비들과 친근하게 접하는 것은 극력피했으나, 프로이센 왕비 루이자로부터 비장한 어조로 자비를 요청받았을 때는 앉으라고 권한다. "비극적 장면을 중단시키는 데는 이 수법이 최고다. 의자에 앉은 순간, 비극은 희극이 된다."

하지만 그가 마음대로 다룬 것은 프랑스인과 이탈리아인뿐이었고, 다른 나라 사람들, 즉 자기와 기질이 다른 사람들에 대해서는 그렇지 못했다. 이하는 국무원에서의 발언이다.

"나의 정치는 그 나라의 대다수가 원하는 형태로 통치하는 데 있다. 방데의 반란을 끝낼 때는 가톨릭교도로 위장하고, 이집트 체류 중에는 이슬람교도인 척하고 이탈리아에서 사제를 내 편으로 만들 때는 교황권 지상주의자로 위장했다. 유태인을 통치할 필요가 있다면 솔로몬의 성당을 재건할 것이다. 산토도밍고의 자유지구에서는 자유에 대해 얘기할 것이고 노예지구에서는 프랑스 섬(모리셔스)에서의 노예제를 인정하겠지. 자유지구에서 자유를 이야기하는 것은 어차피 내가 유지하게 될 노예제를 완화하는 동시에 제한할 권리를 유보하기 위한 포석이고, 노예지구에서 노예제를 인정하는 발언을 하는 것은 어차피 내가 거기서 자유를 유지하게 되었을 때 필요한 질서 회복과 규율 유지를 위한 포석이다."

폴란드 국민을 다루는 법은 비교적 교묘해서 축전祝典과 미사 여구로 인심을 장악했다. 유태인에 대해서는 더욱 빈틈이 없었다. 혁명 이래 유태인은 다른 시민과 동등한 권리를 향유하게 되었으나, 라인 연안에서는 주민이 그들의 고금리에 시달리는 사태가 일어났다. 경제적인 견지에서 유태인의 상술을 높이 평가하던 나폴레옹은 강제 퇴거 조치를 취하지 않고, 그들의 습관을 존중하면서 최고의회(유태인의 사법·행정·종교의 최고 자치기관)를 파리에서 소집하게 했다. 이렇게 해서 수 세기만에 이 의회를 파리에서 개최하는 대신에 고리는 중죄로 금지할 것을 유태인 최고 권위자에게 약속하게 했다. 하지만 스페인에서는 반대로 "폭도들에게 공포심을 품게 하여 인심을 장악하라"라고 조제프에게 조언하여 완전히 일을 그르쳤다.

나폴레옹을 가장 놀라게 한 것은 독일 국민이었다. 독일인은 자신에게 없는 것을 모두 갖고 있었고 자신에게 있는 것은 아무것도 가지고 있지 않았다. 이것이 그의 느낌이었다. 패배자임에도 불구하고 독일 국민은 그에게 어떤 외경심을 느끼게 했다. 연극으로 독일 제공에게 위엄을 보여주려 생각한 나폴레옹은 에르푸르트에서 상연할 때, 연출가에게 희극을 준비하지 말라고 한다. 라인강 너머에서는 그런 방법을 이해 못 할 것이라면서 〈킨나〉(폼페이우스의 증손으로 아우구스투스의 총신 킨나를 소재로 한 코르네유의 희곡)의 상연을 명했다. "이것이라면 반드시 잘될 것이다"라고 말하며 연면히 이어지는 슬픈 장면의 한 절을 황제가 낭송하자, 레뮤자가 이를 이어받아 계속했다.

신의 은총으로 끌어 올려진 숭고한 지위에서
과거는 정당화되고 미래는 약속되었다.

이 지위에까지 올라간 자가 벌을 받는 일이란 있을 수 없다.

무슨 일을 했든, 그는 범할 수 없는 존재이다.

"훌륭하다. 독일인에게는 안성맞춤이다. 그들은 시종 똑같은 생각에 골몰해서 아직 앙기앵 공의 죽음을 운운하고 있다. 그들의 시야를 넓히고 정신을 여유 있게 할 필요가 있다. 감상적인 인간에게는 알맞은 상연물이다. 독일에는 감상주의가 만연하고 있다."

독일 철학에 비해 독일 음악에 대한 언급은 적다. 이는 철학만큼 조예가 깊지 못한 때문이기도 하다. 하지만 이탈리아의 아리아와 볼테르의 신랄한 아이러니를 좋아했던 그에게는 독일의 음악과 마찬가지로 철학도 이해하기 어렵고 어쩐지 기분 나쁘게 느껴졌는지, 칸트를 "난해하여 이해할 수 없는 사람이다"라고 평하고 있다. 나폴레옹의 잘못은 독일인처럼 침중한 국민이 격정으로 치닫는 일은 없다고 믿은 것이다.

어떻게 해서 그는 타국민의 가슴속으로 파고들어 민심을 잡았는가? 이탈리아 북부에서는 발랄한 젊음과 이상으로 이를 수행했다. 압정에 시달리는 민중을 앞에 두고 프랑스혁명의 이름으로 초래된 참신한 이상상理想像을 연기함으로써 그들의 마음을 잡은 것이다. 독재자가 되고서 그와 같은 광휘는 사라졌다. 그러나 나폴레옹은 항상 민중을 위해 통치할 것을 원하고 있었다.

"행정은 대중을 위해서 해야 하며, 특정 인물이나 시민에 대한 배려는 절대로 해서는 안 된다. 상위에 선 자는 사물을 높은 곳에서 본다. 따라서 높이 오른 그때부터 당파를 초월하여 만사를 파악해야 한다."

이것이 그의 신념이었다. 그러나 항상 행동이 신념에 부응했던 것은 아니다. 최초 10년 동안 프랑스 국민은 이 남자의 위협 아래 살았다. 그러나 그의 연패를 처음으로 맞닥뜨린 시점에서 비판 정신을 되찾는다.

"국민에게는 존엄을 증명하는 것이 필요하지 아첨할 것이 아니다. 국민은 약속된 전부를 받지 않는 한 속았다고 믿기 때문이다. 내가 국민을 향해 엄한 발언을 하는 것은 바로 그러한 사태, 즉 국민을 위협해야만 하는 사태에 빠지는 것을 피하기 위해서다."

세월이 지나면서 국민에 대한 엄격한 자세는 나폴레옹 자신의 기질과도 민중의 성향과도 타협하지 않게 된다. 덧붙여 민중은 그가 가져오는 승리의 영광이나 이에 수반되는 금품에도 무관심해졌다. 과시하듯 들이대는 권력의 상징—옥좌, 대관식, 축연, 궁정과 화려함—에 질리고 이것이 결과적으로 황제와 민중과의 사이에 깊은 골을 파게 된 것이다.

인간인 이상 공포감에 전율하는 일도 있겠지만 국왕인 자가 할 말은 아니다. 이런 이유로 '나는 떨었다'라고 말한 국왕 앙리의 대사를 "나는 떨렸다"로 바꿈으로써, 황제가 공포의 표현을 약화시켰다는 소문에 어떤 국민은 미소 짓고 다른 국민은 화를 냈다. 그러나 국민은 황제가 탈마에게 다음과 같은 지시를 했던 것은 모른다.

"카이사르가 '나에게 있어 옥좌는 모멸 이외의 아무것도 아니다'라고 한 말은 그의 본심이 아니다. 자기의 즉위를 로마인이 우려한다고 느껴 그것을 불식하려 한 것에 지나지 않는다. 실제로는 왕위를 얻는 것이야말로 그의 최대, 그리고 최종 목적이었다. 따라서 이 대사를 자신 있게 말할 것은 아니다."

연극과 마찬가지로 종교도 민중에게 작용하기 위한 수단이었다. 그는 통령 시절, 국무원에서 다음과 같이 발언했다.

"나는 종교를 생명의 신비라는 관점이 아니라 사회 질서의 보장이라는 관점에서 인정한다. 그래서 직권을 얻자마자 종교의 부활을 서두르고 사회 질서 회복의 기반으로 활용했다. 내가 보기에 종교는 양질의 윤리, 진실한 원칙, 좋은 풍습을 지지한다. 까닭 없이 불안을 느끼는 현대인에 있어서도 종교가 가르치는 막연하고 불가사의한 것이 필요하다. 이러한 것을 점쟁이, 사기꾼에게서 찾는 자도 있으나 기왕이면 종교에서 찾는 편이 낫다. 사회는 재산의 불평등 없이는 존재하지 못하고, 재산의 불평등은 종교 없이는 존속하지 못한다. 배부른 남자 옆에서 굶어 죽는 자에게 이것이 신의 뜻이라고 알려주는 권위자의 존재가 없다면, 그와 나의 차이를 받아들이는 것은 불가능하다. '신은 이렇게 바라신다. 사회에 빈자와 부자가 있는 것은 사실이다. 그러나 내세에는 재산의 분배가 달라질 것이다'라고 단언할 수 있는 자가 필요하다."

나폴레옹은 가난한 자를 항상 배려하여 구제조치를 게을리하지 않았다. 그러나 서민은 무뢰배라는 생각에서 평생 벗어나는 일은 없었고, 서민에 대한 모멸의 정도는 군주에 대한 그것 이상이었다. 하지만 서민 계급은 이용해야 할 계급 중 첫째였던 것도 사실이다.

"세계를 변화시킨 남자들이 위업을 성취할 수 있었던 것은 결코 지도자를 자기편으로 했기 때문이 아니다. 그들이 대중을 선동했기 때문이며 예외는 없다. 그때의 수법으로서 먼저 들 수 있는 것은 음모이지만, 이것은 부차적 결과만을 가져온다. 두 번째 수법은 천부의 재능을 타고난 자에 의한 통괄이고 이것이 세계의 양상을 크게 바꾼다."

그 후 민주주의의 대두가 눈에 보이기 시작한 시점에서 나폴레옹은 의회제를 예견한다. 하지만 이에 대해서는 비판적이었다.

"공화제 국가, 이것은 인심을 가장 고양시켜 위업의 싹을 가장 높은 차원에서 내장하는 조직체이다. 그러나 국가라는 조직체는 너무 규모가 커서 조만간 국가가 조직에 먹혀서 무로 돌아가 버린다. 강력하기 위해서는 통일된 행동 원칙이 필수이고 따라서 한 사람 내지 특권계급에 의한 독재정치로 국가를 이끌어가게 되기 때문이다. 특권계급이야말로 독재정치의 원흉이고 이것은 로마, 베네치아, 영국 그리고 프랑스마저도 목격하고 있어서 의문의 여지가 없다. 공화제 국가가 위업을 이루는 데는 중앙권력에 의한 다수파 정당 확보가 항상 요구된다. 의회에서 다수파를 확보하기 위해서는 매수가 부득이해져 부패가 시작된다. 부패는 국가를 좀 먹는 악폐이며 중앙권력이 쓰는 가공할 무기다. 자유주의자는 입헌군주제를 발안했다. 이 제도의 이점은 중간에서 결정짓는다는 것이나, 이것도 왕정을 억제해야 할 사명을 띤 국민 대표가 공선에 의한 원칙을 지켜 전 시민의 찬동을 얻는 경우에만 유효하다."

나폴레옹은 자기가 산 시대가 안고 있는 모든 문제를 이해했다. 그러나 황제 즉위 후 대두된 사회문제만은 예외였다.

VII

명민한 지성이 상상력의 폭주를 억제하고 있었다. 그런데도 나폴레옹은 사람을 미워하기보다 사랑했다. 그것도 본인이 생각하고 있는 이상으로 사랑했다. 싸움터에서 100만의 군사를 태연하게 희생시켰음에도 불구하고 한 사람의 부상자를 보아도 마음이 동요하는 사람이었다. 한없이 사랑에 굶주린 그는, 그를 사랑하는 것은 자신뿐이라는 조제프의 말에 분개했다.

"나를 사랑하는 유일한 인간이라고 말하고 있는데 놈의 사랑 따위는 받지 않겠다. 내가 요구하고 있는 것은 5억 인민의 사랑이다.”

이것이 바로 ‘빙하 아래 묻혀있는 화산’이다. 브리엔 유년학교의 교사가 간파한 것처럼 냉철한 외모의 이면에는 활활 솟아오르는 용암같이 뜨거운 생각이 감춰져 있었다.

“나에게는 다른 사람들처럼 감정에 몸을 맡기거나 후회할 틈도 없다. 이기심과 공포가 인간을 행동으로 이끄는 원동력이다. 사랑은 일종의 착란이다. 사실 나는 누구도 사랑하지 않는다. 형제들마저도…. 조제프는 습관적이라고 할까, 장남이라는 이유로 조금은 사랑한다. 뒤로크도 사랑한다. 그는 착실하고 결단력이 있다. 그는 아직 한 번도 운 적이 없을 것이다.”

다른 때 이런 말도 했다.

“다뤼 이외에 친구는 없다. 그의 냉담한 점이 나와 맞는다.”

세인트헬레나에서의 발언은 곤혹스러움이 엿보인다.

“50이 되면 이미 남을 사랑하지는 못한다. 내 마음은 완고해졌다. 연애 감정을 품는 일은 없다. 아마도 조제핀 이외는…, 그녀는 어느 정도 사랑하고 있었다. 내가 스물일곱 때였다.”

여기에 보이는 것은 거북한 듯이 젊은 날의 연정을 변명하려는 모습이다. 그러나 그는 이렇게도 말했다.

“나는 자신의 감정과 행동의 노예다. 왜냐하면 지성보다 감성을 훨씬 높이 평가하고 있기 때문이다.”

그의 논리에 의하면 느끼는 것은 생각하는 것에 이긴다. 그에게 있어서 느낀다는 것은 생각이 가는 대로 행동한다는 것이다.

이러한 타입인 남자는 연애보다도 질투의 포로가 되지 않을 수 없다. 조제핀에게 보낸 초기의 편지에서는 질투에 시달리는 그의 모습이 생생하게 떠오른다.

동정심이 많다는 것은 수많은 서간에서도 엿보게 된다. 국무대서기장 캉바세레스에게 '몸이 망가졌다고 인편으로 듣고 쾌유를 바라고 있다. 파리도 차츰 따뜻해지기 시작하므로 그대가 좋아하는 바깥 공기를 쐬면 위도 회복될 것이다'라고 적는 한편, 시의인 코비잘에게는 이런 당부를 한다.

"친애하는 닥터, 국무대 서기장 댁과 라세페드 댁에 왕진을 부탁하오. 전자는 1주일 전부터 기분이 좋지 않고 또 한 사람은 부인이 오랫동안 병환 중이오. 간절한 조언과 치료를 부탁하오. 대서기장은 나무랄 데 없는 인물인 데다 나의 친구요. 그의 목숨을 구해 주시오."

백일천하 동안 빈궁 상태에 빠졌던 부르봉가의 대공에게 제3자를 중개로 대금을 보내게 했다. 그의 노여움을 받아 총살감이라고 욕을 먹은 장교는 몇백 명이나 되지만 다들 지위에 머물러 있었다. 그런데 그들은 나중에 황제를 배신한다.

나폴레옹에게는 친구가 적었다. 그러나 한번 친구가 된 자에게는 허물없는 헌신을 강요했다. 유형지에서 몽톨롱에게 퍼부은 말만큼 그 에고이즘을 명확하게 나타낸 것은 없다. 몽톨롱이 자기에게 마음을 주고 있지 않다고 생각한 나폴레옹이 말한다.

"나는 그대를 아들같이 사랑하고 있다. 그대가 사랑하는 것은 나뿐이라고 믿기 때문이다. 만일 그대가 나 이외의 사람을 사랑하고 있다면, 그대는 나를 전혀 사랑하지 않는 것이 된다. 애정을 나눈다는 것은 우리 같은 사람에겐 불가능하다. 두 인간을 동등하게 사랑한다고 생각하는 것은 자기기만이다. 설사 자기 자식이라 해도 그렇다. 어떠한 경우도 애정에는 우열이 있다. 서로 나누는 것은 싫다. 그런 일을 당하면 비수로 찔리는 것과 같은 아픔을 느낀다. 나는 감수성이 강하다. 그런 만큼 마음에 상처받는 것은 독약을 먹은 것보다 골수에 사무친다."

남녀의 우열도 그의 마음속에는 명확하게 위치 지어져 있어서 여성해방 운동에는 당연히 불쾌감을 품고 있는 듯하다.

"자연이 여자를 남자의 노예로 했다. 우리의 정신구조에 약간의 결점이 있다는 것만으로 여자들은 자기들이 남자의 지배자라고 주제넘게 주장하고 있다. 우리를 좋은 방향으로 이끄는 여자가 한 명이라면, 우리를 어리석은 행동으로 이끄는 여자는 100명이나 된다. 여성은 남녀평등을 당연한 권리로 평가하는가? 그것은 미친 짓이다. 여성의 특성은 미와 우아와 남자를 매혹하는 힘이며, 여성의 의무는 종속과 복종이다."

VIII

    수천 년 전 화산 분화를 일으킨 외로운 섬은 거무스름한 암초를 하늘로 솟게 하고, 깊게 갈라진 틈 사이로 엿보이는 검은 용암의 절벽은 수직으로 바다로 내리 떨어진다. 항구로 다가감에 따라 지옥의 문을 향해 입을 벌린 협곡으로 진입하는 모양으로 눈앞을 가로막은 험준한 벽은 마치 악마의 손으로 만들어진 작품과도 같다. 여기에 바위 뒤에 숨겨져 있는 몇 개의 대포 이외는 사람의 손으로 된 것은 없다. 냉각된 용암이 깔려 있는 지면이 나그네의 발밑에서 삐걱거린다. 그야말로 죽음의 섬이다.

    유럽에서 8,000킬로미터 이상 떨어진 대서양 한가운데에 떠 있는, 영국의 대포가 줄지어 배치된 사화산, 이것이 세인트헬레나라고 불리는 암초다. 한 남자가 비범한 인생의 마지막 장을 장식하게 될 이 섬은, 영국 귀족 몇 명의 불성실함, 한 식민지 총독의 비인간적인 악의에 의해 무서운 비극의 무대가 되고 만다.

    개척자 및 서인도 회사의 노력이 결실을 맺어 섬 안에는 나름 쾌적한 거리가 조성되었고 몇백이나 되는 프리깃함이 부식토, 건축재, 목재를 운반해 오고 있었다. 하지만 강제하지 않는 한, 이곳에 장기 체류하려고 생각하는 사람은 한 명도 없었다. 따라서 500명의 유럽인을 여기에 잡아두려면 1,200명의 흑인 및 중국인 노예가 필요하다.

그래도 5년 이상 여기에 머물러 있는 자는 없었다. 이 섬에서 60세까지 살아남은 자는 전혀 없고 50대인 자도 좀처럼 없었다. 살인적인 기후 탓이었다. 해가 나오지 않는 열대성 기후, 즉 폭포처럼 쏟아지는 호우와 이어지는 적도 특유의 더위가 많은 인명을 빼앗았다. 고온다습한 더위가 이내 한랭한 소나기로 바뀐다. 지금까지 땀을 흘리고 있던 몸은 남서쪽에서 불어오는 폭풍우로 차가워진다. 무더운 날 해가 졌다고 집 밖으로 나가는 것은 미친 짓이다. 즉각 숨이 찬다. 여기 1년만 있으면 이질, 현기증, 고열이 오고 구역질에 시달려 간질환을 앓는 예가 특히 많다. 최초로 이 섬에 파견된 영국 함대는 곧 수백 명의 수병을 잃고, 하는 수 없이 돛을 올려 바다로 나가 정박할 수밖에 없었다. 파견된 관리와 개척자도 예외 없이 병으로 쓰러졌다. 따라서 그들은 섬에 몇 군데 있는 안전지대에 주거를 얻지 못하는 한 부득이 섬을 떠나야 했다.

원주민에게 물으면 해발 500미터에 위치한 비바람이 몰아치는 평원이 섬에서 가장 해로운 장소라고 대답할 것이다. 거기에는 1년 내내 안개가 내리기 때문에 습도가 높아 비위생적이고, 강풍으로 고사한 고무나무들이 호우에 뒤틀려 있다. 이것이 '죽음의 숲' 즉 '롱우드'이고, 지병을 가진 적을 확실하게 죽음으로 몰려고 영국이 선택한 장소이다. 롱우드는 임시로 지정된 곳이 아니라 수개월에 걸쳐 —결코 황제의 거처로서 적합하게 만든 것이 아니라— 정비된 곳으로 그동안 죄수는 조심스럽기는 하나 적어도 여기보다는 훨씬 건강에 이로운 거처에서 살고 있었기 때문이다.

롱우드는 50년 동안 축사로 사용되었다. 영국 측은 이를 정비했으나 가축용 건물을 인간용으로 바꾼 것에 지나지 않았다. 오물을 제거하는 수고마저 안 하고 퇴비를 허술한 나무 마루로 덮었을 뿐이었으므로 황제가 입주하고 얼마 후 곧 마루가 썩어 바닥이 내려앉았다. 코를 찌르는 오수가 실내로 넘쳐 들어 그는 다른 방으로 대피해야 했다. 이러한 허술한 방법으로 외양간, 빨래터, 마구간이 황제 및 측근용 6개의 방으로 개조되었던 것이다. 어두침침한 구석에 있는 황제의 침실에는 얼룩투성이 벽지가 붙어 있었다. 습기로 인해 생긴 초산염에 의한 얼룩이었다. 부엌에서 풍겨오는 요리 냄새는 30년 전 소위 시절에 하숙하던 발랑스의 작은 방을 연상케 했다. 거기서는 서적은 습기를 면했으나 여기서는 곰팡이 투성이였다. 식당의 채광은 유리를 낀 문으로만 받을 수 있고 살롱은 벌레 먹은 마호가니 가구 몇 점이 놓여 있을 뿐, 종복들에게 배당된 지붕 아래 방은 비가 오면 물에 흥건히 젖었다. 건물의 이 부분은 타르로 도장한 두터운 종이로만 덮여 있었기 때문이다.

황제는 작은 방 두 개를 사용했다. 둘 다 길이가 4미터에 폭이 3미터, 높이 2미터 반인 방이었다. 침실에는 털이 다 빠진 카펫 한 장, 모슬린 커튼, 난로, 페인트칠한 의자, 작은 책상 2개, 장롱 하나, 소파 한 개가 딸려 있었다. 인접한 집무실에는 책상 하나와 몇 개의 의자, 선반을 가득 차지하고 있는 수북이 쌓인 서적, 잠들지 못하는 밤을 위한 휴식용 소형 침대가 있었다. 황제는 침실에 아우스터리츠에서 사용했던 야영용 침대, 은제 램프와 세면대를 들여놓았다.

건물에는 큰 쥐가 우글거리고 있었는데 열을 지어 뛰어 돌아다니며 닭을 죽이고 말에게 달려들었다. 베르트랑 장군에게 상처를 입히기도 하고, 황제가 삼각모를 집어 들려는 순간 안에서 뛰어나온 일도 있었다.

쥐들과 주거를 함께 하는 것은 백작 3명과 남작 1명—모두 장교 및 측근으로 황제를 섬겨 온 이들—과 가족, 황제의 종복 2명과 하인 등 상륙 시 수행원은 거의 40명이었다. 그러나 6년 후까지 머문 것은 반수에 불과했다.

나이 어린 아들을 데리고 왔던 라스 카즈는 이 생활을 1년밖에 견디지 못했다. 후작 집안 출신으로 포부르 생제르맹에서 성장한 망명 귀족이기도 한 그는 제정 시절 나폴레옹으로부터 백작위가 수여되었으나 측근이 된 것은 백일천하 때였다. 황제보다 연상인 재주가 뛰어난 사람으로 세계 정세에 정통했던 그는 지리에 관한 서적을 출판한 경험도 있어서 언젠가는 집필하게 될 회상록이 얼마나 중요한 것이 될 것인지 명확하게 예측하고 있었다. 사실 섬을 떠난 후 발표한 《세인트헬레나의 회상》은 몇백만 프랑의 재산을 그에게 가져다주었다. 황제보다 키가 작고 장군 시절의 보나파르트처럼 비쩍 말랐다. 교양이 있고 남을 잘 돌봐주는 인물로 황제에게는 최고의 동반자이며 비서였다. 수인의 몸이었던 황제에게 그는 파리에서 익힌 기지 넘치는 경구를 던져, 파란만장한 나폴레옹 사극의 종반에 잠시이긴 하나 희극적인 웃음을 던져주었다. 영어를 가르친 것도 그였다. 덕분에 황제의 독서 범위도 넓어졌다. 영어로 필담을 하고 라스카즈가 황제의 실수에 밑줄을 긋기도 하였다. 그의 부재는 황제의 마음에 메우기 힘든 공백을 남겼을 것이 틀림없다.

이전에 일리리아 지방의 총독이었던 베르트랑은 그때까지 헌신적으로 황제를 섬기고 있었다. 매우 기품 있는 인물로 구술 필기를 맡아 하지는 않았으나, 공처가만 아니었다면 황제의 명령에는 최후까지 순순히 따랐을 것이 틀림없다. 영국의 피가 반쯤 섞인 크리올 출신 아내는 귀족적인 미인이었다. 세인트헬레나 행을 싫어하여 바다에 몸을 던지겠다고 남편을 협박하기도 했다. 섬에 와서도 시종 뿌루퉁한 얼굴로 벽지에서 아까운 청춘을 망치는 것을 탄식하고 있었다. 식사 때도 그녀의 자리는 비어 있는 일이 많았다. 어느 날 너무 결석이 잦은 것을 황제가 따지자, 기분이 상한 베르트랑은 다음날 만찬에 나오지 않았다. 이 행위에 상처받은 나폴레옹은 접시를 밀치고 개탄했다.

"롱우드에서 불경한 태도를 보는 것은 파리에서보다 훨씬 괴롭다."

구르고는 매우 어울리기 어려운 남자다. 나폴레옹군 최후의 전투에서 황제의 부관이었던 젊은 장군은 주군에 대한 충성심으로 유형지로 수행했다. 하지만 아쉽게도 자청한 역할을 수행할 만한 능력이 없었다. 도착하고 수주 후, 아직 젊은 귀부인과 만난 순간 '아아, 자유가 그립다. 어째서 내가 수인의 몸인가!' 하고 일기에 적은 남자였다. 지도를 읽을 수 있고 전략 및 수학을 안다는 이유로 황제는 그를 사령부 소속 장성으로 평가하고 있었다. 그러나 이곳 롱우드에서 이 남자가 모욕당했다고 생각하지 않는 날은 하루도 없었다. 처음 경험하는 폐쇄적 집단생활 가운데서 그의 허영심과 질투심은 백배, 천배 커져서 기괴함의 화신이 되고 만다. 물려고 덤비는 개 같은 남자가 되어 나이 많은 카즈를 선배로 대하지 않았고 결국 결투라는 사태에 이르렀다. 결국 황제의 권한을 내세워 참극을 방지할 수 있었다.

"그대는 나를 섬기려고 수행한 것이 아닌가? 남들과 화목을 도모하라! 그대는 이미 나를 섬기려는 마음이 없는가? 여기서는 각자가 나의 기분에 맞춰서 행동해 주기 바란다."

세인트헬레나의 암초에서 나폴레옹은 인내와 관용의 마음을 배워야만 했다. 특히 구르고에 대해서는 아버지와 같은 관대함으로 호소하고 코르시카에 있는 조카딸과의 화려한 결혼을 내비치기도 했다. 거리에서 개최되는 연회에 보내는 일도 있었다.

"가봐라. 그대에게는 기분풀이가 필요하다. 스타마 남작부인이나 로우 부인을 만나게 될 것이다. 그대의 나이 떼는 부인들의 모임에 가는 것이 바람직한 것으로 생각된다. 오늘 저녁 달콤한 꿈을 꾸면, 내일은 일을 할 의욕이 생길 것이다. 그대가 정리한 러시아 원정에 관한 기록에 대해서 내일 이야기를 나누자."

이처럼 남다른 자애를 보여주고 있는데도 다음날 구르고는 또다시 모욕당했다고 화를 냈다. 황제의 하인이 평민을 대하는 듯한 태도로 말을 걸었다는 것이 이유였다. 다른 날에는 코사크병을 격퇴하여 황제의 목숨을 구했을 때를 얘기했지만, 황제가 전혀 알아차리지 못했다고 대답하자 분개하여 고함을 질렀다. "하지만 파리는 이 소문으로 떠들썩했다고요!" 황제는 미소를 띠며 "그대는 용감한 남자다. 그런데 언제까지나 어린애다"라고 응수했다.

라스 카즈의 하인이 구르고의 다이아몬드 십자가를 훔쳤을 때는 사태를 수습하기 위해 황제가 죄를 뒤집어 쓰는 입장이 되었다. 문제의 십자가를 포켓에 넣고 범인은 자기라고 말하면서 주인에게 돌려 주었던 것이다. 그러나 어머니를 부양할 돈이 없다고 구르고가 불평을 했을 때는 엄하게 나무랐다.

"우리에게 여기는 싸움터다. 급여가 적다고 싸움터에서 달아나는 자가 있다면 그런 놈은 비겁자다. 그대가 여기까지 따라왔지만 나는 조금도 고맙지 않다. 만일 프랑스에 머물고 있었다면, 그대는 페리 공(1778~1820, 루이 18세의 조카)의 손에 교수형을 당했을 것이다. 1815년에는 파리에서 군의 지휘를 하고 있었으니까."

마음껏 울분을 터뜨린 나폴레옹은 곧 섬을 떠나라고 말하지만,

직후에는 대포, 포차를 끌기 위한 2륜 마차, 산탄 소사 등에 관한 지론을 전개하기 시작한다. 그리고 다음날 이렇게 말을 걸었다.

"어찌 된 일이냐, 구르고? 왜 그렇게 못마땅한 얼굴이야? 내가 하는 것처럼 냉수마찰을 해봐, 기분이 좋아질 거야. 망상을 가라 앉히지 않으면 몸이 견디지 못할 거야. 내가 여기에서 죽으면, 아무리 궁하다 해도 아직 수백만은 가지고 있다. 지금은 그대들 외에는 가족도 없다. 나의 업적은 앞으로도 그대들을 따라다니게 될 것이다. 나 이상으로 그대들의 장점과 재능을 정당하게 평가하는 자는 없다. 지금 필요한 것은 나를 즐겁게 하여, 나의 기분을 띄워주는 일이다! 심야에 잠이 깨어 지금과 옛날을 생각할 때, 나는 신음하지 않는 줄 아는가?"

저녁 식사 때, 몇 명의 측근을 앞에 두고 한 황제의 말에 동석한 자들은 말이 없었다. 주군도 드디어 힘이 다하여 쓰러질 때가 닥쳤음을 느껴 다들 몸을 떨었다. 얼마 후 이 일화는 절해고도에서 유럽의 방방곡곡까지 전달된다. 그 후 수일간 측근끼리의 음모와 반목은 소리를 감추지만, 사소한 일로 또다시 지금까지 이상으로 심한 충돌이 재현되었다. 갈등과 알력을 견디다 못한 구르고는 섬의 영국인들과 친교를 맺게 되고 2년 반 만에 황제 곁을 떠난다. 주인의 숙적인 세인트헬레나의 총독으로부터 얻은 추천장을 휴대하고서.

몽톨롱 백작Montholon(1783~1853, 예나와 바그람 전투에서 활약한 장군으로 마지막까지 나폴레옹에 충성을 바쳤고 《세인트헬레나의 나폴레옹 유폐록》(1847)을 썼다)은 유형지에서 황제의 가장 충실한 벗이었다. 10대 때엔 당시 포병대장이었던 보나파르트에게 수학을 배웠고, 그의 지휘하에서 40회의 전투에 출전하고 황제의 궁정에서 많은 일을 했다. 6년 동안 세인트헬레나에 머물고 후년 루이나폴레옹 (1806~1873, 나폴레옹 3세. 루이보나파르트와 오르탕스의 아들이다)을 6년간 모심으로써 보나파르트가에 충성을 보여준다. 그런데 평소에는 다정하고 순종적인 그의 아내가 베르트랑 백작 부인과 사이가 나빴다. 그녀는 갓 태어난 베르트랑 부인의 아이가 허약한 것은 모유가 나쁜 탓이라고 말했다. 베르트랑 부인에게는 언젠가 나폴레옹 2세가 통치를 하게 되면, 장남은 반드시 시종장으로 임명될 것이라는 속셈과 경쟁의식이 있었다.

알력의 근원은 모두 측근과 주변 사람들의 질투였다. 베르트랑은 지금도 대원수의 지위에 머물고 몽톨롱은 주방 담당을 맡고 있는데, 자기만 요직과 거리가 먼 축사 담당이었다. 구르고에게는 참을 수 없는 지점이었다. 그러나 어쨌거나 긴 하루 중, 단 2시간 동안 일하면 나머지 시간은 노는 정도의 요직이었다.

결국 얇은 판자와 골판지로 만들어진 집안의 다툼은 250프랑의 돈과 관계된 언쟁 끝에 필담으로만 서로 연락을 취할 만큼 악화된다. 그리고 이번에는 몽톨롱 부인이 아이를 데리고 섬을 떠났다.

수행원 중에 가장 성실하게 황제를 섬기고 있는 것은 세 하인이다. 이미 4년 동안 황제의 신변을 돌보아 온 마르샹과 출발 직전에 나폴레옹이 데려가기로 결정한 두 코르시카인 치프리아니(?~1818)와 산티니(1790~1862)다. 황제는 출생한 섬과 종말의 섬을 결부시키고 싶었던 듯하다. 영국 측은 어떻게 하든 하인들로부터 정보를 끌어내려고 엿보고 있었으나 그들에게는 주인의 적과 친해질 생각이 손톱만큼도 없었다. 그중에 치프리아니는 영국인에게 거리를 둘 특별한 이유가 있었다. 중사 시절에 그는 카프리섬의 기습공격에 성공한 일이 있으며, 당시 카프리의 총독으로 있던 자가 세인트헬레나의 현 총독이기 때문이다. 산티니는 새를 잡으러 간다며 가끔 말미를 얻고 있었는데, '원수' 총독을 죽인 다음 자살할 결의를 굳히고 있는 것이 드러났다. 격노한 황제는 이것을 굳게 금지했다. 그런 짓을 하면 유럽은 나를 주모자로 간주할 것이다. 그러나 산티니가 방에서 나간 순간 그는 작은 소리로 탄식했다.

"과연 코르시카인이다!"

IX

영국군 장교 제복을 입은 중년의 신경질적인 붉은 털의 남자. 이 자가 섬의 총독 겸 간수다. 주근깨투성이 얼굴, 추한 흉터가 있는 볼, 뼈가 불거진 목, 사람을 바로 보지 못하는 두 눈과 엷은 색 눈썹.

남자는 이 섬에서 가장 입지가 좋은 장소에서 살고 있는데, 별 장 스타일인 저택은 섬에서 가장 오래되고 아름다운 정원으로 둘 러싸여 있다. 롱우드에 로우를 처음으로 맞이한 뒤, 황제는 이렇 게 평하고 있다.

"천박한 남자다. 베네치아의 경찰 같은 악당 꼴을 하고 있다. 덫에 걸린 하이에나 같은 눈초리로 나를 흘끗 쳐다봤다. 아마 놈 이 나의 사형집행인인 듯하다."

허드슨 로우(1769~1844, 세인트헬레나 총독으로 나폴레옹 감시 임무 를 맡았다)가 비열한 인간으로 비친 것은 직무가 아닌, 직무의 수행 방법 때문이었다. 황제는 해군 총독을 비롯한 그 외의 영국인과는 친교를 맺고 있었다. 로우는 푸셰의 축소판이었다. 이탈리아에서 영국 첩보기관의 주임이었던 그가 섬에서 수행할 것은 간수와 형 사로서의 임무이고, 자기에게 맡겨진 미묘한 사명에 착수했다. 유 럽의 안녕은 이 남자의 감시 능력에 달려 있었다. 인도주의보다는 자신들이 편안하게 잘 수 있기를 요구하는 유럽은 수인을 가혹하 게 다루라고 간수를 부추겼던 것이다.

영국의 매스컴은 황제를 살육자로 규탄하고 그 자매를 매춘부 라고 외치고 뭐라를 여관의 일꾼으로 깎아내렸다. 어떤 특별법이 채택되어, 누구라도 이 수인의 탈주를 돕는 자는 사형에 처한다고 위협하고, 감히 이 죄를 범한 자는 죽을 때 성직자의 입회도 허락되지 않는다고 했다. 영국 황태자는 황제에게 새총을 선물함으로써 황제의 명예를 조롱하려고 하였다. 이에 이의를 제기하여 대영제국의 명예를 간신히 지키고 있는 사람은 급진당 및 두 귀족원 의원, 서섹스 공작과 홀랜드 경뿐이었다. 홀랜드 경의 부인은 용감하게도 서적과 과일을 황제에게 보내고 옛날 황제 타도를 외치던 귀부인들도 그에게 힘을 보탰다. 어느 법률가는 화평 체결 후의 황제 구속은 불법이라는 것을 뒷받침하는 21개조의 논증을 공표하고 토머스 무어(아일랜드의 시인)와 바이런 경도 이 논증을 지지하는 동시에 항의의 목소리를 높였다. 독일에서는 로우에 대한 끊임없는 공격이 각 지에 전개되었고, 다행히 이것이 후일 이 나라의 이름을 높이게 되었다.

총독은 섬을 명실상부한 감옥으로 바꾸었다. 모든 선박에는 징벌의 대상이 되는 24개조 규정이 입항과 동시에 전달되고 거리에는 프랑스인과의 접촉 및 특별허가증의 소지 없이 롱우드에 접근을 금하는 요지의 포스터가 붙어 있었다. 이후 6년 동안 영국 병사가 옥사 주변을 쌍안경으로 계속 감시하였으나, 지붕 위를 기어다니는 도마뱀 이외에 아무것도 발견하지 못하고 끝났다.

롱우드의 움직임을 빠짐없이 로우에게 전달하는 시스템도 갖춰져 있었다. '보나파르트 장군, 주거 경계선 이탈', '수행원 동반', '수행원 없음' 등을 수기신호로 알리는 것이었는데, 이중 유일하게 올리지 못한 것은 비상사태를 알리는 신호, 즉 '보나파르트 장군 탈출'이었다. 롱우드 주위 4킬로미터에 벽이 둘러쳐지고 50보마다 보초가 섰다. 해가 지면 감시는 가옥 쪽으로 좁혀졌다. 때문에 밤 9시가 지나서 황제의 부름을 받으면, 조금 떨어진 곳에 거주하는 베르트랑은 두 병사 사이에 끼어 찾아와야만 했다. 이때 영국병사는 줄곧 총검을 그 프랑스인의 가슴에 닿을 거리로 겨눈 채였다.

30년간 말을 타고 멀리 나가는 것이 습관이 되어 있던 황제는 영국 장교의 동반 없이 롱우드의 경계선을 넘는 것은 허락되지 않았고, 호송이 딸려도 8마일 이상 나아갈 수는 없었다. 황제는 이 조치에 항의했다.

"나를 수인囚人 취급하는 행위는 일절 인정하지 않겠다."

처음엔 마음이 내키면 영국 장교들에게 후방 대기를 명하고 구르고와 전속력으로 말을 달려 주민의 집을 찾은 일도 더러 있었으나, 후년에는 막상 나가려다가도 밖에서 대기하는 영국 병사 모습에 기분이 상해 집안에 그냥 틀어박히는 일이 많았다.

습한 기후에 더하여 이러한 일상이 지병의 진행을 재촉하는 동시에 죽음을 빨리 맞게 한 것이 틀림없다. 운동 부족으로 다리가 붓고 수주에 한 번밖에 신선한 물과 우유가 지급되지 않았기에 위병이 급속히 악화되었다. 황제는 야영용이 아닌 더 큰 침대를 원했지만 방이 좁아 놓을 수가 없어서, 접이식 침대에 소파를 나란히 놓고 지내야 했다.

수행원뿐만 아니라 황제의 소지금도 몰수되었기 때문에 송금을 요구하는 편지를 프랑스에 보냈으나, 이것도 압수되었다. 하는 수 없어 몇 차례에 걸쳐 은제 식기류를 경매했으나 이것을 알게 된 총독은 주민에게 구매를 금하고 부하를 시켜서 싼값으로 사들이게 했다. 수개월 후 포로에 대한 이러한 행위는 반드시 유럽에 혐오감을 가지게 할 것이라는 기사를 게재한 신문이나 잡지가 도착하자 격노한 총독은 새로운 규제를 마련하여 롱우드에 입에 대지도 못할 고기나 부패한 와인을 지급했다.

　이 남자는 수인을 들볶기 위한 새로운 수법을 차례로 고안해냈다. 워털루 전승 기념일에 롱우드 바로 가까이에서 열병식을 했다. 영국 황태자의 탄생을 축하하는 연회에 황제를 초대하고 '인도 총독 부인을 배알하라'라고 쓴 초대장을 보낸 적도 있었다. 유형자에 대한 새로운 비방誹謗 문건이 도착하자 맨 먼저 롱우드로 보냈으면서도 나폴레옹 숭배자가 제작한 로마왕의 흉상이 도착했을 때는 그 안에 밀서가 감춰져 있을지도 모른다는 억지 핑계로 빼앗으려 했다. 영국 황태자에게 보내는 서간도 압수했는데, 거기에는 처자의 소식을 알려주기 바란다고 적혀 있을 뿐이었다. 로마왕을 알현한 오스트리아인 탐험가의 롱우드 방문을 허가하지 않았고, 로마왕의 곱슬 머리털이 하인의 헌신적인 활동과 가정부의 인정人情으로 우여곡절 끝에 아버지의 손에 들어왔을 때는 음모 기도가 있다는 취지의 장대한 보고서를 본국으로 송부했다.

간수는 드물게 수인을 찾아왔다. 어느 날 간수가 떠난 뒤, 수인은 내뱉듯이 말했다.

"얼마나 천박하고 흉한 얼굴인가! 잠시라도 저런 놈 곁에 두었던 커피를 어찌 마시겠는가."

나폴레옹이 도착한 이후 로우는 그의 수명을 단축시키려는 노력에 전념했다. 황제의 체력이 떨어지기 시작하자 그때까지 진찰을 맡았던 의사 오미라(1786~1836, 나폴레옹의 담당 의사로 1818년 본국 소환 후 허드슨로우의 비인도적 행위를 고발했다)의 접견을 금했다. 의사가 황제의 신뢰를 얻고 있다는 것이 이유였다. 또한 환자에 관한 의료 이외의 정보 제공을 거절했다고 해서, 의사는 반 총독파인 위험 분자로 간주되었다. 휘하의 밀정들을 써서 롱우드를 포위하는 것만으로는 부족하다고 생각한 총독은 포위망을 섬 전체로 확대했다. 그 결과, 본격적 스파이망이 작은 집의 외부를 포위했고 내부에서는 왕년의 튈르리궁 못지않게 처참한 질투와 반목의 소용돌이가 격심하게 솟아오르게 되었다.

런던에 보낸 보고서에서 오미라는 황제의 간膽 질환이 3년의 수인 생활 동안 얼마나 악화되었는지 보고하고 그 원인으로 기후, 주거의 비위생, 운동 부족을 지적했다.

"놀라운 일이 있다면 병의 심각성에도 불구하고 진행이 늦다는 점인데, 이것은 오로지 환자의 강인한 정신력에 의해 조금도 쇠약해지지 않은 타고난 체질에 의한 것이다."

영국의 외무장관 캐슬레이(1769~1822, 나폴레옹 타도에 진력했다)는 물론 아마도 황태자에게도 보고서가 보내졌을 것이다. 그럼에도 불구하고 나폴레옹은 아조레즈 제도로 옮겨지지 않고 3년간을 더 세인트헬레나에 머물렀다. 이것은 명백히 영국 정부의 악의를 증명하는 일이었다. 책임질 짓을 하지 않는 로우는 본국으로부터 받은 훈령을 내걸고 악마와 같이 비열한 방법으로 수인을 학대했다. 다음 발언에서도 이 남자의 교활함이 여실히 엿보인다. "놈이 다시 승마 운동을 할 수 있도록 준비하고 있다. 돌연 급사하게 된다면 나도 정부도 귀찮게 된다. 진행이 느린 병으로 죽는 편이 낫다. 그러면 의사도 자연사로 판정할 수 있지만 급사하게 되면 트집을 잡힐 수 있기 때문이다."

세인트헬레나에서 생활하기 시작했을 때, 황제는 공식 항의문을 작성하고 있었다. 온갖 불만을 개진한 12페이지에 이르는 문서인데 비단 천에 적은 사본도 별도로 작성시켜 이것을 어떻게든 유럽으로 보내려고 했다. 특히 그가 강조한 것은 '보나파르트 장군'이라는 호칭에 대한 불만이었다. 이렇게 불리는 것은 받아들이기 어렵다. 국민에 의해서 수여된 '통령'이나 '황제' 직함에 이 칭호는 모순이라고 주장하고 협상안으로서 뒤로크나 뮈롱이라는 이름을 제안했다. 그러나 영국은 '군주로 인정되는 호칭 특권'을 거절했다. 총독은 철자에 'u'를 첨가하여 이탈리아식으로 보나파르테 Buonaparte라고 부르자고 했다.

적의가 실제 행동으로 표현되기까지 그리 오래 걸리지 않았다. 수인에게서 전투 의욕이 다시 한 번 불타오른다. 그는 예전과 달리 증오의 기운을 보여준다. 예전 같으면 분노의 대상은 그저 전멸되었을 것이다.

로우의 포위망에 대항하려고 롱우드의 주민도 나름대로의 정보망을 치고 있었다.

총독이 접근했다는 소식이 들어오면, 황제는 실내로 들어와 버리고 하인을 시켜 쫓아버리는 것이다. 그런데 어느 날 기습을 당했다. 마당에 있는 황제 앞에 갑자기 로우가 나타나더니 롱우드의 생계비를 줄이라고 말을 꺼냈다. 화가 머리끝까지 오른 황제는 호통을 쳤다.

"그런 사소한 일을 내게 말하다니 이 무슨 무례인가! 그대는 일개 간수에 지나지 않는다. 그대가 지금까지 지휘한 것은 악당이나 탈주병, 제국의 주체 못 할 자들밖에 없지 않았는가? 영국군의 모든 장성의 이름을 다 알고 있다. 그러나 블뤼허의 서기 내지 도적 부대의 장관이었다는 것 외에는 그대의 이름 따위는 들은 바가 없다. 그대는 아직까지 어엿한 군인을 지휘한 적이 없지 않은가. 알겠나? 앞으로는 내가 먹는 것에 대하여 일체 거론하지 말라. 싫으면 롱우드에 아무것도 보내주지 않아도 상관없다. 나의 육체를 괴롭힐 권리를 가졌는지는 모르겠으나, 나의 정신이 그대에게 지배될 리는 없다. 나의 정신은 전 유럽을 통치하고 있었을 때와 마찬가지로 이 암초에서도 자부심 높고 과감하다는 것을 똑똑히 알라. 미천한 근성을 생각하면 못 할 일은 없을 것이다. 나에게 독을 먹이는 짓도 마다하지 않을 것이다. 그대에게 그만한 용기가 있는지는 모르겠다만."

한마디도 못 하고 뒤돌아선 총독은 말에 올라타고 사라졌다.

그 후에도 밤낮을 가리지 않고 감시를 계속하고 사소한 일로 측근들에게 트집을 잡았으나, 총독이 황제를 만나지는 못했다. 어느 날 평소처럼 알현을 거절당한 로우가 '장군' 소재의 유무를 직접 확인할 필요가 있다고 주장하면서 면회를 강요했다. 이 사실을 알리는 종복에게 대답하는 황제의 목소리가 반쯤 열린 문 사이로 들려 왔다.

"간수에게 말해 주어라. 옥사의 열쇠를 집행인의 도끼로 바꾸어 쥘 것인지는 놈의 마음대로다. 그러나 이 안으로 들어오려면 내 시체를 넘을 각오가 필요하다. 내 피스톨을 가져와라."

나폴레옹이 죽음을 맞을 때까지 허드슨로우는 '장군'의 소재를 확인하지 못했다.

X

황제는 되도록 늦게 일어난다. 하루를 조금이라도 짧게 하기 위해서였다. 벨을 울리면 마르샹이 문안 인사한다. 날씨를 묻고 능직물 실내복을 입는데 나이트 캡은 머리에 쓴 채다. 왕년의 꿈이었던 터번과는 전혀 닮지 않은 것이다. 이어서 냉수마찰을 한다. 이제 오데코롱은 없다.

바로 이 무렵 시의侍醫 오미라 박사가 도착한다. 황제는 그와 이탈리아어로 대화하는데 섬의 세세한 사건을 이야기한다. 커피에 넣을 설탕이 떨어지는 일도 자주 있다.

썰렁한 작은 방안을 왔다갔다하는 황제. 책상 위에는 이집트 지도가 펼쳐져 있다. 구르고와 점심을 먹는다. 대화는 산 울타리에 대해서다. 포격을 당할 경우 울타리가 방어벽으로 소용이 될지도 모른다. 오후는 통상 침실 소파에 누워 독서를 한다. 가난했으나 코르시카의 생가 쪽이 지내기 좋았다. 바닥에는 〈모니퇴르〉지가 흩어져 있다. 읽다가 진력이 나면 바닥에 내던지고 이자베가 그린 자신의 아내와 아들의 초상화를 들여다보는 것이 보통이었다. 그림 옆에 있는 선반에는 독수리에 받쳐진 촛대가 두 개 있고, 그 사이에 아들 로마왕의 대리석 흉상이 놓여 있다. 촛대는 생클루에서 가져온 것이다. 벽에는 조제핀의 초상화, 사슬에 마리 루이즈의 금발을 땋아 넣은 리볼리 전승기념 금시계, 프리드리히 대왕의 은제 자명종 시계가 걸려 있다. 작은 방에는 과거를 웅변하는 물건들이 모여 있다.

저녁 식사에는 전원이 옷을 차려입고 출석한다. 황제는 낡은 녹색 프록코트에 레종도뇌르 훈장, 긴 양말, 버클이 달린 구두 차림새다. 하인은 파리에서 입던 금장식이 있는 제복 차림이다. 곰팡이 냄새가 나고 좁아 답답한 식당의 테이블은 나폴레옹 전투도가 그려진 세브르의 도자기 세트, 독수리를 넣은 유리그릇도 갖춰져 있다. 치프리아니가 폐하를 위해 고기를 잘라 공손히 올린다. 대화는 거의 단순하여 파리의 물가에 관한 화제가 교환될 정도다. 황제가 매우 진지하게 자기 옥좌의 가치에 대해 이야기하는 일도 있다. 식후는 살롱으로 이동하여 코르네유의 희곡을 낭송한다. 채택되는 것은 항상 같은 작품이다. 황제는 낭랑하게 읽지만, 감정이 너무 강해서 빈말로도 잘한다고는 할 수 없다. 청중이 조는 일도 있는데 그럴 때는 황제의 목소리가 날아온다.

"마담, 졸고 계시군! 구르고, 일어나라!"

"듣고 있사옵니다. 폐하."

베르트랑 원수와 체스를 두거나 몽톨롱 백작과 오셀로 게임을 하기도 한다.

2,000일이 이렇게 흘렀다. 이탈리아전, 이집트전, 쿠데타 때마저 이 절반도 되지 않는 날짜로 결말을 지었는데….

구술과 독서가 가장 좋은 시간 때우기다. 젊은 시절에는 도서관의 장서 모두를 탐독했을 뿐 아니라 주석까지 붙였던 그였는데, 이후 25년 동안 책을 펼칠 틈은 없었다. 지금 그는 무엇을 읽고 있을까? 젊은 시절 읽지 못한 책을 닥치는 대로 읽고 있다. 인생의 일을 시작할 무렵의 그는 현실주의자였던 적도 있었고 특정한 분야로의 편향을 피해서 가능한 한 다양한 저작을 분야별로 정독하려고 힘쓰고 있다. 이전에는 역사가 그의 마음을 붙들고 있었으나, 지금은 시詩에 이끌리고 있다. 그중에서도 얼마 전까지 스스로 누리고 있던 영웅적 장거壯擧를 반영하는 서사시를 좋아해서 가장 높이 평가하는 것이 〈일리아드〉이다.

"호메로스는 시인이고 변사, 역사가, 입법자, 지리학자, 신학자였다. 즉, 당시의 백과전서파였던 것이다. 충격적인 것은 사상의 고매함에 비해서 등장 영웅들의 행위가 조잡하다는 점이다."

〈일리아드〉에서 위안거리를 찾아낸 나폴레옹이지만, 〈오딧세이〉에는 그다지 흥미를 보이지 않는다. 모험 이야기에 관한 한 자신 쪽이 훨씬 파란만장한 모험을 했기 때문이다. 소포크레스가 그린 비극적 유형流刑 이야기인 《오이디푸스》, 아이스큐로스의 《아가멤논》, 밀턴의 《실낙원》, 그리고 《성서》도 칭찬하고 있다. 코르네유와 라신에 의해 프랑스 스타일로 각색된 고대 그리스·로마의 영웅은 그가 30년 동안 행동의 본보기로 삼은 인물들이다. 신나, 필록테테스(그리스의 영웅으로 트로이의 왕 파리스를 쏜다), 오시앙에 얽힌 영웅전에는 진력나는 일이 없었다. 오시앙의 시는 이탈리아어로 읽었다. 몰리에르나 보마르셰(프랑스의 극작가. 〈피가로의 결혼〉 등 특권계급을 대담하게 풍자한 희극으로 혁명 전 프랑스에서 대성공을 거두었다) 등 옛날에 가볍게 여기던 풍자 작가도 지금은 친근한 존재가 되었다. 신간은 회상록이나 풍자문뿐이 아니라, 자신을 비방하는 것까지 모두 읽고 있었다.

서적을 실은 배가 도착하면 롱우드는 크게 떠들썩했다. 습기가 가득한 서가는 3천 권의 책으로 메워져 갔다. 그런데 황제의 속독은 못 말리는 정도였다. 1권을 1시간이 안 되어 독파해 버린다. 하인은 어제 선반 가득히 꽂은 책을 다음날 바닥에서 치워야 했다. 다 읽은 책이나 읽을 가치가 없는 것으로 생각된 책을 모두 바닥에 팽개쳐 버리기 때문이었다.

세인트헬레나에서 살기 시작했을 때, 나폴레옹은 이제까지와 같은 속도로 행동하고 있었다. 앞으로는 천천히 살아가야 한다는 것을 잊고, 30년간 계속해 온 현기증 나는 신속성으로 행동하고 있었던 것이다. 이것을 알아차렸을 때는 갇혀 있을 동안 해야 할 유일한 일인 황제군 병사의 공훈록을 완료하고 있었다.

황제군의 고참 정예병에게 그들의 공적을 상세히 기록하겠다고 약속했을 때, 그는 이를 엘바섬에서 할 작정이었다. 그러나 최초의 유형지에서는 이 약속을 생각해 낼 틈이 없었던 듯하다. 이제 두 번째 유형지에서는 초년도가 겨우 지나갈 무렵 이미 척탄병의 무용武勇에 관한 구술을 마치고 있었다.

이 회상록을 남기게 한 것도 외부의 힘이었다. 우연히 입수한 소책자에 게재되어 있던 칸 상륙에 관한 기사가 완전 날조였기 때문에 진상을 설명할 필요가 있다고 생각한 것이다. 그래서 실내를 왔다갔다하던 황제는 몽톨롱에게 필기 신호를 보내어, 엘바섬 탈출에서 귀국에 이르는 장을 단숨에 구술했다. 제국 고문서관에서 8천 킬로미터 떨어진 땅에서 자료의 도움을 빌리지 않고 기억을 재구축하여 절정기와 다름없는 영감을 불러일으킴으로써 백일천하의 전모를 복원한 것이다. 그러나 갑자기 구술을 뚝 그치고 만다.이런 일을 해서 무슨 소용이 있는가?

그 후 얼마 지나지 않아 이번에는 영국 하원의원의 보고서에 분개하여 다시 구술에 착수한 그는 14시간을 쉬지 않고 계속 이야기했다. 녹초가 되어 교대로 필기하는 비서들을 아랑곳하지 않고. 어떤 때는 잠들지 못한 채 몽톨롱을 불러내어 그다지 멀지 않은 과거의 기록을 그의 펜에 맡겼다. 회상이 어쩌다 연전연승의 건으로 돌아왔으므로 측근은 이탈리아 원정의 발단부터 상술하여 이집트 원정이나 통령 시절에 대해서도 이야기하라고 충고했다.

그러나 기껏 20년 전에 있었던 일을 30년전쟁(독일의 종교전쟁 1718~1748)처럼 이야기하는 것을 아무도 알아차리지 못한다. 이리하여 세계 각지에 동시에 명령을 내려 휘하의 장수를 자유자재로 조종하고 있던 때처럼 구술 받아쓰기를 최후의 협력자들에게 할당했다. 1796년부터 1799년에 이르는 전투의 회상록을 수주 만에 완성한 것이다. 줄곧 왔다갔다하다 보니 문이 덜컥거리는 소리가 바깥에까지 울렸다. 대화의 조각들이 다른 방에까지 들려서 휴식 중인 비서들에게 크게 방해가 되었으나 황제는 전혀 알아차리지 못했다. 발걸음 소리가 확고해짐에 따라 문장은 더욱 간결해져서 듣는 사람이 감동한 나머지 가슴이 막히는 일도 있었다.

아르콜레 전투의 필기를 마치자 "〈일리아드〉보다 훌륭하다!"라고 탄성을 올린 카즈를 바라보고 황제는 웃으며 말한다.

"그대는 아직도 코블렌츠의 궁정에라도 있는 기분인가? 내가 만족하기까지 앞으로 20회는 고쳐 써야 할 필요가 있다."

그러나 이것은 빈말에 대한 그의 독특하고 신랄한 방어에 지나지 않는다. 그는 고쳐서 구술할 생각이 없었고 그 후 비서가 읽는 필기를 정정하는 것으로 그쳤다.

계속 고쳐 쓰기를 황제에게 강요한 것은 워털루의 싸움뿐이었다. 아무리 객관적으로 다시 보아도 이 싸움의 결과는 납득이 가지 않아 차례로 새로운 해석을 생각해 내어 이를 규명하고 있었다. 영국 장교들의 호의로 회상록을 유럽으로 보낼 기회를 얻은 황제는 만인의 앞에서 영국의 공적을 조금이라도 작게 하려고 워털루의 장에서 특히 공을 들였으나 잘 되지 않았다.

그의 회상록에는 오류가 있다. 예를 들면 날짜를 고쳐 쓴 것이 그렇다. 하지만 그것은 기억 착오가 아니다. 역사상 자기의 위치를 확고한 것으로 하려고 고의로 왜곡하고 있다. 하지만 오기의 양은 카이사르의 저작만큼 많지 않고 중요한 사건에는 적용되지 않았다. 또 리용의 학술원 콩쿠르에서 받은 상금을 어머니의 원조금으로 했을 때, 마렝고 싸움에서처럼 부하의 공로를 자기 것으로

해 버렸을 때, 알렉산드르 황제가 러시아 전투 이전에 제안한 유럽 분할에 관한 조약을 하나에서 열까지 자기의 발안이라고 했을 때, 이런 기술에서는 협력자의 사람 됨됨이를 왜곡하고 있으나 기본적인 사실은 존중한다. 아마도 나름대로의 영웅관에 따라 자기를 이상화한 것이겠으나, 이러한 조작에 의해 그가 입은 것은 이익보다 불이익이었다. 권력의 정상에 오르기까지의 묘사는 총체적으로 정확하다. 게다가 연전연승으로 이 시기 그가 이룬 공적은 어떤 자화자찬이나 다른 자의 비방으로도 흔들리지 않을 만큼 확고한 것이었다. 다만 나폴레옹에 의해 구술된 회상록은 대개 군인에 대해서만 이야기하고 있어, 진짜 나폴레옹의 모습을 추구하는 자에게는 수인의 몸이 되어 때에 따라 내뱉은 말을 적은 측근의 회상록이 훨씬 흥미가 있다. 얼마 지나지 않아 그는 구술에 진력이 났다.

1800년의 원정에 관한 기록을 남기려고 수주 동안 계속했는데, 결국 마감을 한 황제는 러시아 전선의 회상록을 먼저 정리하기로 하고 관련 자료의 수집을 구르고에게 명했다. 구르고는 자신도 종군한 전투에 관한 조사를 시작하지만 최종적으로 그가 입수한 것은 러시아에 관한 자료가 아닌, 나폴레옹의 생활을 적은 영국의 자료였다.

전략론에 관한 저작을 계획했을 때도 "배운 대로 했는데 지고 말았다고 얘기하는 패군의 장도 있을 것이다. 싸움은 극히 다면적인 요소로 성립되므로 일괄하여 논하기란 불가능하다!"라면서 포기한다. 이 발언은 그가 학설이나 통설을 결코 그대로 받아들이지 않는 인간이라는 것을 보여주는 새로운 증거이다. 또 이러한 조심스러움은 경험을 제일로 하고 임기응변을 요지로 하는 그가 체험을 통해 배양한 것이다. 어느 서적엔가 자극받아 기술 문제에 착수한 적도 있다. 그 이론을 응용하여 포격으로 인한 화재를 방지하는 방법을 이끌어내려고 생각한 황제는 즉시 구르고에게 소화호스에서 방수하는 데 필요한 수량水量을 산출하도록 명했다.

긴 하루가 손님 응대로 짧게 느껴지는 일도 있다. 공식 추천장이 주어진 사람들—영국인 여행가, 학자, 탐험가—에게 알현이 허락된다. 나중에 유럽으로 돌아간 그들은 황제가 얼마나 싱싱한 정신과 기력을 유지하고 있는지를 증언한다. 나폴레옹은 이러한 보고가 유럽에 전파되기를 원하고 있으며, 나중에 라스 카즈에 의한 《세인트헬레나의 회상》이 출판되자 여론이 달라져 황제에게 동정적이 되었을 때도 무척 만족스러운 듯했다.

"불평이 있으면 그것을 유럽에 전하시오! 그러면 유럽도 동조할 것이다! 나는 그것을 할 수 없다. 존엄과 기질이 그것을 허락치 않는다. 나는 명령하든가 침묵할 뿐이다."

방문자 중에는 흥미로운 이야기를 하는 자도 있었다. 워털루전투 중 앞바다에 함대를 정박시키고 있던 영국 제독에 의하면, 블뤼허의 도착을 단념한 웰링턴은 영국군에게 승선명령을 내렸었다고 한다. 또 영국의 하급 장교들이 얼마나 황제에게 동경심을 품고 있는지를 들었을 때는 혁명가다운 발언을 했다.

"그것도 당연하다. 그들은 우리에 공감하여 동료로 생각하고 있다. 그들은 모두 영국의 제3신분 출신자다. 즉 태어나면서 귀족의 적이다. 거만한 귀족들의."

영국군의 모든 병사가 황제의 편이다. 며칠 동안만 세인트헬레나에 기항하는 함선의 수병들이 야밤에 롱우드로 잠입하여, 얼굴을 붉히고 머뭇거리며 황제에게 꽃다발을 내민다. 황제는 웃으며 그들의 어깨를 두드려 주었다. 수비대가 교대될 때 장교들이 작별의 인사를 하려고 찾아오면 마치 휘하의 프랑스 병사처럼 그들을 위로했다.

"근무 기간은 몇 년 되는가? 부상당한 적이 있는가? 53연대의 활동에는 크게 만족하고 있다. 연대의 전도에 행운이 있기를 바란다. 빈검 제독, 53연대의 출발을 슬퍼하는가? 귀관을 위로하려면 그대 부인이 작은 빈검을 잉태하는 수밖엔 없겠지?"

일동은 폭소하고 제독은 얼굴이 새빨개졌다. 출발 시 프리깃함의 병사들은 수인에게 팡파르를 세 번 보내고 3개월 후 그 일화는 전 유럽에 퍼졌다.

그러나 어느 날 한 대령이 달고 있는 훈장에 눈이 멈추었다. 거기에 비토리아 전투(1813년 스페인의 바스크 지방에서 웰링턴이 승리한 전투)라고 기록되어 있는 것을 알아차린 황제는 훌쩍 등을 돌렸다.

영국의 동맹국(프랑스)은 어쨌거나 주군의 호기심을 만족시키려고 세인트헬레나에 대표를 파견하고 있었다. 그러나 황제가 알현을 거부하고 있었기에 4명의 대표는 수인이 틀림없이 감금되어 있는지 확인하는 유일한 임무마저 수행하지 못하고 앞바다에 정박하고 있는 배에서 기약 없는 나날을 보내고 있었다. 그리고 여기가 음모의 새로운 온상이 되어 갔다. 대표 중에서 알현이 허락된 것은 몽슈뉴 후작뿐이었다. 경건한 기독교도인 루이 18세가 두려운 전임자를 감시하려고 선발한 인물이다. 후작은 황제에게 최신 신문이나 잡지, 황제 앞으로의 서간의 발췌문을 보내고 수인은 그에게 서적을 빌려주었다. 베리공 암살 소식이 세인트헬레나에 도착했을 때는 베르트랑 백작을 보내 추도사를 읽게 했다.

기분이 좋을 때 황제는 기분풀이를 찾는다. 제정시대의 관보연감을 밤늦도록 뒤적이던 그가 책을 덮더니 옛날이야기에 나오는 땜장이 말투로 말했다.

"정말 굉장한 제국이었어! 나는 8,300만의 백성을 지배했다. 전 유럽 인구의 절반 이상이라고!"

어느 날 밤, 라스 카즈와 젊은 시절의 추억담을 나누던 중 몹시 흥분하여 폭소 끝에 샴페인까지 터뜨리게 한 황제는 시계가 11시를 알리는 소리를 듣고 아쉬운 듯 말했다.

"벌써 시간이 이렇게 되었나! 이런 시간을 자주 갖고 싶구나! 그대는 나를 혼자 두려는가, 이다지도 행복한 기분인 나를!"

어떠한 불평불만보다 훨씬 가슴 아픈 말이다.

일곱 살이 되는 몽톨롱의 아들을 무릎 위에 앉히고 〈늑대와 양〉의 우화를 들려준 일도 있다.

이야기의 줄거리를 이해 못 해 양과 늑대와 폐하를 뒤범벅하는 어린아이를 상대로 황제는 기분 좋은 한때를 즐겼다. 이탈리아의 가곡을 흥얼거리며 침실을 왔다갔다하던 황제가 갑자기 폭소를 터뜨린 일도 있다. 루이 18세가 여전히 자기를 '무슈 드 부오나파르테'라고 부르고 있다는 기사를 읽고나서였다.

잠들지 못할 때는 라스 카즈에게 포부르 생제르맹에서 일어난 일화를 얘기하게 했다. 구르고에게 말을 거는 일도 있었다.

"여자 이야기라도 하자. 나는 여자와 어울릴 틈이 없었다. 아니면 여자들이 나의 인생을 지배했을 것이다."

어느 때는 신장계를 손에 들고 살롱 입구에 서서 측근 전원의 키를 재기도 했다.

옷을 갈아입지 않고 오전 내내 일에 전념하며 바깥으로 나가지 않았고, 심하게 더운 날은 늦은 밤까지 옥외에서 지냈다. 어느 날 하인이 살고 있는 지붕 밑 다락방은 지내기가 좋다는 이야기를 측근에게 전해듣고 사다리를 올라간 그는 의복을 들여다보고 자기가 아직 상당한 재산가인 데 놀랐다. 통령 시절에 입던 군복이나 리용시의 증정품, 바그람 전에서 사용하던 박차, 마렝고 전의 외투를 살짝 만져보고 말없이 사다리를 내려갔다.

무료한 생활 속에서 애착을 느낀 자도 만났다. '토비'라는 말레이시아인 노예에게 마음이 끌린 것이다. 유괴되어 팔렸고 이 섬에 버려진 남자다. 정원이나 길에서 만나면 황제는 그의 일하는 모습을 질리지 않고 바라보다 그때마다 금화를 주었다. 토비도 그때마다 서툰 영어로 '다정하신 나리'라고 인사했다.

"토비는 가련한 놈이다. 가족으로부터 떨어져 팔려오다니. 그에게 더이상 큰 슬픔, 더 참혹한 범죄가 있을까?"

토비 앞에서 갑자기 걸음을 멈춘 황제가 라스 카즈에게 말했다.

"그런 지경을 당하고 있는 것은 저 남자만이 아니라고 그대 얼굴에 쓰여 있다. 하지만 그런 문제가 아니다. 권리 침해의 정도가 늘면 희생자들은 더욱 희생을 강요당하게 될 것이다. 지금 세계의 눈이 우리에게 쏠려 있다! 우리는 내내 불멸의 순교자로 남자! 몇백만이 우리에게 눈물짓고 조국은 탄식하고 영광은 슬픔에 젖어 있다. 우리는 여기서 신들의 압제와 싸우고 있다! 불행한 자들에게도 그들 나름대로의 영웅적 정신이 있고 영광이 있다! 내 인생에는 역경이 부족했었다. 옥좌 위에서 구름 위 사람으로 죽었다면, 많은 자들에게 나는 계속 이해가 어려운 사람이었을 것이다. 그러나 다행히도 이 역경에 의해 만인은 나의 실상을 있는 그대로 평가하게 될 것이다!"

그 후 황제는 이 노예를 고용주로부터 사들였다. 그리고 그를 조국으로 돌려 보내주고 싶다고 생각했으나 총독이 금지했다. 그는 "보나파르트 장군은 산토도밍고 같은 흑인 왕국을 새로 건설하려고 유색인종을 농락하고 있다"라고 본국에 통보했다.

이렇게 해서 토비도 황제처럼 계속 섬에 살게 되었다.

XI

"2,000류(8,000㎞)의 항해를 견디기에는 너무 늙어 바다에서 죽게 될지도 모른다. 그래도 상관있겠는가. 조금이라도 그대 가까이서 죽을 수 있다면."

황제는 신음하면서 이 편지를 몇 번이고 되풀이하여 읽고 있었다. 섬에 도착한 지 1년, 황제에게 배달이 허락된 최초의 편지가 이것이었다. 열강 동맹 제국은 레티치아에게 여행을 금지하고 있다. 아무리 노인이라 해도 수인을 탈주시키지 못한다고 할 수는 없지 않은가! 다른 가족과 마찬가지로 프랑스에서 추방된 그녀에게 코르시카는 다시 문을 닫았다. 이후 로마에서 거주하는 그녀는 이곳에서 아들을 더 안전한 땅으로 이전시키도록 손을 쓰고 있었다. 수년에 걸친 노력을 정신적으로 계속 지탱해주고 있는 것이 교황 비오 7세였다. 러시아 황제는 이전에는 호의적이었으나, 합스부르크가와 영국이 나폴레옹의 죽음을 선언하고 있는 이상, 아무도 이 문제에 손을 댈 수 없다고 생각한다. 세인트헬레나로 송금도 금지되어 있었는데 이것은 어머니, 형제자매도 예외가 아니었다.

1818년, 엑스라샤펠(독일 아아헨의 프랑스식 이름)에서 동맹국 회의가 개최되었을 때, 이에 참석한 제 군주 앞으로 레티치아는 서장을 보냈다.

"필설로는 다하지 못할 슬픔에 젖어있는 어미는 본 회의에서 폐하들의 어려운 결단이 있을까 하여, 이 기회를 고대하고 있었습니다. 황제 나폴레옹의 장기에 걸친 유형 생활이 여러분의 화제에 오르지 않을 리가 없습니다. 여러분의 자비, 위력, 추억이 여러분의 은혜를 입고 우정마저 받은 한 군주의 석방으로 기울지도 몰라서…. 아들의 석방을 신께 기원하며 현세에서 신의 대리인이신 폐하 각위에 부탁 올리는 바이옵니다. 불멸의 여부를 결정하는 후세 사람들은 승자의 관용을 무엇보다 먼저 칭송할 것입니다."

하지만 이것은 답장 없는 편지에 그친다. 머지않아 수인은 '폐하 각위'가 어머니를 코르시카에서 음모의 주모자로 고소한 것을 알게 된다. 프랑스 전국에 하부조직을 갖고 있던 음모단을 위해 그녀가 거액을 제공했다고 주장하고 그 숫자까지 제시했기 때문에 교황이 황태후에게 국무경을 파견하여, 상세한 내용을 묻게 되었다.

"교황님에게 전해 주세요. 과분하게도 그만한 큰돈을 소지하고 있다면 남의 도움 따위를 구할 리가 없다는 것을. 아들에게는 많은 찬동자가 있습니다. 말씀하신 대로 집단에 의지하지 않아도 부당하게 유치되어 있는 아들을 고도에서 데려오게끔 독자적인 무장 선단을 조직했을 것입니다."

이렇게 의연한 대답을 했다는 사실을 들었을 때, 아들은 얼마나 자랑스러움으로 가슴이 벅찼을까. 그러나 어느 오스트리아 귀족에게 어머니가 던진 말을 알았다면 뭐라고 말했을까.

"왜 며느리는 세인트헬레나에 가지 않고 이탈리아 생활을 계속하고 있나요?"

제국 붕괴 후 뤼시앵과 조제프는 아메리카로 건너가고 머지않아 제롬도 뒤를 쫓아갔다. 그들은 그곳에서 이국풍의 이름을 쓰고 있다. 나중에 스페인의 혁명가 집단이 전 국왕인 조제프에게 멕시코의 왕위를 제의했다는 정보가 고도에 도착하여 수인의 마음을 흔들었다.

"조제프는 거절할 것이다. 왕위에 따르는 책무를 다시 떠맡기보다 재미있게 사는 것을 좋아하는 남자다. 그러나 영국에는 구미가 당기는 이야기다. 스페인령 아메리카에서의 모든 무역을 한 손으로 지배할 수 있게 된다. 멕시코 왕이 되는 것을 알면, 조제프는 필연적으로 프랑스 및 스페인과 결별하게 되기 때문이다. 그가 받아들이면 나에게도 유리하게 작용할 것이다. 그는 나를 사랑하고 있으니까 자국의 무역을 미끼로 나의 대우 개선을 영국에 촉구할 것이 틀림없다. 그러나 아쉽게도 그는 제의를 거절할 것이다."

이것은 망명 첫해의 이야기인데, 당시의 그는 희망에 불타고 있었음을 알 수 있다. 다른 형제자매들은 사람들의 기억에서 사라져 갔으나, 제롬만은 장수하여 후년 나폴레옹 3세의 궁정에 등장한다. 황제는 그에게 한 통의 편지도 받지 않았다. 레티치아는 돈에 무심했던 카롤린에게 "황제로부터 받은 것은 모두 황제의 것이다"라고 회신하고, 뤼시앵에게는 "이제는 권력자도 아닌데 그렇게 화려한 생활을 계속하면 남의 웃음거리가 될 뿐이다. 반지는 손가락을 장식하지만 설사 반지가 떨어져도 손가락은 남는다"라고 충고했다. 오르탕스와 폴린은 말메종 시절처럼 또 레티치아의 차 시중을 든다.

베르나도트가 지금은 스웨덴 국왕(1818년 카를 14세로 즉위)이 되고, 데지레도 드디어 왕관을 머리에 얹었다는 소식은 나폴레옹에게 더욱 충격을 주었다. 데지레는 그 후 오래 살아 제2제정을 목격한다. 이혼하여 과부가 된 발레푸스카 백작부인은 프랑스 귀족과 재혼했다. 이를 옳다고 하면서도 황제는 그녀와 그 아들에 바쳤던 배려를 회상하며 듣기 거북한 말을 했다.

"재산이 있으니까 결혼 신청 따윈 무시했어야 했다. 두 아들에게도 과분하게 주었다." 발레푸스카 부인에게는 나폴레옹과의 사이에서 얻은 알렉산드르 외에 전 남편의 아이가 있었다.

"그러고 보니 매달 1만 프랑을 송금하셨지요"라고 구르고가 별 생각 없이 말하자 황제는 얼굴이 빨개지며 당황하며 물었다.

"어떻게 알고 있는가?"

나폴리 왕 뮈라와 네이 원수는 총살되었다. 나폴레옹은 그들이 군인으로서 운명을 다한 것을 평가하고 뮈라에 대해서도 카라브리아로 도망간 점을 비난했을 뿐, 배신한 장군들에게 티끌만큼도 원한을 품지 않았다(뮈라는 왕위를 포기하고 프랑스로 도주하려 했으나 이탈리아 남부 카라브리아에서 나폴리 왕으로 복위한 페르디난드 4세의 지지자에게 붙잡혀 총살되었다). 부르봉가를 섬긴 마르몽에 대해서도 지나치게 관대할 만큼 공평한 평가를 내리고 있다.

"마르몽을 가엽게 여기는 것은 그를 사랑하기 때문이다. 결코 나쁜 녀석은 아니다. 그는 읍소하면 조국을 구할 수 있을 것으로 믿고 우행을 범했다. 고의로 배신할 정도면 자살을 선택했을 것이다. 인간이란 약한 존재다."

그러나 이때, 프랑스에서 일어난 유형지의 황제를 도우려는 일련의 움직임을 모두 억압한 것이 마르몽이었다. 한 조각 전문지식도 없는 망명 귀족이나 신흥귀족이 고위 고관으로 세워졌을 뿐 아니라 장기간 프랑스를 떠나 있던 리셜리외가 정권의 최고위에 앉아 있다는 이유로 부르봉 일족에 대한 불만이 온 나라에 퍼졌을 때, 강철 같은 자유의 기수 라파예트가 새로운 혁명을 준비하고 있을 때, 정치결사, 학교, 군대에서 '미래를 짊어질 젊은이'가 외국군의 지원으로 간신히 명맥을 유지하고 있는 부르봉 일족 타도의 의지를 불태울 때, 급진적 지방 모두가 3색기를 올릴 사태가 되었을 때, 국민의 태반이 나폴레옹 2세의 옹립을 바랐을 때, 이들의 봉기를 봉쇄하고 장관이 된 것은 나폴레옹의 오랜 전우 마르몽이었다.

루이 18세가 오를레앙파와 보나파르트파로 분열된 양원을 해산하고 당수들을 처형했다는 정보에는 황제도 강한 관심을 보였다. 심신이 건강할 때 일어난 일련의 사건은 황제에게 새로운 희망을 갖게 했고 운명의 급변이 있을지도 모른다고 예측하게 했다.

"이런 때 수인의 몸이라니 얼마나 불운한가! 도대체 누가 그들의 통솔자가 되려 하는가? 몇천이라는 용감한 남자들을 단두대에서 구해낼 수 있는 자는 어디에 있는가?"

그렇게 부르짖고 그는 오랫동안 혼자 틀어박혀 있었다. 그러나 다음날에는 엘바섬에 대해 열변을 토했다. 때마침 외국 배가 다수 앞바다에 출현하여 영국 순양함이 쫓아버렸다. 안개 속에 대포 소리가 울리고 사람들은 포성을 세었다. 무슨 일인가? 정보를 얻으려고 측근을 보냈으나 진상을 파악하지는 못했다. 그래도 모두 희망에 가슴을 부풀렸다. 다음날 아침 황제가 말했다.

"우리는 얼마나 어린애 같은가. 게다가 나는 모범을 보이는 대신 그대들과 같은 행동을 하고 있다. 아메리카였다면 농장만 생각하고 있을 텐데."

하지만 무슨 일이 있어도 그는 아메리카로는 가지 않았을 것이다. 왜냐하면 며칠 후에 이런 고백을 했기 때문이다.

"조제프처럼 아메리카에 있었다면 아무도 나한테 관심을 가지는 자가 없을 것이고 지지자도 잃었을 것이다. 세상이란 그런 것이다. 아마 앞으로 15년은 더 살겠지만 여기서 죽는 것이 나의 숙명이다. 프랑스가 나를 다시 부르지 않는 한."

영국은 그를 감시하는 수비대를 200명에서 2000명으로 증원했다. 이는 영국에게 연간 800만 파운드의 지출이다. 그렇다고 탈주의 가능성이 없어진 것은 아니다. 모든 군인이 수인의 편이기 때문이다. 어느 날 리오데자네이로에서 온 6명의 사관士官이 체포되었다. 황제를 일종의 잠수정에 태워 탈출시키려고 한 것이다.

이것과는 별도로 인도로 항해하는 도중 세인트헬레나에 기항한 두 선장으로부터 승선을 권유받은 일도 있다. 황제는 결국 이를 거절했다. 구르고와 일하고 있는 중에 몽톨롱이 뛰어오더니, 이 섬에서의 체재 허가가 1시간 후면 끊어지는 외국 인물로부터 황제를 아메리카까지 모셔가겠다는 제의를 받았다고 보고한 일도 있었다. 몽톨롱은 다음과 같이 전말을 기술했다.

"100만 프랑으로 황제를 아메리카로 데려간다. 지불은 아메리카 상륙 후에 해도 상관없다는 제의였다. 하지만 여기에 상세한 것은 말할 수 없다. 정치 생명을 위험에 노출시키게 될 터이니. 그렇게도 친절한 제안에 지금도 깊이 감사하고 있다. 황제는 내 이야기에 귀를 기울여 골똘히 생각에 잠겨 실내를 왔다갔다한 후, 구르고와 내 쪽으로 돌아보고 의견을 구했다. 우리의 의견에 끼어드는 일 없이 듣고 계셨으나 결국 '사양해 주게'라고 말했다."

갇힌 몸이 된 지 1년이 안 되었을 무렵이다. 나폴레옹은 건강 상태도 좋아 행동을 일으키고 싶어 근질근질하던 참이었다. 영국 정부의 강경한 자세와 총독의 비열한 언동에 몰려있다고는 하나, 탈출의 가능성은 열려 있었다. 영국 장교들의 안내에 의한 도주의 가능성이다. 모험에는 위험이 따르는 법이다. 그러나 그가 이때 행동에 들어가지 않은 것은 위험을 두려워했기 때문은 아닐 것이다. 몽톨롱에게 제의를 들었을 때 그는 과거의 기억을 구술하고 있던 참이었다. 침묵하고 친구의 조언을 청하고 다시 침묵하더니 이윽고 말했다. '사양해 주게'라고. 왜일까?

자신의 행동이 프랑스에 어느 정도의 혼란을 일으킬지를 알고 있었기 때문이다. 그래도 아직 여론의 전환을 기대하던 그는 경적을 울리며 입항하는 1척의 배를 보고 측근에게 말했다.

"저 범선 두 척으로 영국으로 귀환할 수 있을는지 모른다. 황태자가 죽으면 황녀는 우리를 영국으로 불러들일 것이다. 그녀는 나를 세인트헬레나로 보내는 것을 반대했었으니까."

프랑스 각지에서 새로운 폭동이 발생했을 때, 황제의 귀국이 요청될 것이라고 말하는 수행원에게 그 가능성을 부정하지는 않았으나 이렇게 덧붙였다.

"사람들은 무엇을 두려워하고 있는가? 내가 전쟁을 하는 것은 아닐까? 내가 나이가 너무 든 것은 아닌가? 내가 영광을 추구하고 있는 것은 아닐까? 영광이라면 이미 실컷 맛보았다. 아들을 위해서 이대로 여기 남는 게 좋다. 가시관 없이는 예수가 오늘날까지 신으로 계속 숭상되는 일은 없었을 것이다. 그는 순교에 의해 대중의 상상력에 계속 힘을 발휘하고 있다."

나폴레옹 왕조 수립의 소망은 지금도 마음속에 굳건하다. 이때에도 황통 유지의 집념은 행동이나 모험 충동, 영광으로의 뜨거운 욕구를 부추기고 있다. 그러나 희망과 숭고한 체념과의 사이에서 분노나 주저, 절망에 빠지는 순간도 있어 사소한 사건에도 타격을 받는다. 베르트랑이 만찬에 결석했다 해서 며칠이고 시무룩한 얼굴을 하고 "내 권위가 추락한 것은 자각하고 있다. 하지만 그것을 측근으로부터 알게 되다니!" 하고 탄식하고 중재를 나선 라스 카즈에게는 "아냐, 그 일은 잊자"라고 말은 해도 방문도 받아들이지 않았다.

"죽은 자는 손님도 맞이하지 않는 법이다."

이처럼 화가 나 있을 때는 창가에 서 있는 보초의 모습을 보고도 화를 냈다. 황제가 만찬에 결석하는 일도 있는데, 그런 때는 누군가를 불러내어 짧은 말을 하는 것만으로 즉시 물러가게 하고 계속 틀어박혀 있는다.

누가 먼저 가구가 딸린 방을 소유할 것인지로 몽톨롱과 구르고 사이에 말다툼이 일어나고 다시 황제가 중재에 나섰다. 눈물을 그치지 않는 몽톨롱 부인을 달래려고 황제는 체스 게임을 제안하고 저녁 식사 후 라신의 희곡 〈에스텔〉을 낭독했다.

황제의 노여움을 사는 불상사가 거듭되기도 했다. 어느 날 아침 구술을 하려고 문안했으나 그는 매우 우울해했다.

"놈들은 내 아들에게 어떤 교육을 하고 있을까? 유아기에 어떤 도의와 규범을 가르치려 하고 있을까? 아버지는 미워해야 할 인간이라고 가르칠 생각이라면? 그런 생각을 하면 두려움에 몸이 떨린다."

워털루 장면의 필기를 마친 카즈가 황제의 비운에 분개하자, 나폴레옹은 아무 말 없이 조금 떨어진 곳에 있는 카즈의 아들에게 말을 건넨다.

"이봐, 〈아우리데의 이피제니〉(라신의 희곡)를 가져와 줘. 이것이라면 모두의 기분풀이가 되겠지."

또 어느 날은 라신의 희곡 〈앙드로마크〉—이것은 퇴위의 순간, 예언자와 같은 직감으로 그가 상기한 희곡이었다—를 낭독시키던 황제는 다음 부분이 나오자마자 "이제 됐어. 혼자 있게 해 줘!"라고 소리쳤다.

나는 가리라, 갇힌 몸이 된 아들 곁으로
그날 유일한 기회를, 신이여. 당신이 허락하신 덕분에
남편 헥토르와 트로이 나라가 내 수중에 남았으나,
잠시라도 아들과 함께 눈물 흘리지 않겠다고

오늘 이날까지 아직 안아본 적이 없는 내 아들과 함께…

XII

황제의 무기력과 지루함이 더해가면서 고통당하는 마음에 고뇌가 더욱 깊어졌다.

지난날 황제였던 남자가 비록 수인의 몸이 되었다 해도 지금까지 해온 일을 그리 쉽사리 바꾸지는 못한다. 비록 적의 조소를 받을지라도, 불과 4명의 측근을 데리고 종전대로 섬기게 하는 일을 멈추지 않았다.

'보나파르트 장군'이라는 호칭 및 감금의 위법성에 항의하기 위해서라도 외출 시엔 반드시 마구간 담당이 모는 여섯 필이 끄는 소형 4륜마차를 타고 수행원을 뒤에 거느리고 있었다. 수행원은 제복 내지 궁정복 차림으로 문안해야 하고, 누구든 황제보다 먼저 말을 하면 안 되고, 정원에서도 허락 없이 다가가서는 안 된다. 방문자가 검을 휴대한 원수의 안내 없이 알현이 허락되는 일은 없다.

그러나 이러한 엄격함은 서서히 느슨해졌다. 어느 날 몽톨롱 백작부인이 방에 들어왔다고 일어서는 구르고에게 예절이 틀렸다고 잔소리를 한 황제는 곧 "지금 말은 농담이네. 마구간 담당 귀하"라고 파안대소했다. 혹은 식사 중에 "나는 교황에게 성유聖油를 받았다. 따라서 나는 주교로서 그대들을 사제로 임명할 수도 있다"라는 농담도 던졌다. 어느 날은 시시콜콜한 내용이 담긴 〈풍자 사전〉당대 정치가, 예술가등 유명인의 업적을 열거하고 그 변절을 해설한 사전을 가리키며 그대들의 이름도 언젠가는 여기에 실리게 될 것이라고 측근을 놀리자, 구르고는 황제의 이름도 예외는 아니라고 겁도 없이 되받았다.

"허어, 그래? 어째서?"

"폐하는 처음엔 공화국을 인정하셨다가 나중엔 황제의 자리에 앉으셨습니다."

"과연 그렇군. 하지만 그 제국이야말로 최상의 공화국이야."

세인트헬레나에서 황제는 평상심을 유지하는 법을 터득했음이 틀림없다. 베르트랑이 작성한 이의신청서에 대한 총독의 답서에 '이 섬에서 황제 거주의 사실을 파악하지 못 함'이라고 기술되어 있는 것을 보고도 태연했다. 말을 준비하라고 명한 황제에게, 구르고가 2루이를 선불하지 않으면 말을 못 넘겨준다는 대장장이의 말을 들었다고 시무룩한 얼굴로 대답했을 때도 눈썹 하나 까딱하지 않았다. 다만 이튿날 "대장장이의 돈 계산 얘기를 왜 내가 들어야 하는가?"라고 고함을 쳤다.

군인에다 남 프랑스인이라 복수심에 불타는 일도 있었을 것이다. 하지만 맛이 없어 먹지 못할 고기가 식탁에 올랐을 때도 이렇게 말했을 뿐이다.

"어차피 이 굴욕이 세상에 알려질 것이라고 생각하면 별로 화도 나지 않는다. 이런 행위를 한 장본인은 전 세계에서 욕을 먹게 될 테니까."

이때 나폴레옹은 생애 최고의 정신적 높이에 도달했으며, 이것이 가슴속에 끓어오르는 분노를 극복하게 해주었다.

"지금 여기서 나는 가혹한 압박 아래 살고 있다. 그러나 이 압박은 나를 괴롭히기는 해도 결코 파탄시킬 수는 없다. 체념, 그것이야말로 이성理性의 지배이자, 영혼의 진정한 승리이다." 자제하는 힘을 습득한 독재자는 이렇게 심경을 토로했다.

"불행에도 좋은 면이 있다. 왜냐하면 불행은 우리에게 진실을 가르쳐 주기 때문이다. 지금 처음으로 나는 불행에 의해 사물을 철학적으로 검토할 기회를 부여받았다."

태어나서 처음 나폴레옹은 과거도 미래도 아닌 지금 현재를 냉정하게 바라볼 수 있게 된 것이다.

세인트헬레나 생활의 초기 시절, 젊은 영국 부인과 함께 이곳 날씨가 몸에 악영향을 미친다는 등의 이야기를 나누며 산책하고 있는데 갑자기 무거운 짐을 짊어진 흑인 노예 몇 명이 길을 가로질렀다. "거기 비켜라!"라며 고함을 지르는 숙녀를 향해 황제는 "무거운 짐을 지고 있잖아요, 마담"이라면서 조용하게 타일렀다. 부인은 곤혹스러운 모양이었다. 나폴레옹은 이 땅에서 연민의 정을 배운 것이다.

　허드슨로우를 상대로 황제를 '연기'한 일도 있었으나 그것은 극히 드문 것이었다. 지금 그는 신산辛酸을 맛본 청년 시절 이상으로 간소한 생활을 목표하고 있다. 며칠 동안 매일 완두콩만 먹어도 불평 한마디 없이 기꺼이 먹고 요리사를 칭찬했다.

　"프랑스에서도 하루에 12프랑만 있으면 나는 충분히 살아갈 것이다. 그중 저녁밥 값이 30수우. 도서관에 틀어박혀 있고 연극은 바닥에서 본다. 방값은 그저 월 1루이. 그래, 역시 하인은 필요하겠지! 사람들과 어울리면서 신분에 맞는 생활을 만끽한다. 세상에 태어난 자에게는 모두 같은 양의 행복이 처방되어 있다. 나도 지금의 역경에 처할 것을 알고 태어난 것은 아니다. '무슈 보나파르트'로서 살아도 '황제 나폴레옹'과 같은 행복을 얻을 수 있었을 것이다. 만사를 일률적으로 판단할 수는 없다."

　시의侍醫가 갑자기 정신을 잃은 적이 있었다. 눈을 뜬 시의는 간호하고 있는 사람이 황제라는 것을 알았다. 황제는 시의를 자기 침대에 눕히고 와이셔츠의 단추를 끄르고 식초 냄새를 맡게 하였다. 종복 치프리아니가 죽어가고 있을 때 황제는 시의에게 자기가 돌봐주면 위안이 되겠는지 물었다.

　오셀로 게임의 기금을 설치한 일도 있었다. 누구를 위해서? 섬에서 제일가는 미인 노예를 사들여 그녀에게 자유를 주기 위해서였다. 베끼기를 마친 원고를 실로 꿰매고 있는 황제의 모습을 보게 되는 일도 있었다.

수인 생활 초기의 어느 아침, 카즈와 외출했을 때의 일이다.

"황제가 갑자기 말에서 내렸다. 당황해서 붙잡는 나를 아랑곳하지 않고 뚜벅뚜벅 밭으로 들어가더니 농부의 손에서 쟁기를 낚아채어 순식간에 한 줄의 길고 곧은 밭고랑을 만들었다. 그런 다음 나폴레옹 금화를 하나 주라고 나에게 명하고는 놀란 농부를 뒤로한 채 말에 올라타서 아무 일도 없었던 듯 길을 재촉했다."

농부는 나폴레옹의 초상화를 들여다보고, 또 그의 손자가 들여다보고, 나중에는 이를 전해 들은 하얀 손의 외국인이 와서 울퉁불퉁하고 거친 후손의 손에서 그 쟁기를 빼앗았을 것이다.

XIII

"나의 몰락 원인은 나 자신 외에 다름 아니다. 내가 주된 적이며 내게 불행을 가져온 장본인이다."

유형자 나폴레옹이 후세에 남긴 가장 비통한 고백이며, 독재자적 착각에서 해방된 것을 보여주는 고백이다. 여기에는 권력의 높이에서 독재자가 빠지기 쉬운 우쭐함에서 벗어나 한 개인으로 되돌아간 나폴레옹의 모습이 있다. 독실한 기독교도였다면 암초에서의 억류 생활을 속죄로 여겼겠지만 나폴레옹은 자기 행위의 책임을 스스로 지고 신에게 전가하지 않는다. 이 고백은 운명과 맞서는 영웅이 내뿜는 마지막 화살이며, 자기를 능가하는 강력한 존재가 있음을 인정할 수밖에 없는 비범한 남자가 보여주는 자존심의 마지막 발버둥이다. 이것은 일과성 정신적 쇠약 때문에 나온 말이 아니다. 이미 제정 말기 수년 동안, 그는 자기의 잘못을 되풀이해서 말했기 때문이다. 다만 세인트헬레나에서는 그 빈도가 늘어나고 감정적이 되었을 뿐이다. 그때까지의 고백은 더욱 이성적인 것이었다. 자기성찰에도 공상과 현실이 섞여, 자책하는 생각에 쫓기는 남자의 비통한 외침이 들려온다.

"내가 저지른 수많은 잘못을 상기할 때마다 회한에 사로잡힌다"라고 말하며, "너무 많은 것을 한꺼번에 과하게 바랐다. 활시위를 너무 당긴 데다 행운에 지나치게 기대했다"고 고백한다.

인물 평가에 잘못이 있었음을 분명히 자각하고, 일부 눈 밝은 인물이 그 결과로 생기는 악영향을 예견했다는 것도 인정한다.

"프란츠 황제를 용감한 남자라고 생각했으나, 그는 그저 어리석은 자로 나를 실추시키려고 획책하는 메테르니히의 목각인형에 지나지 않았다. … 탈레랑을 파면하는 것이 아니었다. 외국의 고관으로부터 금품을 받아 사복을 채운 것에 내가 아무런 아픔을 느끼지 않는 이상, 감시하는 것에 머물러야 했다. 내게 협력하면 부를 이룰 수 있다고 믿는 동안에는 나를 충실하게 섬겼을 것이기 때문이다. 그대로 재직하게 했더라면, 나는 지금도 황제의 자리에 앉아 있을 것이 틀림없다. 풀턴의 말을 믿었더라면 세계의 패자覇者가 되었을는지 모른다. 바보 같은 학자들이 증기선을 우롱했다. 전기가 발명되었을 때도 그러했다. 모두 뭐라고 따지기 어려운 위대한 발명이었는데."

프로이센을 지배하는 호엔촐레른가를 없애지 않은 것, 스페인 문제의 결말을 짓지 않고 니에멘 도하를 단행한 것, 카르노의 조언에도 불구하고 준비 부족인 채로 러시아 원정에 들어간 것, 워털루에서 친위대의 투입이 너무 늦은 것을 후회했다. 그러나 무엇보다도 후회스러운 것은 러시아나 아메리카가 아닌 영국으로 도망갈 자리를 찾았다는 것이다. 프랑스의 위기를 들을 때마다 통한의 아픔은 더해 갔다.

"아메리카 대륙에서였다면, 프랑스를 부르봉가로부터 구했으리라! 내가 출현할지도 모른다는 두려움이 그들의 폭력과 무분별을 억제했을 것이다. 과격을 통제하고 공포감을 갖게 하는 데는 내 이름만으로도 충분했을 것이다! … 그동안에 국민 재결집의 길도 열렸을 것이다. 그곳에 새로운 조국 프랑스의 중심지를 세웠어야 했다. 그곳에서라면 프랑스뿐 아니라 전 유럽에 파급되는 이 소란에 의해 1년 이내 6만 명을 내 주위에 결집시킬 수 있었을 것이다. 모든 점에서 아메리카가 우리의 진짜 피난처였다. 아메리카는 차원이 다른 자유를 허용하는 거대한 대륙이다. 마음이 울적하면 마차를 타고 몇천 킬로미터나 달려 일개의 여행자로서 호연

지기를 기를 수도 있다. 그 나라에서는 만인이 동등해서 자유롭게 군중 속에 섞일 수도 있다."

폐하는 가끔 말씀하셨습니다. "앞으로 유럽에서 개인으로 살기는 불가능하다. 너무 유명해졌고 각국과의 인척 관계도 꽤 복잡하다"라고요.

"아, 그렇군. 그러니까 그때 신속하게 혹은 변장을 했다면 아메리카에 도달할 수 있었을 것이다. 하지만 변장하는 것도 도망하는 것도 나의 자존심이 허락하지 않았다. 위기가 박두하면 모두가 정신을 차리고 내 아래로 돌아온다. 그렇게 되면 조국을 구할 수 있다고 생각했다. 말메종에서 가능한 한 출발을 늦춰 로슈포르에서의 출발을 지연시킨 것도 그 때문이었다. 이 소망이 내 운명을 결정지었다. 지금 내가 세인트헬레나에 있는 것은 그 때문이다."

숙고를 거듭한 끝에 나온, 시사하는 바가 큰 고백이다. 이것 이외의 과실에 대해서는 각각 너무 다양한 결과를 내포하고 있어서 본인마저 어느 것의 결여가 어떻게 인생에 영향을 미쳤을지 상상할 수 없다. 그러나 로슈포르에서의 결단은 염두에서 사라지는 일이 없다. 그것만 없었더라면 이 암초에 못 박히는 일은 없었다고. 그리고 스스로 내린 최후의 결단 당시에 다른 선택—그 여지는 한정되어 있지만—을 상정하여 자신의 모습을 연상한다. 아메리카에 새로운 정권을 수립한다. 대초원에서 말을 질주한다….

세인트헬레나에서 가장 엄격한 자기비판의 대상이 된 것은 나

·

폴레옹 일족에 의한 왕조를 희구한 점이다. 늦었지만 그는 섬에서 이 잘못을 솔직하게 시인한다. 이에 대해서는 이미 제정 말기, 측근 앞에서 은근히 내비친 적이 있긴 하다.

"나는 친족에게 약했다. 그들도 자신들에게 내가 무른 것을 간파하고 있었기에 설사 나의 질책을 받아도 집요하게 저항하여 이 약점을 뚫었다. 그리고 나를 적절하게 이용했다. 이 점에서 나는 큰 실수를 저지른 것이다. 그들 하나하나가 내게 맡겨진 국민의 공감을 얻고 있었더라면 우리는 땅끝까지 제패했을 것이다. 나는 칭기즈칸과 같은 행운을 타고나지 못했다. 그는 부모에게 효도하기를 경쟁하는 네 아들이라는 은혜를 입고 있었다. 왕으로 임명된 순간, 신의 덕분이라고 믿는 자도 있었다. 그렇게 왕이라는 말에는 위력이 있다. 신 국왕은 나를 보좌하기는커녕 적으로 돌아서 버렸다. 한쪽 팔로는 나를 보좌하기 위해서가 아닌, 나에게 구속되지 않으려고 애썼고, 나아가서는 나보다 자신을 국민이 존경하고 따른다고 믿었다. 그렇게 되자 그들을 괴롭히고 위협하는 것은 나밖에 없는 것이 되었다. 세습 군주들도 같은 행동을 취했다. 그들에게는 국민의 지지를 얻고 있다는 자신감조차 없었다. 한심한 녀석들이다! 내가 패배했을 때가 되어서야 비로소 내가 그들을 왕의 그릇으로 간주하지 않으며, 따라서 왕위 존속의 허가 절차마저 생략하고 있다 것을 알아차리는 지경이었던 것이다!"

반성은 여기까지다. 나폴레옹은 잠시라도 황위에 앉은 것, 그리고 이것을 아들에게 양도하고 싶다고 생각한 것은 후회하지 않았다. 반대로 자기가 짊어지고 있던 사회적 사명에 대해서 재삼 숙고했다.

"나는 태어나면서부터 신질서와 구질서의 매개자였다. 나의 제국은 국민의 이익과 마찬가지로 군주들의 이익에도 공헌했다. 나는 유럽의 재건을 목표하였으나 도중에 운명이 이를 막았다."

세습 군주제를 시인하는 그는 뮈라가 총살된 것을 유감으로 생각했다. 국왕에게는 국민과 동일한 법률을 적용해서는 안 된다는 것을, 군주는 국민에게 인지시켜야 한다고 생각하기 때문이다. 또 그는 루이 16세에 대한 유죄판결을 비난하고 있다. 이것에 의해 옥좌에 오르는 길이 열렸음에도 불구하고 나폴레옹이 비난하는 것은 부르봉 일족에게 국가통치 능력이 있다고 생각하기 때문이 아니라, 이 왕조의 존속이 불가결하다는 판단에서였다. 그가 유럽의 역사적 흐름을 착각한 일은 없으며, 낡은 대륙에 꿈과 같은 체제—풍요한 아메리카 대륙이나 가공의 섬에 건설하려고 꿈꾸던 체제—를 수립하려고 생각한 일도 있다.

항상 현재를 과거로 회귀시킴으로써 결코 과거를 파괴하는 일 없이 개선에 힘써 온 그가 과거의 유물을 일소할 수는 없었다. 그래서 기존의 형태들을 새로운 사상을 보강하기 위한 수단으로 활용하도록 모색했던 것이다. 질서의 신봉자이면서 독창적 예술가, 게다가 파괴자는 아닌 이 남자는 견고한 토양에 구축할 수 있는 건축물이 어떤 것이어야 하는지를 판단하고 있었다.

"대권을 장악한 시점에서 국민은 내가 워싱턴과 같은 남자이기를 바랐는지도 모른다. 말하기는 쉽다. 아메리카에 있었더라면 기꺼이 워싱턴이 되었을 것이다. 그러나 그런 짓을 해도 누구도 칭찬하지는 않았을 것이다. 나로서는 프랑스에서 왕관을 쓴 워싱턴이 되는 이외의 방법은 없었다."

프롤레타리아도 왕족도 아니고 하층 가난뱅이 귀족에 불과한 나폴레옹은 출신 때문에 자신이 양 계급의 틈바구니에 있다는 것을 알아차린다. 영국인과 나눈 대화에서 계급 문제에 대한 평소의 감정과 자신이 옳다고 믿는 성공인 특유의 관념을 아주 순진하게 드러내고 있다.

"국가를 형성하는 것은 한 줌의 귀족 내지 부자가 아닌, 대다수의 인민이다. 권력을 탈취한 순간, 최하층민도 스스로 국민이라 칭한다. 하지만 그들이 패하게 되면 악당이나 폭도로 불리어 일부 가련한 무리는 교수형을 당한다. 세상이란 그런 것이다. '악당 폭도로 불리는가, 영웅으로 불리는가'는 투쟁의 결과에 달렸다."

자기의 활동을 상세하게 검토한 다음 나폴레옹은 그 중요성을 인정하고 있다. 예리한 역사 감각이 그에게 객관적 자기분석을 가능하게 했고, 역사적 인물로서 그만큼 자기를 객관적으로 평가한 자는 이전에 없었다.

"그는 자기의 생애를 3백 년 전 일처럼 이야기한다. 진술이나

857

소견에는 수 세기가 흐른 상황을 이야기하는 것 같은 독특한 표현이 사용되고 있다"라고 라스 카즈는 말한다. 몽톨롱 백작 부인도 "저 세상 사람의 대화, 죽은 자들의 대화, 그것이다"라고 그 말투에 감탄했다. '인도에 어긋나는 대죄'라고 세상의 규탄을 받은 두 가지 사건—즉 야파에서의 포로 집단처형과 앙기앵 공의 처형—에 대해서 본인은 집요하게 반론한다. 어느 날 함께 있던 영국의 군의에게 뱅센느 성에서 일어난 앙기앵 공작 처형 사건의 경위와 테러의 대상이 된 통령으로서 보복을 하게 된 이유에 대해서 이야기하기 시작했다. 다른 날엔 시의 오미라에게 느닷없이 질문했다. 자신을 헌신적으로 돌봐주고 있으나 누구에게도 구속되는 일이 없는 인물이 자신을 어떻게 생각하고 있는지 알고 싶어졌던 것이다. 그는 포도주를 대접하고 자신도 잔을 비우며 말을 꺼냈다.

"시의가 되기 전에 나를 어떤 사람으로 생각하고 있었는가? 나의 기질과 그에 따른 가능성에 대해 어떤 소견을 갖고 있었는가? 기탄없이 들려주게나."

의사는 온갖 죄를 범할 가능성이 있는 사람으로 상상하고 있었다고 대답한다.

"그랬을 테지. 아마 대다수의 프랑스인도 그렇게 생각했을 것이야. 사람들은 앞으로도 말할 것이다. '그가 영광의 정점에 오른 것은 분명하다. 하지만 그러기 위해 많은 죄를 범했다'라고."

그리고 황제는 맹렬히 반론을 전개했다.

어느 날 밤, 잠이 오지 않아 몽톨롱을 불러낸 그는 회상록을 길게 구술했다. 자신이 늘 평화 지지자였다는 것, 전쟁을 시작하기 전에도 승리를 거둔 뒤에도 항상 화평을 목표로 교섭에 임했다는 것을 증명하기 위해서였다. 그리고 영국과 프랑스의 양대 혁명을 비교했다.

"크롬웰이 무대 전면에 등장한 것은 꽤 나이가 들어서였다. 그는 식언과 속임수와 기만으로 정점까지 올랐다. 나폴레옹은 사춘기를 겨우 벗어난 시점에 역사의 무대에 나타나서 제1단계에서 빛나는 승리를 거두었다. 내가 자의적으로 사람을 죽이는 것을 본 자가 있는가? 나의 인생을 더럽히고 나의 성격을 왜곡하려고 세상은 끈질기게 노력하고 있다. 그러나 나의 사람됨을 아는 자들은 내가 구축한 조직이 범죄와 무관하다는 것을 알고 있다. 내가 손을 댄 모든 행정에 있어, 법정에서 말할 수 없는 사적私的 행위는 일절 없다."

이 발언에도 주목할 점이 있다. 패배의 책임을 남에게 전가하여 인간 멸시를 과장하는 대신에 정의감이 표명되어 있다. 외로운 섬에서 그는 정의감을 키운 것이다. 인간 행동의 원점은 이익 추구 외에는 없다고 주장하던 나폴레옹이 타인의 심정을 신중하게 분석하게 되었고, 전제군주가 관용의 철학자가 된 것이다.

"인간은 본질적으로 악의보다 선의의 존재라고 주장하면서 남을 비난하는 것은 자신의 행위에 과도한 감사를 기대하기 때문이다"라고 말하게 되었다. 라스 카즈에 따르면 이 시기에 나폴레옹은 남에 대한 통렬한 비난은 침묵으로만 표명하고 자기를 배신한 자들을 변호하기도 했다. 그릇에 맞지 않는 지위를 얻었기 때문이었다면서 오제로와 베르티에를 용서하고 친형제도 용서했다.

관용으로, 그는 사고의 크나큰 높이에 도달할 수 있었다. 다음의 말은 소크라테스가 감옥에서 한 말과 같다.

"그대는 인간이라는 것을 모른다. 사람을 공평하게 판단하기란 어렵다. 그들은 스스로를 알고 있는가? 자신의 생각을 충분히 설명할 수 있는가? 나를 버린 자들은 내가 계속 순풍을 타고 있었다면 배반은 생각도 하지 않았을 것이다. 미덕을 행하는 것도 악덕을 행하는 것도 상황에 따라서다. 우리가 받은 최후의 시련은 인간의 인내력을 넘는 것이었다! 게다가 나는 배신당했다기보다 버림받았다. 따라서 나를 둘러쌌던 것은 불성실한 행위라기보다 박약한 의지였다. 베드로가 예수를 부인한 것이나 같다. 지금쯤 그들은 회한의 눈물에 젖어 있을 것이다. 그런데 역사상 나보다 많은 신봉자와 친구를 얻은 자가 있을까? 나보다 더 사랑받은 자가 있을까? 내 운명은 이보다 훨씬 나쁠 수도 있었는데 말이다!"

XIV

섬까지 황제를 수행한 측근은 각자 매일 일기를 쓰고 있었다. 어느 날 누군가 떨어뜨린 일기를 집어 훌훌 책장을 넘기던 황제는 자신의 사후에 이것을 밑천으로 각자 얼마의 돈을 벌 것인가를 예측했다. 봉급—받기를 거절하는 사람도 있었다—과는 별도로 나폴레옹이 각자에게 구술한 회상 부분은 각자 유증품으로 받게 되어 있었기 때문이다. 평가액은 실제 액수를 훨씬 밑돌았을 것이 틀림없다. 그러나 회상록이 가져오는 수익의 추정액은 부정확하다 해도, 언젠가는 그들이 후세 사람들 앞에서 자신과의 관계를 얼마나 거창하게 선전할지에 대해서는 정확하게 짚고 있었다.

황제는 구술하는 습관을 통해서 자신의 사고를 논리정연하게 서술하는 법을 알고 있었다. 따라서 쓰는 사람은 그가 하는 말을 그대로 받아쓰기만 하면 되었다. 덧붙여 이들의 담화는 황제에게도 후세 사람에게도 유익했다. 황제는 역사에 대한 열정을 만족시키면서 현 상황을 잊을 수 있었고, 후세는 흥미롭고 귀중한 이야기를 들을 수 있기 때문이다.

때로는 황제가 모습을 보이지 않은 채 며칠이 지나가는 일도 있었다. 그동안 그는 읽지도 쓰지도 않았으며, 이제 아무런 희망도 없는 미래를 몽상하는 것이 아니고, 오로지 과거의 추억에 젖어 있었다. 그것은 마음의 심연을 떨게 하는 격정의 시간이었다.

그는 아우스터리츠의 아침이나 국무원에서 중요 안건을 심의할 때보다도 더한 집중력과 정밀함으로 그의 삶 전체를 탐사하고 측량한다. 인류의 행복을 도모하려다 큰 바위에 묶여 처형당한 프로메테우스와도 흡사한 감정에 젖으면서 황제는 과거 20년 동안 자기가 가져온 많은 것들을 상기하고 있었다. 이렇게 해서 그는 '나폴레옹전'이라 할 수 있는 자신의 인생 이야기에 대한 최고 해설자가 되었다.

어느 날, 나폴레옹의 선언문과 보고서를 수집한 1권의 책이 세인트헬레나에 도착했다. 슬쩍 훑어보고 옆으로 밀쳐놓은 황제는 왔다갔다하면서 라스 카즈에게 말했다.

"프랑스의 역사가는 언젠가 나의 제국을 연구 주제로 채택하지 않을 수 없다. 뜻이 있는 자는 나를 복권시켜 나의 공적을 인정하지 않을 수 없겠지만 그 사명을 다하기는 쉬울 것이다. 사실이 웅변으로 이야기하고 태양처럼 광채를 내고 있기 때문이다. 나는 무정부 상태에 빠져 있던 나라를 고쳐 세우고 분규를 수습했다. 혁명의 오욕을 씻고 민중의 의식을 높여, 왕위를 안정시켰다. 지적 경쟁심을 고무하여 갖은 공적에 보답하고 영예가 광범위하게 퍼지도록 영역을 확대했다. 역사가가 변호하지 못할 만한 어떤 과오를 내가 범했다는 말인가? 사람들은 나의 무엇을 공격하려 하는가? 독재인가? 그 시점에서는 그렇게 하지 않을 수 없었다고 역사가는 말할 것이다. 자유를 구속했다고? 그것은 방자함, 무정부주의, 무질서가 아직 맹위를 떨치던 시기였다. 지나치게 호전적이었다고? 모두 다 상대가 건 싸움이라는 것을 역사가는 말해줄 것이다. 세계 제패를 바랐다고? 그것은 우연히 여러 조건이 겹친 결과에 지나지 않는다. 그러나 결국 그것이 나의 야망이 되지 않았느냐고? 그럴지도 모른다. 그럴 가능성은 크다! 하지만 이 야망은 이제까지 없었던 위대하고 고매한 야망이다! 이성의 왕국, 인간의 모든 능력을 충분히 발휘시키는 왕국의 건설을 목표한 것이었으니까! 역사가는 이런 야망이 달성되지 못한 것을 개탄할 것이 틀림없다!"

그리고 잠시의 침묵 뒤, 이렇게 매듭지었다.

"이봐, 이 짧은 말에 나의 모든 생애가 담겨 있다."

나폴레옹은 논리를 중요시하는 사람이다. 그러나 어떠한 경우도 자기가 관계한 전투에 자랑 이야기를 한 적은 없으며, 보나파르트 장군을 찬양한 일도 없다. 자기의 활동을 재검토하면서 그는 말했다.

"나의 영광은 40승을 이룬 것, 군주들을 뜻대로 따르게 한 것이 아니다. 워털루에 의해 이전의 승리는 모두 말소되었다. 그러나 나의 헌법, 국무원 의사록, 제 장관에게 보낸 서간이 소멸되는 일은 결코 없을 것이다. 그 간명함 덕분에 나의 법전은 과거 만 권의 법전보다 훨씬 프랑스에 공헌하고 있다. 나의 이념에 기초를 두고 설립된 학교 및 교육제도는 신세대를 육성하기 위한 초석이 되었다. 내 통치하에서는 범죄도 급속히 감소했다. 이웃 영국에서 가공할 속도로 증가하고 있음에도. 나는 유럽 체제, 유럽 헌법 그리고 유럽 통합을 바랐다. 이것이 성취되었다면 유럽은 유일한 국민으로 이루어진 국가가 되었을 것이다."

어느 날 나폴레옹이 막대한 재산을 가지고 있다는 영국의 신문 기사를 일독한 후에 황제는 일어나서 통쾌한 반론을 구술시켰다.

"귀하들은 나폴레옹의 재산에 대해 알고 싶은가? 확실히 재산은 막대하다. 그러나 모든 것이 백일하에 드러나 있다. 즉 그것은 다음과 같다. 앙베르 및 프레상의 도크, 둘 다 세계 최대의 함대를 수용하고 해빙海氷으로부터 보호할 수 있는 도크이다. 덩케르크, 르아브르, 니스의 수리시설, 셸부르의 거대한 도크, 베네치아의 해운시설, 앙베크에서 암스테르담, 마인츠에서 메츠, 보르도에서 베이욘에 이르는 아름다운 도로, 알프스산맥을 사방으로 연 심프론, 몽스니, 몽쥬네블, 코르니슈의 교통로다. 모두 계획의 대담성, 규모, 기술면에서 로마인이 손댔던 어떤 토목공사보다 우월하다. 피레네산맥에서 알프스산맥, 파르마에서 라스페치아, 사보나에서 피에몬테에 이르는 도로, 예나, 아우스터리츠, 데자아르, 센강의 다리, 투르, 라온느, 리용, 토리노, 이젤, 듀랑스, 보르도, 르왕 등 도시들의 교량, 라인강과 론강을 잇는 운하, 부르고완, 코탕탕, 로슈포르의 간척사업, 혁명 중 파괴된 교회들의 재건, 새로운 교회 건립, 무수한 공장의 건설이다. 루브르 궁전, 기아용 곡물창

864

고, 프랑스 은행, 우르크 운하의 건설, 파리의 수도 배급 및 시설, 제방, 미화사업, 기념 건조물, 제 왕궁 수복과 미화를 위한 비용 5천만 프랑, 가구를 위한 대금 6천만 프랑, 가격이 6천만 프랑에 이르는 왕관의 다이아몬드도 모두 사재로 구입한 것이다. 4억 이상으로 예상된 나폴레옹 미술관의 전 소장품은 합법적으로 취득하거나 화평조약에 의거해 지불된 배상금 내지 조건에 의해 받은 것이다. 기타 농업 진흥을 위한 축재 수백만, 경마 제도 등….

이상이 금후 몇 세기에 걸쳐 몇십 억이라는 재산을 만들어낼 것들의 정체다! 비방을 물리치기에 족한 수많은 역사적 유산인 것이다. 전란이 한창일 때 아무 채무 없이 달성한 업적이며 이 사실은 언젠가는 역사가 말해줄 것이다."

이와 같이 나폴레옹은 자신의 업적을 변호했다. 당당한 태도로 생각나는 대로 도로며 공장, 왕관의 다이아몬드, 가톨릭교회의 재건을 열거하고 있는데, 이미 이때 이들 유산이야말로 자신의 영광을 장식하는 최상의 훈장이 되리라는 것을 1세기나 앞서 예견하고 있다.

어느 날 만찬 후의 잡담 때, 누군가가 소박한 호기심으로 어느 시절이 가장 행복했는지에 대해 물었다. 저마다 특정 시기를 추측하고 의견을 말했다.

"글쎄, 제1통령 시절은 즐거웠다. 결혼한 것도 로마왕이 생긴 것도 이 시기였다. 하지만 입지는 반석이 아니었다. 오히려 틸지트 시절일지도 모른다. 인생의 부침을 겪은 직후이며, 특히 아일라우에서는 고난을 맛보았다. 그에 따라, 틸지트에서는 승리자로서 강화를 위한 조문을 구술하고 기분을 맞추려고 문안한 황제나 국왕을 맞이하는 입장이 되어 있었다. 그러나 기쁨을 마음속으로 실감한 것은 역시 이탈리아에서 연승을 거듭한 직후였을 것이다. '이탈리아 해방자 만세!'라는 열광적인 외침! 약관 25세, 26세로! 자신의 미래를 예견한 것은 그때부터다! 그때 이미 나의 출현 앞에 세계가 도주하는 것을 보고 있었다. 마치 하늘로 끌려 올라가는 기분이었다."

수많은 업적으로 연주된 빛나는 랩소디에 비해 기억의 바다에서 끌어올려진 회상은 얼마나 빛이 바랬는가! 그런데 그에게 있어 최대의 행복은 행동 자체에 있으며 목적의 완수 이외에 그를 만족시킬 수 있는 것은 없었기 때문이다. 그리고 지금 그는 소생시킨 추억 가운데 가장 바람직한 순간에 머물고 있다. 20여 년 전 이탈리아에서, 난생처음 환영받은 '만세!" 소리에 귀를 기울이고 있다. 그 자랑스러운 광경이 인생의 황혼에, 열대의 햇빛 아래에서 다시 눈앞을 스치고 있다! 고대의 영웅처럼 혼돈 속에 몸을 던진 것은 그 영광 때문이었다. 고향 섬에 있을 때 이미 몸에 붙은 영광에 대한 희구는 지금 유형지에서도 계속 따라붙어 있다.

"파리에서 나를 모르는 자가 한 사람이라도 있을까?" 그가 이렇게 물었을 때 염두에 둔 것은 파리가 아닌 전 세계다. 웨일즈의 오지에 사는 양치기가 제1통령에 관한 화제를 알고 있고, 중국인이 그를 티무르(1336~1405)와 동렬의 인물로 간주한다는 이야기를 라스 카즈가 했을 때, 나폴레옹은 잠시나마 수인 생활의 답답함이나 치욕을 잊을 수가 있었다. 지금 그에게는 이런 이야기를 듣고 있을 때가 가장 행복하다. 신문·잡지에서 얻은 자잘한 정보가 그를 시적인 도취에 빠지게 하는 일도 있다.

"누구도 앞으로 프랑스혁명의 대원칙을 파괴하지는 못할 것이다. 위대하고 아름다운 진리는 영원히 존속될 것이 틀림없다. 우리가 광휘와 약동과 경이적인 업적을 이들 진리에 결합해 채색해 왔기 때문이다. 혁명 초기에 찍힌 오점을 영광의 물결로 씻어버렸기 때문이다. 이 위대한 원칙은 이제는 불멸이다! 군주들에 의해 맺어진 우호의 유대가 풀려 원래로 돌아가 버리는 일은 없을 것이다!

의사당에서 출발하여 무수한 싸움에서 흘린 피로 강화되고 수많은 영광으로 장식되어, 국민의 환호를 받고 많은 조약의 승인을 받고 군주들의 입과 귀에도 낯익게 된 타협의 정신이 와해되어 구태로 돌아가는 일은 이제 있을 수 없다! 혁명의 대원칙이 구태로의 역행을 규제할 것이다. 혁명의 대원칙은 민중의 신념이 되고 윤리가 될 것이므로. 혁명 시대는 기억해야 할 시대가 되고 내 이름과 결부되게 될 것이다. 대원칙의 불길을 최종적으로 타오르게 하여 불멸의 것으로 만든 것은 나이고, 지금 받고 있는 박해가 나를 구세주로 만들 것이기 때문이다. 적, 아군의 구별 없이 만인이 최고의 군인, 대원칙의 위대한 대표로 나를 꼽게 될 것이다. 설사 그렇게 되지 않아도 민중에게 권리를 가져다준 빛나는 별로 존속할 것이고, 내 이름은 그들이 쟁취한 것들을 지키는 투쟁에서 응원이 되고 희망의 표어가 될 것이다."

웅장한 변설이지만 꼬리가 잘린 잠자리 같다. 납득할 만한 결론을 보여주지 못하고 있다. 게다가 자신의 순교에 정치적 가치를 지나치게 부여하고 있다. 이 순교에 의해 황통이 구해지는 것은 아니다. 한편 비극적 종말이 인정에 미치는 심리적 효과를 간과하고 있다. 최후의 원정 중에 군인으로서 싸움터에서 죽기를 희구하여 우박처럼 쏟아지는 포화 속에서 죽을 장소를 찾고 있던 그는 지금 자신의 생애를 극작가처럼 정성들여 조사하고 있다. 종언에 가장 적합한 순간을 찾아서.

"나는 모스크바에서 죽었어야 했다. 군인으로서의 명성에 흠이 없었기 때문이다. 크렘린에서 하늘로부터의 일격을 당하는 은혜를 받았더라면, 나의 왕조는 존속하여 나라를 다스리고 있을 것이다. 역사는 나를 알렉산더나 카이사르에 비유했을 것이다. 그러나 지금 내 몸은 세상에 없는 것이나 마찬가지다."

이어서 최고 절정에 오르기 직전에 급사했다면 후세에 주는 인상은 더 나았을 것으로 상상한다.

"모스크바에서 죽음을 당했더라면 알렉산더의 죽음과 차이가 없었다. 워털루도 죽을 곳으로 나쁘지 않다. 그러나 드레스덴이 더욱 효과적이었을 것이다. 아니다, 역시 워털루다. 거기서 죽었다면 국민의 사랑과 애석함은 어느 정도였을까!"

XV

모두가 잠들어 있는 집 앞에 한 남자가 서 있다. 하얀색 프록코트에 빨간 실내화, 챙이 넓은 맥고모자를 쓰고 한 손에 쟁기를 든 남자는 한 손에 커다란 종을 들고 흔들어 울리고 있다. 잠에 빠져 있는 자들에게 작업 시작을 알리는 것이다. 둑을 더 높게 하고 고랑을 깊게 하라! 드디어 사방에서 쟁기나 갈퀴, 곡괭이를 든 일꾼들이 속속 모여들어 작업은 감독을 중심으로 척척 진행된다.

생애 최후의 해가 시작됐다. 앞일이 어찌 되거나 아무튼 이곳에 머물자. 그렇게 마음먹은 그는 생활환경을 자기 손으로 개선하기로 마음먹었다. 그는 지금 정원 만들기를 지휘하고 있는 것이다. 반원형 벽을 세우면 태양과 무역풍과 보초의 시선이 차단될 것이다. 빗물을 모으는 수조도 파자. 황제는 흙, 화초, 관목, 24그루의 큰 나무, 복숭아, 오렌지나무를 가져오게 하고 자기 방 앞에는 떡갈나무를 심게 했다. 희망봉에서 수입된 이 수목들은 스페인 전쟁 무렵부터 낯익은 영국 포병대에 의해 롱우드에 운반되었다.

중국인 정원사, 힌두인 인부, 프랑스인 하인, 영국인 마부들이 각자 분담해서 작업을 맡고 시의, 몽톨롱, 베르트랑도 예외는 아니다. 근무 중인 영국군 장교가 다가왔을 때, 황제는 대원수로부터 잔디를 받아 조심스럽게 둑에 심고 물을 주고 있었다. 이식된 식물은 정성스럽게 돌봐야 한다는 것을 알고 있기 때문이다.

작업은 7개월에 걸쳐 계속되었다. 이 인공 정원은 섬의 명물이 되어 총독의 딸이 몰래 견학하러 오기도 했다. 이것이 나폴레옹이 일으킨 최후의 기적이다.

체력이 쇠해짐에 따라 그는 여생을 조금이라도 이상적인 환경에서 지낼 필요가 있다고 생각했다. 이 시기에 그가 "파리를 다시 볼 수 있을까? 바라지도 못할 일이다"라고 볼테르의 말을 중얼거리는 것을 측근들은 들었다. 그해의 탄생일에는 '이것이 마지막일 것이다'라고 말하며 아이들에게 선물을 했다.

4년째의 가을, 멀리까지 나간 그는 롱우드의 경계를 처음으로 넘었다. 그리고 이것이 마지막 면 나들이가 되었다.

잠이 들지 않아도 한밤중에 일어나서 구술을 하는 일은 거의 없어졌다. 드물게 프리드리히 대왕, 카이사르의 전법에 관한 촌평을 하거나 볼테르의 《마호메트》, 베르길리우스의 《아에네이스》에 주석을 더하거나, 자살에 관한 문제점을 지적하는 정도였다. 두 사람의 유능한 비서 카즈와 구르고는 진작에 섬을 떠났다. 지금 그는 흐르는 구름을 눈으로 쫓으면서 베란다 문을 톡톡 두드리는 일은 있어도 망원경으로 수평선을 살피는 일은 없었다. 죽음을 기다리고 있는 것이다.

부르봉 일족에 대한 군인들의 봉기 소식에도 흥미를 나타내지 않았고, 최후의 반년 동안 두 번의 탈주계획을 거절했다.

"나는 여기서 죽을 운명이다. 아메리카에 있었다면 암살되었거나 망각의 저편으로 매몰되었을 것이다. 나의 순교만이 황통을 구할 수 있다. 그래서 세인트헬레나에 머물고 있는 것이다."

지병이 악화되어 당장이라도 그를 죽음으로 데려가려고 한다. 나폴레옹이 부친과 같은 간질환으로 죽게 된다는 예언을 들었던 것이 그의 나이 35세 때였다. 그 병은 간肝에 아무 문제도 없는 자의 목숨마저 빼앗는 열악한 기후 속에서 악화될 뿐이었다. 위를 엄습하는 격통은 순간적으로 참기 어려운 것이 되었고 바닥을 굴러다닐 정도다. 오른쪽 옆구리를 면도날로 긋는 듯한 충격이 오고, 델 듯이 뜨거운 찜질을 해도 오한에 떤다.

나폴레옹은 모든 증상을 극명하게 관찰하고 있어서, 효능에 관한 설명이 충분하지 않으면 약의 복용도 거부했다.

"이제 나는 왕관이라도 교환할 기분이 될 만큼 침대가 좋아져 버렸다. 얼마나 한심한 인간으로 떨어졌는가! 옛날에는 수면 따위는 거의 필요하지 않았는데 지금은 잠자는 재미 속에서 하루하루를 보내고 있다. 눈을 뜨는 동작 하나에 필사의 노력을 요한다. 옛날에는 네 사람의 비서에게 다른 주제를 구술하는 일도 드물지 않았다. 그것이 나폴레옹의 진짜 모습이다."

현재 그는 안토마르치라는 코르시카인을 시의로 삼고 있었다. 오미라가 총독과의 불화로 본국으로 소환되었기 때문에 의료를 받을 권리를 1년 동안 박탈당했으나, 레티치아가 노력한 끝에 동향의 의사를 아들 곁으로 보내는 데 성공했다. 사제 2명, 종복과 요리사 각 1명도 동행했다. 이렇게 해서 황제는 수년 만에 어머니에 관련된 상세한 정보를 알기에 이르렀다. 다음은 어느 날 그의 입에서 나온 말이다.

"지금 내가 이렇게 있는 것도 그런 과거를 가진 것도 모두 어머니 덕분이다. 그녀가 나에게 일하는 습관을 들여 주었기 때문이다."

지금 나폴레옹의 곁에는 새로운 5인의 코르시카인이 있다. 그러나 도움이 되는 것은 요리사와 종복뿐이다. 사제 한 사람은 중풍 걸린 노인이고 또 한 사람은 신학교를 갓 나온 철부지이며, 젊은 의사는 거만한 아마추어이기 때문이다. 그러나 그들의 존재로 인해 황제는 옛날 기억을 다시 떠올렸다. 프랑스에 대한 사랑 때문에 억누르고 있던 옛 감정이 살아난 것이다. 죽음의 직전에 와서야 타고난 이탈리아인으로 되돌아온 것이다.

그는 다시 모국어와 프랑스 사투리가 섞인 묘한 모국어로 대화를 했다. 예전 어느 원로원 의원이 '코르시카인을 군주로 뽑은 것은 분명히 프랑스의 과오다. 고대 로마인이 노예로 삼는 것조차 거부한 민족 중에서 군주를 선택한 것은 언어도단'이라고 했을 때 나폴레옹은 코르시카인에 대한 위대한 경의를 읽을 수 있었다.

"코르시카인을 예속시키는 것은 불가능하다는 것을 고대 로마인은 알고 있었다. 그래서 그들은 코르시카인 노예를 사려고 하지도 않았다."

코르시카가 다시 그의 조국이 된다.

"닥터, 코르시카의 아름다운 하늘은 이 섬 어디에서도 찾을 수가 없다. 최초의 안에 따라 아작시오로 은퇴했더라면 만민의 의견과 소망, 능력을 결속시켰을 것이다. 적대하는 동맹 제국의 적의에 맞서 감연히 맞설 수도 있었다. 그대는 우리 산악주민을 알고 있다. 그들의 에너지와 불굴의 정신이, 용기가 어떤 것인가 알고 있다. 그들이 나에게 손을 내밀었을 것이다. 내 가족이 되어주었을 것이다. 우뚝 선 산, 깊은 계곡, 폭포, 벼랑에 두려움을 가진 적은 한 번도 없다."

그는 코르시카인이 대대로 계승한 혼의 고결함, 지나칠 만큼 강렬한 명예심과 복수심을 상기하고 파올리를 떠올렸다. 너무 쉽게 흥미를 잃은 것은 접어두고, 그 섬을 훌륭하게 만들고 싶다고 바랐으나 그것이 되지 않은 것은 오로지 자신의 불운이었다고 단언한다.

"흙을 밟는 감촉, 풍겨 오르는 흙냄새를 지금도 알고 있다. 나는 코르시카를 개선하고 싶었다. 유례없는 섬으로 만들고 싶었다.

섬을 위해서라면 무엇이든 하고 싶었다. 그러나 지금 나에게는 조국이 없다. 세인트 헬레나가 프랑스라면 이 소름 끼치는 암초에서도 기꺼이 살았을지도 모르지만."

이렇게 해서 조국을 갖지 못한 남자는 적의 섬에서 파도에 씻기는 또 하나의 섬에 대해 때늦었으나 통절한 향수를 느낀다.

신참 코르시카인 의사는 황제를 헌신적으로 간호할 생각도 없고 황제의 고통도 인정하지 않았다. 유럽으로 돌아가려는 꾀병이나 정치적 책략에 지나지 않는다고 본 것이다. 병자가 극도의 발작을 일으켜 의사를 꼭 필요로 하는 때에만 그 자리에 있었다. 그 결과 황제는 궁지에 몰렸다. 죽음 직전에도 이 동향인은 황제가 병을 앓고 있다고 생각하지 않았다. 양자의 불화는 결국 표면화되었고, 병자는 안토마르치의 소환을 바라게까지 되었다. 총독에게는 뜻하지 않은 반가운 사태였다! 황제와 시의의 알력이라는 그늘에 몸을 숨길 수 있기 때문이다. 사망하기 1개월 전, 간수는 재차 수인의 집에 침입하려고 했다. 이때 그가 도발한 싸움이 병자의 죽음을 재촉한 것은 틀림없다. 덧붙여 롱우드의 거주자를 비방하는 총독의 정당성을 인정하기라도 하는 것처럼, 측근의 수는 줄어들 뿐이었다. 죽음 수주 전에 노 사제와 네 사람의 하인이 섬을 떠나고 다른 하인 둘은 병으로 쓰러졌다. 두 중신도 출발을 생각하고 있었고, 몽톨롱은 자기 대신 근무해 줄 사람을 보내주도록 아내와 연락하고, 베르트랑은 귀국을 재촉하는 가족의 재촉에 마음을 빼앗기고 있었다. 몽톨롱의 간청에 베르트랑이 남겠다고 결심했을 때 황제는 안심한 것 같았다. 귀국을 생각하지 않은 것은 종복 마르샹뿐이었다.

"이렇게 나가면 머지않아 그대와 나만 남을 것이다. 그대는 앞으로도 나를 돌봐줄 것이고 내 눈을 감겨 주는 것도 그대일 것이다."

황제에게 가장 상처를 준 것은 항상 자신을 경애한다고 말하던 자들의 본심이었다. 어느 날 황제와 토론하던 중에 베르트랑이 끼어들었다. "국왕(루이 16세) 폐위 때, 국민공회가 오를레앙 공(1747~1793, 혁명을 지지하여 루이 16세의 사형에 찬성했지만 나중에 혁명재판소에서 처형되었다)을 임명했다면, 그날이야말로 우리 생애 최고의 날이 되었겠지요." 이때 황제는 아무 말도 하지 않았다. 그러나 뒤에 괴로운 듯이 내뱉었다.

"지금의 그가 있는 것은 오로지 나의 힘에 의한 것이다. 내가 중신으로까지 만들어준 저 사내가….."

자신이 계속 쇠약해지는 것을 깨달은 황제는 태어나서 처음 가족에게 구원을 요청할 결심을 했다. 이렇게 해서 누이동생 폴린은 다음과 같은 병상 보고서를 받는다.

"황제는 비妃 전하가 이 상황을 영국의 유력자에게 전해 주시도록 희망하십니다. 폐하는 가공할 암초에서 모두에게 버림받고 죽음을 맞이하고 계십니다. 최후의 나날은 견디기 힘든 고통의 날들입니다."

사망 2주 전 황제는 유언 작성을 위해 실내에 틀어박힌다. 먼저 몽톨롱에게 필기를 시키고, 이어서 몽톨롱이 읽는 필기문을 손수 복사했다. 온갖 이의신청에서부터 유언을 지키도록 5시간이나 식은땀을 흘리며 계속 써 내려갔다. 이 유언은 고결한 혼과 인간애의 금자탑인 동시에 전 인생의 축도이다.

XVI

서두에 그는 교황청의 종교 아래에서 죽을 것을 선언했다. 설사 마음속으로 인정한 일은 없다 해도 그 태내胎內에서 태어나서 자신의 손으로 부흥시켜 보호한 종교 아래에서 죽음을 맞이하겠다고 표명한 것이다. 그리고 이어지는 묘비명에 관한 언급에서는 프랑스인을 선택했다는 점을 강하게 호소하고 있다.

"나의 유해는 센 강변에 쉬게 되기를 바란다. 내가 더없이 사랑한 프랑스 국민이 활동하는 한가운데인 센 강변에."

이어서 부른 것은 아들이었다. 자신이 소유하는 모든 권리, 재산, 경험, 또한 사람이 무덤 저편에서 희망할 수 있는 일체를 아들에게 유보한다. 아들을 향한 배려를 촉구하기 위해 '사랑하는 아내' 마리 루이즈에게 "지금도 사랑스럽게 생각한다"라고 말하고 아들에게는 "프랑스의 황태자로 태어난 것을 결코 잊지 말라, 유럽에 압제를 가하는 열강의 꼭두각시가 되지 않도록"이라고 강하게 권고한다. 그리고 "나는 영국의 과두체제와 자객에 의해 모살되어 천수를 다하지 못하고 죽는다"라고 적에게 일침을 가한 다음, "영국 국민은 머지않아 나의 원수를 갚을 것이다"라고 연설조로 첨가하고 있는데 이 단락은 자기 패배의 요인 설명으로 맺고 있다.

"충분한 국력을 갖고 있음에도 불구하고 프랑스가 침공을 당한다는 매우 불행한 사태에 빠진 것은 마르몽, 오제로, 탈레랑, 라파예트의 배신에 의한 것이다"라고 말한 후 "나는 그들을 용서한다"라고 부언하고 있지만, 기독교도적 자애의 이면에는 "나와 마찬가지로 후세 프랑스인도 그들을 용서하지 않을 것"이라는 날카로운 문맥이 정교하게 짜여 있다.

'탁월한 어머니'와 형제자매에게는 고대 로마의 가부장처럼 그들이 보여준 호의를 고마워하고 자기에 대한 비방의 글을 출판한 루이를 용서했다. 다음에 재산 분배의 순서에 들어가서 기반이 되는 것은 14년에 걸친 황실비의 절약으로 이룬 저축, 이탈리아의 개인적 재산, 제 궁정의 비품으로서 개인적으로 구입한 장식품, 가구, 은식기 등이다. 그는 이것의 총액을 2억 프랑으로 견적하고 어떠한 프랑스의 법률도 '본인이 인식하고 있는 재산'을 그 자로부터 박탈하는 일은 없다는 조항을 강조한다. 그 절반은 혁명기 및 제정기에 전쟁에 종군한 장성 및 병졸, 그리고 1792년부터 1815년까지 국가의 영광과 독립을 위해 싸운 자들이, 나머지 절반은 침략으로 가장 피해를 입은 제 도시 및 농촌이 수취인으로 지정되었다. 이러한 조치를 취한 것은 폐위 때 불법으로 몰수된 재산을 확보하고 있을 부르봉 정부에 잘못을 인정시키기 위해서였다. 또 이에 의해 군대 및 국민의 지지를 받아 자기의 황통에 유리하게 작용할 것을 기대한 것이다. 카이사르의 유지가 안토니우스에 의해 수행된 것처럼.

97인의 이름을 나열한 증여목록이 이에 이어졌다. 황제는 이것을 10일 동안 작성했다. '그는 호의를 보여줄 상대를 기억해 내려고 기억을 총동원했고, 매일 보답하고 싶은 왕년의 부하 이름이 차례차례 뇌리에 떠올랐다'라고 측근은 기술하고 있다. 이 증여는 개인 자산 2천만 프랑 중 선취분으로 지정되어 있으며, 황제가 프랑스를 떠나기 전에 주화로 환금하여 파리에 기탁한 600만 프랑도 이에 포함되어 있었다. 따라서 그는 황실의 막대한 재산보다 유증이 훨씬 확실한 재원이라고 믿고 있다.

수증자는 누구인가?

몽톨롱은 200만 프랑을 받게 되었다. 베르트랑은 50만, 종복 마르샹에게는 40만이다. 유언장에서 나폴레옹으로부터 친구로 불리는 영예를 입은 것은 마르샹 한 사람뿐이며, 마르샹은 나폴레옹 친위대의 장성 혹은 병사의 가족과 혼인 관계를 맺기 원한다는 첨언이 있다. 또 황제는 몽톨롱, 베르트랑과 나란히 마르샹을 자신의 유언 집행인으로 지정하고 증서의 각 페이지에 세 사람의 확인 서명을 넣었다. 이렇게 해서 나폴레옹에 의한 최후의 자필 문서에는 네 개의 각인이 찍혔다. 황제의 문장인 날아오르는 독수리, 두 백작의 문장紋章, 그리고 황제로부터 "그가 나를 위해 바친 헌신은 친구의 그것이다"라는 최대의 신임을 얻은 한 프롤레타리아의 서명이다.

세인트헬레나에서 황제의 봉사자들은 모두 상당한 액수를 받았다. 이전의 시의 3명도 예외는 아니었다. 그중 라레이에 대해서는 "내가 아는 한 가장 고상한 사람"이라고 기술하고 있다. 또 둘도 없다고 생각한 퇴역 장군, 비서, 두 문학가, 엘바섬 수비대, 전사한 장성의 자제, 마부, 시종, 당직 장교, 추격 기병, 문지기, 사서관 그리고 코르시카의 옛 지인들의 자녀와 손자들(이미 교부금을 주고 있지만 더 필요한 경우), 그리고 오손 시절의 교수 한 사람 및 툴롱에서 포위전의 지휘를 허락해 준 사령관의 자손에게까지 막대한 액수를 유증했다. 공안위원회와 대립하는 젊은 보나파르트의 계획을 직권으로 지원해 준 국민공회 대의원의 자손, 몸을 던져 황제를 감싸 준 부관 뮈롱의 자손에 대해서도 배려하고 웰링턴 암살계획의 혐의로 부당하게 처벌된 하사관의 이름 뒤에는 다음과 같은 부기가 있다.

"그에게는 이 과두 정치가를 암살할 권리가 있었다. 이 정치가가 나를 암초 위에서 횡사시키려고 세인트헬레나로 보낼 권리가 있었듯이. 웰링턴은 대영제국의 이익을 구실로 만행을 정당화했다. 가령 하사관이 경의 암살을 실현했다면, 프랑스의 이익이라는 이유로 변호되어 무죄가 증명되었을 것이다."

수증자 목록의 최후를 매듭짓는 저항의 외침이었다.

유언 집행인들을 위해서 황제가 작성한 명세서에는 다음 항목도 기재되어 있다. 러시아에서 운반되어 온 공작석의 가구, 파리 시에서 증정한 금제 식기 1벌, 폴린의 사재를 밑천으로 구입한 엘바섬의 농지(누이동생이 먼저 죽는 경우 그의 소유지가 되도록 설정되었다), 베네치아에 위탁된 수은(약 5백만 프랑 가치로 베네치아 대주교가 황제에게 유증한 것이다. 그가 유증 사실을 인정하면), 또한 말메종에 은닉해 둔 황금 및 장신구(조제핀에게 증정할 생각이었으나 결국 보내지 않은 물건들인데, 아마 찾으면 보일 것이다) 등, 그 방대한 재산 목록은 국왕과 해적의 보물산을 합친 것으로 생각될 정도였다.

어머니에게는 유형지에서의 6년간, 잠 못 이루는 밤을 비춰 준 은제 램프를, 형제자매에게는 세세한 기념품을 보냈다. 조제핀이나 뤼시앵도 예외는 아니었다. 그리고 전원에게 '자수가 들어간 코트, 조끼, 속옷' 각 한 벌을 남겼다.

그러나 나폴레옹에게 진짜 상속자는 아들이다. 그에게는 자신이 사용하던 무기, 안장, 박차, 냄새 맡는 담뱃갑, 훈장, 서적, 야영용 침대를 유증하고 긍지에 찬 문장으로 명세서를 마감했다.

"이 약간의 유품이 그에게 귀중한 것이기를 바란다. 세계가 그에게 말하게 될 아버지를 그리워할 단서로서."

야간용 바지 두 벌에 베개보 두 장까지 기재된 장대한 목록의 단조로움을 깨려는 듯 갑자기 이채를 띠는 것이 있었다.

"나의 검—아우스터리츠에서 찼던 것. 금제 여행용 휴대함—울름, 아우스터리츠, 예나, 아일라우, 프리틀란트, 로보섬, 보로디노, 몽미라유에서 아침마다 사용한 것. 작은 함 4개—1815년 3월 20일 튈르리궁 루이 18세의 책상에서 발견한 것. 나의 자명종 시계—포츠담에서 입수한 프리드리히 대왕의 것(3번 상자). 청색 외투—마렝고에서 착용. 통령의 검. 레종도뇌르 훈장 경식장頸飾章."

각 항목 말미에는 물건을 보관할 인물의 이름이 기재되었다.

"상기 품목을 보관하고 16세가 되었을 때 아들에게 넘겨줄 것. 마르샹은 내 두발을 보관하고 이를 금장식이 달린 팔찌로 만들어 황후 마리 루이즈, 어머니, 형제자매, 조카딸, 추기경의 조카, 아들에게 주어라. 아들의 팔찌에는 두발을 더 많이 사용하라."

아들의 흥미를 환기할 추억을 가지고 있을 인물 이름에 이어서 "상속집행인이 판화 · 회화 · 서적 · 훈장을 수집할 것을 희망한다. 그것으로 나에 대한 정당한 평가를 아들에게 촉구하는 동시에 제외국의 정치적 타산으로 교사敎唆될지도 모르는 부정한 평가를 타파할 수 있는 물건을 수집해 주길 바란다. 그래야 아들은 사실을 있는 그대로 이해할 것이며…"

그들은 아들을 만나 아들을 계몽하는 것을 결코 게을리하면 안 된다. "아들과 면회가 가능하면 상속집행인들은 객관적 사실 및 경위에 관한 아들의 오해를 단호한 태도로 고치고, 그를 바른 길로 이끌어야한다. 어머니와 형제자매는 아들이 좀 성장한 시점에서 편지를 써 보내라. 휘하 장성 및 하인들은 이후 아들을 섬기도록 하라. 만약 살아 계시면 어머니는 내 아들에게 (유산 상속상의) 특혜를 베푸실지도 모르나 이는 바라지 않는다. 나의 아들은 아마 다른 아이들보다 유복할 것이기 때문이다. 그러나 어머니가 어떠한 귀중한 물건들, 예를 들어 어머니나 아버지의 초상화 내지는 자기 조부모를 비할 데 없는 존재로 아들이 생각할 그런 장신구를 유품으로 주기를 바란다."

이것이 죽음을 가까이에 둔 황제 나폴레옹의 감동적이고 솔직한 심정이다. 그러나 이 소원에는 다른 소원이 이어졌다. 견뎌야 했던 격통 가운데서 신음과 함께 노여움을 품고 뱉어낸 최후의 소원이다.

"내 아들이 적절한 연령에 도달하여 맡은 일을 감당할 수 있게 되면 나폴레옹의 이름을 잇게 하라."

유일한 정통 적자에 대한 특별한 배려가 엿보이는 일련의 페이지 뒤에 4행으로 된 37항이 이어지고, 거기에는 어린 레옹은 행정관으로, 알렉산드르 발레푸스키는 프랑스군에 복무하라는 조언이 적혀 있다.

이때 유언자는 예상하지 못했을 것이다. 변변찮은 아들 레옹이 요리사와 결혼한 후 아메리카에서 최후를 마치게 된다는 것을. 다시 수십 년 후에 발레프스키 백작이 제2제정 하에서 장관으로 프랑스의 운명을 쥐게 되고, 그 재능과 준수한 외모로 세상에 그를 데려온 양친의 사랑이 얼마나 깊은 것이었는지를 입증하게 된다는 것을.

그러나 이것으로 만사가 완료된 것은 아니다. 죽음 15일 전의 심야, 적자嫡子 앞으로 보낼 제2의 유언서를 적을 필요성을 느낀 나폴레옹은 몽톨롱을 불러낸다. 몽톨롱은 최후의 수주 동안 놀라운 헌신으로 나폴레옹을 돌보고 있었다.

"방에 들어가자 황제는 침대에 앉아 계셨다. 젖은 눈길을 보건대, 열이 심한 것 같아 움찔했다. 이쪽의 걱정을 알아차린 황제가 조용한 어조로 '악화된 것은 아니다. 하지만 베르트랑과 이야기를 하는 중에 유언 집행자들이 아들과 면회할 때 전해야 할 건에 대해서 불안이 생겨 염두에서 떠나지 않는다. 인편으로 전달해서는 진의가 이해되지 않을지도 모르니 유언을 요약하여 명기해 두는 것이 틀림없을 것이다. 그대들이 나의 생각을 더욱 새겨서 상세하게 설명해 주기 바란다. 적어 주게나!'라고 말씀하셨다.

이날 밤 빈사 상태의 나폴레옹이 고열을 무릅쓰고 구술한 12페이지는 정치적 신념을 전달하려고 남긴 말이다. 여기서 이야기하고 있는 것은 전쟁이 아닌 평화의 문제이고, 19세기의 모든 선구적 사상들이 열거되어 있다. 그것은 이 시점에서 그가 통치자라면 진행시켰을 정책의 개진이 아니라 자기의 치세에 대한 고매한 비판이며, 새로운 정치의 예견, 차세대에 대한 경고, 유럽 통일의 호소, 자유, 평등, 문명, 재능, 상업 가운데 단결하여 살아가는 국민에 대한 권고이다.

"아들은 나의 죽음으로 복수심을 불태울 것이 아니라 이것을 양식으로 성장해야 하고… 화평에 의해 통치하도록 전력을 기울여야 한다. 그가 단순한 모방에서 혹은 절대적 필연성도 없이 제국諸國을 상대로 전쟁 재개를 바란다면 이것은 흉내에 지나지 않는다. 나에 비견되는 업적을 이룬다는 것은 내가 손대지 않았던 것을 행하는 것이다. 동일한 세기에 같은 일을 두 번 하는 것은 의미가 없다. 나에게는 무력으로 유럽을 복종시킬 필요가 있었다. 하지만 지금은 말로써 설복시켜야 한다. 나는 프랑스와 유럽에 신사상을 심었다. 이제 이것이 후퇴하는 것은 있을 수 없을 것이다. 내 아들은 내가 뿌린 모든 씨를 개화시켜야 한다.

박해의 기억을 불식하기 위해 영국이 아들의 프랑스 귀환을 장려할 수도 있다. 그러나 영국과 양호한 관계를 유지하기 위해서는 무슨 일이 있어도 그들의 무역 이익에 협조할 필요가 있고 이 필요성에서 도출되는 것은 두 가지 수단이다. 즉 영국과 싸우거나 세계무역을 영국과 나누어 가지거나. 두 번째 조건 이외에 선택할 수 있는 수단은 없다. 프랑스에 있어서는 금후 장기간에 걸쳐 외교 문제가 내정 문제에 우선할 것이다. 차원 높은 협조 외교를 유일한 무기로 나의 업적을 계승하도록, 나는 충분한 힘과 동조를 아들에게 유증한다.

외국의 지원으로 아들이 왕좌에 오르는 일이 있어서는 안 된다. 그가 목표할 것은 단순히 통치하는 것만이 아니라 후대의 칭찬을 얻을 만한 업적을 남기는 것이다. 언제든 기회가 되는 대로 나의 가족과 친교를 맺어라. 나의 어머니는 옛날 기질의 여자다. 뜻에 거슬리지 않으면 프랑스 국민은 가장 다루기 쉬운 국민이며 그들만큼 신속, 적확하게 일을 이해하는 국민은 없다. 그들은 적과 우군을 단번에 알아차린다. 그러나 그들의 심정에 항상 호소하는 노력도 빠뜨리지 말라. 그렇지 않으면 그들의 마음은 불안에 시달려 나중에는 감정이 격해져 끝내 제어되지 않게 된다.

나의 아들은 온갖 파벌을 무시하고 대중만을 바라보라. 조국을 배신한 자는 예외이지만 만인의 전력을 잊고 그들의 재능, 공적, 업적에 보답하라.

프랑스는 지도층의 영향력이 아무 소용이 되지 않는 나라다. 따라서 지도층에게 의지한다는 것은 사상누각을 짓는 것이며 대중의 지지를 얻지 않고 프랑스에서 위업을 성취할 수는 없다. 내가 예외 없이 대중의 지지를 받은 것은 만인의 이익을 추구하는 정부를 최초로 수립하는 것으로 모범을 보여주었기 때문이다. 국가의 이익을 분할하는 것은 내전을 촉발하는 것이라고 생각하라.

자연에 의해 분할이 불가능한 것을 분할하려 해서는 안 되며, 그런 행위는 모순을 초래할 뿐이다. 헌법의 기본원칙을 구술한 것은 나지만, 이 헌법에 구애되어서는 안 된다. 근본원리는 보통선거에 있음을 알라.

내가 만든 귀족은 아들에게 어떠한 도움도 되지 않을 것이다. 나의 독재체제는 불가피한 것이었다. 언제나 내가 바라는 것 이상의 권력이 나에게 제공되었던 것을 보아 이것이 입증된다. 그러나 아들에게는 사정이 다를 테고 그와 권력을 다투는 자가 나타날 수도 있다. 따라서 내 아들은 자유에 대한 모든 욕구를 살펴 알아야 한다. 군주가 목표해야 할 것은 단순히 통치뿐 아니라 교육, 윤리, 안전을 베푸는 것이며 부적절한 지원은 온갖 과오의 근원이다.

프랑스 국민은 두 가지 정열을 가지고 있다. 일견 상반되지만 동일한 감정에서 파생한 그 강렬한 감정이란 평등에 대한 애착과 명예에 대한 애착이다. 정부는 대단한 공평성에 의하지 않고는 이 둘을 모두 충족시킬 수 없다. 언론의 자유는 이제 필연이다. 통치하는 데 있어서는 적절히 양심적인 이론에 따르는 것이 아니라, 수중에 있는 자료를 기초로 임기응변으로 이론을 구축하는 것이다. 필연은 감수하고 이에 따른 이익을 얻어야 한다. 언론의 자유는 건전한 견해와 양심적 원칙을 전국에 전파시키기 위한 강력한 보조수단이 되도록 정부가 유도해야 하고 보도기관의 활동을 방임하는 것은 적을 베개 삼아 잠자는 것이다. 살아남으려면, 만사를 선도善導하든가 금지하는 것 이외에 길은 없다.

나의 아들은 신사상의 소유자이고 대의를 중히 여기는 사람이어야 한다. 도처에서 내가 압도적 승리를 얻을 수 있었던 것은 대의를 중히 여겼기 때문이다. 유럽을 끊기 어려운 연방제의 끈으로 병합할 필요가 있다.

유럽은 피할 수 없는 변혁의 길을 걷고 있다. 이것을 지연시키는 것은 무익한 투쟁으로 유럽을 약화시키는 것이며, 이것을 촉진시키는 것이 만민의 희망과 의지로 유럽을 강화하는 것이다.

아들의 입장은 헤아릴 수 없는 곤란을 면하지 못할 것이다. 상황에 강요되어 내가 무력으로 이룬 모든 것을, 아들은 사람들의 합의로 이루어야 한다. 1812년 내가 러시아의 승리자가 되었다면 100년간의 화평문제는 결론지어졌을 것이다. 그때 나는 제 국민이 가지고 있는 어려운 문제를 일거에 해결하려 도모했으나 지금은 이것들을 하나하나 해결해 가는 수밖에 없다. … 제 문제가 해소되는 것은 이제 북유럽이 아니라 지중해 지역이다. 열강의 온갖 야망을 충족시킬 만큼 충분하고 세분된 상태의 미개척지를 구매함으로써 문명국의 백성들은 행복을 손에 넣을 수 있다. 왕들은 이성理性에 귀 기울여야 한다. 그리하면 국제적 증오를 품게 만드는 요소는 유럽에서 소멸될 것이다. 온갖 편견이 사라지고 이해관계가 확대, 융합되어 교역로는 사통팔달 증가하고 있다. 한 나라가 무역을 독점하는 것은 이제 불가능하다.

하지만 내 아들의 마음속에 불타는 생각, 즉 좋은 행동을 하고 싶다는 생각이 없다면 그대들이 그에게 뭐라 말하든 그가 무엇을 배우든 본인에게 도움이 되지 않을 것이다. 선善에 대한 사랑만이 위업을 이룬다. 그러나 나는 바라고 싶다. 그가 운명에 부끄럽지 않은 자가 되기를. 그대들의 비엔나 행이 허락되지 않을 경우에는…."

갑자기 기력과 체력을 잃고, 말이 끊어졌다.

나폴레옹이 아들에게 던진 조언은 사후 100년이 지난 후에도 유럽을 계몽할 수 있는 것이다. 오늘날의 온갖 정치 문제는 이 천재적 통치자에 의해 그때 이미 해결되어 있었다.

XVII

이 경이로운 변설辯說을 최후로 풍요한 지성의 샘도 고갈된 것 같다. 기분 좋은 꿈이 그의 마음을 위안하기 시작했다. 죽음을 앞에 두고 운명이 약간의 평안을 허락했는지도 모른다. 황제는 조용히 누워 통증을 전혀 느끼지 않는 모양이었다.

"내가 죽으면, 그대들은 모두 기쁜 위안을 얻을 것이다. 유럽으로 돌아간다는 위안을. 부모와 만나는 자도 있을 것이고 친구를 만나보는 자도 있을 것이다. 그리고 나는 전사의 낙원에서 부하 장성들과 재회한다. 그럴 거다"라고 그가 계속 이야기한다. "클레베르, 드세, 베셰르(1768~1813, 아우스터리츠의 전투에서 용맹을 떨쳤다), 뒤로크, 네이, 뮈라, 마세나, 베르티에…가 찾아와서 함께 이룬 공적을 저마다 이야기할 것이다. 그리고 나는 그 후 내게 일어난 일을 들려 줄 것이다. 나와 재회하여 모두 원래의 열정 넘치는 영광의 인물로 돌아갈 것이다. 스키피오나, 한니발, 카이사르, 프리드리히 대왕과도 무릎을 맞대고 우리의 싸움에 대해 이야기를 나누겠다. 꽤나 유쾌할 것이 틀림없다"라고 웃음을 띠며 말한다. "한 자리에서 이렇게 많은 무장이 만나는 것을 보면 저승의 사람들도 무척 놀라겠지."

이것이 죽어가는 사람의 꿈이다. 더 이상 명확하게 순수한 심정을 드러내는 발언은 어떤 자료에서도 발견되지 않는다. 고대의 영웅과 휘하 장성이 어깨를 나란히 하고서 소요하는 천국을, 싸움에 대해 이야기를 나누는 영웅의 망령으로 넘치는 저세상의 낙원을, 어린아이처럼 몽상하고 있다.

영국인 군의의 도착으로 몽상은 깨진다. 이 의사(아치볼트아노트, 1821년 4월 1일에서 5월 5일까지 나폴레옹의 주치의를 맡았다)의 왕진을 황제는 받아들였다. 순간 그가 귀를 기울이고 있던 천상의 음악은 무시무시한 북소리로 바뀌었다. 즉시 현실로 돌아온 정치가는 평소의 말투로 바뀌어 자신의 죽음에 대한 공식 견해에 들어갔다.

"베르트랑, 가까이 오라. 내가 하는 말을 이 사람에게 통역하

라. 이것은 지금까지 받은 모욕에 대한 설욕이다. 숙원을 풀어라. 한마디라도 빠뜨리면 안 된다.

"나는 의지할 곳을 찾아 영국 국민에게 일신을 맡겼다. 나는 망명자에게 주어져야 할 적절한 보호를 요구했다. 그런데 이 세상의 일체의 도리에 반하여 나는 쇠사슬에 묶였다. 그러나 4대 열강이 한 패가 되어 한 남자에게 달려든다는 미증유의 행위를 온 세계에 과시하다니, 참으로 영국다운 소행이다. 영국은 이러한 볼거리를 전 세계에 과시했다. 그리고 귀하들은 유형지에서 나를 어떻게 대우했는가? 귀하들이 나에게 가한 모욕만큼 추악한 것은 없다. 귀하들은 파렴치 행위를 즐기고 있었다. 영국은 시간을 들여 면밀하게 계획을 세워 나를 암살했다. 사악한 허드슨은 귀국의 장관들이 보낸 사형집행인이었다. 영국은 영화를 자랑하던 베네치아 공화국과 같은 종말을 맞이할 것이다. 나는 친족으로부터 분리되어 이 가공할 암초에서 죽음을 맞이하고 있다. 나는 내 죽음의 치욕과 공포를, 영국 왕실에 물려준다!"

실색하여 서로의 얼굴을 마주보는 세 사람, 의사, 베르트랑, 몽톨롱이다. 초췌한 황제는 쿠션 속으로 무너졌다. 이 열변은 무엇이었을까? 협박? 항의? 저주? 아니, 이것은 정치적 소신 표명이다. 그날 밤 황제는 한니발의 원정담을 낭독시켰다.

다음날인 4월 21일, 그는 코르시카인 사제를 불렀다. 어머니가 보낸 젊은 사제는 1819년 도착 이래 일요일마다 미사를 올리고 있었다. 사제에게 그 이상을 요구한 일이 없었던 황제가 이날 다음과 같이 말했다.

"조명이 달린 유체 안치단을 알고 있는가? 설치한 경험은 있는가? 좋다. 그러면, 그대가 나의 안치단을 설치하라."

그리고 세부 지시가 이어졌다.

"나의 사후 침상 옆에 제단을 마련하라. 그리고 내가 매장되기까지 관례에 따라 미사를 집행하라."

이날 밤 사제는 1시간 정도 황제 곁에서 지냈으나, 그동안 오간 것은 통상적인 대화에 지나지 않았다. 사제는 제구를 일체 휴대하고 있지 않았다. 황제가 40년간의 고해나 성체배수에 이의를 제기한 것만 봐도 이때 나폴레옹이 참회했다고는 생각되지 않는다.

이제 병자는 초췌할 대로 초췌해 있었다. 얼굴은 수염으로 덮이고 볼은 홀쭉해져 있다. 거실이 너무 좁고 답답하게 느껴져 침대를 응접실로 옮겼다. 달려드는 맹렬한 위의 통증 사이에 소강상태가 찾아온다. 그러면 즉시 유언서에 명기할 새로운 인물에 생각을 돌리지만 다시 깜박 졸음에 빠진다. 꿈속에서 찾아오는 여자의 수는 헤아릴 수 없을 정도이지만, 마리 루이즈만은 한 번도 나타나지 않는다.

"조제핀을 만났다. 그러나 나를 안아 주려 하지 않는다. 내가 안으려는 순간 사라져 버렸다. 그녀는 변하지 않았다. 평소의 그녀였다. 평소대로 헌신적이었다. 이번에 만나면 다시는 헤어지지 않겠다고 말하고 있었다. 그녀는 나에게 어울렸다. 그대도 그녀를 보았는가?"

다소나마 상태가 좋을 때는 신문을 읽게 했다. 어느 아침, 자기를 비방하는 기사를 접하고 완전히 흥분한 황제는 유언증서를 가져오게 하더니, 아무 말 없이 떨리는 손으로 다음 몇 줄을 간신히 가필했다.

"내가 앙기앵 공을 단죄한 것은 프랑스의 안전과 명예를 위해서 필요했기 때문이다. 때마침 아르투아 백작이 파리에 60명의 암살자를 두고 있었으며, 그러한 상황에서는 이후도 마찬가지 조치를 취했을 것이다."

유령끼리의 대결이었다. 죽은 부르봉의 왕자 앙기앵 공과 죽어가는 보나파르트.

4월 27일, 다시 유언서를 가져오게 한 황제는 여러 상자들과 서랍 관한 상세한 목록의 작성을 명하고 자신의 신용장을 각 봉투에 넣어 손수 수신자명을 적고 봉인했다. 유언 집행자들은 각 페이지에 각자의 인장을 찍고, 각 소포 내용물의 확인서를 전 집행자의 입회하에 작성해야 했다. 이처럼 영국에 대한 불신은 뿌리 깊었다. 명령은 엄습하는 격통이나 구토의 발작으로 자주 중단되어, 작업은 그 사이에 단속적으로 이루어졌다.

아직 남은 일이 있을까? 있다. 목록에 기재되어 있지 않은 물건들이 침대 위에 펼쳐져 있었다.

"지쳤다. 이제 오래 남지 않았다. 결말을 지어야지."

뭔가, 이건? 오르탕스의 다이아몬드 목걸이다. 말메종을 떠나던 날, 나폴레옹의 허리띠에 꿰매 넣어준 목걸이다. 황제는 이것을 최고의 하인 마르샹에게 주었다. 금제 담배갑에는 칼끝으로 N 자를 어렵게 새겨 넣은 다음 시의에게 넘겨주었다.

"나는 머지않아 죽는다. 그대가 사체를 해부해 주기 바란다. 위를 검사할 때는 특히 조심스럽게 할 필요가 있다. 의사들은 한결같이 유문의 경성암硬性癌이 우리 일족 특유의 유전성 질환이라 말한다. 그들의 보고서는 루이의 수중에 있을 것이다. 루이에게 요청하여 그대의 소견 결과와 비교해 주었으면 한다. 그렇게 하면 적어도 이 잔혹한 병에서 아들을 구해 줄 수 있을 것이다. 알겠는가, 아들에게 예방법을 설명하여 나를 괴롭힌 이 고통을 면하게 해주게나."

6년 동안의 간질환은 세인트헬레나의 기후 탓으로 생각하고 얼마 전에도 죽음의 책임은 영국에 있다고 지적했던 그가 이 명령으로 지금까지의 주장을 번복하는 위험을 범하고 있다! 그것을 잘 알면서도 그는 이 명령을 내리고 있다. 무슨 상관인가? 무엇보다 이 질환과 싸우는 법을 아들에게 가르쳐야 한다.

이것으로 만사 종료인가? 이제 죽을 수 있는가? 아니, 자신의 죽음을 고시하기 위한 공식 보고서를 구술해 두어야 한다.

"총독 귀하, 황제 나폴레옹은 고통스러운 오랜 투병 끝에… 서거하셨습니다. 이에 보고를 드리는 바입니다. 따라서 유해의 유럽 송환 및 황제의 수행원에 대한 귀국 정부의 조치를 알려 주시기 바랍니다."

나폴레옹이 구술한 정치 서간은 6만 통에 이르지만 자신의 사망일시를 공란으로 남겨 둔 이 문서보다 더 특별한 것은 없다. 60여 차례의 전투에서 죽음에 감연히 맞섰던 남자에게 생의 종언을 스스로 고지할 만한 시간적 유예와 정신적 냉정을 운명의 신이 부여하리라고는 누가 예측할 수 있었을까? 이것이야말로 지배자 나폴레옹이 인생 최후에 보여준 큰 스케일이다.

다행히 이것이 마지막은 아니다. 4월 29일에는 전날 밤 밤새 고열에 시달렸음에도 불구하고 편지 2통을 구술하고 있다. 한 통은 베르사유 궁전의 이용법에 관한 구상, 또 한 통은 국민군의 편성법에 관한 시안이었으나, 이것들이 공공사업 담당 장관과 육군장관에게 전달되는 일은 없었다. 기획서에는 각각 '제1의 몽상', '제2의 몽상'이라고 표제가 붙어 있다. 이날은 "참으로 기분이 좋다. 60킬로미터라도 타고 나갈 수 있을 것 같다"라고 말했으나, 다음 날 사지가 얼어붙을 것 같은 오한에 휩싸여 혼수상태에 빠졌다. 이것은 임종까지 5일간 계속되었다.

그러나 나폴레옹보나파르트의 저항력이 완전히 쓰러진 것은 아니었다. 최후의 5일 동안에도 명석함을 되돌릴 짧은 시간이 있어서 이때 명령 및 선언을 구술했다. 또 자신이 의식을 잃으면 결코 영국인 의사를 접근시키지 말라는 등의 얘기를 유언집행인들에게 못 박았다.

"그대들은 나의 유형 생활을 함께해 주었다. 그대들은 나의 추억을 손상시키지 말고 보존해 주기 바란다. 나의 모든 법과 행동은 가장 엄격한 원칙에 따른 것이었다. 불행하게도 상황이 너무 심각해서 나는 너그럽게 봐줄 수 없었고 여러 가지 좋은 일들을 미뤄야 했다. 더구나 일련의 패배로 강경한 자세를 무너뜨릴 수밖에 없게 되어, 결과적으로 프랑스는 내가 정한 자유로운 체제를 박탈당했다. 그러나 프랑스는 나에게 관대한 평가를 내리고, 나의 진의를 깨닫고, 나의 이름, 나의 승리를 소중히 하고 있다. 그대들도 프랑스를 본받기 바란다. 우리가 옹호한 주의 주장을 견지하라. 우리가 쟁취한 영광을 더럽히지 마라. 아니면 불명예와 혼란밖에 없다."

그의 생각들은 여전히 그의 일 주위를 돌고 있다. 죽음에 처해서도 프랑스를 위해 하려고 했던 구상을 측근에게 호소하고 있다. 그 후 다시 얕은 잠에 빠진 그는 청춘의 나날과 코르시카의 추억 속을 방황하며 헛소리를 되풀이했다. 아들에게 도움이 될 만한 생각이 쉴 새 없이 오가는 듯, 꿈속에서 코르시카에 새로운 자산을 얻은 그가 마르샹에게 구술을 명한다. 다음은 혼수상태에서 극히 정확한 내용을 구술하는 주군의 말을 종복이 충실하게 기술한 것이다.

"나는 아들에게 아작시오의 가옥과 부속물, 즉 제염공장 옆의 주택 2동과 정원 및 그곳의 내 전 재산(이것은 연수입 5만 프랑을 가져올 것이다)을 유증한다. 나는⋯."

이것이 나폴레옹의 마지막 명령이다. 세계의 절반을 손에 넣었음에도 불구하고 이것을 잃은 남자는 지금 환상 속에서 생가와 아들의 모습을 겹쳐 보면서 만일을 걱정하고, 이제는 소유하지도 않은 재산을 유증하고 있다. 그 후, 그의 생각은 친족에서 멀리 벗어나 장군 보나파르트로 돌아왔다. 그는 이탈리아 전선에서 눈앞을 통과하는 전우들에게 말을 건넨다.

"드세! 마세나! 승리는 우리 것이다! 빨리! 전진! 승리다!"

다음날, 부르지도 않았는데 사제가 병자를 문안했다. 그는 긴 외투 속에 뭔가를 감춘 채 황제와 단 둘이 있게 해달라고 요구했다. 얼마 후 침실에서 나온 그는 "황제에게 병자성사病者聖事를 행했습니다. 상태가 나빠 다른 의식을 하는 것은 불가능했어요"라고 말했다.

마지막 밤은 심각했다. 5월 5일, 혼수상태에서 황제가 중얼거리는 소리를 몽톨롱이 들었다.

"프랑스! ⋯ 군! ⋯군의 선두 ⋯ 조제핀!"

이것이 임종의 말이 된다. 하지만 다음 순간 경이적인 힘을 짜내어 벌떡 일어난 황제는 침대에서 뛰어내려, 홀로 옆을 지키던 몽톨롱에게 달려들어 바닥에 쓰러뜨렸다. 너무도 맹렬한 기세여서 몽톨롱은 소리를 지르지도 못했다. 소란을 듣고 뛰어온 마르샹이 몽톨롱을 빈사의 병자로부터 떼어 놓았다. 마지막 싸움에서 황제가 어떤 적을 목 졸라 죽이려 했는지는 아무도 모른다.

그 후는 종일 편안하게 누워 있다. 이따금 물을 달라는 몸짓을 하지만 이제는 삼키지도 못하여 식초를 적신 해면으로 입술을 적셔 주는 수밖에 없었다. 황제를 지켜보는 사람은 몽톨롱과 마르샹뿐.

저녁 5시경, 폭풍우가 격해져 지난번에 심은 나무 2그루가 뿌리째 뽑혀버렸다. 그런데 그때, 빈사인 사람이 마지막 고통에 온몸을 부들부들 떨었다. 이윽고 고통의 몸짓조차 보이지 않고 두 눈을 뜨고 사색에 잠긴 듯한 표정으로 누워있는 그는 가래 끓는 소리와 함께 숨을 거두었다.

열대의 태양이 바다로 침몰하는 시각, 황제의 심장은 고동을 멈추었다.

XVIII

한낮의 햇빛 아래 열십자로 절개된 피투성이 사체가 집무실 책상 위에 누워있다. 영국인 의사 5명, 영국인 장교 3명, 프랑스인 3명이 지켜보고 있다. 해부에 착수한 안토마르치가 황제의 간을 가리키며, 대학의 계단강의실에서 하듯이 실증작업을 시작한다. 위의 일부가 완전히 손상되어 간에 유착되어 있다. "여러분, 어떻게 추론하십니까?"(세인트헬레나의 기후가 위장병을 악화시켜 황제를 죽음에 이르게 했다.)

그러나 프랑스 측의 이 견해에 영국인이 이의를 제기하자 투표에 의해 결정하게 된다. 코르시카인 의사가 위벽의 구멍에 손가락을 넣어 보이는데도 불구하고 내장은 건강하다는 의견이 다수를 차지했고, 해부보고서는 이 결론에 따라 작성되었다.

방부처리가 되어, 마렝고에서 입었던 금자수 코트에 싸여 옆으로 눕혀진 황제의 유해를 앞에 두고 영국군 수비대가 자발적으로 분열행진을 하고 있다. 목격자에 의하면 나폴레옹의 표정은 조용하고 어딘가 유쾌한 느낌마저 풍겼다고 한다. 이상하게도 대관 이후 역대 로마 황제처럼 비만하던 얼굴이 청년 시절의 홀쭉한 풍모로 돌아가 있었다. 영국이 유럽으로의 이송을 거부했기 때문에 사체는 섬의 계곡에 영국 장군에 준하는 대우로 매장되게 되었다. 샘 옆 버드나무 두 그루가 그늘을 드리운 곳에 묘자리가 마련되었다. 빈약한 예포 세 발이 사체에 이별을 고하고 상공에 펄럭이는 깃발에는 영국군이 스페인에서 승리한 전투지명이 쓰여 있었다. 식을 관장한 것은 총독 로우였는데, 그는 이때 황제를 용서한다고 선언했다.

묘혈은 포좌에서 떼어낸 여섯 장의 석판으로 닫혀졌다. 또 한 장의 석판으로 비를 세울 예정이었으나 확보하지 못했다. 그래서 최근 세워진 가옥의 부뚜막을 벗긴 세 장의 타일로 대체되었다. 거기에는 비명이 새겨져 있지 않다. '나폴레옹'이 아니라 '나폴레옹보나파르트'라고 기록할 것을 총독이 강요했기 때문이다. 롱우드의 가구는 경매에 붙여졌고, 가옥은 거류민이 사들여 제분소로 개조했다. 황제가 6년 동안 기거한 두 칸은 원래대로 외양간과 돼지우리가 되었다.

영국이 황제에게 부여한 유일한 배려는 묘에 보초를 하나 붙인 것이다. 이후 19년 동안 유해가 파리로 이송되는 날까지 묘는 보초에 의해 지켜졌다.

이를 기다리지 않고 수행원은 일찍이 유럽을 향해 떠났다. 얼마 안 있어 런던의 거리 모퉁이에서 총독이 라스 카즈의 아들에게 구타를 당했다. 공중의 면전에서 수모를 당하고 모습을 감춘 로우는 그 후 남몰래 인도에서 죽었다. 나폴레옹의 처우에 대한 주요 책임자였던 영국의 거물 정치가 캐슬레이도 황제의 죽음으로부터 1년 후, 우울증 발작으로 손목을 잘라 자살한다. 여론의 급변으로, 세인트헬레나에 대한 정부의 조치에 대해 영국 전역에서 비난이 일어난 것이다.

이탈리아로 돌아온 코르시카인 의사 안토마르치는 뤼시앵에게 면회를 거절당했다. 파르마에서는 마리 루이즈에게 문전박대를 당했지만 그래도 그녀와는 극장의 바닥 자리에서 배알이 이루어졌다. 그러나 로마에서는 달랐다. 레티치아보나파르트는 그를 사흘 동안 붙들어 두고 질문 공세를 했다. 은 램프를 남기고 의사는 코르시카로 돌아갔다.

레티치아는 차남 나폴리오니를 애도하여 이후 15년 동안 눈물로 세월을 보낸다. 딸 폴린과 엘리자, 여러 손자, 3인의 교황보다 오래 산 그녀는 나중에 반신불수가 되고 완전 맹인이 되어서도 아들의 흉상 앞에 앉아 슬픔에 젖어 애도하는 나날을 보냈다.

노모는 마치 황녀인 양, 황제에게 충실했던 모든 사람들을 자신의 궁전으로 맞이한다. 그녀의 하인은 나폴레옹 궁정의 제복을 입은 유럽 최후의 사람들이며, 그녀의 4륜마차는 나폴레옹 황제의 문장을 붙인 최후의 마차였다. 이따금 비엔나에서 손자의 소식이 전해졌으나, 주위의 방해로 재회를 이루지 못한 채 그의 부음을 듣는다. 손자는 21세에 죽었다.

이 무렵 마리 루이즈로부터 편지가 도착하지만 레티치아는 무시한다. 프랑스로의 귀환이 허락되었을 때도, 아이들에게 같은 허가가 내려지지 않았다는 이유로 거절했다.

황제의 죽음으로부터 9년 후, 부르봉 왕조가 무너지고 오를레앙가가 왕좌에 올랐다. 보나파르트주의자들의 위력을 아는 신왕 루이필립은 15년 전에 쓰러뜨린 나폴레옹의 흉상을 방돔 광장의 원기둥 위에 다시 세우도록 명했다. 제롬으로부터 이 소식을 듣고 기력을 회복한 레티치아는 오랜만에 친족이 모인 살롱에 들렀다.

그녀는 보이지 않는 눈이지만 흉상 쪽으로 향한 후, 가냘픈 목소리로 말했다.

"황제께서 다시 파리에 납시었다!"

인물과 용어 해설

교황 비오 7세 (재위 1800~1823)

제251대 교황으로 나폴레옹과 정교협약을 맺고 전쟁에 반대했다. 또한 대륙봉쇄령에 반대하기도 했다. 나폴레옹 몰락 후 교황청 재건을 위해 노력했다.

나일 해전

1798년 넬슨 제독이 이끄는 영국 함대가 이집트의 아부키르만에서 프랑스 함대를 상대로 대승을 거두었다.

나폴레옹 2세 (1811~1832)

나폴레옹과 마리 루이즈의 아들로 로마왕, 라이히슈타트 공작으로도 부른다. 21세에 폐렴으로 사망한다.

나폴레옹 3세 (1808~1873)

나폴레옹의 동생인 루이 보나파르트와 조제핀의 딸 사이에서 태어났다. 프랑스 제2공화국의 초대 대통령. 1852년 황제 나폴레옹 3세로 즉위했다.

넬슨 (1758~1805)

영국의 해군 제독으로 나일 해전(아부키르만 해전)에서 대승을 거두고 트라팔가 해전에서도 프랑스 함대를 맞아 승리를 거두었으나 빅토르호에서 전사한다.

라이프치히 전투

1813년 나폴레옹이 러시아 · 오스트리아 · 프로이센 등이 참여한 대프랑스 동맹군과 독일 라이프치히에서 벌인 전투. 여기서 패한 프랑스 제국은 붕괴된다.

레지옹 도뇌르 훈장

1802년 나폴레옹이 제정한 훈장으로 프랑스의 정치 · 경제 · 문화 등의 발전에 공적이 있는 사람에게 수여한다.

레티치아 (1750~1836)

나폴레옹의 어머니로 코르시카섬의 군인 출신 집안에서 태어나 14세 때 카를로 보나파르트와 결혼했다. 1785년에 남편이 죽자 5남 3녀를 헌신적으로 양육하여 황제와 왕, 왕비, 여왕으로 길러낸다.

루이 보나파르트 (1778~1846)

나폴레옹의 남동생으로 네덜란드 국왕을 지냈다. 조제핀 드 보아르네의 딸인 오르탕스 드 보아르네와 결혼해 아들 셋을 두었는데 그중 셋째 아들이 나폴레옹 3세이다.

뤼시앵 보나파르트 (1775~1840)

나폴레옹의 남동생으로 브뤼메르(안개의 달) 쿠데타 때 나폴레옹이 권력을 잡을 수 있도록 도와준다.

리볼리 전투

1797년 나폴레옹이 오스트리아군을 맞아 뛰어난 지휘 능력을 보여주며 승리를 거둔 전투. 제1차 이탈리아 원정에서 북부 이탈리아를 장악하는 데 큰 영향을 미쳤다.

마렝고 전투

1800년 이탈리아의 마렝고 평원지대에서 나폴레옹이 오스트리아군과 격전을 벌여 대승을 거둔 전투이다.

마리 루이즈 (1791~1847)
오스트리아의 황제 프란츠 2세의 딸로, 나폴레옹의 두 번째 부인이자 나폴레옹
2세의 어머니이다.

뮈라
나폴레옹군의 기병 대장으로 이탈리아 전쟁과 이집트 원정에서 공을 세운다.
나폴레옹의 여동생 카롤린과 결혼해 나폴리 왕이 되지만, 야망 때문에 아내와
함께 나폴레옹을 배신하고 몰락으로 이끈다.

바그람 전투
1809년 나폴레옹은 오스트리아 빈 근교의 바그람에서 오스트리아군과 싸워 대
승을 거두고, 이 전투의 승리로 쇤부른 조약을 맺는다.

반도전쟁
1808년 나폴레옹이 이베리아반도를 침략해 자신의 형 조제프 보나파르트를
왕으로 세우려 하자 영국은 포르투갈, 스페인과 연합해 프랑스와 전쟁에 돌입
한다.

백일천하
나폴레옹이 엘바섬을 탈출해 파리 입성에 성공한 1815년 3월부터 루이 18세가
복위된 7월 8일까지의 기간을 말한다.

브뤼메르 18일 쿠데타
1799년 11월 9일(브뤼메르는 안개의 달이란 뜻) 나폴레옹이 총재정부를 전복하고
쿠데타를 일으킨 사건으로, 브뤼메르 쿠데타라고도 한다.

샤를 보나파르트 (1746~1785)
나폴레옹의 아버지. 코르시카섬 아작시오 재판소의 배석판사였고 39세에 위암
으로 사망한다.

제롬 보나파르트 (1784~1860)

나폴레옹의 남동생으로 베스트팔렌의 국왕. 뷔르템베르크의 공주 카테리나와 결혼한다.

아우스터리츠 전투

1805년 결성된 제3차 대프랑스 동맹군(러시아·오스트리아 연합군)과 프랑스 사이에서 벌어진 전투. 거의 9시간에 걸친 힘든 싸움 끝에 대승을 거둬 '나폴레옹의 가장 위대한 승리'로 칭해진다.

알렉산드르 1세 (1777~1825)

러시아 제국의 10대 황제(재위 1801~1825)로 파벨 1세의 아들. 남편인 표트르 3세를 쫓아내고 황제가 된 예카테리나 2세가 할머니인데 그 밑에서 자랐다. 영국이 주도하는 대프랑스 동맹에 참여하여 나폴레옹과의 전쟁에 직접 뛰어들었다.

엘리자 보나파르트 (1777~1820)

나폴레옹의 여동생으로 루카와 피옴비노의 왕비이다.

워털루 전투

1815년 영국·프로이센·네덜란드 등의 연합군과 나폴레옹의 군대가 벨기에의 워털루에서 벌인 전투로, 여기서 패배한 나폴레옹은 세인트헬레나 섬에 유배되고 그곳에서 사망한다.

웰링턴 공작

영국군 총사령관이자 정치가인 아서 웰즐리(1769~1852). 1808년 포르투갈에서 나폴레옹에 대항해 반란이 일어나자 영국군으로 참전해 승리를 거뒀다.

조제프 보나파르트 (1768~1844)

나폴레옹의 형으로 1806년에 나폴리 왕, 1808년에 스페인 왕이 되었지만 프랑스가 반도전쟁에서 패하자 쫓겨난다.

조제핀 드 보아르네 (1763~1814)

나폴레옹의 첫째 부인으로 마르티니크섬에서 유복한 귀족 집안의 딸로 태어났다. 프랑스군 장교였던 알렉상드르 드 보아르네 자작과 이혼한 후 자신보다 6살 어린 나폴레옹과 결혼한다. 결혼생활 10여 년이 넘도록 아이를 낳지 못한다는 이유로 나폴레옹과 이혼하고 4년 후 폐렴으로 사망한다.

카롤린 보나파르트 (1782~1839)

나폴레옹의 여동생. 기병 대장 조아킴 뮈라와 결혼하여 나폴리 왕비가 되지만 남편과 함께 나폴레옹을 배신한다.

카를로스 4세 (1748~1819)

부르봉 왕가의 스페인 왕(재위 1788~1808). 무능하여 왕비와 그녀의 정부인 고도이가 권력을 잡고 국정을 농단했다. 나폴레옹의 형 조제프 보나파르트에게 왕위를 빼앗긴다.

트라팔가 해전

1805년 스페인 트라팔가곶에서 넬슨의 영국 해군과 프랑스 · 스페인 연합함대가 벌인 전투로 연합함대가 참패를 당한다.

페르난도 7세 (1784~1833)

스페인 국왕(재위 1808, 1813~1833). 카를로스 4세의 아들로 아버지가 민중 폭동으로 퇴위하자 페르난도가 즉위했다. 프랑스의 도움을 기대했지만 나폴레옹은 자신의 형 조제프 보나파르트를 스페인 왕으로 세웠고 페르디난도는 프랑스에 억류되었다.

폴린 보나파르트 (1780~1825)

나폴레옹의 여동생으로 구아스탈라 여대공이다. 나폴레옹의 부하였던 르클레르, 다음엔 카밀로 보르게세와 결혼한다.

프란츠 2세 (1768~1835)

신성로마제국의 마지막 황제이자 오스트리아의 황제. 대프랑스동맹에 여러 번 참여했지만 패배하여 영토를 빼앗기고 자신의 딸 마리 루이즈를 나폴레옹과 결혼시킨다. 1813년 라이프치히 전투에서 마침내 프랑스군을 격파하고 나폴레옹을 황제에서 끌어내린다.

프리드리히 빌헬름 3세 (1770~1840)

프로이센의 국왕(재위 1797~1840). 나폴레옹 전쟁에서 패하여 틸지트 조약을 맺고 영토의 대부분을 상실했다. 그러나 러시아의 황제 알렉산드르 1세, 오스트리아의 프란츠 2세와 함께 나폴레옹을 몰락시킨다.

나폴레옹 어록

사람은 그가 입은 제복의 인간이 된다.

사람은 덕보다 악으로 더 쉽게 지배된다.

처세법에서 가장 중요한 것은 정에 쏠리지 않아야 하며 동시에 이치에도
쏠리지 않고, 두 가지 다 억제할 줄 알아야 한다는 것이다.

사랑에 대한 유일한 승리는 탈출이다.

사치한 생활 속에서 행복을 구하는 것은
마치 그림 속의 태양이 빛을 발하기를 기다리는 것과 같다.

산다는 것은 곧 고통을 치른다는 것이다.
그러므로 성실한 사람일수록 자신을 이기려고 애쓰는 법이다.

살아 있는 졸병이 죽은 황제보다 훨씬 가치가 있다.

성격의 씨앗을 뿌리면, 운명의 열매가 열린다.

숙고할 시간을 가져라.
그러나 일단 행동할 시간이 되면 생각을 멈추고 돌진하라.

승리는 노력과 사랑에 의해서만 얻어진다.
승리는 가장 끈기 있게 노력하는 사람에게 간다.
어떤 고난의 한가운데 있더라도 노력으로 정복해야 한다. 그것뿐이다.
이것이 진정한 승리의 길이다.

신을 비웃는 자는 어리석은 자이다.

죽음은 아무것도 아니다. 그러나 패배자로서 영광 없이 사는 것,
그것은 매일 죽는 것이나 다름없다.

승리를 원한다면, 모든 것을 걸어야 한다.

1퍼센트의 가능성, 그것이 나의 길이다.

인류 역사가 시작된 이래, 역사를 지배한 것은 항상 승리의 법칙이었다.
다른 법칙은 없다.

숭배의 대상인 동시에 두려움의 대상이 되는 것, 이것이 통치다.

승부는 언제나 간단하다. 적이 무엇을 원하는지를 간파해야 한다.
그리고 적으로 하여금 원하는 것, 꿈꾸는 것이 가능하다고 믿게 하는 것이다.

앞을 내다보지 못하는 자는 이미 패배한 자이다.

비범한 작전이란 유용한 것과 불가피한 것만을 시도하는 것이다.

모든 것을 걸어야 한다면 저 어린 신병들 속에, 최전방에
내가 던지는 내 목숨이야말로 최후의 카드가 아니겠는가.

왕좌란 벨벳으로 덮은 목판에 불과하다.

사람이란 처음에는 일을 끌고 가지만
조금 있으면 일이 사람을 끌고 가게 된다.

엉터리 행사로 사람의 마음을 사로잡는 것은
감동적인 사상으로 사람을 복종시키는 것보다 훨씬 확실하다.

승리는 대군의 것이다.

아무리 위대한 천재의 능력일지라도 기회가 없으면 소용이 없다.

약속을 지키는 최선의 방법은 약속을 하지 않는 것이다.

우리가 어느 날 마주칠 재난은
우리가 소홀히 보낸 어느 시간에 대한 보복이다.

의지할 만한 것은 남이 아니라 자신의 힘이다.

인생에 있어 가장 중요한 것은 실패했다고 낙심하지 않는 것이며,
성공했다고 지나친 기쁨에 도취되지 않는 것이다.

비장의 무기가 아직 나의 손에 있다. 그것은 희망이다.

나의 사전에는 불가능이란 없다.

나폴레옹 연대표

1

1769년	8월 15일 나폴레옹 출생
1779년	브리엔 유년학교 입학
1784년	왕립사관학교 입학
1785년	포병 소위 임관
1789년	코르시카로 가다
1791년	4월 중위로 발랑스 주둔
	10월 코르시카로 가다.
1792년	아작시오 퍼취에서 추방
1793년	대위로서 툴롱 포위전
1794년	2월 준장 진급
	10월 체포
1795년	7월 전쟁부 근무
	10월 파리 봉기 진압
	국내군 사령관 취임
1796년	3월 2일 이탈리아 원정군 사령관 취임
	3월 6일 조제핀 보아르네와 결혼

1796년	7월 밀레시모 전투, 카스틸리오네 전투, 아르콜레 전투, 리볼리 전투, 만토바 전투
1797년	몽테벨로 궁전에 주둔
	캄포 포르미오 평화조약
1798년	5월까지 파리 체류
	5월 19일, 이집트 원정 출발
	피라미드 전투
1799년	야파 전투, 아크레 전투, 아부키르 전투
	10월 7일 프랑스 상륙
	11월 9일 브뤼메르 18일의 쿠데타
	12월 24일 제1통령 취임

1800년	7월 14일 마렝고 전투
	12월 24일 암살 미수 사건
1801년	뤼네빌 평화조약
	교황 비오 7세와의 정교협약
1802년	영국과 평화협정
	종신 통령, 레종도뇌르 훈장 서훈
1804년	3월 21일 앙기앵 공작 총살
	5월 18일 황제 칭호 추존
	12월 2일 대관식
1805년	10월 트라팔가 해전
	11월 비엔나 점령
	12월 2일 아우스터리츠 전투
	프레스부르크 평화조약
1806년	라인 동맹, 조제프 나폴리 왕 즉위, 루이 네덜란드 왕 즉위
	10월 14일 예나 전투
	베를린, 대륙 체제(Continental System)
1807년	아일라우 전투 및 프리틀란트 전투
	6월 7일 틸지트 조약
	제롬, 베스트팔렌 왕 즉위
1808년	로마, 마드리드, 나온, 조제프, 스페인 왕 즉위
	뮈라 나폴리 왕 즉위
1809년	파문, 아스펀–에슬링 전투, 바그람 전투, 비엔나 전투
1810년	1월 조제핀과 이혼
	4월 마리 루이즈와 결혼
1811년	3월 20일 아들 출생

1812년	스몰렌스크 전투, 보로디노 전투, 비토리아 전투, 모스크바 전투.
	12월 파리 귀환
1813년	4월 뤼첸 및 바우첸 전투
	7월 드레스덴 전투
	10월 16일~18일 라이프치히 전투
1814년	브리엔 전투, 라로티에르 전투, 샹포베르 전투, 몽테로 전투,
	바쉬르오브 전투, 라온 전투, 아르쉬르오브 전투
	4월 6일 퐁텐블로에서 퇴위
	4월 20일 엘바로 출발
1815년	2월 26일 엘바에서 돌아오는 항해
	3월 13일 동맹국에 의한 민권 박탈
	3월 20일 파리 도착
	6월 리그니 및 워털루 전투
	6월 23일 두 번째 퇴위
	7월 13일 섭정공에게 편지
	7월 31일 죄수(포로) 선언

| 1815년 | 10월 17일 세인트헬레나 도착 |
| 1821년 | 5월 5일 사망 |

에밀 루트비히 Emil Ludwig (1881~1948)

독일 브레슬라우(현재는 폴란드의 남서부 도시) 태생의 유태인. 하이델베르크에서 법학을 공부했다. 1932년 스위스 시민권을 얻었고 1940년부터 종전까지 미국에 망명했다가 스위스로 귀국했다. 1920년대 최고의 베스트셀러 작가로서 모든 책이 출간과 동시에 영어, 불어, 스페인어로 번역될 정도였다. 그의 작품이 28개국에 번역 출판된 것은 여러 위인의 전기소설傳記小說에서 뛰어난 심리분석을 구사한 덕분이다.

저서로 《괴테, 어느 인간의 역사》(1923), 《비스마르크》(1926), 《나폴레옹》(1924), 《루스벨트》(1938), 《인간의 아들, 예수》(1928), 《독재자들: 히틀러, 뭇솔리니, 스탈린》(1939) 등이 있다.

옮긴이 이형석

소년 시절부터 외국 문화를 동경해 영어, 중국어, 일본어를 독학한 코스모폴리탄. 다양한 월간지에 번역 기사를 쓰고 여러 단행본을 번역한 바 있다. 2차 세계대전이나 역사적 인물에 관심이 많고, 특히 나폴레옹에 대한 깊은 관심으로 나폴레옹을 소재로 한 영화나 다큐멘터리를 모두 섭렵했다.

번역한 책으로는 《로드맨 자서전 Bad as I wanna be》, 《자조론 Self-help》, 《읽는 약 読む 薬》 등이 있다.

나폴레옹

초판 1쇄 인쇄 | 2024년 1월 5일
초판 1쇄 발행 | 2024년 1월 10일

지은이 | 에밀 루트비히
옮긴이 | 이형석
제 작 | 선경프린테크
펴낸곳 | Vitamin Book
펴낸이 | 박영진

등 록 | 제318-2004-00072호
주 소 | 07250 서울특별시 영등포구 영등포로 37길 18 리첸스타 206호
전 화 | 02) 2677-1064
팩 스 | 02) 2677-1026
이메일 | vitaminbooks@naver.com

ISBN 979-11-89952-94-5 03860

잘못 만들어진 책은 바꿔드립니다.